James Clemens, né à Chicago en 1961, a grandi dans le Midwest et la campagne canadienne, rêvant des grandes aventures qui l'attendaient de l'autre côté du champ de maïs et du ruisseau. Vétérinaire installé en Californie, il n'a cessé d'inventer des histoires depuis son enfance. Cette série traduite en une douzaine de langues est déjà un énorme succès en France.

Du même auteur, aux éditions Bragelonne :

Les Bannis et les Proscrits :
1. *Le Feu de la Sor'cière*
2. *Les Foudres de la Sor'cière*
3. *La Guerre de la Sor'cière*
4. *Le Portail de la Sor'cière*
5. *L'Étoile de la Sor'cière*

Chroniques des dieux :
1. *L'Ombre de l'assassin*

En poche, chez Milady :

Les Bannis et les Proscrits :
1. *Le Feu de la Sor'cière*
2. *Les Foudres de la Sor'cière*
3. *La Guerre de la Sor'cière*
4. *Le Portail de la Sor'cière*

www.milady.fr

James Clemens

Le Portail de la Sor'cière

Les Bannis et les Proscrits – 4

Traduit de l'anglais (États-Unis) par Isabelle Troin

Bragelonne

Milady est un label des éditions Bragelonne

Cet ouvrage a été originellement publié en France par Bragelonne.

Titre original : *Wit'ch Gate*

Suivi d'un extrait de : *Wit'ch Star*

Illustration de couverture :
Anne-Claire Payet

ISBN : 978-2-8112-0452-5

Bragelonne – Milady
60-62, rue d'Hauteville – 75010 Paris

E-mail : info@milady.fr
Site Internet : www.milady.fr

Remerciements

Merci à tous les amis et membres de ma famille qui m'ont aidé à peaufiner ce livre jusqu'à ce qu'il atteigne sa forme actuelle. Je pense notamment à ma bande de bosseurs fous : Chris Crowe, Michael Gallowglas, Lee Garrett, Dennis Grayson, Penny Hill, Debbie Nelson, Dave Meek, Jane O'Riva, Chris « le petit » Smith, Judy et Steve Prey, Carolyn McCray et Caroline Williams. Ma gratitude toute particulière aux quatre personnes qui restent mes meilleurs critiques et mes fans les plus fidèles : mes éditeurs, Steve Saffel et Veronica Chapman, et mes agents, ici et à l'étranger, Russ Galen et Danny Baror.

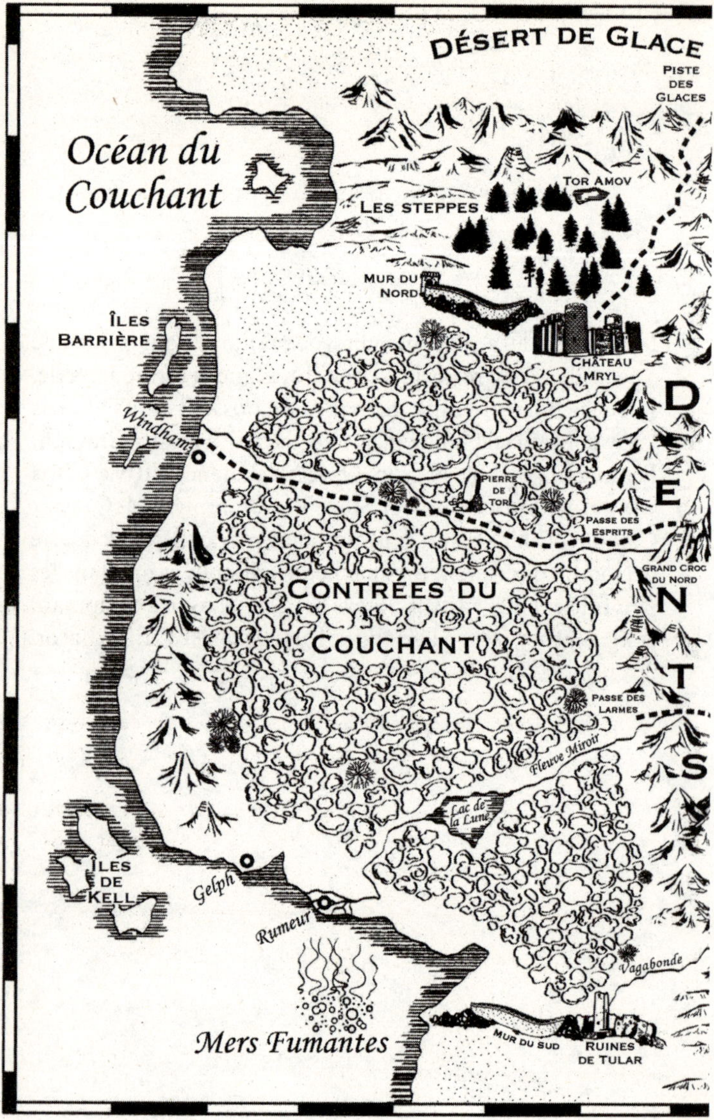
DÉSERT DE GLACE
PISTE DES GLACES
Océan du Couchant
TOR AMOV
LES STEPPES
MUR DU NORD
ÎLES BARRIÈRE
CHÂTEAU MRYL
DENTS
Windham
PIERRE DE TOR
PASSE DES ESPRITS
GRAND CROC DU NORD
CONTRÉES DU COUCHANT
PASSE DES LARMES
Fleuve Miroir
Lac de la Lune
ÎLES DE KELL
Gelph
Rumeur
Vagabonde
Mers Fumantes
MUR DU SUD
RUINES DE TULAR

N
O
E
S
Îles
Skree
Gul'gotha
Forêt
de Pierre
Noircastel
Baie de
T'lek
Grand
Océan
Penryn
Casterville
Plaines
Tourrune
Gelbourg
de
Standi
Boudumonde
Archipel
Ruissombre
Hauts-Bois
Faille
Port Rawl
Grand Croc
du Sud
Marais
Lac
Noyé
Récifs
Ravagés
Bourbier
Collines
Effritées
Désert
de Sable

PRÉAMBULE AU PORTAIL DE LA SOR'CIÈRE

**PAR LE MAGISTRAT SENSA DELA,
DIRECTEUR ET PRÉSIDENT
DES PRESSES UNIVERSITAIRES**

TRAHISON [tra-i-zon] : n.f. **1.** Infidélité commise envers une nation, une religion ou un individu. **2.** Action contraire au règlement et aux intérêts du Marché Commun. **3.** Contestation verbale ou écrite de la Loi. Synonymes : traîtrise, duperie, perfidie, félonie, tromperie, Parcheminage.

— *Encyclopédie universelle*, 5e édition

Relisez la définition ci-dessus, puis regardez autour de vous, dans cet amphithéâtre jadis rempli d'étudiants assoiffés de connaissance. Combien d'entre eux sont encore là après la lecture des trois premiers Parchemins Kelvish ?

Comptez les sièges vides.

Statistiquement, les deux tiers d'une promotion échouent aux examens psychologiques rigoureux auxquels on procède à ce stade de votre cursus. Comme vous le savez, ceux de vos camarades dont la santé mentale laissait à désirer ont été envoyés aux sanatoriums de Da Borau, où ils attendent l'opération douloureuse qui embrumera leur esprit et les privera de leur langue. Mais je ne suis pas ici pour parler des érudits déchus, ces malheureux hagards que l'on surnomme les « Parcheminés ». Si j'écris cet avant-propos, c'est pour ceux d'entre vous qui ont réussi les examens et été jugés assez solides pour lire le quatrième de ces textes proscrits.

Cet avertissement s'adresse à vous.

Dans le passé, de nombreux étudiants parvenus jusqu'ici ont laissé l'orgueil leur tourner la tête. Le moment est pourtant mal choisi pour vous autocongratuler, car le chemin qui vous reste à parcourir est semé d'embûches sur lesquelles les imprudents peuvent encore buter. C'est ici que commence la voie de la trahison.

Les préambules des trois premiers textes vous ont mis en garde contre la perfidie de l'auteur des Parchemins ; ils vous ont révélé que le fou de Kell était un menteur et un manipulateur – une vipère dans l'herbe, si vous préférez. À présent, c'est mon tour de vous en dire plus sur le danger qui vous attend.

Durant vos premières années d'études, vous avez entendu le sifflement du serpent. Vous avez porté la bête dans vos mains, dans votre cartable. Vous vous êtes couchés près d'elle. Mais ne laissez pas sa douce caresse ou la teinte plaisante de ses écailles endormir votre méfiance. Ces artifices ne servent qu'à masquer la puissance de son venin.

Ayant préalablement émoussé votre perception du danger, c'est maintenant que le serpent va révéler ses véritables couleurs. Dans ce livre, pendant que votre attention sera fixée ailleurs, il se dressera et frappera. Voici l'avertissement que je suis venu vous délivrer : ce texte a des crocs.

Alors, prenez garde à sa morsure !

Tandis que j'écris ces mots, j'entends déjà vos murmures et vos ricanements. Doutez-vous de moi ? Regardez encore autour de vous. Non, pas vos voisins : les sièges inoccupés. Déjà, les Parchemins ont éliminé nombre de vos camarades.

Dans ce quatrième volume, l'auteur poursuivra son assaut sur votre équilibre mental ; il tentera de vous imposer sa volonté, de répandre son poison dans votre corps. Mais j'espère bien vous fournir l'antidote à cette toxine.

Un remède qui tient en deux mots : savoir et obéissance.

Tenter de lire seuls ces parchemins maudits reviendrait à presser une vipère contre votre sein, à inviter la mort en votre domaine. Les érudits du passé ont conçu ce cursus pour préserver votre esprit du poison ; aussi, vous feriez bien de vous en remettre à leur enseignement.

Il est impératif que vous écoutiez vos professeurs. Exécutez chacun de leurs ordres, effectuez soigneusement les devoirs qu'ils vous donneront, et surtout, ne vous avisez pas de prendre de l'avance sur votre lecture. En cela réside votre seul espoir. Une seule page suffirait à corrompre un étudiant mal préparé. Aussi, gardez-vous bien de vous écarter du chemin de l'instruction, cette piste creusée par les pas des nombreux érudits qui vous ont précédés. Sans cette ligne directive, vous vous perdriez sûrement parmi les hautes herbes – là où les serpents se tapissent en embuscade.

Je vous le répète une dernière fois : ces pages contiennent du poison.

POISON [poi-zon] : n.m. **1.** Substance qui souille, corrompt ou détruit. **2.** Fig. tout ce qui trouble la raison et agite le cœur. **3.** Fig. personne malveillante, désagréable. Synonymes : corruption, perversion, venin, toxine, virus, contagion, maladie.

— *Encyclopédie universelle*, 5e édition

ASSIGNATION DE RESPONSABILITÉ
pour le quatrième Parchemin

Cet exemplaire vous a été personnellement attribué. Vous en êtes seul responsable. En cas de perte, de détérioration ou de destruction, vous ferez l'objet de sanctions sévères (telles que fixées par vos lois locales).
Toute transmission, copie ou lecture à voix haute en présence d'un non-initié est strictement interdite.
Par la présente, vous reconnaissez avoir été informé de vos obligations et dégagez l'université de toute responsabilité pour les dommages éventuels que la lecture du Parchemin pourrait occasionner – à vous ou à ceux qui vous entourent.

Signature Date

Apposez ici l'empreinte de votre annulaire droit :

AVERTISSEMENT

Si vous êtes entré en possession de ce livre autrement que par les canaux universitaires officiels, veuillez le refermer sans attendre et alerter les autorités compétentes afin qu'elles le récupèrent. Toute désobéissance pourra entraîner votre arrestation et votre incarcération immédiate.

VOUS AUREZ ÉTÉ PRÉVENU.

LE PORTAIL DE LA SOR'CIÈRE

Chantée dans la glace mais née dans le tonnerre,
Ainsi la Terre fut-elle ravagée.

Une fois de plus, l'agitation me gagne. Depuis quelque temps, la sor'cière m'appelle dans mes rêves pour que j'achève son histoire ; elle chuchote à mon oreille tandis que j'arpente la cité. Parfois, je jurerais sentir son souffle sur ma peau, semblable à une démangeaison. Quand je vaque à mes occupations, c'est à peine si je distingue les rues et les avenues qui m'entourent. À leur place, je vois d'autres endroits, d'autres paysages : les ruines brûlées par le soleil de Tular, le bouclier de granit brisé du Mur du Nord. C'est comme si je vivais dans le demi-monde de pénombre qui s'étend entre passé et présent.

Je me pose des questions. Si je me remets à écrire, sombrerai-je à jamais dans le passé ? Ce royaume d'encre et de lettres tracées sur du parchemin deviendra-t-il plus réel pour moi que l'air que je respire ? M'embourberai-je dans mes souvenirs ? Serai-je condamné à revivre éternellement mes anciennes terreurs et mes rares triomphes ?

C'est un risque que je dois prendre ; j'en suis conscient. Pourtant, je ne parviens pas à écrire. Je sais que c'est le seul moyen de lever la malédiction d'immortalité qu'elle m'a jetée. Pour mériter le baume apaisant de la mort, je dois d'abord terminer son histoire. Mais ces dernières lunes, je me suis mis à douter. Et si la sor'cière m'avait menti ? Si ses paroles n'étaient qu'une ultime manière de me tourmenter ?

Voilà pourquoi, pendant trop longtemps, je suis resté assis figé entre la terreur et le salut.

Jusqu'à ce que, ce matin, elle m'envoie un signe.

Je venais d'être réveillé par le chant du coq, et je me lavais la figure à l'eau froide lorsque j'ai découvert un miracle dans le miroir au-dessus de ma cuvette de toilette. Niché parmi mes boucles sombres se détachait un unique cheveu gris. À cette vue, mon cœur s'est serré ; des larmes ont brouillé ma vision. Tandis que les rayons du soleil levant dissipaient la brume matinale, je suis resté planté là, n'osant même pas toucher ce cheveu de peur qu'il se révèle une illusion. Je n'aurais pas supporté une telle déception. Pas maintenant, après toutes ces années.

Alors, j'ai senti une flamme éteinte depuis longtemps se rallumer dans mon cœur : l'espoir !

Mes genoux ont cédé sous moi, et je me suis effondré. J'ai sangloté pendant ce qui m'a paru des jours. C'était un signe, un augure de vieillesse, une promesse de mort.

Lorsque j'ai repris le contrôle de mes membres, je me suis levé et j'ai touché le cheveu gris. Il était réel ! La sorcière n'avait pas menti.

Cette révélation a brisé le blocage qui m'empêchait d'écrire. Sans prendre la peine de déjeuner, j'ai rassemblé les instruments de mon art – plume, encre et parchemin – et je me suis remis au travail. Je dois achever son histoire.

Dehors, les jours sont devenus ternes comme si toute couleur avait déserté le monde. Les gens se pressent dans les rues mornes, emmitouflés de la tête aux pieds dans de gros lainages bruns et gris. Au-delà des murs de la cité, les collines enneigées sont souillées par les cendres et la suie des centaines de cheminées fumantes de Kell. Le paysage semble avoir été peint exclusivement avec des teintes de gris et de noir. Même le ciel qui nous surplombe est lourd de nuages sans relief qui le font ressembler à une immense ardoise.

Le milieu de l'hiver.

C'est la saison des conteurs, une page vierge qui attend la caresse d'une plume pour ramener la vie et l'animation dans le monde. La saison où les gens se rassemblent devant l'âtre pour écouter récits lumineux et légendes colorées. Celle où les auberges se remplissent et où les ménestrels chantent de lointaines contrées baignées par le soleil. Le reste de l'année, les histoires se monnaient en pièces de cuivre – mais pas l'hiver. En cette période de ciels plombés et de cœurs sombres, si grande est la soif d'histoires que même le plus inexpérimenté des baladins peut voir de l'argent et de l'or bénir son écuelle.

Pour ma part, je ne recherche évidemment pas les richesses matérielles, mais quelque chose de beaucoup plus précieux, un don que tous les hommes reçoivent à la naissance et qui m'a été dérobé par une sor'cière. Je n'aspire qu'à la mort.

Voilà pourquoi, alors que le monde se pelotonne dans la quiétude du manteau hivernal, je reprends une fois de plus l'histoire d'Elena. Je vous demande de fermer les yeux et d'écouter. Au-delà des murmures saisonniers s'élèvent des voix coléreuses. Les entendez-vous ? Des hommes qui manient les mots comme des épées, s'attaquant et se contrant les uns les autres… Et, dans le fond, une femme solitaire est assise, prisonnière du tourbillon de leur fureur.

LIVRE PREMIER

LE WEIR

I

Elena trouvait son trône très inconfortable. C'était une chaise conçue pour quelqu'un de plus âgé et plus aguerri qu'elle. À travers sa robe de soie, la jeune femme sentait les épines des roses entrelacées sculptées sur le dossier droit. L'assise de ferréol poli, plate et dépourvue de coussin, lui meurtrissait le séant. Ce trône était le siège du pouvoir de Val'loa depuis une éternité. Des rois et des Praetors s'étaient assis là pour rendre leur jugement – des hommes endurcis par la mer qui dédaignaient les conforts de la vie.

Même sa taille était intimidante. Elena se sentait comme une enfant sur cette chaise large et haute qui n'avait pas d'accoudoirs. Ne sachant pas quoi faire de ses mains, elle les avait simplement croisées dans son giron.

Une marche en dessous d'elle – mais pour l'attention qu'ils lui portaient, ils auraient aussi bien pu se trouver à une lieue de distance – se dressait une table occupée par des représentants de chaque faction prête à combattre le Gul'gotha. Elena savait ce que la majorité des gens rassemblés dans le Grand Hall pensait d'elle. Ils ne voyaient qu'une jeune femme mince, au teint pâle et à la chevelure flamboyante. Nul ne remarquait la douleur dans ses yeux, ni la crainte que lui inspirait son propre pouvoir. Pour eux, elle n'était qu'un ravissant oiseau sur son perchoir.

Elena écarta une mèche qui lui tombait devant la figure.

Tout le long de la table encombrée, des voix criaient pour se faire entendre dans des langues tantôt familières, tantôt inconnues. À l'autre bout, en face d'elle, deux hommes étaient tout près d'en venir aux mains.

Parmi cette foule se trouvaient des gens qu'Elena connaissait bien, ceux qui l'avaient aidée à arracher Val'loa au mal enraciné dans le cœur de l'île. Le haut maître de quille de la flotte dre'rendi arborait toujours des bandages après le conflit récent ; avec la vigueur caractéristique de son peuple, il tapait du poing et rugissait ses exigences. À côté de lui, Tratal, reine des el'phes et mère de Méric, était assise très raide, sa longue chevelure argentée reflétant l'éclat des torches – une icône de glace et de feu. Installé sur le siège voisin du sien, maître Edyll, un des anciens du conseil des mer'ai, essayait de rétablir le calme et la dignité parmi les discussions souvent houleuses.

Mais pour chaque visage familier, il se trouvait des dizaines de personnes qu'Elena ne connaissait que par leur titre. La jeune femme détailla la longue tablée d'étrangers – d'innombrables émissaires qui exigeaient tous d'être entendus et qui affirmaient tous connaître le meilleur moyen de livrer la guerre à venir contre le Gul'gotha.

Certains penchaient pour incendier l'île et se replier sur la côte ; d'autres voulaient la fortifier et laisser les armées du Seigneur Noir s'écraser sur ses murs ; d'autres encore souhaitaient porter la bataille à Noircastel même, pour profiter de la victoire remportée à Val'loa et détruire la forteresse gul'gothane avant que l'ennemi parvienne à rassembler ses forces éparpillées. Les débats orageux allaient bon train depuis près d'une lune maintenant.

Elena jeta un coup d'œil en biais à Er'ril. Son homme lige se tenait à droite de son trône, les bras croisés, un masque sévère et indéchiffrable sur le visage. On aurait dit une statue de fer standi. Ses cheveux noirs gominés étaient lissés en arrière selon la coutume de la région. Ses yeux gris comme un matin d'hiver détaillaient la table. Nul ne pouvait deviner ses pensées. Il n'avait pas prononcé un seul mot dans le cadre des délibérations.

Mais tandis qu'il regardait fixement les participants, Elena remarqua la crispation du coin de ses yeux.

Il ne pouvait pas la berner. Ces chamailleries l'irritaient autant qu'elle. Aucune décision n'avait été prise depuis plus de deux semaines. Aucun consensus n'avait permis de déterminer la prochaine action. Et pendant que les palabres s'éternisaient, les jours disparaissaient l'un après l'autre. Pourtant, Er'ril continuait à attendre tel un fidèle chevalier. Parce que le Journal Sanglant se trouvait désormais entre les mains d'Elena, il n'avait plus d'autre attribution. Son rôle de chef et de guide avait pris fin.

Elena soupira doucement et baissa les yeux vers ses mains gantées. La célébration de la victoire survenue une lune plus tôt lui semblait appartenir à une autre époque, un autre lieu. Pourtant, assise sur son Trône d'Épines, elle se souvenait de cette longue danse avec Er'ril au sommet de sa tour. Elle se souvenait du contact de l'homme des plaines : la chaleur de ses paumes au travers de sa robe de soie, la caresse de son souffle dans son cou, le frottement de sa barbe sur sa joue.

Ç'avait été leur seule danse. Depuis cette nuit, Er'ril ne s'était plus jamais éloigné d'elle, mais c'était à peine s'ils avaient échangé un mot. Des réunions interminables consumaient leurs journées depuis le lever jusqu'au coucher du soleil.

Cela suffisait.

Lentement, tandis que les autres continuaient à se disputer, Elena ôta ses gants en peau d'agneau. Fraîches et intactes, les marques de la Rose étaient pareilles à du sang versé sur ses mains : la première née du clair de lune, la seconde de la lumière du soleil. Feu sor'cier et feu glacial – et entre eux, le feu céleste.

Elena détailla ses mains. Des volutes de pouvoir tourbillonnaient en formant des motifs écarlates sur ses doigts et ses paumes.

— Elena ? (S'arrachant à son immobilité, Er'ril se pencha vers elle.) Que fais-tu ?

— Toutes ces discussions me fatiguent.

D'un fourreau filigrané accroché à la ceinture de sa robe vert sapin, Elena sortit une dague à la lame argentée. Le manche sculpté en forme de rose tenait parfaitement au creux de sa paume, comme s'il avait été conçu pour elle. Elena repoussa dans un coin de son esprit ses souvenirs d'oncle Boln, l'homme qui avait baptisé l'arme de son propre sang. Elle se remémora ses paroles : « À présent, c'est la dague d'une sor'cière ».

— Elena, dit Er'ril sur le ton d'un avertissement.

La jeune femme l'ignora et se leva. Sans un mot, elle passa la pointe effilée en travers de sa paume droite. La douleur ne fut pas pire qu'une piqûre d'abeille. Une goutte de sang solitaire suinta de la plaie et tomba sur sa robe de soie. Elena continua à fixer les yeux sur la longue table, en silence.

Aucun des membres du conseil ne lui prêtait la moindre attention. Ils étaient trop occupés à plaider leur cause, à défier les autres représentants et à taper du poing sur le ferréol rugueux de la table.

Alors, Elena puisa dans son cœur, à la source de magie sauvage contenue en elle. Prudemment, elle déroula de minces filaments de pouvoir, des volutes flamboyantes qui chantèrent dans ses veines et atteignirent sa paume entaillée. Une faible lueur enveloppa sa main. Elena serra le poing et la lueur s'intensifia, devenant pareille à une lanterne écarlate. La jeune femme leva le bras très haut.

Maître Edyll fut le premier à remarquer sa démonstration. Peut-être avait-il aperçu un reflet sur son gobelet d'argent. Comme il pivotait, son vin rouge se renversa semblable à du sang. Il lâcha le gobelet, qui tomba avec fracas sur la table.

Alertés par le bruit, les voisins du mer'ai jetèrent un coup d'œil à la flaque de vin qui grandissait. L'un après l'autre, ils tournèrent la tête vers le trône d'Elena. Une vague de silence choqué se propagea le long de la table.

Elena soutint leur regard sans ciller. Tant de gens étaient morts pour la conduire jusqu'ici : ses parents, son oncle Boln, Flint, Moris... Aujourd'hui, elle parlerait avec leurs voix. Elle ne laisserait pas ses alliés gaspiller leur sacrifice en disputes interminables. Pour qu'Alaséa ait un avenir, il fallait défier la suprématie gul'gothane – et sans tarder. Or, il n'existait qu'une seule manière de procéder. Quelqu'un devait tracer une ligne dans le sable.

— J'en ai assez entendu, dit doucement Elena dans le silence qui venait de s'installer. (Depuis son poing brillant, des traînées de feu remontaient le long de son bras tels des fils d'or rougeâtre vivants.) Je vous remercie pour les conseils que vous m'avez aimablement dispensés ces derniers jours. Cette nuit, je réfléchirai à tout ce que vous m'avez dit et, demain matin, je vous annoncerai ma décision.

À l'autre bout de la table, le représentant de la ville côtière de Penryn se leva. Symon Feraoud, un individu ventripotent dont la moustache noire descendait bien plus bas que son menton, lança d'une voix forte :

— Jeune fille, sans vouloir vous insulter, ce n'est pas à vous de trancher.

Plusieurs représentants opinèrent du chef.

Elena le laissa parler ; elle resta debout et silencieuse tandis que le feu sor'cier se divisait en filaments de plus en plus fins pour se répandre en travers de sa poitrine et descendre jusqu'à la ceinture de sa robe.

— La marche à suivre doit être approuvée par tous, poursuivit Symon Feraoud, encouragé par l'approbation tacite de ses voisins. Nous venons juste de commencer à débattre des questions qui se posent à nous. Ce n'est pas en une nuit que l'on pourra déterminer le meilleur moyen d'enrayer la menace gul'gothane.

— *Une* nuit ? (Elena baissa légèrement le bras et descendit l'unique marche qui la séparait de la table.) Trente d'entre elles se sont écoulées depuis la célébration de notre victoire ici même. Et tous vos débats n'ont servi à rien d'autre qu'à nous diviser, à colporter la dissension et le désaccord en un temps où nous devrions être plus unis que jamais.

Symon ouvrit la bouche pour protester, mais Elena le regarda durement, et il se ravisa.

— Ce soir, la lune sera de nouveau pleine. Le Journal Sanglant se rouvrira. Je le consulterai en tenant compte de vos avis respectifs. Et demain matin, j'apporterai un plan final à cette table.

Maître Edyll se racla la gorge.

— Pour que nous en discutions ?

Elena secoua la tête.

— Pour que vous l'approuviez tous.

Une fois de plus, le silence s'abattit sur l'assemblée. Cette fois, ce n'était pas une stupeur incrédule, mais une tempête qui couvait – et Elena refusait de la laisser éclater.

Avant que quiconque puisse grommeler, elle leva son poing brillant au-dessus de la table.

— Je ne tolérerai plus aucune discussion. Aux premières lueurs de l'aube, je ferai mon choix.

Elle rouvrit la main et la posa sur la table. Des flammes dansèrent entre ses doigts. De la fumée s'enroula autour de son poignet. En appui sur son bras, elle étudia les visages qui l'entouraient.

— Demain, nous forgerons notre avenir. Un avenir où nous chasserons le Cœur Noir de ces contrées.

Elena retira sa main de la table. Son empreinte brûlée se détachait sur le ferréol, fumante et rougeoyante comme sa propre paume. Elle recula d'un pas.

— Quiconque y voit une objection est prié de quitter Val'loa avant le lever du soleil. Car s'il reste sur l'île et refuse de se conformer à mes instructions, il ne verra pas le prochain crépuscule.

Tous les représentants s'étaient renfrognés, à l'exception du haut maître de quille dre'rendi qui arborait un rictus satisfait et de la reine Tratal qui conservait toujours la même expression glacialement stoïque.

— Il est temps que nous cessions de tirer dans une centaine de directions et que nous unissions nos efforts, déclara Elena. Demain, Alaséa renaîtra sur cette île. Elle n'aura qu'un cœur et qu'un esprit. Aussi, je vous demande de réfléchir cette nuit et de choisir en votre âme et conscience. Vous pouvez vous joindre à nous ou partir. C'est la seule chose dont il reste à débattre.

Elle scruta les visages qui l'entouraient, faisant en sorte que le sien soit aussi dur et inflexible que ses paroles. Enfin, elle s'inclina légèrement.

— À présent, chacun de nous a de graves décisions à prendre. Je vous souhaite une bonne nuit. Puisse-t-elle vous porter conseil !

Elle se détourna de la table sur laquelle son empreinte fumait toujours, rappelant à tous les observateurs qui elle était et quel pouvoir elle détenait. Priant pour que cette démonstration suffise, elle contourna le Trône d'Épines. Sa jupe bruissait doucement sur les dalles recouvertes de joncs. Dans le silence pesant, le temps parut ralentir. Le regard des représentants lui brûlait le dos ainsi qu'un brasier. Lentement, elle se dirigea vers Er'ril en se forçant à maîtriser ses membres.

L'homme des plaines se tenait toujours raide et impassible à côté du trône. Seuls ses yeux gris suivaient Elena – et malgré la dureté de son visage, ils brillaient de fierté. Ignorant sa réaction, la jeune femme le dépassa et poursuivit son chemin vers la porte située sur le côté de l'estrade.

Er'ril la prit de vitesse et ouvrit le lourd battant pour elle. Lorsqu'ils eurent franchi le seuil, il referma derrière eux.

— Bien joué, Elena, la félicita-t-il. Il était temps que quelqu'un les secoue. J'ignore combien de temps j'aurais encore pu supporter leurs…

Libérée de l'attention générale, Elena sentit ses jambes mollir brusquement. Elle trébucha. Er'ril lui saisit le coude pour la retenir.

— Ça va ? s'inquiéta-t-il.

Elena s'appuya lourdement contre son homme lige.

— Tiens-moi, Er'ril, dit-elle, la voix aussi tremblante que ses jambes. Empêche-moi de tomber.

Er'ril la plaqua contre lui et resserra son étreinte.

— Toujours, chuchota-t-il.

Elena lui toucha la main de ses doigts nus. Même si son apparence était celle d'une jeune femme, dans son corps ensor'celé se cachait une adolescente effrayée, une simple fille de fermiers qui se sentait souvent dépassée par ce qui lui arrivait.

— Douce Mère, qu'ai-je fait ? gémit-elle.

Er'ril la repoussa doucement et la tint à bout de bras. Puis il se pencha vers elle pour capter son regard de ses yeux gris.

— Tu leur as montré à tous ce qu'ils attendaient de voir.

Elena regarda le bout de ses chaussures.

— Et ils attendaient de voir quoi ? Une sor'cière ivre de son propre pouvoir ?

D'un doigt sous son menton, Er'ril lui fit relever la tête.

— Non, tu leur as montré le véritable visage de l'avenir d'Alaséa.

Elena soutint le regard du guerrier un instant, puis soupira.

— Je prie pour que tu aies raison. Mais combien d'entre eux seront encore à cette table demain au lever du jour ?

— Peu importe leur nombre. L'important, ce sera la force et la résolution de leur cœur.

— Mais…

Er'ril la fit taire en secouant la tête. Tenant toujours son bras, il l'entraîna dans le couloir.

— Nous avons léché nos blessures trop longtemps après la guerre des Îles. Ton instinct est bon. Il est temps de séparer le bon grain de l'ivraie. Ceux qui seront autour de la table au lever du soleil seront prêts à affronter le Cœur Noir en personne.

Elena s'appuyait sur le bras de l'homme des plaines pour marcher. Dans ce secteur du château, les couloirs étaient sombres et étroits, les torches rares et espacées.

— J'espère que tu as raison, lâcha-t-elle enfin.

— Fais-moi confiance.

Ils continuèrent en silence. Les forces d'Elena lui revinrent rapidement tandis qu'elle méditait les paroles d'Er'ril. L'avenir d'Alaséa… Que leur réservait-il ? La jeune femme se rembrunit. Nul ne pouvait le savoir. Mais quel que soit le chemin qui s'offrait à eux, ils devaient le prendre.

Soudain, Elena sentit Er'ril tirer son bras en arrière. Elle fut forcée de s'arrêter tandis que l'homme des plaines se plaçait devant elle.

— Que… ? balbutia-t-elle.

— Chut !

L'épée d'Er'ril était déjà dégainée et pointée sur les ombres qui lui faisaient face.

Une silhouette émergea de l'obscurité.

— Reculez, aboya Er'ril. Qui va là ?

Ignorant l'arme brandie contre elle, la silhouette fit encore un pas en avant. La lumière des torches éclaira un homme fluet, qui mesurait une bonne tête de moins qu'Er'ril. Il ne portait qu'un pantalon de toile coupé aux genoux, et sa peau noire luisait ainsi que de l'éb'ène sculptée dans la lueur des flammes. Sur son front brillait une cicatrice blanche – une rune en forme d'œil ouvert.

Elena baissa l'épée d'Er'ril et fit un pas en avant. C'était l'un des Zo'ol, les minuscules guerriers originaires de la jungle qui bordait le Désert de Sable. Lui et ses camarades s'étaient battus bravement aux côtés de la sor'cière, à bord de l'*Étalon pâle*.

Le petit homme inclina sa tête partiellement chauve. Sa longue tresse de cheveux noirs, ornée de plumes et de coquillages, tombait sur son épaule.

— Pourquoi traînes-tu dans ces couloirs ? lui demanda Er'ril sur un ton un peu brusque, sans remettre son épée au fourreau.

Le Zo'ol leva ses yeux vers Elena. Ils brillaient de douleur et d'angoisse.

La jeune femme fit encore un pas en avant. Elle fut surprise de sentir la main d'Er'ril se crisper sur son bras comme un avertissement. Sa suspicion n'épargnait donc personne ? Agacée, elle se dégagea et s'approcha du Zo'ol.

— Qu'est-ce qui ne va pas ?

En guise de réponse, le Zo'ol leva son bras et ouvrit la main. Dans sa paume il y avait une pièce d'argent terni, frappée à l'effigie d'un léopard des neiges.

— Je ne comprends pas, dit Elena.

Son frère Joach lui avait expliqué que ce petit homme était un chaman de son peuple – un sage parmi sa tribu. Elle savait aussi qu'il pouvait utiliser des talismans pour communiquer par-delà de grandes distances. Il l'avait déjà fait avec Joach.

Le Zo'ol leva la pièce plus haut comme si c'était une explication suffisante.

Se méprenant sur ses intentions, Elena tendit la main pour prendre la pièce, mais les doigts du petit homme se refermèrent dessus pour l'empêcher de la toucher. Il laissa retomber son bras.

— Il appelle, dit-il en reculant d'un pas. La mort se rapproche d'eux tous.

Er'ril rejoignit Elena.

— Qui ? Qui appelle ?

Le Zo'ol jeta un coup d'œil à Er'ril, puis reporta son attention sur Elena. Il luttait pour s'exprimer dans la langue commune.

— Maître Tyrus, l'homme qui a sauvé mon peuple des esclavagistes.

Er'ril se tourna vers Elena.

— Il doit parler du seigneur Tyrus, capitaine des pirates de Port Rawl et héritier du trône de Château Mryl.

Elena acquiesça. Tyrus avait détourné d'elle sa tante Mycelle et trois de ses anciens compagnons : Kral, Mogweed et Fardale. Depuis deux lunes maintenant, elle n'avait aucune nouvelle d'eux ; elle savait juste qu'ils étaient partis reprendre Château Mryl et le Mur du Nord aux forces du Seigneur Noir.

— Que sais-tu d'eux ?

Le chaman inclina la tête, cherchant ses mots.

— J'entends un murmure. De la douleur. De la peur. Un appel au secours.

Elena leva les yeux vers Er'ril.

— Ils ont des ennuis.

Le pli de la bouche d'Er'ril se durcit.

— Peut-être, mais si tel est le cas, je ne vois pas ce que nous pouvons faire. Ils peuvent être n'importe où en ce moment, perdus dans les immenses forêts des Contrées du Couchant.

— Mais il doit y avoir un moyen, marmonna Elena. (Elle fit de nouveau face au Zo'ol.) Tu sais autre chose ?

Le chaman secoua la tête.

— Je n'entends qu'un seul autre mot. Je ne comprends pas ce que c'est. Une malédiction, je crois.

— Quel est ce mot ?

L'effort assombrit le visage du petit homme.

— Gr-graff-in.

Elena fronça les sourcils et se rembrunit. Ça ne voulait rien dire.

Puis Er'ril sursauta à côté d'elle.

— Griffon ! s'exclama-t-il. (Il fit un pas vers le Zo'ol.) Tu as dit : « griffon » ?

Le visage du chaman s'éclaira. Il hocha vigoureusement la tête.

— Oui, graff-in ! Oui, oui !

Il écarquillait les yeux, espérant de toute évidence qu'il s'agissait d'un élément significatif.

— Je ne comprends toujours pas, protesta Elena.

Er'ril s'était tu. Immobile, le regard tourné vers l'intérieur, il considérait quelque événement du passé. Ce fut d'une voix douce qu'il lâcha dans un souffle :

— Un portail du Weir.

Ces simples mots firent hoqueter Elena et lui glacèrent le cœur. *Un portail du Weir.* Elle se souvint de la statue massive d'un oiseau noir monstrueux : la mythique wyverne. Ce n'était pas seulement une hideuse sculpture, mais un ignoble construct de pouvoir taillé dans de l'éb'ène, une porte donnant sur un puits de magie noire appelé « le Weir ». Elena se remémora son bref contact mental avec le mal tapi à l'intérieur. Sa peau la démangea. Ce mal avait failli lui enlever Er'ril.

L'homme des plaines continuait à parler :

— Quand j'ai libéré le Grimoire, le mage noir Greshym m'a parlé des autres portails. Il a dit qu'il en existait quatre. La wyverne que nous avions déjà rencontrée, et trois autres : une manticore, un basilic et… (Il regarda fixement Elena.) Un griffon.

— Mais… un portail du Weir dans les Contrées du Couchant ? s'étrangla Elena. Pourquoi ? Que fait-il là-bas ?

— Je l'ignore. Greshym a fait allusion à un plan du Gul'gotha, révéla Er'ril. Il était question de placer les portails du Weir à des points clés, dans tout Alaséa.

— Notamment à Nidiver, ajouta Elena, se souvenant que telle était la destination de la wyverne avant qu'ils l'arrêtent. Que peut bien mijoter le Seigneur Noir ?

— Même Greshym n'en savait rien, répondit Er'ril. (Du menton, il désigna le Zo'ol.) Mais visiblement, quel que soit son plan, il fait courir un danger à nos camarades.

Elena observa le chaman.

— Peux-tu contacter le seigneur Tyrus ? En découvrir davantage ?

Le petit homme leva de nouveau sa pièce.

— J'ai déjà essayé. Beaucoup de fois. La pièce est devenue froide. Vide. C'est un mauvais présage.

Elena se redressa.

— Alors, qu'est-ce qu'on fait ? On ne peut pas se contenter d'ignorer ce message.

Er'ril se décida enfin à rengainer son épée.

— Ils ont choisi délibérément de s'aventurer dans les contrées sauvages de l'Ouest. Nous n'avons pas de forces à consacrer à une recherche futile.

— Mais…

— Tu as tes propres batailles à livrer, Elena. Et seulement une nuit pour t'entretenir avec le Journal Sanglant et décider du plan que tu soumettras au conseil de guerre demain. Tu as gravé ton engagement dans le ferréol de la table. Tu dois tenir ta parole.

— Mais comment le pourrais-je ? Si tante My est en danger…

— Mycelle est une guerrière douée et elle a retrouvé ses pouvoirs de métamorphe, coupa sévèrement Er'ril. Comme les autres, elle ne devra compter que sur sa propre force et ses propres compétences pour affronter le danger qui la menace.

Elena ne parvint pas à dissimuler sa consternation.

Er'ril la prit par les épaules.

— Je vais chercher dans la bibliothèque de la Fraternité, voir ce que je peux trouver sur les portails du Weir. Mais, toi, tu dois rester concentrée. Tu as une longue nuit devant toi. Je te suggère de te reposer, de dormir un peu. Laisse ces soucis de côté jusqu'à demain.

— Mais comment ? chuchota Elena en se dégageant. Comment faire taire mon cœur ?

— En te disant que ton inquiétude n'aidera ni Mycelle ni les autres. Si tu assumes leur fardeau en plus du tien, tout le monde en souffrira.

Elena acquiesça, et ses épaules s'affaissèrent. Er'ril avait raison. Elle s'était engagée à unifier les différentes factions, à leur montrer le chemin à prendre. Elle avait demandé aux représentants assis autour de la longue table d'oublier toutes les distractions pour regarder dans leur cœur. *Puis-je faire moins que ce que j'exige d'eux ?*

Durcissant son expression, Elena leva la tête vers Er'ril.

— Je vais suivre tes conseils.

Satisfait, le guerrier hocha la tête.

— Dans ce cas, je te ramène à tes appartements. Je viendrai te réveiller juste avant le lever de la lune.

Elena acquiesça et se remit en marche. Soudain, elle se sentait très fatiguée.

Au passage, elle toucha l'épaule du chaman. Celui-ci arborait toujours une expression anxieuse, presque nauséeuse. Quoi qu'il ait senti à travers son contact avec le seigneur Tyrus, cela l'avait profondément secoué.

— Nous apprendrons ce que nous pourrons, lui promit Elena. N'aie crainte. S'il est possible de faire quelque chose, nous le ferons.

Le chaman inclina la tête, tout en pressant le dos de son poing sur la cicatrice de son front.

Elena continua à longer le couloir en pensant à ses amis perdus. En silence, elle pria pour leur sécurité. Mais dans sa poitrine, l'angoisse se répandait ainsi qu'une brume glaciale. Et au cœur de ce brouillard d'inquiétude flamboyait une autre émotion : une urgence grandissante.

Quelque chose cloche là-dehors.

Elle le savait aussi sûrement qu'elle savait que la lune serait pleine ce soir-là. Et pour être honnête avec elle-même, cette angoisse n'était pas nouvelle. Depuis deux jours, tout lui semblait aller de travers. La lumière du soleil manquait d'éclat, les voix étaient trop stridentes, la nourriture n'avait pas de goût, même sa peau la démangeait constamment. Depuis le matin, il lui semblait que les murs du château se refermaient sur elle.

En vérité, cette impression de suffoquer était la principale raison qui l'avait poussée à se dresser devant le conseil pour mettre un terme à ses discussions oiseuses. Er'ril l'avait peut-être trouvée courageuse, mais elle n'avait agi que mue par l'exaspération et l'inquiétude. Parce qu'elle sentait que le temps pressait pour elle – pour eux tous. Elle n'avait pas pu rester passive plus longtemps.

Elena jeta un coup d'œil par-dessus son épaule, cherchant la minuscule silhouette du sage zo'ol. Mais l'homme avait disparu, avalé par les ombres du couloir.

Si seulement ses peurs avaient pu se volatiliser aussi facilement…

Depuis le sommet de la tour est de la forteresse, Tol'chuk observait les travaux de déblaiement sur les quais et dans le dédale de bâtisses à demi submergées, en contrebas. Accroupi parmi les blocs de granit et de pierre volcanique qui s'étaient détachés du parapet, il était seul avec ses pensées. Depuis que les vaisseaux de guerre el'phiques avaient détruit la tour, nul n'osait s'aventurer parmi ses ruines instables – à l'exception de l'og're. C'était son refuge.

Des voix montèrent jusqu'à lui depuis les quais. Des hommes s'interpellaient : certains en aboyant des ordres, d'autres sur le ton chantant de la camaraderie. Au bord de l'eau, des cordes et des filets tentaient de dégager des mâts et des bouts de coque les monceaux de débris qui s'étaient accumulés dans les rues de la partie inondée de Val'loa.

C'était une corvée quotidienne. Chaque matin, la marée rapportait et échouait sur le rivage les reliefs du massacre de la lune précédente. C'était comme si les Profondeurs cherchaient à expulser la douleur et le sang de leurs entrailles liquides. Les navires en miettes n'étaient pas les seuls à flotter et à osciller dans les eaux stagnantes ; il y avait aussi des cadavres boursouflés de marins, des carcasses de dragons et des corps de monstres à tentacules. Au lever du jour, la puanteur attirait des centaines d'oiseaux de mer au festin.

Tels des maraudeurs nocturnes, les hommes et les femmes qui s'affairaient en contrebas portaient un chiffon noué sur le bas du visage. Mais l'odeur de décomposition ne dérangeait pas Tol'chuk. Elle lui paraissait appropriée. Avant même le début de la guerre, le nez de l'og're avait été imprégné par le parfum de la mort.

Tournant le dos à la mer, Tol'chuk sortit la sanguine écarlate de la sacoche qu'il portait sur sa cuisse. Là, dans les ombres projetées par la moitié ouest du château, la pierre brillait de sa propre lumière intérieure. Jadis, elle avait flamboyé ainsi qu'un soleil de rubis ; désormais, elle n'émettait plus qu'une lueur faiblarde, presque maladive. Tol'chuk la tendit vers les points cardinaux : le nord, l'est, le sud et l'ouest. Rien. Il ne sentit aucune traction familière sur son cœur. Le cristal qui l'avait guidé jusqu'ici ne réagissait plus.

Il brandit la sanguine vers le soleil couchant. À travers ses facettes, il scruta l'ombre tapie en son cœur : le Fléau, une malédiction que la Terre elle-même avait jetée à son peuple pour une atrocité commise par l'un de ses ancêtres, surnommé « le Parjure ». Les anciens de la tribu de Tol'chuk lui avaient donné pour mission de réparer le crime du Parjure. Dans cette intention, ils lui avaient confié la sanguine, le réceptacle de l'esprit des défunts de son peuple.

La pierre était censée guider Tol'chuk. Mais à présent, le Fléau avait presque achevé son œuvre funeste. Il avait grandi en se nourrissant des esprits enfermés avec lui. Quand Tol'chuk avait commencé sa quête, le ver minuscule était difficile à distinguer dans les profondeurs du cristal. À présent, on le voyait parfaitement. Il changeait, lui aussi. Telle une chenille se muant en papillon, il était devenu une créature d'ombre recroquevillée et tapie dans un cocon de rubis. Mais en quoi se transformait-il ?

Tol'chuk baissa la pierre. En vérité, quelle importance ? Les esprits de ses ancêtres avaient déjà été dévorés. Il se pencha au-dessus de la sanguine. Pourquoi le Cœur de son peuple l'avait-il conduit jusqu'à cette sor'cière ? Devait-il y voir un indice ? En aidant Elena, s'aiderait-il lui-même ? Il n'avait aucun moyen de le savoir. Mais quelle autre route se présentait à lui ?

Tol'chuk rouvrit sa sacoche en reportant son attention sur les charognards. Il regarda les oiseaux qui tournoyaient dans le ciel, criaillant et piquant vers le festin étalé sur la grève. Plus loin, il vit des requins se disputer un corps pris dans un filet. Il se détourna. *La vie se nourrit toujours de la mort*, songea-t-il, morose.

En luttant pour remettre le cristal dans sa sacoche, il grommela et se débattit avec les lanières. Comme irritée par toute cette agitation, la sanguine s'embrasa. Tol'chuk poussa un hoquet de stupeur. La pierre s'échappa de sa main griffue, roula sur le sol et s'immobilisa près d'un pilier renversé. Pourtant, elle continua à flamboyer ainsi qu'une étoile.

Tol'chuk plissa ses yeux larmoyant de douleur et de soulagement mêlés. Le Cœur de son peuple était revenu à la vie. Il se releva, en appui sur un de ses poings fermés, sa main libre en visière pour se protéger contre l'éclat du cristal.

Une ombre apparut au cœur même de l'intense lumière écarlate. Elle se mit à enfler, grandissant à chaque battement de cœur qui résonnait aux oreilles de Tol'chuk comme un coup de tonnerre. Un tourbillon de noirceur s'éleva de la radiance. La peur cloua les pieds de Tol'chuk au sol.

Le Fléau. Il était venu s'emparer de lui.

Pourtant, l'og're ne s'enfuit pas. Bien au contraire, il redressa le dos. Si la mort venait le chercher, il était prêt à l'accueillir.

Le vortex de ténèbres avait presque entièrement dévoré la lumière écarlate. L'ombre se fit plus dense et, autour d'elle, la radiance se réduisit à une simple aura – le halo toujours aveuglant d'une éclipse de soleil.

Le nuage bouillonnant se condensa et prit forme. Malgré l'éclat flamboyant de la pierre, Tol'chuk écarquilla les yeux. L'image d'un og're sculpté dans les ténèbres se tenait devant lui. Le dos courbé, il s'appuyait sur un bras épais comme un tronc d'arbre. Une crête de fourrure se hérissait le long de son dos nu. Ses grands yeux noirs fixaient Tol'chuk. L'apparition aurait pu être une image négative de lui-même – et d'une certaine façon, elle l'était.

Tol'chuk fit un pas en avant, la vision brouillée par ses larmes.

— Père ?

La silhouette d'ombre ne bougea pas, mais une grimace amusée parut plisser son visage. Son regard détailla Tol'chuk qui se tenait debout face à elle.

— Celui qui marche comme un homme.

Tol'chuk baissa les yeux pour examiner sa posture, puis se pencha afin de prendre appui sur son poing fermé.

— Non, l'arrêta l'apparition d'une voix qui résonna à la fois comme un murmure à son oreille et comme un appel lointain.

(Elle s'exprimait dans la langue native des og'res.) Ne fais pas ça. La Triade t'a bien nommé.

— Mais, père… ?

La silhouette secoua sa tête d'ombre.

— Je n'ai pas beaucoup de temps pour te parler.

— Mais… Le Cœur. Il s'est remis à briller !

— Juste pour un petit moment. (L'og're de ténèbres leva les yeux vers son fils.) Je suis le dernier des esprits dans la pierre. Seuls nos liens de sang m'ont protégé si longtemps contre le Fléau. Mais au coucher du soleil, moi aussi, je disparaîtrai.

— Non !

Un grondement coléreux se fit entendre.

— Les pierres tombent depuis les hauteurs et l'eau coule toujours vers le bas. Même un og're ne peut lutter contre ces choses. Or, tu es un og're, fils. Accepte mon sort comme je l'accepte moi-même.

— Mais…

— Arrivé à la fin, il ne me reste qu'un conseil à te donner. Tandis que le Fléau se rapproche, je perçois le chemin que tu dois suivre. Sache seulement que désormais, tu marcheras sans les esprits.

— Mais pourquoi ? Si le Fléau a déjà vidé le cristal, à quoi bon continuer ?

— Tout n'est pas perdu, mon fils. Il reste un moyen de détruire le Fléau et de faire revivre le Cœur de notre peuple.

— Je ne comprends pas.

Les contours de la silhouette commencèrent à se brouiller tandis que la lueur écarlate s'estompait. Même la voix de l'apparition faiblit :

— Rapporte la pierre… là où elle fut extraite jadis.

— Où ça ?

La réponse ne fut guère qu'un souffle à l'oreille de Tol'chuk. Il tituba en arrière.

— Non, hoqueta-t-il.

Mais il savait qu'il avait bien entendu.

L'image ténébreuse continua à se dissoudre.

— Fais-le… en souvenir de moi.

Tol'chuk serra les poings. Ce que son père lui demandait était impossible. Pourtant, il hocha la tête.

— J'essaierai, père.

La brillance absorba les ombres. Un dernier murmure parvint à Tol'chuk :

— Je vois ta mère en toi. Je pars heureux de savoir que nous vivons tous les deux en toi, mon fils.

Puis la lumière se résorba à son tour, et il ne resta sur le granit froid qu'une pierre terne et inerte.

Tol'chuk ne pouvait pas bouger. Il ne restait pas même un scintillement au cœur de la sanguine. Au bout d'un moment, il se dirigea vers elle, la prit dans ses mains griffues et tomba à genoux en serrant le Cœur de son peuple contre lui.

Il resta ainsi prostré jusqu'à ce que le soleil s'abîme derrière l'horizon, à l'ouest. Il ne bougeait pas, mais parfois, une larme coulait le long de sa joue. Enfin, tandis que l'obscurité engloutissait la tour, il porta la pierre à ses lèvres et embrassa ses facettes.

— Adieu, père.

Joach enfilait les couloirs déserts d'un pas vif, priant pour réussir à s'échapper. Il haletait et ses vêtements étaient couverts de poussière. Le souffle court, il s'arrêta et tendit l'oreille. Mais aucun bruit de poursuite ne lui parvint. Satisfait, il se remit en marche plus calmement et tira un mouchoir de sa poche pour s'essuyer le front. *Cette fois, c'est passé près !*

Il atteignit un petit escalier en colimaçon qui descendait sur sa gauche. Il s'y engagea. La cage était si étroite que ses épaules touchaient les murs des deux côtés. De toute évidence, il s'agissait d'un passage destiné uniquement aux serviteurs.

Joach dévalait les marches deux par deux. Il lui suffisait d'atteindre l'étage principal de l'Édifice ; à partir de là, il connaissait le chemin des cuisines par cœur. À la pensée d'une miche de pain et d'un bol de bouillie d'orge, son estomac poussa un gargouillis de protestation. Sa fuite lui avait coûté son dîner, mais c'était un bien faible prix à payer.

Arrivé sur le palier d'en dessous, Joach émergea de l'étroite cage d'escalier et fut instantanément assailli par le tintamarre des cuisines : fracas métallique des casseroles et des marmites, grésillement de la graisse en train de cuire, rugissements du chef qui devait hurler pour couvrir le brouhaha.

La large double porte s'ouvrait sur sa gauche ; l'éclat des feux qui brûlaient dans la rangée de cheminées dansait sur les murs ainsi que la lumière du couchant. Une bonne odeur de lapin rôti s'échappait de ce paradis, mêlée aux arômes de seigle et d'oignons du pain tout juste sorti du four. Ces parfums délectables attiraient Joach ; ils le tenaient sous leur emprise aussi sûrement que le mage noir jadis. Oubliant qu'il l'avait échappé belle, les jambes du jeune homme se dirigèrent de leur propre chef vers le bruit et les odeurs.

Comme il entrait dans les cuisines, Joach bouscula une marmitonne aux cheveux attachés en une longue tresse fauve sous un mouchoir taché. La fille lui décocha un coup de pied ; de toute évidence, elle l'avait pris pour un de ses collègues essayant de palper d'autres fruits que ceux qui poussaient dans les jardins de l'Édifice.

— Hé ! Bas les pattes, gros lourdaud ! Tu m'as prise pour une servante de taverne, ou quoi ?

Joach reçut un coup de coude dans le ventre avant de réussir à lui attraper le bras et à attirer son attention.

— Du calme !

La fille pivota et le vit enfin. Elle avait le teint foncé, une peau couleur de bronze assortie à ses cheveux dorés. Son regard remonta depuis les bottes noires de Joach, le long de son pantalon gris bien coupé et de sa chemise de soie émeraude jusqu'à la cape de soirée grise jetée sur son épaule droite. En découvrant son visage, elle frémit et tomba à genoux.

— Seigneur Joach !

Son exclamation paniquée attira l'attention de nombreux autres domestiques. La clameur des cuisines mourut autour de Joach.

Le visage du jeune homme devint presque aussi rouge que ses cheveux. Saisissant le poignet de la fille, il la força à se relever, mais les muscles de ses jambes semblaient s'être changés en gelée de groseille. Elle était plus molle qu'une poupée de chiffon. Il dut la tenir pour qu'elle ne retombe pas.

— Je ne suis pas un seigneur. Il n'y a pas si longtemps, je travaillais dans ces cuisines, moi aussi.

— C'est bien vrai, approuva une voix bourrue.

Un gros homme se fraya un chemin parmi les employés ébahis. Il portait un tablier couvert de taches, distendu par son estomac protubérant. Ses joues étaient encore rouges de la chaleur des flammes. C'était le chef cuisinier. Joach le connaissait pour l'avoir croisé chaque jour du temps où il était sous l'emprise du mage Greshym. D'un air menaçant, l'homme agita sa louche en bois sous le nez d'un plongeur.

— Et si vous ne vous remettez pas tous au boulot, je vous botte le cul quelque chose de mignon !

La foule se dispersa, à l'exception de la marmitonne qui avait juste reculé d'un pas et dévisageait Joach, les yeux écarquillés.

Le chef cuisinier frappa avec sa louche dans son autre main pareille à un battoir.

— Je suppose que cette fois, tu n'es pas descendu chercher le souper de quelqu'un d'autre.

Joach reporta son attention sur le gros homme.

— Je n'arrive pas à croire que vous soyez toujours ici. Comment avez-vous survécu au siège ?

— Même les monstres et les mages noirs ont besoin de manger.

Le chef cuisinier tripota le bandeau de cuir qui recouvrait son œil gauche, et que Joach voyait pour la première fois. Dessous, une cicatrice violacée courait depuis le front du gros homme.

— Bien sûr, il vaut mieux éviter de faire cramer leur bidoche, si tu vois ce que je veux dire. (Une lueur horrifiée passa dans l'œil encore valide du chef, mais fut bientôt remplacée par sa bonhomie habituelle.) Maintenant, que puis-je faire pour le jeune seigneur ?

— Je ne suis pas un seigneur, répéta Joach en fronçant les sourcils.

— Ce n'est pas ce que j'ai entendu dire, railla le chef. Il paraît que tu es un prince de la maison royale de ces gens qui sont arrivés en bateaux volants.

Joach soupira.

— Oui, c'est ce qu'ils prétendent, marmonna-t-il. (Les el'phes semblaient croire que lui et sa sœur Elena étaient les derniers descendants de leur vieux roi.) Tout ce que je sais, c'est que je suis né dans un verger, au sein d'une famille de fermiers, et que je ne prétends pas être autre chose.

— Un cueilleur de fruits ! s'esclaffa le chef, brayant comme une mule amusée. (Il lui donna une tape sur l'épaule, et Joach faillit s'étaler de tout son long.) Ça, je veux bien le croire ! Grand et maigre comme tu es, tu pourrais facilement passer pour un épouvantail !

Il le poussa vers une table de travail en chêne et, d'un coup de pied, lui tira un tabouret.

— Vu la façon dont tu reniflais en arrivant, je dirais que tu cherches quelque chose à becqueter, pas vrai ?

— De fait, je… je n'ai pas mangé, avoua Joach.

Le gros homme le fit asseoir.

— Comment ça se fait ? J'ai rempli cette foutue salle des banquets jusqu'au plafond. Ce n'est pas possible que les beaux messieurs et les belles dames aient déjà tout bâfré.

Joach se dandina sur son siège.

— J'ai préféré ne pas dîner avec eux ce soir.

— Oh, ce n'est pas moi qui te le reprocherai ! Ils n'arrêtent pas de jacasser ; ça doit être saoulant à la fin.

Le chef cuisinier fit signe à ses aides. Il lui suffit de pointer sa louche et de froncer les sourcils pour que très vite, la table se trouve recouverte de miches de pain, d'épaisses tranches de fromage et de saladiers de fruits. Un jeune garçon portant une écuelle aussi grosse que sa tête la déposa devant Joach. Elle contenait une portion généreuse de ragoût de lapin accompagné de pommes de terre et de carottes.

Le chef cuisinier jeta une cuiller à Joach.

— Mangez, seigneur Joach, dit-il sur un ton cérémonieux. Ce n'est pas un plat très raffiné, mais vous ne trouverez rien de meilleur même dans cette salle des banquets, assura-t-il.

Puis il retourna à ses foyers.

La marmitonne que Joach avait bousculée un peu plus tôt se précipita vers la table avec une cruche de bière. Elle voulut lui remplir une chope, mais dans sa nervosité, elle en versa plus à côté que dedans.

— Désolée, désolée, désolée, entonna-t-elle comme une litanie.

Joach lui saisit le poignet pour stabiliser sa main. Bientôt, sa chope fut pleine.

— Merci, dit-il.

Malgré lui, il se surprit à détailler la jeune fille. Ses yeux, qu'il avait d'abord crus marron ou peut-être noirs, avaient en fait la couleur du ciel au crépuscule, un bleu indigo. Il aurait pu s'y noyer, songea-t-il en remontant à la surface pour reprendre son souffle. Sa chope était pleine depuis belle lurette ; pourtant, il tenait toujours le poignet de la jeune fille.

— M… merci, répéta-t-il.

La marmitonne soutint son regard sans ciller. Puis, lentement, elle se dégagea. Ses yeux s'attardèrent un moment sur la main droite de Joach. Celui-ci portait un gant en peau d'agneau réalisé sur mesure pour dissimuler sa cicatrice encore fraîche. Deux de ses doigts et la moitié de sa paume avaient disparu, dévorés par la magie d'un malegarde pendant la prise du château. Guère ébranlée par sa mutilation, la jeune fille leva de nouveau les yeux vers lui. Elle fit une petite courbette et s'éloigna.

Joach resta le bras tendu vers elle.

— Comment t'appelles-tu ? demanda-t-il très vite avant qu'elle puisse s'enfuir.

La jeune fille s'inclina de nouveau, un peu plus bas cette fois. Elle avait baissé les yeux, ce que Joach regretta.

— Marta, seigneur.

— Mais…

Avant qu'il puisse nier ou ajouter quoi que ce soit, la marmitonne détala rapidement dans l'envol de sa jupe de toile grossière.

Joach poussa un soupir et reporta son attention sur son dîner. Curieusement, son appétit dévorant s'était évanoui. Cela ne l'empêcha pas de prendre sa cuiller et de goûter le ragoût. Le chef cuisinier n'avait pas menti. La sauce était riche en épices, et la viande si tendre qu'elle fondait dans la bouche. Joach n'avait rien mangé de tel depuis son départ de la ferme familiale. Ce plat lui rappelait la maison, le soin que sa mère mettait à préparer leurs repas l'hiver. Il en retrouva son appétit. Mais pour autant qu'il se régalât, il ne parvint pas à chasser de son esprit les yeux crépusculaires de la marmitonne.

Perdu dans sa rêverie, il ne se rendit pas compte que quelqu'un venait d'entrer dans les cuisines jusqu'à ce qu'une voix tonne derrière lui :

— Ah, te voilà !

Joach n'eut même pas besoin de se retourner pour savoir qui c'était. Maître Richald, le frère de Méric. Il grogna en lui-même. En fin de compte, sa fuite avait échoué.

— Il n'est pas convenable qu'un prince du Sang rompe le pain avec les gueux, lâcha le seigneur el'phe sur un ton clairement dégoûté, en se dirigeant vers la table.

Joach pivota tandis que ses joues s'empourpraient à la fois de honte et de colère. Richald se tenait très raide, le regard survolant l'agitation ambiante sans la voir – sans doute jugeait-il indigne de lui de contempler le labeur des cuisines. Il avait le maintien de tous les el'phes : une expression froide, hautaine et dédaigneuse. Ses traits pâles étaient semblables à ceux de Méric, mais plus aigus, comme si son visage avait été sculpté à l'aide d'un couteau mieux aiguisé. Une mèche cuivrée striait sa chevelure argentée au-dessus de l'oreille gauche.

Repoussant son tabouret, Joach fit face à l'el'phe qui le dominait d'une bonne tête.

— Je refuse de vous laisser insulter ces gens qui travaillent dur par votre grossièreté, maître Richald.

Les yeux bleu glacier de l'el'phe se baissèrent lentement vers lui.

— Ma grossièreté ? Ma sœur s'est donné beaucoup de mal pour amener ses six cousines au banquet afin de te les présenter. Tu aurais pu avoir la courtoisie de ne pas disparaître purement et simplement après les avoir saluées avec désinvolture.

— Je n'ai jamais demandé à être assailli par une horde de vierges el'phes, se défendit Joach.

Richald haussa les sourcils d'un ou deux millimètres – une expression suprêmement choquée pour quelqu'un d'aussi impassible que lui.

— Surveille ta langue. Prince ou non, je ne laisserai pas un demi-sang déshonorer ma famille.

Joach réprima une grimace satisfaite. Il avait enfin réussi à briser cette coquille de stoïcisme – à mettre à jour le dédain profond qu'il inspirait à Richald, et probablement à tous les autres el'phes. Demi-sang. Moitié humain, moitié el'phe.

Pendant la lune qui venait de s'écouler, Joach avait été flatté par l'attention que lui portait le peuple de Méric. Tous les hommes, toutes les femmes aux cheveux d'argent ayant une fille ou une nièce à marier s'étaient disputé son attention. Il avait été présenté à quantité d'épouses putatives, dont certaines n'avaient pas encore versé leur premier sang et d'autres étaient plus âgées que sa propre mère.

Mais au bout d'un moment, il avait commencé à sentir quelque chose derrière tout cet empressement, une sorte de dégoût sous-jacent qui ne transparaissait qu'à travers les craquelures, les chuchotements et les regards à la dérobée. Même si le sang de leur ancien roi coulait dans ses veines, aux yeux des el'phes, il était souillé. Un simple calice, un étalon tout juste bon à engrosser une de leurs pouliches pur-sang pour ramener la lignée à l'écurie. Lorsqu'il aurait rempli son office, sans doute serait-il rejeté comme une pièce ayant perdu toute valeur monétaire.

Ce soir-là, c'était à ce rituel hypocrite qu'il avait tenté de se soustraire. Il en avait assez de cette danse des apparences. Il voulait y mettre un terme tout de suite.

Joach soutint le regard glacial de Richald.

— Quelle offense je dois constituer pour quelqu'un de votre stature, le fils de la reine des el'phes, chuchota-t-il à l'homme qui le surplombait d'une tête. Comme vous devez bouillir de colère en voyant les femelles les plus prisées de votre race vous ignorer pour se pâmer devant un demi-sang comme moi.

À présent, Richald tremblait de rage. Il ne pouvait pas parler ; ses lèvres s'étaient changées en une ligne quasiment invisible.

Joach le dépassa en le frôlant.

— Dites à vos tantes et au reste de votre peuple que ce demi-sang ne paradera plus pour leur bon plaisir.

Richald ne fit pas un geste pour l'arrêter tandis qu'il se dirigeait vers la sortie. Du coin de l'œil, Joach aperçut deux marmitonnes pelotonnées devant un placard. Une paire d'yeux le suivit à travers la pièce. *Marta.* Elle avait enlevé le mouchoir qu'elle portait sur la tête et défait sa tresse fauve, libérant sa chevelure d'or et de bronze.

Troublé, Joach trébucha sur le seuil des cuisines.

Sa maladresse fit passer l'ombre d'un sourire sur les lèvres de la jeune fille. Il rajusta sa cape sur son épaule et lui sourit à son tour. Marta inclina timidement la tête et battit en retraite dans l'ombre du placard.

Joach la regarda disparaître, puis quitta la tiédeur des cuisines. Il en avait fini avec la froideur des el'phes – même s'il avait fallu le feu de toute une rangée d'âtres pour en venir à bout. Par-dessus son épaule, il jeta un coup d'œil par la porte restée ouverte. En vérité, le feu n'était pas le seul responsable de sa victoire. Il devait également remercier une marmitonne appelée Marta.

Après une lune de courbettes et de flatteries éhontées, la simple vérité contenue dans les yeux de la jeune fille lui avait fait honte. L'amour ne devait pas être négocié, soumis à un contrat. Il devait commencer par un regard qui vous touchait en plein cœur et se développer à partir de là.

Joach s'éloigna des cuisines en se promettant d'y revenir très bientôt. Pour la nourriture délicieuse, mais aussi pour voir ce qui pourrait pousser dans la lumière des âtres.

Le soleil venait juste de se coucher. Méric était assis près de la proue de l'*Étalon pâle*, le dos contre le bastingage et les jambes étendues devant lui. Tripotant le luth posé sur ses cuisses, il en tira quelques notes distraites, qui se propagèrent à la surface des eaux dans lesquelles le navire était ancré. Il les suivit des yeux à travers la mer et le ciel.

La lune n'était pas encore levée ; au-dessus de la tête de Méric, les étoiles brillaient tels des joyaux. Dans le lointain, autour de l'île de Val'loa, elles étaient masquées par les vaisseaux aériens fuselés suspendus à l'aplomb du château ainsi que des nuages dorés. Ou plutôt, des Nuages Orageux – car tel était le nom des navires de guerre el'phiques. Malgré la distance, Méric voyait leur quille magique scintiller doucement dans la nuit, irradiant le feu élémental qui les maintenait en l'air.

À cette vue, l'el'phe se renfrogna. Il savait que sa mère, la reine Tratal, était quelque part là-haut et qu'elle se demandait sans doute pourquoi son fils passait plus de temps à bord de l'*Étalon pâle* que sur son propre navire amiral, le *Traque-Soleil*. Après avoir séjourné une lune parmi eux, elle ne comprenait toujours pas l'affection que Méric vouait à des gens d'un autre sang. Elle avait écouté patiemment le récit de ses aventures en Alaséa, mais à aucun moment son expression glaciale ne s'était réchauffée. Les el'phes, créatures du vent et des nuages, n'éprouvaient que peu d'intérêt pour ce qui se passait sous la quille de leurs vaisseaux. Malgré les aventures qu'ils avaient partagées, Tratal ne s'expliquait toujours pas les sentiments que son fils vouait à ces êtres cloués au sol.

Méric passa une main sur son crâne. Cette terre jadis brûlée était redevenue un champ fertile dans lequel poussaient de soyeux épis argentés. À présent, ses cheveux étaient juste assez longs pour lui chatouiller les oreilles et la nuque. Mais ils ne parvenaient pas à dissimuler toutes les cicatrices des tortures subies à Ruissombre. Une longue trace blême et plissée souillait la peau de sa joue gauche.

— Joue quelque chose, réclama une voix près d'un tonneau attaché au bastingage tribord.

Le jeune Tok était emmitouflé dans une épaisse couverture de laine, dans les plis de laquelle il disparaissait presque. Seule sa tête blonde aux cheveux ébouriffés dépassait de ce cocon. Les nuits devenaient beaucoup plus froides au fur et à mesure que l'automne étendait son emprise sur l'Archipel. Mais la fraîcheur aiguillonnait Méric ; elle l'aidait à s'éclaircir les idées.

— Que veux-tu que je joue, Tok ?

L'enfant rejoignait toujours Méric quand celui-ci jouait du luth de Nee'lahn. C'était un moment intime qu'ils partageaient, et Méric en était venu à apprécier à la fois la compagnie du jeune garçon et leur amour commun de la musique. Certaines nuits, Tok aussi pinçait les cordes et s'exerçait à jouer. Mais cela faisait près de quinze jours que Méric n'avait pas touché à l'instrument.

— Peu importe, répondit Tok. Du moment que tu joues…

Méric savait ce que l'enfant voulait dire. La chanson en elle-même ne comptait guère. Ce qu'ils appréciaient tous les deux, c'était le son du luth. Sa hampe avait été sculptée dans le cœur mourant d'un koa'kona, un arbre dont l'esprit était autrefois lié à celui de la nyphai Nee'lahn. La magie élémentale chantait toujours dans les riches vibrations du bois ; elle chantait un foyer perdu et l'espoir de le retrouver un jour.

Penché sur le luth, Méric en caressa la hampe et en effleura les cordes avec toute la tendresse d'un amant. Une cascade d'accords s'échappa sous ses doigts ainsi qu'un long soupir, comme si l'instrument avait retenu son souffle jusque-là et pouvait enfin se remettre à chanter. Méric sourit et soupira lui aussi. Il n'avait pas joué depuis trop longtemps. Il avait oublié de quelle façon la voix du luth apaisait son cœur.

Il tendait de nouveau la main vers les cordes quand un grand fracas résonna non loin. Une écoutille venait de s'ouvrir à la volée. Des voix troublèrent la quiétude nocturne.

— Combien ? aboya une voix dure.

Deux silhouettes émergèrent du pont inférieur et se dirigèrent vers le bastingage, vers Méric. Tenant la hampe du luth, l'el'phe se leva pour ne pas avoir l'air d'espionner les nouveaux venus et demanda :

— Que se passe-t-il ?

La plus grande des deux silhouettes jeta un coup d'œil dans sa direction. C'était Kast. Le Sanguinaire aux larges épaules salua Méric de la tête. Ses longs cheveux noirs étaient tressés dans son dos. Un tatouage représentant un dragon ailé recouvrait sa joue et une partie de son cou.

— On vient de nous apporter des nouvelles du conseil, dit-il sur un ton brusque, incapable de contenir sa colère. Tu es au courant ?

Méric secoua la tête.

La jeune fille très mince qui se tenait près de Kast glissa sa petite main dans celle du guerrier. Méric remarqua la façon dont Kast pressait sa paume et faisait courir son pouce le long de la peau qui reliait le pouce et l'index de sa compagne. C'était un geste machinal dont, probablement, ni Kast ni Sy-wen n'avaient conscience – une façon de se manifester leur affection et leur soutien.

Du menton, Sy-wen désigna le large.

— Ma mère a envoyé un émissaire. Il semble qu'Elena ait forcé le conseil à prendre une décision.

Méric balaya la mer du regard. Dans le lointain, il arrivait tout juste à distinguer l'ombre bossue du Léviathan, un des monstres marins qui abritaient le peuple nomade des mer'ai.

— Elle leur a donné le choix, poursuivit Sy-wen. Approuver son plan ou s'en aller cette nuit.

Méric haussa les sourcils et ne put réprimer un rictus choqué. Elena s'habituait rapidement à son rôle de chef et de sor'cière. Dans ses veines coulait le sang des anciens rois el'phes. De toute évidence, la situation faisait ressortir les traits qu'elle avait hérités d'eux.

— Le haut maître de quille l'a déjà assurée de son soutien, dit Kast. La flotte dre'rendi restera.

— Tout comme les mer'ai, ajouta Sy-wen. Maître Edyll a convaincu ma mère que, depuis l'assaut sur Val'loa, nous n'étions plus en sécurité nulle part.

— Mais… et les autres ? s'enquit Méric en se demandant ce que déciderait sa propre mère. Je ferais mieux de regagner le *Traque-Soleil* pour m'assurer que la flotte el'phique n'abandonnera pas la cause.

— Inutile, contra Kast. J'ai entendu Hunt, le fils du haut maître de quille, dire que les el'phes resteront aussi. Apparemment, ils tiennent à préserver la lignée de votre vieux roi coûte que coûte.

Méric acquiesça, mais une partie de lui s'interrogeait sur la réaction si prompte de sa mère. Tratal avait-elle été touchée par le récit de son fils ou son apparente générosité dissimulait-elle d'autres intentions ?

— Et les autres ?

Kast se rembrunit.

— Puisse la Mère les maudire tous pour leur lâcheté, cracha-t-il.

Sy-wen toucha l'épaule du Sanguinaire.

— Presque toute la délégation des villes côtières est partie avant même le coucher du soleil. J'imagine que la plupart des envoyés qui sont restés écouteront la proposition d'Elena demain matin, mais… Qui sait ? (Elle désigna une flottille à la mâture festonnée de lanternes, qui s'éloignait lentement de Val'loa.) Il se peut aussi qu'ils mettent les voiles pendant la nuit.

Méric fronça les sourcils. Les Sanguinaires, les mer'ai, les el'phes. Tous étrangers aux contrées d'Alaséa, ils étaient pourtant les seuls qui acceptaient de se battre aux côtés d'une sor'cière. Pas étonnant que ce pays ait été conquis un demi-millénaire auparavant.

— Et maintenant, qu'est-ce qu'on fait ?

Kast secoua la tête.

— On attend l'aube.

Le regard d'acier du Sanguinaire balayait la mer comme pour mettre quiconque au défi de quitter l'île. Sy-wen se laissa aller contre lui, tempérant sa dureté avec sa propre douceur. Immobiles et silencieux, ils donnaient l'impression de monter la garde sur Val'loa.

Méric s'écarta de quelques pas pour reprendre sa position près de la proue de l'*Étalon pâle*. Non loin de là, les yeux brillants de Tok reflétaient la lueur de la lune qui se levait à peine. Méric avait promis une chanson à l'enfant ; il ne le décevrait pas.

Debout, dos au bastingage, l'el'phe leva son luth et le cala contre son ventre. Il passa ses ongles sur les cordes. La musique résonna un peu trop fort dans le calme nocturne que seuls perturbaient les doux craquements du navire et le clapotis de l'eau contre la coque. Méric fronça légèrement les sourcils. Même cette brève envolée de notes paraissait curieusement stridente, semblable à un reproche.

Toujours assis sur le pont et emmitouflé dans sa couverture, Tok se redressa. Lui aussi avait remarqué le changement de tonalité du luth. Méric sentit Kast et Sy-wen tourner leur regard dans sa direction.

Il positionna ses doigts et se mit à jouer, tentant de retrouver la voix douce-amère de l'instrument. Mais il ne parvint à en tirer que des accords aigus, discordants et frénétiques. Il s'entêta néanmoins, cherchant une réponse à l'étrange comportement du luth.

Son jeu se fit plus vigoureux – non de son propre chef, mais parce que la musique l'exigeait de lui. Derrière ses notes précipitées, il lui semblait presque entendre un grondement de tambours et un fracas d'acier qui s'entrechoque. Quelle était cette chanson bizarre ? Tandis qu'il jouait, Méric sentit sa peau s'échauffer. Malgré la fraîcheur de la nuit, des perles de sueur se formèrent sur son front.

— Méric ? marmonna Kast.

Ce fut à peine si l'el'phe l'entendit. Ses doigts dansaient sur le luth ; ses ongles s'acharnaient violemment sur les cordes. Puis un chuchotement s'éleva par-dessus la musique :

— J'ai attendu si longtemps...

Surpris, Méric faillit lâcher son instrument, mais celui-ci ne le laissa pas faire. L'el'phe continua à jouer comme s'il était coupé de son propre corps, comme s'il ne maîtrisait plus du tout ses mains. Le luth l'avait ensorcelé.

— Venez à moi, poursuivit la voix, de plus en plus forte et familière.

— Qui est-ce ? demanda Kast.

Percevant la détresse de Méric, il tendit la main vers le luth.

— Non ! aboya l'el'phe. Pas encore !

À présent, la voix chantait entre les notes ; elle résonnait aussi clairement qu'un carillon à travers des roseaux, comme si elle provenait de quelque part sur le pont de l'*Étalon pâle*.

— Apportez-moi le luth. Sans lui, tout sera perdu.

Méric écarquilla les yeux en identifiant la propriétaire de cette voix. Non, c'était impossible. Il l'avait enterrée lui-même...

— N... Nee'lahn ?

— Apporte-moi mon luth, el'phe. C'est notre seul espoir contre le Sinistre.

— Où es-tu ? hoqueta Méric.

— Dans les Contrées du Couchant... à la Pierre de Tor. Viens vite...

La voix commença à s'estomper. Les doigts de Méric ralentirent. Il voulut les forcer à accélérer de nouveau, mais il sentait que le sort s'affaiblissait.

— Nee'lahn ! appela-t-il, luttant contre ses propres mains.

Les accords se délitèrent ; les notes stridentes se bousculèrent les unes les autres dans le plus grand désordre.

Un dernier message étranglé lui parvint à travers cette cacophonie :

— Brisez les portails ou tout sera perdu !

Puis un spasme parcourut les doigts de Méric. Le luth lui échappa, mais Tok plongea et le rattrapa dans sa couverture avant qu'il s'écrase sur le pont. Les jambes en coton, Méric tomba à genoux.

Kast et Sy-wen s'approchèrent lentement. La mer'ai tendit une main vers l'el'phe, mais sans le toucher.

— Tu vas bien ?

Méric acquiesça.

— Qui était-ce ? répéta Kast.

Méric ignora la question du Sanguinaire. Il n'était pas prêt à y répondre, pas même en son for intérieur. Il pivota et leva les yeux vers ses compagnons.

— Vous pouvez me conduire au château ? Je dois parler à Elena. Tout de suite.

Sy-wen jeta un coup d'œil à Kast. Le Sanguinaire hocha la tête. Tous deux reculèrent vers le milieu du pont. Kast ôta ses bottes, son pantalon et sa chemise. Bientôt, il fut entièrement nu à l'exception d'un pagne.

Tandis que Sy-wen pliait les vêtements du Sanguinaire, Méric se releva et prit le luth des mains de Tok. Il regarda Sy-wen se planter devant Kast, qui se baissa pour lui donner un baiser profond – un baiser d'adieu.

Au bout d'un long moment, la mer'ai et le Sanguinaire se séparèrent. Méric vit les larmes briller sur les joues de Sy-wen. La jeune fille leva une main et toucha le dragon tatoué sur la joue de son compagnon.

— J'ai besoin de toi, dit-elle doucement.

Kast sursauta à son contact. Puis tous deux disparurent dans une explosion d'écailles noires, de griffes argentées et d'ailes immenses.

Un rugissement triomphant s'éleva depuis le tourbillon de chair. Bientôt, celui-ci se dissipa, révélant un énorme dragon aquatique accroupi sur le pont, ses griffes enfoncées dans les planches et son cou tendu vers le ciel. Ses crocs argentés étaient aussi longs que l'avant-bras d'un homme. Son cri victorieux emplit l'obscurité.

Près de Méric, Tok hoqueta. C'était la première fois qu'il voyait Kast se transformer en Ragnar'k.

Sy-wen était juchée sur le dos de la bête. Elle tendit une main à Méric au moment où le dragon tournait un œil noir vers lui.

— Prends les vêtements de Kast, dit-elle, et allons-y.

2

Er'ril descendit la longue échelle de l'observatoire en mezzanine pour regagner la bibliothèque proprement dite. Il portait une sacoche de livres sur une épaule et tenait une petite lampe à huile dont la mèche était réglée au plus court.

L'homme des plaines avait fui les immenses allées de la bibliothèque pour se réfugier dans le calme et la solitude de l'observatoire. Parmi les vieux télescopes de cuivre et les lentilles prismatiques jadis utilisées pour étudier les étoiles, il avait épluché les textes antiques. Mais la fatigue de ses yeux avait été bien mal récompensée. Il n'avait trouvé de mention des portails du Weir nulle part – juste une obscure référence au Weir lui-même.

Qu'est-ce que ça signifiait ? Er'ril n'en savait rien. Il n'était pas un érudit. Il s'y connaissait en épées, en chevaux, et ça s'arrêtait à peu près là. Pourtant, il ne voulait pas décevoir Elena. Il avait vu la détermination briller dans les yeux de la jeune femme à l'évocation du danger qui menaçait sa tante Mycelle et leurs autres compagnons : un nouveau portail du Weir, quelque part près de Château Mryl dans le Nord. Pourquoi là-haut ? Er'ril avait espéré trouver une réponse sur ces étagères poussiéreuses, un moyen de guider Elena sur la meilleure voie. Mais il n'avait mis à jour qu'un mystère supplémentaire.

Le Weir.

La référence qu'il venait de découvrir portait sur l'énergie élémentale inhérente à la Terre et affirmait que celle-ci ne pouvait pas exister sans son contraire. Selon ce texte ancien, chaque chose possédait une image inversée dans le miroir. Le Soleil et la Lune. Le feu et la glace. La lumière et l'obscurité. Même les jumeaux magiques, Chi et Cho, étaient le reflet l'un de l'autre – mâle et femelle, une dualité nécessaire à l'équilibre du monde. C'est pourquoi, supputait l'auteur, il devait exister un pendant au pouvoir de la Terre. Là où la magie élémentale englobait toutes les facettes de la nature, son opposé rassemblait tout ce qui n'était pas naturel. À cette puissance mythique, l'érudit avait donné le nom de « Weir ».

Er'ril prit pied sur le plancher de la bibliothèque en frissonnant. Par expérience personnelle, il savait que le Weir n'avait rien de mythique. Il avait été aspiré par la statue de la wyverne, l'un des portails qui donnaient sur le Weir. Même s'il ne se rappelait rien de son séjour là-bas, il savait que le souvenir en était enfoui quelque part en lui – mais que sa raison l'avait muré pour le protéger de la folie. Il ne cherchait pas à le retrouver : il soupçonnait que si, un jour, la lumière venait à éclairer ce recoin de son esprit, il serait perdu à jamais.

Après avoir traversé l'étroite bibliothèque d'un pas vif, Er'ril posa sa lampe à huile et sa sacoche près du frère en robe blanche qui l'avait aidé dans ses recherches.

Ses lunettes en équilibre précaire sur le bout de son nez, le vieil homme leva les yeux vers lui.

— Ces livres vous ont-ils aidé ?

— Je n'en suis pas encore sûr, frère Ryn. J'ai besoin de réfléchir à ce que je viens de lire.

L'érudit au crâne rasé hocha la tête.

— C'est le seul moyen d'atteindre la sagesse, approuva-t-il. (Il reporta son attention sur le parchemin craquelé posé devant lui.) Mes collègues et moi-même, nous continuerons à fouiller les étagères en quête d'autres informations pour vous.

— Merci, frère Ryn.

Er'ril s'inclina profondément et fit mine de se retirer. Mais l'érudit l'arrêta en lançant :

— Ces portails du Weir… Vous me les avez décrits comme des aimants capables d'attirer à eux non seulement la magie, mais ceux qui la possèdent et la manipulent.

— Je n'ai fait que vous répéter les paroles de frère Greshym.

— Mmmh… Et le Weir serait également la source à laquelle le Seigneur Noir puise son pouvoir.

Er'ril acquiesça. C'était un secret qu'il avait réussi à arracher à Greshym lors de leur dernière rencontre.

— Ces portails sont-ils le seul moyen d'accéder au Weir ?

— C'est ce que semblait croire Greshym. Il a dit que les quatre statues d'éb'ène étaient liées entre elles et qu'elles formaient un passage vers le Weir.

Frère Ryn ôta ses lunettes et regarda Er'ril. L'âge avait embué ses yeux, mais une intelligence aiguë brillait à travers le voile qui recouvrait ses prunelles.

— Dans ce cas, il serait sans doute prudent de trouver ces quatre portails et de les détruire avant d'affronter directement le Seigneur Noir.

Er'ril rendit son regard au vieil homme. Ce que frère Ryn suggérait semblait assez simple et direct – mais, en réalité, c'était impossible. L'homme des plaines revit la wyverne s'envoler depuis le sommet de la tour pour regagner Noircastel en compagnie de son frère Shorkan. Personne ne savait où étaient cachées les trois autres statues – et quand bien même on les aurait localisées, comment s'y prendre pour détruire des créations aussi abominables ?

L'érudit retourna à sa lecture.

— La connaissance est la réponse, Er'ril de Standi, marmonna-t-il comme s'il avait lu dans l'esprit du guerrier.

Er'ril acquiesça et se détourna pour partir.

Mais frère Ryn avait encore une chose à lui dire.

— Ce qu'il vous faut, c'est la clé.

Er'ril jeta un coup d'œil par-dessus son épaule.

— Je vous demande pardon ?

— Depuis quinze jours, je sens qu'une pièce du puzzle manque encore à l'appel. Si vous la découvrez, je soupçonne qu'un chemin s'ouvrira à vous.

— Quelle pièce du puzzle ? De quoi parlez-vous ?

— De l'élément unificateur. Du fait qui incorporera les portails, le Weir et la source du pouvoir du Gul'gotha au même tableau. Pour l'instant, nous scrutons des morceaux épars, et la scène d'ensemble nous demeure incompréhensible. Mais si vous découvrez la dernière pièce, la lumière se fera.

— C'est plus facile à dire qu'à faire.

— Comme toujours sur le chemin de la sagesse, répliqua le vieil érudit. (Puis il agita la main comme pour congédier Er'ril.) La lune se lève. Allez rejoindre votre sor'cière.

Er'ril s'inclina une dernière fois et se dirigea vers la porte de la bibliothèque. Inconsciemment, il porta la main à la poignée de son épée. Il avait eu sa dose de mystères pour la soirée. Il était temps pour lui de redevenir un simple homme lige. Elena avait une longue nuit devant elle, et il serait près d'elle quand elle ouvrirait le Journal Sanglant.

Mettant ses inquiétudes de côté, Er'ril enfila les couloirs et les escaliers de l'Édifice jusqu'à la tour située le plus à l'ouest, la Dague de la Sor'cière. Il monta deux par deux les marches qui conduisaient à la chambre dans laquelle Elena se reposait.

Tout en marchant, il sentit un pincement dans sa jambe droite, à l'endroit où il avait été blessé par la lame empoisonnée d'un gobelin en protégeant Elena. La douleur s'attardait ainsi qu'un souvenir amer. À mi-hauteur de la tour, elle le força à ralentir et à adopter une allure normale.

C'était dans ces moments-là qu'Er'ril prenait conscience de sa mortalité toute récente. Depuis qu'il avait remis le Journal Sanglant à Elena, son don d'immortalité avait été transféré à la jeune femme. Il s'était attendu que ses cheveux grisonnent rapidement, que l'arthrite s'empare de ses articulations – bref, à être rattrapé d'un coup par toutes les années que le sort jeté sur lui avait jusque-là maintenues à distance.

Au lieu de ça, il vieillissait à un rythme normal, imperceptible au jour le jour. Le changement survenu en lui ne lui apparaîtrait qu'au fil des hivers et à la faveur d'un regard en arrière. Mais pour le moment, la douleur de sa jambe lui faisait éprouver le passage du temps de manière plus aiguë.

Er'ril continua à monter en soupirant. Quand il atteignit enfin le haut de l'escalier, un rictus déformait ses lèvres. Ce fut tout juste s'il parvint à masquer sa claudication aux gardes stationnés de chaque côté de la porte en chêne bardée de fer.

À son approche, les deux hommes se raidirent.

— Comment va Elena ? leur demanda-t-il.

— La guérisseuse veille sur elle, répondit le garde de droite. Elle lui a donné une potion de rêvherbe pour la faire dormir jusqu'au lever de la lune.

Er'ril acquiesça. Le garde de gauche toqua doucement à la porte, puis poussa le battant pour laisser entrer l'homme des plaines.

La pièce était chichement éclairée. Une poignée d'épaisses chandelles blanches scintillait sur le manteau de la cheminée, au-dessus des braises d'un feu minuscule. La seule autre source de lumière était une rangée de fenêtres longues et larges, qui révélaient le ciel nocturne piqueté d'étoiles. Par l'une d'elles, on pouvait voir la lune émerger à l'horizon.

Dans la pénombre, un raclement de gorge attira l'attention d'Er'ril vers un fauteuil capitonné installé près de l'âtre. Une vieille femme était assise là, un livre sur les genoux. Un châle noir couvrait ses épaules. Ses cheveux tressés et enroulés autour de sa tête étaient du même gris que sa robe. Comme Er'ril se tournait vers elle, elle lui adressa un doux sourire.

— Elle se repose dans la pièce voisine, chuchota-t-elle. J'allais justement la réveiller : je vois que la lune se lève.

— Oui, mais laissez-la dormir encore un peu – jusqu'à ce que la lune soit pleine. Elle a une longue nuit devant elle, et la matinée de demain s'annonce difficile.

— C'est ce que j'ai cru comprendre. Le sort d'Alaséa repose sur sa décision. (Le sourire de la vieille femme s'élargit comme si cette idée l'amusait énormément.) De si frêles épaules pour porter le poids du monde…

— Elle s'en sortira, répliqua sévèrement Er'ril.

— Avec vous à ses côtés, je n'en doute pas, gloussa la guérisseuse.

Son attitude commençait à irriter l'homme des plaines.

— Elena est forte, dit-il sur un ton brusque, pour mettre fin à la discussion.

Mama Freda s'agita dans son fauteuil, s'enfonçant plus profondément parmi les coussins moelleux. Ce mouvement tira un couinement de protestation à l'animal perché sur son épaule : Tikal, le tamrink à la fourrure dorée originaire de sa jungle natale. La petite créature avait enroulé sa queue touffue autour du cou de sa maîtresse. Deux grands yeux noirs mangeaient son minuscule visage glabre, encadré par une crinière flamboyante.

— Elena est forte… forte, pépia Tikal, imitant la voix d'Er'ril.

Mama Freda le calma en le caressant et en le grattant derrière une oreille. Tikal était à la fois son compagnon et les yeux qu'elle ne possédait pas. Infirme de naissance, elle était liée au tamrink depuis son enfance et ne voyait qu'à travers la vision du petit animal. Pour l'instant, l'attention de celui-ci était fixée sur Er'ril.

— Forte, vous dites ? ricana Mama Freda. Ce n'est pas vous qui l'avez mise au lit ni qui avez dû doubler la dose de rêvherbe juste pour la faire dormir. Elle porte un lourd fardeau.

— Je suis parfaitement conscient…

— Vraiment ? Dans ce cas, peut-être pourriez-vous vous adresser à elle autrement qu'en hochant la tête ou en lui répondant par monosyllabes. Un peu de soutien ne lui ferait pas de mal.

Les épaules d'Er'ril s'affaissèrent sous l'accusation. En vérité, depuis qu'ils avaient dansé au sommet de cette même tour, il avait tenté de maintenir Elena à distance – affectivement plutôt que physiquement. Il avait du mal à dissimuler ses sentiments pour elle et il ne voulait pas l'encombrer avec ça. Elle avait déjà bien assez de choses auxquelles penser.

— Saviez-vous que demain, c'est son anniversaire ? reprit Mama Freda.

— Quoi ?

Er'ril ne put masquer la surprise dans sa voix.

La vieille femme hocha la tête.

— C'est son frère qui me l'a dit.

— Mais pourquoi n'a-t-elle pas… ?

— Parce qu'elle essaie d'être forte, répondit Mama Freda en se levant. Les sor'cières ne fêtent pas le jour de leur naissance avec des gâteaux et des bons vœux. (Dépassant Er'ril, elle se dirigea vers une porte latérale.) Venez. Il est temps de la réveiller.

Er'ril dut forcer ses pieds à suivre la vieille femme. Il se sentait stupide. Au bout de cinq siècles, il ne comprenait toujours pas les femmes. Il poussa un soupir.

Même l'insoluble énigme des portails du Weir pâlissait comparée aux mystères de l'âme féminine.

Elena se réveilla en entendant des voix dans la pièce principale de ses appartements. Elle ne distinguait pas les paroles, mais elle reconnaissait l'accent de Mama Freda et la cadence heurtée du standi natal d'Er'ril.

Fermant les yeux, elle s'étira. Elle avait rêvé de sa ferme natale, du chant de sa mère pendant qu'elle faisait la cuisine, du rire de son père quand il rentrait après une longue journée passée dans le verger. Ses paupières se crispèrent. Comme elle aurait aimé rester dans son rêve plutôt que de revenir dans ce monde de magie sanglante et d'armées démoniaques !

Puis les voix se rapprochèrent, et Elena se força à ouvrir les yeux. Sa chambre dépourvue de fenêtre était plongée dans le noir, si bien qu'elle ignorait combien de temps s'était écoulé pendant son sommeil. Mais si Er'ril se trouvait là, la lune devait être levée. Il était sans doute venu la réveiller.

Elena tourna la tête. L'obscurité n'était pas totale. Dans un coin, sur un piédestal de marbre tauésien, était posé un livre noir en piteux état. Une rose rouge bordée d'or était embossée sur sa couverture.

Le Journal Sanglant. Le talisman d'Elena, son héritage… et son fardeau.

Pour l'heure, la rose émettait une lueur bleutée qui n'allait pas sans rappeler le clair de lune. L'astre de la nuit appelait le Grimoire. Elena savait que plus il s'élèverait dans le ciel, plus la lueur s'intensifierait jusqu'à brûler comme un feu glacial. Alors, la jeune femme pourrait ouvrir le livre et rétablir le pont vers les étoiles.

Quelqu'un toqua doucement à la porte de sa chambre. Elena se redressa dans son lit.

— Entrez.

La porte s'entrouvrit.

— Tu as bien dormi ? demanda Mama Freda en passant la tête à l'intérieur.

— Oui, merci.

— Tant mieux.

La vieille femme poussa le battant et se dirigea vers la table de nuit, tenant une longue bougie allumée dans une main.

Pendant qu'elle approchait la flamme de l'unique lanterne de la pièce, Er'ril entra à sa suite.

Elena détailla l'homme des plaines. Elle remarqua qu'il traînait légèrement la jambe droite et que ses yeux se plissaient chaque fois qu'il devait s'appuyer dessus. Il le cachait bien, mais sa vieille blessure le faisait toujours souffrir.

Comme il s'approchait d'elle, elle vit qu'il avait ôté ses beaux atours du dîner pour remettre ses vêtements habituels : des bottes noires, un pantalon brun usé et un pourpoint de cuir vert porté par-dessus une chemise de toile beige grossière. C'était la tenue d'équitation des Standi. Il avait même attaché ses cheveux aile de corbeau avec une lanière de cuir rouge.

À cette vue, Elena se sentit le cœur plus léger. Ça, c'était l'Er'ril qu'elle connaissait et en qui elle avait confiance.

La jeune femme repoussa ses draps. Elle portait ses vêtements de nuit. Comme elle sortait de son lit, elle aperçut son reflet dans le miroir au-dessus de la cuvette de toilette. Et une fois de plus, elle en fut choquée. Qui était cette étrangère qui lui rendait son regard ?

Elle palpa son visage. Ses cheveux se répandaient sur ses épaules en une cascade de boucles flamboyantes. Ses yeux étaient toujours verts, mais désormais pailletés d'or dans la lumière de la lanterne. Un sort jeté à bord de l'*Étalon pâle* lui avait volé quatre hivers, l'amenant prématurément à l'âge adulte.

Sa main quitta son visage pour descendre vers les courbes de son nouveau corps. Même si elle avait eu le temps de s'habituer à son apparence, il arrivait encore qu'elle se laisse surprendre par sa propre image.

— La lune est presque levée, annonça Er'ril. Nous ferions bien de nous préparer.

Elena acquiesça.

— Je pensais qu'on pourrait monter au sommet de la tour.

Très vite, elle enfila une épaisse robe de chambre en laine par-dessus sa chemise de nuit, en noua la ceinture et chaussa une paire de pantoufles chaudes.

Une fois habillée, elle se dirigea vers le Journal Sanglant et tendit les mains vers lui. L'éclat de la rose s'était intensifié dans le bref laps de temps écoulé depuis son réveil. Ses doigts hésitèrent un instant au-dessus de la couverture avant de toucher le Grimoire.

À partir de cette nuit, rien ne serait plus jamais comme avant. Elena sentait le monde bouger sous ses pieds. Mais elle ne pouvait pas revenir en arrière. En prenant une profonde inspiration, elle saisit le livre de ses deux mains écarlates. Elle le serra contre sa poitrine et pivota vers Er'ril.

— Je suis prête.

— Alors, allons-y.

Le guerrier l'entraîna vers la pièce principale. Il se dirigea vers un mur et écarta une tapisserie, révélant la porte dissimulée d'un petit escalier qui conduisait sur le toit.

Précédée par Er'ril et suivie par Mama Freda, Elena grimpa les marches. Le froid nocturne qui soufflait depuis le toit l'enveloppa et, comme elle émergeait à l'air libre, une petite brise agita les pans de sa robe de chambre. Elle resserra sa ceinture d'une main sans lâcher le Journal Sanglant de l'autre.

Derrière elle, le familier de Mama Freda couina et se pelotonna plus étroitement contre sa maîtresse.

— Tu auras assez chaud, mon enfant ? s'enquit la guérisseuse en levant sa lanterne.

— Oui, mais il ne fait aucun doute que l'hiver approche.

— Nous pouvons toujours redescendre, dit Er'ril. Tu peux ouvrir le livre n'importe où.

Elena secoua la tête et se dirigea vers le parapet. Le disque de la lune avait complètement émergé des flots.

— Non. Je préfère le faire ici, sous le regard de la lune.

Elle leva le Journal Sanglant, dont la rose flamboya de plus belle.

Elle s'apprêtait à l'ouvrir quand un rugissement fit voler la quiétude nocturne en éclats. Instinctivement, elle se recroquevilla au-dessus du Grimoire pour le protéger. Puis elle comprit à qui appartenait cette voix tonitruante. C'était celle de Ragnar'k.

Elena se redressa. Flanquée par Er'ril et Mama Freda, elle s'approcha du bord du parapet.

— Il a dû arriver quelque chose, dit Er'ril en scrutant le ciel au-dessus de Val'loa.

Soudain, une forme noire traversa le disque argenté de la lune – en pleine ascension – et plongea vers la tour comme si elle les avait repérés. Mama Freda leva sa lanterne très haut tandis que Tikal marmonnait :

— Gros oiseau, gros gros oiseau.

Tel un papillon attiré par la lumière, le dragon planait au-dessus des milliers de tours de la cité antique. Arrivé à l'aplomb de l'Édifice, il vira sur l'aile pour décrire un cercle. Une petite voix cria quelque chose depuis son dos, mais le vent emporta ses paroles. Er'ril fit un pas sur le côté en agitant les bras pour inviter Ragnar'k à se poser.

Rugissant, le dragon piqua vers l'autre côté du toit et, d'un battement d'ailes massives, vint se percher sur le parapet. Ses griffes d'argent s'enfoncèrent dans la pierre pour maintenir sa position. Ses yeux noirs, étincelant de la lumière des étoiles et du clair de lune, étudièrent froidement les compagnons.

Deux personnes étaient juchées sur son dos. Elena les connaissait bien toutes les deux. Méric et Sy-wen.

Le prince el'phe se laissa glisser de son perchoir et atterrit sur le bord du parapet. Il dut se tortiller pour garder son équilibre. Le vide qui s'ouvrait derrière lui ne semblait nullement le préoccuper. En tant que créature du vent et de l'air, il n'était pas sujet au vertige. Il sauta avec légèreté sur le toit de la tour et se dirigea vers le trio. Inclinant la tête, il mit un genou en terre devant Elena.

— Princesse du Sang, haleta-t-il.

Malgré le froid, Elena sentit ses joues s'empourprer.

— Relève-toi, Méric. Assez de ces absurdités. Quelle affaire pressante vous amène ici ce soir ? demanda-t-elle en désignant du menton Ragnar'k et Sy-wen.

Encore essoufflé par son vol, Méric leva une main pour réclamer quelques instants.

Derrière lui, Sy-wen glissa le long du cou de Ragnar'k et mit pied à terre. Elle frotta le museau du dragon et pressa son front contre ses écailles, comme si elle partageait ses pensées avec l'énorme créature. Lorsqu'elle retira sa main, Elena remarqua qu'elle souriait tristement.

Écailles, os et ailes formèrent un tourbillon qui se résorba jusqu'à ce qu'un homme nu se tienne sur le parapet de la tour. *Kast.* Elena détourna les yeux tandis que Sy-wen l'aidait à descendre et lui passait un paquet de vêtements.

Méric semblait enfin avoir repris son souffle. Toujours un genou en terre, il prit la sacoche qu'il portait à l'épaule et l'ouvrit. Il en tira un luth dont le bois poli mi-ambré, mi-doré scintillait presque dans la lumière des étoiles.

Elena connaissait cet instrument. Le chagrin lui serra le cœur.

— Que se passe-t-il, el'phe ? demanda Er'ril sur un ton bourru.

Méric se releva en fronçant les sourcils. Mais ce fut à Elena qu'il adressa sa réponse :

— J'ai reçu des nouvelles. Un message de… de… Oh, Douce Mère, tu vas croire que je suis fou !

Elena lui toucha la main.

— Un message de qui ?

Méric la dévisagea de ses yeux bleu vif.

— De Nee'lahn.

La main d'Elena retomba. La jeune femme laissa échapper un hoquet de stupeur.

— C'est impossible, protesta Er'ril.

— Crois-tu que je ne m'en rends pas compte ? répliqua Méric en jetant un coup d'œil à la ronde.

Sy-wen et Kast les avaient rejoints. Le Sanguinaire prit la parole d'une voix grave, rocailleuse :

— L'el'phe ne ment pas. Nous l'avons tous entendue – une voix derrière la musique du luth.

— De quoi parlez-vous ? s'enquit Er'ril, les sourcils froncés.

Méric raconta ce qui s'était passé à bord de l'*Étalon pâle*.

— Je sais que c'était sa voix, conclut-il. Elle m'a ordonné d'emporter le luth dans les Contrées du Couchant. Quelque chose menace la forêt.

— Mais elle est morte !

— Peut-être… Et peut-être pas. Nee'lahn est une nyphai. Une créature de la terre et des racines, encore moins humaine que moi.

Er'ril ouvrit la bouche pour protester, mais Elena l'interrompit d'une main levée. Elle se rapprocha de Méric.

— Vivante ou pas, quelle menace Nee'lahn a-t-elle perçue ?

Elle se souvenait du message urgent retransmis par le chaman zo'ol. Un danger dans les Contrées du Couchant. Les portails du Weir.

Méric secoua la tête et détourna les yeux.

— Je n'en suis pas certain. Une menace envers la forêt. (Il haussa les épaules.) La fin de son message n'avait pas de sens, mais elle a tellement insisté ! « Brisez les portails, ou tout sera perdu ! »

Choquée, Elena se tourna vers Er'ril. Aucun d'eux ne dit rien, mais chacun connaissait les pensées de l'autre. Les portails du Weir. Un deuxième avertissement en moins d'une journée.

— Nous ne pouvons pas ignorer ça, chuchota Elena au guerrier.

Er'ril hocha la tête, mais lui laissa la responsabilité de la décision.

Méric reprit la parole :

— J'aimerais ta permission de prendre un des navires el'phiques et de partir à la recherche de Nee'lahn, ou de son esprit, pour lui rendre son luth.

Elena hésita. Elle jeta un coup d'œil à Er'ril, puis dit à Méric :

— Ce n'est pas la première mise en garde que nous recevons depuis l'Ouest. (Elle toucha l'épaule de l'homme des plaines.) Répète à Méric l'avertissement du chaman.

Er'ril acquiesça et s'exécuta rapidement. Quand il eut terminé, Elena reprit :

— Mycelle et les autres se dirigent vers Château Mryl. Si tu pars, je te demande d'emmener le sage zo'ol avec toi. Sa capacité à communiquer par-delà les distances pourra t'aider dans ta quête. Je soupçonne les deux avertissements de n'en faire qu'un seul. Il y a un portail du Weir dans les Contrées du Couchant ; il nous menace tous et il doit être détruit.

— Nous négligeons quelque chose, intervint Er'ril.

Tous les regards se tournèrent vers lui.

— Quoi donc ? s'enquit Elena.

— Nee'lahn nous a demandé de briser tous les portails. Tous : la wyverne, le basilic, le griffon et la manticore. Un peu plus tôt, quelqu'un nous a conseillé d'en faire autant. À elles quatre, les statues forment une porte vers le Weir, la source du pouvoir du Cœur Noir. En les détruisant, nous priverons le Gul'gotha de sa magie.

Elena agrippa les Journal Sanglant à deux mains. Était-ce la réponse qu'elle cherchait, l'étape suivante dans leur assaut contre le Seigneur Noir ? Kast s'avança et posa la question qui la tourmentait :

— Mais comment allons-nous les trouver ?

—Je l'ignore, admit Er'ril. Shorkan a remmené la wyverne à Noircastel, mais les trois autres pourraient être n'importe où.

—Mais pourquoi les Contrées du Couchant ? Pourquoi aller mettre un portail là-bas ? s'interrogea Elena à voix haute. (Elle fit face à Er'ril.) As-tu découvert quelque chose dans la bibliothèque de l'Édifice ?

Le guerrier se rembrunit et secoua la tête.

—Frère Ryn et les autres érudits vont continuer à chercher.

Elena se dirigea vers le milieu du toit et leva le Journal Sanglant.

—Voici un autre livre qui contient peut-être une réponse. (Du menton, elle désigna la lune dont le disque argenté s'était déjà élevé très haut dans le ciel.) Il est temps que nous prenions conseil auprès d'une autorité supérieure.

Avant que quiconque puisse protester ou que le courage lui manque, Elena ouvrit le Journal Sanglant. Un torrent scintillant jaillit du livre, nuée de lucioles argentées qui s'enfuirent sur les ailes du vent. Il fut suivi par un chuchotement de cloches cristallines, que la fraîche brise nocturne emporta très vite.

Retenant son souffle, Elena baissa les yeux vers le Grimoire. Au lieu des pages de parchemin blanc, elle découvrit une fenêtre ouverte sur un ciel étoilé, comme si elle tenait dans ses mains un miroir reflétant la voûte céleste au-dessus de sa tête.

Mais le ciel contenu dans le Journal Sanglant n'était pas celui de son monde. À travers le portail, des nuages vaporeux aux couleurs de l'arc-en-ciel flottaient entre des étoiles serrées les unes contre les autres. D'étranges lunes aux anneaux de glace passaient en tournant sur elles-mêmes, froides et indifférentes. Elena sentait le Vide à l'intérieur du livre. Il lui semblait qu'elle aurait très facilement pu tomber à l'intérieur et s'y perdre à jamais.

Mais ce chemin n'était pas le sien.

Depuis le Vide, une silhouette éthérée, toute de lumière et d'énergie crépitante, s'éleva à travers la couverture du Journal Sanglant pour se déployer dans la nuit.

Les compagnons la suivirent du regard. L'apparition, éclairée par en haut étendit ses membres tissés de radiance, ses bras et ses jambes de pierre de lune sculptée. Elle s'étira comme si elle sortait juste d'un long sommeil. Tandis qu'elle tournait lentement sur elle-même, sa silhouette spectrale gagna en substance et adopta des traits familiers.

La visiteuse étudia la lune pleine dans le ciel du monde où elle venait d'arriver, puis se posa sur les dalles du toit.

Elena connaissait l'apparence de cet esprit. Elle lui était aussi familière que sa propre paume : l'expression sévère, les lèvres pincées par le sens du devoir, le petit nez retroussé, la tresse enfouie sous un bonnet pour protéger les cheveux rebelles de la flamme des âtres de la boulangerie. Elena remarqua que l'apparition portait même un vieux tablier aux coutures effilochées.

— Tante Fila ?

Les yeux de l'apparition se tournèrent vers elle, et Elena sut instantanément que cette ressemblance était mensongère. Des étoiles lointaines brillaient derrière ces prunelles froides ; des soleils morts se réduisaient en cendres dans son regard. C'était comme si le Vide contenu dans le Journal Sanglant avait pris forme et substance. Ce visage n'appartenait pas à tante Fila, mais à quelque chose d'étranger à ce monde. Quelque chose qui n'avait jamais marché sous un ciel normal.

— Cho ? chuchota Elena, nommant l'esprit qui avait pris les traits de sa parente défunte : une créature de magie et de pouvoir, l'être qui lui avait conféré ses dons de sor'cière.

L'apparition ignora la jeune femme et balaya du regard les compagnons rassemblés sur le toit. Aucun d'eux ne dit rien, mais aucun d'eux ne battit en retraite.

Cette démonstration de force aida Elena à retrouver sa langue.

— La lune est de nouveau pleine. Je te demande de partager ta sagesse avec nous. Nous avons besoin qu'on nous guide.

L'apparition aux yeux froids reporta son attention sur elle.

— Je vais parler.

Derrière ces simples mots, Elena entendit le Vide dans des échos de glace et d'éternité. La silhouette leva les bras pour étudier leur blancheur scintillante, la tête légèrement penchée sur le côté.

— J'ai partagé avec la dénommée Fila, celle qui sert de Pont aux Esprits vers votre monde. Elle m'a instruite sur vos contrées.

Elena se redressa.

— Dans ce cas, tu connais notre situation. Un grand fléau a pris pied ici. Nous cherchons un moyen de l'arrêter, afin de pouvoir chercher Chi sans interférences.

— Chi… (Un instant, la froideur glaciale de l'apparition parut diminuer. Sa voix se fit plus chaleureuse.) Je le sens tout autour de moi.

Elena inclina la tête. Elle ne comprenait pas bien la relation entre Chi et Cho. Ils étaient opposés et pourtant indissociables : frère et sœur, mari et femme. Mais la nature de leur lien n'était pas tout à fait familiale. Elle était plus large que ça. Presque cosmique, comme celle du Soleil et de la Lune.

Elena releva la tête.

— Nous continuons à chercher des informations sur l'endroit où se trouve ton… ton…

Faute de savoir comment définir Chi, elle ne put achever sa phrase.

L'apparition dut lire dans son esprit. Un peu de chaleur planait toujours à la lisière du Vide.

— Mon frère. Tu peux l'appeler « mon frère ».

Leurs regards se croisèrent, et Elena sentit la brusque tristesse qui passa dans les yeux de Cho. Même si cette entité se déplaçait entre les étoiles, même si sa vie ne ressemblait en rien à celle d'une humaine, sa douleur n'était que trop familière à la jeune femme. Le chagrin, la perte… Ces émotions renvoyaient Elena à ce qu'elle avait éprouvé dans les rues de Gelbourg, lorsque son frère Joach lui avait été arraché. Elle ne comprenait pas Cho, mais elle comprenait sa souffrance.

— De nombreux sages et érudits s'efforcent de le localiser, dit-elle sur un ton consolateur. Nous finirons par le trouver, mais ce monde est étranglé par un fléau qui nous tient enchaînés et nous force à nous cacher. Une fois libérés de ce mal, nous pourrons…

— Non ! (La glace revint dans les yeux et le ton de Cho.) Ce mal n'a aucune importance. Vous devez trouver Chi.

— Nous essayons, mais…

— Non ! Je sens la douleur de mon frère. Elle me ronge, elle m'appelle. (Une vague de froid jaillit de la silhouette pâle. Sous elle, la pierre du parapet craqua et se fendit.) Vous devez trouver Chi ! Tout de suite !

Les fissures de la pierre se propageaient en dessinant une toile d'araignée autour des pieds de l'apparition. Elena sentit Er'ril s'approcher d'elle, prêt à l'emmener en sécurité, mais elle ne recula pas.

— Je connais ta douleur, Cho, dit-elle calmement. Mais ce que tu nous demandes n'est pas facile. Nous ne savons même pas où commencer nos recherches. Et si nous nous y lançons à l'aveuglette, le mal qui ravage ces contrées tentera de nous faire trébucher à chaque pas. Nous ne pouvons pas l'ignorer.

Elena capta le Vide dans le regard de l'apparition. Elle ne frémit pas.

La toile d'araignée de craquelures atteignit ses orteils. La magie glaciale de Cho fit éclater le granit devant elle.

— Nous faisons de notre mieux, poursuivit la jeune femme sans bouger, le dos bien droit et le menton fièrement levé. Tu ne peux pas nous demander davantage.

De l'autre côté du parapet fissuré, les épaules de l'apparition s'affaissèrent. Le silence s'abattit sur le toit tel un poids physique.

— Mais il m'appelle, chuchota Cho d'une voix dans laquelle il ne restait pas la moindre trace de givre. (De ses yeux ouverts sur le Vide coulèrent des larmes presque humaines.) Sa douleur me fait plus mal que si c'était la mienne.

Lentement, Elena s'avança sur les dalles brisées pour rejoindre Cho.

— Partager la douleur soulage le cœur.

Levant une main écarlate, elle toucha le contour de la silhouette… et fut surprise de sentir de la substance sous ses doigts. Elle effleura le visage à la fois si familier et si étranger.

— Nous sommes là pour toi. Tu nous as donné le pouvoir de nous battre et de libérer nos contrées. Nous te devons notre vie et notre liberté. Nous ne te décevrons pas.

Cho s'abandonna à sa caresse. Elena eut l'impression de sentir une statue de glace contre sa paume. Mais au lieu de retirer sa main, elle se concentra pour y faire couler la magie de son cœur. Une lueur écarlate enveloppa ses doigts et se communiqua à la joue glacée de l'apparition.

— Je ne te décevrai pas, Cho, affirma-t-elle. Je te le jure. Nous retrouverons ton frère.

Pour la première fois, un sourire se forma sur les lèvres d'albâtre de l'esprit.

— Celle que l'on nommait jadis Fila m'a beaucoup parlé de toi, Elena. Apparemment, elle ne s'est pas trompée. (L'apparition se redressa et fit un pas en arrière. Ses yeux se voilèrent comme si elle contemplait un ailleurs lointain.) Elle souhaite te dire quelque chose.

— Tante Fila ?

Cho acquiesça.

— Mais je t'ai entendue, Elena. Pour l'instant, je te laisse le champ libre. Combats ce mal comme tu l'entends, mais prends ma douleur à ton compte. Retrouve Chi. Retrouve mon frère.

Elena inclina la tête.

— Je te le promets.

La silhouette spectrale conserva sa substance, mais sa voix s'estompa comme si elle s'abîmait dans un puits sans fond :

— Je te donnerai du pouvoir, Elena… Et une magie inconnue jusqu'ici.

Ces derniers mots firent frissonner la jeune femme. Que voulait dire Cho ? Dans la lumière du clair de lune, elle examina ses deux mains écarlates, gorgées de pouvoir. « Une magie inconnue jusqu'ici. » Ses mains tremblèrent sur le Journal Sanglant.

Puis une voix l'arracha à ses pensées, ramenant son attention vers le toit de la tour. Ce fut comme une étreinte tiède par un jour glacial.

— Elena, mon enfant, il semble que tu sois devenue la femme dont tu occupes le corps.

Elena leva les yeux. Toute trace du Vide avait disparu du visage de l'apparition. La pierre de lune sculptée s'était muée en un souvenir réconfortant. Elena ne put retenir ses larmes.

— Tante Fila !

— Sèche ces larmes, mon enfant, dit la vieille femme sur un ton brusque, mais qui ne put masquer sa chaleur et son amour. (Ses yeux jusque-là étoilés ne brillaient plus que d'amusement et d'inquiétude.) T'es-tu bien reposée depuis la dernière fois que nous nous sommes parlé ?

— Oui, tante Fila, dit Elena.

Mais à la façon dont l'apparition pinça les lèvres, elle sut que sa tante ne la croyait pas.

— Nos contrées se préparent à livrer bataille, enchaîna-t-elle très vite. Depuis que nous avons repris Val'loa, tout le monde attend de voir ce que nous allons faire maintenant.

— Et qu'allez-vous faire ?

Elena jeta un coup d'œil à Er'ril. L'homme des plaines se rapprocha d'elle.

— Jusqu'ici, nous nous sommes essentiellement disputés, répondit-il avec amertume.

— Ça, c'est bien les hommes, marmonna Fila. Leur langue est toujours plus audacieuse que leurs bras.

Er'ril ignora cette rebuffade.

— Mais Elena les a mis au pied du mur. Demain matin, elle va présenter un plan au conseil – un plan que tous devront suivre.

— Je voulais te consulter avant de prendre une décision, ajouta très vite Elena. Je sais que Cho souhaite nous voir cesser notre lutte contre le Gul'gotha pour nous consacrer exclusivement à la quête de son frère, mais tout sera perdu si nous laissons faire le Seigneur Noir.

— Je suis d'accord avec toi, acquiesça Fila. Mais parfois, deux causes peuvent n'en devenir qu'une.

Elena hocha la tête. Elle avait dit la même chose à Méric quelques minutes plus tôt.

— Mais nous n'avons rien découvert sur Chi. Toutes nos recherches suggèrent qu'il a disparu de ce monde il y a cinq siècles, durant la chute d'Alaséa.

— Il n'a pas disparu, contra fermement tante Fila. Désormais, mon esprit est mélangé à celui de Cho. Je sens ce qu'elle sent, et j'ai senti la présence de son frère jumeau. J'ai entendu ses cris résonner à travers le Vide. Il est là.

— Mais où ? demanda Er'ril. Et comment faire pour le localiser ?

L'expression de Fila se fit pensive.

— J'ai essayé de localiser la source de ses appels, mais en vain. Tout ce que je perçois, ce sont des émanations de douleur et, à l'occasion, une bribe de rêve fracturé – ou plutôt, de cauchemar. Des monstres étranges attaquent Chi et le déchiquettent, des créatures au corps corrompu. Une tête de lion sur un corps d'aigle. Un og're avec une queue de scorpion. (La vieille femme secoua la tête.) Des visions dépourvues de sens.

Er'ril s'avança, manquant de trébucher dans sa hâte et son émotion.

— Une tête de lion sur un corps d'aigle ? Autrement dit, un lion ailé. Un griffon !

Elena hoqueta, les yeux écarquillés.

— Vous souvenez-vous, demanda Er'ril à l'apparition, d'avoir également vu un gros oiseau noir, un lézard ailé avec un bec crochu ?

Tante Fila fronça les sourcils.

— Ou… oui. C'est une des bêtes fantasmagoriques qui tient et tourmente Chi dans ses rêves.

— Mère d'en haut, ce ne sont pas des rêves ! (Er'ril se couvrit le visage de ses mains.) La réponse est sous mon nez depuis tout ce temps !

— Quoi ? s'exclamèrent simultanément Elena et tante Fila.

Er'ril baissa ses mains et leur fit face.

— Ce que m'a dit le mage noir Greshym quand il m'a parlé de la nature des portails d'éb'ène…

— De quels portails parlez-vous ? interrogea Fila.

— Les portails du Weir, répondit Elena. Des portails de pouvoir.

Elle fit signe à Er'ril de continuer.

L'homme des plaines acquiesça.

— Avec l'aide des n'ains, le Seigneur Noir sculpta jadis quatre talismans monstrueux. Baptisées avec le sang, ces statues avaient le pouvoir d'aspirer la magie, et même l'esprit des gens qui portaient suffisamment de magie en eux. Un jour, selon Greshym, quelque chose d'étrange tomba à l'intérieur d'un des portails. Parce que cette chose était trop large pour qu'une seule statue puisse la contenir, elle se propagea aux quatre – s'emprisonnant et fusionnant les portails du même coup. Ainsi fut créé le Weir, la source du pouvoir du Seigneur Noir.

Er'ril ferma les yeux, un rictus d'agonie déformant son visage.

— À présent, tout est clair. La disparition de Chi en Alaséa, la montée en puissance du Gul'gotha… Nous avons été tellement aveugles !

— Où veux-tu en venir, Er'ril ? demanda Elena.

L'homme des plaines rouvrit les yeux et la regarda l'air horrifié.

— Le Weir, c'est Chi. Ils ne font qu'un. Un jour, Chi est tombé à l'intérieur des portails et s'est retrouvé prisonnier. À présent, le Seigneur Noir pompe son pouvoir telle une immonde sangsue.

Elena sentit les os de ses jambes ramollir.

— Tu veux dire que la magie noire du Gul'gotha est celle de Chi depuis le début ?

— Oui.

Er'ril ne put masquer son désespoir dans sa voix.

Trop choquée pour ajouter quoi que ce soit, Elena fit un pas en arrière. Elle agrippait toujours le Journal Sanglant. Elle se concentra sur le Vide infini contenu dans ses pages. Il lui semblait presque sentir le flux du destin s'infléchir sous elle.

— Dans ce cas, notre voie est toute tracée, marmonna-t-elle.

Er'ril la rejoignit. Elle soutint son regard et sentit que les autres la dévisageaient. Mais ce n'était rien comparé aux courants de la destinée qui coulaient autour du Grimoire, dans ses mains.

— Il semble que les deux causes n'en fassent réellement plus qu'une, déclara-t-elle. Pour vaincre le Seigneur Noir, nous devons sauver Chi.

— Mais comment allons-nous nous y prendre, Elena ? voulut savoir Er'ril.

— En faisant ce que Nee'lahn nous a demandé, répondit Elena, en pivotant pour faire face à la lune. En trouvant et en brisant les portails maudits. (Par-dessus son épaule, elle jeta un coup d'œil à Er'ril.) Tous les quatre.

La silhouette enveloppée d'une cape était accroupie immobile dans la gadoue de la cour. Sa forme mince n'était qu'une ombre supplémentaire parmi les tas de gravats – morceaux de pierre et de fer arrachés.

Elle attendait sans bouger depuis minuit, observant le jeu des lumières au sommet de la tour de la sor'cière. Elle avait vu le dragon se poser sur le parapet et disparaître. Pourtant, elle n'avait pas bronché. Même quand le clair de lune s'était estompé, elle était restée figée dans sa cachette.

Son maître lui avait appris la patience. Ceux qui avaient été formés au maniement des arts meurtriers savaient que la victoire se tapissait dans le silence entre les batailles. Aussi était-elle demeurée immobile la nuit durant.

À présent, des gouttes d'humidité matinale se formaient dans les plis de sa cape vert sapin. Un criquet rampait sur le dos de sa main dont la paume était appuyée sur le sol poussiéreux. Tandis qu'elle scrutait les remparts de la forteresse, elle sentit le petit insecte frotter ses pattes de derrière, entendit son murmure chantant. La promesse de l'aube. Le moment était venu.

Elle se redressa souplement, comme si elle ne s'était accroupie que pour cueillir une fleur dans le jardin fraîchement planté. Son mouvement fut si vif et si fluide que le criquet continua à égrener son ultime chant nocturne. Portant sa main à ses lèvres, elle souffla l'insecte hors de son perchoir. Si seulement sa proie était aussi facile à surprendre…

Sans marquer de pause, elle s'extirpa de son nid de pierres brisées et s'élança promptement au travers de la cour. Personne ne saurait qu'elle était passée là. Elle s'était entraînée à courir dans le désert sans déplacer le moindre grain de sable.

Les portes du bâtiment principal étaient gardées. Elle distinguait le dos des sentinelles par les fenêtres de verre teinté. Mais les portes étaient réservées aux invités.

Sans ralentir, elle secoua son poignet. Une cordelette jaillit de ses doigts et vola vers les fenêtres du deuxième étage. Trois dents de métal crochues s'enroulèrent autour des barreaux. Sans s'arrêter, elle tira d'un coup sec pour affermir la prise de son grappin. Tissée à partir de soie d'araignée, la cordelette était solide ; elle suffirait à soutenir son poids.

La silhouette atteignit le pied du mur et poursuivit sa course à la verticale. À la voir, personne n'aurait soupçonné qu'elle utilisait une corde. La pierre antique était vérolée de trous et de cicatrices de bataille ; l'escalader était aussi facile pour elle que gravir un escalier un peu raide.

Elle atteignit la fenêtre du deuxième étage sans avoir versé une seule goutte de sueur. D'une de ses poches, elle sortit une fiole de feu noir. Elle en badigeonna les extrémités supérieure et inférieure de trois barreaux. Une puanteur de métal fondu assaillit brièvement ses narines, mais nul rougeoiement n'indiqua que l'huile corrosive était à l'œuvre. « Rien ne doit attirer le regard » : c'était l'une des premières leçons qu'on enseignait aux apprentis.

Elle compta les secondes. À dix, elle empoigna les barreaux et tira d'un coup sec. Le feu noir les avait rongés jusqu'à la moelle. Prudemment, elle posa les bouts de métal sur le rebord en granit de la fenêtre. Elle ne pouvait pas les laisser tomber et prendre le risque que quelqu'un entende leur fracas sur les pavés de la cour.

Passant un bras par l'ouverture, elle secoua de nouveau son poignet, et une fine lame d'acier apparut entre ses doigts. Elle la glissa dans l'interstice entre la fenêtre et le mur pour soulever le loquet. Elle testa les gonds. Un grincement immédiat lui apprit que cette fenêtre n'avait pas été ouverte depuis des années. En fronçant les sourcils, elle prit une autre fiole dans sa poche et huila soigneusement chacun des gonds.

Satisfaite, elle entrebâilla la fenêtre d'une largeur de doigt et utilisa la surface polie de sa lame pour étudier le reflet du couloir. Vide. Sans attendre, elle se faufila par l'étroite ouverture, plongea à terre, roula sur elle-même et se releva dans l'élan.

Elle fut de nouveau sur ses pieds avant qu'un battement de cœur se soit écoulé. Pourtant, elle ne marqua pas de pause. Elle s'élança dans le couloir et descendit deux escaliers d'un pas glissant, sans même laisser une empreinte dans la poussière.

Peu de temps après, elle atteignit son but – les portes du Grand Hall. Elle s'accroupit. Une brève danse de ses instruments, et la serrure céda. Elle poussa le battant juste assez pour couler sa mince silhouette de l'autre côté. Ces gonds-là, au moins, étaient suffisamment huilés.

Une fois à l'intérieur, elle se hâta vers la longue table de ferréol. Au bout se dressait une haute chaise surélevée par une marche. Des roses entrelacées étaient sculptées sur son dossier. Comme elle s'en approchait, une trace d'appréhension s'insinua dans ses veines. C'était ici que trônait la sor'cière. Ses pieds ralentirent. Elle sentait presque les yeux de la sor'cière sur elle. Elle avait beau savoir que c'était juste son imagination, elle ne put s'empêcher de frissonner.

Frémissante, elle atteignit le coin de la table et fit face à celle-ci. Dos à la haute chaise, elle glissa une main dans sa cape et en sortit son arme. La longue lame noire luisait presque dans la pénombre du hall. Elle la brandit d'une main qui tremblait légèrement.

— Ne m'obligez pas à faire ça, chuchota-t-elle dans la pièce déserte.

Mais il était trop tard pour battre en retraite. Elle avait fait trop de chemin, consenti trop de sacrifices. Pour qu'il y ait une chance, cet acte lâche devait être accompli.

Tenant la dague à deux mains, elle la brandit en priant pour qu'on lui pardonne et l'abattit de toutes ses forces sur la table. La pointe aiguë transperça le ferréol comme une vulgaire motte de beurre tiède. Pourtant, une onde de choc remonta le long de ses bras lorsque la garde heurta le plateau. Hoquetant, elle lâcha prise et appuya très fort ses mains sur sa cape pour chasser la sensation.

Elle regarda fixement la lame empalée. Son manche dépassait au milieu de l'empreinte brûlée dans le bois – l'empreinte d'une sor'cière.

Sous ses yeux, du sang écarlate suinta du ferréol et se répandit à la surface de la table. Le liquide atteignit le bord du plateau et se mit à couler sur le sol de pierre. Mais ce n'était pas le pire. Tandis qu'elle restait figée là, un cri de surprise et de douleur s'éleva depuis la flaque.

Portant un poing à sa gorge, la silhouette enveloppée d'une cape recula. *Qu'ai-je fait ?*

Tournant les talons, elle franchit la porte et s'enfuit dans le dédale de couloirs. Mais même les ombres ne pouvaient la protéger contre l'écho du cri d'une sor'cière blessée. *Dieux d'en haut, pardonnez-moi !*

3

Se tordant dans ses draps entortillés autour d'elle, Elena pressa sa main contre sa poitrine. Il lui semblait que sa paume était en feu. À travers le brouillard rouge de son agonie, ce fut à peine si elle entendit frapper violemment à la porte de sa chambre.

— Elena !

C'était Er'ril.

La voix du guerrier fournit un point d'ancrage à Elena – une chose sur laquelle se concentrer. La jeune femme dégagea sa main des draps pour l'examiner. Elle s'attendait à découvrir une blessure, mais dans la lumière grisâtre qui précède l'aube, elle vit que sa chair semblait indemne. Tandis que la douleur cédait lentement, elle roula sur elle-même, se leva et se dirigea vers la porte en titubant.

Les coups se poursuivaient. Une des planches du battant craqua sous la fureur de l'assaut d'Er'ril.

— Elena ! Réponds-moi !

Tremblante, Elena souleva le loquet et ouvrit la porte. Er'ril se tenait devant elle, échevelé et le visage rouge. Par-dessus son épaule, elle aperçut une couverture abandonnée au pied du fauteuil, près de la cheminée. La veille, la discussion sur Chi et les portails du Weir s'était prolongée bien au-delà de minuit, et l'homme des plaines s'était endormi près du feu. Mama Freda avait conseillé à Elena de ne pas le réveiller.

— Tu es blessée ? s'enquit Er'ril, fou d'angoisse, en agrippant la poignée de son épée.

À présent, la douleur s'était réduite à une pulsation sourde, et Elena pouvait de nouveau réfléchir.

— Je vais bien, dit-elle.

Mais le tremblement de sa voix démentait ses propos.

— Que s'est-il passé ? demanda Er'ril en la détaillant de la tête aux pieds.

Elena se souvint qu'elle ne portait qu'une longue tunique en lin. Brusquement gênée, elle recula jusqu'à sa penderie et enfila une robe de chambre.

— Je ne sais pas, répondit-elle. Je me suis réveillée avec la main brûlante de douleur.

Elle enfonça son bras dans la manche de la robe de chambre – et comme sa main émergeait à l'autre bout, elle poussa un hoquet de stupeur. À présent que les torches de la pièce principale éclairaient sa chambre, elle prenait conscience qu'elle n'était pas aussi indemne qu'elle l'avait d'abord cru.

Er'ril la rejoignit et prit sa main dans la sienne. Il inspecta sa paume et ses doigts.

— Je ne vois pas de plaie. (Il la regarda fixement.) Mais qu'est-il arrivé à ta Rose ?

Elena secoua la tête. Elle n'en avait pas la moindre idée. Se dégageant de l'étreinte d'Er'ril, elle leva sa main dans la lumière des flammes. Jusqu'à son poignet, sa peau était aussi blanche et pâle que sur le reste de son bras. La tache écarlate avait disparu. Sa main ne portait plus la marque de la Rose.

Er'ril promena un regard à la ronde.

— Je ne comprends pas, balbutia Elena. Je n'ai pas lancé de sort. Et surtout pas de sort assez puissant pour drainer toute ma magie d'un coup.

Des yeux, elle implorait le guerrier de lui faire confiance.

— Je te crois, la rassura Er'ril. Pour dépenser une telle quantité de feu sor'cier, tu devrais incendier toute cette tour, des fondations jusqu'au toit. (Par la fenêtre, il jeta un coup d'œil au ciel qui pâlissait à l'approche de l'aube.) Mais quand le soleil sera levé, mieux vaudra que tu régénères rapidement.

Elena acquiesça, perplexe et inquiète. En sortant de sa chambre, elle se dirigea vers les braises rougeoyantes de la cheminée devant laquelle Er'ril avait dormi. Elle tendit les mains vers leur tiédeur réconfortante. Sa main gauche arborait toujours la souillure écarlate de la Rose, mais la droite était désormais d'un blanc laiteux. Que s'était-il passé ?

— Tu as déjà entendu parler de ce genre de phénomène, Er'ril ? D'un mage dont le pouvoir se serait volatilisé brusquement et sans raison ?

Rengainant son épée, l'homme des plaines rejoignit Elena devant l'âtre et ramassa la couverture qu'il avait laissé tomber par terre.

— Non. Même après la disparition de Chi, les mages ne perdaient leur pouvoir qu'en le dépensant. (Il replia la couverture.) Je n'avais jamais vu ça auparavant.

Elena se tourna vers lui, incapable de dissimuler la peur dans ses yeux.

— Se pourrait-il que ce soit un tour du Seigneur Noir ? Qu'il ait trouvé un moyen de me dérober ma magie ?

Le visage d'Er'ril s'assombrit.

— Je l'ignore. Mais quoi qu'il ait pu se passer, ce n'était pas naturel. Je soupçonne une trahison.

Avant de pouvoir ajouter quoi que ce soit, Elena et lui furent interrompus par des coups frappés à la porte. Er'ril jeta un coup d'œil à la jeune femme et dégaina de nouveau son épée.

— Reste derrière moi, chuchota-t-il.

Puis il se dirigea vers la porte barrée.

— Qui est-ce ? cria-t-il.

— C'est Joach ! Je suis envoyé par le chambellan ! Il faut absolument qu'Elena voie quelque chose !

Fronçant les sourcils, Er'ril remit son épée au fourreau et tira l'épais battant de chêne durci au feu.

Il sentit Elena se rapprocher de lui.

Joach portait ses beaux vêtements habituels, mais il avait dû s'habiller à la hâte, car sa chemise n'était pas rentrée dans son pantalon, et sa braguette était ouverte.

— Qu'y a-t-il ? s'enquit Elena, un peu en retrait derrière l'épaule d'Er'ril.

Le regard de Joach passa du guerrier à sa sœur, et la surprise de les trouver ensemble de si bon matin lui fit hausser les sourcils. Elena baissa les yeux vers sa robe de chambre et ses pieds nus. Elle rougit légèrement à la pensée de ce que son frère devait imaginer.

Joach se racla la gorge.

— Je… je crois que vous devriez voir ça par vous-mêmes. Plein de gens sont déjà rassemblés dans le Grand Hall, et la nouvelle se propage comme une traînée de poudre dans les étages inférieurs. J'ai demandé au chambellan de chasser tout le monde du Grand Hall et de poster des gardes devant la porte.

— Pourquoi ?

Le jeune homme secoua la tête.

— Il vaudrait mieux que tu t'habilles, El. À défaut d'autre chose, tu dois faire une apparition en bas. Toutes sortes de rumeurs enflent déjà.

— Que se passe-t-il ? le pressa Elena.

Écartant sa question d'un geste, Joach la poussa à l'intérieur de ses appartements.

— Probablement rien. Ça doit juste être un ivrogne qui aura voulu protester contre ta décision.

— Explique-toi, Joach, gronda Er'ril, attirant l'attention du jeune homme vers lui. (Il se rapprocha d'Elena et remonta l'ourlet de sa manche droite pour exposer sa main blanche.) La magie d'Elena lui a été dérobée pendant son sommeil. Il se trame quelque chose de louche, et ton petit jeu de devinettes me fatigue.

Choqué, Joach regarda fixement la main de sa sœur.

— Douce Mère... Ainsi, ce n'était pas une simple plaisanterie de mauvais goût, marmonna-t-il.

— Qu'est-ce qui n'était pas une simple plaisanterie ? demanda Elena, irritée, en se dégageant de l'étreinte d'Er'ril.

— Quelqu'un – personne n'a vu qui c'était – a planté un couteau au milieu de l'empreinte que tu as brûlée dans la table du Grand Hall. (Joach ne pouvait détacher son regard de la peau blanche de sa sœur.) Je pensais que c'était juste un geste insultant.

Elena frotta sa paume droite avec les doigts de sa main gauche. Elle jeta un coup d'œil à Er'ril.

— Joach avait raison, déclara le guerrier, furieux. Nous ferions mieux de voir ça par nous-mêmes.

— Qu'est-ce que tu en penses ? interrogea Joach.

La voix bourrue d'Er'ril vibra de colère :

— J'en pense que nous avons été trop indulgents, que nous avons accordé une trop grande confiance à nos soi-disant alliés. Il y a un traître parmi nous – quelqu'un qui n'a pas hésité à exercer la magie noire à notre nez et à notre barbe. (Il se dirigea vers la porte à grandes enjambées.) Allons-y.

Elena ne le suivit pas.

— Attendez. (Elle rebroussa chemin vers sa chambre.) D'abord, j'ai quelque chose à faire.

Jouant des coudes, Er'ril fendit la foule qui s'était rassemblée devant les portes du Grand Hall. Elena marchait dans son sillage, flanquée par des gardes et vêtue d'une simple tenue d'équitation : veste et pantalon noirs, bottes en veau retourné marron. Ses cheveux étaient attachés en une tresse sévère qui faisait ressortir les paillettes dorées dans ses yeux verts. Pour dissimuler le changement de sa main droite, elle avait enfilé des gants assortis à ses bottes.

Comme il atteignait les portes, Er'ril lui jeta un coup d'œil approbateur. Elle avait eu raison de réclamer un moment pour se changer avant de descendre et d'insister pour offrir une image autoritaire qui trancherait avec la délicatesse de ses toilettes habituelles.

— S'il y a un traître parmi nous, avait-elle expliqué, je veux qu'il se demande si son plan a fonctionné. Et quand bien même il aurait déjà fui, mieux vaut donner à ceux qui restent l'impression que nous maîtrisons la situation.

Er'ril tint la porte à la jeune femme, puis la suivit dans le Grand Hall presque désert. Seuls se trouvaient là les plus fidèles de ses alliés. Kast se tenait près du haut maître de quille des Sanguinaires ; Sy-wen, près de l'envoyé du conseil des mer'ai, maître Edyll, et Méric, près de sa mère, la reine des el'phes.

Flanquée par Er'ril, Elena se dirigea vers le haut bout de la table. Les personnes présentes gardèrent le silence, mais toutes arboraient une expression inquiète. Elena jeta un coup d'œil à Er'ril et se pencha pour examiner le couteau.

Un long manche sculpté dépassait du bois à la verticale. Elena l'étudia soigneusement tandis qu'Er'ril s'accroupissait et regardait sous la table. La lame avait traversé le plateau et était ressortie de l'autre côté. Elle était faite dans le même matériau que le manche.

Er'ril se redressa.

— Cette dague a été taillée d'une seule pièce dans de la pierre noire.

Elena tendit une main hésitante vers l'arme, mais le guerrier lui toucha le coude pour l'arrêter.

— Pour l'instant, mieux vaudrait la laisser là jusqu'à ce que nous en sachions plus sur elle.

— C'est de l'éb'ène ? s'enquit Méric en s'approchant de la table.

Elena secoua la tête.

— Non. Cette pierre-ci est transparente, un peu comme du cristal noir.

Er'ril contourna la jeune femme afin d'examiner lui aussi le manche de l'arme. Un reptile – lézard ou dragon sans ailes – était perché sur le pommeau, sa longue queue enroulée autour du manche comme pour le maintenir en place. Sa bouche garnie de crocs était ouverte sur un sifflement. En se penchant, Er'ril distingua un minuscule collier de plumes autour du cou de la bête.

— Douce Mère, grogna-t-il.

Tous les regards se braquèrent sur lui. Personne ne bougea jusqu'à ce que le haut maître de quille s'avance et prenne la parole.

— Je connais ce cristal, dit-il d'une voix bourrue.

Er'ril se redressa et fit face au Sanguinaire.

— De quoi s'agit-il ?

— Les flottes dre'rendi font le commerce de trésors venus des quatre coins d'Alaséa. Ça, c'est du noctiverre. Un matériau extrêmement prisé. Les éclats de noctiverre se vendent déjà très cher. Un morceau de cette taille, sculpté avec autant de talent, pourrait être échangé contre un petit bateau.

— Mais d'où vient-il ?

Le haut maître de quille se gratta la tête.

— Si mes souvenirs sont exacts, du Désert de Sable. Je crois qu'on l'extrait dans les Dunes Ravagées, autour des Ruines de Tular.

— Tular ? répéta Elena sur un ton interrogateur.

Ce fut Er'ril qui répondit, d'une voix vibrante de tension :

— Une ancienne forteresse abandonnée depuis des siècles. De mon temps, déjà, tout le monde avait oublié son histoire.

Ses pièces et ses couloirs effondrés se tapissent dans l'ombre du Mur du Sud.

À la mention du gigantesque rempart, Elena écarquilla les yeux.

Er'ril lut et comprit la suspicion dans son regard. D'abord, un danger se manifestait près du Mur du Nord, et à présent, ils recevaient un augure en provenance du Mur du Sud…

—Ce n'est pas tout, marmonna le guerrier.

—Quoi ?

Du menton, il désigna le lézard sculpté sur le pommeau.

—C'est l'ancien emblème de Tular. Je l'avais oublié jusqu'à maintenant.

—De quoi s'agit-il ? s'enquit Elena.

Er'ril la regarda sans broncher.

—D'un basilic.

La jeune femme hoqueta et fit un pas titubant en arrière.

Entre-temps, les autres s'étaient rapprochés.

—Qu'est-ce que cela signifie ? demanda la reine Tratal, des vents orageux soufflant à travers ses paroles sévères.

Er'ril se tourna vers Elena, qui acquiesça.

—Dis-leur. De toute façon, je n'allais pas tarder à faire mon annonce.

L'homme des plaines s'inclina pour marquer son accord, puis expliqua à leurs alliés la nature des portails du Weir et leur importance.

La reine Tratal se tourna vers Méric.

—Ainsi, mon fils, tu as l'intention de partir avec un navire à la recherche de ce fameux portail, dans le Nord.

Méric hocha la tête.

—Oui, mère. Avec votre permission, j'aimerais partir avant le coucher du soleil.

La reine des el'phes reporta son attention sur Elena et Er'ril.

—Je te l'accorde. Mais que faisons-nous de ceci ?

De ses longs doigts fuselés, elle désigna la dague plantée dans la table.

Elena prit une profonde inspiration pour se donner une contenance.

— À mon avis, les signes sont trop clairs pour que nous puissions les ignorer. Si le Seigneur Noir a positionné un portail du Weir près du Mur du Nord, il y aurait une certaine symétrie dans le fait qu'il en ait installé un autre près du Mur du Sud. (Elle indiqua le manche de la dague.) Nous ne pouvons pas ignorer cet augure : un basilic, la créature même qui orne l'un des quatre portails. Cette piste doit être explorée.

— Je peux vous confier un autre navire pour vous aider dans votre quête, déclara froidement la reine Tratal. Pas davantage.

— Mais le Désert de Sable est vaste, protesta Er'ril. Avec davantage de vaisseaux aériens, nous pourrions…

— Non, coupa la reine Tratal, ses cheveux argentés crépitant d'énergie élémentale. Je refuse d'affaiblir notre flotte.

Er'ril se renfrogna, mais le regard glacial de l'el'phe disait assez clairement que rien ne la ferait changer d'avis.

Kast, qui était en train de chuchoter avec Sy-wen, releva la tête.

— Dans ce cas, je les accompagnerai, offrit-il. Le dragon Ragnar'k pourra prêter sa vue perçante aux recherches. (Il passa un bras autour des épaules de Sy-wen.) Nous partirons avec le navire el'phique.

Satisfait, Er'ril acquiesça.

Le haut maître de quille fit une large grimace et bomba fièrement le torse.

— Puisque c'est comme ça, j'aimerais que mon fils Hunt y aille aussi. Les Dre'rendi participeront à cette quête.

— Merci, dit Elena. Merci à tous.

Maître Edyll prit la parole pour la première fois :

— Si on récapitule, le griffon est caché quelque part dans le Nord, le basilic se trouve peut-être au Sud et le mage noir

Shorkan a ramené la wyverne dans l'antre volcanique du Gul'gotha. (Il balaya les autres de son sage regard.) Mais où est donc le quatrième portail – la manticore ?

Personne ne répondit.

— Que savons-nous de cette créature ? s'enquit maître Edyll.

Le vieux mer'ai s'appuyait sur une canne, mais c'était surtout pour se donner un genre. Il marchait sur la terre ferme depuis près d'une lune et n'avait plus vraiment besoin de soutien.

Er'ril secoua la tête.

— L'esprit du Grimoire l'a mentionnée. Apparemment, c'est un og're avec une queue de scorpion.

— C'est tout ? Pas d'autre indice ?

Elena allait admettre leur ignorance lorsqu'ils furent interrompus par un grincement de gonds mal huilés. Tous se tournèrent vers la porte latérale qui venait de s'ouvrir. Un garde entra prudemment, lance à la main. Son regard balaya les alliés avec une nervosité visible.

— Qu'y a-t-il ? interrogea Er'ril.

Le regard de l'homme s'arrêta sur lui.

— Je... je suis venu annoncer...

Il agita sa main libre en direction de la porte.

Une silhouette massive, pliée en deux, s'introduisit maladroitement par l'étroite ouverture. Puis elle se redressa et fit face aux occupants de la pièce. Ses grands yeux ambrés, aux pupilles fendues comme celles d'un chat, les étudièrent attentivement.

— Tol'chuk ? lança Er'ril, les sourcils froncés.

Ces derniers temps, l'og're s'était fait rare. Il passait le plus clair de ses journées et de ses nuits dans des parties abandonnées du château. Mais à en juger par son expression, quelque chose le troublait profondément. Ses traits rocailleux étaient un masque de désespoir.

— Que se passe-t-il ? s'enquit Elena en se plantant à côté d'Er'ril. Qu'est-ce qui ne va pas ?

En guise de réponse, Tol'chuk se rapprocha d'eux et leva un poing griffu. Entre ses doigts, il tenait un précieux morceau de sanguine : le Cœur de sa tribu. La lumière des torches se reflétait sur les facettes du cristal, mais celui-ci n'irradiait pas sa lueur habituelle.

— Ils sont partis, gronda Tol'chuk, luttant pour former ses mots dans la langue commune d'Alaséa. (Une grosse larme roula sur une de ses joues.) Tous les esprits de mon peuple. Le Fléau les a consumés. Le Cœur est mort.

Elena se dirigea vers la créature qui la surplombait de plusieurs têtes. Tendant un bras, elle toucha sa main de ses doigts gantés.

— Oh, Tol'chuk, je suis désolée !

Er'ril s'avança aussi pour consoler l'og're, mais celui-ci se dégagea et se détourna légèrement en courbant le dos.

— Je ne mérite pas vos paroles apaisantes. J'ai failli à ma mission. (Il parut se recroqueviller encore sur lui-même.) À présent, je vais faillir à mon engagement envers vous, mes amis et mes frères.

— C'est quoi, ces âneries ? demanda gentiment Er'ril.

Il leva un bras pour agripper l'épaule massive de Tol'chuk.

À son contact, l'og're frémit.

— Je dois vous quitter.

— Quoi ? s'exclama Elena. Pourquoi ?

Er'ril comprit qu'elle soit choquée. Tol'chuk était leur compagnon depuis le tout début.

— Le spectre de mon père m'est apparu, marmonna l'og're sur un ton bourru, en leur tournant obstinément le dos. Il m'a confié une dernière tâche – un ultime moyen de faire revivre le Cœur.

— Comment ? interrogea Er'ril.

— Je dois ramener la sanguine à l'endroit où elle a été extraite.

— Dans les montagnes des Dents ?

— Non. (Alors, Tol'chuk se retourna et leur fit face avec un rictus de douleur.) Au Gul'gotha.

Elena recula d'un pas. Les autres étaient trop stupéfaits pour parler.

Les épaules de Tol'chuk s'affaissèrent davantage.

— Je ne peux pas refuser la mission donnée par mon père.

Er'ril jeta un coup d'œil à la ronde. D'abord, Nee'lahn contactait Méric, et maintenant, le père de Tol'chuk s'adressait à son fils. Deux compagnons d'Elena appelés au loin par des morts. Cette coïncidence fit froncer les sourcils au guerrier.

Maître Edyll en remarqua une autre.

— Cet og're est poussé vers un rivage lointain. Suis-je le seul à trouver cela significatif ?

— Que voulez-vous dire ? s'enquit Elena.

— Nous cherchons l'emplacement du quatrième portail – qui représente justement un og're avec une queue de scorpion. Au même moment, un og're vient nous annoncer qu'on l'exhorte à traverser le Grand Océan pour se rendre dans les contrées du Gul'gotha. Cela pourrait-il être le signe que nous attendions ?

— Je ne comprends pas où vous voulez en venir, déclara Tol'chuk. Je pars à la demande de mon père, pour trouver un moyen de libérer les défunts de mon peuple de l'emprise du Fléau.

— Et qu'est-ce au juste que ce Fléau ? insista maître Edyll. (Comme Tol'chuk ouvrait la bouche pour répondre, le vieillard leva la main.) Je connais votre histoire, maître Tol'chuk. Ce que je voudrais que vous m'expliquiez, c'est la nature exacte de la créature tapie dans votre sanguine.

Tol'chuk brandit le cristal vers la lumière.

— Je l'ignore. Elle a changé… grandi au fur et à mesure qu'elle avalait les derniers esprits.

— Puis-je la voir ? demanda maître Edyll.

Tol'chuk consulta Er'ril et Elena du regard. Curieuse, la jeune femme acquiesça.

D'un geste hésitant, l'og're tendit sa sanguine à maître Edyll, qui dut la prendre à deux mains tant elle était grosse. Il s'approcha d'une des torchères pour l'examiner. Tremblant sous le poids du cristal, il le leva dans la lumière et scruta ses profondeurs. La brillance des flammes fit étinceler le Cœur. Maître Edyll se pencha vers celui-ci avec une légère grimace.

— Mmmh…

— Quoi ? demanda Er'ril.

— C'est bien ce que je pensais.

Les bras tendus pour maintenir la sanguine à la même place, maître Edyll fit un pas sur le côté et désigna le mur opposé.

Er'ril et les autres pivotèrent. La lumière réfractée des flammes s'étendait jusqu'au mur d'en face, qu'elle baignait d'un éclat écarlate. Mais en son centre se découpait une tache noire : l'ombre projetée du Fléau.

Il y eut un hoquet général. Er'ril fit un pas en avant pour mieux voir.

Sous les yeux des alliés, l'ombre s'agita et se déplia comme si elle avait senti qu'on l'observait. Des griffes noires se tendirent et raclèrent le mur. Une queue terminée par un dard se dressa de façon menaçante.

— Un scorpion noir, dit Elena en portant un poing à sa gorge. (Elle se tourna vers Tol'chuk.) Le Fléau est un scorpion.

Joach descendit jusqu'au niveau le plus bas du château. Son estomac grognait pour se plaindre qu'il lui ait fait sauter le petit déjeuner.

Elena avait reporté le conseil de guerre à midi : elle avait besoin de temps pour réfléchir à ce qu'elle venait d'apprendre.

Après la révélation de maître Edyll, Joach l'avait vue chuchoter quelque chose à Er'ril. Le visage de l'homme des plaines s'était assombri. Puis tous deux étaient sortis ensemble, arborant la même expression sévère. Ni l'un ni l'autre ne s'était donné la peine d'inclure Joach dans leurs plans.

Après leur départ, les occupants du Grand Hall s'étaient remis à converser deux par deux. Nul ne se souciait de Joach. N'ayant personne à qui parler, le jeune homme s'était vite rendu compte qu'il avait le ventre vide. Aussi était-il parti chercher de quoi le remplir.

À présent, il négociait le dernier des escaliers qui conduisait aux cuisines. Mais, en vérité, la faim n'était pas la seule motivation qui le poussait vers les entrailles de l'Édifice. Dans sa tête, il revoyait une servante aux yeux couleur de crépuscule et aux cheveux d'or filé. Ses lèvres articulèrent son nom en silence : « Marta ».

Ses pieds accélérèrent, dévalant les marches de plus en plus vite. Comme il atteignait le dernier sous-sol, Joach fut instantanément assailli par les riches odeurs et le joyeux brouhaha des cuisines. Baissant les yeux vers ses habits, il tira sur sa chemise et sur sa veste pour en faire disparaître les plis. Puis il pénétra dans la chaleur des foyers avec une désinvolture forcée. Il ne laisserait pas ses pieds trahir ses sentiments.

À peine était-il entré qu'il balaya du regard la foule grouillante des employés. Il la scrutait avec tant d'application qu'il ne vit pas la louche abandonnée sur le sol. Son talon ripa dessus avec un bruit métallique, et sa jambe céda sous lui. De nombreuses têtes se tournèrent dans sa direction.

Joach battit des bras pour rétablir son équilibre, mais en vain. Il se sentit basculer en avant. Il voulut se retenir au bord d'une table et échoua. Sa paume heurta le bord d'un énorme compotier plein de bouillie de maïs. Il se tordit juste avant de toucher le sol, et ce fut son épaule qui encaissa le plus gros de l'impact. Le souffle coupé, il hoqueta et roula sur le dos – juste à temps pour voir le compotier basculer dans le vide et lui renverser son contenu sur la tête.

La bouillie tiède le doucha du crâne jusqu'aux épaules, l'aveuglant et remplissant sa bouche ouverte. La Mère en soit remerciée, ce n'était que les restes du petit déjeuner mis à refroidir sur la table. Si elle avait été chaude, elle aurait pu lui brûler tout le visage. Pourtant, les joues du jeune homme s'enflammèrent de honte. Secouant la tête, il se redressa sur ses coudes et cracha une bouchée de maïs à peine tiède.

— Fais gaffe, imbécile ! le rabroua une voix féminine.

Joach sentit un chiffon humide lui essuyer la figure, en commençant par le nez et la bouche pour qu'il puisse respirer.

— Je suis désolé, couina-t-il d'une voix étranglée par l'embarras. Je n'ai pas vu… J'ai trébuché…

Le chiffon remonta vers ses yeux. Parce qu'il était déjà assez humilié, Joach le prit à la main secourable qui le nettoyait et se redressa en position assise.

— Je vais me débrouiller, marmonna-t-il.

Avec des gestes brusques, il se frotta les yeux et les joues. Comme il pouvait de nouveau voir, il leva les yeux vers sa bienfaitrice et croisa un regard bleu crépusculaire. Encadré par une chevelure fauve, un visage au teint de bronze luisait dans la chaleur des feux de cheminée.

— Marta, hoqueta Joach.

À présent qu'il était reconnaissable, la jeune fille écarquilla les yeux et baissa très vite la tête.

— Prince Joach, bredouilla-t-elle.

Avant qu'elle se détourne, Joach eut le temps de remarquer une trace de panique et de peur dans ses yeux.

— Tout va bien, Marta. C'était ma faute. Je ne regardais pas où je marchais.

Il ne voulait pas qu'elle culpabilise à cause de sa maladresse.

— Je vais vous chercher d'autres torchons, murmura la jeune fille. Vous feriez mieux de me donner votre veste ; je vais la mettre à tremper dans de l'eau froide avant que les taches se fixent dans la laine.

Joach finit de s'essuyer le visage.

— Inutile. Je me débrouillerai seul. Mais merci quand même.

En se relevant, il remarqua que tous les employés les observaient, bouche bée. Ses joues s'empourprèrent.

Il porta une main à ses cheveux et les trouva tout collés par la bouillie de maïs. Les sourcils froncés, il se dirigea vers une cuvette et ôta sa veste. Avant de laver ses vêtements, il plongea sa tête tout entière dans la cuvette. Un instant, il envisagea de se noyer pour échapper à la honte. Mais, en nettoyant la bouillie de ses cheveux et en repensant à son entrée désinvolte, il ne put retenir un petit sourire.

Il se redressa et secoua la tête pour chasser l'eau de ses cheveux. Marta se tenait près de lui, une serviette à la main. Il l'accepta avec une grimace timide et fut surpris de voir la même expression sur le visage de la jeune fille.

— Je suis descendu ici pour un petit déjeuner vite fait, expliqua-t-il en se séchant les cheveux. Je ne m'attendais pas que ce soit aussi rapide.

Sa tentative d'humour fit sourire Marta.

— Je vais vous chercher un repas convenable. (Elle lui désigna une table du menton et fit signe à une autre servante de prendre sa veste.) Asseyez-vous, prince Joach. Le chef est monté au Grand Hall pour les préparatifs du déjeuner, mais je vais vous trouver quelque chose à manger.

— Tout mais pas de la bouillie de maïs, dit Joach comme elle s'éloignait.

Marta lui jeta un coup d'œil par-dessus son épaule.

— Ne vous inquiétez pas, je vais vous préparer quelque chose de spécial.

Il la regarda se déplacer avec aisance à travers les cuisines, distribuant des ordres aux servantes plus jeunes qu'elle.

Une autre fille lui chuchota quelque chose à l'oreille ; elle la chassa en faisant claquer un torchon sur ses fesses. La fille s'enfuit en gloussant, mais non sans avoir adressé un clin d'œil entendu à Joach.

Joach secoua la tête. Dissimulant un sourire ravi, il utilisa la serviette humide pour essuyer le devant de sa chemise et se nettoyer derrière les oreilles. Il n'avait pas encore fini que Marta revint avec une assiette pleine et une fourchette. L'assiette contenait des morceaux de viande braisée sur un lit de pommes de terre en robe de chambre fumantes. Lorsque la jeune fille la posa devant lui, Joach huma un mélange d'épices comme il n'en avait encore jamais senti. L'odeur lui brûla légèrement l'intérieur des narines.

— C'est un des plats matinaux de mon peuple, expliqua Marta. Il permet d'éveiller la langue au soleil levant.

Joach prit une bouchée de nourriture sur sa fourchette et la porta à sa bouche pendant que la jeune fille parlait. Il commença à mâcher et haussa les sourcils d'approbation. Les épices inconnues parfumaient la viande à merveille.

— Qu'est-ce que c'est ? demanda-t-il en prenant une seconde bouchée.

— Du requin des sables, répondit timidement Marta. Un mets très délicat originaire du Désert de Sable – ma contrée natale. (Elle lui servit une chope de bière fraîche.) Vous allez en avoir besoin.

Ce fut alors que la richesse des épices se développa pleinement dans la bouche de Joach. Une chaleur brûlante fleurit sur sa langue.

— Douce Mère ! s'étrangla-t-il.

Il saisit précipitamment sa chope et éteignit le feu avec une généreuse rasade de bière. La brûlure se dissipa très vite. Il poussa un soupir.

— C'est comme ça que ton peuple accueille le soleil levant ?

— Dans le désert, oui, sourit Marta. Une langue brûlante pour un soleil brûlant.

— Je vois.

Joach empala un autre morceau de viande sur sa fourchette. Malgré les épices incendiaires, le goût était délicieux – et surtout, il ne voulait pas passer pour un veau nourri au lait aux yeux de Marta.

— Pourquoi ne te joins-tu pas à moi ? demanda-t-il en lui désignant le banc en face de lui.

La jeune fille inclina la tête.

— Merci pour votre invitation, prince Joach, mais j'ai du travail. (Elle releva la tête et grimaça.) Et puis, ce plat est uniquement destiné aux hommes de ma tribu.

Comme elle se détournait, Joach l'étudia, buvant sa beauté aussi goulûment qu'il avait bu sa bière quelques instants plus tôt. Mais cette rasade-là n'apaisa pas la brûlure de son esprit. Il tendit la main et toucha le coude de Marta.

— Merci, lui dit-il.

La jeune fille s'arrêta et lui jeta un coup d'œil par-dessus son épaule. Souriante, elle repoussa ses cheveux en arrière pour mieux le voir.

— C'est un honneur de servir un prince du Sang.

Soudain, Joach fut incapable de respirer. La lumière des flammes dansait sur la joue de Marta, la parant d'un halo radieux. La beauté de la jeune fille l'envoûtait aussi sûrement que n'importe quel sort de magie noire. Puis ses cheveux retombèrent devant son visage, brisant l'enchantement comme elle s'éloignait pour vaquer à ses occupations.

— Je ne suis pas un prince, marmonna Joach alors qu'elle disparaissait dans un garde-manger.

Elena descendit l'escalier sombre et étroit à la suite d'Er'ril. Plus loin, un garde à la panse confortable les précéda en brandissant une torche. Elena sentit une toile d'araignée lui effleurer la joue. Les sourcils froncés, elle essuya les filaments collants d'une main gantée. Cette partie de l'Édifice n'avait guère été rénovée depuis leur victoire.

— Je ne vois toujours pas pourquoi nous avons besoin de les consulter, protesta de nouveau Er'ril.

Ce fut d'une voix lasse qu'Elena répondit :

— Si Tol'chuk compte vraiment se rendre au Gul'gotha, je veux lui fournir toute l'aide possible. Tu as vu le scorpion dans la pierre. Ce doit être un signe indiquant que le portail de la manticore se dresse au bout du chemin de Tol'chuk.

— Mais qu'espères-tu trouver dans ces souterrains ? insista Er'ril.

Elena soupira.

— Avec un peu de chance, des alliés.

Le garde s'immobilisa devant une porte bardée de fer. Il martela le battant de chêne avec son gros poing.

— Ouvre, Gost !

Pour toute réponse, il n'obtint qu'un grognement rauque. Mais quelques instants plus tard, une serrure antique crissa, et la porte s'entrouvrit avec un gémissement de gonds douloureux.

Un homme à demi nu apparut sur le seuil. Dans une main, il tenait une lanterne levée ; dans l'autre, une massue de ferréol. C'était le gardien du donjon. À la vue d'Elena et d'Er'ril, son œil valide s'écarquilla. L'autre moitié de son visage n'était qu'un amas de cicatrices, une tempête de chair figée.

Le garde le désigna du menton.

— C'est Gost. Il vous guidera à partir d'ici. Mais ne vous attendez pas que le pauvre bougre vous distraie avec sa conversation. (Il ricana.) On lui a coupé la langue quand il était lui-même un des « invités » du Seigneur Noir.

Gost entendit les paroles du garde. Après s'être incliné devant ses visiteurs, il détourna son visage de la flamme. Son mouvement était identique à celui que Jaston, le maraîchin ami de Mycelle, faisait pour dissimuler ses traits ravagés sous le soleil. Elena éprouva un élan de compassion envers cet homme brisé. Tant de bonté avait été piétinée par les tyrans du Gul'gotha…

Gost s'écarta pour laisser entrer Er'ril. Elena suivit plus lentement.

Au-delà de la porte, le passage rétrécissait encore. Ils furent forcés de marcher les uns derrière les autres. La seule lumière provenait de la lanterne de Gost. Tandis qu'ils cheminaient en silence, Elena sentit qu'ils s'enfonçaient lentement dans les entrailles de la forteresse. L'air était de plus en plus humide, avec un soupçon d'iode. Des deux côtés, les murs ne se composaient plus de blocs de pierre taillés : ils étaient creusés à même la roche.

Enfin, une vague lueur apparut devant eux : celle de la salle des gardes du donjon. Gost les conduisit jusque-là et se dirigea vers un crochet auquel était suspendu un anneau métallique garni de clés. Elena promena un regard à la ronde. Un petit foyer se découpait dans un des murs, ses bords noircis par la fumée des feux qui y avaient brûlé pendant des siècles. Quatre lits occupaient les coins de la pièce, mais les fins matelas de trois d'entre eux étaient roulés sur le sommier et couverts de poussière.

Gost doit s'occuper du donjon tout seul, comprit Elena.

Pendant qu'elle attendait que le garde trouve la bonne clé, elle remarqua divers détails indiquant qu'il vivait ici, sous le château. De petits objets personnels étaient accrochés au mur au-dessus de l'unique lit muni de draps. Une peinture à l'huile pas plus grande que sa paume montrait une femme souriante juchée sur un bel étalon noisette. Une fine bride était drapée autour du portrait. Le cuir visiblement bien entretenu brillait dans la lumière, et le métal de la boucle étincelait. *De l'argent*, devina Elena.

Elle étudia ces objets avec émotion. Ils étaient le reflet d'une vie différente : la vie d'avant le Gul'gotha, avant les cicatrices et les mutilations. Pour la millième fois, elle se promit de mettre un terme à cette douleur. Alaséa avait déjà assez souffert.

Un grognement ramena son attention vers Gost. L'homme mutilé brandissait une longue clé. Avec un hochement de tête satisfait, il entraîna les deux visiteurs vers une porte située de l'autre côté de la pièce. Il l'ouvrit et entra – lanterne dans une main, trousseau de clés dans l'autre.

Au-delà de la porte s'étendait un couloir bordé de petites portes. À cette vue, le visage d'Er'ril s'assombrit. Le guerrier trébucha et faillit tomber. Elena se souvint que peu de temps avant, il avait lui-même été détenu dans une de ces cellules.

À présent, la plupart des portes étaient ouvertes. Les alliés avaient vidé le donjon après leur victoire. Malheureusement, beaucoup des victimes des attentions du Seigneur Noir avaient dû être mises à mort : elles étaient devenues d'abominables créatures qui hurlaient, accroupies dans leurs propres déjections. Leur esprit avait été broyé par la magie noire ; elles n'avaient plus rien d'humain.

Aussi Elena se réjouit-elle que Gost passe sans s'arrêter et s'engage dans un couloir perpendiculaire. Ici, les cellules étaient plus grandes, conçues pour abriter plusieurs prisonniers. Leur porte se composait de barreaux métalliques aussi épais que le poignet d'un homme.

Gost conduisit Er'ril et Elena vers celle du centre, la plus vaste – elle devait faire la taille d'une salle de bal. Ses occupants étaient, pour l'heure, les seuls prisonniers du donjon, et ils avaient réclamé qu'on ne les sépare pas. Elena avait accédé à leur requête : comment aurait-elle pu leur refuser ce maigre réconfort ? Si ça n'avait tenu qu'à elle, ils n'auraient même pas été enfermés. Après la fin de la guerre, ils lui avaient juré allégeance et fidélité. Mais tous les alliés de la jeune femme, Er'ril compris, se méfiaient encore de leurs anciens ennemis et avaient insisté pour qu'ils soient incarcérés.

Elena s'approcha de la porte. Elle fut satisfaite de voir que l'endroit était propre. Gost avait même disposé des braseros à l'intérieur de la cellule pour réchauffer l'air humide et dispenser un peu de chaude lumière. De toute évidence, c'était un geôlier clément.

Parmi les braseros se pelotonnaient des silhouettes trapues. Certaines dormaient, enroulées dans des couvertures ; d'autres chuchotaient entre elles. Elles arrivaient tout juste à l'épaule d'Elena mais devaient peser trois fois son poids, car leur corps était tout en muscles et en os.

Comme les pas de la jeune femme s'arrêtaient devant la porte de la cellule, des visages se tournèrent dans sa direction. Sous des sourcils épais, des yeux se plissèrent pour mieux voir.

— Serment ou pas, marmonna Er'ril, je ne fais confiance à aucun n'ain.

— Depuis quand fais-tu confiance à quiconque ? répliqua Elena sur un ton moqueur.

Le chef des prisonniers, un vieux n'ain dont le visage s'ornait d'une cicatrice de bataille qui courait depuis son front jusqu'à sa mâchoire, se rapprocha des barreaux et mit un genou en terre. Il était chauve, mais arborait une longue moustache grise qui tombait plus bas que son menton.

— Maîtresse Elena, dit-il en inclinant la tête, comment puis-je vous servir ?

Les joues d'Elena s'empourprèrent de honte. La position de Wennar lui rappelait sa première rencontre avec lui et le reste de son bataillon. Les n'ains, qui brandissaient de lourdes haches et étaient protégés par d'impénétrables armures magiques, s'étaient prosternés devant la jeune femme – non par égard pour son statut, mais à cause du talisman sacré qu'elle portait. La simple vue du Try'sil, ou Marteau de Tonnerre, avait réussi à briser l'emprise que le Seigneur Noir exerçait sur ces farouches guerriers.

Elena fit signe à Gost.

— Pourriez-vous ouvrir cette porte, s'il vous plaît ?

Le garde s'empressa d'obéir. Son trousseau tinta quand il introduisit une clé dans la serrure.

— Est-ce bien sage ? protesta Er'ril en se rapprochant d'Elena et en posant une main sur la poignée de son épée.

Pour toute réponse, la jeune femme le foudroya du regard.

Dès que la porte s'ouvrit, elle se dirigea vers le n'ain agenouillé.

— Relève-toi, Wennar, je t'en prie. Je suis venue solliciter ton aide.

Le n'ain obtempéra lentement, mais garda les yeux baissés.

— Vous n'avez qu'à demander, madame. Nous sommes à vos ordres.

À présent, tous les prisonniers écoutaient leur conversation – y compris les dormeurs que leurs camarades avaient réveillés en les secouant.

Elena inclina la tête.

— Merci. Ce que j'ai à dire vous concerne tous.

Wennar attendit sans bouger.

— Je crois que vous connaissez Tol'chuk.

Le chef des n'ains acquiesça.

— L'og're.

— Il se prépare à entreprendre une quête dangereuse..., révéla Elena.

Wennar leva légèrement vers elle des yeux plissés par la confusion.

— ... qui l'emmènera au Gul'gotha, acheva la jeune femme.

Wennar sursauta. Des murmures désapprobateurs s'élevèrent derrière lui.

— Il ne doit pas aller là-bas, marmonna le chef des n'ains. Le sol même est empoisonné par la présence de l'Innommable. Seule la mort attend les purs là-bas.

— Pourtant, il doit y aller. D'une part sur l'injonction de l'esprit de son père, d'autre part pour nous aider dans notre bataille contre le Gul'gotha.

Wennar se détourna légèrement.

— Il ne trouvera rien de bon sur ces rivages.

Elena jeta un coup d'œil à Er'ril. L'homme des plaines demeura impassible, comme s'il avait anticipé cette réponse.

— Qu'attendez-vous de nous ? s'enquit Wennar, le regard fixé sur un brasero proche.

— Je voudrais que vous accompagniez Tol'chuk, annonça Elena. Ces contrées sont les vôtres. Vous les connaissez. Vous pourriez lui être d'un grand secours.

Les épaules de Wennar se mirent à trembler.

— Nous vous avons prêté serment, mais ce que vous nous demandez est impossible.

— Pourquoi ?

— Des centaines d'hivers se sont écoulées sans qu'aucun n'ain ne remette les pieds sur le sol du Gul'gotha. Notre pays natal est mort pour nous. Désormais, il nous est aussi étranger qu'à l'og're.

— Mais vous avez bien dû voir des cartes, insista Elena ; vous…

Plus vite qu'elle ne l'en aurait cru capable, Wennar pivota encore une fois vers elle. Alarmé par ce mouvement brusque, Er'ril dégaina de nouveau son épée, mais le vieux n'ain ne voulait aucun mal à sa protégée.

— Notre pays natal est mort pour nous ! gémit-il. (Des larmes coulaient au coin de ses yeux, et une profonde détresse était gravée dans son visage comme dans la pierre.) Il nous est interdit d'y retourner.

Er'ril prit la parole pour la première fois :

— Je t'avais bien dit que venir ici serait une perte de temps.

Wennar se détourna pesamment.

— Je suis désolé, maîtresse Elena.

Mais la jeune femme n'était pas prête à admettre sa défaite.

— Et si vous apportiez le Try'sil avec vous ?

Wennar se raidit.

— J'ai promis à Cassa Dar qu'un jour, je rapporterai votre talisman sacré dans son berceau – les mines du Gul'gotha – pour accomplir l'ancienne prophétie.

— Le Marteau de Tonnerre...

— Il a été prédit que le retour du Try'sil annoncerait la renaissance de votre patrie, poursuivit Elena.

Wennar se raidit encore davantage.

— Ce n'est pas la main d'un n'ain qui doit porter le Try'sil.

— Dans ce cas, Tol'chuk s'en chargera, offrit Elena.

— Non. (Wennar pivota lentement vers elle.) La maîtresse des marais ne vous l'a-t-elle pas expliqué ? La légende dit vrai. Seule la personne qui a libéré le Marteau de Tonnerre peut le rapporter à son berceau. (Il leva les yeux vers Elena et, pour la première fois, la regarda bien en face.) Vous seule avez une chance de libérer notre pays natal.

Er'ril remit brutalement son épée au fourreau.

— Elena ne peut pas partir pour le Gul'gotha. On a besoin d'elle ici.

La réaction immédiate d'Elena fut la même que celle de l'homme des plaines. Ils s'étaient tellement battus, ils avaient sacrifié tellement d'alliés pour amener la sor'cière à Val'loa... Comment aurait-elle pu se lancer dans cette quête secondaire quand un conflit de grande envergure menaçait ?

Mais, après avoir entendu Er'ril formuler la réponse qu'elle s'apprêtait elle-même à faire, Elena réfléchit plus avant. Elle se revit assise sur le Trône d'Épines, ignorée par tous. Sa présence sur l'île était-elle vraiment cruciale ? La guerre n'avait pas été livrée pour la conduire à Val'loa, mais auprès du Journal Sanglant. Maintenant qu'elle détenait le Grimoire, avait-on encore besoin d'elle sur l'île ? Comptait-elle rester inactive à Val'loa pendant que ses amis s'éparpilleraient aux quatre vents en quête des portails maudits ? Ne devrait-elle pas employer sa magie pour détruire ces portails ?

Elena serra le poing. Mais oserait-elle quitter la sécurité de l'île fortifiée ? Elle n'avait pas de réponse – juste une dernière question qu'elle posa à voix haute :

— Si j'acceptais d'y aller, m'accompagneriez-vous pour me guider ?

— Elena ! s'exclama Er'ril. Tu ne penses pas…

La jeune femme leva une main pour le faire taire. Elle ne détacha pas son regard de Wennar.

Lentement, le n'ain tomba à genoux et s'inclina jusqu'à ce que son front touche le sol. Ses camarades firent de même.

— Nous serions à vos ordres, madame, dit-il sur un ton plein d'espoir. Nous mourrions pour vous protéger si nécessaire.

Elena acquiesça.

— Très bien. Je vais y réfléchir.

— Il n'en est pas question ! rugit Er'ril, choqué.

Sans même un regard pour lui, Elena se retourna et se dirigea vers la sortie. L'homme des plaines la rattrapa tandis que Gost refermait la cellule derrière eux.

— Elena, tu n'envisages pas sérieusement d'aller au Gul'gotha ! Tu ne peux pas te mettre en danger de la sorte ! Ici, tu es en sécurité. Des armées de maintes contrées te protègent.

Elena continua à marcher sans ralentir.

— En sécurité ? répéta-t-elle. (Elle ôta le gant de sa main droite, exposant sa chair pâle.) Des assassins rôdent entre ces murs mêmes. Le Seigneur Noir sait que je me cache ici ; il essaiera encore et encore de m'atteindre pour me détruire. Si je reste, je ne suis qu'une cible immobile qui attend la prochaine flèche.

— Mais…

Ils avaient atteint la salle des gardes dans laquelle Gost avait élu domicile. Ici, la lumière était bien plus forte. Elena se tourna vers Er'ril.

— Je n'ai pas encore pris de décision. J'ai juste dit que j'y réfléchirais.

— Dans ce cas, réfléchis également à ceci. En y allant, tu te livreras peut-être entre les mains du Seigneur Noir. L'assassin n'avait peut-être pas pour mission de te tuer, mais de te faire peur, de te pousser à quitter l'île pour pouvoir te tendre une embuscade quand tu serais moins bien protégée.

Elena soupira et s'arrêta. Son regard se posa sur le portrait qui appartenait à Gost, celui de la cavalière souriante.

— Nul ne peut savoir à quel genre de jeu joue le Seigneur Noir. Essayer d'anticiper son prochain mouvement, c'est la porte ouverte à la peur et à l'indécision. J'en ai suffisamment entendu dans le Grand Hall cette dernière lune. Tout ce que je peux faire, c'est écouter ce que me dicte mon cœur. (Elle pivota et planta son regard dans celui d'Er'ril.) Peux-tu respecter ça ? Peux-tu avoir confiance en mon instinct ?

Er'ril ferma les yeux et acquiesça lentement.

— Toujours, chuchota-t-il d'une voix à peine audible. Je suis ton homme lige.

Debout à la proue du deux-mâts el'phique, la *Fureur de l'Aigle*, Kast baissa les yeux vers les quais de Val'loa. En contrebas, parmi les cordes qui amarraient le navire aérien à la terre, des hommes s'affairaient avec des caisses. Des poulies craquaient ; des chevaux de trait hennissaient en bandant leurs muscles pour hisser provisions et équipement jusqu'au vaisseau qui flottait deux étages au-dessus de leur tête. Sous le ventre du navire aérien, des écoutilles ouvertes avalaient cette cargaison.

Les sourcils froncés, Kast tourna le dos à ce spectacle. Préparer la *Fureur de l'Aigle* pour son voyage vers le Désert de Sable aurait été beaucoup plus rapide si le deux-mâts avait pu se mettre à quai comme n'importe quel autre bateau.

Mais son capitaine – Richald, le frère de Méric – avait refusé de mouiller sa quille.

— Aucun Nuage Orageux n'a jamais touché la surface du monde, avait-il affirmé froidement. Cela le souillerait et compromettrait la réussite de notre expédition.

Kast n'avait pas discuté : ce n'était pas son navire. Pour une fois, il n'était qu'un simple passager. Il leva les yeux vers les mâts aux voiles ferlées et les silhouettes frêles qui grimpaient avec agilité dans le gréement. Même si ce mode de transport lui déplaisait, il ne pouvait mettre en doute la compétence de l'équipage de Richald. Les el'phes marchaient sur les haubans comme un homme ordinaire aurait marché sur les planches d'un bateau normal.

Soupirant, Kast détourna les yeux. De l'autre côté du port, le jumeau de la *Fureur de l'Aigle* flottait à la même hauteur. C'était le navire aérien de Méric, l'*Aile des Tempêtes.* Sa quille de fer magique rougeoyait ainsi qu'une braise du pouvoir élémental qui le maintenait en l'air. Des hommes s'agitaient également sous sa coque pour le préparer à son vol vers le nord d'Alaséa. Kast repéra le seigneur el'phique au milieu de son propre équipage, sur le pont. Parmi ses marins se trouvaient les trois guerriers zo'ol à la peau noire qui l'accompagneraient dans sa quête des compagnons d'Elena.

Il y avait là une certaine symétrie, songea le Sanguinaire. Deux frères, deux vaisseaux, deux missions. L'un se dirigeait vers le Nord, l'autre vers le Sud. Mais vers quoi vogueraient-ils : des victoires ou des défaites jumelles ?

Un raclement de pieds nus sur du bois arracha Kast à ses projections. Vêtue de peau de requin marbrée, Sy-wen aurait aussi bien pu être nue. Depuis le renflement de ses seins jusqu'aux courbes de ses cuisses, le matériau fin et moulant ne dissimulait rien. Comme leurs regards se croisaient, la jeune fille sourit à son compagnon. Elle n'avait visiblement pas conscience de l'impudeur de sa tenue.

On ne pouvait pas en dire autant de tout le monde. À ses côtés marchait le capitaine du navire, Richald. Kast vit bien les efforts méritoires, mais vains, que l'el'phe faisait pour ne pas détailler Sy-wen. Chaque fois que, malgré lui, son regard revenait vers la mer'ai, une légère rougeur montait jusqu'à ses joues pâles. Ainsi, il ne coulait pas que de la glace dans le sang des princes el'phiques…

En rejoignant Kast, Sy-wen se glissa sous son bras et lui déposa un rapide baiser sur la joue. Le Sanguinaire passa un bras possessif autour de sa taille, histoire de ne laisser planer aucun doute sur l'identité du maître de son cœur.

Richald se racla la gorge et leva la tête vers le ciel vide.

— Nous sommes dans les temps. Nous partirons aux premières lueurs du jour.

Kast acquiesça.

— Il semble que Méric s'en sorte bien, lui aussi.

L'expression de Richald se durcit. Il jeta un regard à l'*Aile des Tempêtes* et plissa les yeux.

— Par chance, son équipage est compétent et bien rôdé.

De toute évidence, il refusait d'attribuer le moindre mérite à son frère.

— Ah ! Mais un équipage ne saurait être meilleur que son capitaine, fit remarquer Kast.

Richald serra le poing.

— Cela reste à voir. Mon frère a passé trop de temps sur la terre ferme. Nous verrons comment il se débrouille dans le vide sauvage du ciel.

— Je suis certaine qu'il s'en sortira bien, dit Sy-wen. (Elle s'écarta de Kast en lui pressant le bras – une manière de lui reprocher silencieusement d'avoir provoqué Richald.) Je dois vous laisser. Ma mère m'attend.

— Tu t'en vas ? protesta Kast, surpris. Et la réunion du conseil réclamée par Elena ?

— Ma présence n'y sera pas nécessaire. Maître Edyll est là pour représenter les mer'ai. (Du menton, Sy-wen désigna les deux mâts de la *Fureur de l'Aigle.*) Et puis, nous savons déjà où nous allons. Et si nous devons partir à l'aube, je n'ai pas beaucoup de temps pour faire mes adieux à ma mère. (Elle se dirigea vers le bastingage.) Je serai de retour à la tombée de la nuit.

Kast refusait de la laisser partir aussi facilement. Il lui saisit le poignet et la ramena vers lui, la plaquant contre sa poitrine et baissant la tête pour la regarder dans les yeux.

— Le plus tôt sera le mieux. (Afin que Richald ne l'entende pas, il se pencha pour chuchoter à l'oreille de Sy-wen :) Nous avons un nouveau lit à étrenner ce soir.

Sy-wen s'empourpra. Kast chercha ses lèvres et les trouva aussi brûlantes que ses joues. Bouche contre bouche, la mer'ai souffla une promesse :

— N'aie crainte. Je serai là, mon dragon.

Comme elle se dégageait, un de ses doigts caressa la mâchoire de Kast, suivant le contour de son tatouage. Son seul contact était pareil à du feu sur la peau du Sanguinaire.

Au loin, trois notes de trompette résonnèrent sur les hauteurs de l'Édifice, appelant les membres du conseil à se réunir.

— Je dois y aller, dit Sy-wen.

Kast n'avait rien à ajouter. Il se contenta de lever une main en signe d'au revoir.

Sy-wen se dirigea vers le côté sous le vent du navire aérien, escalada le bastingage et, sans un regard en arrière, plongea élégamment par-dessus bord.

Kast s'approcha du bastingage et baissa les yeux. En contrebas, une infime traînée de bulles marquait l'endroit où l'eau s'était refermée derrière la mer'ai. L'océan accueillait de nouveau les siens.

4

Debout à côté d'Elena près du Trône d'Épines, Er'ril regardait arriver les membres du conseil. Il remarqua que la moitié des sièges disposés autour de la table du Grand Hall demeuraient vides. Pendant la nuit, profiteurs et cœurs peu vaillants avaient plié bagage et fui pour ne pas être obligés de prendre part à une action réelle contre le Gul'gotha.

Er'ril pivota. Les sourcils froncés, Elena observait également l'assemblée. Les alliés restants s'installèrent sans dire grand-chose, mais sans pouvoir s'empêcher de jeter un coup d'œil aux chaises vacantes. Au-dessus de leurs têtes, une trompette souffla une note finale, annonçant le début du conseil de guerre.

Elena se leva. Elle portait toujours sa tenue d'équitation en cuir, mais avait renoncé à ses gants assortis. Ses deux mains arboraient de nouveau la marque vivace de la Rose. Plus tôt, la dague de l'assassin avait été soigneusement extraite de la table et remise aux érudits de la bibliothèque afin qu'ils l'examinent. Une fois son empreinte libérée du talisman magique, Elena s'était rendu compte qu'elle pouvait facilement régénérer dans la lumière du soleil. À présent, elle gardait ses mains exposées pour contrer toute rumeur de faiblesse.

Er'ril était soulagé que la mystérieuse attaque n'ait pas produit de dommages permanents ; pourtant, il ne se sentait pas tranquille. Comme beaucoup d'autres autour de la table, il ne quittait pas des yeux l'empreinte blessée dans le ferréol.

Que signifiait cette agression ? Pourquoi se donner tant de mal pour un si maigre résultat ?

Tandis qu'il montait la garde, une main sur la poignée de son épée, Elena leva son poing droit pour le montrer à l'assemblée. Dans la lumière des torches, les motifs écarlates semblaient tourbillonner sur sa peau. Un observateur peu attentif aurait pensé que sa main droite était la jumelle de sa main gauche, mais Er'ril voyait bien le léger ternissement de la Rose de son poing dressé – signe qu'elle avait dépensé une partie de sa magie.

La dague de l'assassin n'y était pour rien. Après qu'Elena eut régénéré, Er'ril avait insisté pour qu'elle effectue quelques manipulations afin de déterminer si son pouvoir avait été souillé ou altéré. La jeune femme avait allumé une série de bougies à dix pas de distance, avec tant de précision que pas une seule goutte de cire n'avait fondu. Apparemment, l'attaque n'avait pas laissé de séquelles.

Et cela troublait Er'ril plus que n'importe quoi d'autre.

Il étudia le plateau de la table. Quel était donc le but de cette agression ? Pourquoi tant de discrétion et de mystère ? L'absence de réponse satisfaisante le mettait sur les nerfs. Il scruta les visages qui entouraient la table d'un œil méfiant. Le traître se trouvait-il toujours là, ou avait-il fui avant le lever du soleil ?

Comme si elle avait senti la dureté du regard d'Er'ril, l'assemblée fit silence.

Elena s'avança en serrant plus fort son poing dressé. Une lueur écarlate enveloppa sa main. Mais quand elle parla, ce fut d'une voix très calme.

— La nuit dernière, nous avons vu ce qui résulte de la défaillance d'un cœur. Pendant que nous nous chamaillions, des forces ténébreuses ont cru en notre sein, tel du poison qui se répand dans une eau stagnante. Mais c'est terminé. À partir de maintenant, nous serons un fleuve impétueux, un torrent de détermination vive que nul misérable ne pourra souiller à la faveur de l'obscurité.

Comme elle parlait, sa voix se fit brûlante et la lueur de sa Rose s'intensifia.

Er'ril avait du mal à surveiller l'assemblée et le reste de la pièce. Son regard était attiré par Elena ainsi qu'un papillon par une flamme. Lentement, la jeune femme baissa son poing.

— Je vous remercie tous d'avoir dévoilé le fond de votre cœur en ce jour, poursuivit-elle. Désormais, nous sommes moins nombreux mais plus forts : de l'acier forgé à partir du fer de jadis. Avant qu'un autre hiver s'écoule, je vous promets que nous porterons cette lame toute neuve à la gorge du Cœur Noir en personne.

Un poing s'abattit rythmiquement sur la table. C'était celui du haut maître de quille. Une promesse de guerre flamboyait dans ses prunelles.

— Que les océans virent au rouge jusqu'à ce que nos contrées soient libérées ! gronda-t-il.

Des murmures d'assentiment s'élevèrent, et d'autres poings martelèrent le ferréol de la table.

Elena leva une paume pour faire taire le vacarme grandissant.

— La guerre viendra. Il n'y a aucun moyen de l'éviter. Mais avant de jeter nos corps dans les charbons ardents de Noircastel, nous devons nous préparer.

— Nous sommes prêts ! déclara le haut maître de quille avec force, ignorant les bandages qui dépassaient toujours de ses vêtements.

Elena sourit.

— Je n'en doute pas. Les Dre'rendi ne sont pas du genre à se dérober devant un adversaire, fût-il plus nombreux et mieux armé.

La poitrine gonflée de fierté, le haut maître de quille hocha la tête.

— Mais pour l'heure, un autre chemin s'étend devant nous.

— Et quel est-il ? interrogea l'un des opposants les plus familiers d'Elena : Symon Feraoud, le ventripotent envoyé de Penryn.

Il souffla pour indiquer son scepticisme et sa longue moustache noire frémit. Er'ril avait été surpris de le voir se présenter à cette réunion du conseil. Il aurait parié que Feraoud serait l'un des premiers à lever l'ancre pour regagner sa ville côtière, la veille.

Elena hocha la tête pour indiquer qu'elle avait entendu la question.

— Comme vous le savez tous, cette nuit, j'ai consulté les esprits du Journal Sanglant et médité sur des paroles venues de très loin. Nous connaissons désormais l'origine de la magie du Seigneur Noir. C'est un jeu de quatre portails d'éb'ène qui abrite la source de son pouvoir ténébreux. Avant de porter la bataille sur les rivages du Gul'gotha, nous devons découvrir ces portails et les détruire pour priver le Seigneur Noir de sa magie. C'est notre seule chance de victoire.

Er'ril remarqua qu'Elena se gardait bien de mentionner la plus grande révélation faite par le Journal Sanglant : que Chi était la véritable source du pouvoir de leur ennemi. Cette nouvelle n'aurait pas été bien accueillie.

— Et comment comptez-vous essayer de détruire ces portails ? s'enquit Symon Feraoud.

— Nous n'allons pas juste essayer, répondit froidement Elena. Nous allons les détruire. En ce moment même, des navires el'phiques s'apprêtent à partir à leur recherche.

De nouveaux murmures firent le tour de la table.

— Exposez-nous votre plan, réclama maître Edyll, l'envoyé des mer'ai.

Elena inclina la tête pour le saluer avant de répondre :

— Nous savons que les quatre portails sont des statues et qu'ils ont respectivement l'aspect d'une wyverne, d'un basilic, d'un griffon et d'une manticore. Nous ne pouvons pas atteindre le premier d'entre eux : Shorkan l'a rapporté à Noircastel. Aussi le laisserons-nous de côté jusqu'à ce que nous soyons prêts à attaquer l'antre du Seigneur Noir. Mais des augures nous ont indiqué l'emplacement des trois autres.

Elena expliqua que le prince Méric se rendrait dans le Nord en quête du griffon, tandis que son frère Richald, accompagné par Kast et Sy-wen, irait chercher le basilic dans le Sud.

— Et la manticore ? demanda maître Edyll.

Elena garda le silence un moment avant de répondre :

— L'og're Tol'chuk s'efforcera de la trouver à l'Est, par-delà l'océan et sur les terres du Gul'gotha.

Cette annonce stupéfia la plupart des membres du conseil, à l'exception de ceux qui s'étaient trouvés dans le Grand Hall un peu plus tôt.

— C'est un voyage extrêmement dangereux, objecta maître Edyll. Nul n'est jamais revenu de ces rivages maudits.

Elena acquiesça.

— C'est pourquoi je me suis assurée du concours de plusieurs guides.

Le vieux mer'ai haussa les sourcils.

— Quels guides ?

— Les prisonniers n'ains qui sont actuellement enfermés dans le donjon, révéla Elena. Après tout, le Gul'gotha est leur pays natal.

À la mention des n'ains, les visages se fermèrent et prirent une expression hostile.

— Quand bien même on pourrait se fier à eux, dit maître Edyll sur un ton dubitatif, cette mission resterait la plus périlleuse de toutes et la plus susceptible d'échouer.

— Pas si j'y prends part, répliqua Elena du tac au tac.

Tous les membres du conseil se levèrent d'un bond. Même Er'ril fit un pas vers la jeune femme avant de se ressaisir. Il avait prêté serment. Il se plierait à sa décision.

Mais ça ne signifiait pas que les autres en feraient autant.

Le haut maître de quille était aussi rouge qu'un bandage ensanglanté.

— Vous ne pouvez pas envisager de vous rendre dans ce royaume maudit ! rugit-il. C'est du suicide !

Comme d'autres voix s'élevaient pour protester contre la décision d'Elena, Er'ril se surprit à acquiescer malgré lui. C'était, en effet, pure folie.

Elena subit l'assaut de leur désapprobation sans plus broncher qu'un rocher assailli par les vagues.

La reine Tratal prit la parole pour la première fois. Son visage d'ordinaire impassible n'était plus qu'un masque de rage.

— Je te l'interdis !

Elena pivota lentement vers la souveraine des el'phes.

— Je n'ai pas besoin de votre permission.

Les deux femmes se toisèrent. De minuscules étincelles crépitèrent dans la chevelure de Tratal, créant autour de sa tête un halo pareil à une couronne argentée. Mais à la glace et à la foudre de l'el'phe, Elena opposa les siennes. Le silence se fit tandis que toutes deux s'affrontaient sans un mot. Le temps parut ralentir, et l'atmosphère se charger d'un parfum d'électricité.

Enfin, la reine Tratal serra les poings et capitula.

— Ainsi, il semble que le sang des rois coule réellement dans tes veines. (Les étincelles moururent autour d'elle, mais ses yeux demeurèrent plissés, ses prunelles aussi froides et coupantes que des éclats de glace.) Mais, si tu comptes traverser le Grand Océan, ce sera à bord de mon navire.

Elena inclina la tête. Visiblement, sa diplomatie croissait en même temps que son pouvoir.

— J'en serai très honorée.

Le haut maître de quille, en revanche, ne fut pas aussi facile à convaincre.

— Si vous tenez vraiment à y aller, nous vous accompagnerons, décréta-t-il. Les Dre'rendi ont juré sur leur sang de vous protéger.

Elena se tourna vers le chef des Sanguinaires avec un sourire chaleureux.

— J'apprécie votre loyauté, haut maître de quille. Je suis doublement honorée. Mais il faut protéger Val'loa. C'est pourquoi je demanderai aux Dre'rendi et aux mer'ai de monter la garde autour de l'île pendant notre absence. En cas de réussite, nous aurons besoin d'un point de ralliement, et je préférerais ne pas avoir à livrer une nouvelle guerre pour reprendre Val'loa.

Le haut maître de quille grommela, mais le vent parut mourir dans ses voiles.

— Plus important, continua Elena avec force, cette île minuscule est la graine à partir de laquelle poussera la nouvelle Alaséa – une Alaséa libre. Je refuse qu'elle tombe de nouveau sous l'emprise du Seigneur Noir.

Alors, le haut maître de quille porta un poing à sa gorge et s'inclina profondément.

— Sur le sang de tous les Dre'rendi, je vous fais la promesse qu'une telle horreur ne se produira jamais.

Elena croisa les bras sur sa poitrine à la façon des Sanguinaires. Cela signifiait qu'elle acceptait la promesse de son interlocuteur. Puis elle baissa les bras et fit face au reste de l'assemblée.

— Sommes-nous tous d'accord ? demanda-t-elle simplement.

Elle n'avait même pas besoin de poser la question.

Er'ril se détourna tandis que tous les membres du conseil tapaient du poing sur la table pour exprimer leur assentiment. Il dévisagea Elena qui se tenait droite et altière devant eux. Les paroles de la reine Tratal résonnèrent de nouveau dans sa tête : « Le sang des rois coule réellement dans tes veines ».

Ça ne faisait plus le moindre doute.

Dans une partie abandonnée du château, une silhouette enveloppée d'une cape se pelotonnait dans l'ombre d'une alcôve peu profonde. Elle attendait le signal avec les araignées et les moutons de poussière pour seule compagnie. Et soudain, elle l'entendit : une note de trompette qui se répercuta à travers les couloirs de l'Édifice. La réunion du conseil avait commencé. La sor'cière et ses compagnons allaient être occupés pendant un bon moment.

Dépliant son corps mince et agile, la silhouette se glissa souplement hors de sa cachette, sans même déranger les toiles d'araignée au-dessus de sa tête. Elle traversa le troupeau de moutons de poussière sans en perturber un seul. Son maître lui avait appris à ne laisser derrière elle aucune trace de son passage.

Les couloirs alentour étaient déserts – comme ils devaient l'être, à cette heure-ci, même dans les parties les plus peuplées de l'Édifice. Toute la forteresse retenait son souffle en attendant l'issue de la réunion dans le Grand Hall. Mais ces histoires de politique et de diplomatie ne la concernaient pas. Elle avait déjà accompli la moitié de sa mission. Il ne lui restait plus qu'à poser un acte final et à s'enfuir.

Elle courait sans un bruit sur ses pieds enveloppés du cuir le plus fin, ne laissant aucune empreinte dans l'épaisse couche de poussière qui recouvrait le sol. Telle une flèche, elle filait dans les couloirs et s'engouffrait dans les escaliers qui conduisaient aux niveaux supérieurs du château.

Au bout d'un dernier passage, elle trouva enfin la porte qu'elle cherchait. Elle testa la poignée : celle-ci ne bougea pas. Elle poussa un soupir de soulagement inaudible. Si c'était verrouillé, ça signifiait qu'il n'y avait personne à l'intérieur.

S'autorisant une petite grimace, elle mit un genou en terre. Des instruments glissèrent dans sa main ; ses doigts habiles introduisirent les fines tiges d'acier dans la serrure et en sondèrent le mécanisme.

Un cliquetis récompensa ses efforts. Elle se releva et testa de nouveau la poignée. Celle-ci céda facilement sous sa main.

Sans prendre le temps d'admirer son ouvrage, elle poussa le battant, l'entrouvrant juste assez pour permettre à sa mince silhouette de se faufiler de l'autre côté. Puis elle s'appuya dessus et le laissa se refermer derrière elle tandis que, du pouce, elle remettait le verrou en place.

La pièce était plongée dans la pénombre ; seule une lanterne brillait sur une table dans le coin du fond, sa mèche réglée pour produire la plus petite flamme possible. À cette vue, l'intruse se rembrunit. Pourquoi avoir laissé une lampe allumée, même si bas ? L'un des érudits avait-il fait preuve de négligence ? Elle ne pouvait pas compter là-dessus. Aucun des frères n'aurait pris le risque d'abandonner une flamme sans surveillance, surtout ici.

Autour d'elle, d'interminables rangées d'étagères garnies de livres et de parchemins montaient la garde. Les plus hautes devaient culminer à cinq mètres ; çà et là, quelques échelles permettaient au personnel de se hisser jusqu'aux ouvrages que les rayonnages contenaient.

L'intruse se dirigea rapidement vers le fond de la pièce, où des bureaux, des chaises et des tables étaient disposés face à une grande cheminée. Elle jeta un bref coup d'œil à la ronde pour s'assurer que personne n'était caché dans quelque alcôve obscure. Puis elle s'approcha de l'âtre et posa une paume sur le manteau de pierre. Encore tiède. Le feu venait juste de s'éteindre.

Se mordillant la lèvre d'inquiétude, elle se mit hâtivement au travail. Les rumeurs qui circulaient parmi la domesticité lui avaient appris où elle devait chercher. Elle s'approcha du bureau le plus massif, une monstruosité en chêne à cylindre, si encombrée qu'il ne restait pas la moindre place libre sur le dessus. Des livres s'empilaient aux quatre coins ; des parchemins gisaient au milieu de textes ouverts et de quelques bouteilles d'encre. Trois d'entre eux étaient déroulés et maintenus dans cette position à l'aide de petits presse-papiers en formes d'animaux des bois.

Ignorant les recherches en cours, l'intruse se focalisa sur le tiroir central du meuble. Elle le testa et fut surprise de voir qu'il n'était pas fermé à clé. Se pouvait-il qu'elle se soit trompée ? Craignant le pire, elle ouvrit brutalement le tiroir, dont le bois émit un couinement de protestation.

Le soulagement lui fit fermer les yeux. Il était toujours là !

En rouvrant les yeux, elle plongea sa main dans le tiroir. Ses doigts n'hésitèrent qu'une fraction de seconde avant de toucher le manche sculpté du couteau de cristal. Le basilic qui surmontait le pommeau – le symbole antique des goules de Tular – lui donnait la nausée.

Pourtant, elle saisit l'arme et examina sa longue lame de noctiverre aussi tranchante qu'un rasoir. En la levant dans la lumière, elle vit que son cœur brûlait maintenant d'un feu intérieur qui ne devait rien à la maigre flamme de la lanterne.

Ainsi, son maître avait vu juste !

Elle était si stupéfaite qu'elle mit un instant à identifier le bruit caractéristique d'une clé tournant dans une serrure. Comme des voix résonnaient derrière la porte, elle se figea. Quelqu'un venait !

Glissant la dague dans le fourreau cousu à l'intérieur de sa cape, elle fonça vers la rangée d'étagères la plus proche et l'escalada sans se servir d'aucune échelle. Elle se percha au sommet du meuble, en équilibre sur l'étroite planche, priant pour qu'il supporte son poids et ne se renverse pas.

De l'autre côté de la pièce, la porte s'ouvrit, livrant passage à deux érudits en robe : un jeune et un vieux. Ils tenaient des assiettes de pain et de fromage, et bavardaient à voix basse mais avec animation.

L'intruse battit précipitamment en retraite vers une obscurité plus épaisse, à l'endroit où les étagères rejoignaient le mur de la bibliothèque. Aucun des deux hommes ne remarqua son mouvement, ni la danse de son ombre au plafond. Son maître lui avait appris que les hauteurs étaient souvent le meilleur chemin de fuite. La plupart des gens regardent devant eux ou vers le bas, mais ils lèvent rarement le nez. Une fois de plus, cette théorie se révélait fondée.

Tandis que les érudits se dirigeaient vers leurs bureaux, l'intruse bondit souplement de rangée d'étagères en rangée d'étagères pour gagner la sortie. Comme ils passaient en dessous d'elle, le plus vieux des deux dit à l'autre :

— Je suis navré d'avoir interrompu votre repas, frère Ungher. Mais ma vue n'est plus aussi perçante qu'autrefois et j'aimerais que vous voyiez cela par vous-même.

— Ça ne m'ennuie jamais de vous aider, frère Ryn. Je connais l'importance de cette dague.

— Je voudrais juste que vous l'examiniez avec vos yeux de jeune homme. J'ai remarqué une étrange lueur, et je ne parviens pas à déterminer si c'est juste un reflet à la surface du noctiverre ou quelque chose d'intrinsèque au matériau.

La voleuse, qui avait atteint la dernière rangée d'étagères, trébucha et faillit dégringoler de son perchoir. En agitant les bras, elle parvint à reprendre son équilibre et s'accroupit le temps que s'apaisent les battements désordonnés de son cœur. Tout espoir de fuir le château avant que son larcin soit découvert s'évanouissait rapidement. En silence, elle redescendit jusqu'au sol dallé de la bibliothèque.

Elle ne parvenait plus à entendre le murmure des deux érudits. En passant la tête à l'angle de l'étagère, elle vit qu'ils avaient posé leurs assiettes sur une petite table. Le plus jeune se redressa et lança d'une voix audible :

— Voulez-vous que je rallume le feu, frère Ryn ?

— Non, non, ça ne prendra pas longtemps. Venez voir la dague.

Leurs silhouettes en robe disparurent de la vue de l'intruse.

Le cœur dans la gorge, elle se glissa jusqu'à la porte, souleva le loquet et pria pour que les gonds demeurent silencieux tandis qu'elle entrouvrait le battant.

Au moment où elle se faufilait dans le couloir, elle entendit des exclamations derrière elle. Le vol avait été découvert ! Elle referma rapidement la porte, imaginant un moyen de coincer la serrure pour enfermer les deux érudits. Dans cette partie isolée du château, un très long moment pourrait s'écouler avant qu'on entende leurs appels à l'aide.

Une idée lui traversa l'esprit. Elle recula d'un pas et… heurta quelqu'un qui se tenait derrière elle.

Avant qu'elle puisse réagir, deux mains lui saisirent les coudes et tirèrent brutalement ses bras dans son dos. La soudaineté de l'attaque la fit hoqueter. Elle se tortilla et tenta de se dégager. Pour ce faire, elle abattit un talon sur le pied de son agresseur.

Ce fut au tour de celui-ci de hoqueter et sursauter. Hélas ! Il ne la lâcha pas pour autant.

Il plaqua la voleuse contre la porte de la bibliothèque, lui cognant le front assez fort pour qu'elle voie des étoiles danser devant ses yeux.

— Pourquoi rôdes-tu dans les parages ? cria-t-il en en la clouant contre le battant. Réponds-moi ! siffla-t-il à son oreille.

Un goût de sang envahit la bouche de la voleuse. Elle avait la lèvre fendue, et rien à dire pour sa défense. Elle était passée si près de s'en sortir. *Si près*, gémit-elle en son for intérieur.

Soudain, la porte contre laquelle elle était plaquée s'ouvrit. Déséquilibrés, son agresseur et elle s'affalèrent sur le seuil et atterrirent dans un enchevêtrement de membres aux pieds du jeune érudit.

La voleuse voulut en profiter pour s'échapper. Malheureusement pour elle, son agresseur n'était pas tombé de la dernière pluie. Elle eut beau ruer et se débattre, il encaissa ses coups en crachant et en jurant, mais sans lâcher prise.

Elle rua sauvagement pour se dégager, et ne réussit qu'à déchirer sa cape. La dague glissa hors de son fourreau et tomba sur le sol de pierre. Elle tendit la main pour la récupérer, mais l'érudit fut le premier à l'atteindre.

— Nous tenons notre voleur ! s'exclama-t-il, triomphant. Et c'est *une* voleuse !

Les forces de l'intruse la quittèrent en même temps que la dague. Clouée à plat ventre sous le poids de son agresseur, elle poussa un grognement de désespoir. *Si près…*

Elle ne tenta même pas de résister quand deux mains l'empoignèrent et la retournèrent sur le dos. À travers le flou de ses larmes, elle découvrit le visage de celui qui l'avait capturée : ses cheveux roux flamboyants, ses yeux verts étincelant de colère. Le frère de la sor'cière.

— Seigneur Joach, gémit-elle.

Joach tendit la main et rabattit la capuche de la voleuse en arrière. Elle tenta faiblement de l'en empêcher. *Non, pas ça, non !*

Mais il était plus fort qu'elle. Ses doigts arrachèrent le tissu, exposant son visage à la maigre lumière du couloir. Elle le regarda, les joues baignées de larmes, et le vit écarquiller les yeux comme il la reconnaissait à son tour. Sur ses traits, le chagrin remplaça la colère. Parce qu'elle ne supportait pas ce spectacle, la voleuse ferma les yeux.

Mais elle ne put se barricader contre sa voix brisée lorsqu'il lança :

— Marta ?

Tandis que les membres du conseil se dispersaient, Elena quitta le Grand Hall, suivie de près par son ombre fidèle, Er'ril.

Elle sentait une tempête couver par-dessus son épaule. L'homme des plaines avait sûrement besoin de laisser éclater sa rage ; pourtant, il gardait le silence, tenant sa promesse de la soutenir vaille que vaille. Mais d'une certaine façon, c'était pire que s'il avait hurlé. Son silence pesait plus lourd que des reproches. La raideur de son dos, la crispation de ses doigts sur la poignée de son épée clamaient sa désapprobation aussi fort que des mots.

Une fois à l'écart de la foule, Elena ralentit pour qu'Er'ril puisse marcher à son niveau. Mieux valait régler ça avant le début de leur voyage.

— Er'ril, dit-elle, je dois me rendre au Gul'gotha.

— Je suis ton homme lige, répondit le guerrier. Tu es libre de choisir le chemin que tu estimes le plus approprié. Je te suivrai n'importe où. J'en ai fait le serment.

Elena soupira.

— Je n'ai pas pris cette décision à la légère, Er'ril. Pour réussir sa mission et découvrir le portail de la manticore, Tol'chuk aura besoin de mon pouvoir.

— Je comprends que tu veuilles participer au lieu de rester ici sans rien faire. Moi-même…

— Ce n'est pas seulement ça. (Elena peinait à trouver les mots pour s'expliquer.) De nombreux augures désignent l'Est et le Gul'gotha : le scorpion dans la pierre, le message envoyé par le père de Tol'chuk, la légende n'aine sur le retour du Try'sil… Je sens… je sens que je dois me rendre là-bas. Ça fait trop longtemps que les terres du Gul'gotha sont souillées par la présence du Seigneur Noir. Pour avoir un espoir de libérer nos contrées, nous devons également libérer celles-là. (D'une main posée sur son bras, elle arrêta Er'ril et se tourna vers lui.) Peux-tu le comprendre ? L'approuver ? Pas juste en tant qu'homme lige, mais en tant que… qu'ami ?

La dureté de l'homme des plaines fondit lentement. Avec un soupir, il baissa la tête.

— Après notre visite aux n'ains, je savais que tu prendrais cette décision. Mais j'espérais le contraire.

— Je suis désolée.

— Non. Avant la réunion, j'ai bien réfléchi à ce que les n'ains et toi aviez dit. Un voyage au Gul'gotha n'est peut-être pas une idée si folle. Le Cœur Noir a fait son apparition dans ces contrées lointaines. Une fois là-bas, peut-être pourrons-nous en apprendre davantage sur lui. Au bout de cinq siècles, nous en savons si peu sur la véritable nature de ce tyran ! Quel meilleur endroit que celui qui l'a vu naître pour en découvrir davantage à son sujet – et, peut-être, trouver une faiblesse dans son armure ?

À ces paroles, Elena sentit son cœur devenir plus léger. Le fait qu'Er'ril soutienne sa décision atténuait le poids d'un fardeau qui, désormais, ne reposerait plus sur ses seules épaules.

— Donc, tu es d'accord pour que j'y aille ?

Le guerrier releva la tête. Son regard était plein de douleur.

— J'aimerais pouvoir t'enfermer et t'empêcher de te lancer dans une entreprise aussi périlleuse. (Il se détourna.) Mais au fond de moi, je sais qu'il ne reste aucun endroit sûr. Ni au Gul'gotha, ni même ici.

Elena le dévisagea, hésita, puis tendit une main pour prendre la sienne.

— Si, il en reste un, Er'ril. Un endroit où je serai toujours en sécurité.

L'homme des plaines n'essaya pas de se dérober à son contact.

— Où ? demanda-t-il d'une voix basse, presque étranglée. Dis-moi où, et je t'y emmènerai.

— Inutile. (Elena lui pressa gentiment les doigts et se rapprocha de lui.) J'y suis déjà.

Er'ril se raidit. S'était-elle montrée trop audacieuse en dévoilant ses sentiments de la sorte ? L'homme des plaines refusait de soutenir son regard – mais il ne se dégageait pas non plus.

— Elena, chuchota-t-il. Je… je…

Des éclats de voix attirèrent leur attention vers le bout du couloir. Elena sentit les doigts d'Er'ril glisser hors de sa main tandis que Joach et un érudit en robe franchissaient l'angle d'un passage perpendiculaire. Ils étaient suivis par deux gardes, qui traînaient entre eux une fille ligotée.

En apercevant sa sœur, Joach écarquilla les yeux et pressa le pas pour la rejoindre.

— Nous avons trouvé ton agresseur, dit-il, le souffle court.

Du menton, il désigna les gardes et leur captive.

— Quoi ?

Choqué, Er'ril s'avança pour protéger Elena.

Joach leva les mains, révélant la longue dague en noctiverre.

— Elle a tenté de la voler et elle s'est fait prendre.

Puis il fit un pas de côté pour permettre à Elena de mieux voir la prisonnière.

Les gardes la poussèrent brutalement en avant. Elle tomba à genoux, mais n'émit pas le moindre bruit en heurtant la pierre du sol : elle se contenta de baisser la tête et de laisser ses cheveux se déployer en rideau devant sa figure. Ses vêtements – une cape portée par-dessus une tunique large et un pantalon moulant – étaient déchirés. De toute évidence, les gardes l'avaient fouillée sans ménagement.

— Elle se faisait passer pour une fille de cuisine, expliqua sèchement Joach.

— Et ce n'est pas tout, ajouta l'érudit, un vieil homme en robe brune grossière.

Elena l'identifia comme frère Ryn, le gardien de la bibliothèque du château. Il s'approcha de la prisonnière et tendit une main vers sa nuque.

— Intéressant… *Très* intéressant. Je croyais qu'ils n'existaient plus depuis longtemps.

— De quoi parlez-vous, frère Ryn ? interrogea Er'ril.

— De quelque chose que nous avons découvert en la fouillant. (Avec douceur, le vieil homme écarta les cheveux fauves de la prisonnière, révélant son cou.) Vous connaissez ce symbole, Er'ril ?

L'homme des plaines se rapprocha et Elena en fit autant. Il se pencha tandis que la jeune femme regardait par-dessus son épaule. Derrière une des oreilles de la prisonnière se détachait un minuscule tatouage : une dague autour de laquelle s'enroulait un serpent.

— La marque d'une guilde... La guilde des assassins, dit Er'ril en se redressant, les sourcils froncés.

— Celle de Cassa Dar ? demanda Elena, se souvenant d'un tatouage similaire dissimulé derrière l'oreille de la sor'cière des marais. Mais je croyais qu'elle avait disparu à la chute de leur forteresse de Château Drakk.

— Il semble que certaines des graines dispersées par cet événement aient trouvé un sol fertile dans lequel s'implanter et croître de nouveau, répliqua amèrement Er'ril. Mais pourquoi s'en prendre à toi ?

Elena s'agenouilla devant la prisonnière et, la prenant par le menton, lui releva la tête. Elle fut immédiatement frappée par deux choses : la teinte indigo de ses yeux et le désespoir qu'ils contenaient.

— Qui t'envoie ? demanda-t-elle avec douceur.

La jeune fille la regarda fixement sans répondre.

— Elle refuse de parler, dit Joach. Nous lui avons déjà posé la même question.

À en juger par l'ecchymose qui ornait la joue de la prisonnière et sa lèvre fendue, cet interrogatoire avait dû être du genre musclé. Elena fronça les sourcils. Elle ne sentait aucune animosité émaner de cette fille – juste une profonde angoisse.

— Comment t'appelles-tu ? insista-t-elle, les yeux plissés. Ça, tu as sûrement le droit de nous le dire.

Une certaine confusion passa sur le visage de la prisonnière.

— Elle s'appelle Marta, répondit Joach à sa place.

Elena jeta un coup d'œil à son frère, mais une voix étranglée ramena son attention vers la jeune fille ligotée.

— Non, mon vrai nom, c'est Kesla.

— Kesla ? répéta Elena.

La prisonnière acquiesça et enchaîna très vite, sur un ton suppliant :

— Pitié, laissez-moi partir. Rendez-moi ma dague, et je disparaîtrai de ces rivages à jamais.

Er'ril ricana bruyamment.

— Et puis quoi encore ? C'est dans notre donjon que tu vas disparaître, assassin.

Kesla l'ignora, gardant son regard braqué sur Elena.

— Je ne vous veux pas de mal... Du moins, pas de mal durable. Ce n'est pas contre vous que je suis en guerre.

— Alors, contre qui ?

La jeune fille scruta la pierre devant ses genoux et marmonna :

— Le maître de la guilde m'a fait jurer de ne jamais parler de ces choses-là.

Elena soupira et se leva.

— Ma tour est tout près. Peut-être devrions-nous poursuivre cette discussion dans mes appartements.

— Je ne vois aucune raison de la poursuivre tout court, contra Er'ril. Faisons-la jeter en prison. Nous avons beaucoup à faire aujourd'hui si nous voulons partir dans les temps.

Elena vit Joach aider la prisonnière à se relever. Kesla leva les yeux vers le jeune homme et détourna très vite le regard. Joach déglutit et la remit aux gardes. Elena sentit que son frère ne lui avait pas tout dit sur leurs relations.

— Je voudrais quand même l'interroger, dit-elle à Er'ril, contournant le guerrier pour prendre le chemin de sa tour.

Er'ril grommela quelque chose entre ses dents mais la suivit. Les autres leur emboîtèrent le pas. Une fois au pied de la tour, frère Ryn prit congé pour regagner sa bibliothèque et le reste du groupe attaqua la longue montée en silence.

Elena, qui marchait en tête, se frotta la main droite avec la gauche. Elle se souvenait de la douleur intense qu'elle avait ressentie quand la magie avait été arrachée à sa chair. De quel genre d'agression avait-elle été victime ? Elle rumina ce mystère. Un autre membre de la guilde des assassins, Cassa Dar, avait jadis étranglé son pouvoir à l'aide d'une plante enchantée – une plante originaire des marais, ce qui avait obligé Elena à se rendre dans les Terres Inondées afin d'y chercher un remède. Mais que pouvait bien lui vouloir la guilde à présent ? Avant de quitter l'île, la jeune femme devait trouver la réponse à cette question.

Enfin, ils atteignirent le sommet de l'escalier. À la vue d'Elena, les deux gardes postés sur le palier se mirent au garde-à-vous, le dos bien droit et la lance à la main. Elle les salua de la tête ; l'un d'eux s'écarta et poussa la lourde porte de chêne bardée de fer.

Elena entra la première et fit signe à Er'ril d'allumer les lampes pendant que Joach faisait du feu dans la cheminée. Elle prit la prisonnière par le coude.

— Je m'occupe d'elle, dit-elle aux gardes qui les avaient accompagnés jusque-là. Vous pouvez retourner à votre poste.

Le plus gradé des deux hésita, puis inclina la tête et sortit à reculons. Son subordonné l'imita.

Elena referma la porte derrière eux et entraîna Kesla jusqu'à un fauteuil, devant le feu que Joach venait d'allumer. Er'ril se plaça à gauche du fauteuil, les sourcils froncés et une main sur la poignée de son épée. Sans lâcher son tisonnier, Joach s'accouda au manteau de la cheminée et plongea son regard dans les flammes, l'air maussade.

Elena s'agenouilla près de Kesla.

— Parle-nous de toi. D'où viens-tu ?

La jeune fille baissa les yeux et les détourna.

— Elle vient d'un village dans le Désert de Sable, répondit Joach à sa place, avant d'ajouter sur un ton mordant : … à moins que cela aussi soit un mensonge.

— Ce n'est pas un mensonge ! répliqua Kesla d'une voix brûlante.

Le front barré par un pli soucieux, Elena leva la tête vers Er'ril. Le Désert de Sable ? S'agissait-il encore d'un signe indiquant l'emplacement d'un des portails, dans le Grand Sud ?

Er'ril devina la question dans les yeux de la jeune femme et haussa les épaules.

— Je dois récupérer la dague de noctiverre, gémit Kesla.

Elena reporta son attention sur elle.

— Pourquoi ? Si tu ne nous veux pas de mal, pourquoi refuses-tu de nous expliquer la raison pour laquelle tu en as besoin ?

— C'est interdit… J'ai juré…

Le désespoir de la jeune fille était palpable. Avec un soupir, Elena s'assit sur ses talons et réfléchit quelques instants.

— Si tu veux la faire parler, il reste encore beaucoup d'instruments de torture dans le donjon, lança Er'ril. Nous ne nous en sommes pas débarrassés après le départ des armées du Seigneur Noir.

Choquée, Elena leva les yeux vers le guerrier. Celui-ci secoua la tête derrière le dos de Kesla. Il n'avait aucune intention de recourir à cette méthode, mais la prisonnière ne pouvait pas le savoir.

Elena se calma et reprit plus lentement, adoptant le rôle de l'inquisiteur passif :

— Je suis certaine que ce ne sera pas nécessaire… Du moins, pas pour le moment.

Kesla se raidit dans son siège. Elena tenta de la raisonner.

— Bon, Kesla… Même si nous n'avons pas envie de te punir, nous ne pouvons pas ignorer le fait que tu nous as attaqués. Tu dois bien en être consciente.

La jeune fille pinça les lèvres.

— Recommençons depuis le début, dit patiemment Elena. Si tu ne peux pas nous révéler la raison de cette agression, parle-nous de toi. Comment as-tu été enrôlée dans la guilde des assassins ? Où as-tu été formée ?

Kesla baissa la tête.

— J'ignore comment je suis arrivée à Alcazar, la citadelle de grès de la guilde. On m'a raconté que le maître m'avait trouvée il y a dix hivers, quand je n'étais qu'une fillette perdue dans le désert, mais je n'ai aucun moyen de savoir si c'est vrai ou non.

Er'ril prit la parole d'une voix tranchante de colère feinte :

— Et c'est quoi, ta spécialité ? Ton tatouage représente un serpent enroulé autour de la dague des assassins.

Elena se souvint du tatouage de Cassa Dar : un plant de belladone enroulé autour d'une dague identique, indiquant que la n'aine était spécialisée en poisons.

— J'ai été formée à l'art de la furtivité, répondit Kesla d'une toute petite voix. Pénétrer dans un endroit et en ressortir sans m'être fait repérer. Le serpent est le symbole de la discrétion.

— En d'autres termes, tu n'es qu'une simple voleuse, ricana Er'ril.

Kesla sursauta et se tordit dans ses liens pour pivoter vers le guerrier.

— Je ne suis *pas* une vulgaire voleuse ! J'ai étudié les méthodes des assassins pendant dix hivers !

— Mais as-tu déjà tué ? interrogea Er'ril sur un ton méprisant.

Les épaules de Kesla s'affaissèrent.

— Ce n'est pas une main ensanglantée qui fait l'assassin.

Par-dessus la tête de la prisonnière, Er'ril fit signe à Elena de continuer.

La jeune femme adopta un ton plus conciliant.

— Donc, tu as fait tout le chemin depuis Alcazar dans le Désert de Sable, et tu t'es déguisée en fille de cuisine pour t'infiltrer dans le château au nez et à la barbe des nombreuses armées qui protègent cette île. Très impressionnant. Tu as dû avoir de bons professeurs.

— En effet, acquiesça fièrement Kesla. Maître Belgan est un des membres les plus respectés de la guilde.

— Donc, ainsi qu'un serpent, tu t'es faufilée parmi nous sans qu'on te remarque et tu as attendu le moment opportun pour frapper, résuma Elena.

Kesla hocha la tête.

— Alors, intervint Er'ril en hurlant presque, tu as brutalement planté ta dague dans la marque d'Elena pour la priver de son pouvoir et la torturer !

Kesla frémit.

— Je… je ne pensais pas… Je ne voulais pas…

Ses yeux se remplirent de larmes.

— Ne fais pas attention à Er'ril, dit Elena en posant une main sur le genou de la prisonnière. Tu étais obligée de le faire ; cela me semble clair. Si tu voulais bien nous expliquer pourquoi, peut-être pourrions-nous t'aider.

Ravalant ses larmes, Kesla jeta un coup d'œil à la main de la sor'cière.

— Je… je ne peux pas.

— Ton besoin est-il moins important que ton serment ? chuchota Elena. Manquer à ta parole serait-il un prix trop élevé à payer pour accéder à ce que tu désires ?

Kesla leva les yeux pour soutenir le regard d'Elena. Dans son expression, la jeune femme lut une envie mêlée d'hésitation.

— Si… si je vous le dis, me laisserez-vous reprendre la dague et quitter l'île ?

— Si tes intentions sont pures, je l'envisagerai.

Kesla s'affaissa dans son fauteuil. Quand elle reprit la parole, sa voix n'était plus qu'un murmure douloureux :

— J'ai besoin de la dague pour tuer un monstre.

Elena fronça les sourcils et jeta un coup d'œil à Er'ril. D'un signe de tête, le guerrier l'encouragea à poursuivre seule.

— Quel monstre ? demanda-t-elle.

Kesla s'enfonça plus profondément dans son fauteuil et se recroquevilla sur elle-même.

— Une bête immonde qui s'est installée dans les Ruines de Tular.

À la mention de l'antique forteresse du Mur du Sud, Elena serra le poing.

— Tular ? répéta-t-elle sur un ton encourageant. À la frontière nord du désert ?

— Oui. Depuis ces ruines lépreuses, une corruption s'est répandue dans notre sable, contaminant notre eau et empoisonnant notre bétail. Des centaines de gens ont succombé à la maladie et à la famine.

— Et tu penses que cette pestilence provient de la fameuse bête ?

Kesla acquiesça.

— Une nuit, un démon ailé à la chair pâle est venu au village. Il a exigé que les nombreuses tribus du désert lui paient une dîme – faute de quoi, a-t-il promis, la corruption de la bête continuerait à se propager jusqu'à ce que le Désert de Sable tout entier soit consumé.

La jeune fille leva les yeux vers Elena, puis les détourna. Sa voix se brisa.

— Les gens n'ont pas eu le choix. À chaque pleine lune, ils se sont mis à envoyer la dîme aux Ruines de Tular pour étancher la soif de la bête, de peur de provoquer leur destruction à tous.

— Et en quoi consistait cette dîme ? interrogea Elena.

Kesla secoua la tête ; un sanglot s'étrangla dans sa gorge.

— Nous ne pourrons pas comprendre si tu ne nous le dis pas.

— C'était… des enfants.

Elena ne put retenir une exclamation.

— Quoi ?

Kesla se balança dans son siège.

— Trente enfants à chaque pleine lune – un pour chaque jour du cycle.

— Douce Mère, marmonna Joach près de la cheminée.

Il détacha enfin son regard du feu.

— Un jour, reprit Kesla, une délégation d'anciens des villages alentour s'était présentée à la porte d'Alcazar. Chargés d'or et de joyaux, ses membres étaient venus réclamer l'aide de la guilde pour tuer la bête. Bien évidemment, après avoir entendu leur histoire, maître Belgan a refusé.

Er'ril ricana.

— Ça, c'est bien une réaction d'assassin ! Au fond, vous n'êtes que des lâches qui préfèrent œuvrer dans l'ombre.

Kesla se rembrunit.

— Vous ne comprenez pas. Maître Belgan refusa leur *or*, mais il a accepté le défi qu'ils lui proposaient. Parmi le trésor qu'ils lui avaient apporté, il n'a prélevé qu'un seul objet.

— Lequel ? s'enquit Joach.

Kesla se tourna vers le jeune homme et, du menton, désigna la dague de noctiverre pendue à sa ceinture.

— À elle seule, elle valait autant que tout l'or et les joyaux qui l'accompagnaient. Mais ça n'a pas été pour sa valeur que maître Belgan l'a prise. Un des envoyés était un chaman. Il disait que, selon ses osselets de divination, cette dague était l'unique arme capable de venir à bout de la bête.

— Et pourquoi ça ? demanda Joach en la touchant machinalement.

— Parce qu'elle avait déjà été utilisée auparavant… pour tuer le monstre qui protégeait jadis les tyrans de Tular. À l'époque, elle avait libéré notre peuple. Le chaman pensait qu'elle pouvait rééditer cet exploit.

— Je ne comprends pas, intervint Elena. Pourquoi l'avoir apportée jusqu'ici ?

— Le chaman et maître Belgan ont passé une demi-lune à discuter, à lire de vieux parchemins et à lancer des osselets. Ils ont découvert que la première bête de Tular possédait une armure si coriace que même la dague n'avait pas réussi à lui percer la peau – pas avant… (Kesla reporta son attention sur Elena.) Pas avant d'avoir été trempée dans du sang de sor'cière pour emprisonner la magie de celle-ci dans le cristal. Dans le temps, cette magie a été celle de Sisa'kofa.

— La Sor'cière de l'Esprit et de la Pierre, siffla Er'ril.

— Mon ancêtre, ajouta Elena.

Kesla hocha la tête.

— Nous venions d'apprendre la nouvelle de votre victoire – et de l'existence d'une nouvelle sor'cière née dans nos contrées. Aussi ai-je été envoyée ici, d'abord à dos de coursier à travers les Monts Effrités, puis par bateau à partir de la côte. Maître Belgan m'avait expliqué ce que je devais chercher : une marque sanglante de la sor'cière. Il suffirait que je plante la dague dedans et que je l'y laisse pendant une nuit pour qu'elle aspire sa magie. Alors seulement, nous aurions un espoir de vaincre la bête de Tular.

Elena frotta sa paume sur son genou, se souvenant de la brûlure qui avait accompagné le drainage de son pouvoir. La dague avait absorbé son feu sor'cier.

— Parle-nous de cette bête.

Kesla frissonna.

— Une seule personne l'a vue et a survécu assez longtemps pour la décrire : l'homme qui conduit les enfants à leur mort. Il parle à tous ceux qui veulent bien l'entendre de l'horrible créature tapie dans les ruines de la forteresse. (La peur fendilla la voix de la jeune fille.) C'est la Goule de Tular, revenue à la vie après d'innombrables siècles pour détruire nos terres.

— La Goule de Tular ? répéta Joach.

Kesla se tourna de nouveau vers lui.

— La bête qui protégeait jadis Tular. Celle dont l'effigie orne le pommeau de la dague.

Joach dégaina l'arme et la brandit dans la lumière. Un serpent à plumes s'entortillait autour du manche, sa gueule – pareille à un bec – ouverte en un sifflement silencieux. Le basilic, l'antique totem de Tular.

Elena se releva brusquement et se dirigea vers Er'ril.

— Ce doit être le portail du Weir.

L'homme des plaines acquiesça.

— Et les enfants... L'éb'ène a toujours soif de sang.

À cette pensée, Elena pâlit. Tous ces sacrifices...

Kesla reprit la parole :

— C'est tout ce que je sais. Un bateau attend pour me ramener à Alcazar. Je dois rapporter la dague à maître Belgan.

— Et tu le feras, affirma Elena.

Kesla se redressa.

— Vous allez me laisser partir ?

— Oui, mais je te renverrai chez toi plus vite que n'importe quel bateau et n'importe quel coursier pourraient t'y conduire. Demain matin, un des navires el'phiques doit s'envoler pour le Désert de Sable afin de localiser et de détruire la créature qui tourmente ton peuple.

Kesla écarquilla les yeux.

— En échange de ta liberté, je te demande de me prêter un nouveau serment. Jure-moi que tu guideras ce navire aérien jusqu'à Alcazar, et que tu nous laisseras aider ta guilde à débarrasser vos contrées de cette malédiction, réclama Elena.

Kesla inclina la tête.

— Je ne peux que promettre de vous guider jusqu'à Alcazar. C'est à maître Belgan, et non à moi, qu'il appartiendra de prendre une décision au nom de toute la guilde.

— Marché conclu. (Elena fit signe à Joach.) Libère-la et emmène-la à bord de la *Fureur de l'Aigle*. Présente-la au prince Richald et informe-le de mon souhait. Er'ril et moi le rejoindrons plus tard pour mettre au point un plan détaillé.

Joach se hâta de détacher la prisonnière. Kesla se leva en se frottant les poignets. Mais comme elle tendait la main vers la dague pendue à sa ceinture, le jeune homme se détourna.

— Je préfère la garder pour le moment. Pour plus de sûreté. Il semble qu'il y ait pas mal de voleurs dans le château, dit-il en regardant durement Kesla.

La jeune fille s'empourpra sous l'accusation.

— Je suis désolée de vous avoir menti, seigneur Joach.

— Je ne suis pas un seigneur, dit Joach d'une voix lasse. Je voudrais bien que tu cesses de m'appeler ainsi.

— Dans ce cas, cessez de me traiter de voleuse, répliqua Kesla en se détournant.

— Tu as raison, tu es un assassin. C'est beaucoup plus noble. (Levant les yeux au ciel, Joach s'approcha de sa sœur et la prit à part.) Elena, j'ai une requête à te présenter.

— Laquelle ?

Il agrippa le manche de la dague.

— J'aimerais partir avec la *Fureur de l'Aigle*.

— Quoi ? Pourquoi ? s'étonna la jeune femme.

Par-dessus son épaule, Joach jeta un coup d'œil à Kesla.

— Puisque c'est moi qui ai récupéré la dague, je pense que je devrais continuer à la surveiller.

— Pourquoi ? répéta Elena.

Ce fut au tour de Joach de rougir.

— C'est juste que… Je veux dire… Je pense que ce n'est pas une coïncidence si la dague est tombée entre mes mains. (Il poussa un soupir exaspéré.) C'est difficile à expliquer. Je sens que je dois y aller, c'est tout.

Elena se souvint d'avoir servi le même argument vague à Er'ril un peu plus tôt. Apparemment, le destin conspirait pour les séparer, pour éparpiller ses compagnons à la surface du monde.

— Tu es assez grand pour prendre tes propres décisions, Joach. Si tu penses que ton chemin va dans cette direction, je ne t'empêcherai pas de le suivre.

Avec une large grimace, son frère la prit dans ses bras et l'étreignit.

— Merci, El. Je savais que tu comprendrais.

— En fait, répliqua Elena à son oreille, je ne comprends pas. Je préférerais que tu restes ici.

Elle ne voulait vraiment pas que son frère s'en aille, mais comment lui refuser sa permission alors qu'elle-même envisageait de partir dans les plus brefs délais ? Elle lui rendit son étreinte, le serrant de toutes ses forces contre elle comme si cela pouvait le protéger à jamais. Mais elle savait que c'était impossible.

— Fais en sorte de revenir, c'est tout ce que je te demande.

Joach se dégagea.

— Je te le promets. Ne t'inquiète pas.

Il se détourna, mais Er'ril lui posa une main sur l'épaule.

— Joach, un mot avant que tu partes.

Le jeune homme fronça les sourcils.

— Oui ?

Du menton, Er'ril désigna Kesla qui attendait près de la porte.

— Surveille-la.

— Pardon ?

— J'ai vu la manière dont tu la regardais, le soulagement dans tes yeux quand elle nous a raconté son histoire. Ne laisse pas tes sentiments obscurcir ton jugement.

— Je ne..., protesta Joach.

Er'ril lui serra l'épaule plus fort.

— Il n'y a pas si longtemps, tu me prenais pour une créature du Seigneur Noir. Aujourd'hui, tu n'hésites pas à croire le récit d'un assassin avéré. Mais ça pourrait être un nouveau piège.

Joach se décomposa.

Elena voulut réfuter les soupçons d'Er'ril. Elle ne percevait aucune menace chez cette fille, juste une peur sincère pour les siens. Mais elle se ravisa et ne dit rien. Une vigilance élémentaire était peut-être de mise.

Joach jeta un coup d'œil à sa sœur et lut l'approbation dans ses yeux. Il soupira et son expression se durcit.

— Je serai prudent – dans mes sentiments comme dans mes actes.

Sur ces mots, il recula, adressa un dernier signe de tête à Er'ril et Elena, puis rejoignit Kesla et sortit.

Elena les suivit du regard, le cœur serré. Son frère lui manquait déjà.

Il ne restait qu'Er'ril dans la pièce. Comme s'il avait lu dans ses pensées, le guerrier se rapprocha d'elle.

— Ce n'est pas facile de voir quelqu'un qu'on aime s'exposer sciemment au danger, n'est-ce pas ? lui demanda-t-il à voix basse.

Trop lasse et trop chagrinée pour répondre, Elena se contenta de se laisser aller contre lui.

À des lieues de là, dans une grotte dissimulée au cœur de la Forêt Pétrifiée de la côte nord, un homme solitaire était accroupi au-dessus d'un trou peu profond creusé dans le sol de granit. Chantonnant des mots de pouvoir, il y versa lentement le contenu d'une cuvette de mercure.

La cavité fut bientôt remplie jusqu'au bord. Dans la maigre lumière dispensée par le ciel nuageux à l'extérieur de la grotte, la surface du vif-argent brillait comme un miroir, reflétant un visage à l'expression maussade encadré par une capuche.

L'homme se pencha et plissa ses yeux voilés par la cataracte pour étudier sa propre image. Un doigt crochu se leva pour suivre le contour de ses traits ravagés par les ans. Puis il repoussa sa capuche, révélant un crâne chauve à l'exception de quelques rares cheveux gris.

— Bientôt, marmonna-t-il.

Un raclement à l'entrée de la grotte lui fit tourner la tête. La silhouette trapue de son serviteur se découpait contre la lumière du dehors. Le nouveau venu lui arrivait à peine à la taille, mais il était tout en os et en muscles noueux. C'était un gnome des souches, une des rares créatures capables de survivre longtemps dans cette forêt empoisonnée. Un simple sort de jumelage avait lié sa volonté à celle de l'homme.

— Approche, Rukh, ordonna sèchement le vieillard.

Son serviteur grogna et obtempéra en traînant les pieds. Les gnomes possédaient une intelligence tout juste supérieure à celle d'un cochon apprivoisé, mais ils étaient forts et obstinés. Vus de près, ils avaient aussi une tête semblable à celle d'un cochon. On aurait dit que quelqu'un avait aplati le nez de Rukh d'un grand coup de massue. Sous ses yeux pareils à des cailloux noirs polis, son visage n'était que museau écrasé. Deux oreilles pointues jaillissaient de chaque côté de son crâne à la texture de cuir.

— Tu as trouvé ce que je t'avais demandé ?

Rukh força sa langue épaisse à former des mots et à les expulser au-delà de ses crocs jaunes pourrissants :

— Oui, m… maître Greshym.

À cette distance, l'odeur nauséabonde de la créature assaillait le mage noir. *Il empeste comme toute une bergerie de boucs trempés !* songea Greshym en plissant le nez de dégoût.

— Alors, pose-le et va-t'en ! aboya-t-il.

Faisant rouler son épaule, Rukh jeta sa proie morte aux pieds de son maître. Le cou de la biche, tordu selon un angle peu naturel, témoignait qu'elle avait récemment été étranglée par les mains puissantes du gnome des souches. Greshym eut un hochement de tête approbateur. Son serviteur avait dû s'aventurer très loin pour trouver un animal si épargné par la corruption.

Rukh recula, sa gueule dégoulinant de bave à cause de l'odeur de la viande qu'il abandonnait. Pour une créature aussi stupide, ne pas dévorer la biche toute crue avait dû être une véritable torture, comprenait Greshym.

Saisissant une longue dague au manche orné d'une rose sculptée, il entreprit de prélever le cœur de l'animal mort. Le temps qu'il ait terminé, les manches de sa robe étaient couvertes de sang. Il extirpa l'organe encore tiède de la poitrine béante et agita le moignon de son autre main pour intimer à Rukh de le débarrasser de la carcasse. Il avait ce qu'il lui fallait.

Le gnome se précipita. Ses griffes s'enfoncèrent dans la chair de la biche, qu'il traîna vers la sortie.

— B… bonne viande, grogna-t-il.

Ignorant les bruits d'os brisés et de déglutition qui résonnaient à l'extérieur de la caverne, Greshym reporta son attention sur le bassin de vif-argent. Il leva le cœur de la biche et en fit prudemment goutter le sang sur le mercure. La flaque rouge sombre s'élargit, brouillant son reflet argenté. Cela fait, il toucha le liquide d'un doigt et prononça un seul mot – un nom :

— Shorkan.

La surface du bassin se mit à tourbillonner et une image se forma – une fenêtre ouverte sur un autre lieu.

Greshym observa le tableau muet. Sous ses yeux apparut un homme en robe blanche. Planté au bord de l'eau, sur une plage de sable noir, il regardait vers le sud. Ses lèvres remuaient, mais Greshym n'entendait aucun son. Dans le fond se dressait le cône volcanique de Noircastel, creusé par un dédale de couloirs et de chambres souterraines.

Greshym savait que le donjon et l'antre du Seigneur Noir en personne s'étendaient au-dessous, tandis qu'au-dessus, un nuage de fumée noire souillait perpétuellement le ciel. Les forces volcaniques n'étaient pas les seules responsables de ce torrent de fumée et de cendres : une bonne partie de celles-ci provenait des forges toxiques tapies au cœur de la montagne – des fournaises de magie noire.

En pivotant, Greshym jeta un coup d'œil à l'extérieur de la grotte. Il se trouvait à plusieurs lieues de la mer ; pourtant, il apercevait le nuage noir à l'horizon. Les vents venus du sud soufflaient continuellement la fumée et les cendres au-dessus de cette forêt, la rendant inhabitable excepté pour les créatures qui, à l'instar de son serviteur Rukh, avaient migré ici afin de se tapir dans son ombre empoisonnée.

Mais il n'en avait pas toujours été ainsi. Très longtemps auparavant, avant la première éruption du cône volcanique, la forêt grouillait de vie. La chaleur infernale dégagée par la naissance de Noircastel avait ravagé le paysage, pétrifiant toute la sylve en l'espace d'une seule nuit et tuant jusqu'au dernier de ses habitants.

Greshym avait choisi cet endroit pour se cacher à cause de la magie résiduelle qui imprégnait les cendres issues de Noircastel. Cette magie lui avait permis de régénérer après la bataille qui avait failli lui coûter la vie, une lune auparavant. Affaibli et vidé de son pouvoir, le vieil homme avait rampé jusqu'à ce sanctuaire maudit. Pendant des jours, il avait erré à travers la forêt, à demi aveugle et à demi mort, absorbant les scories énergétiques de Noircastel et reconstituant ses forces.

À présent, il était enfin prêt à quitter son refuge pour exercer sa vengeance.

Dans le bassin de mercure, l'autre mage noir se détourna soudain de l'océan pour le regarder. Frémissant, Greshym agita une main et dissipa son image. C'était passé près. Shorkan avait dû sentir qu'il l'espionnait et il avait failli le surprendre. Au moins Greshym savait-il désormais où se trouvait l'un de ses ennemis : à Noircastel.

— Ainsi, Shorkan, tu lèches encore tes blessures, chuchota-t-il avec une sombre satisfaction.

Il avait remarqué les traces de brûlures noires et les cicatrices pâles qui marquaient le visage jadis séduisant de son confrère. Apparemment, même le favori du Seigneur Noir n'était pas sorti indemne de la bataille de Val'loa.

— Bien...

Greshym autorisa un sourire à se former sur ses lèvres. Shorkan s'était trop longtemps moqué de lui avec son éternelle jeunesse. Un sort très ancien leur avait accordé l'immortalité à tous les deux, mais, dans le cas de Greshym, quelque chose avait mal fonctionné. Sa chair avait continué à se rider et se flétrir comme celle de n'importe quel homme ; seule la mort lui avait été épargnée. Son sourire s'élargit, et un gloussement sec monta de sa gorge décharnée. *Maintenant, Shorkan sait lui aussi ce que c'est d'être défiguré !*

Après avoir récupéré le cœur de la biche, il réitéra son incantation. Cette fois, il plongea son doigt dans le mercure et prononça un autre nom :

— Elena.

De nouveau, le sang se troubla et une image se forma.

Greshym fronça les sourcils. Il ne comprenait pas ce qu'il voyait. La sor'cière à la chevelure flamboyante se tenait contre le bastingage d'un majestueux navire. Trois mâts se dressaient derrière elle – mais la mer n'était nulle part en vue.

Puis Greshym prit conscience qu'elle devait se trouver à bord d'un des vaisseaux el'phiques. Il scruta le ciel. Le navire aérien filait dans la direction opposée au soleil couchant – vers l'est. Autrement dit, il tournait le dos à Alaséa. Une larme solitaire coula sur la joue de la jeune femme plantée à la proue du bateau. Greshym sourit de nouveau. Essayait-elle de fuir ?

Il ajusta l'angle de son miroir. Très loin, au-delà des tours et des aiguilles de la cité insulaire, deux autres vaisseaux aériens faisaient voile vers l'horizon : l'un en direction du nord, l'autre du sud. Greshym remarqua que la sor'cière semblait observer le second. Il vit ses lèvres bouger, et même s'il n'entendit rien, il devina le nom qu'elle prononçait : « Joach ».

Il serra le poing. Le frère de la sor'cière ! Le maudit gamin qui, par deux fois déjà, avait déjoué ses plans. Lors de leur dernière confrontation, il avait même détruit son bâton. *Ainsi, le frère et la sœur se sont séparés pour mieux se soustraire aux représailles du Gul'gotha*, songea Greshym en étudiant plus attentivement l'image qui s'offrait à lui.

Il se pencha vers le bassin de mercure pour mieux voir le navire minuscule qui s'éloignait en direction du sud. Il suivit sa trajectoire du regard tandis que la magie s'estompait et que l'image se dissolvait.

Au bout de quelques secondes, il se redressa. Il pourrait lancer son sort une troisième fois pour tenter de découvrir la destination finale de Joach, mais il n'osait pas dépenser sa précieuse énergie de la sorte – pas quand il lui restait un autre sort très complexe à lancer.

Greshym se releva dans le craquement de ses vieux os. Il tendit la main vers le mur de la grotte et récupéra son bâton tout neuf. Taillé dans le cœur d'un des arbres empoisonnés, celui-ci avait le grain du frêne, mais n'était pas en bois pour autant. Greshym fit courir ses mains à la surface de la pierre imprégnée par des siècles de scories magiques et de cendres toxiques. Le bout de ses doigts le picota. Bardé de sorts puissants, son bâton minéral était aussi léger que du chêne. Sur beaucoup de points, c'était une arme supérieure à son ancien bâton de pol'bois. Peut-être aurait-il dû remercier Joach de l'avoir débarrassé de l'original.

Greshym se dirigea vers le seuil de la grotte et s'avança dans la lumière brumeuse du jour.

— À moi, Rukh, appela-t-il.

Le gnome des souches leva la tête de la carcasse qu'il était occupé à dévorer. D'un revers de poignet, il essuya sa bouche maculée de sang et jeta un coup d'œil plein de regrets à son festin inachevé. Tout dans son expression et sa posture trahissait une faim inassouvie, mais il n'était pas assez sot pour désobéir à son maître. Il le rejoignit en traînant les pieds.

À l'aide de son bâton, Greshym traça un cercle autour d'eux. Encore un sort à lancer. Ses paupières lourdes à demi fermées, il conjura un portail. Le sol devint aussi noir que de l'encre sous ses pieds.

Ignorant la terreur de Rukh, Greshym tourna son attention vers le sud en plissant les yeux comme s'il tentait de distinguer quelque chose dans le lointain. Puis, satisfait, il acquiesça et leva son bâton. Il frappa le sol une seule fois. Un portail noir s'ouvrit sous lui. Mage et gnome tombèrent dans ses profondeurs.

Greshym disparut, avec un seul désir brûlant dans son esprit : la vengeance.

LIVRE DEUX

CHÂTEAU MRYL

5

Dans la lumière grisâtre qui précède l'aube, Mycelle était agenouillée près de la rivière, meurtrie et ensanglantée. Son hongre Grisson se tenait près d'elle, les flancs palpitants, son pelage doré trempé de sueur par leur longue fuite ventre à terre.

Il se pencha pour boire, mais Mycelle tira sur sa bride. Elle ne voulait pas que son cheval épuisé et transpirant attrape des crampes d'estomac à cause de l'eau glaciale. Le camp était encore distant de plusieurs lieues, et elle aurait besoin de lui pour y arriver.

Inclinant la tête sur le côté, elle guetta des signes de poursuite. Quelque part dans les profondeurs du bois obscur, un cor meugla. Mycelle poussa un soupir de soulagement. Il était encore très loin au nord.

Comme la guerrière se relevait, le craquement d'une brindille sur sa gauche lui fit faire volte-face et dégainer ses épées jumelles en silence. Leur lame d'acier scintillant dans le reflet du clair de lune à la surface de la rivière, elle attendit son agresseur de pied ferme.

Puis une paire d'yeux ambrés brilla de l'autre côté d'un buisson de sureaux. Des images défilèrent dans la tête de Mycelle. *Deux loups fatigués qui se saluent sur une piste, se touchant du museau et se léchant une oreille.*

— La Douce Mère soit remerciée, lâcha Mycelle en rengainant ses épées.

Elle reconnaissait ce contact mental.

— *Salutations, Fardale,* répondit-elle dans la langue muette des si'lura.

Alors, une silhouette élancée se coula hors des buissons, si furtivement que pas une seule feuille ne bruissa sur son passage. Si Fardale avait fait craquer une brindille quelques instants plus tôt, c'était à dessein, pour avertir Mycelle de sa présence.

Bien que désormais à découvert, l'énorme loup demeurait difficile à distinguer dans la pénombre sylvestre. Son pelage noir, moucheté d'or et de cuivre, se fondait avec les ombres marbrées, lui donnant l'air d'être presque dénué de substance. Mais ses yeux brillants étaient aussi durs que du granit. Mycelle et lui avaient eu de la chance de survivre à cette nuit.

— Quand ils nous ont attaqués, j'ai cru que tu étais perdu, dit la guerrière.

Fardale haussa les épaules à sa façon et se dirigea vers le bord de la rivière pour laper un peu d'eau. Ce fut à peine s'il se mouilla la langue – il savait qu'il n'aurait pas fait bon boire après une aussi longue course. Il s'assit sur son arrière-train, les oreilles dressées et frémissantes pour capter des bruits éventuels.

— Ils sont loin, le rassura Mycelle. Je crois que nous les avons semés.

Fardale lui jeta un coup d'œil, établissant un contact visuel pour pouvoir lui envoyer un message. De nouveau, des images se formèrent dans l'esprit de Mycelle. *Une créature brutale, à la peau couleur d'ecchymose, reniflant une piste dans les bois.* Il avait raison. Leurs poursuivants continueraient à les traquer. Pour avoir une chance de s'en sortir, ils devaient rejoindre leur campement sous la Pierre de Tor et chercher un autre chemin vers Château Mryl. Les bois qui s'étendaient devant eux étaient trop dangereux.

Trois nuits auparavant, Mycelle et Fardale avaient quitté leurs compagnons pour partir en éclaireurs au nord du Fleuve de Glace, mais ils étaient tombés sur une bande de pillards n'ains. Ils avaient réussi à s'enfuir – de justesse. Encore avaient-ils eu beaucoup de chance que les pillards ne comptent aucun Sinistreur parmi eux. Face à des créatures de la Forêt Noire, ni la cavalière ni le loup n'auraient eu le moindre espoir de s'en sortir vivants.

Depuis une lune, le seigneur Tyrus les menait à rude allure vers le Nord, à travers les forêts des Contrées du Couchant. Ils avaient fini par établir leur campement près de la Pierre de Tor, un monolithe qui se dressait à l'endroit où le Fleuve de Glace rejoignait la Sauleruée.

D'après les trappeurs et les chasseurs, les bois situés au nord du Fleuve de Glace n'étaient plus sûrs ni pour les hommes, ni pour les animaux. Autour des feux de camp, on chuchotait des histoires d'étranges lumières qui ébahissaient et entraînaient les imprudents à la mort, de cris perçants qui mettaient à genoux les hommes les plus endurcis et les faisaient trembler de terreur, d'arbres retrouvés tordus et rabougris comme si on les avait torturés jusqu'à ce que mort s'en suive.

Mycelle et Tyrus connaissaient tous deux la signification de ces augures. Les spectres du Sinistre, jadis confinés à la Forêt Noire, s'étaient bel et bien répandus dans les Contrées du Couchant. Si personne n'intervenait, ils finiraient par les contaminer entièrement.

À cette idée, Mycelle serra le poing. Elle ne laisserait pas une chose pareille se produire. Mais leur seul espoir consistait à atteindre Château Mryl et à réparer le Mur du Nord endommagé, afin de restaurer la barrière entre la Forêt Noire corrompue et les bois encore vierges des Contrées du Couchant. Par-dessus son épaule, Mycelle regarda le Fleuve de Glace qui coulait vers la forêt ténébreuse. Ils devaient trouver un autre chemin pour gagner leur destination.

Soudain, Fardale apparut aux côtés de la guerrière comme s'il avait jailli de la brume. Un grondement sourd monta de sa gorge – un avertissement. Sans attendre, Mycelle tira ses deux épées des fourreaux croisés dans son dos.

— Qu'y a-t-il, Fardale ? siffla-t-elle.

Les perceptions du loup étaient plus affûtées que les siennes.

Le long de son avant-bras, Mycelle sentit un mouvement – des écailles qui glissaient sur sa chair. Elle risqua un coup d'œil. Enroulé autour de son poignet, un minuscule reptile couleur d'arc-en-ciel ondulait lentement sur son perchoir. Même le paka'golo, le serpent guérisseur de Mama Freda, sentait que quelque chose clochait.

Mycelle se concentra sur la forêt. Fardale se tenait près d'elle, le poil hérissé et les oreilles frémissantes.

Ils n'attendirent pas longtemps. Une bourrasque inquisitrice sonda les frondaisons. Au-dessus de leur tête, les feuilles s'agitèrent, et une nuée d'aiguilles de pins sèches se dispersa en petits tourbillons. Mais ce fut un autre son, un gémissement lugubre, qui parut ronger leur chair et leurs os. Les épées de Mycelle tremblèrent dans ses mains. Ce n'était pas un vent naturel qui se dirigeait vers eux.

— Fuyons ! glapit-elle, renonçant à toute velléité de discrétion. On retourne au camp !

Fardale hésita, mais la guerrière se hissa sur le dos de Grisson.

— La fuite est notre seul espoir, insista-t-elle.

Déjà, le gémissement montait dans les aigus et se muait en un cri perçant.

— Un spectre du Sinistre ! hurla Mycelle pour se faire entendre. On ne peut pas les combattre ! Il faut fuir !

Elle fit pivoter Grisson. L'animal terrifié roulait des yeux blancs ; son mors était couvert de bave écumante. Mycelle lui enfonça ses talons dans les flancs, mais il était paralysé par la peur. Elle lui claqua l'arrière-train avec le plat de la main, sans plus de résultat.

Fardale se trouvait déjà une dizaine de pas plus loin. Il s'arrêta et se tourna vers la guerrière qui luttait contre sa monture.

Des images défilèrent rapidement dans la tête de Mycelle. *Un cerf figé à l'apparition d'un loup. Un humain qui tombe à quatre pattes, se change en loup à la crinière blanche comme neige et s'éloigne ventre à terre.*

Mycelle grogna et talonna de nouveau Grisson, mais l'animal se contenta de rejeter la tête en arrière et de hennir sa terreur. Fardale avait raison. Le cri du spectre le tenait déjà en son pouvoir ; il était perdu. Mycelle se laissa glisser à terre. La fuite était son seul espoir, elle l'avait dit elle-même. Mais comment pourrait-elle… ?

Elle toucha le museau de Grisson pour l'inciter à se calmer. L'animal paniqué essaya de lui mordre les doigts. La peur le rendait fou ; elle ne parviendrait pas à le rassurer. C'était sans espoir.

Mycelle tendit la main vers ses sacoches, mais un grondement de Fardale l'arrêta. Elle laissa retomber son bras. À quoi pensait-elle ? Elle était restée trop longtemps sous sa forme humaine, s'était trop habituée aux façons de faire des humains. À partir de maintenant, elle ne pourrait porter ni sac ni épée. Elle se tourna vers le loup.

— Cours, lui dit-elle.

Et elle se concentra pour se transformer.

Sous sa tenue d'équitation en cuir, sa chair fondit et ondula ; ses os se tordirent et plièrent. En se tortillant pour se débarrasser de ses atours humains, Mycelle tomba à quatre pattes. Dans un dernier spasme qui lui picota tout le corps, une fourrure couleur de neige jaillit de sa peau ; des griffes poussèrent au bout de ses doigts, et un long museau étroit s'allongea pour humer l'air. De nouveaux yeux s'ouvrirent sur un monde bien plus lumineux. Mycelle renifla et découvrit des chemins invisibles, marqués par de la semence et du musc.

Le cri perçant du spectre fit frémir ses oreilles pointues. Il était presque sur eux. Mycelle jeta un dernier regard à Grisson, puis à la pile de vêtements abandonnés et aux deux fourreaux croisés dessus. Elle éprouva un profond sentiment de perte, comme si elle était en train de renoncer à une importante partie d'elle-même. Mais le moment était mal choisi pour se lamenter. Elle ne pouvait porter que le petit serpent lové dans la fourrure d'une de ses pattes antérieures. Le paka'golo était la seule chose qu'elle ne devait jamais perdre. Il l'avait ressuscitée à Port Rawl et, à présent, sa morsure magique était nécessaire pour la sustenter.

Pivotant sur ses coussinets, Mycelle dépassa Fardale d'un bond et s'élança à travers les fourrés. Son compagnon l'imita. À présent, ils n'étaient plus que deux ombres en fuite, deux loups qui filaient ventre à terre dans les bois.

Derrière eux s'éleva un hennissement terrifié – un cri tel que Mycelle n'en avait jamais entendu sortir de la gorge d'un cheval. Elle jeta un coup d'œil en arrière, juste à temps pour voir une forme noire se jeter sur sa fidèle monture. Ce fut comme si un lambeau de ténèbres s'était détaché de la trame du monde pour attaquer Grisson.

L'odorat développé de Mycelle capta l'odeur cuivrée de la panique du hongre. Elle ralentit et pivota légèrement. *Fuis*, ordonna-t-elle silencieusement à Grisson.

Qu'il l'ait entendue ou qu'il ait enfin pris conscience du danger, le hongre fonça vers le couvert des arbres. Mais, comme il s'engouffrait sous les branches d'un pin noir, le spectre se coula à travers celles-ci. Soudain, un enchevêtrement de racines jaillit du sol pour emprisonner les jambes du cheval. Grisson hurla de nouveau – un cri de défaite et de mort.

Le spectre s'abattit sur sa proie immobilisée. Tandis qu'il se drapait sur son repas, le tronc du pin noir se tordit ; ses branches s'agitèrent et ployèrent selon des angles torturés. L'arbre était victime tout autant que le cheval. En se nourrissant, le spectre aspirait la vie du bois comme de la chair.

Les aiguilles de pin vertes jaunirent et tombèrent en pluie ; la peau du cheval s'affaissa sur ses os. On aurait dit que le spectre absorbait leur essence même. Bientôt, il ne resterait d'eux qu'une carcasse dénudée sous un marqueur de tombe biscornu. C'était tout ce que les Sinistreurs laissaient généralement derrière eux.

Comme les cris de Grisson s'étranglaient dans sa gorge, Mycelle reporta son attention sur le chemin. Elle ne pouvait s'attarder plus longtemps. Fardale et elle devaient s'éloigner avant que le spectre ait fini son repas et se mette en quête du suivant.

Nul ne savait comment vaincre ces créatures. On racontait que l'argent les maintenait à distance, mais ce n'était qu'un mythe. À Château Mryl, Mycelle avait appris que la seule protection contre les Sinistreurs était une vigilance continuelle. Leurs attaques étaient toujours précédées par un gémissement macabre. Une oreille aux aguets et une prompte retraite constituaient la meilleure défense.

Se fiant à cet adage, Mycelle continua à courir sur les traces de Fardale dont l'odeur la guidait aussi sûrement qu'un chemin bien tracé. Pendant une grande partie de la nuit, les deux loups filèrent à travers la forêt, pataugeant dans des ruisseaux pour semer d'éventuels poursuivants, guettant le cri reconnaissable entre tous d'un spectre. Mais, autour d'eux, l'obscurité demeura silencieuse comme si elle retenait son souffle.

Ils ne s'arrêtèrent que brièvement, pour engloutir les restes fumants d'un petit lièvre attrapé par Fardale. Sur la langue de louve de Mycelle, le sang et la viande crue avaient un goût de vin fin et de gibier rôti. Malgré la terreur et l'épuisement de cette nuit interminable, elle ne put réprimer un frisson d'exultation. Cela faisait si longtemps qu'elle n'avait pas couru en toute liberté et expérimenté la vie sous une autre forme…

Fardale dut percevoir sa jubilation. Par-dessus la carcasse du lièvre, ses yeux brillèrent pour lui envoyer un message. *Un loup solitaire, au corps fatigué et aux coussinets meurtris, rejoint sa meute après une longue chasse nocturne.*

Mycelle grogna son assentiment. C'était comme si elle rentrait enfin chez elle.

Après avoir dévoré les petits os et enterré la fourrure dans un trou pour dissimuler l'odeur de leur repas, les deux loups attaquèrent la dernière partie du trajet de retour au campement. Les lieues semblaient se volatiliser sous leurs pattes. Ils avaient trouvé leur allure, à la fois rapide et régulière. Mycelle avait l'impression qu'elle aurait pu courir ainsi jusqu'à la fin des temps.

Mais lorsque le soleil se leva enfin derrière les montagnes lointaines, à l'est, les premières lueurs de l'aube virent la louve commencer à trébucher et à s'emmêler les pattes. Son énergie apparemment inépuisable touchait à sa fin. Même Fardale boitait un peu et, haletant, tirait la langue pour compenser l'échauffement de leur longue course.

Enfin, devant eux, un monolithe de granit jaillit de la forêt, transperçant les frondaisons pour se dresser vers le ciel. La lumière du soleil avait déjà atteint son sommet, depuis lequel elle dardait ses rayons pour annoncer le jour à venir. C'était la Pierre de Tor.

La vue de leur destination enchanta les deux loups et leur conféra un regain d'énergie pour parcourir les dernières centaines de mètres. Très excités par la perspective de retrouver leurs compagnons, ils ne remarquèrent la puanteur qui planait dans l'air qu'une fois arrivés à quelques pas de la clairière.

Fardale s'arrêta. Mycelle se rapprocha prudemment de lui, les oreilles dressées pour capter le moindre bruit en provenance du camp. Mais elle n'entendit rien. Même si leurs compagnons dormaient encore, il aurait dû y avoir des signes de vie… Flanquée par Fardale, Mycelle s'avança souplement. Et quelle était cette étrange odeur ?

La louve insinua son museau entre les feuilles des derniers fourrés qui la séparaient de la clairière et se raidit.

Devant elle, le campement était en ruine : tentes et couvertures lacérées, chevaux morts dans une mare de sang. Des dizaines d'oiseaux charognards sentirent sa présence et levèrent la tête ; quelques glapissements coléreux tentèrent de la repousser, mais Mycelle les ignora et continua à avancer.

Parce que la Pierre de Tor se dressait à l'est, le campement demeurait dans l'ombre. Malgré le manque de lumière, Mycelle et Fardale cherchèrent des signes de leurs camarades. Quelqu'un avait-il réchappé de cette attaque ?

La louve trouva une hache au manche court et à la lame couverte de sang. Elle la renifla. Une odeur lourde s'attardait encore au-dessus de l'arme : celle d'un n'ain.

Mycelle se redressa et se concentra. Pour investiguer plus avant, elle aurait besoin de mains. Une deuxième métamorphose dans la même journée représentait toujours un gros effort ; pourtant, elle força sa chair à fondre et à ravaler sa fourrure blanche. Se redressant depuis sa position accroupie, elle reprit sa forme familière. Complètement nue, elle remarqua aussitôt la fraîcheur matinale et s'enveloppa de ses bras pour se réchauffer.

— Cherche des traces des autres, ordonna-t-elle à Fardale.

Le loup agita la queue et s'éloigna. Mycelle le suivit du regard avec un pincement d'appréhension. Depuis quelque temps, les projections mentales de Fardale se faisaient plus rares et plus rudimentaires. Le si'lura n'était pas loin de s'abandonner complètement à sa forme de loup. Déjà, il commençait à s'y figer. Si la malédiction n'était pas levée rapidement, il ne pourrait plus jamais se transformer.

Lorsque Mycelle s'enfonça dans la clairière, son inquiétude pour Fardale s'évanouit rapidement face à l'horreur étalée devant elle. Au-delà de la carcasse d'une jument tachetée, elle découvrit le corps d'une des Dro qui protégeaient le seigneur Tyrus. Les tresses blondes de la guerrière étaient couvertes de sang et de boue. Elle gisait sur le flanc, le ventre béant et les boyaux répandus par terre.

Un peu plus loin, Mycelle avisa le cadavre des deux sœurs de la Dro, tout aussi mutilées qu'elle. En revanche, elle ne trouva aucun signe du reste de leur groupe : le seigneur Tyrus, Kral, Mogweed et Nee'lahn.

Les sourcils froncés, elle revint vers les guerrières. Priant pour le repos de leurs esprits, elle déshabilla l'une d'elles, enfila sa tenue de cuir et fixa une nouvelle paire de fourreaux croisés dans son dos. Bien qu'épuisée, elle parvint à ajuster sa silhouette de manière à remplir ses nouveaux vêtements.

— Je vous vengerai, promit-elle en ceignant ses deux épées.

Fardale s'était aventuré plus à l'ouest. Un grondement attira l'attention de Mycelle, qui rejoignit le loup.

Même si elle ne possédait plus ses perceptions développées, la guerrière remarqua que la puanteur augmentait alors qu'elle se rapprochait de lui. Fardale se tenait en bordure d'une zone noircie et brûlée, parfaitement circulaire. Mycelle s'agenouilla et toucha le sol. Celui-ci était entièrement vitrifié en surface.

Le cœur lourd, la guerrière se releva et promena un regard à la ronde. Où se trouvaient les autres ? Que s'était-il passé ici ?

Comme elle se redressait, le soleil franchit enfin le sommet du monolithe. La lumière du jour baigna le campement ravagé. Mycelle allait se détourner lorsqu'un vif éclat au centre du cercle brûlé accrocha son regard. Les sourcils froncés, elle s'avança prudemment, avec l'impression de marcher sur du granit. Elle se dirigea vers la source du reflet et mit un genou en terre.

En se penchant, elle découvrit une pièce d'argent. Elle tenta de la ramasser, mais la pièce était incrustée dans le verre, et elle dut s'acharner un moment pour la dégager.

Mycelle se releva en examinant sa trouvaille. Un visage familier était frappé sur l'une des faces : celui du vieux roi Ry, le père de Tyrus. Sur l'autre se détachait l'emblème de leur famille, un léopard des neiges prêt à bondir. Serrant la pièce dans son poing, Mycelle étudia le cercle brûlé. Le seigneur Tyrus n'avait pas pu survivre à une telle déflagration.

Près d'elle, Fardale s'était assis sur son arrière-train. Il lui envoya une succession d'images pour lui dire qu'il n'avait vu aucun signe des autres dans la clairière.

Mycelle fourra la pièce dans une de ses poches.

—Alors, nous les chercherons ailleurs.

Mains et pieds étroitement liés, Mogweed était affalé sur le flanc à l'arrière du chariot fermé. Il feignait de dormir. Mais chaque fois que les roues du véhicule s'enfonçaient dans une ornière sur le vieux chemin forestier, sa colonne vertébrale tressaillait.

Lorsque le chariot roula sur une racine exceptionnellement grosse, le métamorphe dut réprimer un hoquet. Projeté plusieurs largeurs de main au-dessus des planches, il retomba avec un bruit sourd. Il entendit un grognement sur sa gauche et tourna prudemment la tête vers la silhouette massive qui gisait derrière lui.

Dans la lumière de l'aube qui filtrait par une minuscule fenêtre à barreaux, Mogweed distinguait tout juste l'épaisse barbe noire de Kral, encore humide de sang. Il pria pour que son compagnon demeure inconscient : il craignait les représailles que les gardes n'ains exerceraient sur eux si le colosse tentait de se libérer.

Mogweed promena un regard méfiant autour de lui. Ils n'étaient plus que quatre – trop peu pour combattre la vingtaine de n'ains en armure qui marchaient derrière le chariot.

Si seulement je ne m'étais pas endormi à mon poste…, songea Mogweed avec un pincement de culpabilité. Puis il se mordit coléreusement la lèvre. Non ! Il n'était pas responsable de leur capture. Même s'il était resté éveillé et avait alerté le reste du camp, ses compagnons n'auraient rien pu faire contre des adversaires aussi nombreux. Il n'existait aucun chemin sûr à travers la forêt au nord de la Pierre. Combien de fois les avait-il suppliés de renoncer à ce voyage suicidaire ? Mais personne ne l'avait écouté. C'était la faute des autres si les n'ains les avaient faits prisonniers.

J'aurais dû les quitter quand j'en avais la possibilité, se dit-il amèrement. Mais au fond de son cœur, il savait qu'il n'aurait pas pu. Pour la millième fois, il tira sur ses entraves et ne parvint qu'à resserrer encore les nœuds. En vérité, il était lié à ses compagnons aussi sûrement qu'il était lié par ces cordes – lié par un espoir ténu.

Le seigneur Tyrus, ancien pirate et prince de Mryl, avait appâté Mogweed et son frère avec une prophétie, une perspective d'échapper enfin à la malédiction qui retenait les deux métamorphes sous leur forme actuelle d'homme et de loup, respectivement. Ses paroles résonnèrent dans la tête de Mogweed : « Deux arriveront figés ; un repartira entier. »

À présent, même ce maigre espoir s'était envolé. Comment la malédiction aurait-elle pu être levée alors que Fardale était perdu quelque part dans ces bois ?

Mogweed roula sur le côté quand le chariot heurta une nouvelle racine. Il se retrouva allongé sur son autre flanc, face à la silhouette prostrée du seigneur Tyrus. Celui-ci ne montrait aucun signe de vie. Il gisait aussi flasque qu'une anguille morte, sa tête ballottant à chaque secousse, du sang dégoulinant de son nez et de sa bouche. De là où il était, Mogweed ne voyait pas s'il respirait encore.

Quelle importance ? Que leur avaient rapporté toute leur belle énergie combative, tout leur beau talent de guerriers ?

Les trois Dro avaient été massacrées, et les autres rossés presque jusqu'à ce que mort s'en suive. Stupides humains ! Pendant la bataille, Mogweed était resté caché. Après que les n'ains l'eurent dépassé, il avait rampé jusqu'au cadavre d'une des femmes blondes et s'était maculé le front avec son sang qui refroidissait déjà. Puis il s'était allongé près d'elle afin de se faire passer pour mort ou évanoui.

Comme il se rappelait son subterfuge, Mogweed fut submergé par le souvenir des hennissements des chevaux et des aboiements des pillards n'ains. Tout en feignant d'être blessé, il avait observé la mêlée entre ses cils. Il avait vu le seigneur Tyrus, protégé par la dernière de ses gardes du corps dro, se défendre en faisant tournoyer son épée de famille si vite que l'œil ne pouvait pas la suivre. C'était une danse de mort à laquelle aucun agresseur n'avait survécu.

Plus loin dans le camp, le montagnard avait attaqué les n'ains à coups de hache et de dents. À ce souvenir, un frisson parcourut l'échine de Mogweed. Kral lui avait paru plus animal qu'humain. Mais nul n'aurait pu mettre en doute son efficacité. Les n'ains étaient tombés autour de lui ainsi que des épis de maïs fauchés.

L'espace d'un instant, Mogweed avait envisagé leur victoire. Mais même le plus robuste des ours finit par succomber face à une meute de loups, si ceux-ci sont assez nombreux.

Kral était tombé le premier, assailli par une demi-douzaine de n'ains. De l'autre côté de la clairière, le seigneur Tyrus avait poursuivi sa chorégraphie sanglante. La chute du montagnard semblait l'avoir rendu encore plus invincible. Ses gardes du corps étaient mortes, mais lui-même n'avait pas la plus petite égratignure. Un espoir de victoire brûlait encore dans l'acier de sa lame.

Puis un grondement de tonnerre avait fendu la nuit et une ombre monstrueuse était apparue derrière Tyrus. Même si la clairière n'était éclairée que par un feu de camp, Mogweed n'avait eu aucun mal à distinguer la forme de ce nouvel agresseur.

Plus noir que de la poix, il se découpait très nettement contre la pénombre. Il se tenait debout sur ses pattes postérieures griffues et sa silhouette évoquait celle d'un félin à l'abondante crinière. Mais l'envergure des ailes qui se déployaient de part et d'autre de ses épaules puissantes démentait cette image.

À cet instant, Tyrus l'avait nommé :

« Le griffon ! »

Horrifié, Mogweed avait enfoui son visage dans la boue.

Pendant leur voyage vers la Pierre, les compagnons avaient croisé des réfugiés qui faisaient route vers le Sud et qui leur avaient parlé de ce monstre : une bête si répugnante que sa seule contemplation pouvait tuer un homme. Ne voulant pas prendre de risques, Mogweed avait fermé les yeux le plus hermétiquement possible. Sa dernière vision avait été celle du seigneur Tyrus reculant et laissant échapper une pièce de ses doigts.

Puis un rugissement avait résonné à travers la clairière, si fort qu'il avait paru aspirer l'esprit de Mogweed et tenter d'absorber sa volonté. Submergé par le cri du griffon, le si'lura s'était évanoui pour de bon.

Lorsqu'il avait repris connaissance, le campement était aussi silencieux qu'un tombeau. Un coup d'œil prudent lui avait révélé que le griffon était parti et que le seigneur Tyrus gisait, immobile et ensanglanté, au milieu d'un cercle de terre brûlée.

Tout autour de la clairière, les n'ains rescapés s'étaient peu à peu relevés et avaient entrepris de ramasser les survivants. Mogweed n'avait pas eu de difficulté à feindre l'inconscience : la peur rendait ses membres mous et gélatineux. Jeté nonchalamment dans le chariot, il n'avait pourtant pas perdu le nord. Par les interstices des planches, il avait regardé où on les emmenait : vers le nord, dans la direction même où ils voulaient aller !

À présent, les feuilles vert vif qu'il voyait défiler cédaient peu à peu la place aux teintes plus sombres des aiguilles de pins noirs comme ils atteignaient la lisière septentrionale des Contrées du Couchant. Mogweed estimait qu'ils ne se trouvaient plus qu'à une journée de voyage du Mur du Nord.

Soudain, une nouvelle ornière fit tressauter le chariot, et le métamorphe roula de l'autre côté. Face à lui, deux yeux le fixaient – l'étudiaient. Leurs prunelles brillaient presque dans la maigre lumière dispensée par la petite fenêtre.

Ces yeux appartenaient à la quatrième et dernière personne de leur groupe qui avait survécu à l'attaque du campement. Comme Mogweed, elle ne s'était pas battue et n'avait opposé aucune résistance. Ses cheveux couleur de miel luisaient doucement dans la pénombre. Le si'lura prononça son nom :

— Nee'lahn ?

Il n'attendait pas de réponse. Depuis que les compagnons l'avaient découverte, près d'une lune auparavant à la frontière des Contrées du Couchant, la nyphai n'avait pas prononcé un seul mot. Elle ignorait les questions qu'on lui posait et ne se mêlait jamais aux conversations. La plupart du temps, elle déambulait en bordure du camp ou arpentait la forêt, le regard dans le vague. Les autres membres du groupe la toléraient mais s'interrogeaient sur son comportement – ainsi que sur les raisons de sa présence parmi eux.

Mogweed, Fardale et Kral avaient tous été témoins de sa mort dans les contreforts des Dents. Ils avaient vu Nee'lahn succomber sous la morsure d'un malegarde. En privé, ils se demandaient si cette créature muette était bien leur compagne morte et ressuscitée, ou juste une apparition envoyée par la forêt. Comment aurait-il pu s'agir de la vraie Nee'lahn ? C'était impossible.

—N'aie crainte, Mogweed. C'est bien moi.

La voix était claire, les mots simples et directs ; pourtant, Mogweed hoqueta de stupéfaction. Après tout ce temps, le spectre qui les accompagnait avait enfin parlé ! Le si'lura s'écarta maladroitement de la nyphai.

—C… comment as-tu… ? balbutia-t-il. Je t'ai vue… La créature-araignée t'a tuée !

—Ne te méprends pas, l'interrompit Nee'lahn. Je ne suis pas plus humaine que toi. Je suis une nyphai, une créature de la terre et des bois. Ce corps n'est qu'eau et poussière auxquels l'esprit de mon koa'kona a donné vie. On peut bien piétiner la pousse : tant que la racine survit, les nyphai ne meurent pas.

Mogweed tentait vainement de comprendre.

—Alors, pourquoi avoir attendu si longtemps pour revenir ?

—Ce n'est pas une transition facile. J'avais besoin de la force de cette puissante forêt. La chanson sylvestre des Contrées du Couchant était nécessaire pour me ramener à la vie. Après que mon ancien corps eut été détruit, Elena a béni ma tombe avec une graine de chêne centenaire.

Mogweed acquiesça, se souvenant du gland noir qu'il avait donné à la sor'cière.

—J'ai projeté mon esprit dans cette graine minuscule ; je m'y suis cachée jusqu'à ce que j'aie recouvré la force de bouger. Sous ma forme astrale, j'ai apporté la graine à ton frère, espérant que vous finiriez par regagner votre région natale – le seul endroit où la magie élémentale de la terre et des bois était encore assez puissante pour me tirer hors de la graine et me rendre forme et substance.

—Pourquoi ne nous l'as-tu pas expliqué plus tôt ? Pourquoi as-tu gardé le silence ?

—Il m'a fallu jusqu'à maintenant pour rapatrier la totalité de mon esprit dans ce nouveau corps. Après avoir passé un hiver entier sous ma forme astrale, j'ai eu du mal à me dissocier de la chanson sylvestre qui m'enveloppait.

Toute ma concentration m'a été nécessaire pour me soustraire à son enchantement. Mais quand le monstre est apparu et a attaqué cet homme… (Du menton, Nee'lahn désigna le seigneur Tyrus.) Il a déchiré la chanson sylvestre à des lieues à la ronde. Le choc a achevé d'amener mon esprit dans ce corps, restaurant mon intégrité.

Mogweed s'affaissa contre la paroi du chariot.

— Tu parles d'une bénédiction… De nouveau entière, juste à temps pour te faire torturer et tuer par ces maudits pillards.

— Peut-être. Mais j'ai envoyé un message – un appel au secours, révéla Nee'lahn. J'ai entraperçu un autre endroit : des voiles sur la mer. Et l'el'phe Méric… Il détient toujours mon luth ; il continue à protéger le cœur de mon arbre. Tant que le luth perdurera, il restera de l'espoir.

— Pour toi, peut-être. Si je meurs, je ne reviendrai pas, répliqua amèrement Mogweed.

Nee'lahn ne parut pas l'entendre. Les yeux dans le vague, elle poursuivit :

— Les arbres de la forêt chuchotent entre eux. Ils parlent du monstre ailé qui a attaqué notre camp. Sa seule présence les fait hurler de douleur. Il vit dans un portail de pierre, quelque part près du Mur du Nord. J'entends aussi des rumeurs à propos d'un fléau jumeau qui se trouverait très loin dans le Sud, près du Mur. (Son regard se focalisa sur Mogweed.) Ces portails doivent être détruits.

— Pourquoi ? demanda le métamorphe sur un ton las.

Nee'lahn détourna les yeux.

— Je… je n'en suis pas sûre, avoua-t-elle. Mais ils menacent la Terre même. Ils ont le pouvoir d'étrangler le monde.

Ces mots firent frissonner Mogweed.

— Comment pourrions-nous y changer quelque chose ?

De nouveau, Nee'lahn parut se barricader en elle-même.

— Il n'y a qu'un seul espoir.

— Lequel ?

— Les Sinistreurs de la Forêt Noire.

Mogweed se redressa.

— Les spectres sanglants ? Les esprits ténébreux de cette forêt corrompue ? Es-tu folle ? Comment pourraient-ils nous aider ?

— Je dois les en convaincre.

— Pourquoi ? Comment ? Ils servent le Seigneur Noir !

Nee'lahn secoua la tête.

— Non. Ce sont des créatures sauvages dont les appétits abondent dans le sens des besoins du Gul'gotha. Mais personne ne les contrôle.

— Dans ce cas, comment peux-tu espérer les rallier à notre cause ? interrogea Mogweed, perplexe.

Nee'lahn garda le silence un long moment.

— Ils m'écouteront, dit-elle enfin d'une voix vibrant de douleur.

Cette réponse ne satisfit pas Mogweed.

— Pourquoi ?

— Parce que la Terre est une maîtresse cruelle, se contenta de chuchoter Nee'lahn.

Puis elle tourna le dos au métamorphe, mettant fin à leur conversation et redevenant aussi muette que lorsque ses compagnons l'avaient retrouvée.

À l'approche de midi, Mycelle se tenait près de trois monticules de terre fraîchement retournée.

Elle s'appuya sur la pelle avec laquelle elle venait de creuser les tombes. Le camp ravagé n'était pas un endroit où s'attarder : déjà, des vautours décrivaient des cercles à l'aplomb de la clairière, appelant tous les charognards à venir partager leur festin. D'autres prédateurs ne tarderaient pas à affluer. Mycelle ne pouvait pas abandonner ses trois sœurs d'épée à leurs griffes et à leurs crocs. Elle avait prêté le même serment qu'elles.

La guerrière regarda le soleil qui entamait sa descente vers l'horizon, à l'ouest. Elle avait encore largement le temps de s'éloigner avant la tombée de la nuit. Lâchant sa pelle, elle mit un genou en terre devant les tombes. Une bonne odeur d'humus masquait presque la puanteur des tripes et du sang des chevaux éventrés autour d'elle. Mycelle inclina la tête.

— Je suis désolée, mes sœurs. Reposez en paix. Aller voir votre seigneur, le roi Ry, et dites-lui que je vengerai la mort de son fils.

Des larmes lui montèrent aux yeux. Elle avait failli à ses promesses deux fois : d'abord, en n'entendant pas l'appel lancé lorsque Château Mryl avait été attaqué, et maintenant, en conduisant le dernier prince du Mur à sa mort.

Glissant une main dans la poche du pantalon de cuir récupéré sur la dépouille d'une des Dro, Mycelle en sortit la pièce d'argent. L'effigie du léopard des neiges semblait la foudroyer du regard. Elle la serra fermement dans son poing.

— Je traquerai vos assassins et je brûlerai leurs cadavres afin que le parfum de ma vengeance vous parvienne. J'en fais le serment.

Un picotement à l'intérieur de sa tête l'avertit d'une présence. En pivotant, Mycelle découvrit Fardale debout à la lisière des arbres. Elle l'avait envoyé chercher des traces des agresseurs pendant qu'elle creusait. Les yeux du loup brillaient ainsi que de l'ambre en fusion.

Une image apparut dans l'esprit de Mycelle : une piste de forêt distante d'un quart de lieue seulement et les traces toutes fraîches de deux chariots s'éloignant vers le nord. La vision de Fardale semblait insister sur la profondeur des sillons creusés dans le sol humide. Les deux véhicules étaient lourdement chargés – peut-être de prisonniers.

Les autres avaient-ils survécu ? Mycelle s'autorisa une étincelle d'espoir.

Une nouvelle image lui parvint. *Deux loups – l'un noir, l'autre blanc comme neige – suivant la piste.* Elle hocha la tête et se releva. Les agresseurs avaient une demi-journée d'avance sur eux, mais dans la forêt, des loups pouvaient se déplacer beaucoup plus vite qu'une bande de n'ains. Seul problème : se métamorphoser de nouveau priverait Mycelle de vêtements et d'armes.

Elle porta la main à la poignée d'une des épées qui dépassait par-dessus son épaule. Sans lames, quel espoir aurait-elle de libérer ses compagnons ? Néanmoins, elle ne pouvait pas les abandonner. *S'il reste la moindre chance…*

— Il faut nous dépêcher.

Les yeux fixés sur la pièce dans sa paume, Mycelle se jura de ne pas échouer une nouvelle fois. Elle porta la pièce à ses lèvres et embrassa le métal froid, dont elle comptait se servir pour marquer les tombes de ses sœurs en témoignage de sa promesse. Mais, au contact de sa bouche, l'argent tiédit dans sa main, et la peau de son bras la picota comme sous l'effet d'un courant d'air glacial.

Autour de son poignet, le paka'golo s'agita. Lui aussi avait senti quelque chose de bizarre. Levant la tête, il darda sa minuscule langue rouge et siffla.

Mycelle baissa la pièce pour l'étudier de plus près. Qu'avait-elle de si particulier ?

Comme en réponse à sa question muette, des mots se formèrent dans la tête de la guerrière. Cela ressemblait un peu à la projection mentale envoyée par un métamorphe, à ceci près que la voix évoquait le chuchotement du vent.

— *Je t'entends. Le chagrin de ton cœur m'appelle à travers la pièce.*

Mycelle promena un regard à la ronde, puis baissa de nouveau les yeux vers le talisman.

— Qu… qui es-tu ?

— *Je te donne mon nom librement. Je suis Xin du peuple zo'ol, ami de Tyrus. Partage ton nom avec moi afin que je puisse renforcer notre lien.*

Mycelle ne comprenait pas. Elle se souvenait que le prince avait mentionné plusieurs petits hommes à la peau noire, d'anciens esclaves auxquels il avait rendu leur liberté. Il avait laissé entendre que leur chef possédait quelque pouvoir magique. En fait, deux ou trois jours plus tôt, après leur première échauffourée contre un groupe d'éclaireurs n'ains, le seigneur Tyrus s'était assis devant le feu de camp avec cette même pièce. Il avait dit qu'il pouvait envoyer un message vers l'Est, pour prévenir les autres du danger que représentait le griffon. Mais, après coup, il avait rempoché le talisman en fronçant les sourcils. Il ignorait si quelqu'un l'avait entendu.

— Trop loin, avait-il marmonné.

Et il n'en avait plus parlé.

Apparemment, quelqu'un l'avait bel et bien entendu. Mycelle serra la pièce dans son poing.

— Je m'appelle Mycelle.

— *J'accepte ton nom, Mycelle des Dro. Les autres m'ont beaucoup parlé de toi. En ce moment même, nous sommes à votre recherche. Dis-nous où nous pouvons vous trouver. Le lien est fort ; vous ne devez donc pas être loin.*

Mycelle fronça les sourcils. Comment était-ce possible ? La dernière fois qu'elle avait vu les Zo'ol, ils partaient avec Tol'chuk et Méric pour rejoindre Elena dans le lointain Archipel, à des milliers de lieues de là.

— Non, je suis trop loin, répondit-elle. Perdue dans les profondeurs des Contrées du Couchant.

— *Cela, nous le savons déjà. Nous sommes en train de survoler l'océan vert. Dis-nous où vous vous trouvez exactement.*

En proie à la plus grande confusion, Mycelle leva les yeux vers le soleil.

— C… comment ?

— *L'el'phe Méric. Nous avons pris son navire aérien.*

Mycelle hoqueta.

— Méric ?

Un souvenir de l'el'phe blessé, meurtri et diminué par sa confrontation avec un séide du Seigneur Noir, lui revint brusquement en mémoire.

— *Il est là*, poursuivit la voix. *Dis-nous comment faire pour vous trouver. Je me fatigue vite et ne pourrai maintenir ce lien très longtemps.*

C'était, de toute évidence, vrai : le murmure issu de la pièce s'estompait rapidement. Mycelle dut se pencher et serrer le talisman plus fort. Elle jeta un coup d'œil vers l'est et le Mur du Nord qui se découpait contre le ciel.

— La Pierre de Tor ! cria-t-elle, craignant que son interlocuteur ne l'entende pas comme la pièce refroidissait dans sa paume. Je vous retrouverai au sommet de la Pierre de Tor !

Elle attendit une réponse, une réaction quelconque. Mais le talisman demeura silencieux et inerte dans sa main – un simple morceau d'argent. Elle referma ses doigts dessus comme si elle pouvait faire revenir la magie par la seule force de sa volonté.

Fardale poussa son poing du museau. Mycelle sursauta. Elle baissa les yeux vers le loup et, dans la langue des si'lura, lui expliqua ce qui venait de se passer.

La réponse du loup fut empreinte de scepticisme. *Une louve qui fourre son nez dans la fourrure d'un louveteau mort pour essayer de le ramener à la vie.*

— Tu as peut-être raison, convint Mycelle à voix haute. Je ne sais pas.

Elle pivota pour étudier le pic de granit qui surplombait les plus grands arbres. Son sommet lointain étincelait dans la lumière du soleil. Vu d'en haut, c'était un point de repère parfait. Personne ne pouvait le manquer parmi l'étendue verte monotone des frondaisons. Pourtant, Mycelle était inquiète. L'avait-on entendue ? Et qu'est-ce qui se dirigeait vers eux ? Qu'avait-elle appelé exactement ?

Elle porta le poing à sa poitrine. Il n'y avait qu'un seul moyen de le découvrir. Depuis le camp, elle voyait une piste étroite escalader le monolithe jusqu'à son sommet – un sillon encore plus noir que la pierre sur laquelle il se détachait.

— Allons-y, dit-elle en se mettant en marche. Voyons si la pièce d'un homme mort contient vraiment de la magie.

Au coucher du soleil, Méric se tenait à la proue de l'*Aile des Tempêtes*. Vêtu d'une ample chemise de lin et d'un pantalon bouffant, il percevait tous les courants infimes de l'air. Jadis, ses longs cheveux argentés flottaient au vent et le connectaient encore plus étroitement au ciel. Aujourd'hui… Méric passa une main sur son crâne ravagé. Bien qu'elles aient suffisamment repoussé pour qu'il puisse y passer un peigne, ses mèches n'étaient pas encore assez longues pour amplifier son empathie naturelle avec l'air et le vent.

Méric baissa la main. Il ne devait pas se plaindre. Son lien intime avec l'*Aile des Tempêtes* compensait largement cette perte. Même s'il n'avait pas mis les pieds sur ses planches depuis plus de deux hivers, son navire était de nouveau comme une extension de son propre corps. Seul un élémental au pouvoir suffisant était capable de maintenir un Nuage Orageux en l'air et de le faire avancer. C'était à travers ce contact magique que vaisseau et capitaine fusionnaient. Debout à la proue, Méric percevait chaque vis et chaque clou du bateau ; il sentait claquer les voiles ainsi que sa chemise sur sa peau. Le moindre craquement de la coque se réverbérait dans ses articulations douloureuses.

À bord de l'*Aile des Tempêtes*, il était de nouveau entier, indemne. Les brutalités et les tortures subies dans le donjon de Ruissombre s'estompaient jusqu'à n'être plus qu'un souvenir lointain. Il pouvait presque imaginer que toutes ces horreurs étaient arrivées à quelqu'un d'autre. Ici, à des centaines de mètres du sol, il se sentait immunisé contre le mal qui gangrenait ces contrées.

Mais, au fond de son cœur, il savait cette sécurité aussi dépourvue de substance que les minces nuages qu'ils traversaient. Même les cieux n'étaient pas à l'abri de l'emprise corruptrice du Seigneur Noir. Pendant ses voyages, Méric avait découvert par lui-même de quelle façon la terre, la mer et le ciel étaient connectés. Les énergies élémentales du monde formaient une trame infinie dont les fils se superposaient, s'enchevêtraient et se nouaient les uns aux autres. Impossible d'en souiller une sans affecter également les autres.

Méric avait tenté de l'expliquer à sa mère, la reine Tratal, mais il craignait d'avoir planté ses idées sur un sol stérile. Pendant trop longtemps, les el'phes n'avaient pas mis les pieds sur terre et ne s'étaient pas intéressés au sort de ceux qui y vivaient. Ils se croyaient donc libres de ce genre de liens. Mais Méric savait qu'ils se trompaient. Pour vaincre ce fléau, tous les élémentaux devaient s'unir – ou tous les élémentaux périraient.

Il ne laisserait pas une chose pareille se produire.

Agrippant le bastingage avec détermination, il balaya du regard la mer de verdure qui ondulait doucement un quart de lieue sous la coque de l'*Aile des Tempêtes*. Un peu plus tôt, le chaman zo'ol était venu lui annoncer qu'il avait établi un lien avec Mycelle. Méric ne comprenait pas bien comment, mais de toute évidence, un échange avait eu lieu. La guerrière avait donné un point de rendez-vous à Xin : la Pierre de Tor. Méric et le chaman s'étaient penchés ensemble sur les cartes des Contrées du Couchant et avaient fini par découvrir l'endroit en question, un pic situé à la confluence de deux cours d'eau.

En ce moment même, ils suivaient un ruban argenté à travers le feuillage dense. C'était une petite rivière, la Sauleruée, qui s'enfonçait profondément dans le cœur de la forêt – et allait rejoindre le Fleuve de Glace plus au nord, non loin de la fameuse Pierre. Méric leva les yeux vers l'horizon et, instinctivement, procéda à une légère correction de trajectoire. Au loin, une ombre apparut, une silhouette noire pareille à un nuage d'orage jaillissant de la forêt.

— C'est là ? demanda une voix flûtée sur la droite de Méric.

Tok. Le petit garçon suivait l'el'phe ainsi qu'un fidèle toutou. Méric avait complètement oublié qu'il était assis sur un tonneau d'huile non loin de lui.

— Je crois, répondit-il d'une voix pâteuse comme il s'arrachait au ciel pour regagner les planches de son navire.

Il leva une main et fit signe aux hommes perchés dans le gréement. Ceux-ci ajustèrent les voiles.

— Nous devrions l'atteindre au crépuscule.

— Dois-je en informer maître Xin ? demanda Tok en sautant de son perchoir.

Ses talons heurtèrent le pont avec un petit bruit mat. Méric perçut le mouvement comme une démangeaison sur sa peau.

— Oui, il se repose dans sa cabine avec ses deux frères de tribu.

Sa brève conversation avec Mycelle avait complètement vidé Xin. Quand il était venu trouver Méric, le chaman vacillait ; il avait les paupières lourdes et les yeux injectés de sang.

— S'il le peut, qu'il essaie de recontacter les autres.

Tok acquiesça et s'éloigna en trottinant.

Resté seul, Méric regarda le nuage noir gagner lentement en substance à l'horizon. Découpé par le soleil couchant, le monolithe ressemblait à un doigt tendu vers le ciel avec ses parois abruptes. Méric réabsorba un peu du pouvoir qu'il projetait vers la quille métallique et laissa son navire descendre vers la cime des arbres. Il se concentra sur la danse délicate de la magie et du vent. Ce faisant, il sentit plus qu'il entendit l'approche de Tok et des trois Zo'ol.

— Je les ai croisés en route, expliqua le petit garçon. Ils venaient déjà te voir. Je leur ai dit ce que tu voulais.

Méric pivota et adressa un signe de tête aux Zo'ol. Xin lui rendit son salut. La cicatrice pâle qui se détachait sur son front – une rune représentant un œil ouvert – brillait presque. Tout comme ses véritables yeux. Apparemment, il avait recouvré ses forces.

— As-tu pu joindre Mycelle une deuxième fois ? s'enquit Méric.

Le petit chaman à la peau noire secoua la tête et se dirigea vers le bastingage. Il semblait distrait.

— Non. Pour me parler, il faut qu'elle tienne la pièce et qu'elle se concentre, répondit-il sur un ton désinvolte.

Méric sentit un pincement d'appréhension. Il se remit à scruter l'horizon. Le temps de ce bref échange, la Pierre de Tor avait significativement grandi. L'el'phe procéda à un ajustement supplémentaire avant de reporter son attention sur les autres.

— Nous ne tarderons plus à arriver. Mieux vaudrait nous préparer.

— Il sera trop tard. (Xin tourna un regard apeuré vers Méric.) J'ai été idiot. Trop faible pour entendre jusqu'à maintenant.

L'appréhension de Méric s'embrasa.

— Que veux-tu dire ?

Le chaman toucha la cicatrice sur son front.

— Je sens d'autres yeux là-bas. Des esprits coléreux et corrompus dont les désirs font défaillir mon cœur.

Méric se rembrunit.

— Où ça ?

— Ils ignorent notre présence. Mais eux aussi convergent vers la grande pierre, affirma Xin. Ils tourbillonnent aussi vite que nous volons.

Méric étudia les frondaisons inexpressives de la forêt. Il ne voyait rien, mais ne doutait pas de la capacité du chaman à percevoir ce que dissimulait la voûte végétale. Xin avait déjà amplement fait ses preuves.

— N'avons-nous aucune chance d'arriver à temps ? s'enquit Méric.

Le petit chaman se tourna vers lui, les yeux plissés par l'inquiétude.

— Il faut voler plus vite.

Méric avait confiance en lui.

— Je vais essayer, promit-il.

De nouveau, il se planta face au bastingage et projeta une volute de magie – pas vers son bateau, mais vers les cieux qui l'entouraient, afin d'attirer le vent dans ses voiles. Cela le força à diviser son attention, une manœuvre délicate même pour un élémental aussi doué que lui. Il sentit un crépitement d'énergie bleue danser sur sa peau… Ou était-ce sur la coque de son navire ? Il était perdu quelque part entre les deux.

Méric rassembla autour de lui l'énergie prisonnière des nuages et des courants d'air isolés ; il en tissa étroitement les fils afin de créer un conduit de pouvoir.

— *Viens à moi*, intima-t-il, pressant.

Il sentit la première poussée comme si elle était dirigée sur son dos même. Au-dessus de lui, les voiles se gonflèrent lentement et les haubans se tendirent. Des vents nouveaux sifflèrent à ses oreilles et filèrent le long de la coque. L'*Aile des Tempêtes* accéléra. Méric ajusta le flot de magie qu'il déversait dans sa quille. Tel un faucon qui pique vers sa proie, le navire plongea vers la forêt – son capitaine utilisant son poids pour renforcer sa vitesse croissante.

Méric eut vaguement conscience que ceux qui l'entouraient trébuchaient et se raccrochaient précipitamment au bastingage. Des perles de sueur froide se formèrent sur le front de l'el'phe tandis qu'il maintenait l'allure des vents.

— Qu… que sens-tu maintenant ? demanda-t-il, les dents serrées.

— Je suis désolé. Les créatures d'ombre sont trop rapides. (L'imminence de la tragédie faisait trembler la voix de Xin.) Nous arriverons trop tard.

Mycelle grimpa les dernières marches conduisant au sommet du pic. Exposée aux vents, elle frissonna en les sentant forcir tout à coup.

La piste s'achevait devant un petit autel ouvragé. Nul n'en connaissait l'artisan, mais il était utilisé pour des rituels dédiés à la Mère lors des solstices et des équinoxes. Suivie par Fardale, Mycelle s'en approcha.

Le loup renifla l'autel, et notamment les bêtes étranges sculptées sur les côtés. Il colla son museau contre la créature qui figurait sur la face nord et grogna. Mycelle baissa les yeux vers l'effigie. C'était un lion ailé, dressé sur ses pattes antérieures griffues. Elle fronça les sourcils. Un griffon, comme dans les rumeurs colportées par les réfugiés. Était-ce un signe ?

Mycelle fit le tour de l'autel. Sur sa face sud se détachait un coq monstrueux avec un corps de serpent. Les deux autres côtés représentaient un oiseau reptilien et une sorte de colosse avec une queue de scorpion. Mycelle se détourna. Elle n'avait jamais entendu parler de ces autres créatures, mais une inquiétude glaciale pesait sur son cœur. Qu'est-ce que cela signifiait ?

Incapable de répondre à cette question ou de résoudre ce mystère, elle se dirigea vers le bord du monolithe et tourna son attention vers le ciel. L'étendue azur semblait vide, à l'exception de quelques nuages bas et de la brume qui montait depuis la forêt. Il n'y avait pas le moindre signe d'un bateau, volant ou pas.

Plantée au bord de la falaise, Mycelle sortit la pièce d'argent de sa poche et la serra dans son poing. Avaient-ils escaladé la Pierre de Tor pour rien ? Venaient-ils de perdre une demi-journée à attendre des fantômes ? Maintenant encore, la guerrière se demandait si elle n'avait pas rêvé. Sa conversation avec la voix sortie du talisman ne lui avait pas paru réelle.

Soudain, la pièce tiédit de nouveau dans sa main. Une voix pressante résonna à l'intérieur de sa tête :

— *Elles arrivent ! Prenez garde à la forêt !*

Avec un soulagement mêlé de crainte, Mycelle leva la pièce. Ainsi, elle n'avait pas été victime de son imagination.

— Qui ? Qui arrive ?

— *Des créatures corrompues, aux pensées malsaines. En ce moment même, elles encerclent la Pierre de Tor !*

Par-dessus son épaule, Mycelle jeta un coup d'œil à l'autel. Puis elle scruta la forêt en contrebas. *Quelles créatures ?*

— Nous sommes déjà tout en haut. Je ne vois rien.

— *Pourtant, elles sont là. Mais nous arrivons à la rescousse. Nous serons bientôt là.*

Mycelle leva les yeux vers le ciel et, une fois de plus, ne vit rien.

— *À l'est*, indiqua la voix, comme si elle avait perçu son besoin d'une preuve tangible. *À l'aplomb de la Sauleruée.*

La guerrière pivota légèrement et plissa les yeux. Toujours rien.

Puis un rayon de soleil se refléta sur quelque chose qui flottait au-dessus des arbres, près de l'horizon. Pendant que Mycelle l'observait, la masse indistincte grandit peu à peu. Ses contours se précisèrent, et la guerrière put enfin distinguer des voiles. Elle écarquilla les yeux. Un navire volant ! Comment était-ce possible ?

À ses pieds, Fardale poussa un gémissement. Il avait dû repérer l'étrange vaisseau. Mycelle jeta un coup d'œil au métamorphe. Celui-ci ne regardait pas le ciel, mais la végétation qui s'obscurcissait au pied de la falaise. Même si le haut du monolithe était encore baigné par la lumière du soleil, le crépuscule et la brume avaient déjà pris possession de la forêt.

Mycelle suivit la direction du regard de Fardale.

— Qu'y a-t-il ?

Pour toute réponse, le loup émit un grondement sourd.

— Dis-moi ce que…, commença Mycelle.

Puis elle l'entendit, elle aussi. Ça ne venait ni de la pièce ni du loup, mais de la forêt elle-même. Un gémissement porté par la brise s'élevait depuis la cime des arbres. Porté par la brise ? Mycelle n'était pas si naïve. Elle scruta plus intensément le paysage en contrebas.

Près de la base du monolithe, les arbres commencèrent à ployer et à se recroqueviller sur eux-mêmes, comme torturés par quelque chose d'invisible dans la pénombre environnante. À présent, Mycelle comprenait contre quel genre de créatures la voix venant de la pièce l'avait mise en garde. Il ne s'agissait pas des bêtes mythiques sculptées sur l'autel, mais d'une menace bien pire.

Les Sinistreurs !

Mycelle fit le tour du promontoire. Tout autour de la Pierre de Tor, les arbres se tordaient et agitaient frénétiquement leurs branches tandis que leurs feuilles brunissaient et se détachaient. On aurait dit que c'était eux qui gémissaient de douleur. Mais Mycelle savait que le cri provenait des spectres – des centaines de spectres !

Depuis son perchoir, la guerrière distinguait des ombres mouvantes entre les troncs difformes. Elle ne comprenait pas la raison de ce rassemblement subit. Les spectres étaient des créatures solitaires ; on en rencontrait rarement plus de deux à la fois. Qu'est-ce qui les avait tous attirés là ? Et qu'est-ce qui les empêchait de passer à l'action ? Pour l'heure, ils se contentaient de se masser autour du pic. À la vitesse à laquelle ils se déplaçaient, ils auraient pu en atteindre le sommet en quelques instants. Au lieu de ça, ils s'attardaient dans la forêt, tourmentant les arbres dans lesquels ils étaient perchés. Qu'est-ce qui les maintenait à distance ?

Mycelle reporta son attention sur l'autel. Abritait-il quelque énergie mystique ? Pour la millième fois depuis le début de ce voyage, la guerrière regretta d'avoir perdu ses capacités de sourcière – le pouvoir qui lui permettait de déchiffrer la magie autour d'elle. Il lui semblait qu'on l'avait amputée d'un de ses sens.

Approchant la pièce de sa bouche, elle dit :

— Je vois les créatures dont tu me parles, mais elles n'attaquent pas pour le moment. Dépêchez-vous avant que leur nombre leur donne le courage de monter à l'assaut du pic.

— *Nous faisons le plus vite possible,* répondit un murmure ténu. *Tenez-vous prêts.*

Pivotant, Mycelle vit que Fardale l'observait. Des images se formèrent dans sa tête. *Un oiseau aux plumes blanches s'envolant du pic et montant très haut vers le ciel pour s'éloigner de cette forêt maudite.*

— Non, répondit-elle à voix haute. Je ne t'abandonnerai pas.

Fardale haussa les épaules et se détourna, aussi stoïque qu'un véritable loup.

Mycelle se remit à scruter les bois et le ciel. Les gémissements des Sinistreurs se répercutaient sur les falaises. Ils étaient si nombreux… Soudain, la pierre trembla sous les pieds de la guerrière. Elle se laissa tomber à genoux pour ne pas basculer dans le vide. En rampant jusqu'au bord, elle regarda en bas.

Autour du monolithe, des centaines d'arbres venaient de se déraciner. Parmi eux se trouvaient beaucoup de géants millénaires. En petits groupes, ils frappaient la base du pic avec leurs racines gigantesques, ouvrant des fissures dans le granit.

Mère d'en haut ! La forêt elle-même attaquait la Pierre de Tor pour tenter de l'abattre.

Dans les branches partiellement dénudées, Mycelle repéra la raison de cette soudaine agressivité. Les ombres déchiquetées des Sinistreurs chevauchaient les arbres comme un cavalier sa monture. Les géants végétaux s'acharnaient sur le monolithe ; leurs coups brutaux faisaient sauter de gros morceaux de granit. En les observant, Mycelle comprit soudain comment le Mur du Nord était tombé. Malgré sa solidité, l'antique rempart, également taillé dans le granit, n'avait pas dû résister longtemps à un tel assaut.

À quatre pattes, Mycelle s'écarta du vide et jeta un coup d'œil vers le ciel. Le soleil se couchait derrière elle, mais l'azur était encore brillamment éclairé. Elle n'avait plus aucun mal à distinguer les voiles du navire. Celui-ci se trouvait à une lieue seulement. Même sans son pouvoir de sourcière, Mycelle sentait presque la magie qu'il irradiait – cette énergie brillante qui lui permettait de voler.

Elle serra la pièce dans son poing.

— Dépêchez-vous.

Elle ne reçut pas de réponse, mais en vérité, les mots ne pouvaient faire aucune différence. Le navire arriverait soit à temps, soit trop tard.

Tandis que le monolithe tremblait sous elle, Mycelle s'accroupit sur l'autel. Un instant, elle envisagea de faire ce que Fardale lui avait suggéré : se changer en oiseau et s'envoler hors d'atteinte. C'était tentant ; elle ne voulait pas mourir. Elle l'avait déjà fait une fois et n'avait aucune envie de réitérer l'expérience. Mais même les si'lura avaient leurs limites. La plupart d'entre eux ne parvenaient pas à conjurer assez d'énergie pour se métamorphoser entièrement plus d'une fois par jour. Et Mycelle l'avait déjà fait deux fois depuis la veille. Elle n'avait pas la force de recommencer.

Elle regarda le grand loup qui s'équilibrait sur ses pattes largement écartées et continuait à surveiller les spectres en contrebas. Même si elle avait pu se transformer et fuir, elle ne l'aurait pas fait. Elle n'abandonnerait pas son dernier compagnon. Elle avait déjà failli à ses devoirs envers trop d'autres êtres, et cette douleur était bien pire que la peur de la mort.

Se mordant la lèvre, Mycelle se remit à penser aux spectres. Qu'est-ce qui avait bien pu pousser les Sinistreurs vers la Pierre de Tor comme des papillons attirés par une flamme? Si seulement elle connaissait la réponse à cette question...

Une nouvelle secousse parcourut le monolithe. Celui-ci s'inclina, et Mycelle dut agripper les bords de l'autel pour ne pas tomber.

Non loin d'elle, Fardale avait sorti ses griffes et agitait désespérément les pattes en quête d'une prise, mais il glissait lentement vers le bord.

La Pierre de Tor était en train de se renverser.

— Fardale!

Mycelle tendit un bras vers le loup, mais celui-ci était déjà hors de son atteinte. Ses pattes antérieures dérapèrent sur le bord de la falaise.

— Non!

Mycelle força la chair de son bras à s'étirer. Elle n'avait plus la force de transformer tout son corps – mais un seul membre, peut-être...

Elle se concentra. Lentement, la brûlure des os qui se remodèlent répondit à sa supplique muette. Son bras s'amincit et s'allongea. Ses doigts rampèrent sur le granit.

Les yeux écarquillés de désespoir, Fardale luttait pour maintenir sa position précaire. En vain. Il perdit la bataille et bascula dans le vide.

— Non!

Le bras de Mycelle se détendit comme un ressort. Ses doigts se refermèrent sur une des pattes du loup au moment où celui-ci tombait.

— Tiens bon! l'exhorta-t-elle, les lèvres pincées.

Elle dirigea une partie de la masse de son torse vers son bras étiré à se rompre, se façonnant des muscles pour aider sa main à ne pas lâcher prise. Dans sa tête, elle n'était plus que deux bras – l'un agrippant la roche et l'autre tenant son ami. Rien d'autre ne comptait. Elle alimentait sa volonté de toute sa force vive, les battements de son cœur rugissant à ses oreilles.

Combien de temps lutta-t-elle ainsi ? Elle n'aurait su le dire, mais lentement, elle força sa chair à se rétracter pour reprendre sa forme originale. Et au fur et à mesure que son bras raccourcissait, il ramenait Fardale en sécurité, sur la roche, à côté d'elle.

Lorsque le loup fut assez près, Mycelle modifia sa prise et le coinça sous son bras. Épuisée, elle prit enfin conscience que le monolithe ne bougeait plus mais qu'il s'était immobilisé dangereusement de travers, le sommet incliné selon un angle aigu. Le répit était bienvenu, mais combien de temps durerait-il ? Déjà, le gémissement des spectres recommençait à s'élever depuis le pied des falaises.

Mycelle ne pouvait pas s'en inquiéter. Les paupières closes, elle luttait pour maintenir sa position sur le granit glissant. Si elle lâchait le bord de l'autel, ils seraient perdus tous les deux.

Tandis qu'elle se concentrait sur les muscles et les fibres de ses bras, la guerrière sentit les cheveux échappés de sa tresse se dresser sur sa tête. L'odeur de l'air changea, comme après une averse estivale. De l'énergie ! Mycelle rouvrit les yeux… et poussa un cri de stupeur et de soulagement mêlés.

Au-dessus d'elle, le ciel avait disparu, consumé par une énorme coque de bois et une quille métallique étincelante. Une écoutille s'ouvrit sous le ventre du navire. Une longue corde descendit vers Mycelle ; son extrémité vint se balancer quelques dizaines de centimètres au-dessus de la tête de la guerrière. Il lui aurait suffi de se redresser pour l'empoigner

– mais c'était impossible. Elle craignait de tomber dans le vide si elle bougeait un seul muscle.

Comme pour lui rappeler la précarité de sa position, la pierre trembla de nouveau sous elle. Le monolithe recommença à s'incliner.

Douce Mère… Si près !

Une silhouette mince s'encadra dans l'ouverture de la coque – un el'phe, de toute évidence. La corde était enroulée autour de sa taille. Il plongea par l'écoutille et se laissa glisser le long de la corde, utilisant la friction du chanvre pour ralentir sa descente. Mais à la vitesse où il tombait, Mycelle était sûre qu'une fois arrivé au bout, il allait se décrocher et dégringoler dans le vide.

Au dernier moment, l'el'phe fit passer une boucle de corde autour de son genou et de sa cheville et s'immobilisa net, suspendu la tête en bas par une seule jambe. Des mains aux doigts déliés empoignèrent la veste en cuir de Mycelle.

— Ne gigotez pas, ordonna froidement le sauveteur. Et tenez bien votre chien.

À peine avait-il saisi la guerrière que la corde commença à se rétracter par l'écoutille au-dessus d'eux, les halant vers la coque du navire.

Mycelle avait peur de confier son poids plus celui de Fardale à cet homme si frêle. Mais elle n'avait pas vraiment le choix. À contrecœur, elle lâcha l'autel pour serrer le loup contre sa poitrine avec ses deux bras. Lentement, ils s'élevèrent vers le salut.

À l'instant où les talons de Mycelle quittaient la pierre, un craquement monstrueux résonna en contrebas. Le vacarme la fit sursauter et elle faillit lâcher Fardale.

Sous ses pieds, le monolithe commença par basculer tout doucement, puis s'écroula d'un coup tel un arbre abattu. Le temps parut ralentir alors qu'il s'écrasait dans la forêt. Un rugissement étouffé ponctua son impact. Des feuilles et des morceaux de troncs brisés fusèrent vers le ciel jusqu'à la hauteur du navire volant. De l'eau jaillit au moment où monstrueuse masse de granit se coucha en travers de la Sauleruée, formant une digue et détournant le flot de la rivière.

Mycelle se tordit le cou pour regarder l'écoutille au-dessus de sa tête. L'ouverture lui semblait distante d'au moins une lieue. La poulie autour de laquelle était enroulée l'autre extrémité de la corde continuait à tourner lentement mais sûrement.

La guerrière croisa le regard du marin el'phe. Celui-ci semblait indifférent à la destruction de la Pierre de Tor comme au danger qui les menaçait ; il affichait une expression aussi impassible que s'il avait été en train de charger des sacs de grain dans la cale. Mais Mycelle remarqua que de la sueur brillait sur son front, trahissant l'effort fourni pour les porter.

Puisqu'elle ne pouvait rien faire pour le soulager, la guerrière jeta un coup d'œil vers le bas. Le paysage avait disparu sous un nuage de brume et de débris. Elle ne voyait plus aucun signe des spectres. De nouveau, elle se demanda ce qui les avait attirés si nombreux jusqu'au pic. Étaient-ils à sa poursuite, ou à celle de Fardale ? Voulaient-ils détruire l'autel ? Elle sentait que l'explication n'était pas là. Mais où, alors ? Quel objectif visaient-ils ? Qu'est-ce qui motivait leur attitude si étrange ?

En relevant les yeux, Mycelle vit qu'ils approchaient de l'écoutille. Des mains les empoignèrent comme ils franchissaient l'ouverture. Enfin, la guerrière retrouva une surface ferme sous ses bottes.

Elle posa Fardale. Le marin défit la corde enroulée autour de sa taille et atterrit souplement sur ses pieds. Sans se départir de sa froideur, il leur adressa un signe de tête et s'éloigna comme si leur sauvetage n'avait pas la moindre importance.

Désarçonnée par son attitude, Mycelle secoua la tête et, avant que l'écoutille se referme, jeta un dernier coup d'œil vers la forêt en contrebas. Elle était sûre que le chemin de la victoire dans le Nord passait par la résolution de l'énigme des Sinistreurs. Mais cela devrait attendre un autre jour. Pour l'heure, elle était libre, en sécurité et entourée de nouveaux alliés.

— Ravi de te revoir, Mycelle, lança une voix derrière elle.

Pivotant, la guerrière vit une silhouette familière se découper sur le seuil d'une porte. Le soulagement l'envahit.

— Méric !

Elle se dirigea vers lui et l'étreignit avec force.

— Il semble que nous ayons beaucoup de choses à nous raconter, déclara l'el'phe quand elle le lâcha enfin.

Il tapota la tête de Fardale en guise de salut, puis promena un regard à la ronde dans la cale encombrée. Haussant un sourcil, il fit face à Mycelle.

— Mais où sont les autres ?

6

Kral reprit connaissance en plein chaos. Le vent hurlait, et un tonnerre tel qu'il n'en avait jamais entendu faisait trembler le sol.

Réveillé en sursaut, le montagnard se redressa brusquement et se cogna la tête contre le toit du chariot brinquebalant. Un grondement s'échappa de sa gorge. Il porta la main à sa taille, mais sa hache avait disparu. Alors, ses souvenirs lui revinrent en un flot de lumière et de cris. L'attaque par les pillards n'ains…

En pivotant, il repéra Mogweed, le métamorphe aussi peureux qu'une souris, recroquevillé dans un coin du véhicule.

— Où sommes-nous ? lui demanda-t-il sur un ton bourru. Que se passe-t-il ?

Ses yeux scrutèrent rapidement la pénombre. Même si sa hache au cœur d'éb'ène manquait à l'appel, Légion vivait toujours en lui, prisonnier de sa forme humaine. Ses narines frémirent tandis qu'il reniflait l'air avec l'odorat de sa bête intérieure. Son arme était toute proche, encore enveloppée de sa fourrure de léopard des neiges. Grâce à cette dernière, Kral avait accès à la forme et à la nature du félin, mais il n'osait pas révéler ses capacités de métamorphe – du moins, pas encore.

Non loin de lui, Nee'lahn leva la tête et repoussa une cascade de cheveux couleur de miel. Elle était à genoux, penchée au-dessus de la silhouette prostrée du seigneur Tyrus.

— Nous avons été capturés, répondit-elle avec une expression chagrine, et on nous emmène vers le Nord.

Kral se rembrunit. Des sentiments contradictoires s'agitèrent en lui comme le regard violet de la nyphai le transperçait jusqu'à la moelle. La beauté de Nee'lahn le stupéfiait. Ses lèvres étaient pareilles aux pétales d'une rose fleurissant dans la neige. Sa silhouette était toute en collines et en vallées. Tandis qu'il la buvait de toutes ses perceptions, le montagnard se força à conserver un visage et une voix de pierre :

— Qu'est-ce qui a fait trembler le sol ?

Déjà, l'écho du grondement fracassant se mourait, et les vibrations s'estompaient sous les roues du chariot.

Nee'lahn pencha la tête sur le côté et garda le silence quelques instants.

— Je... j'ai entendu du chagrin dans la chanson sylvestre, mais je ne peux rien dire de plus. Des arbres brisés, de l'eau qui déborde... (Elle secoua la tête.) Un désastre quelconque. J'ignore sa signification.

Au-dessus de leurs têtes, un fouet claqua. Le chariot fit un bond en avant et accéléra. Déséquilibrée, Nee'lahn s'écroula sur Kral, qui la rattrapa et la redressa gentiment. La nyphai rajusta sa cape en le remerciant d'un signe de tête. Son parfum – une odeur d'humus et de chèvrefeuille mêlés – emplit les narines de Kral, menaçant de briser sa contenance granitique. Le montagnard se détourna.

Le seigneur Tyrus, qui gisait aux pieds de Nee'lahn, poussa un grognement.

— Comment va le prince ? demanda Kral en tournant son attention vers lui.

Nee'lahn toucha l'épaule du blessé.

— Il vit mais nage dans des rêves malsains. Il ne se réveillera pas.

— Pourtant, il est toujours en train de crier, ajouta Mogweed en se rapprochant d'eux. Il pousse des gémissements à vous glacer les sangs.

Le métamorphe frissonna et s'enveloppa de ses bras maigres.

Kral détailla ses deux compagnons. Ils étaient trop peu nombreux pour lancer un assaut contre leurs geôliers – quand bien même ils auraient réussi à sortir de ce chariot. Si le prince avait été sur pied, Kral aurait tenté le coup. Il avait vu Tyrus se battre, tourbillon d'acier que l'œil avait du mal à suivre. C'était bien le fils de son père.

Dix générations auparavant, l'un des anciens rois de Château Mryl avait aidé le clan de Kral à s'échapper durant les Guerres N'aines. Le montagnard avait une dette de sang envers la famille royale de Mryl. C'est pourquoi, bien que lié au Cœur Noir, il n'avait pu rester sourd à l'appel aux armes lancé par Tyrus sur les quais de Port Rawl.

Le Seigneur Noir lui avait peut-être ouvert les yeux sur la beauté de la peur et de la chair à vif, mais il n'avait pas anéanti l'honneur de Kral. Un homme moins robuste aurait été totalement vaincu et réduit en esclavage. Mais dans les veines du montagnard coulait la magie des passages souterrains, du granit gris et du basalte noir, de l'agate aux douces volutes et de l'obsidienne à la texture de verre – des os du monde. Même si la Bête Noire du Gul'gotha avait marqué son esprit, la Pierre avait préservé la nature profonde de Kral. Le feu obscur l'avait brûlé mais pas consumé.

— Depuis combien de temps roulons-nous ? gronda-t-il.

Nee'lahn se rassit en se pelotonnant dans sa cape.

— Presque une journée entière. La nuit ne tardera pas à tomber.

Kral s'approcha d'un des murs de leur prison. Il tenta de regarder entre les planches, mais ne put distinguer grand-chose dans la maigre lumière du crépuscule. Fermant les yeux, il projeta les perceptions de sa bête intérieure. Il écouta le martèlement des sabots et des bottes, le tintement des épées courtes et des haches. Il compta les cœurs battants de leurs geôliers. Plus d'une vingtaine de créatures maudites – des n'ains, les ennemis mortels de son peuple.

Jadis, les n'ains avaient chassé les ancêtres de Kral de leur foyer : la majestueuse Citadelle perchée dans les montagnes, au-dessus du lac bleu de Tor Amon. Bêtes monstrueuses, magie inique, sacrifices atroces… Le massacre était toujours commémoré dans les balades et les odes plaintives chantées autour des feux du clan.

Sur une population qui se comptait jadis par dizaines de milliers, seule une centaine d'individus avaient survécu, parmi lesquels les ancêtres de Kral : les derniers survivants de la maison royale, la Flamme de Senta. L'arrière-arrière-grand-père du montagnard avait été le dernier homme à s'asseoir sur le Trône de Glace de la Citadelle… jusqu'au moment où il avait dû abandonner celle-ci et entraîner son peuple dans l'errance qui se poursuivait encore aujourd'hui.

Kral serra les poings si fort que ses ongles se plantèrent dans ses paumes et les firent saigner. Finie l'existence de nomade ! Il allait reconquérir son héritage – le Trône de Glace – et rappeler les siens chez eux. Il restaurerait l'honneur de la Flamme de Senta ; il s'en faisait le serment.

Perdu dans ses souvenirs, il demeura immobile, comme pétrifié, tandis que le chariot brinquebalant poursuivait sa route vers le Nord.

Deux jours s'écoulèrent ainsi. De temps en temps, leurs geôliers leur faisaient passer de la nourriture par une fente de la porte : du pain moisi et un ragoût dépourvu de viande. Kral n'y touchait pas. Sur le côté, Nee'lahn s'occupait du prince ; elle faisait goutter de l'eau sur ses lèvres. La nuit, le froid poussait ses compagnons à se pelotonner les uns contre les autres, mais pas lui. Il demeurait assis tel un rocher de granit, drapé dans sa patience minérale.

Parfois, le prince poussait un cri et Kral tournait son regard vers lui. Dans les glapissements de Tyrus, il entendait la terreur aveugle et le babil incompréhensible des fous. Il finissait toujours par se détourner pour mieux l'ignorer. Le corps du prince vivait encore, mais son esprit était sûrement perdu.

Le troisième jour, enfin, Kral se décida à bouger. La nuit était tombée, et par les fissures du toit, les compagnons apercevaient une lune brillante, très haut dans le ciel. Soudain, le chariot ralentit et les voix gutturales des pillards s'élevèrent dans l'obscurité, entrecoupées de rires rauques.

— Nous devons approcher du campement de ce soir, chuchota Nee'lahn.

— Je ne sais pas, marmonna Mogweed, la joue pressée contre la paroi avant du véhicule et l'œil collé à un interstice. Je vois des torches un peu plus loin, entre les arbres.

— Ce n'est pas un camp temporaire, les prévint Kral.

Il sentait la vibration dans son sang. Grâce à son harmonie avec les os du monde, il savait exactement de quel endroit ils approchaient. Le montagnard serra les dents. Il n'arrivait pas à croire que les autres soient sourds au rugissement qui résonnait dans sa tête. C'était comme s'ils se dirigeaient vers le rivage d'un océan balayé par les tempêtes, dont les vagues se fracassent bruyamment sur des rochers déchiquetés.

Le chariot continua à ralentir. De nouveaux bruits se firent entendre : fracas de l'acier, hennissements des chevaux, mugissement des cors. Kral inspira profondément : fumée et sève de pin, sang et viande séchée au soleil, puanteur de latrines. Ils approchaient d'un campement important.

Entre les planches du chariot, une lumière jaunâtre s'intensifia. Les geôliers échangèrent quelques phrases avec des sentinelles postées à l'extérieur.

Comme ils pénétraient dans le campement, un brouhaha diffus les enveloppa. De temps en temps, des poings tapaient sur les flancs du chariot pour saluer la réussite des pillards. Mais le véhicule roulait toujours.

— Où sommes-nous ? demanda Mogweed, les yeux écarquillés par la frayeur.

Kral garda le silence.

Le chariot s'immobilisa enfin. Les prisonniers retinrent leur souffle. Seul le seigneur Tyrus gémit et s'agita. Il se débattait dans l'étreinte d'un interminable cauchemar, qui semblait empirer sans cesse.

— Qu'est-ce qu'il peut bien avoir ? soupira Nee'lahn, qui était restée à côté de lui.

Soudain, Tyrus ouvrit grands les yeux. Ses doigts griffèrent le vide.

— Le Mur… (Malgré ses yeux ouverts et brillants, il n'était pas conscient.) La voix de la Terre… La douleur…

Nee'lahn lui prit les mains et tenta de le calmer.

Un cliquètement attira l'attention de Kral. Il provenait de l'arrière du chariot. Le montagnard pivota en serrant les poings. Un tintement métallique ponctua la chute d'un cadenas et d'une lourde chaîne. Du bois racla sur du bois comme si quelqu'un tirait une barre.

Kral se tendit. Il toucha la magie ténébreuse qui imprégnait ses os – le pouvoir de Légion, son *alter ego* secret lié au morceau d'éb'ène dans le cœur de sa hache. Il sentait son arme toute proche, sentait le léopard prisonnier sous sa peau, prêt à bondir en dégainant les griffes et les crocs dissimulés dans ce fourreau humain. Pourtant, il se contint. Son secret lui conférait un avantage.

Les gonds étaient fixés au bas de la porte arrière du chariot. Celle-ci bascula et s'écrasa sur le sol, se changeant en rampe vers la liberté. Au-delà, la lumière des feux et des torches était aveuglante. Kral plissa les paupières. Après trois jours passés dans la pénombre du chariot, l'éclat des flammes lui blessait les yeux.

— Bougez-vous le cul et sortez de là ! aboya une voix rauque dans la langue commune. Tout de suite !

Celui qui venait de parler était un lieutenant n'ain. Une dizaine de ses camarades le flanquaient, tous en armure et armés jusqu'aux dents. Dans une main, ils tenaient une hache ; dans l'autre, un marteau à pointes. Kral savait d'expérience qu'ils maniaient les deux avec une dextérité frôlant le surnaturel. Ce n'était pas une bataille qu'il pouvait espérer gagner – du moins, pas à mains nues et sans la bête tapie en lui.

Le montagnard fut le premier à émerger du chariot et à descendre la rampe. Mogweed et Nee'lahn le suivirent, portant entre eux le prince inerte.

Les gardes les détaillèrent d'un air méfiant. Aucun d'eux ne rengaina. Les rumeurs de la bataille livrée au pied de la Pierre de Tor avaient dû parvenir à leurs oreilles ; visiblement, ils ne voulaient pas courir le moindre risque.

Le lieutenant s'avança vers Mogweed et Nee'lahn, mais son regard était fixé sur le prince inconscient.

— Il ne nous servira à rien, déclara-t-il. Coupez-lui la gorge et filez-le à bouffer aux renifleurs.

Kral avisa, non loin de là, un enclos plein de bêtes aux crocs étincelants et à la peau violacée, couleur de crépuscule. Des renifleurs. Les plus redoutables des créatures sylvestres. Une fois, Kral en avait rencontré un dans les rues de Port Rawl. Le souvenir de sa chair tendre et de son sang chaud embrasa la faim ténébreuse du montagnard.

Un des gardes fit un pas vers Tyrus. Nee'lahn recula avec ce dernier, mais Mogweed abandonna complètement, laissant la frêle nyphai supporter seule le poids du prince.

Kral s'interposa entre le n'ain et le prisonnier.

— Non. Moi vivant, vous ne lui ferez pas de mal.

Le garde leva son arme. Kral le fixa. Un grondement sourd monta de sa gorge tandis qu'il laissait la bête en lui affleurer à la surface. Sa vision s'affûta ; ses perceptions se déployèrent. Il entendit les deux cœurs du n'ain accélérer.

Le garde hésita. Alors, le lieutenant leva son épée courte et le rejoignit.

— Les renifleurs ont faim. On devrait peut-être vous jeter tous les deux dans l'enclos. (Il détailla la silhouette massive de Kral.) Ou peut-être pas. Ça fait longtemps que mes hommes et moi n'avons pas goûté la chair d'un montagnard. On arriverait à tirer plusieurs rôtis d'un grand gaillard comme toi – et des tas de steaks !

Kral sentit son contrôle sur la bête s'affaiblir. Il serra les poings pour dissimuler les griffes de léopard qui avaient jailli au bout de ses doigts.

Le lieutenant brandit son épée.

— Choisis. Écarte-toi… ou meurs !

Kral ne bougea pas.

— Vous ne ferez pas de mal au prince.

Comme le léopard s'agitait en lui, de la fourrure poussa sous ses vêtements de cuir et ses pupilles se fendirent.

Le lieutenant avait, lui aussi, été touché par le Cœur Noir. Confusément, il dut sentir et reconnaître le pouvoir ténébreux à l'œuvre chez son interlocuteur, car il s'immobilisa, l'épée en l'air.

Une nouvelle voix mit fin à son hésitation :

— Laissez les prisonniers, lieutenant !

Tous les regards se tournèrent vers la droite. Un autre n'ain approchait. Il était encore plus large et plus lourd que le lieutenant, déjà fort trapu. Sur sa tête grosse comme une citrouille trônait une casquette noire ornée d'un insigne argenté. Kral reconnut la marque de son rang. Les gardes se raidirent, et il perçut leur nervosité.

Le lieutenant recula d'un demi-pas.

— Mais, capitaine Brytton, cet homme évanoui est visiblement trop faible pour travailler dans les mines. Je pensais qu'il valait mieux ne pas perdre sa viande. Les renifleurs…

— Silence, lieutenant. (Le capitaine s'approcha de Nee'lahn, qui frémit.) Le montagnard a raison. Vous ne devez pas faire de mal à cet homme. Le griffon l'a marqué.

— Monsieur ?

Le capitaine fit signe aux gardes.

— Emmenez-les tous au donjon.

Kral était stupéfait par le tour que prenaient les événements. La bête en lui se calma. Que se passait-il ? Il rejoignit Nee'lahn et prit Tyrus dans ses bras pour soulager la nyphai. Puis les gardes entraînèrent le petit groupe des prisonniers de l'autre côté du chariot.

Mogweed hoqueta et renversa la tête en arrière.

Kral comprit le choc qu'éprouvait le métamorphe. Deux cents pas plus loin, le monde se terminait. Le bouclier de granit noir connu sous le nom de « Mur du Nord » se dressait devant eux. Culminant à une lieue d'altitude, il était poli comme une sculpture ; sa surface parfaitement lisse reflétait la lumière du feu, de la lune et des étoiles. L'esprit humain ne pouvait appréhender sa hauteur vertigineuse. On racontait qu'à son sommet, l'air était si rare que nul ne pouvait tenir plus de quelques minutes sans s'évanouir.

Cet immense rempart marquait la frontière nord des Contrées du Couchant. Au-delà s'étendait la Forêt Noire, engendrée par la Terre même pour empêcher le fléau du Sinistre de se répandre dans les Contrées du Couchant. Au fil des siècles, le Mur était devenu la responsabilité et l'héritage du peuple de Tyrus, les Dro, qui montait la garde à cet endroit.

— Château Mryl, souffla Nee'lahn en désignant, à l'ouest, l'endroit vers lequel se dirigeaient les gardes et le capitaine.

Kral acquiesça. Lui aussi, il avait vu.

Découpée par la lueur des flammes, la forteresse de granit saillait de la face du Mur tel un furoncle hérissé de remparts, de tours et de tourelles. Ses innombrables terrasses de granit poli escaladaient le rempart de sorte qu'il était difficile de dire où s'arrêtait l'un et où commençait l'autre. En vérité, il n'y avait pas de distinction. Château Mryl faisait partie du Mur, duquel il semblait avoir jailli pour abriter les Dro.

Kral se tordit le cou. Au-delà de la lumière dispensée par les feux de camp, de minuscules fenêtres brillaient telles des étoiles contre le firmament obscur. Elles donnaient sur des salles aménagées à l'intérieur du Mur même. On racontait que des passages secrets parcouraient les mille lieues du rempart comme les veines et les artères d'une créature vivante.

De fait, le Mur n'était pas constitué de pierre inerte. Un océan d'énergies élémentales coulait à travers son granit. Kral entendait déjà la magie l'appeler. S'il s'abandonnait, il pourrait se perdre dans cette chanson. Tyrus gémit et s'agita dans les bras du montagnard. Lui aussi avait entendu l'appel et luttait pour y répondre.

Kral serra le prince un peu plus fort contre sa poitrine. Ces contrées avaient toujours été riches en magie minérale. Comme les Dro, les ancêtres du colosse avaient vécu ici ; ils s'étaient imprégnés de ce pouvoir et liés à lui. Et même si plusieurs siècles s'étaient écoulés depuis leur exode, la magie minérale ne les avait jamais quittés. C'était l'une des principales raisons pour lesquelles ils s'étaient installés dans les montagnes des Dents : pour rester proches de l'esprit granitique de la Terre.

Kral sentit de la chaleur sur ses joues ; sa vision s'embruma. Il ne put retenir ses larmes. L'espace d'un instant, il redevint tout à fait lui-même. La magie noire reflua de son sang. Il trébucha et s'arrêta, un cri au bord des lèvres. L'horreur de ce qu'il avait fait, de ce qu'il était devenu, se planta dans ses entrailles comme une lame brûlante.

Puis les énergies ténébreuses ressurgirent dans son cœur, nourrissant le pouvoir à l'état pur qui coulait en lui. Le doute et la culpabilité s'évanouirent.

— Tu vas bien, homme des montagnes ? demanda Nee'lahn, qui marchait à ses côtés.

Kral ferma les yeux et toucha sa bête intérieure pour la rassurer. Tout était en ordre.

— Oui, merci.

Nee'lahn ne parut guère convaincue, mais elle n'insista pas.

Les gardes les poussèrent vers l'entrée principale du château. Au sud, des portes brisées gisaient grandes ouvertes. Le long des remparts qui les surplombaient, les têtes des précédents gardiens du château étaient plantées sur des piques. Les vautours avaient dévoré leur chair ; le soleil avait blanchi leurs os exposés. Tandis que Kral les examinait avec sa vue affûtée, il repéra d'autres trophées macabres. Chaque terrasse, chaque rempart en était garni. Il devait y en avoir des milliers.

Kral se détourna. En lui, le grand félin s'agita. Il avait senti l'odeur du massacre et de la terreur. Le montagnard l'apaisa d'une promesse : un jour, il remplacerait tous ces crânes par des têtes de n'ains fraîchement décapités.

Il suivit les autres à l'intérieur et traversa la cour avec eux. Il ramenait le prince du château chez lui.

De l'autre côté de la cour se dressait le bâtiment principal. Ses portes de pierre étaient fendues et renversées. Des trous et des traces de brûlures constellaient les surfaces alentour, témoignant de la bataille féroce qui avait eu lieu ici – et de la magie inique qui avait permis aux vainqueurs de l'emporter.

Le capitaine Brytton s'arrêta au bas des marches qui conduisaient jusqu'à l'entrée. Il désigna, sur le côté, une porte ouverte au-delà de laquelle un escalier s'enfonçait dans le sol.

— Conduisez les prisonniers au donjon et enfermez-les à double tour.

Le lieutenant hocha la tête et entraîna le petit groupe sous la menace de son épée.

L'escalier était à peine assez large pour les épaules de Kral. Comme le montagnard se pliait en deux pour descendre, les murs de granit l'avalèrent. Même si on s'apprêtait à l'enfermer, il avait l'impression de rentrer chez lui. La magie de la pierre enflait dans ses veines, lui rappelant son foyer et son clan. Même Tyrus s'apaisa dans ses bras et parut sombrer dans un véritable sommeil à la place de l'interminable cauchemar qui le tourmentait depuis des jours.

Beaucoup plus bas, l'escalier déboucha sur une vaste salle des gardes. Cinq n'ains étaient assis autour d'une table en pin, des bouts de métal étalés devant eux. Kral repéra un tibia humain rongé. Une partie de lui se détourna, écœurée, tandis que l'autre grondait sa faim.

Le lieutenant grommela quelque chose dans sa langue natale. Un des gardes se leva et saisit un trousseau de clés. Les prisonniers franchirent une solide porte de chêne et s'engagèrent dans un long couloir bordé de cellules fermées par des barreaux. L'endroit empestait les excréments, l'urine, la chair brûlée et le sang. Nee'lahn plissa le nez de dégoût.

Sur le passage des compagnons, les occupants des cellules tournèrent vers eux un regard voilé par la peur. Dans une cage, un homme meurtri était enchaîné au mur. Il n'avait plus de jambes, juste des moignons noircis. Un des gardes éclata de rire et donna un coup de coude à son collègue en se léchant les babines. Kral repensa au tibia sur la table et frissonna.

Les n'ains conduisirent leurs prisonniers jusqu'au bout du passage, où se trouvait la plus grande des cellules. Ils ouvrirent la porte, poussèrent les captifs à l'intérieur et verrouillèrent derrière eux.

Tandis que Kral déposait Tyrus sur la paille dont le sol était jonché, le lieutenant s'approcha des barreaux.

— Ne te crois pas tiré d'affaire, homme des montagnes. J'ai bien l'intention de goûter ton sang.

Les bras enfin libres, Kral lança son poing par-dessus son épaule avec une rapidité toute féline. Le lieutenant ne réagit pas assez vite ; du cartilage céda sous les jointures de Kral, et un liquide chaud éclaboussa son poignet.

Le lieutenant cria et bascula en arrière.

Kral pivota lentement vers lui. Sans un mot, il leva son poing et lécha le sang du n'ain sur son poignet.

Le lieutenant se remit debout et se jeta sur les barreaux. Son nez était écrabouillé et tout de travers.

— Je te boufferai le cœur, homme des montagnes ! Tu m'entends ?

Kral se lécha de nouveau le poignet, puis se détourna sans prêter plus d'attention aux vociférations du n'ain. Il se rendit compte que les autres le toisaient. La mâchoire inférieure de Mogweed pendait sur sa poitrine.

Les gardes repartirent, traînant le lieutenant entre eux.

— Était-ce bien raisonnable, Kral ? lança Nee'lahn. À quoi cela sert-il de les provoquer ?

Pour toute réponse, le montagnard haussa les épaules.

Nee'lahn aurait peut-être insisté si le prince n'avait pas poussé un grognement. Elle s'agenouilla près de lui et lui prit la main. Tyrus leva son autre bras et se palpa le visage comme un aveugle s'efforçant d'identifier un inconnu. Un second grognement s'échappa de ses lèvres.

— Seigneur Tyrus, chuchota Nee'lahn.

Lentement, les paupières du blessé se relevèrent. Ses yeux roulèrent dans leurs orbites l'espace de quelques secondes, puis se fixèrent sur Nee'lahn. Sa main libre se tendit vers la nyphai et lui toucha la joue, comme s'il voulait avoir la confirmation qu'elle était bien réelle et non un produit de son imagination tourmentée. Il tenta de parler mais ne réussit à émettre qu'un râle.

— Chut, dit Nee'lahn.

Tyrus se redressa faiblement sur ses coudes. Kral s'accroupit pour l'aider à s'asseoir.

— Vous savez où vous êtes ? lui demanda-t-il.

Le prince hocha la tête et articula d'une voix rauque :

— Chez moi.

— Vous êtes resté évanoui pendant presque trois jours, ajouta Mogweed en les rejoignant.

Tyrus posa une paume sur son front.

— J'ai entendu le Mur. Il m'a aidé à retrouver mon chemin.

— Où étiez-vous ? interrogea Nee'lahn. Que s'est-il passé ?

Tyrus ferma les yeux et frissonna.

— Je… je ne sais pas. La dernière chose dont je me souviens, c'est d'une ombre gigantesque qui est tombée sur moi pendant que je combattais les n'ains. Son contact m'a glacé jusqu'à la moelle. J'ai senti qu'elle arrachait mon esprit à mon corps, le privant d'ancrage et de repères.

— C'était le griffon, expliqua Nee'lahn. Je l'ai vu. Une statue monstrueuse faite d'ombre et de feu. Elle vous a attaqué.

Tyrus secoua lentement la tête.

— Je ne me rappelle pas. Je me suis perdu dans des cauchemars où j'étais entouré par des créatures étranges et maléfiques, et par des yeux flamboyants qui me brûlaient.

— Des yeux flamboyants, hein ? marmonna Kral en s'agitant, mal à l'aise.

Il ne se rappelait que trop bien la fois où le Cœur Noir l'avait marqué. Il renifla Tyrus, ne sentit aucune souillure en lui et en fut soulagé. La dette de sang envers les souverains de Château Mryl était sertie en lui comme une veine de quartz dans du granit. Même le feu obscur n'avait pas réussi à consumer cette antique obligation. Il se réjouissait que le prince n'ait pas été corrompu.

Nee'lahn prit la parole :

— Le capitaine n'ain semblait particulièrement intéressé par vous, seigneur Tyrus. Il a dit que vous étiez « marqué par le griffon », avec l'air de sous-entendre que votre capture revêtait quelque importance.

Tyrus se redressa. Ses forces lui revenaient peu à peu.

— J'imagine. Je suis le dernier prince du Mur. Ma magie serait une sacrée aubaine pour les pillards.

— Quelle magie ? s'enquit Nee'lahn.

— Celle des augures. Le Mur s'exprime avec la volonté et les connaissances de la Terre.

Tyrus tenta de se lever, mais il eut besoin de l'aide de Kral. Il se traîna jusqu'au mur du fond et posa une paume sur la surface vitreuse – du granit noir poli, comme le reste de la forteresse.

— Je ne les laisserai pas me prendre. Je refuse que le don fait par la Terre à ma famille soit souillé.

— Nous vous protégerons, affirma Kral.

Tyrus sourit ; ses lèvres craquelées se fendillèrent et se mirent à saigner.

— Je ne mets pas ton honneur en doute, Kral, mais l'honneur ne peut rien contre l'infériorité numérique, comme nous l'avons constaté à nos dépens il y a trois jours, sur le champ de bataille.

— Alors, que proposez-vous ?

— Disparaître.

— Comment ? voulut savoir Mogweed.

— Le Mur du Nord contient une magie que seuls connaissent les membres de la famille royale – une magie autre que celle des augures, révéla Tyrus en tournant la tête vers eux.

Kral plissa des yeux méfiants.

— De quoi s'agit-il ?

Tyrus marqua une pause, puis prit une profonde inspiration et répondit doucement :

— Les princes et les rois de Château Mryl font partie du Mur au même titre que cette forteresse. Le granit coule dans nos veines.

— Je ne comprends pas, marmonna Kral.

— Regardez.

Tyrus se détourna et posa ses deux mains sur le mur. Il ferma les yeux.

Kral sentit le flux d'énergie s'infléchir comme le flot d'une rivière dont on a détourné le lit. Le grondement de la magie élémentale se déversa à l'intérieur de la cellule comme un torrent.

Nee'lahn hoqueta.

Kral concentra toute son attention sur le prince. Lentement, les mains pâles de Tyrus noircirent, adoptant la même teinte que le granit. La magie gagna les bras du prince, qui se changèrent en pierre lisse et polie. Puis elle continua à se propager, transformant sa poitrine, descendant vers ses jambes et remontant vers sa tête. Quelques instants plus tard, le corps de Tyrus était devenu une statue de granit vivant.

Ses lèvres minérales remuèrent.

— Ce n'est pas pour rien qu'on nous surnomme « le Sang du Mur ». Nous ne faisons qu'un avec le cœur de la Terre. Elle est notre véritable foyer.

Tyrus fit un pas en avant et se fondit dans le mur. Il s'arrêta moitié dedans, moitié dehors, et pivota vers ses compagnons.

— N'ayez crainte. Je veillerai sur vous. Mais à l'intérieur du Mur, je peux me déplacer dans tout le château sans qu'on me voie et découvrir les noirs desseins de ses occupants actuels.

Nee'lahn tendit la main et lui toucha la joue.

— Soyez prudent. Même la pierre la plus robuste peut se briser.

— C'est ce que j'avais cru comprendre, en effet.

Sur ces mots, Tyrus s'enfonça tout à fait dans le mur. Ses vêtements se déchirèrent et tombèrent sur le sol. Bientôt, il ne resta plus aucune trace du prince : juste une paroi de pierre lisse et nue sur laquelle Mogweed posa la main comme s'il n'en croyait pas ses yeux.

Le visage de Tyrus réapparut au-dessus des doigts du métamorphe, tel un masque de pierre accroché au mur. La lumière des torches faisait briller ses yeux. Un sourire malicieux étira ses lèvres minérales.

— Tenez-vous prêts.

Puis il disparut.

L'aube trouva Méric debout à la proue de l'*Aile des Tempêtes*. Au-dessus de lui, la brise matinale gonflait les voiles et tendait les bouts. Si près du Mur du Nord, le vent soufflait en rafales froides qui menaçaient de jeter le navire aérien contre l'immense paroi de granit. Le capitaine el'phe devait déployer toutes ses compétences pour faire voler son bateau parallèlement au rempart colossal, dans les hauteurs brumeuses qui le dissimulaient aux regards hostiles des gens d'en bas.

Méric était emmitouflé dans une cape de fourrure épaisse. À cette altitude, la pierre lisse était recouverte d'une fine pellicule de glace et l'air difficile à respirer. Il se tordit le cou. Même depuis le pont de l'*Aile des Tempêtes*, il ne pouvait distinguer le sommet du Mur du Nord. Celui-ci culminait bien plus haut qu'un navire aérien ne pouvait monter.

Après avoir sauvé Mycelle et Fardale au sommet de la Pierre de Tor, Méric avait filé directement vers le nord, suivant la piste découverte par l'odorat développé du loup. Il n'avait aucun doute sur l'endroit où les pillards n'ains emmenaient leurs prisonniers : à Château Mryl.

Par la voie des airs, il ne leur avait fallu qu'une journée pour atteindre le Mur du Nord. Arrivés là, ils avaient dû attendre hors de vue des occupants de la forteresse. La nuit venue, cependant, ils avaient pris le risque de s'approcher pour espionner le campement installé au pied de cette dernière.

Deux marins el'phes munis de longues-vues s'étaient laissé glisser le long de cordes suspendues à la quille. Ainsi avaient-ils pu dresser une carte approximative des environs et y indiquer les troupes en présence. Mais jusque-là, ils n'avaient vu aucun signe des captifs.

Au fur et à mesure que l'attente se prolongeait, le doute s'était insinué dans les conversations de Méric et de Mycelle. Et s'ils s'étaient trompés ? Si les prisonniers n'avaient pas été conduits au château ?

Quelque chose heurta le genou de Méric. En baissant les yeux, l'el'phe vit Fardale s'asseoir près de lui. Il lui toucha le flanc pour le rassurer.

— Nous retrouverons ton frère et les autres. S'ils sont quelque part là-dehors, nous ne repartirons pas sans eux.

Fardale s'appuya légèrement contre la jambe de l'el'phe, le remerciant en silence.

Ensemble, ils regardèrent le soleil se lever au-dessus des montagnes des Dents. Comme ses premiers rayons se reflétaient sur les hauteurs du Mur du Nord, Méric fit lentement reculer l'*Aile des Tempêtes* pour mettre de la distance entre eux et la forteresse. Il s'éloigna en longeant le rempart, se préparant à une journée interminable d'attente et d'inquiétude.

À ses pieds, Fardale gémit. Le museau du loup était tourné vers la falaise de granit. Tout d'abord, Méric ne vit rien. Puis il aperçut un mouvement. Quelque chose filait vers eux – une ombre sur la paroi. Agrippé au bastingage, l'el'phe se pencha au-dessus du vide, les yeux plissés.

Un gros oiseau plongeait depuis une altitude que le navire aérien ne pouvait atteindre. Méric recula. Son sang en harmonie avec l'air et toutes ses créatures reconnaissait cet oiseau : c'était un grand roc. L'énorme rapace noir semblait viser l'*Aile des Tempêtes*. Ses ailes étaient plus larges que l'el'phe n'était haut. Avec un cri perçant, il replia ses ailes et piqua vers le pont du navire à la façon d'une flèche meurtrière.

Méric ne bougea pas. Lorsque l'oiseau ne fut plus qu'à quelques mètres du pont, il ouvrit brusquement les ailes pour freiner sa chute. Ses serres se plantèrent dans le bois quand il se posa gracieusement. Il resta immobile un instant, ailes déployées et couronne de plumes hérissée. Le bec ouvert, il haletait. Ses yeux ambrés fixaient Méric.

Fardale s'approcha de l'oiseau et le renifla.

— Alors, qu'as-tu découvert ? demanda Méric au majestueux rapace.

En guise de réponse, celui-ci replia ses ailes et s'ébroua. Ses plumes noires se rétractèrent, cédant la place à de la chair pâle. Ses os s'épaissirent et s'étirèrent. Des cheveux blonds jaillirent au sommet de son crâne, et ses pattes se changèrent en jambes. Quelques secondes plus tard, l'oiseau était devenu une femme accroupie. Les deux formes ne partageaient qu'une seule caractéristique : leurs yeux ambrés.

Nue, Mycelle se redressa, encore légèrement essoufflée.

— Ils s… sont arrivés dans la nuit, bredouilla-t-elle. On les a emmenés au donjon.

Méric ôta sa cape de fourrure et la drapa autour des épaules de la métamorphe.

— Ils étaient tous là ?

Frissonnante, Mycelle resserra le vêtement autour d'elle.

— Oui, tous. Mais le seigneur Tyrus semblait inconscient. Kral le portait. J'étais trop loin pour évaluer la gravité de ses blessures.

— Dans ce cas, nous allons procéder comme prévu, dit Méric.

Mycelle acquiesça.

— Ce soir, sous le couvert des ténèbres.

— Seront-ils en sécurité jusque-là ?

— Il le faudra bien. La discrétion est notre seul espoir. Il ne saurait y avoir de victoire sans l'avantage de la surprise.

Méric l'entraîna vers l'écoutille la plus proche.

— Profites-en pour te réchauffer et te reposer. L'hiver approche et les jours sont de plus en plus courts.

Mycelle se rembrunit.

— Pas encore assez à mon goût.

Elle dévisagea Fardale, et ses yeux brillèrent comme elle lui envoyait une projection mentale. Le loup hocha la tête, se détourna et s'éloigna en direction d'une écoutille.

Méric suivit les deux métamorphes. L'attente touchait enfin à son terme.

Lorsque ses compagnons eurent disparu sur le pont inférieur, l'el'phe referma l'écoutille derrière eux et regagna son poste près de la proue en frissonnant. Mycelle avait gardé sa cape. Devant lui, les brumes nocturnes se dissipaient à l'approche du jour.

Un quart de lieue plus loin, une trouée s'ouvrait dans la face abrupte du rempart. Distrait par le retour de Mycelle, Méric avait laissé l'*Aile des Tempêtes* dériver plus loin qu'il n'en avait l'intention. Il diminua la force du vent dans ses voiles. C'était la première fois que le navire s'approchait autant de l'endroit où le Mur du Nord avait été brisé. Jusque-là, son capitaine avait estimé cela trop dangereux.

Mais à présent que l'immense plaie était en vue, celle-ci exerçait une attraction irrésistible sur lui. Des rochers gros comme des villages gisaient entassés dans les prairies et les forêts des Contrées du Couchant. Le sillage de destruction s'étendait sur des lieues vers le sud : sillons énormes, hectares d'arbres déracinés, collines éventrées. La chute de la Pierre de Tor n'était qu'un incident mineur comparée à cette dévastation.

Méric tourna son regard vers le Mur du Nord. Celui-ci était fendu entièrement, du sommet jusqu'à la base. Mais comme l'*Aile des Tempêtes* s'en approchait, l'el'phe vit que la brèche elle-même était assez étroite – une centaine de pas de largeur, tout au plus. On aurait dit qu'une hache géante s'était abattue sur le rempart.

À la fois consterné et curieux, Méric autorisa son navire à s'approcher. Il garda les yeux rivés sur le Mur tandis que l'*Aile des Tempêtes* survolait le chaos en contrebas. En arrivant à la hauteur de la fissure, il retint son souffle. Une bande de végétation sombre apparut dans la trouée. La Forêt Noire, territoire des belliqueux Sinistreurs.

Méric écarquilla les yeux. Ces arbres ne ressemblaient nullement aux pins et aux trembles des Contrées du Couchant. C'étaient des monstres. Leur cime atteignait presque le sommet du Mur, et leurs branches supérieures étaient couvertes de glace. Une ferme entière aurait pu se nicher à l'intérieur de leur tronc juché sur un énorme foisonnement de racines noueuses. Mais le pire de tout, c'est qu'au lieu de pousser droites, leurs branches étaient tordues, tire-bouchonnées comme des vrilles de vigne et entièrement dépourvues de feuilles. Pas une seule touffe de feuillage n'ornait cette forêt squelettique.

Les yeux exorbités, Méric frissonna. C'était comme si l'adjectif « torturé » venait de s'incarner dans ces arbres titanesques.

Il s'arracha à leur contemplation pour regarder vers le bas. Partant de la Forêt Noire et s'insinuant dans la brèche, un énorme enchevêtrement de racines rampait sur le sol. Des tentacules végétaux s'agitaient et creusaient la terre au bord de la trouée. Pour être visible depuis cette hauteur, chacun d'eux devait avoir l'épaisseur d'un cheval – et une puissance capable de fendre de la pierre. Méric se rendit compte qu'il contemplait la cause de la fracture du rempart. Comme à la Pierre de Tor, les Sinistreurs avaient dû manipuler les arbres pour leur faire ouvrir cette brèche dans le granit.

Mais pourquoi ? Quel contrôle le Seigneur Noir exerçait-il sur les spectres ? Qu'est-ce qui, après tout ce temps, avait bien pu pousser ces derniers à quitter leurs propres arbres pour aller chasser dans les Contrées du Couchant ?

Pendant les deux derniers jours, Méric avait bien observé les Sinistreurs. Ils ne sortaient de la Forêt Noire que la nuit, créant une barrière surnaturelle autour de Château Mryl et protégeant le campement des n'ains. Là encore, pourquoi ? Quel pacte terrible avait été forgé entre les deux groupes ?

Méric n'avait pas de réponse à ces questions. Il fit faire demi-tour à l'*Aile des Tempêtes*. Même s'il restait beaucoup d'inconnues, il connaissait une vérité, un secret. Quelque chose qu'il n'avait partagé avec personne, pas même ses propres marins.

Il tourna le dos à la Forêt Noire.

— Oh, Nee'lahn… Peut-être aurait-il mieux valu que tu restes morte.

— Tu n'as pas l'air bien, dit Mogweed.

Nee'lahn ouvrit les yeux. Elle était adossée contre le mur froid de la cellule, pelotonnée dans sa cape. Le métamorphe se tenait accroupi devant elle.

— Ça va, mentit-elle en se détournant et en tirant sa capuche sur ses yeux.

Mogweed s'assit près d'elle. De deux doigts, il ôta quelques cheveux blonds qui étaient tombés sur l'épaule de la nyphai.

— Qu'est-ce qui cloche ?

Nee'lahn garda le silence. Même si elle luttait pour le cacher, cette crypte de pierre menaçait son retour à la vie. Dans les Contrées du Couchant, la chanson sylvestre l'avait sustentée. Ici, coupée de la forêt par plusieurs mètres d'épaisseur de granit, c'était tout juste si elle l'entendait encore.

— Tu as besoin de ton luth, pas vrai ? chuchota Mogweed avec son intuition habituelle. Une nyphai ne peut jamais se trouver très loin de l'esprit de l'arbre auquel elle est liée.

— Pas plus d'une centaine de pas, confirma Nee'lahn à voix basse.

Des années auparavant, lorsque le dernier koa'kona de sa forêt ancestrale, Lok'ai'hera, avait succombé à la Pourriture, un artisan doué avait sculpté un luth magnifique dans le cœur de l'arbre de Nee'lahn, libérant et préservant ainsi l'esprit de ce dernier. Son instrument à la main, la nyphai avait pu arpenter les contrées d'Alaséa en quête d'un remède pour rendre sa vitalité à Lok'ai'hera.

Mais à présent, elle était loin de son luth et, en l'absence de celui-ci, elle avait besoin de la force que lui prêtaient les vastes forêts des Contrées du Couchant pour ne pas se déliter. Prisonnière du granit, elle se sentait s'affaiblir, comme si la trame de son être s'effilochait sur les bords. Ses lèvres étaient sèches et craquelées, et nulle quantité d'eau n'aurait pu apaiser sa soif. Ses cheveux pendaient, ternes, sur ses épaules, et commençaient à tomber telles des feuilles en automne.

— Combien de temps peux-tu tenir ? s'enquit Mogweed, inquiet.

— Pas beaucoup. Une journée, peut-être.

Nee'lahn ferma les yeux et projeta ses perceptions vers l'extérieur. En se concentrant sur les murmures qui se faufilaient dans les escaliers et les couloirs du donjon, elle capta une autre chanson, une mélodie bien plus noire. Celle-ci ne venait pas des Contrées du Couchant, face à la nyphai, mais de la Forêt Noire, dans son dos. Nee'lahn connaissait cette chanson ténébreuse.

— Non, marmonna-t-elle. Je n'écouterai pas. Pas même pour me sustenter. Ce chemin ne mène qu'à la folie et à des appétits pervers.

— Que dis-tu ? demanda Mogweed.

Nee'lahn secoua la tête.

— Parfois, le prix de la vie est trop élevé.

Le métamorphe fronça les sourcils. Visiblement, il ne comprenait pas. Il s'écarta d'elle.

— N'abandonne pas. Le seigneur Tyrus a promis de nous aider.

Nee'lahn se recroquevilla davantage sur elle-même, priant pour que Mogweed ait raison et que le prince se dépêche. À présent, elle distinguait très bien les chuchotements jumeaux de la chanson sylvestre : lumineux d'un côté, obscur de l'autre. Les deux faces d'une même pièce.

Nee'lahn ferma les yeux mais ne put empêcher les larmes de couler sur ses joues. Lok'ai'hera. Souvenirs de végétation luxuriante et de fleurs aux couleurs vives. Toutes disparues… Frémissante, elle se barricada contre l'appel de la chanson ténébreuse.

— *Faites vite, prince…*

Durant sa courte existence, le prince de Château Mryl avait porté bien des noms. Sa mère défunte l'avait baptisé Tylamon Royston en hommage à son arrière-grand-père. Pour les pirates de Port Rawl, il était le capitaine Tyrus, chef de caste et tyran sanguinaire. L'hiver de ses treize ans, sa première amante lui avait susurré des « mon cœur » et répété combien il était tendre et gentil. La dernière femme passée dans son lit l'avait traité de salaud et avait juré de l'éventrer pour lui faire payer sa cruauté. En vérité, le prince était tous ces hommes, la somme de son passé. Nul ne possède un seul visage, et nul ne porte un seul nom.

Mais à présent, alors qu'il nageait dans la pierre du Mur, le seigneur Tyrus abandonnait ses errances derrière lui pour devenir un seul homme, un seul dessein sculpté dans le granit. Ce château était son foyer et son héritage. Il veillerait à le débarrasser des envahisseurs et à venger la mort de ses occupants légitimes.

Tyrus se mouvait à travers le Mur comme un poisson dans l'eau. Autour de lui, il percevait des courants, des tourbillons et des remous : le flux de la magie qui coulait à l'intérieur du granit. Soulevé par un geyser d'énergie, il se propulsa vers les hauteurs de l'immense rempart et promena un regard à la ronde. Sa vision traversait la pierre et portait jusqu'au monde qui s'étendait au-delà. Ainsi put-il distinguer des images ondoyantes des Contrées du Couchant et du campement n'ain – et, en tournant la tête, de la lugubre Forêt Noire.

Sa destination ne se trouvait pourtant ni à droite ni à gauche, mais devant lui et quelques étages plus haut. Il se laissa porter jusqu'aux terrasses supérieures de la forteresse, vers les appartements qui avaient jadis été ceux de son père, le roi Ry. C'était là, soupçonnait-il, qu'il trouverait le chef des n'ains – et les réponses dont il avait besoin.

Lorsqu'il fut assez haut, Tyrus infléchit sa trajectoire et s'engouffra dans les remparts qui saillaient du Mur du Nord pour former le château proprement dit. Ici, le granit était moins épais. La vision du prince se fit plus précise, comme celle d'un plongeur qui remonte des profondeurs d'un lac. Désormais, il devait contrôler ses mouvements, prendre garde à ne pas dépasser des parois. Si quelqu'un voyait un de ses membres jaillir d'un mur, c'en serait fait de sa mission d'espionnage.

Tyrus longea un couloir étroit et atteignit enfin la porte qu'il cherchait. Il ralentit et s'arrêta en faisant un quart de tour sur lui-même pour observer l'intérieur de la pièce adjacente.

L'antichambre royale était de forme ovale – une bulle dans le granit. De l'autre côté, plusieurs couloirs menaient aux appartements privés du souverain. Mais c'était ici que, jadis, le père de Tyrus recevait ses invités et tenait ses conseils de guerre. Des étagères remplies de livres s'alignaient contre les murs ; une cheminée aussi haute qu'un homme se découpait sur la droite, désormais froide et inutile. Un épais tapis de laine, sur lequel était brodé l'emblème familial, recouvrait le sol de granit.

Tyrus fronça les sourcils. La pièce était vide et sombre, à l'exception d'une unique torche allumée.

Tandis qu'il flottait dans la pierre, frustré, le prince entendit une voix sèche résonner dans les profondeurs de la suite. Il sortit du mur en se concentrant pour que la magie demeure en lui. Après avoir dégagé ses membres noirs, il courut vers le fond de l'antichambre et replongea dans le granit, auquel il se fondit sans même troubler sa surface. Se laissant guider par des voix diffuses, il longea plusieurs murs contigus et s'enfonça vers le cœur des appartements royaux.

Enfin, il atteignit la salle de bains de son père. Elle était remplie de vapeur qui brouillait la limite entre le mur et l'espace délimité par celui-ci. Avec mille précautions, Tyrus se rapprocha et plissa les yeux.

Une baignoire sertie dans le sol occupait le centre de la pièce. Un n'ain à la poitrine large comme un tonneau était agenouillé sur le bord, sa casquette à la main. Son nez épaté et ses lèvres charnues lui donnaient l'aspect d'un crapaud accroupi au bord d'un lac.

— Tout est prêt, déclara-t-il. Nous avons fini de creuser le puits sous la Citadelle et la grotte sous le lac de Tor Amon.

— Et la statue du griffon, capitaine Brytton ?

La personne qui venait de parler flottait dans l'eau chaude de la baignoire. Difficile de la distinguer à travers la vapeur, mais sa voix était plutôt féminine : chantante et douce, avec une légère menace sous-jacente.

— Et le portail du Weir ?

— Il a regagné son perchoir à la Citadelle. Nous n'avons plus qu'à attendre la prochaine pleine lune pour mettre la dernière main à notre plan.

— Bien. (La silhouette floue s'enfonça davantage dans la baignoire.) J'ai trouvé ça stupide de la part du lieutenant du Seigneur Noir de monter le griffon pour chasser quelques élémentaux perdus dans les bois, surtout à ce stade critique.

— Plus l'heure approche, plus le Seigneur Noir devient méfiant, argua le n'ain.

— Ou du moins, plus le dénommé Shorkan le devient. Ce démon surveille tous les portails ; il fait la navette entre eux et en jaillit sans crier gare tel un rat à la fourrure brûlée. Pourtant, mes semblables montent la garde. Il n'y a rien à craindre dans le Nord. Notre site est sécurisé. (La silhouette soupira.) Néanmoins, la découverte du prince du Mur fut un heureux hasard. Et puisque le griffon a regagné son perchoir, nous sommes toujours dans les temps. Nous n'avons rien gagné, mais rien perdu non plus.

— Hélas, le prince demeure inconscient.

— Alors, prions pour que sa volonté lui permette de résister à son contact avec le Weir. Si nous pouvions le briser et le rallier à notre cause, ses augures seraient un outil précieux pour notre maître.

— Certes, mais… et ses compagnons ? s'enquit le capitaine Brytton.

La silhouette s'agita dans la baignoire.

— Ils serviront de petit bois pour notre feu. Les torturer nous aidera à forger le prince. Nous ne le perdrons pas comme nous avons perdu son père. Bien qu'en vérité, la situation ait aussi ses avantages. Ce corps que je porte est devenu très confortable au fil du temps. J'avais oublié les plaisirs de la chair. Ce bain, par exemple. Ou un bon vin.

Une main aux contours imprécis se tendit vers un verre rempli d'un liquide rouge comme du sang. La silhouette sirota son contenu. Quand elle l'eut bien savouré, elle reposa le verre et se leva.

Son brusque mouvement fit tourbillonner la vapeur autour d'elle.

— Quand le prince se réveillera, nous le plierons à notre volonté, déclara-t-elle. Là où nous avons échoué avec le père, nous réussirons avec le fils.

La vapeur s'écarta comme la silhouette sortait de la baignoire, entièrement nue. La barbe blanche qui pendait sur sa poitrine démentait la féminité de sa voix.

Tyrus hoqueta et, sans plus se soucier d'être découvert, se pencha hors du mur.

— Père !

Surpris, les deux occupants de la pièce firent volte-face. Mais avant qu'ils puissent le repérer, Tyrus se rejeta en arrière.

— Vous avez entendu quelque chose, capitaine ?

Le n'ain acquiesça et ses longues oreilles frémirent.

— Comme une voix étouffée. Ça venait peut-être de la pièce voisine.

— Allez voir !

Il obtempéra.

La silhouette nue s'approcha du mur et leva les mains pour le palper. À l'intérieur de la pierre, Tyrus se figea. Seule la longueur d'un avant-bras le séparait de l'autre homme. Il scruta le visage de ce père qu'il pleurait depuis plus de dix ans. Ses bras brûlaient de se tendre vers lui pour le serrer sur son cœur, mais il savait que le roi Ry n'était plus. Les yeux qui lui faisaient face étaient froids, pleins d'un feu cruel.

Serrant les poings, Tyrus réprima un cri de rage.

Le capitaine revint, une hache à la main.

— Il n'y a personne, rapporta-t-il.

La silhouette se tourna vivement vers lui.

— Allez vérifier que les prisonniers sont toujours en bas, ordonna-t-elle.

— Oui, seigneur.

Le capitaine Brytton s'inclina et sortit à reculons.

À présent, il ne restait dans la salle de bains que le père et le fils – plus la répugnante entité qui avait revêtu l'apparence du roi Ry.

— Je te sens, chuchota la démone. Tu ne peux pas masquer l'odeur de ton sang dans le mur.

Elle rebroussa chemin vers la baignoire en haussant la voix. Ses inflexions féminines se durcirent et se firent glaciales.

— Quel tour de magie est-ce là ? Je l'ignore, mais qui que tu sois, je te trouverai et je ferai de toi notre instrument. Je te le jure.

Sous les yeux de Tyrus, une brume noire s'exhala du corps de son père, par chacun des pores de sa peau. Des tentacules ténébreux sondèrent la vapeur en quête de l'intrus.

Tyrus n'osa pas prendre le risque de se faire capturer – pas alors que ses compagnons comptaient sur lui. Il se renfonça dans le mur et se laissa couler à travers le granit. La démone dut percevoir son mouvement, car elle bondit vers sa cachette, griffes en avant.

Mais Tyrus était déjà loin, dans les niveaux inférieurs de la forteresse. Il se fraya un chemin vers le Mur, ses joues minérales ruisselant de larmes.

Père !

7

Tandis que la lune s'élevait dans le ciel nocturne, Mycelle se hâtait le long de la piste qui traversait les bois et se dirigeait vers la lumière du campement n'ain situé au pied de Château Mryl. Elle ne prenait pas la peine de se cacher. La piste s'achevait à la lisière de la forêt. Le Mur du Nord se dressait devant elle, à une centaine de pas.

Prenant une profonde inspiration, Mycelle s'avança à découvert et se dirigea d'un pas vif vers les sentinelles. Autour de son bras, sous son épais pourpoint de cuir, le paka'golo s'agita et resserra ses anneaux. *Il doit sentir la magie qu'exhale le Mur.*

Jadis, Mycelle aussi aurait pu percevoir l'immense énergie contenue dans le granit : son pouvoir de sourcière était très affûté. Mais plus maintenant. Relevée d'entre les morts par la magie du petit serpent, elle avait échangé un don contre un autre : la sourcellerie contre la métamorphose.

Mycelle se dirigea vers l'un des gardes en faction et leva une main pour le saluer. Le n'ain, qui s'appuyait sur sa lance avec un air d'ennui suprême, se contenta de lui adresser un signe de tête. Elle passa devant lui, les yeux baissés.

Son déguisement avait fonctionné.

Un peu plus tôt, ses compagnons et elle avaient tendu une embuscade à un trio de chasseurs n'ains. Ça n'avait pas été bien difficile. Méric avait fait descendre l'*Aile des Tempêtes*. Quatre el'phes armés d'arbalètes et de carreaux empoisonnés s'étaient laissé tomber dans les arbres. Ils avaient très vite abattu les chasseurs et fait signe que la voie était libre.

Après l'attaque, Mycelle avait rejoint les archers. Elle avait fait son choix et retourné le plus petit des cadavres, celui d'une femelle. Penchée au-dessus de son corps inerte, elle avait étudié sa silhouette et son visage, puis modelé sa propre apparence pour devenir son sosie. Une fois satisfaite, elle avait rapidement enfilé les habits de la victime et dissimulé ses propres armes sous une cape de fourrure.

Puis les archers el'phes avaient escaladé les cordes qui pendaient sous le ventre du navire aérien, laissant Mycelle seule pour faire le chemin qui la séparait de Château Mryl. Son objectif : atteindre les niveaux supérieurs de la forteresse et éliminer tous les curieux pour permettre à l'*Aile des Tempêtes* de s'amarrer là.

Comme Mycelle passait devant un garde trapu, assis sur un tabouret et occupé à polir sa hache, ce dernier lança dans la langue n'aine :

— La chasse a été bonne ce soir ?

Mycelle fit volte-face en traduisant très vite dans sa tête. Elle écarta un pan de sa cape, révélant un trio de lièvres écorchés pendus à sa ceinture.

— Les Sinistreurs ne nous ont pas laissé grand-chose.

Le garde acquiesça en se concentrant sur sa hache.

— Fichues goules. Toujours en train de hurler et de nous casser les oreilles. Elles me filent la chair de poule.

Mycelle grogna, rajusta sa cape et poursuivit son chemin le long des rangées de tentes. Plus elle s'enfonçait dans le camp, plus elle se sentait nerveuse. Mais, à cette heure-ci, la plupart des n'ains dormaient, et personne d'autre ne l'accosta.

Elle ne tarda pas à atteindre la porte du mur d'enceinte extérieur de Château Mryl. Deux n'ains montaient la garde là. À son approche, ils se raidirent et raffermirent leur prise sur leur lance.

Réprimant un juron, Mycelle se dirigea vers eux en gardant les yeux baissés. Elle ne voulait pas que ses iris ambrés trahissent sa véritable nature.

Une longue lance terminée par une pointe d'acier se baissa devant elle, lui barrant le chemin.

— Que viens-tu faire ici à cette heure de la nuit ?

De nouveau, Mycelle écarta sa cape, révélant le trio de lièvres.

— Un souper tardif pour le capitaine de la garde. Il m'a demandé de lui apporter quelque chose de goûtu.

Elle laissa sa cape s'ouvrir davantage, révélant son ample poitrine dont elle accentua discrètement le renflement.

— Vous les trouvez assez goûtus pour le satisfaire ? demanda-t-elle avec une grimace lascive, en faisant saillir sa hanche droite de manière suggestive.

Aucun des deux gardes ne prêtait la moindre attention aux lièvres.

D'un doigt, Mycelle écarta la lance qui l'empêchait de passer.

— Si vous voulez bien m'excuser, je me suis laissé dire que le capitaine avait très faim.

Les gardes n'opposèrent aucune résistance quand elle passa entre eux d'un pas guilleret. Ce fut tout juste s'ils grommelèrent entre leurs dents.

— Ce foutu capitaine se réserve toutes les meilleures…, commença l'un d'eux.

— … lapines, acheva son partenaire.

Tous deux s'esclaffèrent et reprirent leur position.

Mycelle se dirigea vers le corps de bâtiment principal. Malgré la froideur de la nuit, son front était couvert de perles de sueur. Ses jambes menaçaient de trembler ; elle devait marcher lentement pour les en empêcher.

Elle gravit les marches qui conduisaient à l'entrée de la forteresse proprement dite. Par chance, il n'y avait pas de sentinelles. Les envahisseurs avaient visiblement cédé à la complaisance ; ils se contentaient de la protection offerte par le campement retranché et les légions de Sinistreurs en maraude dans la forêt alentour.

Mycelle franchit les battants de pierre brisés et s'enfonça rapidement à l'intérieur du château. Une assurance nouvelle raffermit sa démarche : à présent, elle était en territoire connu. Des dizaines d'années plus tôt, elle avait été formée entre ces mêmes murs ; elle y avait appris la voie de l'épée et, cela fait, elle avait prêté allégeance au roi Ry dans la grande salle des banquets.

Mais comme elle gravissait l'un des escaliers jumeaux et filait dans les couloirs poussiéreux, ce fut tout juste si elle reconnut son ancien foyer. Les passages jadis propres et bien éclairés étaient désormais sombres et crasseux. Partout, des détritus et des débris de meubles jonchaient le sol.

Sur un palier, Mycelle trouva le squelette désarticulé d'un défenseur ; des morceaux de cuir et de tissu s'accrochaient encore à ses os abandonnés dans un coin. Elle se détourna et poursuivit hâtivement sa route, pourchassée par des fantômes tandis que rats et autre vermine détalaient devant elle.

Ce n'était pas le château dont elle se souvenait.

Mais même si son intérieur avait été souillé, sa structure demeurait identique. Un dernier escalier en colimaçon conduisit Mycelle au niveau supérieur. La guerrière se dirigea vers la terrasse, marquant une pause pour vérifier ses armes.

Selon la reconnaissance effectuée la veille, deux gardes se trouvaient de l'autre côté de la porte. Il ne fallait pas qu'ils donnent l'alarme. Mycelle se plaqua contre le battant et prit une profonde inspiration. Elle sortit ses deux dagues de lancer et les soupesa, testant leur équilibre. Satisfaite, elle tira le loquet de la porte et plongea par l'ouverture.

Tandis qu'elle roulait sur elle-même, un des gardes, alerté par le couinement des gonds, fit volte-face. Elle se releva dans l'élan et se jeta sur lui.

— Que… ?

La suite de la phrase du n'ain fut tranchée par la dague qui se planta sous son menton. Du sang jaillit tandis qu'il toussait et titubait en arrière.

Son compagnon mit une seconde de trop à comprendre la gravité de la situation. Avant qu'il puisse pivoter, Mycelle le rejoignit et planta sa seconde dague à l'endroit où sa colonne vertébrale se connectait à son crâne. De la paume, elle poussa sur le pommeau de l'arme afin de l'enfoncer dans la cervelle du n'ain. Un spasme parcourut le garde ; sa bouche s'ouvrit et se referma en un hoquet d'agonie silencieuse. Puis ses muscles cédèrent et il s'affaissa sur la pierre.

Mycelle n'eut pas le temps d'admirer son œuvre. Le premier garde avait arraché la dague plantée dans sa gorge et l'avait jetée sur le côté. Une hache à manche long apparut dans son autre main. Il tenta de donner l'alerte, mais seul un gargouillis incompréhensible sortit de sa bouche. La dague lui avait sectionné les cordes vocales.

Mycelle recula d'un pas pour évaluer la situation. Elle avait perdu l'avantage de la surprise. Les yeux flamboyants de haine, le garde fit tournoyer sa hache d'une main experte. Ça ne disait rien qui vaille à Mycelle. Avec leurs deux cœurs, les n'ains étaient des adversaires difficiles à tuer, et elle n'avait pas eu le temps de se familiariser avec sa forme actuelle. Mais elle n'avait pas non plus le temps ni l'énergie nécessaire pour reprendre son apparence habituelle.

Le garde attaqua.

Mycelle dégaina ses épées jumelles, les croisa devant elles pour bloquer le manche de l'arme ennemie et détourna celle-ci. La lame de la hache heurta le sol de granit, faisant jaillir des étincelles près de ses pieds. Mycelle bondit sur le côté et planta une de ses épées dans le ventre de son adversaire.

Le n'ain pivota avec un grognement, arrachant la poignée de son arme à la main de Mycelle. La guerrière recula en maudissant la lenteur et le manque de dextérité de sa forme actuelle.

La poignée de l'épée saillant toujours sous sa cage thoracique, le n'ain se jeta sur Mycelle. Une bave sanglante moussait sur ses lèvres épaisses. La lame qui le transperçait ne semblait pas le gêner davantage qu'une épine plantée dans son flanc. De nouveau, il fit tournoyer sa hache.

Cette fois, il visait la tête de Mycelle. La guerrière n'avait aucun espoir de dévier cette arme si lourde ; aussi n'essaya-t-elle même pas. Au lieu de ça, elle plongea vers son adversaire pour se placer à l'intérieur de sa garde. Le manche de chêne frappa son épaule et la fit tomber à genoux. Utilisant ses deux mains, elle planta sa deuxième épée dans le ventre du n'ain et roula sur le côté.

Elle se releva et pivota.

Le n'ain avait mis un genou en terre. À présent, il était empalé par deux épées – les dernières armes de Mycelle. Prenant appui sur sa hache, il se redressa en dévisageant la guerrière. Il vit qu'elle avait les mains vides, et un rictus sanglant retroussa le coin de ses lèvres comme il se mettait debout.

Et maintenant ? songea Mycelle. Elle recula jusqu'au parapet. Engourdi par le coup reçu à l'épaule, son bras gauche pendait presque inerte.

Avec un rugissement de triomphe étouffé, le n'ain fonça sur elle en brandissant sa hache.

Mue par son seul instinct, Mycelle laissa ses jambes glisser en avant et son dos heurter le sol de granit. Ignorant la lame qui visait sa figure, elle leva les pieds et décocha une ruade dans le ventre de son adversaire.

Le n'ain souffla bruyamment et cracha un peu de bave sanglante. Mais sa hache continua à s'abattre. D'une poussée sur ses jambes, Mycelle le força à reculer d'un pas. Il tituba, déséquilibré, et sa hache heurta finalement le parapet à côté de la tête de la guerrière. Celle-ci sentit la vibration de l'impact jusque dans ses jambes.

Tendant les mains, elle saisit les poignées de ses épées jumelles et, d'un coup sec, les retira du ventre de son adversaire. Le n'ain poussa un grognement et bascula vers elle. Visiblement, il entendait la clouer à terre avec son poids.

Mycelle ne chercha pas à l'arrêter, bien au contraire. Dans un éclair métallique, elle croisa ses lames devant elle et, d'une ruade, balaya les jambes du n'ain pour accélérer sa chute.

Son adversaire surpris n'était plus en position de réagir. Son cou tomba pile à l'intersection des épées de Mycelle. Sa masse pesant subitement sur le tranchant des deux lames acheva le travail commencé par la dague de la guerrière. La gorge tranchée jusqu'à la colonne vertébrale, il s'affala sur Mycelle, déversant un torrent de sang chaud sur son visage et sa poitrine.

Mycelle lutta pour se débarrasser de lui, mais il était trop lourd. Le liquide visqueux emplit sa bouche et son nez. Elle toussa, cracha et s'étrangla. À ce rythme-là, elle ne tarderait pas à se noyer. Puis les deux pompes jumelles cessèrent de battre dans la cage thoracique du n'ain, et le flot ralentit suffisamment pour que la guerrière puisse reprendre son souffle.

Néanmoins, elle était toujours immobilisée sous le corps massif de son adversaire vaincu. Renonçant à se dégager, elle fouilla dans une de ses poches et en sortit la pièce d'argent du prince, celle qui était frappée, d'un côté à l'effigie du léopard des neiges et de l'autre à celle du roi Ry. Elle embrassa le visage du souverain en le remerciant pour l'entraînement qu'elle avait reçu, puis ferma les yeux et se concentra.

—*Xin*, appela-t-elle en silence. *Xin, entends-moi.*

Presque aussitôt, la pièce tiédit dans sa main.

—*Je t'entends.*

Mycelle poussa un soupir de soulagement. Plus tôt, ses compagnons et elle avaient décidé qu'elle utiliserait la pièce pour communiquer avec eux. Xin attendait son appel.

— La voie est libre, annonça-t-elle. Amenez le navire.

— *Nous arrivons tout de suite.*

Mycelle rapprocha la pièce de ses lèvres.

— Dépêchez-vous.

Dans le donjon de Château Mryl, Kral observait le prince Tyrus. Celui-ci était roulé en boule sur un tas de paille, à l'autre bout de la cellule. Depuis son expédition à travers le granit, il affichait un air sombre et ne pipait mot. Le montagnard partageait son humeur morose.

La nuit précédente, le prince avait soudain jailli du mur, faisant sursauter ses compagnons. Il avait ramassé ses vêtements en lambeaux et s'en était drapé à la hâte, tout en sifflant aux autres de se tenir tranquilles : le capitaine Brytton descendait pour vérifier qu'ils étaient bien tous là. Puis il s'était laissé tomber par terre et avait feint d'être toujours aux prises avec ses cauchemars, pendant que ses compagnons s'affalaient çà et là en prenant un air désespéré.

Sa mise en garde s'était avérée justifiée.

Quelques instants plus tard, le n'ain trapu avait longé le couloir du donjon en criant et s'était arrêté devant leur cellule. Il avait regardé entre les barreaux, scrutant attentivement chacun des prisonniers. Rassuré par leur nombre et par leurs mines abattues, il avait poussé un grognement avant de rebrousser chemin.

Plus tard, Tyrus avait répété à ses compagnons ce qu'il avait entendu dans les appartements royaux ; il leur avait révélé qu'un sombre complot se tramait ici, dans le Nord. Il leur avait également appris que le corps de son père était possédé par une démone. Depuis, il restait distant et silencieux.

À l'annonce de cette nouvelle, Kral s'était également renfermé en lui-même. Ainsi, quelque chose se préparait à la Citadelle. Cette pensée le faisait frémir. Serviteur du Seigneur Noir ou pas, il ne pouvait supporter l'idée que son foyer ancestral soit souillé et peut-être corrompu par la magie noire. Des loyautés conflictuelles s'agitaient dans sa poitrine : l'une forgée dans le feu obscur, l'autre sculptée dans la pierre.

Comme la journée avançait, une réponse se fit lentement jour dans son esprit. Il avait déjà défié le Seigneur Noir en venant là, en abandonnant la chasse à la sor'cière. Puisqu'il s'était engagé sur ce chemin, il le suivrait jusqu'au bout. Il restituerait la Citadelle à son peuple, même s'il devait pour cela déjouer les plans de son maître.

La voix de Mogweed, s'élevant depuis l'autre côté de la cellule, arracha Kral à ses pensées et le ramena dans le présent. Le montagnard sentit que dehors, la nuit était tombée.

Mogweed secouait Tyrus.

— Je ne comprends toujours pas pourquoi vous ne pouvez pas traverser ce mur et aller chercher les clés. Délivrez-nous ! Pourquoi sommes-nous encore en train de pourrir dans ce donjon ?

Les yeux cernés, Tyrus secoua la tête.

— Et ensuite ? Une légion de n'ains campe aux portes du château. Nous serions repris et nos adversaires connaîtraient mon secret. En feignant l'inconscience, je nous fais gagner du temps. Je repartirai en exploration cette nuit, quand la surveillance sera plus relâchée, et je chercherai un moyen de nous libérer.

Mogweed s'affaissa de nouveau contre le mur.

— Je déteste cette attente.

— Tu détesterais encore plus finir dans le chaudron des n'ains, répliqua Nee'lahn sur un ton irrité.

C'était la première fois qu'elle parlait de toute la journée. Elle semblait malade. Sa peau était marbrée, ses lèvres desséchées et flétries. Ses cheveux ternes pendaient sur ses épaules.

Tyrus se redressa sur un coude.

—Assez de chamailleries. Je vais y retourner. Si les gardes du donjon ne sont pas trop nombreux, je pourrai peut-être les neutraliser pour vous permettre de vous échapper. Mais en ce qui me concerne, je reste ici.

—Si vous restez, je reste aussi, grommela Kral.

—Moi de même, chuchota Nee'lahn d'une voix rauque.

Tous les regards se tournèrent vers Mogweed, qui poussa un soupir théâtral.

—Je ne vais sûrement pas partir tout seul.

Kral hocha la tête.

—Alors, la question est réglée. Tyrus, vous chercherez un moyen de nous faire sortir d'ici. J'ai entendu parler de passages secrets qui courent sur toute la longueur du Mur du Nord. Ne pourrions-nous pas gagner un d'eux ?

Tyrus se rembrunit.

—Ces passages sont un mythe. Il n'en existe qu'un seul, conçu pour permettre aux occupants du château de s'échapper en cas d'attaque. Mais croyez-moi, vous ne voulez pas l'emprunter.

—Où mène-t-il ? s'enquit Kral.

—À la Forêt Noire qui s'étend derrière le Mur – le territoire des spectres. Nous n'y trouverons pas le salut. Nul ne peut arpenter ces bois impunément. Mieux vaudrait mourir au combat que servir de repas aux Sinistreurs. J'ai grandi ici ; pourtant, je n'ai jamais compris pourquoi ce passage avait été construit.

—Moi, je le sais, murmura Nee'lahn.

Tyrus lui jeta un coup d'œil surpris.

—Pourquoi ?

La nyphai secoua la tête.

— Ça n'a plus d'importance. Vous avez raison. Désormais, il ne conduit plus qu'à un sort pire que la mort.

La suspicion étrécit les yeux du prince. Nee'lahn soutint son regard sans ciller.

Ce fut Kral qui rompit le silence :

— La nuit est tombée. Mieux vaudrait que vous partiez tout de suite. Voyez ce que vous pouvez découvrir. J'imagine que la patience de nos geôliers touche à son terme. J'ai vu la faim dans les yeux des gardes quand ils nous matent en passant devant notre cellule.

Tyrus acquiesça et se leva.

— Tu as raison, homme des montagnes. J'ignore combien de temps la démone qui a revêtu le corps de mon père attendra mon réveil.

Il se débarrassa de ses vêtements déchirés sans la moindre gêne. Puis il se dirigea vers le mur et plaça ses paumes dessus pour invoquer la magie.

Kral perçut le mouvement de l'énergie. Bientôt, Tyrus commença à s'enfoncer dans la pierre et à disparaître. La bête intérieure de Kral renifla en quête du prince mais ne sentit aucune trace de sa présence. Pas même un battement de cœur.

Le granit avait absorbé le granit.

Méric avait laissé l'*Aile des Tempêtes* sous la surveillance de son cousin au deuxième degré. Le navire flottait une centaine d'encablures au-dessus de la plus haute terrasse de Château Mryl, dissimulé par les brumes glaciales qui enveloppaient le sommet du Mur du Nord. Tout en traversant la terrasse, l'el'phe se tordit le cou. Mais le bâtiment aérien était impossible à distinguer. Seule la longue corde qui le rattachait au parapet trahissait sa présence.

Méric rejoignit les autres dans l'ombre. Mycelle avait toujours la répugnante apparence d'une n'aine ; sa silhouette trapue, semblable à celle d'un batracien géant, dégoulinait de sang et de viscères. L'el'phe en fut si choqué que sa botte gauche glissa sous lui. Il battit des bras et parvint à reprendre son équilibre. Du regard, il foudroya la flaque visqueuse qui avait failli le faire tomber. Les cadavres des gardes et leurs humeurs répandues alentour rendaient l'étroite terrasse difficile à négocier.

Méric rajusta sa cape noire et le paquetage au contenu si délicat qu'il portait sur le dos.

— Sommes-nous prêts ? demanda-t-il à ses compagnons.

Près de Mycelle se tenaient deux marins el'phes, les plus doués avec une dague et un arc. Le loup Fardale, que l'on avait descendu dans un panier, tournait inlassablement autour d'eux. Son odorat aiguisé leur serait sans doute d'un grand secours. Le reste de l'équipage, ainsi que Xin et le jeune Tok, était resté à bord de l'*Aile des Tempêtes.* La capacité de communication à distance du Zo'ol permettrait aux sauveteurs de rester en contact avec le navire.

— Oui, répondit Mycelle en jetant une cape propre par-dessus ses vêtements souillés. Dépêchons-nous. Je connais le chemin du donjon ; mieux vaudrait que je passe la première pour m'assurer qu'il ne traîne pas d'importuns dans les couloirs.

Méric acquiesça.

— Allons-y. Rapidement et en silence, recommanda-t-il.

Mycelle prit la tête du petit groupe, suivie de près par Fardale. Méric et ses deux marins, les jumeaux Pyllac et Syllac, fermèrent la marche.

Aucun d'eux ne pipa mot tandis qu'ils descendaient des escaliers et enfilaient des couloirs pour gagner les niveaux inférieurs de la forteresse. À chaque croisement, Mycelle se portait en avant, puis faisait signe aux autres d'avancer ou de s'arrêter.

Si tard dans la soirée, les étages supérieurs étaient déserts ; les intrus les traversèrent à bonne allure. Mais plus ils approchaient du rez-de-chaussée et de l'accès aux sous-sols, plus ils croisaient de domestiques et de gardes aux paupières lourdes de fatigue, et plus ils devaient prendre de précautions pour ne pas être repérés.

Une dizaine de pas devant Méric, Fardale se faufilait dans l'ombre des murs. Mycelle franchit une intersection et leva la main en signe d'avertissement. Ses compagnons s'immobilisèrent tandis qu'elle continuait seule.

Au bout de quelques instants, Méric rejoignit Fardale sur la pointe des pieds et jeta un coup d'œil dans le couloir perpendiculaire. Au milieu de celui-ci, une douzaine de n'ains disputaient une partie de tasses et d'osselets. Ils occupaient toute la largeur du passage.

Mycelle s'approcha d'eux nonchalamment. Quelques mots furent échangés dans la langue des n'ains. Visiblement, Mycelle discutait avec les gêneurs pour les convaincre d'aller jouer ailleurs, mais sans succès. Elle finit par s'appuyer contre le mur en remuant une main derrière son dos.

Tenez-vous prêts à vous battre. Attendez mon signal.

D'un haussement d'épaules, Méric se défit de son paquetage, qu'il déposa prudemment sur le sol. Puis il dégaina son épée et se concentra pour faire couler la magie dans ses membres. Les el'phes pouvaient se mouvoir à la vitesse de l'éclair pendant un court laps de temps. Méric se souvenait de son duel contre Kral dans les tunnels souterrains des gobelins des roches. Il lui semblait qu'une vie entière s'était écoulée depuis lors.

Derrière lui, les deux marins encochèrent des carreaux dans leurs arbalètes tandis que Fardale se ramassait sur lui-même, les crocs découverts.

Plus loin dans le couloir, Mycelle s'écarta du mur, et deux épées apparurent dans ses mains comme si elle venait de les conjurer par magie. Elle les planta dans la gorge des deux n'ains les plus proches et leur imprima une légère rotation. Du sang gicla sur le mur.

Choqués, les autres n'ains mirent un moment à réagir. Puis ils poussèrent un rugissement outré.

Abandonnant ses épées, Mycelle plongea sur le côté et roula sur elle-même. La lumière des torches fit étinceler deux lames dans ses mains. La première dague alla se ficher dans l'œil d'un n'ain qui tenait une poignée de pièces. Morceaux de cuivre et d'argent tombèrent en pluie pendant que leur propriétaire basculait en arrière et mourait avant que sa tête touche le sol. La seconde dague fila tout aussi droit et un autre n'ain s'écroula, lâchant sa tasse qui roula sur la pierre.

Méric fut impressionné. Quatre victimes en l'espace d'autant de battements de cœur. De toute évidence, la guerrière s'habituait à se battre sous cette forme encombrante.

Mais à présent, elle ne bénéficiait plus de l'avantage de la surprise. Les huit autres n'ains dégainèrent leurs armes et se levèrent d'un bond. Mycelle fonça vers l'autre bout du couloir pour les entraîner à sa suite. Les mains vides, elle fit signe à ses compagnons.

Profitant de ce que les n'ains leur tournaient le dos, Méric chargea en brandissant son épée. Il s'engouffra dans le couloir tel un éclair argenté. Deux gardes s'écroulèrent, abattus par les carreaux empoisonnés des jumeaux. Un troisième succomba à une attaque foudroyante de Méric : deux coups d'estoc en succession rapides pour transpercer ses cœurs, plus une magnifique entaille en travers de la gorge. D'un coup de pied, l'el'phe renversa son cadavre sur les osselets épars.

À présent, le couloir était jonché de corps, et la véritable mêlée pouvait s'engager – à cinq contre cinq.

Fardale renversa un n'ain aux membres épais et lui déchiqueta la gorge avec ses crocs. Méric détourna les yeux.

Les jumeaux encochèrent deux autres carreaux, mais la bataille faisait déjà rage. Travaillant en équipe, ils visèrent un n'ain qui s'éloignait à toutes jambes, sans doute pour donner l'alarme. Deux traits couronnés par de petites plumes se plantèrent entre ses omoplates. Il continua à courir jusqu'à ce que les battements frénétiques de ses cœurs répandent le poison dans tout son corps. Alors, il trébucha et tomba à genoux, puis s'écroula face contre terre.

Méric esquiva une hache qui tentait de le décapiter. La lame siffla au-dessus de sa tête. Il se releva aussitôt en détendant son bras droit. La pointe de son épée s'enfonça dans l'entrejambe du n'ain et poursuivit sa trajectoire montante. Bougeant plus vite que l'œil humain ne pouvait le suivre, Méric tira sur la poignée de son arme, fendant le ventre de son adversaire de bas en haut. Un enchevêtrement d'intestins et d'organes se répandit sur le sol de pierre.

Méric s'écarta d'un bond. Le n'ain était toujours vivant. Il tituba vers lui en brandissant sa hache. Mais ses propres boyaux le trahirent. Il glissa dans une flaque de sang et s'étala de tout son long. Il eut beau se tortiller, il ne parvint pas à se relever.

Pivotant, Méric vit Fardale mordre le jarret d'un autre n'ain qui s'écroula, le tendon sectionné. Les jumeaux, qui avaient abandonné leurs arbalètes peu pratiques en combat rapproché, se jetèrent sur lui pour l'achever avec leurs dagues.

Méric pivota de nouveau. Plus loin dans le couloir, il vit le dernier – et le plus gros – des n'ains se rapprocher de Mycelle toujours désarmée. La guerrière recula vers le mur du fond et leva les bras, prête à se battre à mains nues contre une hache.

Méric voulut conjurer sa magie, mais ses membres étaient de plomb. Il ne lui restait pas de vitesse-éclair en réserve.

— Mycelle ! appela-t-il.

Mycelle fléchit les genoux, cherchant une faiblesse dans la défense de son adversaire. Elle le détailla rapidement. Le n'ain maniait sa hache d'une main experte. L'arme, qu'il tenait de façon parfaitement équilibrée, était surmontée par une pointe métallique cruelle, assez longue pour empaler une personne de petite taille.

Mycelle serra un poing. Si elle parvenait à le maintenir à distance assez longtemps, ses compagnons viendraient peut-être à son secours.

Tandis qu'elle étudiait le n'ain, un brise-lame apparut dans l'autre main de celui-ci : une longue dague couverte d'entailles, conçue pour immobiliser et rompre les armes adverses. Mais ce soir, il n'y avait pas d'arme adverse à neutraliser. La pointe effilée et la lame à un seul tranchant causeraient suffisamment de dégâts.

Le n'ain fit rouler la dague dans sa paume avec toute l'aisance d'un cuisinier manipulant une cuiller. Contrairement au garde sur la terrasse, il ne commettait pas l'erreur de sous-estimer Mycelle. Il s'approcha pour lui porter le coup de grâce avec autant de prudence que de détermination.

Mycelle entendit Méric l'appeler depuis l'autre bout du couloir, mais elle savait que l'el'phe ne pourrait pas la rejoindre à temps.

— Prépare-toi à mourir, traîtresse, gronda le n'ain comme s'il mâchait des cailloux.

Mycelle plissa les yeux et se tendit. Elle savait pourtant que la bataille était perdue d'avance. Non seulement elle n'avait pas d'arme, mais elle était épuisée et tremblante d'avoir passé toute la nuit à se battre.

Le n'ain se jeta sur elle pour l'attaquer simultanément avec sa hache et sa dague. Mycelle fit un pas en avant et pivota, tentant de passer sous sa garde, mais son adversaire ne se laissa pas berner aussi facilement. La pointe de sa dague érafla le flanc de Mycelle, la forçant à revenir sur la trajectoire de la hache qui s'abattait vers elle. Prise en tenaille, la guerrière comprit qu'elle était fichue.

Elle se plia en deux afin de recevoir le coup sur l'épaule, priant pour que la lame se contente de l'entailler sans la mutiler. Mais le coup ne vint jamais.

Il y eut un fracas de métal s'écrasant sur de la pierre.

En levant les yeux, Mycelle vit un bras jaillir du mur – un bras de granit ! Des doigts noirs avaient saisi le manche de la hache et arrêté sa descente.

— Écarte-toi, Mycelle, chuchota à son oreille une voix provenant du mur. À moins que tu souhaites mourir…

Elle reconnut aussitôt ce ton sarcastique.

— Tyrus ?

— Écarte-toi, métamorphe !

Même si elle ne comprenait pas ce miracle, Mycelle obtempéra, plongeant sur le côté pour se soustraire à la menace de la hache. Trop choqué pour réagir, son agresseur la laissa faire.

Quelques pas plus loin, Mycelle se retourna. Le n'ain tirait sur son arme, tentant de la dégager de l'étreinte granitique de Tyrus. Non seulement il n'y parvenait pas, mais plus il s'acharnait, plus il attirait vers lui la silhouette noire du prince.

Il l'attaqua avec sa dague, passant le bras derrière le dos de Tyrus dans l'intention manifeste de lui transpercer un rein, mais la lame se brisa sur la pierre. Tyrus sourit et sortit son autre bras du mur. Dans sa main, il tenait une épée longue formée de la même substance que ce dernier.

Son sourire se mua en rictus. D'un geste vif, il empala le n'ain.

— Ça, c'est pour Château Mryl ! s'exclama-t-il en dégageant son arme pour frapper de nouveau. Et ça, c'est pour mon peuple.

Lorsqu'il eut totalement émergé à l'air libre, la magie du Mur le quitta ; sa chair dure et noire redevint molle et pâle.

Nu, il retira son épée des tripes du n'ain. Les doigts épais de la créature laissèrent échapper sa hache. Saisissant son épée de granit à deux mains, Tyrus l'arma au niveau de sa hanche et porta un coup en diagonale remontante dans lequel il mit toute la force de son enviable musculature. La lame sectionna proprement le cou du n'ain ; sa tête grosse comme une citrouille jaillit et alla heurter un mur contre lequel elle rebondit.

Tyrus se redressa sans lâcher son épée.

— Et ça, c'était pour mon père, dit-il au corps décapité comme celui-ci basculait en arrière.

Mycelle s'approcha prudemment. Le prince tremblait de douleur et de colère.

— Nous sommes venus vous sauver.

— Qui, « vous » ?

Du menton, elle désigna ses compagnons qui se dirigeaient vers eux.

— Vous devez vous souvenir de Méric ; vous l'avez rencontré sur les quais de Port Rawl.

Tyrus acquiesça.

— Un des alliés de la sor'cière. Celui qui était brûlé.

— J'ai récupéré depuis, ironisa Méric en rengainant son épée pour présenter les jumeaux.

Tyrus tapota l'échine du loup qui lui poussait la main avec son museau.

— Toi aussi, c'est bon de te revoir, Fardale. (Puis il pivota vers ceux qui l'entouraient et s'inclina légèrement.) Bienvenue dans ma demeure. Bienvenue à Château Mryl.

Mycelle fut surprise par la dignité que le prince parvenait à dégager, même nu comme un ver. Méric lui rendit son salut et lui expliqua – pendant que la guerrière rebroussait chemin vers les cadavres des n'ains afin de récupérer ses armes – que l'*Aile des Tempêtes* les attendait dehors. En revenant, Mycelle demanda :

— Et les autres ? Mogweed, Kral, Nee'lahn ?

Tyrus s'empara de la cape d'un des morts et la drapa sur ses épaules.

— Ils sont dans le donjon. Je vais vous conduire à eux. Grâce à votre navire aérien, nous disposons désormais d'un moyen de fuite.

Il fit mine de s'éloigner.

Mycelle scruta le mur lisse dont il avait jailli. Il le remarqua et s'immobilisa.

— Un don supplémentaire accordé à la famille royale par le Mur.

Mycelle ne comprenait pas vraiment, mais elle hocha la tête. Les explications devraient attendre un autre jour.

Grâce à la capacité de Tyrus de se fondre dans le granit pour surprendre les gardes, le petit groupe ne mit pas longtemps à gagner le donjon. Mycelle ouvrit la porte de la cellule.

Kral fut le premier à sortir. Il dévisagea les nouveaux venus, les yeux écarquillés.

— Méric ?

Le seigneur el'phe le salua de la tête.

— Ça faisait longtemps, homme des montagnes.

Mogweed fut le suivant. Il avait passé un bras sous les aisselles de Nee'lahn pour la soutenir. Fardale le poussa du museau en gémissant. Mogweed lui répondit brièvement, car il peinait sous le poids de la nyphai.

— Elle s'affaiblit, expliqua-t-il. Nous devons la ramener dans la forêt. Laissons cet endroit maudit aux n'ains.

— Non, contra Mycelle. Pas avant d'avoir découvert l'emplacement du portail du Weir – le griffon.

Tyrus fronça les sourcils.

— Le portail du Weir ? J'ignore tout de cette chose, mais je sais que le griffon a regagné son perchoir dans le Nord.

— À la Citadelle, ajouta Kral. Nous devons nous rendre là-bas !

Mycelle acquiesça.

—Et c'est ce que nous allons faire. Venez. L'*Aile des Tempêtes* nous attend en haut. Je vous expliquerai en route. Il faut détruire le griffon.

—Attendez, dit Méric, qui regardait la nyphai.

Il se battit contre les courroies de son encombrant paquetage et plongea la main à l'intérieur. Il en sortit un objet enveloppé d'un carré de velours qu'il déplia, révélant un instrument familier : un luth au bois tellement lustré qu'il semblait briller de sa propre lumière intérieure. Comme il le tendait à Nee'lahn, des paillettes d'or scintillèrent parmi les motifs tourbillonnants du grain sombre.

—Je crois que ceci t'appartient, chuchota Méric, un genou en terre.

Les doigts tremblants, Nee'lahn accepta son luth perdu. C'était comme si on venait de lui rendre un membre sectionné. Elle poussa un soupir de bien-être lorsque le bois tiède toucha sa peau comme les rayons du soleil après une interminable nuit. Elle caressa l'instrument, perçut les vestiges de l'esprit qui l'habitait. Portant le luth à ses lèvres, elle l'embrassa avec douceur. *Mon bien-aimé,* murmura-t-elle en silence, son souffle effleurant le bois.

Elle leva vers Méric des yeux remplis de larmes.

—Merci.

Déjà, la vitalité regagnait ses membres. Elle était de nouveau capable de tenir debout seule. Deux moitiés venaient d'être réunies pour ne plus former qu'un tout.

—Il faut y aller, rappela Tyrus. Les cadavres seront bientôt découverts. Nous devons partir avant que le château s'éveille.

Ils libérèrent rapidement les prisonniers des cellules voisines : deux bûcherons malchanceux que les pillards avaient capturés pour les manger. Malheureusement, l'homme sans jambes fut retrouvé mort : il avait rongé sa langue et finit par s'étouffer avec son propre sang.

— Pauvre bougre, lâcha tristement Nee'lahn.

À partir de là, les compagnons ne dirent plus rien : ils se contentèrent d'avancer, rebroussant chemin à travers la salle des gardes et remontant vers le rez-de-chaussée. Tyrus et Mycelle ouvraient la marche, suivis par Méric et Nee'lahn. Les autres demeuraient un peu en arrière.

Dans un coin de la salle des gardes, Kral retrouva l'équipement dont les n'ains les avaient délestés. Ainsi récupéra-t-il sa hache, et Tyrus l'épée de sa famille.

Ils gravirent de nombreux escaliers, enfilèrent une multitude de couloirs et franchirent presque autant de croisements. Tyrus connaissait le château comme sa poche ; il guidait ses compagnons sans hésiter, coupant parfois à travers une pièce pour ressortir dans un passage adjacent. Leur route décrivait maints tours et détours à travers ce labyrinthe de granit.

Au début, ce fut à peine si Nee'lahn le remarqua. Elle ne se souciait que du luth qu'elle serrait contre sa poitrine. La tiédeur de l'instrument l'imprégnait jusqu'à la moelle et se communiquait à ses membres. Sa vue devenait plus perçante, ses sens plus affûtés. C'était comme si elle se réveillait après un long sommeil.

Arrivé au sommet d'un escalier en colimaçon, Tyrus s'immobilisa pour laisser les autres le rejoindre.

— Nous ne sommes plus très loin, lança-t-il par-dessus son épaule pour les encourager. Encore quatre étages.

Puis il entraîna ses compagnons dans une immense pièce aux murs couverts de fresques : une salle de bal abandonnée.

Comme Nee'lahn emboîtait le pas au prince, elle sentit la magie vibrer en elle – assez fort pour faire trembler ses jambes. Elle trébucha sur le seuil de la pièce.

— Quelque chose… quelque chose arrive, balbutia-t-elle.

Ces mots avaient à peine quitté sa bouche qu'un hurlement s'éleva depuis le bas de l'escalier. Mycelle et Tyrus rebroussèrent chemin vers la nyphai.

— Qu'est-ce que c'est ? s'enquit Méric en dégainant une épée longue à la lame très mince.

La réponse leur parvint bien assez tôt. Mogweed et Fardale jaillirent de la cage d'escalier obscure comme s'ils avaient le diable aux trousses.

— Des n'ains ! (Mogweed fit une embardée et s'arrêta à l'entrée de la salle de bal.) Kral les tient en respect tout en se repliant, mais les deux bûcherons ont été abattus par des flèches. Et un des jumeaux a reçu un trait dans l'épaule.

— Tout le monde à l'intérieur ! aboya Tyrus en désignant l'immense pièce. Nous allons barrer la porte, essayer de les ralentir suffisamment pour nous permettre d'atteindre le navire.

Il empoigna l'un des battants et tira dessus tandis que Mycelle en faisait autant avec l'autre.

Quelques instants plus tard, les jumeaux apparurent au sommet des marches. L'un d'eux s'appuyait lourdement sur son frère ; un empennage garni de plumes dépassait de son épaule ensanglantée. Des bruits de combat – rugissements furieux et fracas métallique – montaient depuis les niveaux inférieurs.

— Fermez la porte ! cria Mogweed, en reculant à l'intérieur de la salle de bal.

Mais Mycelle laissa le second battant entrebâillé.

— Pas avant que Kral soit là !

Tyrus se tenait prêt, la barre dans les mains. Méric rejoignit les deux autres el'phes pour aider à soutenir le blessé.

Soudain, Kral fit irruption dans la pièce, le regard fou et le souffle court. Il était couvert de sang et de tripes de la tête aux pieds.

Nee'lahn hoqueta et recula en titubant. Il lui fallut un moment pour reconnaître leur compagnon. L'espace d'un bref instant, elle avait cru voir un monstre. Elle cligna des yeux pour chasser cette image tandis que Mycelle claquait la porte et que Tyrus mettait la barre en place.

— Vite ! ordonna le prince du château. On sort de l'autre côté !

Méric et les blessés passèrent les premiers.

Comme Nee'lahn s'apprêtait à les suivre, elle prit conscience que l'étrange vibration dans sa poitrine n'avait pas diminué. Bien au contraire, elle ne cessait d'empirer.

— Attendez ! glapit la nyphai.

Tous les regards se tournèrent vers elle.

Méric pivota tandis que les jumeaux continuaient à se traîner vers la sortie.

— Que… ?

Derrière Méric, les battants de pierre explosèrent, projetant des éclats de granit dans la pièce et renversant le seigneur el'phe.

Ses deux marins n'eurent pas autant de chance. Le blessé reçut un coup en pleine figure et bascula en arrière, le nez en miettes. Son frère fut touché à la jambe ; ses os frêles se brisèrent sous l'impact et il s'écroula.

Méric roula sur lui-même et voulut se porter à leur secours. Mycelle et Tyrus accoururent, l'arme à la main. Kral et Fardale montaient la garde près de la porte barrée, en compagnie de Nee'lahn et de Mogweed.

— Non ! cria la nyphai derrière l'épaule du montagnard.

Au travers d'une fumée jaunâtre à l'odeur de soufre, deux silhouettes entrèrent dans la pièce. Nee'lahn reconnut le capitaine Brytton et un autre visage bien plus familier, même si elle ne l'avait pas vu depuis longtemps : celui du roi Ry.

Mais lorsque celui-ci prit la parole, il devint évident que seul son corps était là. Son esprit, lui, avait disparu.

— Il est temps d'annoncer l'ouverture du bal, déclara-t-il d'une voix aiguë et sifflante, fort mal assortie à son apparence guerrière. (D'un ample geste, il désigna la salle vide.) Mais où sont les ménestrels et les danseurs ?

— C'est votre père ! hoqueta Mycelle en baissant son épée.

— Non, répliqua Tyrus en levant la sienne plus haut. Plus maintenant.

— Ainsi, je vois que le petit prince s'est réveillé. (Le roi Ry écarta les bras.) Viens à moi, mon fils.

Et il éclata de rire.

Tyrus cracha. Sa salive décrivit un arc dans les airs et frappa le souverain possédé en pleine figure.

La démone ne prit pas la peine de s'essuyer.

— Est-ce une façon de saluer ton géniteur ?

Tandis que la salive de Tyrus coulait dans sa barbe blanche, elle s'avança en exsudant des ténèbres huileuses, révélant sa véritable nature. Elle s'interposa entre les deux frères el'phes prostrés sur le sol. Des tentacules noirs sortirent du bout de ses doigts en se tortillant comme des serpents.

La magie intérieure de Nee'lahn palpitait au rythme des énergies ténébreuses qui avaient envahi la pièce. Elle les reconnaissait. *Douce Mère, non !* songea la nyphai. À présent, elle savait quel genre de créature avait pris possession du roi Ry.

Les serpents de ténèbres se tendirent brusquement pour mordre les jumeaux. À l'instant où ils les touchèrent, les deux el'phes arquèrent le dos et ouvrirent la bouche en un cri d'agonie silencieuse.

Tyrus et Mycelle se précipitèrent, mais une légion de n'ains armés jusqu'aux dents fit irruption dans la pièce et leur barra le chemin.

À terre, les jumeaux se tordaient de douleur. Lentement, leur peau s'affaissait sur leurs os ; leur corps se recroquevillait sur lui-même et leur squelette se déformait tandis que les ténèbres aspiraient leurs forces vitales. Quelques instants plus tard, il ne restait d'eux que des coquilles desséchées gisant sur le granit.

Le plaisir illuminait le visage du roi Ry et une lumière malsaine brillait dans ses yeux. Comme le souverain faisait un pas vers eux, Mycelle tira Tyrus en arrière.

— Je connais cette créature. C'est l'un des Sinistreurs, les spectres de la Forêt Noire.

Face à eux, les ténèbres bouillonnantes continuaient à se déverser. Elles avaient goûté le sang des deux el'phes et elles en voulaient davantage. Bientôt, la véritable apparence de la démone se superposa à l'image du roi – un fragment de nuit cruel et affamé.

Nee'lahn savait qu'elle devait agir ; sans quoi, ses compagnons et elle seraient détruits. Elle contourna le large dos de Kral.

— Laisse-nous passer ! lança-t-elle à l'apparition.

Un visage à l'expression dédaigneuse se tourna vers elle.

— Qui essaie de me donner des ordres d'une voix aussi douce ?

Nee'lahn s'avança en levant son luth. L'instrument se plaça de lui-même dans ses mains. Un des ongles de la nyphai toucha une corde, et une note ténue résonna dans la pièce avec un effet dévastateur.

La silhouette du roi Ry partit en arrière, comme si son ombre vive avait été repoussée par une violente bourrasque. Un hurlement s'éleva des ténèbres : le cri familier des Sinistreurs.

— Tu sais qui je suis, n'est-ce pas ? demanda Nee'lahn en pinçant une seconde corde. Tu connais la magie du bois, le pouvoir de la chanson sylvestre.

La démone pivota vers le capitaine de la garde.

— Vous avez amené une nyphai ici ! Comment avez-vous pu faire ça, pauvre imbécile ?

Le capitaine Brytton secoua la tête.

— Impossible. Les nyphai sont toutes mortes.

— Pas toutes, visiblement ! Il en reste au moins une ! (Un doigt accusateur désigna Nee'lahn.) Abruti !

Nee'lahn continua à avancer, ses doigts dansant sur les cordes du luth. Notes et accords se répercutèrent sur les murs alentour.

Le spectre gémit de nouveau.

— J'ignore qui tu es, dit Nee'lahn, mais tu ne sers pas le bon maître. As-tu oublié la chanson de la Sylve Primordiale ?

Ses doigts conjuraient des souvenirs de végétation foisonnante, de fleurs pourpres, de lucioles et de colibris.

— Non !

Le spectre s'arracha au corps qu'il possédait et battit en retraite. Redevenu une coquille vide, le roi Ry s'effondra.

— Souviens-toi, dit Nee'lahn sur un ton pressant en suivant la créature. Souviens-toi de qui tu es !

— Non !

Le spectre hurla avec la voix aiguë d'un enfant et recula à travers les rangs des n'ains, ouvrant un sillage de destruction sur son passage. Tous les gardes qu'il touchait tombaient raides morts. Voyant cela, d'autres paniquèrent et s'enfuirent à toutes jambes de la salle de bal.

« *Je t'ordonne de te souvenir !* » chanta Nee'lahn, ajoutant sa voix à celle du luth.

Le gémissement mourut. Une petite voix effrayée s'éleva des lambeaux de ténèbres vivantes qui s'étaient immobilisés près de la porte.

— Je… je ne peux pas…

Puis le Sinistreur s'enfuit, laissant derrière lui l'écho de son cri.

Visiblement effrayé par la magie à l'œuvre dans la pièce, le capitaine Brytton donna le signal de la retraite et sortit à reculons, ralliant ses troupes diminuées.

Mycelle s'élança pour regarder dans le couloir.

— Ils se regroupent au prochain croisement. Il faut sortir tout de suite avant qu'ils retrouvent le courage de nous attaquer.

Un tintement d'acier sur de la pierre attira l'attention de Nee'lahn vers le seigneur Tyrus. Celui-ci était penché au-dessus du corps de son père, l'épée à la main. Détachée de son cou, la tête du roi Ry roula sur le côté.

— Cette démone ne fera plus jamais son nid dans le corps de mon père.

Mogweed et Fardale rejoignirent Mycelle près de la porte.

— Allons-y, supplia Mogweed.

Kral voulut entraîner Tyrus vers la sortie.

— Plus tard, vous aurez tout le temps de l'enterrer et de prier pour le repos de son âme, lui promit-il.

— Il n'y a pas de sang, dit Tyrus d'une voix atone, en désignant le cadavre avec son épée.

Nee'lahn se plaça de l'autre côté du prince.

— Il était mort depuis longtemps. Un simple calice vide pour… pour…

Tyrus la regarda avec des yeux aussi durs que du granit.

— Quoi ? Tu en sais plus que tu en dis !

Nee'lahn serra son luth contre sa poitrine en un geste protecteur.

Méric vint à son secours :

— Laissez-la, seigneur Tyrus. Nous pourrons discuter de tout cela à loisir quand nous serons loin d'ici.

Mycelle acquiesça et leur ordonna de la suivre. Elle s'élança dans la direction opposée à celle où les n'ains se regroupaient. Ses compagnons l'imitèrent dans le plus grand désordre.

— Je connais le chemin à partir d'ici, jeta-t-elle par-dessus son épaule. (Tout en courant, elle sortit une pièce de sa poche et la porta à ses lèvres.), Xin, entends-moi !

Nee'lahn n'entendit pas de réponse, mais dix pas plus loin, Mycelle trébucha et s'arrêta au sommet d'un nouvel escalier en colimaçon. Au bout de quelques secondes de silence, elle baissa la main. Ses doigts étaient tellement crispés sur la pièce que leurs articulations avaient blanchi.

La guerrière pivota vers ses compagnons.

— Il y a un problème. L'*Aile des Tempêtes* a été découverte ; elle a dû rompre ses amarres et fuir. En ce moment même, la terrasse supérieure grouille de n'ains. Encore un piège.

Méric pinça ses lèvres fines.

— Qu'allons-nous faire ? Nous ne pouvons pas monter. Nous ne pouvons pas revenir sur nos pas.

Personne ne dit rien.

Finalement, Nee'lahn déclara :

— Alors, il faut descendre. (Elle désigna les escaliers qui s'enfonçaient dans les entrailles du château, puis se tourna vers le seigneur Tyrus.) Le passage secret que vous avez mentionné dans la cellule. Conduisez-nous là-bas.

— Mais il mène vers la Forêt Noire. Tu as dit toi-même que l'emprunter serait pur suicide.

— Plus maintenant. (Nee'lahn brandit son luth.) Une voie vient de s'ouvrir.

— Comment ?

Elle secoua la tête.

— Conduisez-nous là-bas, répéta-t-elle.

Indécis, Tyrus se mordit les lèvres. Il dévisagea la nyphai en plissant les yeux, comme s'il se méfiait d'elle.

Derrière eux, un rugissement résonna dans le couloir. Les forces du capitaine Brytton.

— Ils arrivent ! s'exclama Mycelle.

Les sourcils froncés, Tyrus se dirigea vers l'escalier.

— Très bien. Par ici, dit-il en dévalant les marches deux à deux.

Mogweed courait derrière Nee'lahn. Nul besoin de magie pour percevoir la tension qu'exsudait la frêle nyphai. Ses bras serraient son luth contre sa poitrine, et son visage – quand le métamorphe l'apercevait – était livide. Aiguillonné par les cris tonitruants des n'ains, Tyrus menait un train d'enfer, et Nee'lahn avait beaucoup de mal à le suivre.

Méric la rejoignit et lui prit le coude pour l'empêcher de tomber.

— Tu n'es pas obligée de faire ça, chuchota-t-il pour ne pas que les autres l'entendent.

— Nous n'avons pas d'autre solution.

— Il n'est pas trop tard. Nous pourrions essayer de nous frayer un chemin à travers le campement des n'ains. Si nous parvenions à atteindre la forêt des Contrées du Couchant...

— Nous ne pouvons pas revenir en arrière. Tu as vu ce qui possédait le roi Ry.

— Un des Sinistreurs.

Nee'lahn jeta un regard dur à Méric.

— Tu connais la vérité aussi bien que moi.

L'el'phe baissa les yeux.

— Peux-tu les contrôler ? La chanson du luth suffira-t-elle à les enchanter assez longtemps pour nous permettre de traverser la Forêt Noire ?

— Je le crois. Les souvenirs ont un grand pouvoir. Ou elles fuiront, ou elles se laisseront envoûter. Dans les deux cas, elles devraient nous laisser tranquilles.

— Mais... et celle qui possédait le roi Ry ? Il ne restait pas la moindre trace de folie en elle. Bien que clairement sous l'emprise du Seigneur Noir, elle était lucide, calculatrice.

Nee'lahn secoua la tête.

— Le Gul'gotha a dû trouver un moyen de défaire les dommages subis. Mais je ne comprends toujours pas pourquoi elle le sert.

Soudain, Méric eut une illumination. Il se remémora l'épreuve qu'il avait subie sous l'ancienne forteresse de Ruissombre.

— Elle a dû être forgée, changée en malegarde, comprit-il.

Nee'lahn fronça les sourcils. Elle ne comprenait pas.

— Si le Cœur Noir peut utiliser sa magie ténébreuse pour plier à sa volonté l'esprit et le pouvoir immaculés d'un élémental, il est possible que cette fois, son feu obscur ait purifié ce qui avait déjà été corrompu et qu'il ait rendu sa santé mentale à la… démone, explique Méric.

Nee'lahn pâlit encore.

— S'il a pu le faire, à elle…

— … il pourrait le faire au reste de la horde, acheva Méric.

Nee'lahn se mit à trembler.

— Il ne faut surtout pas que ça arrive. Je préférerais les voir toutes détruites plutôt que tournées contre le reste du monde.

Méric attira la nyphai sous son bras.

— Nous ne le permettrons pas.

Nee'lahn se laissa aller contre lui.

Plus bas, Tyrus ordonna une halte entre deux étages. Il posa sa main sur le mur le plus proche et ferma les yeux. Puis il poussa, et tout un pan de maçonnerie pivota – une porte dissimulée. Le prince saisit une torche dans un porte-flambeau.

— Par ici ! Nous ne sommes plus très loin.

Il franchit le seuil en baissant la tête et referma derrière les autres avant de poursuivre son chemin.

Méric et Nee'lahn le suivirent. Face à eux s'étendait un passage long, étroit et parfaitement rectiligne. Ils s'y engouffrèrent derrière la lumière vacillante de la torche. Une éternité leur parut s'écouler avant qu'ils arrivent au bout, devant un autre mur de granit lisse. Un cul-de-sac.

Tandis que ses compagnons se rassemblaient autour de lui, Tyrus s'agenouilla pour ramasser quelque chose qui scintillait sur le plancher. Il pivota en tenant l'objet d'une main tremblante. C'était un simple cercle d'or, dépourvu d'ornement à l'exception d'une étoile de granit grosse comme un pouce.

Mycelle l'identifia aussitôt.

— La couronne, chuchota-t-elle respectueusement. La couronne de Château Mryl.

— La couronne de mon père, acquiesça Tyrus en regardant le mur. Il est venu ici.

— Après la chute de la forteresse, il a dû tenter de s'enfuir. Un dernier acte désespéré.

Mycelle secoua tristement la tête.

Les yeux du prince se remplirent de larmes.

— Mais il a échoué. (En agrippant la couronne, il se tourna vers Nee'lahn.) De l'autre côté de ce mur s'étend la Forêt Noire. Tout à l'heure, tu as dit que tu connaissais la raison pour laquelle ce passage secret avait été construit. Je veux savoir pourquoi. Mon père a emprunté ce chemin, et il l'a conduit à la mort… et pire. Pourquoi devrions-nous te faire confiance aujourd'hui ?

Nee'lahn se concentra sur le plancher.

Méric lui pressa le coude.

— Dis-lui.

— Ouvrez la porte, et je vous raconterai tout.

Mogweed se rapprocha craintivement.

— Ce n'est pas dangereux ?

— Tant que j'aurai mon luth, il ne nous arrivera rien.

Tyrus hésita, puis glissa la couronne à l'intérieur de sa cape et pivota vers le mur. Il posa sa main libre dessus. En l'espace de quelques instants, ses doigts devinrent aussi noirs que le granit, dans lequel ils s'enfoncèrent. Méric regarda le prince se concentrer, remuant le bras comme s'il manipulait quelque chose.

Il y eut un craquement sonore. Tyrus hoqueta et retira sa main du mur.

— La serrure était très vieille, se contenta-t-il de dire.

Il poussa de l'épaule. Une porte s'ouvrit vers l'extérieur. Brandissant sa torche, il franchit le seuil et sortit dans la nuit.

Les autres le suivirent, quittant le granit solide sous leurs pieds pour de la terre meuble.

La Forêt Noire s'étendait devant eux. Des troncs monstrueux s'élevaient très haut vers le ciel dissimulé par leurs branches tordues et dépourvues de feuilles. Des racines énormes, noueuses et saillantes, créaient un labyrinthe d'arches et de colonnades en écorce. Au-dessous d'elles foisonnaient des fougères cireuses et des buissons épineux.

Tout était silencieux. Pas un oiseau ne pépiait ; pas un insecte ne bourdonnait.

Tyrus se tourna vers Nee'lahn.

— Alors, quel est ce secret de la Forêt Noire que tu connais et que tu as promis de nous révéler ?

— Je les connais tous, répondit doucement la nyphai.

Elle s'avança, les yeux fixés sur les arbres, les joues baignées de larmes. Puis elle fit face à ses compagnons et, d'un large geste, désigna les bois titanesques qui les entouraient.

— Bienvenue chez moi. Bienvenue à Lok'ai'hera.

Les autres furent si choqués qu'ils mirent un moment à retrouver l'usage de la parole.

— Chez toi ? répéta Mycelle, incrédule.

Nee'lahn acquiesça.

— Et les spectres ? demanda froidement Tyrus. Les Sinistreurs ?

Nee'lahn contempla le bout de ses orteils.

— Ce sont les dernières représentantes de mon peuple.

Le prince s'avança vers elle avec un regard meurtrier, mais Mycelle le retint.

— Laissez-la parler.

— Jadis, commença Nee'lahn sur un ton morne, sans lever les yeux, bien avant l'arrivée des humains en ces contrées, nous avons tenté de remodeler la Terre, d'abattre les montagnes pour faire plus de place à la forêt. Mais un jour, le vent nous a apporté la redoutable Pourriture. Les arbres se sont flétris et racornis ; leurs feuilles sont tombées, et ils ont commencé à mourir. Les nyphai liées à eux n'ont pas été épargnées. Leur esprit a été corrompu en même temps que la chanson sylvestre, et elles sont devenues des spectres déments – les Sinistreurs, collectivement appelés « Sinistre de la Forêt Noire ».

— Mais pourquoi cela s'est-il produit ? interrogea Mycelle. D'où venait cette Pourriture ?

Nee'lahn jeta un regard d'excuse à Méric.

— Sur le coup, nous avons blâmé les el'phes, pensant qu'ils nous avaient trahies. Aujourd'hui, je sais que nous nous trompions. C'était une réaction de la Terre même pour contrecarrer notre tentative de briser l'ordre naturel. Nous étions devenues trop arrogantes et nous avons été punies pour cela. Le mal a rongé notre forêt jusqu'à ce qu'il n'en reste plus que cette petite sylve, ici, à la lisière nord.

— Et le reste des arbres contaminés ? s'enquit Mycelle avec douceur. Qu'est-il advenu d'eux ?

— Nous les avons brûlés, répondit Nee'lahn d'une voix étranglée. De notre propre main, nous avons mis le feu à tous ceux qui étaient malades, espérant éradiquer le fléau avant qu'il menace la dernière portion saine de la forêt. Pendant plusieurs lunes, de grands nuages de cendre ont dissimulé le soleil.

La nyphai s'essuya les yeux.

— Finalement, une végétation toute nouvelle a pris racine dans les terres incendiées ; des pousses vertes ont jailli de la cendre froide. Les Murs du Nord et du Sud se sont formés à cette époque, encerclant les Contrées du Couchant. Ainsi la Terre manifestait-elle sa volonté de protéger la forêt à laquelle nos feux avaient donné naissance. Et, au fil des siècles, celle-ci s'est développée conformément à ses vœux.

— Et votre propre sylve ?

— Nos efforts se sont révélés vains. Nous n'avons pas réussi à arrêter la Pourriture. Prisonniers derrière le Mur, nos arbres ont continué à périr jusqu'à ce que seul un minuscule bosquet subsiste encore au cœur de la sylve. Entre-temps, l'homme avait débarqué sur les rivages d'Alaséa. Le pouvoir des mages chyriques nous aidait à nous sustenter. Pendant des siècles, il a tenu la Pourriture et le Sinistre à distance.

» Puis le Chi a disparu de ces contrées, et nous nous sommes de nouveau retrouvées sans défense. La Pourriture est revenue menacer les derniers de nos arbres. Les spectres se sont enhardis. Le Mur du Nord est devenu le fief des Dro et de leurs rois, les alliés humains de la Terre chargés d'empêcher le Sinistre de pénétrer les Contrées du Couchant. Les dernières de mes sœurs se sont jointes à eux. (Nee'lahn jeta un coup d'œil à Tyrus.) D'où le passage secret sous le mur : c'est le fruit du pacte tacite conclu par nos deux peuples.

Elle se tourna vers la forêt.

— Un jour, il n'est plus resté qu'un seul arbre : le mien. Mon luth a été taillé dans son cœur. Les derniers vestiges de magie chyrique ont permis de transférer son esprit dans le bois de l'instrument, afin de le préserver contre la Pourriture et de me permettre d'arpenter les contrées d'Alaséa en quête d'un remède.

Mycelle toucha l'épaule de la nyphai.

— Je suis désolée, Nee'lahn.

Mais Tyrus ne semblait guère ému par cette histoire. Son regard demeurait sombre.

— Et ces fameux spectres, ces esprits corrompus de ton peuple… ils vont nous laisser passer sans nous chercher querelle ?

Nee'lahn brandit son luth.

— La pureté de la chanson sylvestre les maintiendra à distance.

Méric s'avança.

— Comme elle a mis en fuite la démone qui possédait votre père, Tyrus.

— Les spectres des nyphai ne peuvent supporter qu'on leur rappelle des souvenirs de la Sylve Primordiale, ajouta Nee'lahn. C'est trop douloureux pour eux. Ils ne s'approcheront pas de nous, je vous l'assure.

Le visage toujours aussi dur, Tyrus referma la porte du passage secret.

— Dans ce cas, allons-y, dit-il, en s'écartant du Mur pour s'enfoncer dans la forêt. Trouvons ce maudit griffon et rendons les terres du Nord à leurs habitants légitimes.

Kral grogna son assentiment.

Nee'lahn s'approcha du prince et lui toucha le coude.

— Je suis désolée pour votre père, prince Tyrus. Voici quinze hivers, c'est lui qui m'a ouvert cette même porte pour me permettre de gagner le Sud. Il savait que des événements terribles se préparaient, qu'un fléau encore plus maléfique que le Sinistre prenait racine dans le Grand Nord. C'était un brave homme.

Tyrus grommela quelque chose entre ses dents, mais ses épaules se détendirent légèrement.

Nee'lahn baissa la tête.

Méric la rejoignit, et ce fut en silence qu'ils franchirent la lisière de la ténébreuse Forêt Noire.

— Je sais que c'était dur, dit l'el'phe à la nyphai pour la consoler. Mais, par les temps qui courent, les secrets sont aussi dangereux que la magie. Seule la vérité nous libérera tous.

Nee'lahn eut un sourire las.

— Merci, Méric.

Au loin, un gémissement solitaire résonna à travers la forêt – un gémissement qui n'exprimait que faim et folie.

Flanqué de Fardale, Mogweed se rapprocha de ses compagnons.

— Contente d'être revenue chez toi, Nee'lahn ? demanda-t-il sur un ton aigre.

Méric le foudroya du regard.

Mais la nyphai ne semblait pas avoir entendu. Levant son luth, elle commença à jouer une mélodie lente, aussi hantée que les bois alentour. D'un pas glissant, elle prit la tête du petit groupe et s'enfonça dans l'obscurité de la Forêt Noire.

LIVRE TROIS

SABLES BRÛLANTS

8

Sur le pont de la Fureur de l'Aigle, Joach étudiait le terrain en contrebas. Le soleil cognait impitoyablement, et nulle part on ne pouvait échapper à la chaleur. Comme le lui avaient appris les marins el'phes, Joach portait un foulard plié sur sa tête pour se protéger le visage et le cou. Planté au milieu du navire aérien, il regardait par-dessus le bastingage.

Le paysage que survolait la *Fureur de l'Aigle* n'était qu'une étendue désolée de sable et de roche. Des canyons profonds et des mesas recuites par le soleil s'entrecroisaient sous la quille du puissant vaisseau el'phique. Cette région connue sous le nom de « Collines Effritées » marquait la transition entre l'extrémité sud des Dents et les dunes sans fin du Désert de Sable. Peu de gens vivaient parmi ses escarpements et ses falaises à demi éboulées. La nuit, parfois, on apercevait les feux d'un campement – en général, une caravane de marchands de soie qui ne faisait que passer. Les seuls véritables autochtones étaient les géants au front proéminent qui arpentaient ces collines ; le jour, ils se tapissaient au fond de leurs cavernes, à l'abri du soleil, et ne sortaient chasser qu'au crépuscule.

Derrière lui, Joach entendit un gloussement ravi. Il pivota. Sous l'ombre des voiles, la tueuse Kesla jouait avec une fillette. Toutes deux étaient à genoux, penchées au-dessus d'un tas de bâtonnets qu'elles prélevaient un à un en s'efforçant de ne pas déranger les autres.

Le nez de Kesla touchait presque la pile. Ses doigts saisirent un bâtonnet et lui imprimèrent une infime secousse pour le dégager. Soudain, sa main trembla, et toute la pile s'écroula.

Face à Kesla, l'enfant battit des mains avec délice et éclata de rire.

— J'ai gagné, j'ai gagné !

Kesla se redressa.

— Tu es beaucoup trop douée pour moi, petite fleur.

La fillette se redressa et se jeta à son cou. Kesla lui rendit son étreinte et se releva souplement en la portant dans ses bras. En pivotant, elle vit que Joach l'observait. Son sourire se figea sur ses lèvres.

Elle serra une dernière fois l'enfant contre elle, puis la posa sur le pont et lui tapota le dos.

— Sheeshon, pourquoi tu n'irais pas trouver Hunt ? Dis-lui de te trouver une friandise pour te récompenser d'avoir gagné.

La fillette acquiesça vigoureusement et s'enfuit à toutes jambes, ses longs cheveux noirs flottant derrière elle tel un étendard.

Les sourcils froncés, Joach la regarda disparaître par l'écoutille située à la poupe. Même si elle était née parmi les Dre'rendi, Sheeshon possédait les caractéristiques physiques d'une mer'ai : doigts et orteils palmés, paupières internes opaques. Joach était toujours mal à l'aise qu'une enfant aussi jeune les accompagne dans cette quête périlleuse. Mais elle était inséparable de Hunt, le fils du haut maître de quille. Apparemment, tous deux partageaient un lien étrange fait de magie et de vieux serments.

— C'est ma protégée, avait déclaré Hunt sur un ton ferme en montant à bord. J'ai juré à son grand-père de veiller sur elle.

Kesla s'agenouilla et entreprit de ramasser les bâtonnets.

Joach s'approcha d'elle. Ils faisaient route vers le Mur du Sud depuis près d'un quart de lune, et c'était à peine s'il lui avait adressé deux mots depuis leur départ. La jeune fille leva les yeux vers lui. Ses iris violets étincelèrent dans la lumière du jour, transperçant le cœur de Joach.

Le jeune homme déglutit et se détourna. Il avait encore du mal à faire l'amalgame entre cette tueuse professionnelle et la fille de cuisine dénommée Marta. Comme son cœur s'était laissé berner facilement…

Kesla se racla la gorge.

— Tu ne veux pas essayer ? C'est plus difficile qu'il n'y paraît.

— Je n'ai pas de temps à perdre avec des jeux, répliqua froidement Joach.

Mais ses jambes refusèrent de bouger.

— C'est vrai que tu avais l'air très occupé à admirer le paysage, railla Kesla. Et puis, ce n'est pas un simple jeu. C'est un des exercices que la guilde utilise pour développer la dextérité de ses apprentis.

Joach se rembrunit.

— Autrement dit, un jeu d'assassins. Je ne veux même pas en entendre parler.

— Pourquoi ? Tu as peur que je gagne ? le taquina Kesla.

En se tournant vers elle, Joach vit qu'elle le regardait, un sourcil levé. Il hésita et sentit son cou s'empourprer. Brusquement, il se plaça de l'autre côté de la pile de bâtonnets et se laissa tomber à genoux.

— Jette-les !

Kesla ramassa les derniers morceaux de bois, les tint à deux mains et les tapota sur le pont pour les remettre droits, puis elle les lâcha d'un geste vif.

— Il faut choisir soigneusement, conseilla-t-elle à Joach. Tu dois en dégager un sans faire bouger les autres.

— Je sais comment ça se joue.

— Donc, tu nous espionnais.

Joach leva les yeux. La jeune fille pencha la tête sur le côté. Une tresse de cheveux dorée pendait sur une de ses épaules.

— Ce n'est pas bien sorcier, répliqua sèchement Joach.

— Parfois, les jeux les plus simples sont aussi les plus compliqués. Vas-y, commence.

Joach choisit un bâtonnet sur le dessus de la pile – un qu'il pensait pouvoir retirer sans déranger ceux du dessous. Parce qu'il lui manquait deux doigts à la main droite, il avança la gauche, vit qu'elle tremblait et la retira en serrant le poing. Il prit une profonde inspiration et l'avança de nouveau en se concentrant. Cette fois, il réussit à pincer le bâtonnet entre pouce et index et à le retirer proprement. Il se redressa.

— Et voilà !

— Très bien, chuchota Kesla.

Et elle se pencha à son tour vers la pile, qu'elle étudia les yeux plissés – de la droite, de la gauche, d'en haut et d'en bas. Enfin, elle choisit un des bâtonnets du dessous : un mouvement très risqué, puisque tous les autres reposaient dessus. Ses doigts remuèrent presque trop vite pour que l'œil de Joach puisse les suivre. L'instant d'après, le bâtonnet apparut dans sa main.

— Voilà, dit-elle en le posant près de son genou nu.

Joach étudia la pile. *Comment a-t-elle fait ?* Il saisit un autre bâtonnet sur le dessus et l'ôta sans déranger les autres. Kesla approuva du chef et, à son tour, retira un bâtonnet du milieu de la pile.

Six tours plus tard, de la sueur perlait au front de Joach et ses paumes étaient moites. Il se contentait d'enlever des bâtonnets sur le dessus tandis que son adversaire les prenait systématiquement dans la moitié inférieure de la pile. Les gestes de Kesla étaient rapides comme l'éclair et pleins d'assurance. Joach savait qu'elle le surpassait et qu'elle avait laissé Sheeshon remporter les parties précédentes.

Il tendit de nouveau une main tremblante. Il sentait le regard de Kesla le transpercer, entendait son souffle et respirait son odeur. Un parfum plaisant – *de la lavande.* Distrait, il leva les yeux vers elle.

Kesla désigna la pile du menton.

—À toi.

Joach se mordit la lèvre inférieure et se pencha en avant, le front plissé par la concentration. Il tendit la main vers un bâtonnet posé sur le dessus – une cible facile.

Face à lui, Kesla émit un bruit de gorge désapprobateur, comme pour le mettre en garde. Joach fronça les sourcils. Il ne se laisserait pas manipuler.

Ses doigts cessèrent de trembler. Il saisit le bâtonnet de son choix et le retira sans faire bouger les autres.

—Voilà ! s'exclama-t-il en le brandissant fièrement. À t…

Du doigt, Kesla montra la pile. Celle-ci oscilla et s'effondra brusquement sur elle-même.

Choqué, Joach examina les bâtonnets épars.

—Comment… ? balbutia-t-il, soupçonnant quelque entourloupe.

—Parfois, un mur est juste aussi solide que le toit qu'il soutient, répondit simplement Kesla.

Joach en resta bouche bée. La jeune fille était non seulement plus adroite, mais aussi plus maligne que lui. Elle avait astucieusement sapé les fondations de la pile de telle sorte qu'en diminuant la pression à son sommet, Joach finisse par compromettre l'équilibre de la structure et provoquer son effondrement.

—Le perdant ramasse, dit Kesla en se relevant et en se dirigeant vers le bastingage.

Joach la regarda s'éloigner : sa silhouette mince, la courbe de sa poitrine, le renflement de ses hanches, la façon dont le vent jouait avec les cheveux échappés de sa tresse… Soudain, il se réjouit de devoir ramasser les bâtonnets. Il n'était pas prêt à se lever – pas avec un pantalon aussi moulant.

Il se concentra sur sa tâche, procédant avec lenteur, tentant de retrouver la colère que lui inspirait Kesla quelques minutes plus tôt. En vain.

Lorsqu'il eut terminé, il se composa une expression neutre et se mit debout. Peut-être était-il temps qu'ils parlent, qu'ils parlent vraiment.

Comme il rejoignait Kesla près du bastingage, la jeune fille tendit un doigt.

— Le dragon revient.

Joach scruta le ciel. Tout d'abord, il ne vit rien. Puis une silhouette noire jaillit de la lumière aveuglante du soleil et piqua vers eux. C'étaient Sy-wen et Ragnar'k.

À l'aube, la mer'ai et son dragon étaient partis en reconnaissance alors que la *Fureur de l'Aigle* approchait de la lisière ouest des Collines Effritées. On ne les attendait pas avant le crépuscule.

Sous les yeux de Joach, Ragnar'k fit une brusque embardée et dégringola vers le paysage tourmenté. Le jeune homme hoqueta et agrippa le bastingage. Puis les ailes du dragon se déployèrent pour attraper un courant ascendant. Sa dégringolade se changea en une longue courbe qui lui fit reprendre de l'altitude et fuser vers le navire aérien.

— Quelque chose cloche, dit Joach. Va chercher Hunt et Richald !

Il jeta un coup d'œil sur le côté, mais Kesla avait disparu. En se retournant, il la vit s'engouffrer par une écoutille ouverte. Un appel à l'aide résonnait déjà dans les entrailles du navire.

Joach reporta son attention sur le ciel. Quel pouvait bien être le problème ?

Sy-wen s'accrocha au cou du puissant dragon, les pieds bien calés dans les replis de peau à la base du cou de Ragnar'k.

— Tu peux le faire, l'encouragea-t-elle. Nous ne sommes plus très loin.

Le chuchotement mental qui lui répondit ne ressemblait guère à l'habituelle voix claironnante de sa monture :

— *N'aie crainte, ma Liée. Mon cœur est aussi fort que le ciel et la mer réunis.*

— Je sais, ô mon robuste protecteur. (Sy-wen fit courir une main aux doigts palmés sur les écailles de Ragnar'k.) Je n'en ai jamais douté.

Un grondement de fierté fit vibrer le long cou du dragon. Battant de ses ailes noires, il lutta pour reprendre de l'altitude. À l'est, la *Fureur de l'Aigle* volait encore plus haut. L'ascension s'annonçait difficile.

Sy-wen tenta de se redresser sur l'échine de sa monture, mais à travers leur lien mental, elle éprouvait la douleur de Ragnar'k. Un feu fantôme brûlait la peau de son ventre et de ses jambes. Elle réprima un cri. Et ça devait être bien pire pour Ragnar'k. L'attaque avait rôti tout le dessous de son corps, calcinant ses écailles et couvrant sa chair de cloques.

— *Liée ?*

— Je vais bien, Ragnar'k, haleta Sy-wen, les dents serrées. Il faut que tu attrapes un autre courant ascendant pour rejoindre notre perchoir.

— *J'essaie.*

Les muscles du dragon roulèrent sous sa peau et se tendirent alors qu'il mobilisait toute sa vigueur restante.

Sy-wen se pencha de nouveau le long de son cou. Une douleur atroce embrasa ses bras tandis que Ragnar'k battait désespérément des ailes. Des larmes dégoulinèrent sur ses joues.

— Plus haut, mon tendre ami…

Levant la tête, elle vit un miracle. Le vaisseau aérien profilé plongeait vers eux, décrivant une courbe gracieuse pour les intercepter. Ses occupants les avaient repérés et ils avaient deviné leur détresse.

— La *Fureur de l'Aigle* arrive. Il faut tenir encore un peu.

— *Pour toi, je tiendrais toute l'éternité.*

Derrière les pensées de l'énorme créature, Sy-wen percevait la présence de Kast. Le Sanguinaire et elle n'avaient pas été séparés de la sorte depuis les épreuves de la guerre des Îles. Elle pressa une paume sur le flanc écailleux de Ragnar'k et, fermant les yeux, envoya son amour aux deux cœurs enfouis là-dedans – celui du dragon et celui de l'homme.

Ragnar'k s'agita sous elle. Les paupières toujours closes, Sy-wen sentit que le navire approchait et que sa monture s'apprêtait à se poser sur le pont. Elle s'accrocha à son cou tandis que le dragon repliait ses ailes.

— Sois prudent, chuchota-t-elle.

Elle n'avait pas besoin de s'inquiéter. Ragnar'k effectua un atterrissage impeccable.

En rouvrant les yeux, Sy-wen vit Richald, le capitaine de la *Fureur de l'Aigle*, escalader l'échelle du pont intermédiaire. Comme elle levait un bras pour le saluer, son dragon s'effondra sous elle.

— Ragnar'k !

— *Fatigué… Je dois dormir maintenant.*

Sy-wen se laissa glisser à terre, gardant une main en contact avec les écailles de sa monture pour ne pas rompre le sort. La poitrine de Ragnar'k se soulevait et s'abaissait violemment ; sa respiration laborieuse faisait frémir ses larges narines. Sy-wen glissa sur le pont humide, baissa les yeux et prit conscience qu'elle avait marché dans du sang – le sang de Ragnar'k.

— Oh, non… (Elle se tourna vivement vers le capitaine du navire el'phique.) Il me faut du sang de dragon, tout de suite !

Richald acquiesça. La mèche cuivrée dans sa chevelure d'argent brillait ainsi qu'une traînée de feu.

— Ça arrive.

Il tendit un doigt vers l'échelle dont Hunt grimpait les barreaux, un gros tonneau en équilibre sur l'épaule.

— Faites vite ! le pressa Sy-wen.

Elle sentait son propre souffle s'étrangler dans sa gorge, mais ce n'était qu'une conséquence de son lien mental avec Ragnar'k.

Richald se dirigea rapidement vers le Sanguinaire pour le soulager de son fardeau. Puis il se précipita vers le museau du dragon.

Sy-wen le rejoignit en faisant courir sa main le long du flanc de Ragnar'k.

— Bois, mon doux géant, le pressa-t-elle.

Richald luttait avec le couvercle du tonneau, le visage rougi par l'effort. Hunt apparut, une hache à la main. Il fendit le couvercle d'un coup puissant et arracha les planches brisées avec ses doigts.

— Comment va-t-il ? demanda une voix derrière Sy-wen.

C'était Joach. Flanqué par la jeune fille prénommée Kesla, il se dirigea vers le dragon blessé.

Sy-wen écarta sa question d'un geste et appuya son front sur le cou de Ragnar'k.

— Tu sens l'odeur du sang ? Bois, l'implora-t-elle.

Près de son coude, une narine caverneuse frémit. Les muscles du dragon remuèrent sous ses écailles, mais il n'avait plus la force de lever la tête. Sy-wen se pencha et tenta de glisser une épaule sous son cou pour faire levier.

— Ai… aidez-moi !

Richald, Joach et Kesla empoignèrent le museau du dragon afin de le soulever. Hunt rapprocha le tonneau. Une longue langue reptilienne darda hors de la gueule de Ragnar'k pour goûter le liquide épais. Des deux côtés de la tête du dragon, les jambes de ses aides menaçaient de flancher. Sa langue jaillit de nouveau et prit une grande lampée de sang.

— *C'est bon*, commenta faiblement Ragnar'k.

— Continue à boire.

— Je crois qu'il va déjà mieux, dit Joach qui se tenait à côté de Sy-wen.

Le cou du dragon se tendit, et son museau plongea dans le tonneau au couvercle défoncé. Il y eut des claquements de langue et des bruits de déglutition. Bientôt, Ragnar'k retrouva la force de tenir sa tête seul. Richald, Joach et Kesla purent reculer tandis qu'il lapait avidement le sang de ses congénères et que ses plaies horribles guérissaient.

Une fois le tonneau vide, Ragnar'k le projeta par-dessus bord d'un coup de museau et claironna sa satisfaction.

Sy-wen lui passa ses bras autour du cou.

— À présent, tu peux te reposer.

— *J'ai un grand… grand cœur.*

— Aussi grand que le ciel et la mer réunis, acquiesça-t-elle.

Une douce sensation de fierté et de contentement la submergea, émanant du dragon ; on aurait cru le ronronnement d'un chaton lové sur les genoux de son maître.

— Dors maintenant, dit Sy-wen d'une voix douce.

Et elle s'écarta de lui.

À l'instant où ses doigts se détachèrent du dragon, la transformation s'inversa. Il y eut un tourbillon d'écailles, d'os et de griffes qui fit claquer les voiles toutes proches du navire. Puis ce tourbillon s'effondra sur lui-même, révélant la robuste silhouette d'un homme nu qui gisait à plat ventre sur le pont.

— Kast ? appela Sy-wen sur un ton hésitant.

Elle craignait toujours que la métamorphose ne lui restitue pas son bien-aimé.

Le grand Sanguinaire grogna et roula sur le dos. Son ventre et ses cuisses étaient écarlates, à vif et couverts de cloques. Plaquant une main sur sa bouche, Sy-wen se laissa tomber à genoux près de lui. Mais alors qu'elle tendait une main tremblante, le sang de dragon continua à exercer sa magie réparatrice. Les cloques jaunâtres se résorbèrent ; la peau rougie redevint rose, puis blanche. Les poils roussis sur la large poitrine recommencèrent à dessiner leurs motifs familiers. Comme il battait des paupières, Sy-wen lui toucha la joue.

— On a réussi ? demanda Kast d'une voix pâteuse.

La mer'ai acquiesça.

— On est de retour à bord de la *Fureur de l'Aigle*. Tu sais ce qui s'est passé ?

Kast hocha la tête.

— Plus je me transforme en Ragnar'k, plus ses souvenirs se fondent aux miens.

Il lutta pour s'asseoir mais frémit de douleur.

Joach ôta sa cape et la drapa sur les épaules de Kast. Puis Sy-wen et lui aidèrent le Sanguinaire à se relever.

— Il a besoin de repos, dit Joach. Conduisons-le dans votre cabine.

— Non, contra Kast, dont les forces revenaient rapidement. (Il passa une main sur sa poitrine.) Nous devons nous préparer.

— Je peux leur raconter ce que nous avons vu, argua Sy-wen. Va te reposer.

Kast lutta pour se dégager.

— Je vais bien.

Il fit un pas, trébucha et bascula en avant. Joach le rattrapa et l'aida à se redresser. Kast poussa un grognement.

— Peut-être une petite sieste, concéda-t-il.

Ses compagnons l'escortèrent jusqu'à sa cabine sur le pont inférieur, puis se rendirent dans la cambuse pour discuter de l'expédition que Sy-wen et le dragon venaient de vivre. Pendant qu'ils prenaient place autour d'une longue table de bois, le cuisinier du bord leur prépara un plateau de fruits et de fromage, ainsi qu'un broc de bière coupée d'eau.

— Que s'est-il passé ? interrogea Hunt.

Sy-wen grignota le bord d'un biscuit sec.

— Nous avons tourné le dos au soleil et volé tout droit, en suivant le lit d'un fleuve asséché. À environ quarante lieues d'ici, nous avons aperçu un vaste lac qui s'étendait vers le nord et le sud, et nous sommes descendus pour l'examiner de plus près. Nous pensions que ce serait un endroit idéal pour reconstituer nos réserves d'eau avant d'entreprendre la traversée du désert. Mais, en approchant, nous avons vu que ce n'était pas de l'eau qui reflétait le soleil d'une manière aussi séduisante : c'était un champ de fleurs aux pétales bleu argenté.

Kesla hoqueta.

— Du narcilierre ! Mais il ne pousse pas dans les collines, seulement au cœur du désert, près du Mur du Sud.

— Tu as déjà vu ces fleurs ?

La jeune fille secoua la tête.

— Non. Seuls quelques guerriers, ceux qui chassent dans les profondeurs sauvages de la Lisière Ravagée, les ont observées et ont vécu assez longtemps pour en parler.

— De quelle sorte de plante s'agit-il ? demanda Hunt.

Kesla hésita.

— Certains prétendent qu'elle est née du sang des goules qui hantaient jadis les ruines de Tular. Comme je vous l'ai déjà dit, ce lierre ne pousse habituellement que parmi les falaises de grès du Mur du Sud. Dépourvu de racines, il est capable de ramper pour traquer ses proies. Ceux qui s'approchent trop du Mur du Sud doivent s'en méfier. Seule, une de ses fleurs est inoffensive, mais en s'étirant dans le sable ou en se drapant sur le flanc des falaises, les tiges en produisent des centaines, voire des milliers. Chacune d'elles est grande comme la paume et capable de collecter la chaleur du soleil dans ses pétales réfléchissants pour la renvoyer vers un ennemi. Ainsi, de grandes quantités de fleurs peuvent générer un rayonnement susceptible de réduire un homme à l'état de squelette calciné en quelques battements de cœur. (Bouche bée, la jeune fille dévisagea Sy-wen.) Vous avez eu de la chance d'en réchapper.

— Nous avons bien failli y rester. Mais les écailles de Ragnar'k sont aussi dures que de la pierre. Il m'a protégée et a encaissé le plus gros de l'attaque avec son ventre, expliqua la mer'ai.

— Alors, que faisons-nous ? s'enquit Richald. Je ne peux pas survoler ce piège végétal avec la *Fureur de l'Aigle.*

— Il va falloir le contourner, déclara Kesla. Ça nous retardera, mais ça vaut mieux que de se faire incinérer !

— Nous sommes déjà pressés par le temps, marmonna Joach en se tournant vers la jeune fille. Combien de jours avant que les démons de Tular exigent leur prochain tribut d'enfants ?

Kesla se rembrunit.

— Une demi-lune.

— Donc, tout délai pourrait provoquer des morts supplémentaires. Et si nous survolions le champ de lierre après le coucher du soleil ? suggéra Joach.

— Ça ne nous aidera pas. Au crépuscule, les fleurs se ferment pour emprisonner la chaleur de la journée – et elles s'en servent pour chasser leurs proies la nuit. J'ai déjà vu leur lumière de loin, de petits éclairs le long du Mur quand elles attaquaient des souris et des lézards. L'obscurité ne nous protégera pas contre le narcilierre, affirma Kesla.

Silence.

— Dans ce cas, nous trouverons un autre moyen de gagner Alcazar, dit enfin Richald.

Sy-wen soupira.

— Ça nous fera faire un très long détour. Même Ragnar'k ne voyait pas la fin de ce champ. C'est une barrière infranchissable qui semble s'étendre à l'infini. (En quête d'une autre solution, elle reporta son attention sur Kesla.) Cette plante doit bien avoir une faiblesse. Quand elle attaque la nuit, la chaleur est-elle aussi intense que de jour ?

— Je… je n'en suis pas sûre. Mais j'ai entendu dire que lorsqu'une fleur a dépensé son énergie, elle ne peut pas la renouveler avant le lendemain.

Sy-wen se laissa aller contre le dossier de sa chaise. Elle réfléchissait.

— Donc, elle ne peut projeter qu'une volée brûlante ; ensuite, elle devient inoffensive.

Kesla acquiesça.

— Du moins, d'après ce qu'on raconte. Mais j'ignore si c'est vrai ou non. Nous ne savons pas grand-chose sur le narcilierre.

Hunt se leva.

— En résumé, soit nous rallongeons notre voyage de plusieurs jours en contournant ce champ, soit nous prenons le risque de le survoler de nuit.

Richald fronça les sourcils.

— Je ne mettrai pas mon vaisseau en danger.

Sy-wen regarda fixement le seigneur el'phe.

— Vous n'en aurez peut-être pas besoin.

Au coucher du soleil, Greshym émergea tant bien que mal du dernier canyon. Il s'avança sur le sable nu, enveloppé de la tête aux pieds dans des flots de lin et de coton rugueux.

Tandis que l'obscurité se répandait et que les étoiles faisaient leur apparition, ce fut tout juste s'il remarqua la baisse de température ou de lumière : il avait lancé un sort pour affûter sa vue et maintenir une bulle de fraîcheur autour de son corps. Sa main gauche était crispée sur son bâton de bois pétrifié. La magie emprisonnée dans la structure cristalline palpitait faiblement au rythme de son pouls. Son énergie était au plus bas.

À présent qu'il avait échappé aux canyons, le vieillard jeta un coup d'œil vers le ciel pour calculer sa position. Il avait encore une bonne distance à parcourir.

Des cailloux roulèrent le long d'une pente sur sa droite. Greshym s'arrêta, pencha la tête sur le côté et projeta ses perceptions. C'était Rukh qui revenait. Le gnome des souches bondissait de rocher en rocher, se mouvant avec l'agilité d'une chèvre sur ses sabots fourchus. Arrivé en bas, il tomba à genoux devant Greshym.

— M... maître...

— As-tu fait ce que je t'avais demandé ?

— O... oui, maître.

Rukh enfonça son visage porcin dans le sable grossier. Il leva ses griffes dégoulinantes de sang. Dans chacune de ses mains, il tenait un cœur encore chaud.

— Les enfants du chef de caravane ?

— Oui.

Greshym remarqua le sang séché sur le museau de la créature.

— Tu t'es nourri ? demanda-t-il sur un ton désapprobateur.

Rukh se prosterna encore plus bas.

— J'avais faim... très faim.

Greshym leva son bâton d'un air menaçant, puis se ravisa et le reposa avec un soupir. Il ne pouvait pas en vouloir au gnome. La traversée des Collines Effritées avait été longue et il leur restait encore beaucoup de chemin à faire.

Jetant un nouveau coup d'œil aux étoiles, le mage noir regretta de ne pas avoir pu se transporter instantanément auprès de sa cible. Quand il s'était téléporté depuis sa caverne de la Forêt Pétrifiée, il avait perçu le vortex d'énergie qui tourbillonnait près du Mur du Sud – et il avait deviné que dans l'ombre de celui-ci, il ferait mieux de limiter l'usage de sa magie au strict nécessaire. Il ne pouvait pas courir le risque d'attirer des regards indésirables dans sa direction.

Aussi avait-il passé la dernière demi-lune à crapahuter dans les étendues arides des Collines Effritées. Flanqué de son serviteur, il avait traversé à pied cette région brûlée par le soleil, ne libérant que d'infimes décharges de pouvoir pour tirer de l'eau de la roche alentour et apporter un peu de force à son corps décrépit.

Deux jours plus tôt, il était tombé sur un obstacle encore plus redoutable que ce paysage désolé : un champ de narcilierre. En projetant ses perceptions, il avait découvert que la plante infernale encerclait toute la région, telle une barrière protégeant l'abomination qui germait en son cœur. Parce qu'il refusait de tourner les talons, Greshym avait été forcé de lancer un sort de dissimulation sur Rukh et sur lui-même, afin de pouvoir passer sans se faire attaquer par les fleurs meurtrières. Utiliser une telle quantité de magie était risqué, mais il n'avait pas le choix – pas s'il voulait mener son entreprise à bien.

Par chance, rien ni personne n'avait remarqué le bref embrasement de son pouvoir. Peu de temps après avoir franchi la barrière végétale, Greshym était tombé sur une caravane de marchands de soie et de réfugiés qui portaient toutes leurs maigres possessions sur leur dos. Ils tentaient de fuir le Désert de Sable, mais le narcilierre les avait forcés à rebrousser chemin.

Greshym s'était volontiers joint à eux ; il avait accepté leur hospitalité et leur eau afin de préserver sa magie déclinante. Il avait voyagé confortablement avec la caravane pendant que Rukh suivait à une lieue.

En début d'après-midi, comme ils arrivaient en vue du désert proprement dit, le mage noir avait lancé un sort de sommeil sur ses nouveaux compagnons : il n'avait plus besoin d'eux. Avant de partir, il avait ordonné à Rukh de les tuer et de prélever le cœur des filles du chef de la caravane. Toutes deux étaient encore des enfants, vierges, intactes, gorgées du pouvoir qui précède toujours les premiers saignements.

— Assez rampé devant moi, Rukh, grogna Greshym. Lève les cœurs plus haut.

Les longues oreilles du gnome frémirent de soulagement. Il se redressa, le visage plein de sable, s'assit sur ses talons et tendit les deux macabres trophées à bout de bras.

Avec l'extrémité de son bâton, Greshym toucha l'un des cœurs, puis l'autre. Au contact de la pierre, les deux morceaux de chair inerte recommencèrent à battre et à projeter du sang dans le sable. Un gémissement lointain s'en éleva : les esprits des fillettes, toujours emprisonnés dans leurs cœurs, suppliaient pour qu'on les libère.

— Patience, mes petites… Patience.

Greshym baissa son bâton et, prenant appui dessus, se pencha vers les organes palpitants. Il en approcha ses lèvres et les embrassa avec délicatesse, tout en inspirant à pleins poumons. Aussitôt, il sentit l'esprit et l'énergie des enfants s'écouler en lui. La magie de leur féminité naissante se répandit dans ses veines et l'imprégna tandis que des cris d'horreur ténus emplissaient ses oreilles.

Lorsqu'il se redressa, Greshym se sentait vigoureux comme un jeune homme.

Dans les griffes du gnome des souches, les deux cœurs n'étaient plus que des morceaux de viande ridée et desséchée comme des grains de raisin au soleil. Grimaçant, Greshym essuya le sang sur sa bouche.

— Très rafraîchissant, chuchota-t-il avec délectation.

Il tapota le crâne à la texture de cuir de son serviteur et s'éloigna, son bâton à la main. Gorgé de magie toute fraîche, il savait que rien ne pourrait l'empêcher d'atteindre sa destination : Alcazar, siège de la guilde des assassins du désert. Dans ses couloirs dépourvus de fenêtres, il tendrait un piège à sa proie.

Alors qu'il s'enfonçait entre les dunes, Greshym s'adressa aux étoiles et au sable qui l'entourait :

— Je t'attendrai, Joach.

Joach se tenait à la proue de la *Fureur de l'Aigle*. Frissonnant, il resserra sa cape autour de ses épaules. Il se sentait nerveux.

Il jeta un coup d'œil derrière lui, comme s'il s'attendait à voir un ennemi tapi en embuscade. Mais il n'y avait personne.

Dans le gréement, les marins el'phes escaladaient les mâts et manœuvraient les voiles. La silhouette argentée de Richald se découpait sur le pont arrière. Les mains levées, le seigneur el'phe conjurait la magie des vents pour propulser son navire au-dessus du champ meurtrier. Déjà, des bourrasques éparses tourbillonnaient autour de la *Fureur de l'Aigle.*

La tête de Kesla apparut au sommet de l'échelle.

— Sy-wen et Kast sont prêts. Tu veux les regarder partir ?

Incapable de faire taire son angoisse, Joach hocha la tête en silence. Il avait reçu le don des rêves prophétiques et, bien qu'éveillé, il ne pouvait se défaire d'un très mauvais pressentiment.

Il se dirigea vers l'échelle et descendit.

Sur le pont intermédiaire, Sy-wen et Kast se tenaient par la main. Le Sanguinaire paraissait totalement guéri et reposé. Il en aurait besoin. Sy-wen s'appuyait sur son bras. Tous deux allaient prendre un très gros risque pour faire franchir le champ de narcilierre au navire le plus rapidement possible.

En les rejoignant, Joach entendit Kast grommeler :

— Les vents puent comme s'il y avait de la fumée dans l'air.

Joach plissa les yeux. Le Sanguinaire éprouvait-il la même appréhension que lui ?

— Il n'est pas trop tard pour changer d'avis. Nous pouvons encore contourner le narcilierre, offrit-il.

Sy-wen secoua la tête.

— Non. Le champ s'étend jusqu'à l'horizon, au nord et au sud. Nous ne pouvons pas le contourner : nous sommes forcés de le traverser.

Kast étreignit la mer'ai qui se tenait à ses côtés.

— Elle a raison. Nous devons essayer.

Joach tendit la main pour serrer celle du Sanguinaire.

— Soyez prudents.

— Et rapides, ajouta Kesla.

— Ragnar'k ne m'a encore jamais déçue, répliqua Sy-wen. (Elle leva les yeux vers Kast.) Comment le pourrait-il, alors que deux cœurs aussi robustes battent en lui ?

Le Sanguinaire se pencha pour l'embrasser fougueusement sur la bouche. Ils s'enlacèrent. Les pieds de Sy-wen quittèrent le pont.

Joach se détourna pour leur accorder un peu d'intimité.

Puis Richald cria depuis le pont arrière :

— Les vents arrivent ! Il faut y aller !

Au-dessus de leurs têtes, les voiles claquèrent vigoureusement.

Sy-wen et Kast s'écartèrent l'un de l'autre, les yeux toujours flamboyants de passion.

— Tu es prêt ? demanda la mer'ai à son compagnon.

Celui-ci acquiesça.

Ils se dirigèrent ensemble vers le bastingage tribord. La lune et les étoiles nimbaient le paysage d'une lueur argentée qui en soulignait le moindre relief.

— Bonne chance, murmura Kesla.

Kast la remercia d'un signe de tête et roula des épaules pour se débarrasser de sa tunique. Une fois nu, il salua Joach du menton, prit Sy-wen dans ses bras et bascula dans le vide.

Joach se pencha par-dessus le bastingage pour les suivre du regard.

— Ils sont partis !

En réaction, le navire fit un bond en avant comme une bourrasque féroce gonflait ses voiles et le propulsait vers le champ de narcilierre. Déséquilibrée, Kesla tomba sur Joach. Le jeune homme la retint en passant son bras autour d'elle. Ensemble, ils scrutèrent l'obscurité sous la quille de la *Fureur de l'Aigle.*

Kast et Sy-wen avaient disparu.

Sy-wen s'accrocha à Kast de toutes ses forces tandis qu'ils dégringolaient dans la nuit vers le paysage accidenté en contrebas. Pour réussir, ils avaient besoin du plus d'élan possible. Les cheveux verts de la mer'ai ondulaient au-dessus de sa tête comme des serpents.

— Maintenant, Sy-wen ! hurla Kast.

Il avait parlé en collant sa bouche contre l'oreille de la jeune fille ; pourtant, le vent faillit emporter ses paroles avant que celle-ci les comprenne. Mais jamais elle n'aurait pu se méprendre à l'excitation contenue dans sa voix. Kast était bien un Sanguinaire ; il en avait le cœur et les appétits.

Lâchant son épaule, Sy-wen fit remonter sa main jusqu'au cou, puis à la joue de Kast. À l'instant où elle toucha le tatouage du Sanguinaire, le bout de ses doigts la picota. Kast se raidit sous elle, et ses bras la serrèrent plus fort. Alors, elle prononça les mots :

— J'ai besoin de toi.

La magie antique qui les liait s'embrasa. Autour de Sy-wen, le monde disparut dans un tourbillon rugissant. Une nuée d'énergie l'enveloppa. De la chair écailleuse écarta ses jambes, soutint son poids et ralentit sa chute. La mer'ai serra les cuisses pour ne pas tomber. Un battement de cœur plus tard, elle ne dégringolait plus dans le vide : elle chevauchait un grand dragon noir qui filait à une vitesse ahurissante.

— *Liée !* claironna Ragnar'k pour annoncer son retour.

Malgré la tension, Sy-wen ne put s'empêcher de sourire. Dans la voix du dragon, elle percevait la même excitation que dans celle de Kast quelques instants plus tôt.

— Ne ralentis pas. Nous devons ouvrir un chemin à travers les fleurs brûlantes, ordonna-t-elle avant d'envoyer des instructions mentales plus précises à sa monture.

Ragnar'k ne dit rien, mais elle perçut sa confusion.

— La nuit, expliqua-t-elle, le narcilierre ne peut attaquer qu'une fois. Nous devons inciter les fleurs à déchaîner leur fureur sur nous pour permettre au navire de passer sans dommages dans notre sillage.

Ragnar'k plongea vers le champ de lierre, utilisant l'élan de leur chute pour augmenter sa vitesse.

— *C'est dangereux. Risqué pour ma Liée.*

— Je sais, mon brave compagnon. Mais, cette fois, nous ne nous laisserons pas prendre par surprise. Nous connaissons le danger. Nous devons être plus rapides, plus malins que notre adversaire. Tu dois voler comme tu n'as encore jamais volé !

L'équivalent d'un gloussement draconique emplit l'esprit de Sy-wen.

— *Ma Liée a le cœur aussi gros que celui d'un dragon !*

Sy-wen donna une tape sur le cou de Ragnar'k.

— Ce n'est pas du courage, le détrompa-t-elle. Simplement, je connais mon dragon. J'ai confiance en son cœur et ses ailes.

Le rire de Ragnar'k résonna derrière eux comme le dragon piquait vers les fleurs en décrivant une large courbe.

Sy-wen se coucha sur l'échine de sa monture et lui serra le cou très fort. Elle sentait la poussée du vent sous les ailes de Ragnar'k, la vitesse vertigineuse à laquelle le paysage défilait en contrebas. Mais elle n'éprouvait nulle peur : juste du ravissement. Car, outre les sentiments du dragon, elle partageait ceux de l'homme enfoui en Ragnar'k. Leurs trois esprits fusionnaient pour mieux se tendre vers le même but.

Alors, Sy-wen ajouta sa voix à celle du dragon et rugit son défi à la face du vent.

Depuis la proue de la *Fureur de l'Aigle*, Joach observa l'attaque flamboyante du narcilierre. Un quart de lieue devant le navire aérien, l'obscurité fut transpercée par des lances de lumière qui fusèrent vers le ciel – certaines à la verticale, d'autres en diagonale depuis les côtés. Elles étaient si brillantes que les regarder en face faisait mal aux yeux.

— Tu vois le dragon ? demanda-t-il en grimaçant.

Kesla se tenait à ses côtés, une longue-vue collée sur son œil droit.

— Je… je n'en suis pas sûre. J'ai aperçu un mouvement, l'étincelle d'un reflet, mais c'est allé trop vite pour que je puisse le suivre.

— Ça doit être eux, dit Joach.

— C'est aussi ce que je pense. (La jeune fille baissa son instrument.) En tout cas, la plante chasse quelque chose, c'est évident.

Sous les yeux de Joach, le jaillissement de rayons s'éloigna, s'enfonçant au cœur de la large vallée. Plus près, à la lisière du champ de fleurs, l'obscurité revint : le narcilierre avait dépensé toute son énergie pour attaquer le dragon.

Joach pivota à demi et leva un bras.

— Maintenant, Richald ! Tout droit !

Le seigneur el'phe se trouvait à la poupe du navire en compagnie de Hunt. Ce dernier agita la main pour signaler qu'il avait entendu, mais Richald ne réagit pas. Il se tenait très raide, la tête rejetée en arrière, des flots d'énergie crépitante cascadant le long de son corps, l'esprit perdu dans le vent.

À l'instant où Joach se demandait s'il devait réitérer son appel, les bourrasques forcirent autour du navire. Le gréement craqua et gémit sous la pression des voiles qui l'étiraient jusqu'à son extrême limite. La *Fureur de l'Aigle* accéléra ; sa proue se souleva un instant, puis retomba tandis qu'elle se stabilisait.

Joach pivota et agrippa le bastingage. Déjà, la quille du navire survolait les fleurs meurtrières. Le jeune homme attendit en retenant son souffle. Avaient-ils vu juste ? L'énergie du narcilierre était-elle bel et bien épuisée ? Pouvaient-ils passer sans danger ?

Joach leva les yeux. Le bouquet de rayons ardents s'éloignait de plus en plus. Le dragon volait toujours, paratonnerre mobile attirant à lui les foudres du narcilierre et laissant un chemin sûr derrière lui.

Joach reporta son attention sur le champ de fleurs en contrebas. Il se pencha par-dessus le bastingage pour mieux voir, mais aucune lueur ne trouait l'obscurité sous la quille du navire. Avec un long soupir de soulagement, il s'autorisa à espérer.

— Oh, non ! s'exclama Kesla près de lui.

Joach sursauta et se raidit.

— Regarde !

La jeune fille désigna les deux côtés du navire. Au loin, une faible lumière rampait vers eux – depuis le nord *et* le sud.

— Qu'est-ce que c'est ? s'inquiéta Joach.

Kesla lui tendit la longue-vue. Joach la braqua vers tribord. Magnifiée, la lueur diffuse se décomposait en un millier de serpents ardents qui se tortillaient sous les feuilles, convergeant vers la *Fureur de l'Aigle*.

— Tout le champ n'est qu'une seule plante, un immense organisme végétal. Ses tiges mobilisent l'énergie des fleurs encore chargées ; elles siphonnent leur pouvoir pour combler le vide créé par Ragnar'k, comme des racines qui propulseraient de l'eau vers les branches d'un arbre, expliqua Kesla.

L'estomac de Joach se noua.

— Mère d'en haut…

— Quand la lumière arrivera à notre niveau, les fleurs pourront attaquer une seconde fois. Nous serons pris au piège.

Joach laissa retomber la longue-vue et fit volte-face. Ils étaient déjà bien avancés au-dessus du champ ; il était trop tard pour faire demi-tour et battre en retraite.

Joach reporta son attention sur l'avant. Au loin, à travers le champ, le bouquet de lances lumineuses se fanait lentement. Sy-wen et Ragnar'k avaient dû atteindre l'autre côté. Le jeune homme estima la distance. *Encore deux lieues au minimum.* Il jeta un coup d'œil vers le nord, puis vers le sud.

La lueur progressait rapidement. Elle les rattraperait avant qu'ils soient en sécurité.

Joach secoua la tête et s'écarta du bastingage.

— Où vas-tu ? hurla Kesla.

— Avertir Richald ! Il faut aller plus vite !

Plié en deux, Joach luttait contre les bourrasques qui soufflaient depuis la poupe.

— Laisse-moi faire !

Kesla s'élança comme si le vent n'existait pas. Ses pieds dansèrent avec légèreté et assurance sur le pont qui tanguait. En atteignant l'échelle du pont intermédiaire, elle fit signe à Joach de reculer vers la proue.

— Continue à surveiller !

Puis elle dévala les barreaux et disparut.

Un instant plus tard, Joach la vit filer à travers le pont intermédiaire et vers la poupe surélevée. Il la suivit des yeux, bouche bée. Non seulement elle était rapide, mais elle avait autant d'équilibre qu'une panthère. Capitulant, Joach laissa les bourrasques le repousser jusqu'à son poste d'observation, contre le bastingage.

Des deux côtés, les serpents brillants continuaient à ramper vers la *Fureur de l'Aigle.* Une fleur solitaire projeta un rayon lumineux à tribord. La décharge s'écrasa sur le flanc du navire. Malgré sa brillance, elle ne contenait pas assez d'énergie pour brûler. Mais bientôt, il y en aurait d'autres.

Tandis que la lumière s'avançait en contrebas, des piliers de lumière jaillirent vers le ciel, créant une forêt de troncs ardents. Sous les yeux de Joach, une multitude de fleurs s'embrasèrent.

Sy-wen guida son dragon vers un promontoire de grès au sommet plat. Ragnar'k se posa sur son perchoir avec un gros soupir de soulagement.

Comme il plantait ses griffes dans la pierre, Sy-wen se frotta le bras droit et frémit. Mais la brûlure cuisante persista.

Elle jeta un coup d'œil à l'aile du dragon. Ragnar'k la tenait légèrement écartée de son flanc, tel un goéland qui a un os cassé. Le bord fumait encore, et une puanteur d'écailles calcinées flottait dans la nuit.

Dieu merci, le rayon n'avait fait que l'effleurer. Ils avaient eu de la chance de s'en tirer sans plus de dégâts. Le narcilierre s'était battu férocement ; il les avait traqués dans le ciel et attaqués sans relâche. Au fur et à mesure, il s'était adapté à leurs manœuvres évasives, et avait même fini par anticiper leurs esquives. Par chance pour eux, Sy-wen et Ragnar'k avaient atteint la lisière du champ avant que la plante passe maîtresse dans l'art de la chasse au dragon.

— *Le bateau arrive*, rapporta Ragnar'k.

Sy-wen pivota. De l'autre côté du champ, elle aperçut la *Fureur de l'Aigle*. Plus lent que le dragon, le navire subissait un feu nourri.

— Douce Mère…

Des lances de lumière fusèrent à travers l'obscurité. Sous les yeux de la mer'ai, une voile fut touchée et s'embrasa comme une torche couverte de poix.

— Il faut aller les aider ! s'exclama Sy-wen.

— *Je ne… peux pas, ma Liée.* (Ragnar'k essaya de tendre son aile, et la jeune fille sentit une lance de feu remonter le long de son propre bras.) *C'est trop loin…*

Sy-wen hoqueta de douleur. La blessure du dragon était plus grave qu'elle ne l'avait d'abord cru.

— *Je t'ai déçue, ma Liée*, se lamenta Ragnar'k comme si son cœur souffrait plus encore que son aile.

Sy-wen se pencha pour lui frotter le cou.

— Jamais, mon doux géant. Jamais.

Les yeux fixés sur le navire assailli, semblable à un nuage enflammé dans le ciel nocturne, elle pria pour ses passagers. C'était tout ce qu'elle pouvait faire.

Tandis que la *Fureur de l'Aigle* tanguait au-dessus des fleurs ardentes, Joach se précipita vers ses amis qui s'étaient rassemblés sur le pont arrière. Au-dessus d'eux, les marins sectionnèrent les drisses de la misaine, que le vent emporta. D'autres faisaient la chaîne dans le gréement ; ils se passaient des seaux d'eau avec lesquels ils arrosaient les bouts et le mât noirci.

Joach escalada l'échelle pour rejoindre ses compagnons. De la fumée commençait à s'élever partout à bord. De grandes traces brûlées balafraient les flancs du vaisseau. Se hissant de barreau en barreau, Joach cria à Hunt et à Richald :

— Il faut prendre de l'altitude ! Nous devons maintenir la coque entre les fleurs et nous !

— Richald essaie, répondit Hunt. Mais il est lié à son navire ; chaque nouveau coup l'affaiblit.

En s'approchant, Joach entendit le seigneur el'phe grogner. Son visage n'était plus qu'un masque de douleur. Kesla se tenait à côté de lui.

— Il faut trouver un moyen de l'aider, déclara-t-elle.

Joach scruta les cieux en quête d'une réponse. Il regrettait amèrement l'absence de sa sœur. La *Fureur de l'Aigle* avait besoin de la magie d'Elena. Feu glacial ou feu sor'cier aurait été bienvenu en ces circonstances – n'importe quel pouvoir, pourvu qu'il leur permette de combattre cette maudite plante !

Une explosion dévastatrice résonna derrière le jeune homme. Le navire se cabra, le jetant sur le pont. Joach se sentit rouler sur le côté. Une lance d'énergie venait de transpercer la *Fureur de l'Aigle* par le milieu. Comme elle allait se perdre dans le firmament, des morceaux de planches enflammés jaillirent dans son sillage et retombèrent en tourbillonnant. La grand-voile s'embrasa.

Deux des marins el'phes, pris dans la conflagration, dégringolèrent du gréement et passèrent par-dessus bord. Un autre, qui se tenait sur le pont, fut incinéré sur place.

Son squelette calciné demeura debout l'espace d'un instant avant de s'effondrer.

Aussi vite qu'il avait frappé, le rayon lumineux s'évanouit. Les fleurs qui venaient de générer cette énergie brûlante avaient épuisé leurs réserves. Mais pour combien de temps ? Le narcilierre apprenait à coordonner ses efforts ; il devenait de plus en plus rusé et redoutable.

— Joach, aide-moi !

À moitié aveuglé par la radiance, le jeune homme pivota et vit que Kesla luttait pour soutenir Richald. L'horreur et la douleur creusaient les traits de l'el'phe.

— Mon navire…

Hunt s'était déjà relevé.

— Occupez-vous du capitaine, ordonna-t-il aux deux jeunes gens. Il faut éteindre le feu avant qu'il se propage !

Bondissant par-dessus la rambarde, il se laissa tomber sur le pont intermédiaire pour rejoindre les marins de moins en moins nombreux qui luttaient contre les flammes.

Joach rampa jusqu'à Richald et Kesla. Sous lui, le bateau agité de secousses perdait de l'altitude. Il empoigna l'épaule du seigneur el'phe.

— Continuez à vous battre ! le pressa-t-il. N'abandonnez pas !

— La *Fureur*… Je ne peux pas…

Joach aida Kesla à remettre Richald sur ses pieds.

— Si, vous pouvez. À moins d'être aussi dépourvu de substance que cet air sur lequel vous régnez. Prouvez votre valeur, prince du Sang !

Richald jeta un coup d'œil au jeune homme. Un éclair de colère traversa sa douleur et son désespoir.

— Votre navire n'est pas encore perdu ! le harangua Joach. Il vous reste des voiles ! Je croyais que vous étiez le cœur de la *Fureur de l'Aigle* ! Agissez en tant que tel ! Méric ne baisserait pas les bras aussi facilement ! Jamais il ne renoncerait pour pleurer comme un gamin !

La colère de Richald se mua en fureur orgueilleuse. Se dégageant de l'étreinte des deux jeunes gens, le prince el'phe foudroya Joach du regard, puis leva les yeux et les bras vers le ciel. Des décharges de magie élémentale crépitèrent le long de ses membres dressés.

Le vent forcit de nouveau, poussant la *Fureur de l'Aigle* vers le haut et vers l'avant. Attirées par le mouvement, de nouvelles lances de lumière fusèrent depuis le sol. De la fumée et des flammes encerclèrent le navire.

À bâbord, Joach vit plusieurs rayons se rejoindre et fusionner pour former un autre faisceau meurtrier. Le vaisseau ne pouvait pas encaisser une seconde attaque coordonnée. Il fallait faire quelque chose.

Joach se pencha par-dessus le bastingage. Les bourrasques fouettaient ses cheveux roux mi-longs. Comme il les plaquait en arrière d'une main, le jeune homme se redressa brusquement. Il venait d'avoir une idée. Pourquoi n'y avait-il pas pensé plus tôt ?

Il pivota vers le seigneur el'phe.

— Richald ! Vous ne faites pas bon usage de votre vent ! Dirigez-le plutôt vers les fleurs ! Couchez-les pour les empêcher de nous attaquer !

Lentement, le regard vitreux de l'el'phe se focalisa sur lui.

Kesla se raidit.

— Douce Mère, il a raison ! Agité par le vent, le narcilierre ne pourra plus nous pister !

Trop fatigué pour parler, Richald se contenta d'acquiescer. Au-dessus de leurs têtes, les quelques voiles restantes s'affaissèrent légèrement comme le seigneur el'phe détournait une partie des bourrasques qui les gonflaient.

Joach reporta son attention du côté bâbord. Le fleuve de vent se scinda en deux, et une moitié de ses courants aériens se déversa sur le narcilierre. Comme le vent agitait ses pétales et secouait ses tiges, les rayons de lumière ardente s'éteignirent ainsi que la flamme de chandelles soufflées. Non loin de là, le faisceau en formation commença à se déliter.

— Ça marche ! hurla Kesla. Elles ne peuvent plus nous viser !

Joach se pencha par-dessus le bastingage pour scruter le terrain devant eux. Ils ne se trouvaient plus qu'à un quart de lieue du bord du champ. Autour d'eux, les lances d'énergie oscillaient et crachotaient. Avec un peu de chance, ils allaient s'en sortir.

La voix autoritaire et tonitruante de Hunt s'éleva depuis le pont intermédiaire :

— Reculez, tout le monde ! Ça ne sert à rien ! Le navire est perdu !

Concentré comme il l'était sur les fleurs, Joach en avait oublié la menace plus immédiate. En pivotant, il vit le grand mât se changer en torche et mettre le feu à une autre voile. Déjà, les flammes couraient le long du gréement ; les marins el'phes encore perchés dans celui-ci sautèrent pour se laisser tomber sur le pont.

Soudain, Hunt apparut en haut de l'échelle qui conduisait au pont arrière. Il portait la petite Sheeshon dans ses bras. Des traînées de suie maculaient son visage.

— Le feu a gagné les cales. Le navire est en train de brûler de l'intérieur. La *Fureur de l'Aigle* est fichue.

À ces mots, le vent retomba. Richald baissa les bras et s'affaissa.

— Nous ne pouvons pas gagner.

Joach s'approcha de lui et lui assena une gifle retentissante.

— Ne dites jamais ça !

Richald écarquilla les yeux. Il porta une main à sa lèvre fendue et ensanglantée. La colère embrasa son regard.

— Nul ne peut frapper...

— Faites voler ce navire, Richald ! hurla Joach. Tant qu'il y a de la vie, il y a de l'espoir ! Vous continuerez à diriger la *Fureur de l'Aigle* jusqu'à ce qu'elle se consume sous vos pieds !

Richald fit un pas menaçant vers lui.

—Assez ! aboya Kesla, s'interposant entre eux. Utilisez votre colère pour alimenter le vent ! Nous avons presque franchi le narcilierre ! Nous ne sommes plus loin du sable !

—Il ne me reste qu'une voile.

—Alors, c'est le moment de prouver votre talent.

Richald regarda la jeune fille. Puis son visage se durcit. Il leva les bras, et le vent forcit de nouveau.

—Nous n'atteindrons jamais le sable.

—Mais ça ne peut pas faire de mal d'essayer, répliqua Kesla.

Une fumée de plus en plus épaisse bouillonnait autour d'eux. Tandis que le navire se traînait péniblement vers le salut, la chaleur de l'incendie se mua en brasier rugissant. Quelques lances de lumière pourchassaient encore la *Fureur de l'Aigle*, mais pour l'essentiel, les bourrasques maintenaient le narcilierre couché et incapable de réagir.

Personne ne disait rien. Tous retenaient leur souffle et s'accrochaient de toutes leurs forces.

Suffocant à demi, un bras replié sur le bas de son visage, Joach s'efforçait de voir au travers de la fumée. Soudain, le nuage noir se fendit. Sous la quille du navire apparut un paysage de canyons sombres et de mesas balayées par le sable. Le jeune homme se pencha en avant, clignant des yeux pour en chasser la fumée et les larmes.

Pas de tiges, pas de fleurs !

Il fit volte-face en hurlant :

—Nous avons franchi le narcilierre.

Tous les visages se tournèrent vers lui. Une lueur d'espoir passa dans les yeux de ses compagnons.

Puis il y eut une explosion. Une des écoutilles du pont intermédiaire fusa vers le haut. Des flammes jaillirent des entrailles de navire en rugissant comme un démon des enfers. Sous les pieds de Joach, la *Fureur de l'Aigle* trembla et s'inclina sur le côté. Le jeune homme se raccrocha au bastingage.

Derrière lui, il entendit Kesla aboyer :

— Ne craquez pas maintenant, Richald.

— Trop… faible, hoqueta le capitaine el'phe.

Le navire continua à s'incliner. Les jambes de Joach se dérobèrent sous lui. Il se raccrocha au bastingage, l'entourant de ses deux bras.

— Accrochez-vous ! glapit Kesla.

La *Fureur de l'Aigle* piqua vers le sol telle une pierre enflammée tombant du ciel.

9

L'aube se levait lorsque Sy-wen atteignit l'épave de la Fureur de l'Aigle. L'aile blessée de sa monture avait limité leurs déplacements à des sauts de puce. Ragnar'k aurait voulu se maintenir plus longtemps en vol, mais sa cavalière l'avait forcé à se ménager. Elle partageait son esprit et sa souffrance. Il lui semblait qu'on avait plongé son bras droit dans les flammes et, quand ils étaient dans les airs, elle s'évanouissait presque de douleur.

Malgré leurs blessures, dragon et mer'ai avaient traversé tant bien que mal les Collines Effritées, suivant la trajectoire du navire en flammes qui les avait survolés pendant la nuit. Et alors que le soleil pointait à l'horizon, ils débouchèrent enfin sur les dunes du grand Désert de Sable. Une épaisse colonne de fumée marquait leur destination.

Affaiblie et déshydratée, Sy-wen était à demi affaissée sur l'encolure de Ragnar'k. Sans qu'elle lui en donne l'ordre, le dragon décolla du promontoire rocheux sur lequel il s'était posé et se mit à raser le sommet des hautes dunes. Sy-wen se pencha sur le côté pour mieux scruter le terrain en contrebas. *On dirait un océan de sable*, songea-t-elle vaguement. Seuls quelques bancs rocheux interrompaient parfois la succession monotone des ondulations pareilles à des vagues.

Comme elle s'accrochait au cou de sa monture, Ragnar'k franchit la crête d'une dune et décrivit un large cercle.

— *Ma Liée… Le navire…*

Sy-wen se redressa. Un sillon de destruction creusait le sol devant eux : dunes pulvérisées, planches éparses, un morceau de mât incongrûment planté au milieu d'une pente…

Porté par un courant thermique, Ragnar'k prit un peu d'altitude.

Dans une profonde vallée, Sy-wen aperçut le navire. La *Fureur de l'Aigle* gisait contre le flanc d'une dune, sa coque éventrée. De petits feux brûlaient et fumaient encore dans ses entrailles exposées. Des silhouettes minuscules s'agitaient sur et autour de l'épave. Des caisses d'équipement et de nourriture s'entassaient sur un côté.

— Il y a des survivants, dit Sy-wen en tendant un bras.

En silence, elle ordonna à sa monture de se poser.

Ragnar'k contourna la colonne de fumée et descendit en spirale vers le sable.

Plusieurs paires d'yeux les regardèrent atterrir. Comme le dragon se posait avec un gros soupir de soulagement, les rescapés se dirigèrent vers eux. Sy-wen repéra Joach et le Sanguinaire Hunt. Elle se laissa glisser à terre et leva un bras pour les saluer.

Joach s'approcha d'elle, les vêtements déchirés et la joue ornée d'une grosse ecchymose.

— Vous vous en êtes tirés, dit-il d'une voix enrouée par l'épuisement.

Sy-wen acquiesça.

— Mais Ragnar'k est blessé. Il aura besoin d'une mesure de sang de dragon pour guérir. Je ne crois pas qu'il puisse voler plus loin.

Hunt secoua la tête. Il était couvert de suie de la tête aux pieds.

— Je suis désolé. Tous les tonneaux ont brûlé ou se sont brisés. Le peu qui nous restait a servi à soigner les gens blessés dans l'accident. Nous n'en avons plus une seule goutte.

Sy-wen grogna, une main toujours posée sur le flanc du dragon.

— On fera sans.

Ragnar'k tourna la tête vers elle et renifla ses cheveux.

— *Mon cœur est robuste... Je guérirai.*

— Je sais bien que oui, répondit Sy-wen, mais tu devrais peut-être dormir. Il nous sera plus facile de soigner les blessures de Kast.

— *L'humain n'a pas un cœur aussi gros que le mien*, objecta Ragnar'k sur un ton boudeur.

Sy-wen eut un sourire las.

— Mais ses ailes sont plus petites elles aussi.

Ragnar'k la poussa du museau et, à contrecœur, lui envoya son consentement silencieux. Sy-wen lui étreignit le cou, projetant vers lui tout son amour et toute sa gratitude. Puis elle recula. Le sort s'inversa ; écailles et griffes cédèrent la place à des membres nus.

Kast s'avança en titubant, un bras replié contre sa poitrine. Malgré ses brûlures, son expression demeurait stoïque.

— Combien de survivants ? s'enquit-il, ignorant sa propre blessure.

Joach lui tendit sa cape déchirée et maculée de suie. Tandis que le Sanguinaire la nouait autour de sa taille, le jeune homme répondit à sa question :

— Pas beaucoup, à part nous. (Il tendit un doigt vers les caisses.) Kesla et Sheeshon ont été meurtries et secouées, mais elles tiennent le coup.

Sy-wen aperçut la jeune fille qui berçait l'enfant sur ses genoux.

— Richald s'en est tiré lui aussi, poursuivit Joach, mais il a une jambe cassée et il refuse de parler. Il reste avec les autres el'phes. Plus que sa jambe cassée, je crois que c'est la perte de son navire qui le rend infirme.

— Et son équipage ? interrogea Kast.

— Trois des marins ont survécu. La collision en a tué quatre.

Le Sanguinaire balaya du regard l'épave fumante.

— Et maintenant ?

— On continue à pied. D'après Kesla, Alcazar se trouve à environ sept lieues d'ici. Ça ne sera pas facile, mais c'est faisable. Pour aujourd'hui, nous allons récupérer tout ce que nous pouvons et nous reposer. Après le coucher du soleil, nous chargerons un brancard et voyagerons à la faveur de l'obscurité.

Sy-wen leva les yeux vers la colonne de fumée.

— Serons-nous en sécurité jusque-là ? Notre position est assez repérable, et j'imagine que toutes les créatures susceptibles de venir fouiner ne sont pas amicales.

Kesla apparut soudain près d'elle, faisant sursauter la mer'ai. Elle se déplaçait si furtivement… Et sans laisser la moindre empreinte dans le sable, constata Sy-wen.

— Sy-wen a raison, approuva Kesla. Nous ne devons pas rester ici. Outre les observateurs hostiles, les sables du désert abritent de redoutables prédateurs. L'odeur du sang ne tardera pas à les attirer. Il faut brûler les corps et partir le plus vite possible.

Joach secoua la tête.

— Nous n'avons pas d'eau. Nous sommes tous épuisés. Il fera plus frais pour marcher cette nuit.

— Mais ce sera plus dangereux, répliqua Kesla.

Sy-wen regarda les deux jeunes gens se défier, chacun refusant de baisser les yeux le premier. De toute évidence, la friction entre eux n'était pas seulement due à leur situation actuelle.

Kast prit la parole :

— Je pense que nous devrions suivre les conseils de Kesla. Elle connaît le désert mieux qu'aucun de nous. Elle a grandi ici.

— Je suis d'accord, acquiesça Sy-wen.

Joach resta immobile quelques instants, puis tourna les talons.

— Très bien. Je vais prévenir l'el'phe.

Kesla le suivit du regard tandis qu'il s'éloignait. Elle poussa un soupir.

— Il faut préparer Sheeshon.

— Je vais t'aider, dit Hunt en lui emboîtant le pas.

Restée seule avec Kast, Sy-wen se tourna vers le Sanguinaire. Elle lui adressa un sourire las : malgré son affection pour Ragnar'k, elle était contente d'avoir retrouvé son bien-aimé.

— Comment va ton bras ?

— Je survivrai.

— Tu as intérêt.

Elle se colla contre lui en faisant attention à ses brûlures. Kast lui passa son bras valide autour des épaules et la serra très fort contre lui.

— Nous avons un long voyage en perspective. Peut-être devrions-nous trouver un coin à l'ombre et nous reposer pendant que nous le pouvons.

Sy-wen fit courir un doigt le long de la poitrine du Sanguinaire.

— Nous reposer ?

Kast planta son regard dans celui de la mer'ai.

— Tu avais autre chose en tête ?

Sy-wen se dressa sur la pointe des pieds et lui tendit ses lèvres en chuchotant d'une voix rauque :

— J'ai besoin de toi.

L'ombre d'un sourire passa sur le visage de Kast comme il se penchait pour lui donner un baiser. Mais avant que leurs bouches se rejoignent, un cri s'éleva près de l'épave.

Maître Belgan était agenouillé en compagnie du chaman dans la pénombre de la cour intérieure. Bien qu'il ait entamé son ascension, le soleil matinal n'était pas encore assez haut dans le ciel pour darder ses rayons par-dessus les remparts d'Alcazar. Les deux hommes se trouvaient près de la margelle carrelée d'un puits. Autour d'eux, buissons en fleurs et statues de grès parsemaient le petit jardin.

Le chaman Parthus jeta devant lui un assortiment d'os blanchis : vertèbres minuscules, phalanges noueuses, pattes d'oiseaux et crânes de lézards. Ceux-ci dansèrent et cliquetèrent avant de s'immobiliser sur la pierre rouge. Parthus inclina la tête sur le côté pour mieux étudier le motif qu'ils formaient.

Belgan repoussa ses longs cheveux blancs en arrière et scruta également les os. Mais leur disposition ne signifiait rien pour lui. Il n'avait pas le don.

— Qu'est-ce qu'ils racontent ?

Parthus leva une main qui n'était elle-même guère plus que des os fragiles enveloppés de peau tannée par le soleil. Il se pencha et renifla ses instruments de divination, détaillant leur motif d'abord avec un œil, puis avec l'autre, tel un oiseau considérant un hanneton à l'aspect étrange. La longueur de son nez et l'acuité de ses traits ajoutaient à sa ressemblance avec un rapace.

Belgan se rassit sur ses talons et attendit impatiemment. Les deux hommes étaient enveloppés d'une cape rouge dont la capuche pendait dans leur dos – mais c'était leur seul point commun. Là où le chaman était chauve, tout en os et en cuir, Belgan présentait une silhouette robuste et une peau presque aussi blanche que sa longue chevelure. On le surnommait « le Fantôme d'Alcazar », pour sa discrétion autant que pour la pâleur de son teint.

Bien que très dissemblables physiquement, les deux hommes partageaient un même dessein. Depuis deux lunes, ils venaient chaque matin dans la cour afin de lancer les osselets de divination en quête d'un espoir. Dans dix jours à peine, la prochaine dîme serait exigée et d'autres enfants marcheraient à la mort.

En tant que chef de la guilde des assassins, Belgan avait accepté de libérer le Désert de Sable de la corruption qui nichait désormais à Tular. Et, à son tour, il avait remis le sort de son peuple entre les mains d'une jeune fille, un assassin formé à l'art de la discrétion – un de ses meilleurs élèves. Avant son départ, elle avait versé un peu de son sang sur les os pour permettre à Belgan et Parthus de suivre sa progression. Pendant une lune et demie, le chaman avait plus ou moins pu la repérer à distance. Puis, quatorze jours auparavant, les osselets s'étaient tus. Ils avaient refusé de livrer le moindre indice sur sa position, comme si elle avait disparu de la face du monde.

Belgan se tordit les mains. À chaque matin écoulé sans recevoir de signe, son espoir de réussite s'amenuisait. Faute de réponse d'ici le lendemain, il devrait envoyer un message aux tribus, les prévenir de rassembler le nombre d'enfants exigés par la Bête – de choisir de nouveau qui vivrait et qui mourrait. Ils n'avaient pas d'autre solution. La requête sanglante exigeait satisfaction.

De l'autre côté des os épars, le chaman plissa les yeux et releva brusquement la tête.

— Je la vois.

Belgan se figea, craignant d'avoir mal entendu.

— Elle est là, grogna Parthus. Tout près. Dans le sable, déjà.

— Kesla ? Tu en es sûr ?

Le vieillard hocha la tête.

Belgan lâcha un hoquet de soulagement. La gamine avait réussi à revenir !

— La Douce Mère en soit remerciée. Je savais qu'elle était forte.

Le chaman leva une main en signe d'avertissement.

— Avant de vous réjouir… Les osselets me révèlent également qu'un danger la menace.

— Quel danger ?

— Ce n'est pas très clair. Du sang et de la fumée… des dents et de la chair déchiquetée.

— Survivra-t-elle ? Parviendra-t-elle jusqu'à nous ? interrogea Belgan sur un ton pressant.

Parthus fronça les sourcils. Tendant la main, il toucha la mâchoire d'un rat du désert.

— Ça, même les osselets ne peuvent pas le dire.

Sous l'auvent improvisé, Kesla était en train de plier une couverture lorsqu'un cri se répercuta à la surface du sable. C'était le cri de terreur d'une enfant, et il provenait de l'autre côté de l'épave fumante.

Quelques pas plus loin, Hunt appela :

— Sheeshon !

Kesla lâcha sa couverture et se précipita vers le navire échoué.

— Quand je l'ai laissée là-bas, elle faisait la sieste.

Hunt suivit la jeune fille. Malgré les longues jambes du Sanguinaire, celle-ci courait beaucoup plus vite que lui dans le sable. Tous deux contournèrent la coquille brûlée de la *Fureur de l'Aigle*. Déjà, leurs compagnons convergeaient depuis toutes les directions.

Kesla fut la première à atteindre l'autre côté de l'épave et à voir le danger. Par respect pour leurs morts, les el'phes avaient construit un petit abri contre le flanc du navire, afin de protéger les quatre cadavres de la chaleur cuisante du soleil.

Kesla vit un des corps être entraîné hors de l'abri. Elle identifia le voleur à sa fine nageoire blanche et à sa queue musclée qui fendaient le sol. La créature s'agita, projetant du sable très haut dans les airs. Les os frêles du cadavre craquèrent, et le corps disparut en même temps que le prédateur dans les profondeurs fraîches du désert, ne laissant derrière lui qu'une traînée sanglante.

Un autre cri résonna. Hunt déboula à son tour et tendit un doigt.

— Elle est là !

Sheeshon se tenait au sommet d'un promontoire de grès, en équilibre précaire. Elle semblait terrorisée.

Comme les autres arrivaient à leur tour, Hunt fit mine de s'élancer vers la fillette.

— Non, dit Kesla en lui prenant le bras pour le retenir et en faisant signe à leurs compagnons de ne pas y aller non plus. Ne bougez pas.

Hunt voulut protester, mais deux nageoires crevèrent la surface du désert et commencèrent à tourner autour du rocher.

— Des requins des sables, révéla Kesla. Ils sont attirés par le sang des morts.

Sheeshon les avait repérés, elle aussi. Elle tendit des bras implorants.

— J'ai besoin de toi ! lança-t-elle, les joues ruisselant de larmes, en regardant Hunt par-delà la distance qui les séparait.

À côté de Kesla, le grand Sanguinaire se raidit. Il se dégagea de son étreinte et se dirigea vers la fillette.

— Non ! glapit Kesla. Ne bouge pas ! Outre le sang, ces créatures sont attirées par le mouvement !

Hunt continua comme s'il était sourd.

— C'est le sort, expliqua Sy-wen. Celui qui lie les Sanguinaires aux mer'ai. Il est sous son emprise.

Kast arracha sa cape et, de nouveau entièrement nu, s'élança vers Hunt. Il jeta le vêtement sur la tête de l'autre Sanguinaire pour rompre le contact visuel entre Sheeshon et lui. Hunt tituba comme si la corde qui le tirait en avant venait d'être tranchée. Désorienté, il tenta d'arracher la cape, mais Kast l'en empêcha.

— Garde ton tatouage couvert, Hunt.

Hochant la tête pour montrer qu'il avait compris, Hunt fit glisser la cape sur ses épaules et l'enroula autour de son cou ainsi qu'un foulard.

— Que personne ne bouge ! aboya Kesla.

D'autres nageoires firent surface – plus d'une douzaine.

Du côté de l'abri, deux autres cadavres de marins el'phes furent entraînés sous le sable. Le dernier fut déchiqueté par les prédateurs qui se disputaient sa viande. Des morceaux de chair sanglante furent projetés dans les airs et rattrapés au vol par des requins plus petits, qui jaillirent du sable pour les happer dans un claquement de dents blanches triangulaires.

— Ils vont nous attaquer ? s'enquit Joach.

— Ce sont essentiellement des charognards. Ils s'en prennent rarement aux vivants. Mais ça peut arriver quand l'odeur du sang les a rendus fous. Contentons-nous de rester immobiles. Une fois repus, ils devraient s'en aller.

Kesla sentait la tension de ses compagnons. C'était difficile pour eux de rester les bras ballants face à une fillette qui pleurait et appelait au secours. Mais ils n'avaient pas le choix. En bougeant, ils ne réussiraient qu'à attirer l'attention des créatures redoutables tapies sous la surface du désert.

Pendant qu'ils attendaient, le soleil continua à monter dans le ciel.

Lorsque les quatre cadavres eurent été dévorés, les prédateurs battirent de leur queue puissante, et leurs nageoires s'enfoncèrent dans le sable jusqu'à ce qu'une seule d'entre elles demeure apparente. Kesla la suivit du regard, les yeux plissés. C'était la plus grosse de toutes – celle du mâle dominant, le requin qui guidait la horde et commandait à tous les autres. Il continuait à décrire des cercles sous la surface comme s'il cherchait encore de la viande. Finalement, il s'éloigna en direction d'une dune voisine et disparut.

Kesla, qui retenait son souffle depuis un petit moment, s'autorisa enfin à expirer. Ils avaient survécu.

Sheeshon entreprit de descendre de son perchoir. Hunt se dirigea vers elle.

Ce fut alors que Kesla aperçut une ondulation dans le sable, le signe d'un mouvement à fleur de surface. Quelque chose se tapissait au pied de la dune.

— Non ! glapit-elle. Reculez !

Trop tard. La fillette avait atteint le bord du sable. Elle s'élança vers le Sanguinaire en lui tendant les bras pour qu'il la prenne dans les siens. Ni elle ni lui ne remarquèrent la grande nageoire qui crevait de nouveau la surface du désert et filait droit vers eux.

Joach, Sy-wen et Kast crièrent des avertissements, eux aussi. Hunt les entendit. Il se retourna et identifia enfin le danger. Bondissant, il ceintura Sheeshon et plongea sur le côté. Une demi-seconde plus tard, la nageoire le frôla et le dépassa, manquant ses talons d'un cheveu.

Coupé à la fois du promontoire rocheux et de l'épave du navire, Hunt pivota et entreprit d'escalader la dune voisine. Mais le sable glissait sous ses pieds et la nageoire du requin fendait la surface du désert à sa poursuite.

D'autres nageoires apparurent et se mirent à tourner en cercle autour du Sanguinaire, lui barrant toute retraite.

Kesla agrippa le bras de Joach.

— La dague de noctiverre ! Donne-la-moi !

Joach fronça les sourcils d'un air soupçonneux.

— C'est le seul moyen de combattre les créatures des sables. Fais-moi confiance !

Le jeune homme hésitait encore lorsque Sheeshon poussa un cri terrifié. Alors, il tira la dague du fourreau dissimulé sous sa cape et la fourra dans les mains de Kesla. La jeune fille saisit le manche froid ; ses doigts enveloppèrent le basilic sculpté. Quand elle s'adressa au reste du groupe, ce fut d'une voix aussi tranchante que la lame de noctiverre :

— Ne bougez pas avant que je vous le dise !

Elle s'élança tandis que d'autres nageoires émergeaient des profondeurs, leurs trajectoires s'entrecroisant ainsi que les mailles d'un filet de pêche au travers duquel elle dansa gracieusement. Grâce à sa formation d'assassin, elle savait courir dans le sable sans en déranger un seul grain. Aucun des prédateurs ne remarqua qu'elle traversait leur territoire.

Lorsqu'elle eut dépassé les plus petites nageoires, Kesla fonça vers la dune.

— Je vais faire diversion, cria-t-elle à Hunt. Mais tu dois t'arrêter de bouger !

Le Sanguinaire tenta d'obtempérer. Hélas, ses pieds glissèrent dans le sable. Sheeshon s'accrocha de plus belle à son cou, et la nageoire du mâle dominant fila droit vers eux.

Kesla vit la panique grandissante dans les yeux de Hunt alors que la mort lui fonçait dessus. Pourtant, le Sanguinaire luttait pour obéir à la jeune fille. Il freina désespérément et parvint à s'immobiliser dans la pente, vacillant. Le sable lui montait jusqu'à mi-mollets.

Kesla infléchit sa trajectoire pour s'écarter de lui et gravir la dune en diagonale. Cette fois, elle n'essayait plus de masquer son déplacement : au contraire, elle faisait exprès de gifler le sol avec ses semelles.

Elle jeta un coup d'œil par-dessus son épaule. La grande nageoire avançait toujours vers Hunt et Sheeshon, mais elle avait ralenti. Elle finit par s'arrêter à un pas seulement des jambes du Sanguinaire.

Kesla l'imita et tapa très fort du pied.

— Entends-moi, supplia-t-elle, les dents serrées.

La nageoire ne bougea pas. Elle avait besoin d'une motivation supplémentaire.

Kesla s'entailla la paume avec la dague de noctiverre. La lame était si effilée qu'elle sentit à peine sa morsure. Du sang s'accumula dans la plaie, créant une flaque sombre au creux de sa main. Retournant celle-ci, Kesla serra le poing et fit goutter le liquide épais sur le sable.

Près de Hunt, la nageoire s'enfonça légèrement. Puis le requin fit volte-face, avec un battement de queue si violent qu'il souleva une gerbe de sable. Déséquilibré, Hunt partit en arrière. Il atterrit sur le dos, serrant Sheeshon contre sa poitrine. Mais le prédateur ne parut pas s'en apercevoir. Il avait capté l'odeur du sang frais. Sa nageoire fila en direction de Kesla.

La jeune fille recula vers le haut de la dune, marchant toujours bien à plat pour s'assurer que la vibration de ses pas signale sa position, à la manière d'une balise. En même temps, elle laissait couler son sang dans le sable.

— Viens là, chasseur. Prouve-moi que tu as faim.

Dans la vallée en contrebas, ses compagnons l'observaient, le visage levé vers elle et l'air anxieux. Les petits requins continuaient à tourner autour d'eux sans se soucier de la proie du mâle dominant.

Kesla s'accroupit. Elle était prête.

La nageoire fendit le flanc de la dune. La jeune fille attendit que le requin ne soit plus qu'à deux pas d'elle – puis elle bondit à sa rencontre. Le prédateur perçut le mouvement et surgit du sable. À cette distance, il n'était pour elle qu'une gueule noire et béante garnie de dents redoutables. Kesla se propulsa dans les airs, effectua une culbute et atterrit sur sa nageoire. Brandissant sa dague, elle la plongea jusqu'au manche dans le dos de son poursuivant.

Le requin empalé se cabra sous elle. Sa queue fouetta brutalement l'air. Mais Kesla le chevauchait, agrippant sa nageoire d'une main. De l'autre, elle retira la dague de noctiverre. Du sang jaillit de la plaie et dégoulina le long de la dune.

Tandis que le requin se débattait, Kesla frappa de nouveau, pour se donner une prise plutôt que pour le blesser davantage. Le prédateur tenta de fuir en replongeant dans le sable. Kesla faillit se laisser entraîner par lui, mais au dernier moment, elle dégagea son arme, s'écarta d'un bond et roula vers le bas de la dune.

Arrivée au pied de la pente, elle s'accroupit prudemment et brandit sa dague. Les petits requins poursuivirent leur manège quelques instants, puis disparurent eux aussi dans le sillage de leur mâle dominant.

Kesla fit signe à ses compagnons de rester où ils étaient. Elle ne voulait pas qu'ils bougent avant que toute la horde se soit éloignée. Saisissant le bord de sa cape, elle enroula celle-ci autour de sa paume entaillée. Il ne fallait surtout pas que son sang attire les lambins.

Comme elle se relevait, Kesla aperçut un mouvement au sein du groupe planté près de l'épave. C'était Joach. Un doigt tendu, il désignait la pente derrière Kesla. Sa bouche s'ouvrit pour crier quelque chose.

Les cheveux de la jeune fille se hérissèrent dans sa nuque. Elle fit volte-face en se laissant tomber à terre.

Le cri de Joach résonna dans son dos.

—Attention !

Une forme monstrueuse venait de crever la surface au pied de la dune, un véritable mur de muscles et de dents. Aveuglé par la fureur et la soif de sang, le mâle blessé se propulsa entièrement hors du sable et se laissa retomber vers Kesla. Sa gueule s'ouvrit tout grand, révélant plusieurs rangées de dents aussi tranchantes que la lame d'un rasoir. Kesla aurait pu se tenir debout entre ses mâchoires béantes.

Au lieu de ça, elle plongea sous l'animal en levant sa dague pour le poignarder. Le noctiverre imprégné de magie s'enfonça dans la chair du requin comme dans du beurre tiède. Et tandis que le prédateur filait au-dessus de la jeune fille, la lame effilée lui ouvrit le ventre sur toute sa longueur.

Mais le bout de sa queue gifla l'épaule de Kesla, projetant celle-ci dans le sable. Le coup fit sauter la dague de la main de la jeune fille et la projeta tournoyante dans les airs.

Désarmée, Kesla roula sur le dos. Des lumières minuscules dansaient devant ses yeux.

Le mâle dominant s'écrasa sur le flanc. Son sang et ses intestins se déversèrent sur le sable. Sa gueule caverneuse s'ouvrit et se referma tandis qu'il se tordait au pied de la dune et que les autres requins battaient prudemment en retraite. Puis ses convulsions s'apaisèrent comme une mare sombre s'élargissait autour de lui.

Kesla se releva et se dirigea vers ses compagnons.

— On devrait être en sécurité pour le moment, haleta-t-elle, le souffle court. Le sang du mâle dominant éloignera ses congénères. Mais les requins des sables ne sont pas les seuls prédateurs dans les parages. Nous devons partir.

Joach alla ramasser la dague et rejoignit la jeune fille, à laquelle il offrit son bras.

— Ce que tu as fait..., souffla-t-il. Tu étais si rapide !

Kesla sourit faiblement.

— En fin de compte, tu as trouvé une utilité à mes talents d'assassin.

Hunt se plaça de l'autre côté d'elle. Il tenait toujours Sheeshon dans ses bras. La fillette avait le visage maculé de larmes et de sable. Elle foudroya du regard la carcasse du requin.

— Méchant gros poisson, le rabroua-t-elle en se pinçant le nez à cause de l'odeur.

Kesla tendit la main pour toucher la joue de l'enfant, mais ses jambes flageolèrent subitement de fatigue. Elle s'affaissa dans le sable.

— Je te tiens, dit Joach en la rattrapant.

Kesla leva les yeux vers lui.

— Merci.

Joach glissa la dague de noctiverre dans la ceinture de la jeune fille.

— Tu devrais la garder. Tu l'as bien méritée.

Kesla baissa les yeux vers cette marque évidente de confiance. Puis elle détourna la tête pour cacher les larmes qui lui montaient aux yeux et se racla la gorge.

— Il… il faut partir le plus vite possible. (Se redressant, elle regarda la masse inerte du requin.) Les tribus ont un vieil adage : « Dans le sable, seuls les morts cessent d'avancer. »

— Alors, levons le camp, dit Kast.

Flanqué de Sy-wen, il rebroussa chemin vers l'épave fumante de la *Fureur de l'Aigle*.

Joach resta près de Kesla. Comme elle emboîtait le pas à leurs compagnons, la jeune fille remarqua qu'il la détaillait. Quelque chose avait remplacé sa colère et son ressentiment habituels – une chose qu'elle n'avait pas sentie émaner de lui depuis les cuisines de Val'loa, du temps où elle se faisait passer pour une marmitonne.

Elle le surveilla du coin de l'œil. Joach traînait les pieds à côté d'elle ; il se mordait la lèvre inférieure et son regard était pensif. Détournant la tête pour ne pas qu'il la voie, Kesla s'autorisa un petit sourire rayonnant.

Debout devant la porte-fenêtre de sa chambre, Belgan scrutait les dunes qui s'étendaient autour d'Alcazar. Une lune presque pleine grimpait dans le ciel, nimbant le sable et la roche d'une lueur argentée. Son éclat était si intense que le vieil homme pouvait voir très loin dans le désert.

— Où es-tu, Kesla ? chuchota-t-il.

Cette nuit, l'inquiétude l'empêchait de dormir. Les os de divination du chaman avaient dispensé des augures à la fois réjouissants et effrayants. Kesla avait atteint le désert, mais elle n'était pas en sécurité, loin s'en fallait.

Après leur séance de lecture, Parthus avait quitté Alcazar en promettant d'envoyer des hommes de sa tribu chercher l'adolescente. Belgan pria pour qu'ils la trouvent indemne et pour qu'elle ait réussi à imbiber la dague de sang de sor'cière. Tant de choses dépendaient d'une personne si jeune…

Mais Kesla n'était pas une fille ordinaire ; Belgan le savait. C'était lui qui l'avait découverte dix ans plus tôt, en train d'errer dans le désert. Elle était nue, visiblement âgée de cinq hivers tout au plus, et elle ne se souvenait ni de sa famille, ni de son passé.

Il avait compris tout de suite qu'elle était spéciale. Le soleil impitoyable ne l'avait pas marquée. Ses longs cheveux dorés traînaient dans le sable derrière elle. Elle avait pénétré dans son campement comme si le désert lui-même venait de l'engendrer. Pour une enfant si seule et si loin de tout, elle affichait un calme presque surnaturel – mais elle ne parlait pas.

Belgan l'avait tout d'abord crue simple d'esprit. Il avait rapidement changé d'avis. Kesla apprenait vite. Elle avait su parler dans l'année, et lire la suivante. Très vite, elle avait assimilé tout ce qu'il enseignait et surmonté tous les défis qu'il lui posait.

Oui, Kesla avait quelque chose de spécial. Ça formait comme une aura autour d'elle. Lorsqu'était apparue la nécessité de tremper la dague de noctiverre dans le sang d'une sor'cière, Belgan n'avait envisagé de confier cette mission à personne d'autre. Même si les osselets du chaman avaient désigné un autre assassin, il aurait choisi Kesla. À ses yeux, elle était le plus grand espoir du désert.

Des coups résonnèrent derrière lui. Le vieil homme se retourna, se demandant qui pouvait bien lui rendre visite à une heure pareille.

— Entrez !

La porte de sa chambre s'ouvrit et un apprenti entra en s'inclinant.

— Maître Belgan, je m'excuse de vous déranger si tard.

— Qu'y a-t-il, Seth ?

— Un voyageur s'est présenté à la porte d'Alcazar ; il nous supplie de le laisser entrer.

— Il est seul ?

— Oui.

Belgan fronça les sourcils. Il fallait être fou pour se lancer dans une traversée du désert en solitaire. Les dangers étaient trop nombreux pour qu'une paire d'yeux suffise à les guetter. Et, à cette heure tardive, le vieil homme n'avait pas de patience à gaspiller avec un fou.

— Que veut-il ?

— C'est justement pour ça que je me suis permis de vous déranger, répondit l'apprenti. Il veut vous parler. Il dit qu'il vous apporte un avertissement.

Belgan soupira. Il ferait mieux de voir de quoi il retournait. Saisissant sa cape sur le portemanteau, il s'enveloppa de ses plis de tissu rouge.

— Vous l'avez laissé entrer ?

— Non, maître. Il attend dehors.

Belgan acquiesça. Bien. À cause des dangers et des créatures porteuses de maladies qui se baladaient dans le désert, Alcazar fermait ses portes au crépuscule et ne les rouvrait pas avant l'aube.

— Conduis-moi à lui.

Seth tint la porte ouverte pour son maître, puis passa devant lui pour le précéder dans les escaliers et les couloirs de grès.

Des siècles auparavant, la forteresse d'Alcazar avait été taillée dans un haut promontoire rocheux. Vu du désert, celui-ci ressemblait à un simple monolithe. Mais une fissure verticale dans sa face nord conduisait vers une cour intérieure à ciel ouvert. Alcazar – ses tours vertigineuses, ses aiguilles en spirale et ses statues de rois antiques – avait été sculptée dans les falaises qui entouraient cette cour. C'était une citadelle enchâssée dans une coquille de grès, le siège et le bastion de la guilde des assassins.

Seth poussa une épaisse porte de frêne. Belgan sortit de sa tour et émergea sur les pavés de la cour centrale. À partir de là, il marcha en tête tandis que l'apprenti le suivait de près.

La lune brillait très haut au-dessus de sa tête, illuminant le cœur d'Alcazar. Sur sa droite, les malluks gémissaient et renâclaient dans leurs écuries. Ces créatures d'ordinaire stoïques étaient visiblement agitées, effrayées. Elles avaient réussi à réveiller leur dresseur. Belgan vit Humph, vêtu de sa seule chemise de nuit, pousser la lourde porte pour les rejoindre.

Comme il le regardait disparaître à l'intérieur du bâtiment, une petite brise s'insinua sous sa cape et le fit frissonner. Il resserra le vêtement autour de ses épaules et s'enveloppa de ses bras. *Cette nuit regorge d'augures étranges.*

Seth le rattrapa et le dépassa.

— Par ici, maître Belgan.

De l'autre côté de la cour, la fissure naturelle dans la falaise donnait sur le désert, mais elle avait été scellée sur toute sa hauteur par un entrecroisement de barres métalliques épaisses comme le poignet d'un homme. Du côté extérieur, des piques empoisonnées dissuadaient tout voleur de tenter l'escalade. La seule ouverture était une herse actionnée à l'aide de poulies et de contrepoids.

Seth se dirigea vers la porte fermée. Dans la pénombre qui s'étendait au-delà, Belgan repéra une silhouette voûtée, agenouillée sur le sol.

Deux apprentis munis de lances encadraient la herse – les sentinelles de garde cette nuit-là. Belgan les salua du menton, puis saisit une torche allumée dans un porte-flambeau et s'approcha de la grille.

Le voyageur leva la tête vers lui.

Belgan hoqueta et fit un pas en arrière. Le visage dissimulé sous une capuche était incroyablement ridé, et un voile couleur de lait recouvrait ses yeux. Il ressemblait à celui d'une momie desséchée. Pourtant, le voyageur n'était pas mort. Prenant appui sur une canne de bois gris, il se redressa péniblement. Ses articulations craquèrent en signe de protestation.

Belgan se ressaisit.

— Comment… comment puis-je vous aider, vieillard ?

L'inconnu leva les bras, révélant que l'un d'eux s'achevait par un moignon. Il repoussa sa capuche. Sa canne balaya l'air devant sa figure comme pour chasser un moustique importun. À présent qu'il le voyait mieux, Belgan se rendait compte que sa première impression n'avait été qu'une illusion d'optique créée par la lumière vacillante de sa torche. Cet homme était vieux, mais pas aussi décrépit qu'il l'avait d'abord cru.

Belgan mit de côté son appréhension initiale. Il n'avait rien à craindre.

Lorsque le voyageur parla, ce fut d'une voix basse et riche, bien que légèrement éraillée par l'âge.

— Je ne suis pas venu solliciter votre aide, maître Belgan, mais vous offrir la mienne.

— Je vous demande pardon ? Qui êtes-vous ? D'où venez-vous ?

— Je porte beaucoup de noms, mais vous pouvez m'appeler Dismarum. Je suis un nomade qui erre de par les contrées d'Alaséa.

De nouveau, la canne remua devant sa figure comme il secouait ses membres las. Son visage raviné rappela soudain à Belgan celui de son grand-père. Le chef de guilde culpabilisa de se montrer si peu hospitalier, mais ce fut sur un ton égal qu'il demanda :

— Pourquoi êtes-vous venu ici ?

— Pour vous prévenir de l'arrivée d'un ennemi.

Belgan haussa un sourcil.

— Et de quel ennemi s'agit-il donc ?

— Un jeune homme porteur de magie noire. Il se fait appeler Joach.

— Qu'est-ce qui vous fait penser qu'il va se présenter à notre porte ?

Dismarum s'appuya lourdement sur sa canne. Il était visiblement affaibli et affamé.

— C'est le frère d'une sor'cière.

Choqué, Belgan eut un mouvement de recul.

— Comment savez-vous… Une sor'cière ?

— J'ai entendu des rumeurs sur la route. Il vient venger la mort de sa sœur.

Belgan sentit le sang refluer de ses membres. La torche trembla dans sa main. Qu'avait fait Kesla ?

— Je pourrais vous en dire plus, mais le désert m'a vidé de mes forces. (Les paroles du visiteur semblaient s'insinuer dans le crâne de Belgan.) Je vous demande une faveur. Laissez-moi entrer.

Les soupçons du chef de guilde se rallumèrent, mais Dismarum agita de nouveau sa canne. Belgan cligna des yeux et dévisagea l'inoffensif vieillard. Comment pouvait-il se méfier de ce voyageur qui avait pris tant de risques pour l'avertir ? Sa culpabilité revint à la charge. Il fit un pas en arrière.

— Lève la herse, ordonna-t-il à Seth.

— Maître ?

Belgan remarqua l'expression inquiète de l'apprenti.

— Nous allons offrir à ce voyageur du désert un repas chaud et quelque chose à boire. C'est le moins que nous puissions faire pour le remercier. Maintenant, lève la herse.

Seth hésita et jeta un coup d'œil dégoûté entre les barreaux. Se rappelant la répugnance initiale que lui avait inspirée Dismarum, Belgan fronça les sourcils.

— Fais ce que je dis !

Seth écarquilla les yeux et se précipita vers la poulie.

Surpris par son propre éclat, Belgan porta une main à son front. Jamais il ne haussait la voix. Ce devait être le manque de sommeil, les journées passées à s'inquiéter pour Kesla.

Il reporta son attention sur le vieillard qui attendait dehors. Dismarum leva sa canne et la fit rouler dans sa paume – alors, toutes les réticences de Belgan s'envolèrent. À quoi pensait-il ? Il devait traiter ce vieillard avec la plus grande compassion. Peut-être même lui laisser sa chambre pour la nuit, afin de se faire pardonner son manque d'hospitalité initial.

Il y eut un grincement de rouages et un grognement métallique. Lentement, la pointe inférieure des barreaux s'arracha aux trous creusés dans le grès, et la herse se leva.

Lorsqu'elle fut assez haute, Belgan s'avança pour offrir son bras à Dismarum. Le vieillard lui adressa un sourire chaleureux, plein d'amicale gratitude. Ravi de lui avoir fait plaisir, Belgan lui rendit son sourire. Puis il l'entraîna sous la herse et dans la cour de la forteresse.

L'espace d'un instant, il crut apercevoir un mouvement du coin de l'œil – une silhouette trapue, des griffes, des sabots fourchus. Mais celle-ci se volatilisa aussitôt, ne laissant qu'une odeur de bouc planer dans l'air derrière elle.

Les sourcils froncés, Belgan ralentit. Dans sa poitrine, son cœur paniqué accéléra. Quelque chose clochait terriblement. Ses pieds trébuchèrent.

Puis le vieillard le rattrapa et l'effleura avec sa canne. À son contact, Belgan poussa un soupir de soulagement. Il n'avait plus peur.

Secouant la tête comme pour se moquer de sa propre stupidité, il se dirigea vers les tours et les aiguilles sculptées. Ses oreilles ignorèrent les hennissements affolés qui s'élevèrent depuis les écuries lorsque son invité et lui passèrent devant.

Il tapota aimablement le bras du voyageur.

— Bienvenue, Dismarum. Bienvenue à Alcazar.

10

Le second jour de leur traversée du désert, Joach cheminait à côté de la civière sur laquelle Richald et sa jambe cassée avaient pris place. Ils étaient les derniers de la colonne. Kesla ouvrait la marche, flanquée de Hunt qui portait Sheeshon dans ses bras. Devant Joach, Kast et Sy-wen avançaient main dans la main. Ils s'étaient enveloppés de tissu de la tête aux pieds ; la seule peau exposée au soleil était celle de leurs doigts entrelacés.

Joach leva les yeux vers le ciel et mit sa main en visière. À l'ouest, le soleil touchait l'horizon. Les compagnons devraient bientôt trouver un endroit pour camper – et le plus tôt serait le mieux. Ils avaient tous chaud et soif.

La veille, Kesla les avait conduits à un site dissimulé par un éboulement de rochers. À l'écart du sable, ils risqueraient moins de se faire attaquer par des prédateurs nocturnes, avait-elle expliqué. Pendant qu'ils dressaient leur camp, elle leur avait recommandé de tendre des morceaux de voile « pour collecter la rosée ».

Sage conseil. Au matin, les écuelles et les casseroles placées au pied des voiles étaient pleines d'eau fraîche. Ça n'avait pas suffi pour que les compagnons lavent leur corps couvert de sueur et de sable, mais ça leur avait permis de boire quelques gorgées et de remplir des outres de cuir pour la journée.

À présent, le soleil se couchait et Joach avait épuisé sa petite provision d'eau depuis longtemps. Ses lèvres étaient craquelées, sa langue, gonflée et collante. Kesla lui avait montré comment garder un caillou à l'intérieur de sa joue pour lutter contre la soif et humidifier sa bouche, mais il l'avait craché des heures auparavant. Chaque articulation, chaque pli de sa peau était à vif. Le reflet aveuglant du soleil sur les dunes alentour lui blessait les yeux. Il lui semblait qu'il marchait depuis des lunes plutôt que des jours. La nuit précédente, même ses rêves avaient été remplis de sable et de ciel immense.

Joach n'était pas le seul à souffrir. Tous les compagnons se traînaient, la tête basse. Le pire avait échu aux deux marins qui portaient la civière de Richald. Le prince el'phe utilisait sa magie pour alléger son corps, et donc, le fardeau qu'il représentait, mais le soleil impitoyable sapait l'énergie de tout le monde. Parfois, Richald autorisait ses porteurs à se reposer et clopinait péniblement à l'aide d'une béquille, son visage stoïque creusé par la douleur. Mais il ne pouvait pas avancer longtemps ainsi ; très vite, il était forcé de se rallonger.

Un murmure rauque s'éleva depuis les voiles et les vêtements entassés sur la civière.

— Joach ?

En pivotant, Joach écarta le foulard qui lui couvrait le visage pour regarder Richald. C'était le premier mot que le prince el'phe prononçait depuis l'atterrissage forcé de la *Fureur de l'Aigle*.

— Qu'y a-t-il ?

Richald se dressa sur un coude.

— Je suis désolé.

— Pourquoi ?

— J'ai manqué à tous mes devoirs envers vous.

Perplexe, Joach fronça les sourcils.

— Comment ça ?

— Je n'aurais pas dû perdre mon navire. J'ai attiré la honte sur ma famille.

Joach soupira. Il reconnaissait la douleur dans les yeux de l'el'phe. Au cours de sa vie parmi les nuages, Richald avait rarement été mis à aussi rude épreuve que pendant leur traversée du champ de narcilierre, deux jours plus tôt. Cette expérience désastreuse avait fait retomber tout le vent qui gonflait ses voiles hautaines.

Tendant la main, Joach toucha le poignet de l'el'phe. Richald voulut se dérober, mais Joach lui agrippa le bras pour l'en empêcher.

— Je suis désolé que vous ayez perdu votre navire, Richald. Vraiment. Mais vous nous avez permis de franchir le champ de narcilierre et de continuer notre voyage. Vous n'avez déshonoré ni votre nom, ni votre famille.

— Mais la *Fureur*...

— Ce n'était que du bois et de la toile. Tant que vous vivrez, vous pourrez vous faire construire un autre vaisseau. La véritable *Fureur*, c'est vous.

L'expression blessée de l'el'phe s'adoucit quelque peu. Il dévisagea Joach un moment, puis dégagea son bras.

— Merci, chuchota-t-il avant de rouler de l'autre côté.

Un peu plus loin devant eux, Kesla leva une main.

— Nous camperons après la prochaine dune.

Joach poussa un grognement soulagé. Il se réjouissait que cette longue journée touche à sa fin. Selon Kesla, les compagnons atteindraient Alcazar le lendemain vers midi.

Joach continua à avancer avec un regain de vigueur. La proximité de leur destination fit presser l'allure à tout le groupe. La dernière dune présentait une pente monstrueuse, aussi haute que le flanc d'une colline abrupte. Les compagnons l'escaladèrent en zigzag, décrivant des lacets ascendants.

Enfin, alors que le soleil s'abîmait à l'horizon et que les ombres s'allongeaient dans le crépuscule, ils atteignirent le sommet de la dune. Joach, qui fermait la marche derrière la civière de Richald, vit les autres s'arrêter et les entendit pousser des hoquets de surprise. Il se traîna sur les derniers mètres et baissa les yeux vers la vallée suivante.

— Douce Mère !

Une vision enchanteresse s'étendait en contrebas. Un petit bosquet d'arbres très hauts et très minces, couronnés de feuilles vert foncé, se dressait au cœur de la vallée. La pénombre était encore plus épaisse dans l'encaissement, mais on ne pouvait se méprendre quant aux reflets scintillants qu'ils surplombaient : une mare ! Au bord de l'eau, de minuscules lanternes brillaient, illuminant des dizaines de tentes. Le chuchotement cristallin d'un instrument à cordes monta jusqu'aux compagnons.

— L'oasis d'Oo'shal, annonça Kesla avec délice.

Elle repoussa sa capuche. Les derniers rayons du couchant changèrent sa chevelure fauve en cascade d'or filé.

— Pourquoi ne nous as-tu pas dit vers où nous nous dirigions ? s'enquit Kast, légèrement irrité.

Joach se posait la même question.

— Je ne pouvais pas. Parler d'une oasis avant de l'atteindre, c'est tabou. Les tribus du désert pensent que gaspiller sa salive de la sorte offenserait nos dieux. En guise de châtiment, ils pourraient faire avaler l'eau par le sable ou détourner d'elle le chemin des voyageurs trop bavards. (Kesla scruta le visage de ses compagnons avec l'ombre d'un sourire.) Et vous n'auriez pas voulu ça, n'est-ce pas ?

— Pas pour tout l'or de la mer, répondit Hunt avec ferveur.

Et il se hâta de dévaler l'autre versant de la dune.

Quatre hommes masqués surgirent soudain du sable, jaillissant de derrière les rochers ou de dessous les bâches qui les dissimulaient. Chacun d'eux tenait une longue lame incurvée.

Kesla s'avança, les mains levées pour montrer qu'elles étaient vides.

— *Naato o'shi ryt*, dit-elle calmement.

À sa vue, le plus proche des quatre hommes écarquilla les yeux. Il baissa son masque et rabattit sa capuche en arrière.

— Kesla ?

La jeune fille grimaça et s'inclina.

— C'est bon de te revoir, Innsu.

L'homme rengaina son sabre et s'élança à l'assaut de la pente. Joach remarqua combien il était grand et large d'épaules. Il avait le teint foncé, un regard noir pénétrant et une petite barbe soigneusement taillée. Comme celui des autres hommes, son crâne était rasé de près.

Quand il atteignit Kesla, il la prit dans ses bras et la fit tourner joyeusement.

— Nous te guettions.

— Vous me guettiez ? répéta la jeune fille, essoufflée par cet accueil enthousiaste, tandis qu'il la reposait sur ses pieds.

— Le chaman Parthus est au campement. (Du menton, Innsu désigna les tentes en contrebas.) Ses osselets l'ont prévenu d'un danger qui surgirait sur ton chemin pendant ta traversée du désert. Nous sommes venus te chercher. Je savais que tu passerais par Oo'shal.

La grimace de Kesla s'élargit.

— Tu me connais bien.

— Quoi de plus normal ? Combien de fois sommes-nous venus nous entraîner ici ? Jamais je n'ai pu te maintenir à distance de l'eau.

Lorsqu'Innsu pivota, Joach aperçut une petite dague tatouée derrière son oreille gauche, indiquant qu'il était lui aussi un assassin.

— Comment va maître Belgan ? s'enquit Kesla.

Innsu leva les yeux au ciel.

— Il se fait du souci, pour changer un peu.

Kesla rit doucement.

Irrité par la familiarité avec laquelle Innsu s'adressait à elle, Joach fronça les sourcils. Comme si elle avait perçu son agacement, la jeune fille lui jeta un coup d'œil.

— La journée a été longue, Innsu. Commençons par nourrir mes amis, leur donner de quoi se laver et un endroit où passer la nuit. Ensuite, nous pourrons discuter.

L'homme redevint sérieux.

— Bien sûr. (Il s'adressa au reste du groupe sur un ton cérémonieux :) Soyez les bienvenus à Oo'shal. Venez partager notre eau.

C'était de toute évidence un salut d'usage, une formule prononcée sans véritable émotion.

Innsu se détourna et dit quelque chose aux autres gardes dans la langue du désert. L'un d'eux rebroussa chemin en courant, sans doute pour annoncer l'arrivée des voyageurs.

Kesla fit signe au groupe de descendre vers les arbres.

— Venez. Nous avons déjà traversé bien des épreuves et j'imagine que la route sera encore plus difficile à partir d'ici. Mais cette nuit, honorons les dieux du désert et savourons l'hospitalité d'Oo'shal sans crainte ni inquiétude.

Flanquée par Innsu, elle entraîna ses compagnons vers le camp.

Joach jeta un coup d'œil derrière lui. Les deux derniers gardes se fondirent dans le sable pour reprendre leur surveillance.

Lorsqu'il tourna la tête, Joach vit que Kesla le regardait. Ses yeux violets avaient la même teinte que l'eau de la mare sous le ciel crépusculaire. Le souffle de Joach s'étrangla dans sa gorge. La jeune fille ralentit pour qu'il la rattrape et lui toucha le coude en se penchant vers lui.

— Ce soir, nous serons en sécurité. Il n'y a pas de raison d'avoir peur.

Joach acquiesça. Mais il nota que par-dessus l'épaule de Kesla, Innsu le regardait durement. On aurait dit un aigle observant une petite souris. Joach soutint son regard sans broncher. Un défi muet passa entre eux. Puis Innsu se détourna, les yeux plissés.

Kesla n'avait apparemment rien remarqué.

— Dans la langue du désert, poursuivit-elle, « *Oo'shal* » signifie « joyau des sables ».

— Et c'en est bien un, acquiesça Sy-wen, qui tenait la main de Kast. Cet endroit est magnifique.

Comme ils descendaient la pente et s'enfonçaient dans la pénombre, la petite mare vira au bleu marine. Elle contrastait fortement avec le sable rouge et les arbres verts. Après une succession apparemment infinie de dunes sculptées par le vent, l'oasis ressemblait à un paradis de couleurs et d'abondance.

Plus les compagnons approchaient du campement, mieux ils distinguaient les bruits qui s'en élevaient. Des voix – dont les échos se répercutaient à travers toute la vallée – annonçaient le retour de Kesla. Des cymbales s'étaient jointes à l'instrument à cordes pour égrener une mélodie bien plus guillerette que la complainte antérieure de celui-ci.

En arrivant près des arbres, Joach leva la tête. Des calebasses violacées étaient suspendues sous le bouquet de leurs larges feuilles.

Kesla surprit le regard du jeune homme.

— Ce sont des gre'nesh, expliqua-t-elle. Leur chair est sucrée et délicieuse. Les tribus fabriquent un alcool très fort à partir de la pulpe de leurs graines, tandis que les chamans mâchent celles-ci entières pour arpenter le désert onirique.

Les oreilles de Joach frémirent.

— « Pour arpenter le désert onirique » ? Que veux-tu dire ?

La jeune fille haussa les épaules.

— C'est un rituel chamanique. Pour être honnête, je n'ai jamais vraiment compris en quoi ça consiste.

Joach était déçu. Flint ayant été tué pendant la guerre des Îles et Méric étant parti accomplir sa propre quête, le jeune homme n'avait plus personne pour l'instruire de son talent de tisseur de rêves. Depuis que l'interprétation erronée d'un de ses songes avait failli entraîner un désastre, il considérait son pouvoir comme une menace plutôt que comme un don. Au cours de la dernière lune, il avait, à plusieurs reprises, senti une vibration de magie tenter d'imprégner son sommeil, mais il lui avait fermé la porte comme à une invitée indésirable.

Devant eux, une voix s'éleva dans l'ombre :

— Tu t'interroges sur le désert onirique. Peut-être pourrai-je éclairer ta lanterne après que tu te seras reposé.

Une silhouette frêle apparut devant les compagnons. L'homme était âgé et décharné, tout en os et en tendons noueux, avec une peau couleur de bronze, brûlée par le soleil. Seuls ses yeux semblaient vifs ; ils brillaient presque dans la pénombre crépusculaire.

— Chaman Parthus ! s'exclama Kesla en se précipitant pour l'étreindre.

Elle fit rapidement les présentations.

— Venez, dit ensuite le vieil homme. Nous avons des guérisseurs pour soigner votre ami blessé, et aussi de l'eau et de la nourriture. Mais d'abord, j'imagine que vous aimeriez vous débarrasser du sable qui vous colle aux pieds.

— Et aux cheveux, et à la bouche, et aux oreilles, et au cul, ajouta Kast.

Cela lui valut un petit sourire.

— N'ayez crainte, Oo'shal purifiera votre corps et votre esprit. Innsu conduira les hommes à leur bain ; Kesla se chargera de la jeune femme et de la fillette. En attendant, je vais emmener le blessé à la tente infirmerie.

Parthus agita la main ; un groupe d'hommes du désert entraîna Richald et ses brancardiers sur un petit chemin latéral.

Kesla prit Sheeshon par la main. La fillette regardait autour d'elle, les yeux écarquillés.

— Par ici.

Sy-wen embrassa Kast sur la joue et suivit son guide. Le reste du groupe fut dirigé vers un autre chemin qui descendait jusqu'à la mare.

Comme il s'éloignait, Joach remarqua que le chaman le suivait des yeux. Surpris à l'épier, le vieil homme hocha la tête d'un air entendu. Ses lèvres remuèrent, articulant des mots qui n'étaient destinés qu'à Joach et, malgré la distance qui les séparait, ce dernier entendit aussi clairement que si Parthus avait chuchoté à son oreille :

— Nous parlerons quand la lune sera couchée.

Joach s'interrogeait encore sur cette étrange déclaration quand il se retrouva au bord de la mare. Le soleil avait disparu à l'ouest ; les étoiles commençaient à piqueter le ciel et à se refléter dans l'eau. Joach fut surpris par la taille de la mare : de l'endroit où il se tenait, c'était à peine s'il parvenait à distinguer la rive d'en face. En vérité, il s'agissait plutôt d'un lac.

Kast ôta une de ses bottes et trempa son pied nu dans l'eau.

— Mmmh, elle est bien fraîche.

Les bras croisés sur la poitrine, Innsu expliqua :

— Oo'shal est irriguée par des torrents souterrains qui coulent très profond sous le sable du désert.

Kast acquiesça et enleva son autre botte, puis il se déshabilla rapidement. Sans hésiter, Joach et Hunt l'imitèrent, se débarrassant de leur cape couverte de sable et de leurs sous-vêtements trempés de sueur. Kast courut et plongea dans l'eau, Joach et Hunt sur ses talons. Leurs cris de ravissement durent s'entendre à plusieurs lieues à la ronde.

Innsu demeura sur la berge, les bras toujours croisés, le visage impassible comme un masque de pierre.

Après s'être frotté le corps, les trois compagnons nagèrent et se laissèrent flotter paresseusement. Aucun d'eux ne voulait sortir du lac dont l'eau était pareille à un baume apaisant sur la peau. Mais Innsu finit par les rappeler. En le rejoignant, ils trouvèrent des robes propres que quelqu'un avait apportées pendant leur baignade.

— Vos vêtements seront lavés ce soir, promit Innsu. Et maintenant, il faut nous dépêcher. Un petit festin a été préparé en votre honneur.

Joach découvrit très vite que « petit » était un terme entièrement subjectif. Dans une clairière au milieu des tentes disposées en cercle, une immense couverture avait été étalée sur le sol. Des coussins aux couleurs vives, tissés de fils d'argent, s'alignaient sur le bord. Mais ce furent les compotiers de fruits, les plateaux de viande rôtie et les carafes de bière qui retinrent l'attention de Joach. À leur vue, le jeune homme se mit à saliver. Et quand il huma la riche odeur des épices et du jus de viande, il manqua défaillir.

Sy-wen, Sheeshon et Kesla étaient déjà assises. Elles attendaient impatiemment.

— Il était grand temps que vous arriviez, lança Sy-wen avec une grimace de reproche. Apparemment, les tribus du désert ont une drôle de coutume : les femmes ne peuvent manger qu'après que les hommes ont goûté la nourriture.

Kast se dirigea vers elle et s'assit sur le coussin le plus proche.

— Ça me paraît normal, déclara-t-il, pince-sans-rire.

Ce qui lui valut un bon coup de coude dans les côtes. Il éclata de rire tandis que Joach et Hunt s'installaient de l'autre côté de la couverture.

Innsu s'inclina poliment devant eux.

— Je dois retourner à mon poste. Bon appétit.

Kesla lui sourit.

— Merci, Innsu.

Avant de partir, l'homme du désert jeta un coup d'œil à Joach. Son visage était redevenu un masque indéchiffrable. Puis il se détourna.

Les autres occupants du camp se retirèrent dans leurs tentes pour permettre aux voyageurs las de dîner en paix.

Mais, quelque part, deux musiciens continuèrent à égrener de doux accords dans l'air nocturne.

Il n'y avait ni assiettes ni couverts : juste un épieu pas plus long que l'avant-bras, posé devant chaque coussin. Kesla montra à ses amis comment s'en servir pour piquer la nourriture et la porter à la bouche. Au lieu d'avaler le bout de viande qu'elle tenait, elle fit signe à Joach.

— Ici, les hommes mangent les premiers.

Joach sourit et, à son tour, s'empara d'un morceau de viande fumante.

— C'est du hibou rôti, expliqua Kesla.

Joach ferma les yeux comme ses dents transperçaient la peau grillée et s'enfonçaient dans la chair tendre. Une marinade parfumée envahit sa bouche et il poussa un soupir de ravissement. Jamais il n'avait rien mangé d'aussi délicieux.

Ses compagnons ne tardèrent pas à lui faire écho. Les hommes ayant goûté la nourriture, les femmes purent se servir à leur tour. Tandis que la nuit s'avançait et que la lune grimpait dans le ciel, la bière et les rires coulèrent à flot, estompant les tensions et les meurtrissures résiduelles. Pour un peu, Joach aurait oublié qu'il était assis au milieu du Désert de Sable, une des contrées les plus rudes d'Alaséa.

L'estomac plein, il finit par reposer son épieu avec un grognement repu.

— Encore ? le taquina Kesla.

Joach secoua la tête.

— Si j'avale une seule bouchée de plus, j'explose comme une citrouille trop mûre.

Les autres en étaient arrivés au même point. Bientôt, Sy-wen et Kast se retirèrent, bras dessus, bras dessous, sous la tente qu'on leur avait attribuée. Hunt s'agita.

— Il faut que j'aille coucher Sheeshon.

Affaissée contre lui, la fillette ronflait doucement. Elle s'était endormie depuis longtemps. Le Sanguinaire la prit dans ses bras et se leva sans qu'elle bronche. Vacillant légèrement sous l'effet de la bière, il s'éloigna.

— Bonne nuit, lança Kesla dans son dos.

— Vous aussi, répondit Hunt sans se retourner.

Et il disparut à l'intérieur d'une des tentes.

Pivotant, Kesla croisa le regard de Joach. Ils étaient seuls à présent. La jeune fille détourna timidement les yeux.

— J'ai parlé au chaman Parthus de la dague de noctiverre. Demain, il nous accompagnera à Alcazar.

— Tant mieux, marmonna Joach, subitement gêné. (Il ramena ses pieds sous lui et se mit debout.) Je suppose que je ferais bien d'aller dormir.

Les jambes croisées, Kesla étudia le bout de ses orteils.

— Déjà ?

Le cœur de Joach fit un bond dans sa poitrine. Il se dandina.

— En fait, je… je n'ai pas vraiment sommeil.

La jeune fille se redressa souplement.

— C'est toujours mieux de marcher après un gros repas. Ça facilite la digestion.

— C'est ce qu'il paraît, acquiesça Joach. Mais marcher où ?

Enfin, Kesla leva les yeux vers lui.

— Par là. (De la main, elle désigna une piste qui se dirigeait vers les arbres.) J'ai quelque chose à te montrer.

Elle partit devant, mais Joach la rattrapa très vite.

— Où allons-nous ?

— Tu verras bien.

En silence, ils s'enfoncèrent entre les troncs élancés. De petites chauves-souris nichées dans les frondaisons s'enfuirent à tire-d'aile à leur approche.

Bientôt, ils laissèrent les arbres derrière eux et entreprirent d'escalader une dune. Les pieds de Joach glissaient dans le sable, mais Kesla gravissait la pente avec légèreté. Elle tendit la main à son compagnon pour l'aider.

— Prends appui sur l'intérieur de tes pieds, lui conseilla-t-elle. Le sable opposera moins de résistance.

Joach obtempéra et découvrit qu'elle avait raison. Mais, même quand il marcha avec moins de difficulté, Kesla ne le lâcha pas. Sa main était pareille à une braise dans celle de Joach. Au lieu de protester, le jeune homme se rapprocha d'elle. Il sentait l'eau d'Oo'shal dans ses cheveux, et la douce odeur de sa peau.

Bien trop vite à son goût, ils atteignirent le sommet de la dune. Baigné par le clair de lune argenté, le désert s'étendait à l'infini devant eux.

— C'est magnifique, marmonna Joach.

Kesla tendit son bras libre.

— Tu vois cet éperon rocheux près de l'horizon ?

Joach plissa les yeux. Il distinguait tout juste un pic solitaire dans le lointain.

— Qu'est-ce que c'est ?

— Alcazar. Mon foyer.

Joach baissa la tête vers Kesla. La jeune fille avait les yeux pleins de larmes. Lâchant sa main, il lui passa le bras autour des épaules et l'attira contre lui.

Kesla se laissa aller à son étreinte. La tueuse froide fondit comme neige sous le soleil du désert ; laissant place à la femme qu'elle était.

Richald gisait sur une mince couverture. Sous lui, le sable avait pris la forme de son corps. Le silence enveloppait le camp depuis un bon moment, mais le sommeil fuyait l'el'phe. Malgré la potion que le guérisseur lui avait fait boire pour atténuer la douleur, sa jambe lui faisait toujours mal. Ses derniers marins dormaient roulés en boule autour de lui, emplissant la tente de leurs ronflements.

Richald ferma les yeux. À plusieurs lieues de distance, il percevait encore son navire. Il avait passé presque toute sa vie sur le pont de la *Fureur de l'Aigle*, ne quittant son bord qu'en de très rares occasions. À présent, il lui semblait avoir perdu une partie de lui-même. Il se sentait nu, vulnérable.

Il se souvint des paroles que, dans sa détresse, il avait adressées à Joach. *Imbécile*, se morigéna-t-il. Pour un prince du Sang, il était inconvenant de montrer de la faiblesse, de réclamer le pardon de quiconque – surtout d'un demi-sang comme Joach.

Mais, au fond de son cœur, Richald savait qu'il avait besoin des conseils et du réconfort prodigués par le jeune homme. Même s'il passait son temps à rabrouer celui-ci, il en était venu à le respecter. Joach avait prouvé ses origines royales, dans le passé comme durant cette expédition. C'était grâce à lui que Richald avait trouvé la force nécessaire pour guider son navire au-dessus du champ de narcilierre. Sans Joach, les passagers de la *Fureur de l'Aigle* seraient probablement tous morts. Le jeune homme avait permis à Richald de déployer l'intégralité de ses talents élémentaux ; plus important encore, il lui avait évité de se déshonorer.

Et bien que blessé par la perte de son navire, Richald avait savouré ce dernier vol : le souffle précipité du vent, le claquement des voiles, la danse des flammes, et même la douleur qui l'avait submergé lorsque la coque s'était brisée sous lui. Jamais il ne s'était senti plus vivant, plus vigoureux qu'en cet instant. Parce que ses compagnons dépendaient de lui ; parce que son adresse était la seule chose qui s'interposait entre eux et la mort.

Les yeux de Richald se remplirent de larmes. Il devait cette expérience à Joach.

L'el'phe déplaça légèrement sa hanche, et une lance de douleur remonta le long de sa jambe. Cela l'aida à focaliser ses pensées. Blessé, il était un handicap plus qu'un atout pour l'expédition du désert. Ses compagnons avaient décidé de le laisser à Alcazar pour qu'il récupère pendant qu'eux-mêmes poursuivraient leurs efforts pour détruire le basilic. Richald en était ébranlé – telle était la véritable raison pour laquelle le sommeil le fuyait. Il avait une dette envers Joach et il entendait bien s'en acquitter. Mais comment ? De quelle manière pourrait-il se rendre utile dans son état ?

Richald regarda le plafond de la tente. S'il existait un moyen de rembourser sa dette, il le trouverait.

— Je le jure sur le sang de ma famille, marmonna-t-il tout bas.

Satisfait par la promesse qu'il venait de se faire, il roula sur le côté en prenant garde à sa jambe et parvint enfin à s'endormir.

Au milieu de la nuit, Joach s'éveilla en sursaut, comme si quelqu'un l'avait appelé dans l'obscurité. Il s'assit, le cœur battant la chamade, et promena un regard à la ronde. À l'exception de quelques paquetages entreposés là, sa petite tente était vide.

Joach repoussa sa couverture et se leva de sa couche, nu à l'exception d'un caleçon de coton. La froideur nocturne lui donna la chair de poule. Il tendit l'oreille, guettant le bruit qui l'avait arraché à son sommeil. Mais il n'entendit rien d'autre que le doux bruissement des feuilles d'arbre agitées par la brise. Pourtant, il ne put s'empêcher de frissonner.

Se dirigeant vers le rabat de la tente, il écarta un coin de celui-ci et jeta un coup d'œil à l'extérieur. La nuit était plus noire que lorsqu'il s'était couché après sa promenade avec Kesla. Au-delà des arbres voisins, il repéra la clairière centrale – et comme ses yeux s'ajustaient au clair de lune, il avisa une silhouette plantée là. La personne agita un bras pour lui faire signe d'approcher.

Joach hésita. Il jeta un coup d'œil à gauche et à droite. Pas une seule lumière ne brillait dans le campement, mais il savait que des gardes étaient postés tout autour de la vallée.

Aucun intrus n'aurait pu atteindre l'oasis sans que l'alarme soit donnée.

En se mordant la lèvre inférieure, Joach se faufila dehors. La brise nocturne l'enveloppa aussitôt, le glaçant jusqu'à la moelle. Il serra ses bras contre sa poitrine nue.

Devant lui, la silhouette attendait sans bouger.

Joach ravala sa peur et s'avança. En approchant, il distingua un crâne chauve, un visage au teint de bronze et des yeux perçants qui brillaient telles deux lunes miniatures. Il reconnut le chaman de la tribu. Rassuré, il allongea le pas.

— Chaman Parthus, le salua-t-il.

— Joach Morin'stal, dit le vieil homme d'une voix râpeuse comme du papier de verre.

— En quoi puis-je vous être utile ? s'enquit Joach avec un reste de nervosité.

Pour toute réponse, le chaman lui fit signe de s'asseoir près de lui dans le sable. Lui-même s'installa confortablement en tailleur. Parce qu'il ne se sentait pas à l'aise debout face à lui, Joach obtempéra.

Ce fut alors qu'il remarqua un petit bol en os posé devant Parthus. Le récipient était plein de boules grosses comme le pouce.

— Des graines de gre'nesh, expliqua le chaman.

Joach se souvint de la description faite par Kesla. Broyées, ces graines permettaient de fabriquer un alcool capiteux, mais consommées entières, elles aidaient les chamans d'une façon mystérieuse.

Parthus saisit le bol et en offrit le contenu à Joach. Le jeune homme prit une graine, et le vieillard fit de même.

— Je ne comprends pas, marmonna Joach.

— Tu es un chaman. Je l'ai vu dans tes yeux quand tu es arrivé à Oo'shal.

Joach secoua la tête.

— J'ai le don de tisser les rêves, rien de plus. Je ne suis pas un chaman.

Les yeux brillants de Pathus le fixèrent.

— Nous allons voir ça.

Il plaça la graine dans sa bouche. Un craquement annonça qu'il venait de mordre dedans. D'un signe de tête, il enjoignit à Joach de l'imiter. Le jeune homme hésita avant de s'exécuter. Il sentit la graine céder sous la pression de ses molaires et, presque aussitôt, un goût amer envahit sa bouche. Il réprima un haut-le-cœur.

— Ne lutte pas, dit le chaman d'une voix plus rêveuse qu'autoritaire, comme s'il somnolait à demi.

Joach l'observa tandis que sa bouche se remplissait de salive pour noyer l'amertume de la graine de gre'nesh. Les doigts crispés sur ses genoux, il déglutit avec difficulté. Un instant, il ne sentit rien d'autre que le soulagement d'être débarrassé de ce mauvais goût.

Parthus cracha la coque vide et, d'un signe de tête, l'invita à en faire autant. Joach ne se fit pas prier. Il toussa pour chasser l'amertume résiduelle.

— Et maintenant ? demanda-t-il. Est-ce que… ?

Puis le monde tomba en poussière autour de lui. Les arbres et les tentes, l'eau et le ciel… Tout cela disparut. Il ne resta que deux choses : l'étendue infinie du sable et la silhouette solitaire du chaman assis face à lui.

Joach se tordit le cou. Au-dessus de sa tête, il n'y avait rien – ni firmament ni étoiles, juste un vide qui s'étendait d'un bord à l'autre de l'horizon. Pourtant, il ne faisait pas noir, bien au contraire : le jeune homme devait plisser les yeux pour se protéger de la clarté ambiante. Tout autour de lui, le sable brillait avec la même intensité que les prunelles du chaman.

Joach en resta bouche bée. Si étrange soit-il, ce paysage lui semblait curieusement familier. Il était déjà venu ici. La nuit précédente, dans son sommeil, il avait rêvé de cet endroit.

Au matin, il avait pensé que c'était juste le contrecoup de sa longue marche dans le désert. Mais, à présent, il était de retour.

Parthus se leva souplement et lui tendit la main.

— Viens. Il est temps que tu arpentes le désert onirique.

Joach se força à refermer la bouche et laissa le vieil homme le mettre debout.

— Où sommes-nous exactement ? Qu'est-ce que le désert onirique ?

— La graine de gre'nesh rompt les amarres qui attachent l'âme au corps. Une fois libres, les esprits en harmonie avec l'énergie élémentale du sable sont aspirés par le rêve sans fin du désert.

— Mais je n'y connais rien en magie du sable, protesta le jeune homme.

Parthus acquiesça.

— Je sais. Néanmoins, tu vibres au rythme de tout ce qui rêve. Tu as été attiré, non par le sable, mais par le rêve lui-même.

Joach fronça les sourcils et regarda autour de lui. Pas une créature ne bougeait, pas le moindre vent ne soufflait. Mais malgré le calme ambiant, le jeune homme sentait une grande pression, comme s'il se trouvait très loin sous la surface de la mer et qu'un énorme prédateur aquatique le surveillait en se léchant les babines. Il s'enveloppa de ses bras en regrettant de ne pas avoir enfilé au moins une chemise.

— Mais où sommes-nous exactement ? insista-t-il. Pourquoi m'avez-vous amené ici ?

— Suis-moi.

Parthus resserra sa cape autour de ses épaules frêles et se mit en route à travers le paysage monotone.

Joach lui emboîta le pas. Tout en marchant, il sentit qu'il couvrait une distance considérable à chacune de ses enjambées.

— Où m'emmenez-vous ?

— Vers le cœur du rêve… Le Mur du Sud, répondit Parthus.

Joach frémit.

— Ce n'est pas dangereux ?

— Pas tant que tu restes à mes côtés. Ne t'éloigne pas de moi.

Joach jeta un coup d'œil au paysage désert. Où aurait-il bien pu aller ?

Comme s'il avait lu dans ses pensées, Parthus reprit :

— Te promener seul ici menacerait ton équilibre mental. Parfois, d'autres rêves croisent celui-ci et y introduisent des cauchemars. Dans le plan onirique, ces émanations sont aussi redoutables que des créatures de chair et de sang. Elles peuvent tuer ou pire.

— Pire ?

— Elles sont capables de t'attirer hors de ce plan et dans l'esprit du rêveur. Si cela t'arrivait, tu serais perdu à jamais.

L'estomac de Joach se noua. Il étudia le sable plus attentivement. Était-ce un mouvement qu'il avait perçu du coin de l'œil ? Inquiet, il regarda dans toutes les directions.

— Ne cherche pas trop, lui conseilla Parthus. En focalisant ton attention sur elles, tu donnes de la substance et du pouvoir aux émanations. Concentre-toi sur ton objectif. Ne te laisse pas distraire.

Joach acquiesça, mais vit un scintillement sur sa gauche. Instinctivement, il tourna la tête. Une très belle femme argentée se tenait là, vêtue d'une robe de soie diaphane qui masquait à peine ses longues jambes fuselées et ses courbes appétissantes. Il la regarda, les yeux écarquillés. L'inconnue lui sourit et il ne put s'empêcher d'en faire autant. Elle leva un bras mince et, d'un index à l'ongle carmin, lui fit signe d'approcher.

Joach fit un pas sur le côté, mais une main osseuse lui saisit le coude pour le retenir.

— Regarde mieux, mon garçon, siffla Parthus à son oreille.

En clignant des yeux, Joach ouvrit la bouche pour protester, mais les paroles du chaman avaient déchiré le voile de l'illusion. La séduisante inconnue se tenait toujours face à lui, mais en dessous de la taille, son corps était maintenant celui d'un serpent dont les anneaux épais se tordaient dans le sable.

Joach fit un bond en arrière, manquant renverser Parthus. La créature siffla, et ses lèvres s'écartèrent, révélant des crocs argentés.

—Avance, dit Parthus en poussant Joach devant lui. Ce n'est rien, juste une émanation. Mais quelques secondes de plus, et ton attention l'aurait rendue tangible.

Pris de nausée, Joach ravala tant bien que mal sa terreur.

Le vieil homme lui posa une main sur l'épaule.

—Inspire profondément. L'émanation a aspiré une partie de ton énergie. Il va te falloir un moment pour la récupérer.

Joach acquiesça et continua à marcher en se remplissant les poumons. Petit à petit, sa nausée céda effectivement.

—Je me sens mieux, marmonna-t-il.

—C'est une bonne chose, approuva Parthus, parce que nous avons presque atteint le Mur.

Joach fronça les sourcils. Devant lui, le désert était toujours aussi morne et dénué de relief.

—Où est-il ?

Le chaman mit un index sur ses lèvres.

—À partir d'ici, plus un mot.

Il prit la main de Joach pour le guider. Ensemble, ils poursuivirent leur traversée du désert.

Une fois de plus, le jeune homme eut l'impression de parcourir d'énormes distances à chaque pas. Mais peu de temps après, cette sensation l'abandonna. Même si Parthus et lui n'avaient pas modifié leur allure, il sembla à Joach qu'ils ralentissaient.

Enfin, le jeune homme remarqua une légère ondulation dans le sable, loin devant eux. Il plissa les yeux mais ne put rien distinguer de plus. Le chaman et lui continuèrent à marcher en silence. Comme ils se rapprochaient, les détails se précisèrent lentement. L'ondulation se mua en mouvement : celui d'une rivière argentée qui leur barrait le chemin.

Bientôt, Joach comprit que ce n'était pas de l'eau qui coulait là, mais un liquide à l'aspect de métal fondu. Parthus s'arrêta sur la berge. Joach sentit du pouvoir tout proche, comme une pression sur ses tympans.

Le sable descendait en pente douce jusqu'à la rivière. Parthus tendit un doigt vers les profondeurs de celle-ci. En se penchant au-dessus du flot paresseux, Joach vit son visage aussi clairement que dans un miroir. Mais ce n'était pas tout ! Le jeune homme ravala un hoquet en se couvrant la bouche de sa main.

La surface argentée montrait un ciel nocturne rempli d'étoiles, et un mur massif qui se dressait derrière lui. Joach jeta un coup d'œil par-dessus son épaule : il n'y avait rien, sinon l'étendue lisse du désert. Il se remit à étudier l'image scintillante. En regardant à droite et à gauche, il découvrit que l'immense rempart se reflétait tout le long de la rivière.

— Le Mur du Sud, chuchota Parthus. C'est ici que le désert rêve de lui.

Joach écarquilla les yeux d'émerveillement.

Avant qu'il puisse faire un commentaire, le chaman porta de nouveau un doigt à ses lèvres et l'entraîna le long de la berge, vers la gauche. Joach se laissa faire. Fasciné par le spectacle de leurs silhouettes qui se découpaient contre le Mur du Sud, il avait le plus grand mal à détacher ses yeux de la rivière. *C'est stupéfiant...*

Au bout d'un moment, le reflet commença à s'assombrir et à s'estomper. Ce fut un changement subtil, mais petit à petit, le liquide argenté parut perdre son lustre. Joach remarqua également que la pression du pouvoir vacillait. Il jeta un regard interrogateur au chaman.

Parthus secoua la tête et l'entraîna vers une petite butte que la rivière contournait en décrivant une courbe douce. Lorsqu'ils atteignirent le sommet de la pente et virent ce qui s'étendait de l'autre côté, Joach frémit.

Un peu plus loin, la rivière plongeait dans un chaudron de ténèbres qui semblait l'engloutir. Un flux insalubre bouillonnait et tourbillonnait sur lui-même tel un vortex de corruption. Au-delà, Joach aperçut une trace du ruban argenté qui s'enfonçait dans le désert, sinuant vers l'horizon infini. Malgré la distance, il était évident que la traversée de la souillure noire avait sapé ses forces et son pouvoir.

Joach reporta son attention sur le vortex d'énergie corrompue. Apparemment, la contamination ne se limitait pas au lit de la rivière : des tentacules noirs s'enfouissaient dans les berges de celle-ci et s'étendaient dans le désert telles des veines absorbant la radiance du sable onirique.

Joach frissonna. Kesla lui avait décrit le poison qui ravageait sa contrée natale. Il était certain d'en contempler la source.

À ses côtés, Parthus leva un bras et désigna le chaudron de ténèbres. Ses lèvres formèrent un seul mot – un nom :

— Tular.

Puis le chaman tourna les talons et rebroussa chemin en entraînant Joach.

Sonné par ce qu'il venait de voir, le jeune homme se laissa faire. Le fléau de Tular se nourrissait de l'énergie de la Terre ; il détournait le pouvoir de celle-ci pour le plier à ses desseins fétides.

Tout en marchant, Joach se souvint de la façon dont les malegardes étaient forgés : par la corruption des énergies élémentales qu'ils portaient en eux. Le même phénomène était à l'œuvre dans le Désert de Sable – mais sur une plus grande échelle.

L'horreur se répandit dans les veines du jeune homme ainsi que de la glace. Le Seigneur Noir pouvait-il pervertir la Terre elle-même pour en faire son esclave ? Une telle abomination était-elle possible ? Si le Gul'gotha réussissait à retourner la nature contre ses adversaires, personne ne pourrait plus s'opposer à lui – pas même Elena.

Joach serra les poings. Cela ne devait pas arriver.

Une main lui saisit le bras, le forçant à s'arrêter. Il reporta son attention sur le désert onirique.

— Nous sommes de retour, annonça Parthus.

Le chaman s'assit en tailleur et fit signe à Joach de l'imiter. Trop choqué pour résister, le jeune homme obéit et demanda :

— Pourquoi m'avez-vous montré cela ?

Parthus ferma les yeux et leva les bras. Dans ses mains, il tenait deux poignées de sable qu'il projeta très haut dans les airs. En retombant sur les deux hommes, le sable fit réapparaître le monde réel comme si quelqu'un venait de tirer un rideau. Les arbres et les tentes ressurgirent autour d'eux. Par-dessus l'épaule du chaman, le lac d'Oo'shal reflétait de nouveau la lumière des étoiles.

Parthus rouvrit les yeux. Dans ses prunelles, Joach reconnut la lueur du désert onirique. Après toute une vie passée à communiquer avec le plan des rêves, le chaman irradiait désormais la magie de celui-ci.

— Pourquoi t'ai-je montré cela ? répéta-t-il. Pourquoi à toi ?

— O… oui.

— Parce que tu es fort et que tu ne connais pas encore l'étendue réelle de ta force.

Joach se rembrunit.

— Tu n'es pas un tisseur ordinaire, un simple prophète des rêves, insista Parthus. Personne ne t'a donc révélé la profondeur ahurissante de ton pouvoir ?

Joach se souvint de la déclaration faite par frère Flint, longtemps auparavant. Le vieux mage lui avait dit qu'il était l'un des élémentaux les plus puissants en matière de magie onirique. Il secoua la tête.

— Je ne comprends toujours pas ce que ça signifie.

— La plupart des tisseurs de rêves sont de simples spectateurs : ils déchiffrent les augures et observent les événements à distance. Mais toi, Joach, tu as la capacité de faire bien davantage. Tu n'es pas forcé de te contenter d'un rôle passif. Tu peux devenir un sculpteur de rêves, quelqu'un qui modèle les éléments du plan onirique et les introduit dans le monde réel.

Joach eut un ricanement incrédule.

— Je n'ai jamais entendu parler d'une chose pareille.

— Parce que tu es le premier sculpteur potentiel qui soit apparu depuis d'innombrables générations. C'est un art que l'on pensait perdu à jamais. Mais les chamans des sables ne l'ont jamais oublié. Il est gravé dans nos légendes les plus secrètes.

— Je ne comprends pas. Quelles légendes ?

Parthus soupira.

— Celles de Tular.

Choqué, Joach cligna des yeux. L'image du vortex noir s'imposa à son esprit.

— Tular ?

— Jadis, quand le Mur du Sud était encore tout neuf, la Terre attira à lui certains habitants du désert. Elle fit pousser Tular pour les abriter et elle leur conféra une partie de la magie onirique qui imprégnait le sable. Des siècles durant, ces gardiens firent régner l'honneur et la justice sur notre région. Le Désert de Sable prospéra et les tribus se multiplièrent. Ce fut une ère merveilleuse.

— Comment prit-elle fin ?

Le visage de Parthus s'assombrit.

— Lentement, le pouvoir corrompit les dirigeants de Tular. Les gardiens devinrent des goules. Ils apprirent à ramener des démons et des monstres depuis le plan onirique pour terroriser la population. Une de leurs créatures les plus effrayantes était le basilic, un serpent à plumes à la soif de sang inextinguible. Pendant des siècles, les goules de Tular continuèrent à régner avec une poigne de fer. Jusqu'à ce qu'un jour, la Sor'cière de l'Esprit et de la Pierre vienne à notre secours.

— Sisa'kofa ?

Parthus acquiesça.

— Elle rallia notre peuple et utilisa son propre sang pour créer des armes capables de tuer les créatures oniriques. Les goules furent chassées de leur antre et les monstres difformes, détruits. Quant à Tular, elle fut laissée à l'abandon. Et la magie de la sculpture de rêves s'éteignit avec elle. (Le chaman dévisagea Joach.) Du moins, jusqu'à aujourd'hui.

Nerveux, Joach s'humecta les lèvres.

— Comment pouvez-vous être sûr que je possède ce pouvoir ?

Parthus l'étudia longuement, durement.

— J'ignore si tu es prêt à entendre la réponse à cette question. Ne peux-tu simplement me faire confiance ?

Joach plissa les yeux.

— Dites-moi pourquoi vous soupçonnez une telle chose.

— Je ne la soupçonne pas – j'en suis certain, affirma le chaman.

— Mais pourquoi ?

— Parce que Kesla t'a trouvé et amené ici.

Joach agita la main en signe de dénégation.

— Elle ne m'a pas trouvé : nous nous sommes rencontrés parce qu'elle avait besoin d'imprégner sa dague de noctiverre avec le sang de ma sœur. Rien de plus.

Parthus se renfrogna. Il sortit une petite bourse de sa poche, l'ouvrit et en fit tomber de minuscules os blancs dans sa paume.

— Ces osselets me permettent d'étudier les chemins invisibles de l'existence. Mais tous n'ont pas un tracé aussi clair. Lorsque nous avons envoyé Kesla en mission, était-ce dans la seule intention qu'elle trempe la dague dans du sang de sor'cière ? Ou y avait-il une autre raison – un dessein caché ?

Le chaman leva les yeux vers Joach.

— Quel dessein ? M'amener ici ? demanda le jeune homme avec une moue dubitative.

Parthus acquiesça en faisant passer ses osselets d'une main à l'autre.

— De nombreux chemins se croisent et s'entremêlent. Il est souvent difficile de déterminer lequel prédomine.

Joach soupira.

— Je ne comprends toujours pas. D'accord, je suis venu ici. D'accord, j'ai un don très développé pour la magie onirique. En quoi cela fait-il de moi un sculpteur de rêves ?

Le chaman ferma les yeux avec une expression chagrine.

— Dès que vous êtes arrivés à l'oasis ensemble, j'ai pu lire dans vos cœurs, voir ce qui vous lie. Kesla t'aime comme elle n'a jamais aimé personne. (Il rouvrit les yeux.) Et je soupçonne que c'est réciproque.

Les joues de Joach s'empourprèrent. Il voulut se récrier et ne réussit qu'à bredouiller des paroles incompréhensibles.

— Ne nie pas tes sentiments, cracha Parthus avec colère. Je ne laisserai personne proférer des mensonges à Oo'shal.

Joach ravala ses protestations. Penaud, il fit signe au chaman de continuer.

Parthus grommela, puis reprit :

— Avant son départ pour Val'loa, j'ai fait couler le sang de Kesla sur ces osselets. C'est une technique que les chamans utilisent pour suivre une personne à distance. (Il secoua les petits os dans son poing.) Mais la première fois que je les ai consultés, j'ai reçu plus d'informations que je n'en demandais. Les osselets m'ont révélé le véritable nom de Kesla et ses origines.

Joach plissa le front. Kesla lui avait dit que le chef de la guilde des assassins l'avait trouvée errant dans le désert quand elle n'était encore qu'une toute petite fille, qu'il l'avait recueillie à Alcazar et prise pour apprentie. Y avait-il d'autres choses qu'elle avait omis de mentionner ?

— Qu'avez-vous appris ?

— C'est difficile à dire tout haut. Je n'en ai parlé à personne, pas même à maître Belgan.

Le chaman laissa tomber ses osselets dans le sable et se mit debout.

Joach observa les petits os épars, puis leva les yeux vers le vieil homme.

— Que vous ont-ils révélé au sujet de Kesla ?

— Il est tard, dit Parthus en se détournant à demi. Demain, nous aurons une dure journée de marche jusqu'à Alcazar.

Joach bondit sur ses pieds, faisant jaillir du sable qui recouvrit partiellement les osselets. Il voulut saisir le coude du chaman, mais celui-ci se déroba.

— Une dernière fois : veux-tu vraiment connaître la vérité ? demanda Parthus. À propos de Kesla et de ce qui la lie à toi ? De la raison pour laquelle elle te désigne comme sculpteur ?

Un instant, Joach éprouva le pincement du doute. Il craignait d'entendre la réponse du chaman. Mais une partie de lui était incapable de foi aveugle ; elle voulait savoir. Craignant que sa voix le trahisse, le jeune homme se contenta de hocher la tête.

— Non, dit Parthus. Je veux l'entendre de ta bouche.

Joach se racla péniblement la gorge.

— Dites-moi, croassa-t-il.

— Tu dois me jurer que tu n'en parleras à personne. Pas à tes amis, et pas même à Kesla.

— Je vous le jure.

Parthus soupira, et ses épaules s'affaissèrent.

— La fille que tu aimes, Kesla… elle n'est pas ce dont elle a l'air.

— Je ne comprends pas.

De nouveau, le chaman se détourna.

— Kesla est un rêve, une émanation sculptée par le désert qui a reçu forme et substance pour pouvoir arpenter ce monde. Elle t'a choisi – et le désert avec elle. Il a attiré un sculpteur jusqu'à ses dunes, désigné un nouveau gardien pour le débarrasser de la pestilence qui fermente à Tular. (Parthus commença à s'éloigner.) Mais Kesla… Elle n'est pas réelle.

Joach resta planté là où il se trouvait, paralysé par le choc. Les paroles du chaman l'immobilisaient aussi sûrement que n'importe quelles cordes. Tremblant, il revit les cheveux fauves de Kesla, son sourire en coin, la façon dont elle avançait une hanche quand elle plaisantait, sa petite main calée dans la sienne. Une grosse larme roula sur sa joue tandis qu'au fond de lui, quelque chose se brisait en un millier de morceaux durs et coupants.

L'écho douloureux de son chuchotement se propagea à la surface du lac.

— Kesla…

II

Le soleil à son aplomb, Kesla escalada la dune en avance sur le reste de la caravane. Elle voulait être la première à apercevoir Alcazar, bénéficier de quelques instants d'intimité pour ces retrouvailles. Elle arracha le foulard qui recouvrait le bas de son visage et, secouant la tête, fit tomber sa capuche sur ses épaules.

Une demi-lieue plus loin, une falaise de grès rouge jaillissait du désert tel un mastodonte solitaire, un gigantesque navire fendant le sable. Les cristaux de silicate qui piquetaient ses flancs abrupts scintillaient au soleil ainsi que des joyaux. Il fallait un regard perçant pour deviner que cette montagne de roche sculptée abritait une forteresse en son sein. Mais Kesla connaissait ce promontoire comme son propre visage. Alcazar était le seul foyer qu'elle ait connu ; jamais l'ombre et la pierre ne pourraient lui dissimuler ses secrets.

Depuis le sommet de la dune, la jeune fille apercevait les fissures et les crevasses qui dissimulaient les fenêtres et les postes de guet. Elle imagina les sentinelles qui, ayant repéré la caravane en approche, devaient l'observer depuis ces derniers. Elle leva un bras pour saluer ces invisibles guetteurs. Puis elle attendit. Mais elle ne reçut pas de réponse – pas même l'éclat d'un miroir de signalisation.

Kesla baissa le bras, les sourcils froncés. À l'aube, le chaman Parthus avait envoyé deux coureurs des sables prévenir maître

Belgan de leur arrivée imminente. Ils avaient dû atteindre la forteresse depuis au moins deux heures…

Avec un soupir, Kesla regarda par-dessus son épaule. Ses compagnons négociaient les derniers lacets de la montée pour la rejoindre. Impatiente de poursuivre sa route, la jeune fille frotta ses pieds dans le sable. Maintenant qu'Alcazar était en vue, elle avait toutes les peines du monde à se contenir. Tant de lunes s'étaient écoulées depuis qu'elle n'avait pas vu ses amis ! Shargyll, la matrone qui lui avait enseigné tout ce qu'elle devait savoir afin de se faire passer pour une fille de cuisine ; Humph, le maître des écuries aux longues oreilles, et sa horde de malluks d'apparat ; sans oublier Crannus, le maître des poisons qui faisait toujours les plaisanteries les plus horribles. Mais une personne lui avait manqué plus que toutes les autres : maître Belgan, son professeur, son protecteur, son confident. De bien des façons, il était le père qu'elle n'avait jamais connu.

Cette dernière idée emplit Kesla de mélancolie. La jeune fille scruta la vaste étendue du désert. D'où venait-elle ? Où dans ce paysage aride se trouvait son véritable foyer ? De nouveau, son regard se posa sur la roche d'Alcazar, et elle sut qu'elle connaissait déjà la réponse à cette question. Son foyer était là.

Elle pivota à l'instant où la caravane atteignait le sommet de la dune. Joach la rejoignit le premier. Son regard fut instantanément attiré par les falaises et les corniches sablonneuses d'Alcazar.

— C'est énorme, commenta-t-il en se tordant le cou pour mieux voir.

Kesla acquiesça avec un sourire timide.

— Entre les maîtres de la guilde, les compagnons et les apprentis, Alcazar abrite plus de quatre cents personnes.

— On ne dirait même pas que c'est habité, s'émerveilla Joach.

— C'est fait exprès. Il y a cinq siècles, à l'époque où la forteresse a été taillée dans le roc, la guilde fuyait Château Drakk qui s'abîmait dans le sud d'Alaséa. Ses membres survivants voulaient un endroit tranquille et sûr, à l'abri des curieux et de leurs poursuivants du Gul'gotha – une citadelle où se regrouper et reconstruire leur organisation mise à mal.

— Je vois, marmonna Joach.

Kesla se rapprocha de lui, mais le jeune homme s'écarta. Elle remarqua qu'il semblait se renfoncer dans sa cape.

Du coin de l'œil, elle le détailla. Toute la journée, Joach s'était montré distant : il avait refusé de soutenir son regard et lui avait parlé sèchement – quand il n'avait pas fait semblant d'être trop occupé pour discuter avec elle. Il n'était pas aussi grossier et méfiant que durant le voyage aérien depuis Val'loa, mais il s'était considérablement refroidi depuis leur promenade sous les étoiles.

— Joach..., commença Kesla d'une voix douce, espérant lui soutirer une explication.

Mais le jeune homme se détourna à l'approche des el'phes qui portaient la civière de Richald.

— Je ferais bien de leur donner un coup de main.

Il s'éloigna hâtivement pour aider les deux marins à hisser leur capitaine par-dessus la crête de sable. Derrière eux, Hunt apparut au sommet de la pente, Sheeshon juchée sur ses épaules.

— Regarde, Kesla ! s'exclama la fillette. Hunt est un malluk !

Kesla sourit.

— Je vois ça.

Sheeshon avait été enchantée de découvrir les bêtes de somme utilisées dans le désert ; elle n'avait cessé de harceler leurs conducteurs tandis que ceux-ci chargeaient et préparaient les créatures à long poil pour la marche vers Alcazar.

Hunt dépassa Kesla en levant les yeux au ciel.

— Avec tout ce que j'ai transpiré en chemin, je dois en avoir non seulement l'apparence, mais aussi l'odeur, plaisanta-t-il.

Et il attaqua la descente à la suite de la civière.

Lentement, le reste de la caravane défila devant Kesla. Sy-wen et Kast ne s'arrêtèrent au sommet de la dune que le temps de boire une gorgée d'eau. À en juger par la façon dont le Sanguinaire dut presser l'outre confectionnée dans un estomac de malluk, ils devaient toucher à la fin de leur ration. Kesla remarqua que le bras blessé de Kast était couvert d'huile de langue de serpent jaunâtre, un puissant baume de cicatrisation. Déjà, sa peau semblait moins rouge et ses ampoules commençaient à disparaître. S'il était une chose que les guérisseurs du désert savaient soigner, c'étaient bien les brûlures : dans cette région, le soleil était impitoyable.

Comme les deux amants s'engageaient à leur tour dans la pente qui conduisait à Alcazar, les hommes du désert passèrent avec leurs malluks croulant sous les paquetages. Les animaux ne semblaient guère affectés par cette longue marche ; ils avançaient avec leur nonchalance habituelle, tandis que leurs conducteurs somnolaient sur leur selle.

Deux fois plus hauts qu'un homme adulte, les malluks possédaient une épaisse fourrure rougeâtre qui régulait la température de leur corps et leur permettait de se fondre dans le paysage du désert. Leurs larges pieds leur offraient un bon appui sur le sable. Au passage, ils étudièrent Kesla de leurs grands yeux bruns. L'un d'eux se pencha vers elle et la renifla pour voir si elle avait quelque chose de bon à manger. La jeune fille le repoussa gentiment mais fermement.

Bientôt, la caravane fut passée, et Kesla resta seule en haut de la dune avec le chaman Parthus. Celui-ci s'appuyait sur un bâton en bois de santal.

— Tu es contente de rentrer, mon enfant ?

— Je me réjouis de revoir bientôt maître Belgan.

Le vieil homme tendit son bras libre à Kesla.

— Alors, ne le faisons pas attendre.

Ensemble, ils attaquèrent la descente.

— Cette nuit, j'ai parlé avec ton compagnon aux cheveux roux.

Parthus avait lancé ces mots sur un ton qui se voulait désinvolte, mais qui sonna faux aux oreilles de Kesla. Il ralentit, feignant d'avoir du mal à traîner ses vieux os et s'appuyant plus lourdement sur la jeune fille tandis que le reste de la caravane les distançait peu à peu.

— Vous voulez dire, Joach ?

— Oui. Nous avons partagé les graines du gre'nesh.

De surprise, Kesla vacilla et faillit s'arrêter. À sa connaissance, aucun chaman du désert n'avait jamais invité un non-initié à prendre part à ce rituel.

— Que s'est-il passé ?

Parthus haussa les épaules.

— La magie onirique est riche en lui. Il fera un allié de poids durant l'assaut à venir contre les goules de Tular.

Kesla toucha le manche de l'arme rangée dans son fourreau.

— Je n'ai besoin que de la dague de noctiverre. Si sa lame est assez acérée pour transpercer la peau du basilic, je n'échouerai pas. Je peux entrer à Tular et en ressortir avant que quiconque m'ait repérée.

— Je ne doute pas de ton talent, Kesla. Mais la véritable bataille contre Tular risque d'être plus difficile à remporter.

— Vous avez consulté les osselets ?

— Oui. (Les sourcils froncés, Parthus détailla les hauteurs d'Alcazar balayées par le vent.) Mais une prophétie n'est pas toujours nécessaire pour voir l'avenir. Parfois, il suffit d'ouvrir les yeux.

Kesla se surprit à suivre le regard du chaman. Les occupants de la forteresse ne donnaient pas davantage signe de vie que lorsque la jeune fille leur avait fait signe depuis le sommet de la dune. Déjà, l'avant de la caravane pénétrait dans la fissure noire qui s'enfonçait à l'intérieur de la roche. Kesla écouta, mais n'entendit aucun cor annoncer son retour. Personne ne bougeait sur les corniches réservées aux sentinelles. Elle plissa les yeux, tentant de distinguer les gardes en tenue de camouflage sur leur perchoir rocheux. Ou ils étaient très bien cachés, ou il n'y en avait pas.

Un frisson d'inquiétude courut sur la peau de la jeune fille, la chatouillant comme les pattes d'une araignée dans le noir. Mais, devant elle, l'arrière de la caravane disparut dans l'étroit canyon sans incident.

Kesla jeta un coup d'œil au chaman qui continuait à se traîner dans le sable. Il ne semblait pas s'inquiéter. Alors, pourquoi lui avait-il parlé de Joach et de Tular ? Pourquoi avait-il fait allusion à un problème, mais sans le nommer ?

— C'est un test, marmonna le vieillard comme s'il avait lu dans les pensées de Kesla. Un rite de passage.

— Pour moi ? s'étonna la jeune fille.

Parthus haussa les épaules.

— Ton ami doit découvrir l'étendue de son pouvoir et de sa force.

— Qui, Joach ?

De nouveau, le vieillard haussa les épaules.

La panique envahit Kesla. Les yeux écarquillés, elle détailla le promontoire massif qui la surplombait. Le soleil accentuait les ombres et la rougeur de ses falaises, donnant l'impression que du sang dégoulinait sur la roche.

— Je dois l'aider !

Elle fit mine de s'élancer, mais Parthus lui saisit le bras.

— Ce test lui est réservé, Kesla. Tu ne peux pas le passer à sa place.

Folle de peur et d'inquiétude, la jeune fille utilisa un des mouvements appris pendant sa formation pour se dégager de l'étreinte du vieillard. Mais alors même que ses pieds volaient au-dessus du sable en direction d'Alcazar, son cœur savait déjà qu'elle arriverait trop tard.

Joach fut le premier à franchir la herse d'Alcazar, suivi par les marins el'phes qui portaient la civière de Richald.

Deux choses le frappèrent immédiatement. D'abord, la beauté de la citadelle. Comme il s'avançait dans la cour centrale, Alcazar se révéla à lui dans toute sa splendeur. Il tourna sur lui-même pour mieux la voir. Des tours incroyablement élancées, des aiguilles en spirale et des statues gigantesques se détachaient contre les falaises, sculptées au cœur même du promontoire de grès. C'était magnifique.

Mais tandis que les autres le rejoignaient, un malaise diffus supplanta l'émerveillement de Joach. Hunt dut se faire la même réflexion que le jeune homme, car il posa Sheeshon par terre en demandant :

— Où sont les gens ?

La forteresse semblait déserte. La porte n'était pas gardée. Personne n'était descendu dans la cour pour accueillir les voyageurs. Joach ne connaissait pas les coutumes de la région, mais il trouvait étrange que des assassins ne se montrent pas plus vigilants.

Kast se rapprocha, flanqué de Sy-wen.

— Ça ne me plaît pas du tout, gronda-t-il.

Comme pour ponctuer sa phrase, la herse d'Alcazar retomba derrière eux. Ses pointes se logèrent dans leur cavité avec un fracas de mauvais augure.

Joach fit volte-face. Des barreaux métalliques séparaient désormais les compagnons des hommes du désert. Les deux groupes semblaient également abasourdis par le tour inattendu que prenaient les événements. Seul Innsu, le grand assassin ami de Kesla, se retrouvait prisonnier de la citadelle avec deux de ses camarades.

— Quelque chose cloche, déclara-t-il en tournant sur lui-même.

Il repoussa sa cape d'un geste ample. Son sabre étincela dans la vive clarté de la cour.

— C'est un piège, devina Sy-wen.

Kast avait déjà dégainé son épée. Les porteurs el'phes déposèrent la civière de Richald sur les pavés et sortirent les arbalètes qu'ils dissimulaient sous leur cape. Hunt poussa Sheeshon derrière lui en saisissant la hache passée à sa ceinture.

Joach chercha machinalement la dague de noctiverre avant de se rappeler qu'il l'avait donnée à Kesla. Faute d'arme, il se contenta de scruter les hauteurs alentour et d'attendre que les auteurs du piège passent à l'attaque.

De l'autre côté de la cour, une double porte s'ouvrit à la volée, poussée par une force bien supérieure à celle d'une paire de bras humains. Ses épais battants de bois s'écrasèrent contre la pierre, si brutalement qu'ils s'arrachèrent à leurs gonds métalliques et basculèrent sur le sol.

Deux silhouettes émergèrent des ténèbres du château et s'avancèrent dans la cour baignée de soleil. La première appartenait à un homme de haute taille, vêtu d'une cape rouge et irradiant l'autorité. Son teint pâle et sa crinière blanche contrastaient avec la peau et les cheveux sombres des gens du désert. Mais ce qui retint l'attention de Joach, ce furent ses yeux rougeoyant de colère.

— Je vois notre fin, lança-t-il d'une voix forte en balayant les compagnons du regard. Je vois un gamin qui apporte la destruction au peuple du Désert de Sable.

— Maître Belgan ? (Innsu fit un pas vers lui en baissant son sabre.) Vous vous méprenez. Ces gens ne nous veulent pas de mal. D'après le chaman Parthus…

— Silence ! aboya l'homme pâle.

Joach remarqua l'expression choquée d'Innsu. Que se passait-il donc ?

La deuxième silhouette, entièrement dissimulée par sa cape et par le foulard de soie qui recouvrait son visage, contourna maître Belgan d'un pas traînant. Elle avait le dos courbé et marchait en s'aidant d'une canne.

— N'écoutez pas ce jeune imbécile, chuchota-t-elle à l'oreille du chef de la guilde. De toute évidence, il est sous l'emprise du frère de la sor'cière et de sa magie noire.

Joach se figea tandis que son sang se glaçait dans ses veines. Même très basse, il aurait reconnu cette voix entre mille. Elle avait résonné dans sa tête pendant plus de la moitié d'un hiver. Jamais il ne l'oublierait. Il savait qui se tenait à la droite de maître Belgan : le meurtrier de ses parents. L'homme qui l'avait arraché à sa sœur et s'était servi de lui comme d'une marionnette.

Le mage noir Greshym.

La silhouette voûtée agita discrètement son bâton. Un instant, les yeux de Belgan brillèrent plus fort, comme s'il avait de la fièvre. Joach reconnut un effet secondaire du sort d'influence – un des instruments préférés de Greshym. Visiblement, le maître assassin luttait contre la possession ; il se débattait pour s'arracher au brouillard de mensonges et de traîtrise que le mage noir avait répandu dans son esprit.

Maintenant qu'il était averti, Joach sentait presque l'énergie ténébreuse à l'œuvre dans la citadelle, cette énergie qu'il avait brièvement tenté de manipuler après s'être emparé du premier bâton de Greshym. Plissant les yeux, il étudia le nouveau bâton du mage noir. Des cristaux verdâtres sertis sur toute sa longueur brillaient d'un éclat malsain, telles des pustules se détachant sur l'écorce grise. Il semblait encore plus dangereux que son prédécesseur taillé dans du pol'bois. À cette distance, le pouvoir qu'il irradiait (et avec lequel il alimentait son porteur) faisait vibrer le sang de Joach.

Des émotions puissantes flamboyèrent dans le cœur du jeune homme : rage, peur, haine. Il détailla le bâton avec un mélange de répugnance et de désir. Une partie de lui était attirée par l'énergie qui émanait de cet instrument corrompu. Il serra les poings et, incapable de se contenir, fit un pas en avant.

Greshym tourna son regard vers lui. Dans un visage ravagé par les siècles, des yeux recouverts d'un voile laiteux fixèrent Joach avec un amusement triomphant.

Derrière le mage noir, une créature trapue apparut sur le seuil du château. Ses sabots fourchus descendirent les trois marches qui conduisaient à la cour et s'arrêtèrent à une demi-main de l'ourlet de la robe de Greshym. Au-dessus d'un museau plat, des yeux porcins foudroyèrent Joach, tandis que deux oreilles pointues se plaquaient en arrière, exprimant une agressivité ouverte.

— Tu aimes mon nouvel animal de compagnie, Joach ? chuchota Greshym. Après ton départ, j'ai eu besoin d'un autre toutou.

Avant que le jeune homme puisse répondre, le mage noir toucha l'épaule de maître Belgan avec son bâton.

D'un mouvement raide comme celui d'un pantin, le chef de guilde leva le bras. Un signal. Tout autour de la cour – aux fenêtres, aux portes et sur les corniches – jaillirent des dizaines d'hommes et de femmes armés jusqu'aux dents.

Face à leurs arcs, leurs épées et leurs haches, Joach recula vers ses compagnons.

Greshym agita de nouveau son bâton. Maître Belgan baissa le bras, fendant l'air du tranchant de sa main.

— Tuez-les ! glapit-il. Tuez-les tous !

Kesla atteignit la faille qui conduisait vers le cœur d'Alcazar au moment où l'ordre de maître Belgan se répercutait à la surface du sable. Elle se figea. *Que se passe-t-il ?*

Un malluk roulant de grands yeux effrayés jaillit de la pénombre du canyon et galopa vers la jeune fille. Kesla plongea sur le côté et manqua se faire piétiner comme l'animal s'enfonçait dans le désert, semant derrière lui les paquetages qu'il portait sur son dos. Son conducteur lui courait après ; il s'égosillait en brandissant son fouet, mais en vain. Son front saignait. Il avait dû être désarçonné par sa monture.

Quand il passa près d'elle, Kesla l'arrêta.

— Quel est le problème ?

Déjà, le fracas des armes qui s'entrechoquent parvenait jusqu'à elle depuis les entrailles du promontoire. Plus loin dans le canyon, des hommes hurlaient.

— Une embuscade, répondit très vite le conducteur de malluks dans la langue du désert. Le maître d'Alcazar est devenu fou. Il a fermé les portes du château et veut massacrer les étrangers.

— Pourquoi ? demanda Kesla.

L'homme secoua la tête en signe d'ignorance et se lança de nouveau à la poursuite de sa monture, laissant Kesla seule à l'entrée du canyon. La jeune fille tenta de comprendre ce qu'il venait de lui dire, mais ça n'avait pas de sens pour elle.

Se détournant de la faille, elle rebroussa chemin dans le désert et entreprit de contourner le promontoire. Quand ils étaient plus jeunes, Innsu et elle avaient l'habitude de sortir d'Alcazar en douce. Tous deux suivaient la voie du serpent, et il existait fort peu de murs qu'ils ne pouvaient escalader.

Bondissant par-dessus un éboulis, Kesla atteignit un endroit où la paroi semblait à-pic. Elle roula des épaules pour se débarrasser de sa cape. Puis, d'un geste du poignet, elle projeta une corde et son grappin vers une petite saillie qui la surplombait. Une secousse donnée d'une main experte lui permit d'affermir la prise des crochets dans la roche. Cela fait, elle entreprit de se hisser le long du filin en soie d'araignée tressée.

Lorsqu'elle fut assez haut, Kesla utilisa son poids pour se balancer tout en laissant ses pieds courir le long de la paroi. Au bon moment, elle poussa de toutes ses forces afin de se propulser vers une étroite corniche. Elle lâcha sa corde d'une main et s'accrocha au rebord de pierre. Suspendue dans cette position précaire, elle entortilla son pied dans la corde afin de ne pas la perdre, puis libéra sa deuxième main pour saisir la corniche. Très vite, elle effectua un rétablissement sur celle-ci. Elle se redressa, récupéra sa corde, tira dessus d'un coup sec pour décrocher le grappin et enroula le tout autour de sa taille.

Kesla répéta cette manœuvre deux fois, jusqu'à ce qu'elle atteigne le sommet. Là se trouvait un poste de garde abandonné depuis longtemps et oublié de tous, ou presque. Innsu et elle l'avaient découvert quelques années plus tôt. La jeune fille se dirigea vers le minuscule tunnel qui s'enfonçait dans la roche. On ne pouvait l'emprunter qu'à quatre pattes, aussi se traîna-t-elle sur toute sa longueur en s'écorchant les paumes et les genoux.

Dans l'espace confiné du tunnel, la panique gonfla son cœur. Pourquoi maître Belgan avait-il attaqué ses compagnons ?

Poussiéreuse et écorchée, Kesla atteignit enfin l'extrémité du passage. Elle utilisa un miroir pour examiner l'intérieur de la petite pièce dans laquelle il débouchait. Ne voyant rien d'autre que quelques caisses et un tapis roulé dans un coin, elle s'extirpa du tunnel, tous les sens en alerte. Une fois debout, elle se dirigea vers la porte, colla une oreille contre le battant de bois et testa ses gonds. Un craquement discret se fit entendre comme elle tournait la poignée et entrebâillait la porte.

De l'autre côté s'étendait un couloir désert, au sol couvert d'une poussière qui ne semblait pas avoir été dérangée depuis longtemps. Kesla n'hésita pas. Elle possédait la sagesse nécessaire pour distinguer les moments où la patience était de mise et ceux où la rapidité était la clé de la réussite – elle l'avait apprise de la bouche même du maître des lieux.

En quelques enjambées rapides, elle gagna l'escalier qui descendait vers les niveaux plus fréquentés de la forteresse. Comme elle dévalait les marches, les bruits de bataille s'amplifièrent autour d'elle : hurlements de douleur ou de rage, fracas de l'acier.

En atteignant le cinquième étage, Kesla tourna le dos à l'escalier pour s'élancer vers les fenêtres et les balcons qui ouvraient sur la cour centrale. Elle n'avait pas fait dix pas lorsqu'elle bouscula un apprenti de la guilde, un garçon de cinq ans son cadet qui courait en sens inverse. Il portait un arc en bandoulière et son carquois était vide.

À la vue de Kesla, ses yeux s'écarquillèrent. La jeune fille le saisit par les épaules avant qu'il puisse s'enfuir.

— Que se passe-t-il, Symion ? Pourquoi attaques-tu les étrangers ?

Le jeune garçon frémit.

— Maître Belgan dit qu'ils viennent nous détruire, que ce sont des suppôts de la sor'cière que tu as tuée.

— Tuée ? De quoi parles-tu ?

— Tu es ensor'celée ! Tu as ramené la mort à Alcazar !

Symion tenta de se dégager en utilisant la technique du nœud sanglé, mais Kesla contra facilement et le maintint immobile.

— Sornettes, siffla-t-elle. Nul enchantement ne me tient sous son emprise. La sor'cière est toujours vivante ; de son plein gré, elle a offert de nous aider dans notre lutte contre Tular.

La méfiance brillait dans les yeux de l'enfant.

— C'est vrai, Symion, insista Kesla. Il faut mettre un terme à cette bataille, sans quoi, tout espoir de sauver le Désert de Sable sera perdu. Tu dois me conduire à quelqu'un qui m'écoutera.

— Mais le frère de la sor'cière…

— Joach ?

Symion se rembrunit.

— Un voyageur s'est présenté à nos portes. Il est resté enfermé avec maître Belgan pendant toute une demi-journée. Quand maître Belgan est ressorti, il était convaincu que le frère de la sor'cière voulait venger la mort de sa sœur et qu'il constituait un danger pour tous les habitants du Désert de Sable.

Kesla fut choquée. Le chef de leur guilde n'était pas du genre à croire les rumeurs et les insinuations. Qu'est-ce qui avait bien pu le persuader que Joach et ses compagnons menaçaient leur survie ? Une fois de plus, ça n'avait pas de sens. Maître Belgan n'aurait pas agi sans preuves irréfutables.

Un instant, la jeune fille en vint à douter de son propre jugement. Était-il possible qu'elle se soit laissé abuser ?

Elle secoua la tête. Non.

— Maître Belgan a dû se faire duper, marmonna-t-elle, même si cette idée l'ébranlait jusqu'au tréfonds de son être.

Distraite, elle ne put empêcher Symion de se libérer et de se mettre hors de son atteinte.

— C'est toi qui t'es laissé duper ! cria le jeune garçon.

Avant qu'elle puisse l'arrêter, il s'engouffra dans un passage latéral. Kesla l'entendit élever la voix pour donner l'alerte.

Elle s'élança vers les fenêtres. Elle devait voir ce qui se passait – et trouver un moyen d'endiguer la démence qui avait infiltré son foyer.

Comme elle franchissait l'angle d'un couloir, la jeune fille fut éblouie par le soleil qui entrait à flots par une porte-fenêtre grande ouverte. Elle se précipita vers le balcon. Celui-ci était vide ; sans doute s'agissait-il du poste assigné à Symion durant l'embuscade. L'enfant avait dû tomber à court de flèches et partir en chercher d'autres.

Sortant dans la lumière éblouissante du milieu de journée, Kesla se dirigea vers la balustrade. La clameur de la bataille enfla sous elle. Elle se pencha par-dessus la rambarde pour mieux voir.

Le chaos régnait dans la cour centrale. Les pavés étaient inondés de sang. Des corps jonchaient le sol. Le fracas de l'acier se mêlait aux cris de rage et aux hurlements de douleur des combattants.

Au milieu de la mêlée, Kesla repéra aisément ses amis. Kast et Hunt se battaient avec une hache dans une main et une épée dans l'autre. Tels des tourbillons jumeaux et meurtriers, ils éliminaient tous ceux qui avaient le malheur de passer à leur portée. Ensemble, ils protégeaient Sy-wen et Sheeshon. Ils ne laisseraient personne s'approcher d'elles.

Non loin d'eux, Innsu tourbillonnait et frappait avec la rapidité foudroyante d'un serpent. Son sabre décrivait des moulinets et des éclairs tandis que deux autres hommes du désert couvraient ses flancs. Même depuis son perchoir, Kesla vit le masque de douleur fixé sur le visage de son ami alors qu'il tuait des gens qu'il connaissait par leur prénom.

Depuis le mur du fond, une volée de flèches fila vers les étrangers et leurs alliés. Mais, au lieu de s'abattre en pluie sur eux, elle fut détournée par une brusque rafale. En contrebas, Kesla aperçut la source de cette opportune bourrasque.

Richald s'était redressé sur sa civière brisée. Le bras qu'il tenait en l'air scintillait d'énergie. Autour de lui, les marins el'phes exécutaient une habile chorégraphie avec leurs arbalètes et leurs épées argentées. Ils protégeaient leur capitaine blessé. Comme ceux d'un papillon aux ailes frémissantes, leurs mouvements étaient presque trop rapides pour que l'œil puisse les suivre. Sans relâche, ils distribuaient la mort à leurs adversaires proches ou plus éloignés.

Soudain, Richald fit un geste du poignet, et les flèches se retournèrent contre ceux qui les avaient envoyées. Des hommes et des femmes tombèrent. Kesla vit une fillette de huit hivers tout au plus recevoir un trait dans l'œil et s'écrouler en se tordant sur le sol. Elle connaissait le nom de l'enfant. *Lisl.*

Des larmes de frustration et de colère brouillèrent la vue de la jeune fille. Jamais maître Belgan n'aurait autorisé une apprentie si jeune à se battre. Jamais il n'aurait consenti à ce massacre – s'il avait eu tous ses esprits.

Le combat se poursuivit.

Sur la droite, quelqu'un hurla, dégringola d'un balcon et alla s'écraser sur les pavés en contrebas, un carreau el'phique planté dans le cou.

La mort avait vraiment pris possession d'Alcazar – mais pas pour la raison avancée par maître Belgan. Cette bataille n'était pas motivée par un désir de vengeance, mais par un mensonge. Deux alliés avaient été dressés l'un contre l'autre. Pourquoi ? Et surtout, par qui ?

Kesla scruta la cour ensanglantée. Enfin, en se penchant très bas par-dessus la rambarde, elle aperçut la réponse à ses questions directement à son aplomb. Maître Belgan se tenait à l'entrée principale de la forteresse, facile à repérer avec sa cape rouge et sa longue chevelure blanche. À ses côtés, un vieillard au dos voûté s'appuyait sur un bâton. Kesla le voyait pour la première fois, mais elle n'eut pas de mal à deviner qui il était : le mystérieux voyageur dont Symion lui avait parlé.

Une créature difforme gambadait autour des deux hommes. Visiblement affolée par l'odeur du sang, elle faisait claquer ses mâchoires et griffait la cape de maître Belgan. Celui-ci, toutefois, semblait indifférent à ses cabrioles et à ses braiments. Son absence de réaction dissipa les derniers doutes de Kesla. Le chef de guilde était possédé, sous l'influence d'un sort qui le privait de sa volonté.

Le vieillard au dos voûté tendit un bras terminé par un moignon. Ce mouvement détourna l'attention de Kesla de l'affreuse petite créature. Maître Belgan fit un pas sur le côté. Alors, la jeune fille vit ce que l'inconnu désignait.

Au pied des escaliers, deux assassins confirmés – Dryll et Ynyian, maîtres de la chasse – forcèrent quelqu'un à s'agenouiller. Une flèche était plantée dans l'épaule du prisonnier. Sur un geste de Belgan, sa capuche lui fut arrachée. Il leva les yeux vers les hommes qui le tenaient et les foudroya du regard.

Kesla hoqueta en portant un poing à sa gorge.

C'était Joach.

Joach reporta son attention sur Greshym et lui cracha à la figure.

Il avait visé juste. Mais le mage noir se contenta de sourire, sans même prendre la peine d'essuyer la salive qui lui coulait sur le menton.

La réaction des chasseurs fut moins clémente. Une main empoigna les cheveux de Joach et lui tira brutalement la tête en arrière. Une voix siffla à son oreille :

— N'insulte plus jamais un hôte d'Alcazar.

De l'autre côté du jeune homme, le deuxième assassin empoigna la flèche plantée dans sa chair et l'enfonça plus profondément. L'épaule de Joach s'embrasa. Il voulut se retenir de crier, mais la douleur était trop forte. Un hurlement s'arracha à sa gorge. Ses yeux se remplirent de larmes.

Quelques instants plus tôt, Joach avait été renversé par l'impact de la flèche du chasseur. Il s'était retrouvé choqué, incapable de bouger, même quand le flux de la bataille avait diminué devant lui. Coupé de ses compagnons, il avait été facile à capturer.

La main qui lui tenait les cheveux le lâcha, et Joach s'affaissa sur les pavés. Derrière lui, les cris des combattants et le fracas de l'acier s'assourdirent comme la douleur menaçait de le submerger.

Puis quelqu'un se pencha vers lui. Il leva la tête à grand-peine. Une créature hideuse batifolait autour des chevilles du mage noir, reniflant le sang de Joach. Greshym la repoussa du pied et tendit son bâton vers le blessé.

Joach lutta pour se dérober, mais les deux assassins l'en empêchèrent. L'extrémité du bâton d'un gris cadavérique s'agita devant ses yeux.

— Tu sens la magie qu'il contient, n'est-ce pas ? lança Greshym. Tu as goûté au pouvoir obscur. Il t'a marqué, Joach.

— Non, hoqueta le jeune homme.

Mais, de fait, il percevait l'énergie qui courait à travers le bois immonde et pulsait dans ses cristaux verts. Il avait du mal à détacher son regard du bâton à la beauté ténébreuse. Son sang se souvenait d'avoir manipulé l'inique magie du feu incendiaire.

Involontairement, une des mains de Joach se tendit vers l'instrument. C'était sa main mutilée, dont deux doigts avaient été rongés par des sangsues dans les catacombes de Val'loa, cette même main qui avait jadis manié le bâton de pol'bois. Elle était attirée par la magie noire comme du fer par un aimant. Du sang gouttait du bout de ses doigts – le sang qui avait coulé le long du bras de Joach depuis son épaule blessée.

Le sourire ridé de Greshym s'élargit.

Une partie de Joach savait qu'il serait perdu s'il touchait le nouveau bâton du mage. Celui-ci capturerait son esprit à jamais. Pourtant, le jeune homme ne pouvait pas résister. Ses doigts ensanglantés s'étirèrent vers le bois gris gorgé de pouvoir. Au fond de son cœur, un cri déchirant s'éleva. Il ne lui restait qu'un instant avant l'annihilation totale. Dès qu'il toucherait le bâton, c'en serait fini de lui, et il le savait.

Un hurlement sauvage résonna tout près de lui, brisant l'enchantement ténébreux qui le tenait sous son emprise. Joach jeta un coup d'œil sur le côté. La créature tapie aux pieds de Greshym lui bondit dessus. Affolée par la faim, incapable de résister à la chair ensanglantée qu'on agitait devant elle, elle ouvrit une large gueule et engloutit la main de Joach jusqu'au poignet. Des dents effilées comme des rasoirs se plantèrent dans la chair du jeune homme, la transperçant jusqu'à l'os.

Joach tenta de se dégager, mais la créature tint bon. Elle secoua son bras comme un chien se battant pour un os.

—Non, Rukh ! glapit Greshym, fou de rage.

Il assena un violent coup de bâton à la créature. Celle-ci vola dans les airs, alla heurter le mur et atterrit en boule sur les pavés. Elle se tortilla en gémissant. Sa chair fumait à l'endroit où le bâton l'avait frappée.

L'explosion de magie repoussa Joach en arrière, dans les jambes des deux chasseurs. À genoux, il leva son bras blessé. Du sang coulait à flots depuis le moignon de son poignet. Sa main avait disparu.

Très vite, un des assassins entortilla un morceau de corde autour de son bras, serrant le plus fort possible pour couper sa circulation sanguine. Joach se sentit défaillir et tomber face contre terre. Avant qu'il touche le sol, quelqu'un lui donna une bourrade qui le fit pivoter et encaisser l'impact sur son épaule indemne. Il roula sur le flanc, juste assez pour voir ce qui se passait dans le reste de la cour.

Sang, acier, cris, cadavres et blessés… Au milieu de ce chaos, une tache noire s'élargissait. Malgré la douleur et le choc, Joach tenta de se concentrer dessus. Un nuage de fumée. Celui-ci se mua en un immense dragon ailé accroupi au centre de la cour. La créature poussa un rugissement furieux.

Ragnar'k…

— Emparez-vous du gamin ! aboya Greshym. Emmenez-le à l'intérieur !

Les deux assassins hésitèrent.

Joach tourna la tête. Greshym fit signe à l'homme pâle, qui était resté aussi immobile qu'une statue pendant toute la scène. Ce dernier se tourna vers les chasseurs.

— Emmenez le gamin ! croassa-t-il telle une marionnette dont on vient de tirer les fils.

— Oui, maître Belgan.

Joach fut relevé de force et suspendu entre les deux hommes. Greshym les précéda dans la pénombre du château. La créature meurtrie les suivit, se prosternant aux pieds du mage noir.

Au moment où il franchissait le seuil d'Alcazar, Joach se tordit le cou pour regarder en arrière. Il vit Ragnar'k ouvrir une trouée sanglante parmi les assassins et infléchir le cours de la bataille. Mais pour lui, il était déjà trop tard. Les deux chasseurs emportèrent son corps inerte dans les profondeurs de la citadelle.

Devant lui, Greshym leva son bâton qui brillait dans la pénombre. Derrière lui, les portes brisées du château se refermèrent à la volée, avec un claquement aussi définitif que celui du couvercle d'un cercueil.

Sy-wen était juchée sur le dos de son dragon. À cause de son aile blessée, Ragnar'k ne pouvait pas s'envoler hors de cet espace confiné, mais il pouvait défendre leurs compagnons qui s'affaiblissaient à vue d'œil. Jusqu'ici, ils avaient réussi à repousser leurs agresseurs grâce à leur magie et à la force de leurs bras, mais ni l'une ni l'autre n'étaient inépuisables. Contre des adversaires aussi nombreux, ce n'était qu'une question de temps avant qu'ils soient submergés.

Ainsi, Sy-wen n'avait pas eu d'autre choix qu'invoquer Ragnar'k. Kast et elle avaient retardé ce moment le plus possible, dans l'espoir que les habitants d'Alcazar finiraient par reprendre leurs esprits. Après avoir conjuré un énorme dragon noir au milieu de leur citadelle, les compagnons auraient du mal à les convaincre qu'ils n'étaient pas des envoyés du Gul'gotha !

Cette inquiétude s'avéra rapidement fondée. La brusque apparition de Ragnar'k déclencha une panique générale. De nombreux défenseurs s'enfuirent. Les plus lents se firent piétiner par les autres. Ceux qui continuèrent à se battre – les plus courageux et les plus doués – redoublèrent de férocité.

Dès lors, les compagnons n'avaient plus guère d'espoir de gagner la confiance de la guilde. Il ne leur restait qu'à s'enfuir et à tenter de nouveau leur chance dans le désert.

À l'aide de ses ailes, de ses griffes et de ses crocs, Ragnar'k dégagea un espace entre attaquants et défenseurs. Derrière l'énorme créature, les compagnons se rassemblèrent dans un coin de la cour, non loin de la porte d'Alcazar. S'en suivit un répit temporaire comme les deux camps se regroupaient. Les étrangers devaient trouver un moyen de sortir de la forteresse.

Sy-wen tendit un doigt vers la herse.

— Tu pourrais arracher ces barreaux ?

Un ricanement méprisant résonna dans sa tête.

— *Cette cage est trop petite pour contenir Ragnar'k.*

Comme le dragon pivotait, Richald s'agita sur sa civière, et un vent magique porta sa voix affaiblie jusqu'au perchoir de Sy-wen.

— Joach… Je ne le vois nulle part.

Sy-wen se retourna sur son perchoir pour scruter le coin de la cour. L'el'phe avait raison. Joach manquait à l'appel. Dans la confusion de la bataille, il avait dû être séparé de ses compagnons. Sy-wen balaya la cour du regard mais ne vit rien. Elle se redressa légèrement sur le dos du dragon.

— Joach ! s'époumona-t-elle.

Pas de réponse. Une flèche siffla près de son oreille. Elle se coucha sur l'échine de Ragnar'k, à l'abri de ses ailes légèrement dressées.

Une voix aiguë résonna de l'autre côté de la cour, en hauteur. Plissant les yeux, Sy-wen aperçut Kesla sur un balcon. Comment était-elle arrivée jusque-là ?

— Joach a été capturé ! hurla Kesla d'une voix aussi perçante que le cri d'un aigle. Ils l'ont emmené à l'intérieur ! Je vais essayer de le trouver, mais une magie noire a pris racine ici ! Échappez-vous dans le désert ! Retrouvez le chaman Parthus ! Je vous rejoindrai avec Joach si je peux !

Sy-wen leva un bras pour lui indiquer qu'elle avait entendu.

La voix de Hunt résonna près de l'aile de Ragnar'k :

— Ça pourrait être un piège. C'est Kesla qui nous a conduits dans cette embuscade. Comment pouvons-nous être sûrs qu'elle ne veut pas de mal à Joach ?

Innsu, le jeune assassin, entendit le Sanguinaire et répliqua sur un ton brûlant :

— Kesla n'est pas une traîtresse !

Sy-wen considéra leurs deux avis – mais surtout, elle se souvint de la façon dont Kesla avait regardé Joach pendant le voyage jusqu'à Alcazar. Il n'était pas très difficile de lire dans le cœur de la jeune fille. Seule une femme pouvait reconnaître l'amour dans les yeux d'une autre. Sy-wen se redressa sur le dos de Ragnar'k.

— Elle ne trahira pas Joach, dit-elle fermement.

Puis elle se tourna et donna à Ragnar'k l'ordre mental d'attaquer la herse.

Le dragon poussa un grognement. Son cou se tordit ; des crocs aussi longs que l'avant-bras de Sy-wen se refermèrent sur les barreaux. La mer'ai sentit les muscles de son amant se tendre et saillir sous l'effort tandis que le métal résistait et que les griffes argentées de Ragnar'k s'enfonçaient dans les pavés.

Un des assassins profita de cet instant de distraction pour s'élancer en brandissant une hache. Hunt se coula sous l'aile du dragon pour lui barrer le chemin.

Leurs deux haches s'entrechoquèrent bruyamment. Ils étaient aussi bons combattants l'un que l'autre, mais la fatigue commençait à se faire sentir chez Hunt. Le Sanguinaire glissa dans une flaque de sang et rata sa parade. Le manche en bois de l'arme adverse s'abattit sur son front. Il bascula en arrière. L'assassin bondit pour lui porter le coup de grâce.

— Ragnar'k ! glapit Sy-wen.

— J'ai vu, ma Liée.

Une des ailes du dragon se détendit, frappant l'assassin en pleine poitrine. Depuis son perchoir, Sy-wen entendit des côtes se briser, et l'homme vola à travers la cour.

Hébété, Hunt se releva maladroitement et essuya le sang qui maculait ses lèvres. Il cracha une dent qui ricocha sur les pavés, puis foudroya du regard le reste des assassins comme pour les mettre au défi d'approcher.

Aucun d'eux ne bougea. Ils semblaient trop heureux de laisser repartir les étrangers.

Un grincement métallique incita Sy-wen à reporter son attention sur la herse. D'une dernière secousse, Ragnar'k arracha celle-ci, ainsi qu'une partie des barreaux qui fermaient le canyon à son aplomb. Il laissa tomber le tout dans la cour, sur les pavés ensanglantés où ils s'écrasèrent avec fracas.

À présent que la voie était ouverte, Sy-wen fit signe à leurs compagnons de s'y engager. Ragnar'k et elle protégeraient leurs arrières.

De l'autre côté de la porte, les hommes du désert qui les avaient accompagnés depuis Oo'shal prirent les blessés en charge. L'un d'eux s'avança, surveillant le dragon d'un œil méfiant.

— Le chaman Parthus vous attend dans le désert.

Sy-wen acquiesça.

— Dépêchez-vous, dit-elle à ses amis.

Innsu aidait un de ses camarades à marcher, cependant que Hunt portait Sheeshon. La fillette était visiblement terrifiée. Parce que sa civière était cassée et ses marins trop affaiblis par la bataille, Richald accepta que deux hommes du désert le portent entre eux. Meurtris, ensanglantés et traînant la patte, ils battirent en retraite dans le canyon.

Lorsque les autres lui parurent en sécurité, Ragnar'k s'engagea à son tour dans la faille, mais à reculons pour guetter une dernière attaque éventuelle. Celle-ci ne vint jamais. Personne n'avait envie de défier un tel monstre, surtout alors qu'il se retirait de son plein gré.

Sy-wen balaya la cour du regard. Le sang versé faisait virer les pavés rouges au brun. Des corps distordus jonchaient le sol. L'air même empestait la mort.

La jeune fille leva les yeux vers le château proprement dit. Même si les combats avaient cessé dans la cour, le dernier acte de la bataille s'apprêtait à se jouer quelque part dans ces couloirs obscurs. Deux des compagnons n'avaient pas encore réussi à s'échapper. Sy-wen leur souhaita bonne chance.

— Puisse la Douce Mère vous protéger tous les deux.

Kesla filait dans les couloirs, les orteils effleurant à peine le sol, l'oreille tendue en quête du moindre bruit. Elle devait découvrir où maître Belgan et le voyageur avaient emmené Joach. Elle avait vu la créature hideuse attaquer le jeune homme. Celui-ci avait besoin d'un guérisseur dans les plus brefs délais. Mais Kesla devait se montrer prudente. De toute évidence, l'inconnu au dos voûté disposait d'une magie ténébreuse.

Dévalant des escaliers et enfilant des passages dans un silence presque absolu, la jeune fille atteignit enfin le rez-de-chaussée de la forteresse. Avant de pénétrer dans la grande salle de réunion, elle tira sa capuche sur sa tête pour dissimuler son visage. Puis elle étudia la pièce bondée. Des gens se pressaient là, aidant les blessés ou marchant le regard mort. Tous semblaient choqués et épuisés jusqu'à la moelle. Des domestiques circulaient parmi eux, apportant de l'eau chaude, des bandages, des plantes médicinales et des baumes cicatrisants.

Tête baissée, Kesla traversa la pièce d'un pas assuré. Mais elle ne put s'empêcher de frémir en entendant les grognements et les cris de douleur qui résonnaient autour d'elle. Comme elle longeait un mur, des voix familières retinrent son attention. Elle ralentit.

— Je n'arrive pas à croire que maître Belgan n'ait pas au moins essayé de discuter avec ces étrangers. (C'était Humph, le maître des écuries d'Alcazar. Impossible de se méprendre en voyant ce corps trapu et ces bras musclés.) Ça ne lui ressemble pas du tout d'agir de manière aussi impulsive.

— Et ce fameux voyageur... (Kesla reconnut la compagne de Humph : maîtresse Shargyll, la matrone qui régnait sur les cuisines de la citadelle. Elle s'essuya les mains sur son tablier couvert de taches.) Il est passé près de moi pendant que je préparais le petit déjeuner. Sa seule proximité m'a donné la chair de poule. Il y a quelque chose de malsain en lui.

— Je suis d'accord. Maître Belgan met trop d'empressement à suivre les conseils de cet inconnu. Tout à l'heure, j'ai vu Innsu se battre aux côtés des étrangers. Et quand ils sont partis, j'ai entendu un homme du désert dire qu'ils allaient rejoindre le chaman Parthus. (Humph souffla en émettant un bruit grossier, pareil à celui d'un malluk irrité.) Ça n'a pas de sens.

Kesla s'immobilisa en reconnaissant son propre sentiment dans les paroles du maître des écuries. Pouvait-elle leur faire confiance, à lui et à sa femme ? Elle aurait plus de chance de sauver Joach avec des alliés. Aussi se rapprocha-t-elle de maîtresse Shargyll.

La matrone sentit sa présence et se tourna vers elle.

— Qu'y a-t-il, mon enfant ?

Kesla leva la tête et lut la stupéfaction dans les yeux de la grosse femme.

— J'ai besoin de votre aide, chuchota-t-elle.

Maîtresse Shargyll la dévisagea, trop ébahie pour répondre. Humph se pencha vers Kesla et cligna des yeux, surpris.

La jeune fille ne savait pas comment ils réagiraient. Elle les implora du regard. Alors, Shargyll tendit un bras dodu et l'attira entre eux.

— Il ne faut pas qu'on te voie ici, ma petite Kes. Il y a du meurtre dans l'air. Beaucoup, ici, pensent que tu as trahi Alcazar.

Kesla acquiesça.

— J'ai parlé avec Symion. Je sais quels mensonges ont été semés ici, et quel mal a pris racine en maître Belgan. Ces étrangers sont venus sur ma requête, avec la bénédiction du chaman Parthus. Ce sont des alliés puissants qui souhaitent nous aider et non nous faire du mal.

— Je le savais ! s'exclama Humph un peu trop fort.

D'autres personnes leur jetèrent un coup d'œil. Shargyll déplaça son imposante masse pour dissimuler Kesla et tira la capuche de la jeune fille un peu plus bas sur son front.

— Maître Belgan est sous l'emprise de quelque enchantement ténébreux, poursuivit Kesla. Le voyageur et lui ont capturé un de mes amis. Je dois trouver où ils le retiennent. Selon le chaman Parthus, il porte l'avenir du Désert de Sable dans son sang.

— J'ai vu le jeune homme dont tu parles, chuchota Humph. Il est gravement blessé. On aurait dû le conduire aux guérisseurs. Même un prisonnier mérite d'être soigné. Cette dureté seule m'a fait douter de maître Belgan.

— Savez-vous où ils l'ont emmené ? s'enquit Kesla.

Ce fut maîtresse Shargyll qui répondit :

— Quand Dryll et Ynyian sont descendus chercher un pichet de bière, je les ai entendus dire qu'ils avaient attaché le gamin et qu'ils le retenaient dans les appartements de maître Belgan.

— Je dois aller là-bas.

— Comment pouvons-nous t'aider ? interrogea Humph.

Kesla avait appris la voie du serpent : se déplacer sans être vu, infiltrer les endroits inaccessibles, frapper comme un éclair. Mais, cette fois, elle ne s'en sortirait pas seule. Elle dévisagea gravement ses amis.

— Ça risque d'être dangereux.

Le sang de Greshym bouillonnait. Furieux, le mage noir faisait les cent pas dans la petite chambre dont les rideaux avaient été tirés pour bloquer le soleil. Il était passé si près de réussir !

Du regard, il foudroya la créature difforme qui tremblait dans un coin de la pièce. Sans l'attaque inopinée du gnome des souches, Joach aurait déjà succombé à l'attraction de la magie noire ; son esprit aurait été souillé à jamais. Une fois le gamin en son pouvoir, Greshym n'aurait eu aucun mal à accomplir le dernier geste nécessaire pour régénérer son corps décrépit et retrouver sa jeunesse d'antan.

Si près…

Appuyé sur son bâton, Greshym étudia Joach. Le jeune homme était allongé sur le lit, nu, les membres en étoile. Malgré le garrot, le sang de son poignet tranché imbibait lentement le matelas. L'hémorragie et le choc l'avaient rendu livide. Le regard vitreux, il oscillait entre conscience et évanouissement.

Les sourcils froncés, Greshym s'approcha de lui. Le gamin ne devait pas mourir. Son jeune corps si riche de magie recelait le seul espoir de libérer Greshym de sa propre déliquescence. Levant son bâton, le mage noir toucha le poignet tranché de Joach et chuchota un sort. Lentement, les veines et les artères sectionnées se refermèrent ; puis la chair recouvrit l'os exposé. La plaie déchiquetée fut bientôt remplacée par un moignon lisse.

Satisfait, Greshym guérit tout aussi facilement la blessure faite par la flèche. Il vit le corps de Joach se détendre, sa respiration devenir plus profonde. La mort avait été repoussée… pour le moment. Bien que toujours hébété, le regard du jeune homme se focalisa peu à peu.

Parfait. À présent, Greshym pouvait reprendre là où il avait été interrompu. Il cala son bâton contre le lit, puis tendit la main au seul autre occupant de la pièce.

Maître Belgan lui fit passer un poignard à lame courbe.

Les doigts de Greshym se refermèrent sur le manche de l'arme. Il existait un autre moyen de briser le gamin. Ça demanderait juste un peu plus de travail.

Joach arpentait de nouveau le désert onirique. Il se tenait nu sous le ciel sans étoiles. Du sang brouillait les empreintes qu'il laissait dans le sable. Affaibli, il titubait.

Soudain, il fut submergé par une vague de fraîcheur. C'était comme s'il venait de plonger dans les eaux bienfaisantes du lac d'Oo'shal. L'énergie apaisante se répandit dans tout son corps, se concentrant sur son poignet brûlant et son épaule enflammée. Elle était pareille à un baume qui absorbe la douleur. Avec un soupir de soulagement, Joach leva son bras et vit sa chair déchiquetée se changer en moignon lisse.

— De la magie, marmonna-t-il dans le vide du désert.

Et le vide du désert lui répondit :

— De la magie noire. Peux-tu faire la différence entre les deux ?

En pivotant, Joach aperçut une silhouette familière à ses côtés.

— Chaman Parthus ?

Le vieil homme portait sa cape rouge, dont la capuche pendait sur ses épaules. Ses yeux brillaient plus fort que jamais.

— Il est temps que tu acceptes ton héritage.

— Que voulez-vous dire ?

— Tu es un modeleur. Un sculpteur de rêves. Pour vivre, tu dois accepter ce don.

— Je ne comp…

Soudain, Joach hoqueta et se plia en deux comme une douleur atroce lui transperçait la poitrine.

Le chaman ne fit pas mine de l'aider ; il se contenta de l'observer, immobile et silencieux.

Joach examina la main qu'il avait portée à sa poitrine. Du sang coulait de ses doigts. Baissant les yeux vers son torse nu, il vit une rune s'y former lentement, tracée en lignes de douleur flamboyante.

Lorsqu'il releva les yeux, un nouveau monde se superposait au désert onirique sous la forme d'une image spectrale. Dans cet autre monde, son corps était ligoté sur un lit, dans une petite chambre. Greshym se penchait vers lui et, à l'aide d'un poignard, gravait la rune dans sa chair.

Le mage noir parut sentir que Joach l'observait. Il leva la tête.

— Enfin réveillé, gamin ? Tant mieux. Je veux que tu voies ça.

Dans le désert, Joach pivota vers le chaman Parthus. Le vieillard et les dunes alentour étaient devenus aussi intangibles que la chambre.

— Que se passe-t-il ?

— Tu te trouves à cheval entre le rêve et la réalité, Joach, dans une dimension que seul un sculpteur peut arpenter. Je ne peux pas te suivre là-bas.

Greshym paraissait avoir entendu la question, lui aussi.

— Tu me demandes ce qui se passe, gamin ? N'est-ce pas évident ? (Il brandit le poignard ensanglanté.) Ce que tu ne m'as pas donné de ton plein gré, je vais le prendre par la force. J'ai l'intention de dérober ton esprit et de le corrompre au-delà de tout espoir de rédemption. D'ici peu, tu m'appartiendras à jamais !

Comme le mage noir se remettait au travail, Joach jeta un coup d'œil désespéré au chaman Parthus.

— Aidez-moi, supplia-t-il.

L'image du vieillard continua à s'estomper.

— Je ne peux pas suivre ton chemin, Joach. Toi seul en es capable. (Levant un bras, il désigna la piste sanglante que le jeune homme avait laissée dans le sable.) Souviens-toi de ce que je t'ai enseigné. Dans le désert onirique, ton attention peut rendre les émanations tangibles. Utilise ce savoir ; invoque le pouvoir de ton sang.

— J'ignore comment…

— Le désert onirique t'a appelé. Il est temps que tu lui répondes. (Lentement, la silhouette de Parthus se dissipa.) Là où tu vas, je ne puis t'accompagner.

Joach regarda autour de lui. Le sable parut briller plus intensément. Simultanément, la petite chambre gagna en substance. Il vit Greshym tendre le poignard à maître Belgan. Dans un coin de la pièce, il repéra la créature difforme, qui léchait son flanc brûlé.

Les deux mondes se mélangeaient jusque dans ses narines ; la sécheresse immobile du désert se mêlait aux effluves de cire fondue des bougies qui se consumaient près du lit. Une seule odeur était commune aux deux dimensions : celle, cuivrée, de son propre sang.

Joach observa le sol à ses pieds. Les traces brunâtres semblaient exister simultanément dans les deux plans, répandues à la fois parmi le sable du désert et sur le sol de la chambre. Un élément commun, un lien entre les deux mondes.

Joach se remémora les paroles du chaman. Même s'il ne les comprenait toujours pas, il se concentra sur le sang versé, tentant de le rendre plus réel. Ce faisant, il sentit un peu de son esprit et de sa force lui échapper pour imprégner les taches. Celles-ci devinrent plus vives alors que le lien entre les mondes se renforçait. Joach perçut le frémissement d'un flot de pouvoir. Il voyait presque les filaments de magie s'échapper de lui pour s'enfoncer dans le sable du désert onirique. Sous ses yeux, ces filaments gagnèrent en substance. Mais qu'est-ce que ça signifiait ?

Avant que le jeune homme puisse résoudre cette énigme, des coups sourds ramenèrent son attention vers la chambre dans laquelle gisait son corps. Quelqu'un frappait à la porte. Greshym agita la main et maître Belgan lança d'une voix bourrue :

— Que voulez-vous ? Qui ose nous déranger ?

La porte s'entrouvrit. Un homme trapu se faufila dans la pièce et s'inclina.

— Je suis venu vous annoncer que nous avions chassé les étrangers. Ils battent en retraite dans les profondeurs du désert.

Belgan hocha la tête.

— Merci, Humph.

Le nouveau venu jeta un coup d'œil au prisonnier attaché sur le lit. Greshym s'en aperçut.

— Pour le persuader de nous révéler ses secrets, expliqua-t-il.

Humph acquiesça, mais une expression de dégoût passa sur son visage. Il plissa les yeux avant de se détourner. Sur un geste de lui, une grosse femme entra à son tour. Elle portait un large plateau couvert de chopes de bière, de pain et de tranches de viande rôtie.

— Je pensais que votre invité et vous aviez peut-être faim, dit Humph. Maîtresse Shargyll vous a préparé un modeste dîner.

Dans le coin, la créature recroquevillée sur elle-même leva la tête en sentant la bonne odeur de viande encore chaude. Elle se rapprocha, les narines frémissantes.

Lorsqu'elle l'aperçut, maîtresse Shargyll écarquilla les yeux et poussa un hurlement. Elle jeta son plateau dans les airs. La bière et la nourriture jaillirent très haut tandis qu'elle sortait un couteau pour repousser la bête.

— Vous n'avez rien à craindre, aboya Greshym, irrité.

Maîtresse Shargyll se tourna vers lui. La panique avait disparu de son visage, n'y laissant que de la ruse.

— Mais vous, si, répliqua-t-elle.

Et elle projeta son couteau, qui alla se planter dans l'œil gauche du vieillard.

Un long fouet apparut dans la main de Humph. Tandis que Greshym titubait en arrière, le maître des écuries fit claquer les lanières de cuir, dont les extrémités s'enroulèrent autour du bâton du mage noir. Une secousse suffit pour faire lâcher prise à ce dernier. Le bâton vola à travers la pièce et alla s'écraser contre le mur d'en face.

L'intervention n'avait pas duré plus d'un battement de cœur.

Près du lit, maître Belgan s'affaissa telle une marionnette dont on vient de couper les fils.

— Qu… que se passe-t-il ? interrogea-t-il d'une voix pâteuse.

L'espoir ressurgit en Joach – mais pas pour longtemps.

Greshym se redressa. Il leva la main, et le bâton abandonné sur le sol fila vers ses doigts tendus. De l'énergie crépita le long du bois gris. Joach reconnut ce sort. *Du feu incendiaire.*

— Courez ! croassa-t-il.

Mais il était coincé entre deux mondes, incapable d'aider ceux qui étaient venus à son secours.

Greshym tendit son bâton, à l'extrémité duquel jaillirent des flammes noires.

— Non, gémit Joach.

Alors, une silhouette menue se faufila par le rideau situé derrière Greshym, si discrètement qu'elle ne fit pas même bruisser le tissu. C'était Kesla. Joach eut le temps d'apercevoir une fenêtre ouverte et une corde qui pendait dans le vide.

Puis la jeune fille s'élança, une dague dans chaque main. Avant que Greshym puisse réagir, elle le frappa par-derrière, plantant ses deux lames dans le cou du mage. Du sang noir jaillit des plaies.

Kesla poussa un petit cri et fit un bond en arrière. Ses mains fumaient à l'endroit où le sang de Greshym l'avait éclaboussée.

Le mage noir fit volte-face, braquant son bâton sur la jeune fille. Une énergie meurtrière crépita le long de l'instrument.

Humph attaqua de nouveau avec son fouet ; mais cette fois, quand le cuir toucha le bois gris, les lanières s'enflammèrent. Surpris, Humph grogna. Il eut juste le temps de lâcher son fouet avant que celui-ci soit incinéré.

Horrifié, Joach regarda une rose de feu noir déployer ses pétales au bout du bâton de Greshym. Les dagues plantées dans le cou du vieillard tombèrent sur le sol.

— Tu vas me payer ça ! glapit Greshym.

Kesla recula vers le mur, les mains recroquevillées sur sa poitrine.

Une lance de feu jaillit du bâton maléfique.

Non! Joach ne réfléchit pas. Instinctivement, il empoigna les filaments de pouvoir qui s'écoulaient de ses veines. Depuis le sable ensanglanté jaillit un poing colossal qui creva la barrière entre les mondes.

À l'instant où le feu incendiaire fusait vers Kesla, cinq doigts de sable s'ouvrirent et une paume énorme arrêta net le rayon mortel. Comme elle absorbait l'énergie ténébreuse, la main parut gagner en substance. Lorsque le flot d'énergie s'interrompit, le contrecoup projeta Greshym en arrière.

Abasourdie, Kesla demeura à l'abri derrière la main que Joach avait sculptée.

Greshym se releva avec une expression identique à celle de la jeune fille. Il glissa le long du mur pour rejoindre son hideux familier. Son œil valide détailla Joach comme s'il voyait le flux du pouvoir à travers la pièce et pouvait en distinguer la source.

— Décidément, tu es plein de surprises, gamin.

Joach modela un deuxième poing de sable. Il le dressa au-dessus de Greshym et de l'immonde créature afin de les écraser comme des mouches. Mais avant que la sculpture les atteigne, Greshym frappa le sol avec son bâton – et un tourbillon de ténèbres huileuses les engloutit, lui et son familier.

Un rire désincarné résonna dans la pièce.

— Ce n'est pas terminé, gamin!

Le poing géant heurta le mur et explosa dans une pluie de sable. Mais la première main, changée en grès solide, demeura où elle était, protégeant Kesla.

Parce que la magie ne le soutenait plus, maître Belgan s'effondra. Humph et Shargyll se précipitèrent vers lui tandis que Kesla dégainait une dague pour trancher les liens de Joach.

Elle lui toucha la joue. Ses doigts étaient frais sur la peau brûlante du jeune homme.

— Tu dois le faire sortir d'ici, lança Shargyll. Va rejoindre Parthus et les autres dans le désert.

— Comment va maître Belgan ? interrogea Kesla.

— Il est vivant, mais en mauvais état. Il lui faudra du temps pour reprendre ses esprits après avoir été aussi cruellement abusé. En attendant, il ne faut pas qu'on vous trouve ici, ton ami et toi.

L'air inquiet, Kesla hocha la tête.

Humph se redressa en détaillant la sculpture de grès.

— Descendons aux écuries. Je vous sellerai un malluk.

Avec beaucoup de douceur, Kesla enveloppa Joach dans la couverture du lit.

— Je vais avoir besoin d'aide pour le transporter. Il est encore sous le choc.

Humph se pencha et souleva le jeune homme dans ses bras musclés.

— Ne traînons pas.

Kesla saisit un coin de la couverture. Avant de le rabattre sur le visage de Joach, elle chuchota à l'oreille du jeune homme :

— Merci.

Et elle l'embrassa rapidement sur la joue.

Au contact de ses lèvres, Joach perdit toute prise sur la réalité. Sa conscience s'évanouit. De nouveau, il partit à la dérive dans le désert onirique. Le sable brillait de plus en plus fort, et le chaman Parthus réapparut près de lui.

— Tu t'es bien débrouillé, Joach, le félicita-t-il avec un sourire satisfait. Maintenant, dors.

— Mais…

— Dors. D'ici, la route mène jusqu'au Mur du Sud… jusqu'à Tular. Tu dois te reposer avant d'y arriver. Dors, sculpteur.

Puisqu'on lui en donnait la permission, Joach cessa de lutter. Le désert onirique s'estompa autour de lui. Il sombra dans un sommeil si profond que même les rêves n'y avaient pas cours. Pourtant, un souvenir l'accompagna dans les ténèbres insondables de son esprit : le doux contact des lèvres de Kesla.

LIVRE QUATRE

FORT-TEMPÊTE

12

Depuis le pont du Traque-Soleil, Elena regardait la côte se matérialiser telle une apparition jaillissant de la brume. Une pluie fine tombait, mais la jeune femme se tenait à l'abri d'un auvent dressé sur le pont avant, et elle était chaudement vêtue d'une veste en cuir doublée de fourrure de lapin. Au-dessus de sa tête, le gris monotone du ciel en pleurs s'étendait à l'infini depuis six jours, masquant à la fois le soleil et les étoiles. Durant cette dernière partie de la traversée de l'Océan du Couchant, la seule différence entre le jour et la nuit consistait en un léger éclaircissement de la pénombre.

Heureusement, leur vol interminable touchait à sa fin.

Face à Elena, le ciel butait contre des falaises abruptes ; ses replis s'accumulaient, formant des nuages orageux. La foudre crépitait, mais la tempête était encore trop lointaine pour que la jeune femme puisse entendre le tonnerre.

Des éclairs fourchus illuminaient la côte brumeuse du Gul'gotha. C'était une vision impressionnante. Des vagues écumantes de rage assaillaient les parois déchiquetées, tandis que des rochers fendus semblaient se débattre dans l'eau ainsi que des créatures marines prises au piège. Aucun navire n'osait approcher de ces remous, et encore moins tenter de gagner la terre en les traversant.

Plus tôt dans la journée, Elena avait étudié la carte du Gul'gotha avec les autres passagers. Le long de la côte, il n'y avait qu'un seul port accessible, situé très loin dans le Sud :

Banal, à côté duquel Port Rawl faisait figure de parangon de civilisation et de raffinement. Mais les compagnons ne s'y arrêteraient pas. Avec leur navire aérien, ils pouvaient atterrir n'importe où. Wennar, le chef du bataillon n'ain, avait posé un doigt épais sur une région montagneuse de la carte, située à une bonne centaine de lieues de la côte.

— C'est là-bas qu'il faut aller, avait-il déclaré.

— Pourquoi ? avait demandé Er'ril avec sa méfiance habituelle.

— C'est notre région natale, avait grogné le n'ain au front proéminent. Et le berceau du règne du Seigneur Noir. Si vous cherchez un artefact maléfique entre tous, c'est là que vous le trouverez.

Faute d'une meilleure idée quant à l'endroit où commencer leur quête de la manticore, les compagnons avaient accepté.

Tout en observant les falaises assiégées par la tempête, Elena se remémora l'histoire de l'apparition du Seigneur Noir telle que la lui avait contée Cassa Dar :

« Il y a cinq siècles, une équipe de mineurs de fond découvrit une veine d'un minerai nouveau, des lieues en dessous de la surface. Jamais encore ils n'avaient vu de pierre semblable, plus noire que du charbon et résistant à tous leurs outils. Bien déterminés à l'extraire, ils l'attaquèrent avec l'instrument suprême du royaume : le Try'sil, ou Marteau de Tonnerre. On racontait que son métal imprégné de magie pouvait briser n'importe quelle pierre. Et cela se révéla exact. Les mineurs remontèrent leur découverte à la surface et la baptisèrent « éb'ène ». Tous les seigneurs n'ains en réclamèrent un morceau pour le façonner et prouver leur dextérité. Des coupes, des assiettes, des épées et même des statues furent ainsi fabriquées.

Mais au contact de la pierre, le peuple n'ain se transforma. Leur royaume lui-même ne fut pas épargné. Le sol devint stérile. Des volcans se formèrent ; les séismes se succédèrent sans interruption ou presque. Des cendres et des gaz toxiques obscurcirent le ciel. Des créatures venimeuses – les mul'gothra et les skal'tum – surgirent d'abîmes profondément enfouis sous la montagne.

Puis le Seigneur Noir apparut, comme sorti des boyaux de la terre. Certains dirent que c'était un n'ain qui avait succombé à la magie noire de l'éb'ène ; d'autres affirmèrent qu'il venait de l'intérieur de la pierre, et que les mineurs l'avaient libéré de sa tombe minérale en creusant. Personne ne connaissait sa véritable nature. »

Malgré ses vêtements de laine et de cuir, Elena frissonna à la pensée de l'endroit où ses compagnons et elle devaient se rendre : au cœur même du Gul'gotha et de cet antique mystère. Qui était le Seigneur Noir ? D'où venait réellement ce démon ? Les dernières paroles de Cassa Dar résonnèrent dans la tête de la jeune femme : « *Personne ne connaissait sa véritable nature…* »

Tandis qu'Elena fronçait les sourcils, une voix résonna derrière elle.

— Tu devrais descendre. Nous allons bientôt arriver sur la tempête.

Jetant un coup d'œil par-dessus son épaule, Elena vit Tol'chuk accroupi non loin d'elle. Depuis combien de temps était-il là ? Pour une créature aussi massive, il pouvait faire preuve d'une discrétion étonnante.

En appui sur les jointures de sa main droite, l'og're se penchait pour regarder sous l'auvent. La pluie avait détrempé la crête de fourrure qui ornait son dos voûté ; elle dégoulinait dans les milliers de crevasses de son visage et de son corps, lui donnant l'aspect d'une montagne usée par les intempéries. La seule partie de lui qui ne paraissait pas sculptée dans la pierre était ses grands yeux ambrés, brillants d'inquiétude pour Elena.

Touchée, la jeune femme sourit et posa sa main gantée sur l'épaule mouillée de Tol'chuk. Lors de leur première rencontre, elle avait été effrayée par l'apparence bestiale de l'og're. À présent, elle ne voyait plus le monstre en lui : juste son cœur immense et sa loyauté sans faille.

— À mon avis, la tempête sera le dernier de nos soucis durant les jours à venir, dit-elle doucement. Mais j'apprécie le conseil. Je descendrai dans un moment. Je voulais juste voir le Gul'gotha de mes propres yeux.

Tol'chuk acquiesça, jetant un coup d'œil à la côte par-dessus la tête de la jeune femme.

— Ce n'est pas un spectacle réjouissant.

Elena le vit porter une main à la sacoche qui dissimulait le Cœur de son peuple. Elle se rapprocha de lui, glissant son bras mince sous celui, beaucoup plus épais, de l'og're.

— Nous ne partirons pas d'ici avant d'avoir accompli nos deux missions. Je te le promets. S'il y a un portail dans ces contrées, nous le détruirons. Et s'il existe un moyen de libérer ton peuple du Fléau, nous le trouverons.

Un grondement sourd monta de la gorge de l'og're. Bien qu'inarticulé, il exprimait une gratitude perceptible.

Pendant un moment, les deux compagnons restèrent immobiles et silencieux. Puis Tol'chuk lança :

— Je ne crois pas que ce soit une simple coïncidence si nous chemins se confondent à présent.

— Que veux-tu dire ?

— C'est le Cœur qui m'a guidé vers toi à la base. Depuis le début, je suis persuadé que nos chemins conduisent vers la même destination. (Il scruta la côte du Gul'gotha.) Où que soit caché le portail de la manticore, c'est là que nous trouverons les réponses à toutes nos questions.

Elena acquiesça.

— Je pense que tu as raison.

Une fois de plus, elle observa la tempête qui approchait et se rembrunit. Le grondement du tonnerre lui parvint ainsi qu'un avertissement. Elle aurait bien voulu l'écouter, mais elle savait que c'était impossible. Elle se détourna de la côte.

— Je suis prête à redescendre. Restons au chaud pendant que nous le pouvons encore.

Tol'chuk grogna son assentiment et la précéda vers l'écoutille, lui faisant un rempart de son corps contre la piqûre de la pluie glaciale.

Tout en marchant derrière lui, Elena s'interrogea sur les lignes entremêlées du destin. Le Fléau, le portail du Weir, le berceau du Cœur Noir, le royaume natal des n'ains – qu'est-ce qui reliait tous ces éléments ? Une fois de plus, les paroles de Cassa Dar résonnèrent dans sa tête. *« Personne ne connaissait sa véritable nature. »*

Elena jeta un bref coup d'œil par-dessus son épaule avant de baisser la tête pour franchir l'écoutille que Tol'chuk tenait ouverte. En suivant ce chemin, elle éluciderait ces mystères, elle en avait la certitude. Mais une question encore plus préoccupante que les autres la fit frissonner : ses compagnons et elle seraient-ils assez forts pour affronter les réponses qu'ils trouveraient ?

Debout près du bastingage de poupe, la reine Tratal regardait Elena descendre dans les boyaux du *Traque-Soleil*. Ni la jeune femme à la chevelure flamboyante ni son monstrueux compagnon n'avaient perçu sa présence. À bord de son navire, Tratal pouvait aller où elle voulait, quand elle le voulait et sans que personne la voie. Des volutes d'énergie enveloppaient encore sa silhouette, formant un rideau de brume qui la dissimulait à la vue d'autrui sans interférer avec la sienne.

Elle se mit à longer le bastingage, laissant courir une main sur le bois pour le caresser ainsi que la joue d'un amant. Seule à l'exception de la sentinelle postée dans la vigie au sommet du grand mât, elle projeta ses perceptions à l'intérieur du navire. Elle sentit les pas d'Elena sur l'échelle d'un des ponts inférieurs. Bientôt, la sor'cière rejoignit ses compagnons dans la cambuse.

Parfait.

Dissipant sa cape de brume, Tratal tourna son regard vers l'avant, au-delà de la proue du bateau. Personne n'avait semblé se rendre compte de la fausseté de la tempête qui menaçait la côte. La reine el'phe fit signe au marin perché dans la vigie. Celui-ci hocha la tête.

Tout était prêt.

Tratal fit face à la direction dans laquelle filait le *Traque-Soleil*. Le long de la proue du navire aérien, de l'énergie élémentale crépita brillamment comme la reine el'phe puisait dans le pouvoir de la tempête toute proche. Un nimbus de cheveux blanc argenté se déploya autour de son visage fin tandis que la magie enflait en elle. Soupirant de bien-être, elle leva les bras. Les voiles se gonflèrent.

Un sourire dur figé sur ses lèvres, Tratal visa le cœur de la tempête. Dans la lumière grisâtre, sa peau ressemblait à de la glace sculptée, ses yeux à des joyaux d'azur sertis dans la banquise.

— Montrez-vous, lança-t-elle dans le langage du vent aux lourds nuages suspendus à l'aplomb des falaises. Il est l'heure !

Une rafale emporta ses paroles.

Près de la côte, la brume se dissipa lentement, et une trouée s'ouvrit entre les nuages coléreux. Une flotte d'une douzaine de petits coupe-ciel en jaillit telle une nuée d'abeilles furieuses. De l'énergie crépitait le long de leur quille noire, poignardant l'atmosphère sous eux en éclairs éblouissants.

Réputés pour leur vitesse, les navires de guerre se divisèrent en deux groupes et plongèrent afin d'encercler leur vaisseau amiral. Le vent apporta à Tratal les salutations murmurées de chacun des capitaines et l'informa qu'ils étaient tous prêts.

— Dans ce cas, commençons, ordonna la reine el'phe en projetant davantage d'énergie vers la fausse tempête.

Le front noir bouillonna, et la trouée s'élargit dans le sillage des coupe-ciel. Les petits navires aériens, qui flanquaient désormais le *Traque-Soleil*, escortèrent celui-ci vers le tunnel à travers la tempête. Très loin devant, enfouis parmi les nuages et éclairés par la foudre, Tratal aperçut des tours et des remparts familiers.

Elle sourit. Depuis une lune, Elena refusait d'abandonner cette guerre ridicule pour accepter son héritage et sa place véritable. Son propre fils Méric s'était laissé contaminer par les passions de ces gens de la boue. Mais Tratal n'était pas si influençable. Elle connaissait ses devoirs envers le passé et l'avenir de son peuple. La lignée de leur roi perdu ne disparaîtrait pas de nouveau ; elle regagnerait son légitime bastion. En quoi les querelles des terrestres concernaient-elles les el'phes ? Ils survolaient ce genre de conflits depuis des siècles innombrables.

Néanmoins, Tratal n'avait pas réussi à persuader Elena du bien-fondé de ses arguments. La sor'cière s'était montrée obstinée et têtue. Mais même le plus puissant des vents pouvait être détourné. Si Elena refusait de se rendre au royaume el'phique de son plein gré, le royaume el'phique viendrait à elle.

Le *Traque-Soleil* s'engouffra dans le tunnel bouillonnant, flanqué par les coupe-ciel qui l'aidaient à maintenir la tempête à distance. Des détonations de foudre illuminaient les murs du passage. Droit devant, à l'extrémité de celui-ci, des battants de bois massifs s'ouvrirent. Depuis le cœur de la forteresse aérienne, une clarté très pure envahit le tunnel.

Comme la flotte approchait de la porte, le capitaine du coupe-ciel de tête annonça le retour de la reine des el'phes. Des trompettes mugirent, mais leur note triomphante faillit se perdre dans le grondement de la tempête. Seule l'ouïe exercée de Tratal lui permit de l'entendre. Le capitaine du coupe-ciel de tête reporta son attention sur le *Traque-Soleil*.

— Bienvenue, reine Tratal. Bienvenue à Fort-Tempête, lui souhaita-t-il par l'intermédiaire du vent.

Tandis que la cité aérienne se révélait à elle, Tratal eut un sourire pareil à la fonte des neiges au début du printemps. C'était bon de rentrer chez soi.

Fort-Tempête…

La citadelle el'phique flottait sur cet orage surnaturel, dissimulée aux regards venus d'en dessous, ouverte au ciel d'en dessus. Depuis des siècles, elle survolait les mers et les océans, les îles et les continents du monde tel un orage inattendu mais vite passé. Nul ne se rendait jamais compte de sa présence. Cela faisait une éternité qu'aucun non-el'phe n'avait posé les yeux sur elle.

Une éternité qui s'achevait aujourd'hui.

En apprenant qu'Elena avait l'intention de quitter Val'loa, la reine Tratal avait aussitôt envoyé un faucon à Fort-Tempête pour ordonner aux gardiens de la citadelle de diriger celle-ci vers les falaises monstrueuses du Gul'gotha. Tout se passait comme elle l'avait décidé. Avant que les compagnons comprennent que quelque chose clochait, le *Traque-Soleil* serait amarré à Fort-Tempête – et la lignée du roi perdue rejoindrait enfin celle de Tratal.

— Bienvenue chez toi, Elena, chuchota la reine des el'phes à la jeune femme encore inconsciente du fait qu'elle venait de tomber dans son piège. Bienvenu dans ton véritable foyer.

Ce fut à peine si Er'ril remarqua que le grondement du tonnerre s'amplifiait. Sous ses pieds, les planches tremblaient presque en continu. Mais l'homme des plaines ignorait la tempête et se concentrait sur la carte déroulée devant lui. Il avait emprunté le parchemin bruni à la bibliothèque de Val'loa. Ses yeux balayaient les noms antiques dont beaucoup étaient devenus indéchiffrables tant l'encre colorée avait pâli au fil des ans.

Les contrées du Gul'gotha.

Face à lui, de l'autre côté de la table de la cambuse, le capitaine n'ain Wennar observait la carte avec tout autant d'attention. D'un index épais, il désigna une montagne.

— Nous pouvons nous poser sur le versant sud du mont Gallmanor. Une piste le contourne et descend dans nos vallées natales. Elle devrait nous permettre d'approcher discrètement.

— Pourquoi ne pas voler jusqu'à notre destination ? s'enquit Elena. (Elle se tenait devant la cheminée, se réchauffant les mains à la chaleur des flammes. Ses cheveux dégoulinants étaient encore plaqués sur sa figure.) Je croyais que les mines et les cités de votre peuple étaient abandonnées depuis longtemps.

Sous ses arcades sourcilières proéminentes, Wennar lui jeta un coup d'œil.

— Abandonnées par les n'ains, oui. Mais pas inhabitées pour autant. J'ai entendu parler des créatures malades qui s'y sont installées, des rituels abominables qu'elles effectuent encore et qui continuent à souiller nos terres. Pour explorer cette région, il faudra nous déplacer rapidement et sans attirer d'attention indésirable. (Il tapota la carte.) C'est une ancienne piste de chasse. Elle ne devrait pas être trop surveillée.

Er'ril acquiesça. Même s'il n'avait pas confiance en Wennar, le plan de celui-ci lui paraissait sensé. Mieux valait privilégier la prudence, au cas où quelque chose de sinistre se dissimulerait encore dans les mines et les vallées dérobées au peuple n'ain.

— C'est une bonne idée, déclara-t-il. En fait…

Un bruit de déchirure résonna sur sa gauche. Er'ril pivota vivement. Tikal, le familier de Mama Freda, venait de déchirer un coin de la carte, qu'il fourra dans sa bouche et mâcha avec enthousiasme. Er'ril voulut le gifler, mais le tamrink esquiva, contourna la silhouette accroupie de Tol'chuk et fila se réfugier dans les jupes de sa maîtresse.

— Tikal ! le réprimanda Mama Freda.

La vieille femme, qui était en train de somnoler sur sa chaise, se redressa. Elle ramassa le petit animal à la fourrure flamboyante et le déposa dans le creux de son bras. Son visage sans yeux se tourna vers Er'ril.

— Je suis désolée. Je ne comprends pas pourquoi il est si nerveux.

Une explosion de tonnerre fit trembler tout le navire.

— Moi, ça ne m'étonne pas, dit Elena, les yeux brillant d'inquiétude. Une tempête fait rage le long de la côte.

Er'ril se remit à étudier la carte mutilée.

— La reine Tratal nous fera passer sans problème. Elle a dit que nous n'avions aucun souci à nous faire.

Mama Freda se racla la gorge tandis que Tikal gémissait, blotti contre sa poitrine.

— Je ne sais pas… (Elle pencha la tête sur le côté, et son familier l'imita.) Quelque chose dans cette tempête sonne faux.

— Que voulez-vous dire ? s'enquit Er'ril, instantanément soupçonneux.

La vieille guérisseuse se contenta de secouer la tête.

Tol'chuk ouvrit lentement les yeux.

— Je vais aller voir, proposa-t-il.

— Inutile, contra Mama Freda. Tikal est plus rapide.

Elle baissa la tête vers le tamrink qui bondit depuis son giron et, à quatre pattes, s'élança vers la porte de la cambuse tel un éclair de fourrure.

Er'ril se redressa. Les autres gardèrent le silence.

Mama Freda resserra son châle noir autour de ses épaules.

— Tikal a atteint le pont intermédiaire, rapporta-t-elle. (Elle se concentra en avançant les lèvres.) Le vent souffle très fort. Le navire est cerné par de gros nuages noirs. Des éclairs embrasent le ciel.

Comme pour ponctuer ses paroles, un nouveau grondement de tonnerre se répercuta à travers le navire.

— Mais la… la lumière est bizarre. Trop vive. Tikal grimpe dans la mâture pour mieux voir. La reine Tratal se tient à la poupe, pleine de pouvoir et d'énergie crépitante. Elle se tend vers le ciel ; c'est à peine si ses orteils touchent encore le pont.

Soudain, Mama Freda se raidit.

— Qu'y a-t-il ? demanda Elena.

— D'autres bateaux… Je vois d'autres bateaux, plus petits, qui entourent le nôtre.

Er'ril porta instinctivement la main à son épée.

— Ils nous attaquent ?

— Je ne crois pas. Grâce à la vue perçante de Tikal, je distingue des el'phes dans le gréement de ces autres bateaux.

— Des el'phes ? ricana Er'ril, incrédule. Venus d'où ?

Mama Freda se rembrunit et leva une main.

— La lumière… Douce Mère, il y a du soleil droit devant !

La vieille guérisseuse se leva d'un bond, vacillant à cause de sa cécité physique et de son regard mental tourné ailleurs. Elena s'avança précipitamment pour la retenir.

— Une cité ! Il y a une cité au cœur de la tempête !

Er'ril dégaina et se dirigea vers la porte de la cambuse.

— Nous avons été trahis !

Elena fit mine de le suivre. Il lui posa une main sur le bras pour l'en empêcher.

— Reste ici avec Mama Freda. Tol'chuk et moi allons voir de quoi il retourne. (Il se tourna vers l'aveugle.) Mama Freda, dites à Tikal de rester sur le pont. Observez ce qui se passe avec ses yeux et tenez-vous prête en cas de problème.

Elena arracha un de ses gants et saisit sa dague de sor'cière. La petite lame étincela dans la lumière des lampes. Mais là encore, Er'ril retint le geste de sa protégée.

— Attention. N'utilise pas ta magie à tort et à travers. Sor'cière ou pas, tu ne pourras pas voler si le navire brûle sous tes pieds.

Elena se dégagea et, de la pointe de sa dague, se piqua le bout de chaque doigt.

— Ne t'en fais pas pour ça.

Son sang se changea en volutes de feu qui s'élevèrent de sa main. Er'ril la regarda tisser les flammes pour en faire une rose ardente posée au creux de sa paume. Les yeux étincelant de pouvoir, Elena rendit son regard à l'homme des plaines.

— Le navire ne brûlera pas.

Tant de maîtrise fit hausser les sourcils à Er'ril. Hochant la tête, le guerrier se tourna vers Tol'chuk qui l'attendait sur le seuil.

Derrière eux, Mama Freda dit sur un ton pressant :

— Nous volons vers les portes de la cité. Dépêchez-vous.

Er'ril s'élança vers l'escalier, dont il monta les marches deux à deux. Tol'chuk le suivit.

Le guerrier fit irruption par l'écoutille du pont intermédiaire en brandissant son épée. Le spectacle qui s'offrit à ses yeux le fit vaciller. Il reprit son équilibre et, bouche bée, promena un regard à la ronde.

Autour du navire, des nuages noirs bouillonnaient, éclairés de l'intérieur par des décharges de foudre. Le tonnerre grondait et, dans le lointain, Er'ril crut entendre le mugissement d'une centaine de trompettes. Mais tout cela n'était rien comparé à ce qui se dressait devant la proue du *Traque-Soleil*.

Une porte de bois massive culminait un quart de lieue plus haut dans le ciel. Ses battants ouverts révélaient une vision enchanteresse : celle d'une immense cité baignée de lumière, à laquelle la tempête servait de fondations. Au-dessus d'une multitude de tours et de toits, le soleil brillait très haut contre l'azur immaculé, éclairant cette citadelle dans les nuages.

Au-delà de la porte s'étendait un vaste espace abrité – un port dont les jetées saillaient à l'aplomb du front orageux. Er'ril aperçut d'autres navires amarrés là, de toutes les tailles et de toutes les formes : des goélettes élancées, des vaisseaux marchands à la coque renflée, et même des bâtiments d'apparat en forme de cygne ou d'aigle.

Succédant aux quais, des échoppes et des maisons de bois escaladaient les nuages jusqu'à l'horizon. Certaines possédaient une cheminée qui crachait de minces volutes de fumée. De petits visages se pressaient derrière les fenêtres de quelques autres. Mais toutes arboraient des couleurs vives comme le plumage d'un paon. En lieu et place de rues pavées ou de sentiers boueux, des passerelles et des ponts reliaient les bâtisses entre elles, formant un labyrinthe de cordes et de planches. Plus haut sur les pentes nuageuses, des demeures plus imposantes, des tours et des clochers s'élançaient vers le ciel ensoleillé.

Mais tout ceci semblait bien minuscule comparé au majestueux château situé au centre de la cité, ses surfaces métalliques reflétant l'énergie de la tempête en contrebas. À l'intérieur de son mur d'enceinte, une vingtaine de tours culminaient à une hauteur vertigineuse, pressées les unes contre les autres ainsi qu'un bouquet de roseaux.

Tol'chuk rejoignit Er'ril, le cou tendu en avant et les yeux écarquillés face à tant de merveilles. Entre-temps, des marins el'phes avaient surgi par les écoutilles des ponts inférieurs. Sans se soucier des deux amis, ils se lancèrent à l'assaut du gréement et commencèrent à prendre des ris.

Er'ril se détourna. Il devinait le nom de la cité dont ils approchaient : Fort-Tempête. Par le passé, il avait entendu Méric évoquer la citadelle aérienne de son peuple. En revanche, il ne comprenait pas ce qu'elle faisait là, ni pourquoi le *Traque-Soleil* franchissait ses portes. Son expression se durcit. Il connaissait une personne qui pourrait lui fournir les réponses à ces questions.

— Viens, ordonna-t-il à Tol'chuk.

Il entraîna l'og're vers l'échelle qui conduisait au pont de poupe. Mama Freda avait dit que Tratal se trouvait là. Elle ne s'était pas trompée. En atteignant les derniers barreaux, Er'ril aperçut la reine el'phe qui se tenait les bras levés, enveloppée d'énergie bleue crépitante. Ses cheveux d'un blanc argenté formaient un nuage coléreux autour de son visage.

— Tratal ! aboya le guerrier. Quelle trahison avez-vous commise ?

Lentement, la souveraine baissa les yeux vers lui. De la foudre étincelait dans ses prunelles.

— Je conduis la sor'cière à son véritable trône. Son sang unira le passé des el'phes à leur avenir. Il est temps qu'Elena renonce à ramper dans la boue pour accepter son héritage.

Er'ril garda son épée à la main.

— Je ne vous laisserai pas l'enlever.

Tratal baissa les bras, et ses talons touchèrent de nouveau le pont.

— Et de quelle façon penses-tu m'en empêcher ? (Elle agita une main pour désigner le *Traque-Soleil* qui, flanqué par son escorte, franchissait le seuil de la cité aérienne.) Notre domaine survole le vôtre à plusieurs lieues d'altitude. Vous ne pourrez pas vous échapper : au-delà de nos murs, seule la mort vous attend.

Er'ril réfléchit. En vérité, les compagnons n'avaient aucun moyen de regagner la terre ferme sans le concours des el'phes. Ils dépendaient entièrement de la bonne volonté de leurs hôtes. Néanmoins, au fil des siècles, Er'ril avait appris qu'on pouvait s'assurer la coopération d'autrui à la pointe de l'épée. Il s'avança en brandissant la sienne. Avec une reine comme otage…

Tratal claqua des doigts. Un petit éclair se détacha du nuage crépitant qui entourait le navire, frappant l'épée d'Er'ril et la faisant sauter de ses mains. Le guerrier hoqueta de douleur et secoua ses doigts brûlés tandis que l'arme tombait à ses pieds avec fracas.

Tol'chuk poussa un grondement menaçant, mais Er'ril le retint.

La reine Tratal conserva une impassibilité glaciale.

— Ramasse ton épée, homme des plaines. (Elle lui tourna le dos comme s'il ne représentait pas la moindre menace à ses yeux.) Il est temps que tu acceptes ton destin, toi aussi.

Er'ril ramassa son épée. Il la tint un moment avant de la rengainer.

— Elena ne se laissera pas faire.

Tratal fit volte-face. Sans se préoccuper des énergies qui couraient le long du bastingage, elle s'y adossa.

— Quand elle découvrira que ses chers amis sont retenus en otages, elle n'aura pas le choix. C'est une fille intelligente. Ici, toute la magie sauvage du monde ne la libérera pas – elle ne réussira qu'à vous faire tuer.

Er'ril ouvrit la bouche pour protester, mais ne trouva pas les mots. Elena se rebellerait contre cette séquestration, mais elle n'irait pas jusqu'à mettre la vie de tous ses compagnons en danger. Tratal avait raison. Ils étaient prisonniers de son piège de glace.

Maudissant sa confiance aveugle, Er'ril détailla Fort-Tempête tandis que le vaisseau amiral de la flotte el'phique se dirigeait vers les quais. L'immense cité aérienne scintillait dans la lumière dorée du jour. Déjà, des centaines d'habitants se hâtaient le long des passerelles et se penchaient aux fenêtres en agitant la main. Tous étaient venus saluer le retour de leur souveraine. Des trompettes mugissaient ; des tambours scandaient un rythme allègre. La brise agitait plusieurs bannières montrant un aigle d'azur sur champ argenté.

Derrière le *Traque-Soleil*, les portes massives se refermèrent, coupant la citadelle de la tempête qui faisait rage dehors – et les compagnons de toute retraite.

— Belle cité, n'est-ce pas ? lança la reine Tratal sur un ton désinvolte.

Er'ril fronça les sourcils.

— C'est la plus jolie prison que j'aie jamais vue.

Elena suivit les autres le long du large pont qui traversait tout Fort-Tempête.

La reine Tratal avait pris la tête de la procession à bord d'un palanquin drapé de soie qui flottait au-dessus des planches. De l'énergie crépitait sur l'armature métallique du petit véhicule. Tratal leva un bras pour saluer son peuple tandis que des nuées de pétales voletaient et tourbillonnaient autour d'elle ; lancées depuis les portes et les fenêtres, elles parfumaient l'air rare de leur douce fragrance. Sur le passage de la souveraine, des voix chantaient, criaient des vivats ou lui souhaitaient un bon retour. Tratal répondait à chacune d'un signe de la main ou d'un hochement de tête.

À la vue de ce spectacle, Elena se rembrunit. Lorsqu'ils avaient quitté le *Traque-Soleil*, Tratal l'avait invitée à monter avec elle dans son confortable palanquin, mais la jeune femme avait refusé.

— Je marcherai avec les autres prisonniers, avait-elle dit froidement.

Tratal s'était contentée de hausser les épaules et de grimper à bord de son véhicule.

En apprenant que la reine des el'phes comptait la séquestrer, la première impulsion d'Elena avait été de riposter, de frapper avec son feu sor'cier et son feu glacial. Qui osait lui barrer ainsi la route ? Mais Er'ril avait réussi à apaiser sa fureur. Son pouvoir était de nature destructrice, avait-il fait valoir. À cette altitude, sa magie ne leur rapporterait qu'une chute étourdissante et mortelle. Mama Freda avait acquiescé, affirmant que le temps et la sagesse pouvaient encore triompher là où l'épée et le feu échoueraient.

Elena avait fini par réduire le brasier de sa colère à une simple flamme. Puisqu'elle n'avait pas le choix, elle accepterait son sort – pour le moment. Mais, tandis que la procession cheminait vers le palais royal, la jeune femme se promit en silence qu'elle trouverait un moyen de s'échapper de cette cage dorée. L'avenir d'Alaséa en dépendait.

Er'ril marchait à côté d'elle, scrutant les portes et les fenêtres devant lesquelles ils passaient. Wennar et Mama Freda les suivaient, encadrés par une demi-douzaine de guerriers el'phes. Tol'chuk et les autres n'ains de leur groupe étaient détenus à bord du *Traque-Soleil*, en tant que garants de leur docilité.

Ainsi les compagnons, maussades, se dirigeaient-ils vers la forteresse aux tours élancées. De chaque côté d'eux s'alignaient des maisons et des boutiques aux façades ouvragées : poutres et linteaux sculptés, vitres de verre coloré... Partout où son regard se portait, Elena ne pouvait que constater le talent des artisans el'phes. La cité ressemblait à une gigantesque et délicate sculpture. Malgré son irritation, la jeune femme ne pouvait être qu'éblouie par cet endroit.

Des enfants, pieds nus et vêtus de couleurs éclatantes, dansaient sur les cordes et les étroites passerelles qui enjambaient le vide. Ils faisaient la course ou jouaient avec des cerfs-volants à l'effigie de toutes sortes de créatures aériennes : aigles au regard perçant, corbeaux aux ailes noires, balbuzards, sternes, chauve-souris, papillons et même nuages multicolores dont la soie se découpait brillamment contre l'azur du ciel, aussi éclatante que les rires et les chants des jeunes el'phes.

Malgré elle, Elena sourit. Un enfant plus téméraire que les autres se précipita vers elle, esquivant Er'ril qui tentait de l'intercepter. Il ne devait pas avoir plus de cinq hivers. Il se mit à courir près de la jeune femme pour ne pas se laisser distancer par ses grandes enjambées ; et tout en courant, il l'observa, le nez en l'air. Sous ses cheveux ébouriffés, d'un blond presque blanc, de grands yeux bleus détaillèrent Elena.

— Tu ne ressembles pas à un roi, commenta-t-il, les sourcils froncés. Papa dit que tu es un roi. Les rois sont censés être des garçons.

— Je ne suis pas un roi, le détrompa Elena avec une grimace amusée. Juste la petite-fille de votre ancien roi.

L'enfant l'étudia, les yeux plissés et la bouche tordue.

— Tu ne ressembles quand même pas à un roi, conclut-il.

Ce qui ne l'empêcha pas de lui tendre sa menotte.

Elena la prit. Comment aurait-elle pu refuser ?

L'enfant se pencha vers elle et jeta un coup d'œil à Er'ril.

— Papa dit que quand j'aurai six ans, il m'achètera une épée pour mon anniversaire. Comme ça, je pourrai te protéger à sa place.

— J'en serai honorée, petit chevalier, dit gravement Elena.

Satisfait, l'enfant hocha la tête. Quelques instants plus tard, il fit signe à Elena de se pencher et lui donna un baiser rapide sur la joue. Riche de ce trophée, il s'éloigna à toutes jambes, clamant à tue-tête :

— J'ai embrassé le roi ! J'ai embrassé le roi !

Souriante, Elena regarda ses camarades converger vers lui pour écouter son récit. Les enfants étaient les mêmes partout, songea-t-elle. Son humeur s'en trouva fort améliorée. Mais il lui suffit de baisser les yeux pour se souvenir qu'elle était en prison.

Sous elle, le pont se composait de planches de frêne blanc. Chaque écrou scintillait de magie el'phique – le pouvoir qui le maintenait suspendu dans le vide. L'atmosphère était lourde d'énergie, Elena le sentait... à moins que ce fût juste l'odeur du tonnerre. En contrebas, entre les planches, la tempête bouillonnait tel un torrent en crue. La foudre embrasait le cœur des nuages, et le tonnerre grondait en continu.

Wennar rejoignit la jeune femme.

— Le Gul'gotha s'étend juste en dessous de nous.

— Comment le sais-tu ? interrogea Elena.

Wennar tendit un doigt vers le nord. Elena pivota. Entre le toit en ardoise de l'échoppe d'un cordonnier et une chandellerie à deux étages, elle aperçut la tempête qui faisait rage au-delà du mur d'enceinte de la ville. Mais ce n'était pas cela que lui désignait le chef des n'ains. De l'océan de nuages noirs jaillissait un pic solitaire, pareil à une île volcanique surgie de flots coléreux.

— L'Enclume, dit Wennar. C'est une montagne sacrée pour notre peuple. Selon nos légendes, c'est ici que les premiers n'ains furent jadis forgés par le marteau des dieux.

Elena acquiesça. De fait, le sommet plat du pic évoquait une enclume géante. Elle regarda la tempête balayer ses pentes, les nuages essayer de le submerger.

— Nous dérivons, marmonna-t-elle.

Elle ne sentait aucun mouvement, mais tandis qu'elle observait la montagne, la tempête dépassa cette dernière. La cité aérienne se déplaçait ; elle survolait le Gul'gotha.

Er'ril se rapprocha d'Elena.

— À quelle distance de la côte sommes-nous ?

— Je dirai une demi-douzaine de lieues, répondit Wennar.

— Et à quelle distance de votre vallée natale ?

— Dix jours de marche. Une cinquantaine de lieues environ.

Comme ils continuaient à suivre le palanquin de la reine, l'Enclume disparut derrière une maison bleue aux moulures soulignées de peinture argent. Déjà six lieues de la côte ? La tempête se déplaçait rapidement.

— Dans ce cas, nous devrions survoler votre vallée demain matin, calcula Er'ril.

— Et la dépasser peu de temps après, ajouta Wennar d'un air préoccupé.

Le visage dur, Er'ril jeta un coup d'œil à Elena. La jeune femme comprit ce qu'il s'abstenait de dire : ils devaient s'échapper cette nuit même, ou tout serait perdu.

La poitrine comprimée par l'inquiétude, Elena baissa les yeux pour regarder entre ses bottes. La foudre éclairait le cœur des ténèbres bouillonnantes. Comment s'échappait-on d'une prison volante ? Pour la centième fois, la jeune femme souhaita pouvoir consulter sa tante Fila et Cho. Mais le Journal Sanglant lui avait été confisqué en même temps que le Try'sil. Non que le Grimoire aurait pu lui être du moindre secours. La lune ne serait pas pleine avant plusieurs jours. Si elle l'ouvrait maintenant, Elena n'y trouverait que des pages blanches.

Comme Wennar ralentissait pour laisser Elena et Er'ril passer devant lui, Mama Freda prit sa place au côté de la jeune femme.

— J'ai entendu ce qu'a dit le n'ain, chuchota-t-elle. Ça ne nous laisse pas beaucoup de temps pour convaincre ces habitants du ciel à sang-froid.

— Si nous ne parvenons pas à les convaincre, je réduirai leur belle cité en cendres, promit Elena sur un ton brûlant.

Mama Freda tourna la tête vers elle. À l'occasion, son absence d'yeux pouvait rendre son expression difficile à déchiffrer, mais cette fois, impossible de se méprendre quant au choc inscrit dans chacune des lignes de son visage.

— Tu tuerais le petit garçon qui est venu te voler un baiser tout à l'heure ?

Honteuse, Elena baissa la tête.

Ce fut Er'ril qui répondit :

— Les el'phes ne respectent que la force. Il n'est pas rare que des innocents périssent en temps de guerre.

— Peut-être. (Mama Freda s'adressa à Elena :) Mais pourrais-tu les tuer de ta propre main ; de façon non pas accidentelle, mais volontaire et préméditée ?

Elena serra les poings de frustration.

— Non, soupira-t-elle enfin. Non, je ne pourrais pas.

— Tant mieux. Un instant, j'ai craint d'aider le mauvais camp.

— Je disais ça juste sous le coup de la colère.

Mama Freda acquiesça et toucha l'épaule de la jeune femme.

— Alors, écoute-moi, mon enfant. Il existe un moyen de nous tirer de ce guêpier sans recourir au feu et à la mort.

— De quoi voulez-vous parler ?

— Tikal me permet de voir et d'entendre beaucoup de choses qui ne me sont pas destinées.

Er'ril se rapprocha d'Elena et se pencha à demi, tel un conspirateur.

— Qu'avez-vous découvert ?

— Pendant que nous débarquions du *Traque-Soleil*, j'ai surpris la conversation de deux marins. Selon la rumeur, Elena sera forcée d'épouser un prince el'phe ce soir au lever de la lune. Le nom de son futur époux sera annoncé lors d'un banquet dès le coucher du soleil.

— Mariée, moi ? s'exclama Elena, consternée. Jamais ! Je refuserai.

— Je soupçonne que notre survie et notre bien-être dépendront de ta docilité, répliqua Mama Freda. Même une promesse faite sous la contrainte est valable pour les el'phes.

Elena trébucha.

— Et cette nuit même, poursuivit la vieille femme, ils prendront ta virginité sur ton lit de noces – par la force si nécessaire.

Le sang d'Elena se glaça dans ses veines. Bien que son corps soit celui d'une adulte et bien que le sang versé chaque lune la désigne comme en âge de se marier, l'idée de coucher avec un homme la terrifiait plus que n'importe quel malegarde. Elle était encore assez jeune lorsque sa mère lui avait expliqué ce que les hommes et les femmes faisaient ensemble. Une fois, elle s'était même entraînée à embrasser une des garçons de ferme du ranch Nickleburry. Mais partager son lit avec un homme ? Quelqu'un qu'elle ne connaissait pas – un étranger ?

—Je ne l'autoriserai pas, dit Er'ril sur un ton glacial et menaçant.

Mama Freda acquiesça.

—Je n'en attendais pas moins de votre part. Mais ces el'phes sont bien décidés à se réapproprier le sang de leur ancien roi, à faire fusionner les deux lignées royales.

—V… vous avez évoqué un moyen de nous tirer de ce piège, bredouilla Elena d'une voix brisée.

—Les marins étaient bavards et très excités de rentrer à Fort-Tempête. Il semble que ta beauté et ton charme ne leur aient pas échappé. L'un d'eux semblait tout particulièrement captivé par toi. En riant, il a suggéré de défier ton fiancé selon le rite du ry'th lor.

—Qu'est-ce que c'est ? interrogea Er'ril.

—J'ai posé la question au garçon de cabine qui m'aidait à monter sur le pont. Ry'th lor signifie « sang du cœur » en haut el'phique. Un prétendant à la main d'une femme peut défier son fiancé officiel. Le vainqueur remporte la main de la femme, et personne ne peut contester le résultat.

Er'ril toucha la poignée de son épée.

—Dans ce cas, je défierai l'homme choisi par Tratal.

—Ce n'est pas aussi simple, tempéra Mama Freda. Le prétendant doit affronter le fiancé à mains nues. Le fiancé, en revanche, a droit à une épée de cérémonie et à une dague.

L'expression de l'homme des plaines se durcit.

—Ça ne change rien pour moi.

—Bien entendu. Vous le défierez quand même… et vous mourrez.

Elena secoua la tête.

—Ne fais pas ça, Er'ril.

—Et même si vous réussissiez, vous seriez forcé de prendre la place du fiancé – et d'épouser Elena avant le coucher du soleil suivant.

Er'ril et Elena s'entre-regardèrent. Malgré la fraîcheur de l'air, le visage de la jeune femme s'empourpra. Des émotions mélangées se lisaient dans les yeux du guerrier.

Celui-ci se racla la gorge.

— Si c'est la seule solution…

— Je… je ne vois toujours pas en quoi ça nous aidera, marmonna Elena, les joues brûlantes.

— En scellant votre mariage par un baiser, Er'ril pourra réclamer une faveur à la famille du fiancé – une sorte de dot. (Mama Freda les regarda d'un air entendu.) Et la famille ne pourra pas refuser.

Elena comprit immédiatement.

— Er'ril pourrait demander qu'on nous relâche.

— Exactement. Ce qui ne peut être remporté par le fer peut l'être par l'amour.

— Mais respecteront-ils vraiment la tradition ? grommela Er'ril.

— Je le crois. Bien qu'ils soient prêts à prendre Elena de force pour ramener son sang dans leur lignée royale, les el'phes restent un peuple conservateur et respectueux des traditions. S'ils brisaient leur propre code de conduite pour obtenir un héritier d'Elena, le sang de l'enfant serait souillé comme celui d'un bâtard. Je pense vraiment qu'ils s'inclineront devant l'issue du défi, quelle qu'elle soit.

Elena se tourna vers Er'ril.

— Dans ce cas, il faut tenter le coup.

Elle leva les yeux vers son homme lige. Tout au fond d'elle, quelque chose de plus fort que l'espoir lui gonflait le cœur. Elle lutta pour ne pas pleurer en se remémorant une danse au sommet d'une tour, le contact des bras d'Er'ril autour de sa taille et sa joue contre celle du guerrier. Ils n'avaient rien dit pendant cette longue nuit – mais les mots ne sont pas toujours nécessaires pour exprimer des sentiments.

— Ce sera un combat difficile, prévint Mama Freda.

— Je réussirai. (Les yeux gris d'Er'ril étaient plantés dans ceux d'Elena.) Je remporterai sa main, dit-il d'une voix rauque.

Mama Freda hocha la tête.

— Alors, il ne me reste qu'une seule chose à vous apprendre.

— Laquelle ?

— Avant d'accéder à votre requête, la famille du fiancé exigera une preuve que le mariage a été consommé.

Elena détacha son regard d'Er'ril.

— Une preuve que... ? Qu'est-ce que ça signifie ?

Mama Freda demeura impassible face à elle.

— Pour obtenir notre libération, Er'ril devra prendre ta virginité lui-même.

13

Lorsque Elena fit son entrée dans la salle des banquets, Er'ril ne put que la regarder fixement. La jeune femme était une vision drapée de velours vert. Elle avait revêtu une longue robe froufroutante, dotée de plusieurs jupons et d'une traîne portée par deux fillettes en tenue assortie. Sa chevelure flamboyante était balayée sur le côté, relevée au sommet de sa tête et maintenue en place par un impalpable filet piqueté de diamants étincelants. Comme elle achevait de descendre l'escalier, des applaudissements polis s'élevèrent depuis les rangs des nobles massés des deux côtés de la pièce.

Elle fut introduite dans la salle des banquets par la reine en personne. Tratal ressemblait à un nuage de soie tissé de filaments d'or. Dans ses bras reposait un sceptre de fer rouge en forme d'éclair, aussi froid et inflexible qu'elle. Au moindre de ses gestes, des étincelles bleues dansaient sur toute la longueur de l'instrument.

Tratal traversa la salle des banquets. De part et d'autre de l'allée centrale, les tables étaient dressées avec de la vaisselle de porcelaine et de la verrerie en cristal, et parsemées de pétales de rose. Des plantes grimpantes en fleurs festonnaient les poutres du plafond. Des domestiques attendaient sur le seuil des portes avec des plateaux et des bouteilles de vin. Des odeurs de cuisine montaient depuis les foyers des niveaux inférieurs. Tous les invités retenaient leur souffle en attendant le début des festivités.

Au fond de la pièce, sur une estrade surélevée, Er'ril se tenait derrière la table principale en compagnie de Mama Freda et de Wennar. Eux aussi avaient été baignés, parfumés et vêtus de beaux atours. Pendant qu'une longue procession de courtisans défilait à la suite de Tratal et d'Elena, Er'ril tira sur sa veste grise et sa chemise de lin, toutes deux un peu trop justes pour ses larges épaules d'homme des plaines.

Tratal et Elena gravirent les trois marches qui conduisaient à l'estrade. La reine el'phe prit place sur un délicat trône d'argent garni de coussins bleu marine. Elena s'installa à sa droite, sur un siège assorti mais aux lignes plus austères – visiblement, celui du roi. Mal à l'aise, elle se dandina discrètement pour trouver une position confortable. Er'ril et les autres se trouvaient une douzaine de sièges plus loin de son côté de la table.

Comme Elena s'asseyait, son regard croisa celui d'Er'ril. La peur et l'inquiétude se lisaient dans ses yeux verts piquetés d'or, mais le guerrier y décela aussi une farouche détermination. Elena adressa un signe de tête à son homme lige, puis reporta son attention sur la reine qui venait de prendre la parole :

—Aujourd'hui est un jour historique. (Bien que très douce, la voix de Tratal portait facilement à travers la salle des banquets.) Depuis que nous avons été bannis des rivages de notre ancien royaume, nous ne sommes plus que la moitié d'un peuple. Notre roi de jadis, le noble Belarion, nous a été enlevé. Au fil du temps, sa sagesse, ses conseils et son amour se sont dilués dans le mélange de notre sang. Certes, nous avons dépassé le besoin de nous traîner dans la boue et appris à façonner des châteaux dans le ciel, mais jamais nous n'avons oublié ce qui nous avait été dérobé, ce qui nous appartenait par le droit du sang et de l'héritage.

Elle fit signe à Elena de se lever. La jeune femme obtempéra gracieusement.

— Bien que la lignée de feu le noble Belarion se soit mêlée à celle de simples manants, le fer contenu dans le sang royal ne saurait être vaincu. Face à vous se tient le calice par lequel s'accomplira le retour de notre roi perdu. C'est de son ventre que le noble Belarion renaîtra pour être restitué à notre peuple. (Tratal saisit une flûte remplie de vin blanc.) Longue vie au roi !

Partout dans la salle des banquets, les invités levèrent leur verre et firent écho à son exclamation :

— Longue vie au roi !

Er'ril se rembrunit quand un garde posté dans son dos lui donna un coup de coude. Il prit sa flûte, la vida d'un trait et la reposa si violemment que le pied de cristal se brisa. Personne ne s'en aperçut. Tous les invités n'avaient d'yeux que pour Tratal et Elena. Seule Mama Freda posa une main apaisante sur le coude du guerrier pour lui intimer d'être patient.

Plus tôt, elle lui avait expliqué les détails du ry'th lor. Er'ril ne pourrait lancer son défi que lorsque le fiancé d'Elena aurait été nommé – mais il devra le faire avant que celui-ci dépose un baiser sur la joue de sa promise. Faute de quoi, leur engagement serait scellé et irrévocable.

Comme le silence revenait, Tratal poursuivit son discours :

— En cette soirée glorieuse, alors que la lune argentée brille dans le ciel crépusculaire, je vais donc réunir les deux moitiés de notre peuple. Que tous ici en soient témoins : cette nuit, Elena Morin'stal épousera le fils aîné de ma sœur, le prince Typhon.

La cérémonie était bien rodée. Sur la gauche de la reine, un homme grand et mince se leva. Son visage n'exprimait ni surprise ni ravissement. Avec une expression chagrinée, presque nauséeuse, il leva un bras pour saluer la foule. On aurait dit qu'il était sur le point d'être jeté à une meute de renifleurs.

Er'ril vit la femme menue assise à sa gauche lui toucher brièvement la main. Ses yeux étaient pleins de douleur contenue. Typhon lui pressa discrètement les doigts avant de se dégager. Visiblement, le cœur du prince appartenait déjà à une autre. Mais, en l'absence des fils de la reine partis, l'un dans le Nord et l'autre dans le Sud d'Alaséa, le fardeau d'unir les deux maisons royales retombait sur ses épaules.

— J'accepte la main qui m'est offerte en mariage, dit-il sur un ton formel. Et le moment venu, j'y placerai la mienne.

La reine Tratal brandit son sceptre scintillant d'énergie.

— Qu'un baiser scelle cet engagement sous les yeux de tous les témoins. Dès que la lune atteindra le zénith, nous procéderons à la cérémonie. Et d'ici les premières lueurs de l'aube, les deux moitiés de notre peuple se réuniront sur le lit de noces.

De nouveaux vivats accueillirent cette déclaration. Le prince Typhon contourna sa chaise, passa derrière le trône de la reine et s'approcha d'Elena qui se tenait très raide face aux convives, le regard vitreux.

Mama Freda donna un coup de coude discret à Er'ril. Le moment était venu.

Dans la salle, les invités se turent, anticipant le baiser à venir. Le prince Typhon prit la main gantée d'Elena et se pencha vers elle.

Avant que ses lèvres puissent toucher la joue de la jeune femme, Er'ril tapa du poing sur la table. Les assiettes en porcelaine tressautèrent ; quelques flûtes se renversèrent. Le bruit se répercuta à travers la pièce, et tous les regards se tournèrent vers Er'ril. Même Typhon se figea, penché vers Elena, et jeta un coup d'œil à l'homme des plaines.

— Conformément aux règles du ry'th lor, je défie cet homme pour emporter la main d'Elena Morin'stal.

Un silence de mort s'abattit sur la pièce. Le prince Typhon se redressa, abasourdi. Mais nulle confusion ne transparut dans le regard de Tratal. Malgré la douzaine de sièges qui les séparaient, Er'ril sentit le froid glacial des prunelles braquées sur lui.

— Tu n'as aucun droit d'invoquer le ry'th lor, répliqua la souveraine, son visage changé en un masque de rage. C'est une loi el'phique qui ne s'applique pas aux manants terrestres.

Er'ril s'attendait à cette réponse. Il avait passé toutes les éventualités en revue avec Mama Freda – et il leur avait trouvé une parade.

— Ce n'est pas à vous qu'il incombe d'accepter ou de refuser le défi. Un tel jugement est la prérogative de la promise. (Il tourna son regard vers Elena.) Vous venez de le dire vous-même : Elena Morin'stal est de lignage el'phique. Par conséquent, selon vos propres lois, elle est apte à prendre cette décision.

Elena pivota vers Tratal. La nervosité faisait briller ses yeux, mais ce fut sur un ton ferme qu'elle clama :

— J'accepte le défi pour ma main lancé par Er'ril de Standi.

Le sceptre de la reine crachait de minuscules éclairs de pouvoir. Toute couleur avait déserté ses lèvres fines. Tratal était prise au piège de ses propres coutumes, et elle le savait.

— Elena Morin'stal peut choisir d'accepter le défi, mais j'ai le droit de décider de son issue.

Er'ril jeta un coup d'œil à Mama Freda. Aussi médusée que lui, la vieille femme haussa les épaules.

— En tant que souveraine de Fort-Tempête, je décrète que ce défi ne pourra être remporté que dans le sang. Ce sera un duel à mort.

Des hoquets de stupeur montèrent de la foule. Même Er'ril fut désarçonné par ce rebondissement inattendu. Selon Mama Freda, pour remporter le ry'th lor, il suffisait d'obtenir la reddition de l'adversaire – pas de le tuer.

— À l'époque du noble Belarion, c'était le sang qui déterminait l'issue du ry'th lor, poursuivit Tratal avec une grimace satisfaite. Pour obtenir la main porteuse de l'héritage de notre roi perdu, il me semble adéquat d'observer la loi en vigueur de son temps. Ce duel ne prendra fin qu'à la mort d'un des combattants. (Elle se tourna vers Elena.) Acceptes-tu toujours le défi lancé par Er'ril de Standi ?

Elena avait blêmi. Elle jeta un coup d'œil au prince Typhon. Celui-ci était jeune, mince et athlétique. Armé d'une épée et d'une dague, il ferait un adversaire redoutable. D'ailleurs, il ne semblait pas du tout inquiet. Les bras croisés sur la poitrine, il attendait calmement la décision de sa promise.

Seule la jeune femme assise à gauche de son siège vacant affichait la même expression paniquée qu'Elena. Toutes deux avaient peur pour leur bien-aimé.

— Acceptes-tu le défi lancé par Er'ril de Standi ? répéta la reine Tratal avec l'ébauche d'un sourire glacial.

Terrifiée, Elena pivota vers l'homme des plaines.

— Fais ton choix, exigea Tratal.

Tol'chuk était assis dans la cambuse du *Traque-Soleil*, seul à l'exception d'un n'ain qui s'affairait devant l'âtre.

Magnam était le plus petit des guerriers de Wennar ; aussi était-ce à lui qu'incombaient les menues corvées telles que préparer le dîner. Mais cela ne semblait pas le déranger. Une chanson aux lèvres, il touillait le contenu d'une marmite avec une longue cuiller de bois. Tol'chuk ne connaissait pas la langue qu'il employait, mais la tonalité basse de sa voix et la cadence lente des paroles évoquaient une perte douloureuse, un chagrin ancestral qui s'harmonisaient à la perfection avec l'état d'esprit de l'og're.

Posé sur la table, le Cœur de son peuple projetait une lueur sourde – le simple reflet des flammes qui brûlaient dans l'âtre. Le spectre du père de Tol'chuk lui avait dit qu'il devait rapporter la sanguine à l'endroit où elle avait été extraite : au Gul'gotha. Mais à présent, ils étaient tous prisonniers dans les nuages. Comment Tol'chuk pourrait-il accomplir sa mission ?

Accroupi près de la table, absorbé par sa propre douleur, l'og're ne prêta aucune attention à Magnam jusqu'à ce que celui-ci pose devant lui une grande écuelle pleine de ragoût, avec une cuiller en bois plantée au milieu.

— Mange, ordonna le n'ain.

— Je n'ai pas faim, marmonna poliment Tol'chuk.

Et il écarta l'assiette fumante.

Magnam soupira et s'assit face à lui.

— Tu regardes ce caillou depuis des jours. Il est temps que tu recommences à t'intéresser au monde qui t'entoure. (D'un doigt épais, il poussa l'écuelle vers Tol'chuk.) Même les rocs dans ton genre doivent se nourrir à l'occasion.

Tol'chuk ne réagit pas.

— Tu bouderas aussi bien avec le ventre plein, tu sais, plaisanta Magnam.

Tol'chuk tourna un gros œil ambré dans sa direction. Un doux sourire éclaira le visage du n'ain. Il tendit la main vers le cristal et se ravisa avant de le toucher, les doigts à quelques centimètres de la pierre.

— Je peux ?

Tol'chuk haussa les épaules. Quelle importance à présent ? Le Cœur de son peuple était mort, empoisonné par le Fléau.

Magnam saisit la sanguine et la présenta dans la lumière d'une lampe voisine. Il l'observa d'un côté, puis de l'autre. Ses yeux se plissèrent de concentration.

— Du très beau travail, commenta-t-il en baissant le cristal. L'œuvre d'un maître artisan.

De nouveau, Tol'chuk haussa les épaules.

Magnam secoua la tête et reporta son attention sur l'écuelle intacte.

— Je ne possède pas les compétences nécessaires pour tailler une pierre de cette qualité, mais je prépare un ragoût du tonnerre ! C'est la seule raison pour laquelle on m'a autorisé à rester parmi le bataillon de Wennar. Les contremaîtres de l'Innommable ne sont pas tendres envers les plus chétifs d'entre nous. Généralement, ils les donnent à bouffer aux Carnassires. Très tôt dans la vie, j'ai appris à me concentrer sur mes forces plutôt que sur mes faiblesses. Une armée ne va pas plus loin que jusqu'où le contenu de son estomac peut la porter. Si tu remplis cet estomac de bon ragoût, tu as moins de risques de finir toi-même dans une marmite.

Petit à petit, l'affabilité du n'ain tirait Tol'chuk de son apathie.

— Je te propose un marché, messire Duroc, poursuivit Magnam. Tu manges, et je te raconte une histoire de n'ains et de sanguines.

Tol'chuk lui jeta un regard las. Mais la curiosité le poussa à se saisir de l'assiette de ragoût. Il empoigna la cuiller.

— Je t'écoute.

Pour toute réponse, Magnam attendit, les yeux fixés sur la cuiller vide.

Grommelant, Tol'chuk enfourna un morceau de bœuf et un autre de pomme de terre. Il voulut parler la bouche pleine, mais le goût de la nourriture le réduisit au silence. La viande fondait sur sa langue ; la patate était cuite à point, dans une délicieuse sauce à la crème. Les yeux de l'og're s'écarquillèrent. Subitement affamé, il prit une autre cuillerée de ragoût.

— Alors, ça te plaît, messire Duroc ? interrogea Magnam en haussant un sourcil.

— C'est très bon, admit Tol'chuk.

— Et ce sera encore meilleur demain, sourit Magnam en se radossant à sa chaise. « Deux fois bouillu, deux fois plus goûtu », comme disait ma vieille maman.

Il se tut un instant, le regard perdu dans ses souvenirs lointains.

Tol'chuk continua à manger en silence.

Enfin, Magnam s'agita.

— Mais je t'ai promis une histoire, pas vrai ?

Trop occupé pour parler, Tol'chuk se contenta d'agiter sa cuiller.

Le n'ain croisa les bras sur sa poitrine.

— Sais-tu d'où vient la sanguine, à l'origine ?

La bouche pleine, Tol'chuk secoua la tête et grogna pour indiquer son ignorance.

— Eh bien, le tout premier morceau fut découvert par un n'ain, un compère du nom de Mimblewad Treedle. Il creusait dans l'arrière-pays du Gul'gotha, sur le flanc d'une montagne appelée Gy'hallmanti – ce qui, dans la langue de jadis, signifiait « pic du Cœur Chagrin ». Mimbly était vieux et la plupart des gens le considéraient comme cinglé. Non seulement les mines de Gy'hallmanti étaient à sec depuis longtemps, mais on racontait que des fantômes hantaient ses tunnels. Les derniers mineurs qui s'y étaient aventurés deux siècles auparavant n'avaient jamais reparu.

Intrigué, Tol'chuk ralentit le rythme auquel il engloutissait son ragoût.

— Mais Mimblewad répétait à qui voulait l'entendre qu'il sentait des richesses toutes fraîches dans les puits les plus profonds. Et fou ou pas, il avait l'odorat le plus affûté de tout notre peuple, à l'époque. On racontait qu'il était capable de détecter une opale enfouie sous un tas de fumier. Lune après lune, il continuait donc à jouer de la pelle et de la pioche. Les propriétaires des concessions voisines disaient qu'ils entendaient l'écho de ses coups de jour comme de nuit. Ils parlaient également d'autres bruits – des bruits bizarres. Mais chaque fois qu'on leur demandait des précisions, ils se contentaient de secouer la tête. Beaucoup d'entre eux finirent par s'en aller, abandonnant leur concession inexploitée et invendue. Au bout de dix hivers, il ne resta plus un seul n'ain dans toute la région de Gy'hallmanti, à l'exception de Mimblewad Treedle.

— Et ensuite, que se passa-t-il ? demanda Tol'chuk, oubliant momentanément son écuelle.

Magnam s'assombrit. Il secoua lentement la tête.

— Parfois, Mimblewad sortait de ses tunnels pour se ravitailler, et il traînait sa silhouette décharnée jusqu'au magasin le plus proche. Il parlait tout seul, marmonnant entre ses dents comme s'il se disputait avec quelqu'un qu'il était le seul à voir. Mais si perturbé soit-il, il redescendait toujours de sa montagne avec assez d'or et de fragments de rubis pour acheter les provisions ou l'équipement dont il avait besoin. Puis il disparaissait jusqu'à la fois suivante. Bientôt, il devint une légende au sein de notre peuple : « ce vieux fou de Mimbly ». Mais un hiver, personne ne le vit. La plupart des gens conclurent qu'il avait fini par mourir dans les tunnels hantés de Gy'hallmanti et qu'il était, lui aussi, devenu un fantôme. Ils se trompaient.

Magnam sortit une pipe de sa poche et y bourra un peu de tabac séché.

— Tu veux du rabe ?

Tol'chuk baissa les yeux vers son écuelle et fut surpris de la trouver vide.

— Non, ça va. Raconte-moi la suite.

Magnam alluma sa pipe et en mâchouilla le tuyau.

— Trois hivers plus tard, le vieux Mimbly redescendit au village d'Entrebourg, traînant une carriole derrière lui comme s'il était une mule. Personne ne reconnut ce n'ain aux cheveux blancs et au dos voûté. Sa barbe était si longue qu'il l'avait enroulée autour de sa taille, et ses yeux avaient la couleur des lumivers.

— Les lumivers ? répéta Tol'chuk.

Magnam acquiesça.

— Partout où tu trouves des sanguines, il y a des lumivers.

Tol'chuk se souvint de la Porte des Esprits de son peuple, l'arche de sanguine pure sous laquelle il était passé pour commencer son voyage, bien des lunes auparavant. Les tunnels qui conduisaient à cette porte étaient remplis de vers phosphorescents, de la même couleur que la mousse qui se forme à la surface de l'eau stagnante.

— Nul ne sait ce qui les attire, mais si un mineur commence à exploiter une veine de sanguine, tu peux être certain que deux ou trois jours plus tard, l'endroit grouillera de ces foutues bestioles. Certains affirment que c'est la pierre elle-même qui les engendre.

Tol'chuk jeta un coup d'œil au Cœur de son peuple. La première fois qu'il avait scruté ses profondeurs, le Fléau lui était apparu sous la forme d'un ver noir, cousin des lumivers des tunnels. Pouvait-il y avoir un rapport ?

— Bref, si tu traînes trop longtemps dans les parages des lumivers, leur phosphorescence finit par imprégner tes yeux. Il paraît que ça te permet de voir non seulement dans ce monde, mais aussi dans l'au-delà.

— Le monde des esprits ?

— Non, l'avenir. Tu aperçois des bribes d'événements à venir. (Magnam agita sa pipe.) Mais peu importe. Ce qui captiva l'attention de tous les habitants d'Entrebourg, ce fut le contenu de la carriole du vieux Mimbly. Des piles de gemmes comme ils n'en avaient encore jamais vu : plus rouges que des rubis, plus étincelantes que les diamants les mieux taillés. (Du tuyau de sa pipe, le n'ain désigna le cristal posé sur la table.) C'était de la sanguine, la première qu'on ait jamais extraite.

— Comment se fait-il que personne n'en ait trouvé avant ? s'étonna Tol'chuk.

Magnam haussa les épaules.

— Je suppose que la montagne était enfin prête à s'en séparer. Les mineurs prétendent qu'on ne trouve pas une seule gemme à moins que la Terre elle-même ait décidé de vous la confier.

— Qu'a dit le vieux Mimbly ? A-t-il expliqué comment il l'avait découverte ?

— C'est justement là que le bât blesse, messire Duroc. Il avait travaillé dur pendant toutes ces années ; ses doigts n'étaient plus que des moignons. Et que fit-il après être enfin tombé sur le trésor d'entre les trésors ? Il passa la pelle à gauche. (Magnam eut un petit gloussement triste et secoua la tête.) Le soir même, il s'éteignit dans son lit à Entrebourg.

La déception étreignit le cœur de Tol'chuk.

— Il mourut ?

— Dans son sommeil. Roulé en boule comme un bébé. (Le n'ain soupira.) Le destin est parfois cruel. Du moins le vieux Mimbly avait-il prouvé qu'il n'était pas fou. Son nez avait bel et bien senti des richesses incommensurables, que ses doigts avaient fini par extraire. Ce fut lui qui baptisa cette nouvelle pierre. À son arrivée au village, il refusa de laisser quiconque approcher sa carriole. Il disait qu'elle contenait le sang des montagnes, issu du cœur même de la Terre. D'où le nom de sanguine.

— Le sang de la Terre…

— C'est ce qu'il disait, mais il était passablement dérangé après toutes ces années de solitude : il parlait à des gens invisibles ; parfois même, il leur criait dessus ou il essayait de les frapper. Il affirmait que la pierre était un cadeau de la Terre pour notre peuple, la seule chose qui pouvait nous sauver des ténèbres à venir. Il fallait la cacher et la protéger coûte que coûte. Bien entendu, cela faisait rire tout le monde. Les divagations de ce vieux fou de Mimbly… (Magnam souffla un anneau de fumée parfait et scruta Tol'chuk d'un œil.) Mais peut-être n'était-il pas aussi cinglé que nous le croyions.

Il se leva d'un bond.

— Je ferais mieux de retourner à ma popote, marmonna-t-il.

— Attends ! protesta Tol'chuk. Que voulais-tu dire par « peut-être n'était-il pas aussi cinglé que nous le croyions » ?

Du menton, Magnam désigna la sanguine posée sur la table.

— Elle t'a guidée jusqu'ici, pas vrai ? Après la mort de Mimbly, sa cargaison fut pillée et éparpillée aux quatre coins du royaume. Elle servit à façonner des milliers d'objets. Une gemme d'une telle beauté ne pouvait tout simplement pas rester cachée. Pendant des siècles, d'autres mineurs cherchèrent la veine du vieux Mimbly. Mais il avait dû l'épuiser entièrement. On ne trouva jamais d'autre sanguine à Gy'hallmanti – pas le plus petit bout. Parfois, un fragment faisait surface ici ou là, mais plus jamais nous n'en découvrîmes une telle quantité.

Le sang de la Terre…

Tol'chuk se souvint du secret de sa tribu : une immense arche de sanguine dissimulée dans les entrailles de ses montagnes natales. C'était elle qui avait lancé l'og're dans sa quête. Néanmoins, selon le spectre de son père, le Cœur de leur peuple ne provenait pas de cette arche mais du Gul'gotha – des contrées dans lesquelles il se trouvait à présent.

Lentement, Tol'chuk comprit.

— Vous n'avez plus jamais trouvé de morceaux d'une taille significative ? chuchota-t-il.

Magnam secoua la tête et se dirigea vers l'âtre.

— Non. C'est pour ça que la sanguine est si précieuse.

Choqué, Tol'chuk tendit la main et s'empara du cristal. Si Magnam disait vrai, le Cœur de son peuple ne pouvait provenir que d'un seul endroit : la concession du vieux Mimbly ! Il tenait l'une des pierres que le n'ain avait extraites. Il la serra entre ses doigts griffus, tentant de percevoir son âge. Son père lui avait donné pour mission de rapporter la sanguine à l'endroit où elle avait été arrachée à la terre. Maintenant, il avait une destination précise.

Tol'chuk leva les yeux vers Magnam.

— Que peux-tu me dire d'autre sur la montagne de Gy'hallmanti ? On n'y a plus jamais rien découvert ?

Le n'ain, qui avait recommencé à touiller le contenu de sa marmite, fronça les sourcils.

— Je n'ai pas dit ça. Après la mort du vieux Mimbly, nombreux furent les mineurs qui tentèrent leur chance dans ses tunnels. Ils en ressortirent tous bredouilles. Mais voici cinq siècles, une nouvelle veine fut découverte à Gy'hallmanti.

— Encore de la sanguine ? avança Tol'chuk.

Une grimace peinée tordit le visage de Magnam.

— Non. Mais comme la sanguine, c'était une pierre à nulle autre pareille. Une pierre que le monde n'avait encore jamais contemplée.

— Laquelle ? interrogea Tol'chuk sur un ton pressant.

Magnam reporta son attention sur son ragoût, et ce fut dans un murmure qu'il répondit :

— L'éb'ène. Les mineurs finirent par découvrir l'éb'ène – qu'ils soient tous maudits !

Le sang de Tol'chuk se glaça dans ses veines. Son esprit lutta pour assembler les fragments de l'histoire. La sanguine et l'éb'ène étaient toutes deux issues de la même mine. Qu'est-ce que ça signifiait ?

La gorge serrée, Magnam poursuivit :

— Cela mit à part, les tunnels de Gy'hallmanti n'ont jamais produit qu'une seule chose.

— Laquelle ? répéta Tol'chuk, les doigts crispés sur le Cœur de son peuple, car il avait peur de la réponse.

— L'Innommable. Ce fut des entrailles de Gy'hallmanti que la Bête Noire du Gul'gotha émergea pour dévaster ces terres.

Elena regardait Er'ril. L'homme des plaines portait une veste de soie grise sur une chemise d'une blancheur éclatante. Ses cheveux noir corbeau étaient peignés en arrière et attachés dans sa nuque. Comment pouvait-elle lui demander de risquer sa vie pour prétendre à sa main, surtout lorsque les probabilités étaient à ce point contre lui ?

Le prince Typhon était jeune et robuste ; de plus, il aurait droit à une épée et à une dague tandis que son adversaire se battrait à mains nues. Er'ril n'avait aucun espoir de l'emporter. En acceptant son défi, Elena le condamnerait à une mort quasi certaine. Mais si elle rejetait sa demande, elle serait mariée au prince Typhon cette nuit même et l'avenir d'Alaséa mourrait dans son lit de noces.

— Fais ton choix, Elena, insista la reine Tratal.

Elena refusa de se détourner d'Er'ril. Elle soutint le regard du guerrier. Er'ril fixa sur elle ses yeux gris et durs avant de hocher imperceptiblement la tête. Son visage ne trahissait nulle peur, nulle hésitation. Son regard affirmait qu'il remporterait le duel. Ragaillardie par cette assurance, Elena redressa les épaules. Elle essuya ses yeux pleins de larmes et pivota enfin vers la reine Tratal.

Les poings serrés, elle lança sur un ton tranchant :

— Si le sang coule ce soir, ce sera votre faute, reine Tratal. Par vos actions, vous venez de condamner votre neveu à mort. Mon homme lige ne faillira pas à ses devoirs envers moi.

— Donc, tu acceptes le défi du ry'th lor ? aboya Tratal, furieuse.

À la colère de la reine, Elena opposa la sienne qui n'était pas moins grande.

— Vous ne nous laissez pas d'autre choix que de commettre un assassinat pour retrouver notre liberté. Je ne vous le pardonnerai jamais. Je vous laisse encore une chance de revenir sur votre décision. Renoncez à ce mariage forcé et nous nous séparerons en amies et alliées. Obstinez-vous à poursuivre sur cette voie et le sang du prince Typhon souillera le plancher de cette salle.

À gauche de la reine, une jeune femme el'phe très mince se leva en vacillant. Ses yeux pleins de larmes étaient fixés sur le prince.

— Je vous en supplie, reine Tratal… Écoutez la sor'cière.

D'un geste impérieux, Typhon lui désigna son siège et siffla :

— Rassieds-toi. Tu me fais honte, Mela.

Mais la jeune femme refusa de se laisser impressionner. De ses doigts frêles, elle saisit la manche de Tratal.

— Je l'aime, ma reine. Je renoncerais à lui de mon plein gré pour le bien du royaume mais… pas pour qu'il se fasse tuer. Je ne pourrais pas vivre avec ça.

La reine Tratal se dégagea brusquement.

— Sors d'ici ! aboya-t-elle. (Elle fit signe à un garde.) Ramenez la princesse Mela dans sa chambre. Elle semble indisposée.

— Non ! gémit la jeune femme.

Mais deux gardes l'encadrèrent et lui prirent les bras. Elle s'affaissa dans leur étreinte en pleurant. Impassibles, les gardes entraînèrent la princesse éplorée dans le couloir.

Elena remarqua l'expression peinée de Typhon. Quand Mela avait éclaté en sanglots, il avait fait un pas dans sa direction, mais un regard sévère de la reine l'avait cloué sur place.

Tratal brandit son sceptre en forme d'éclair.

— Le défi du ry'th lor a été accepté, annonça-t-elle. Faites place aux prétendants à la main d'Elena Morin'stal.

Très vite, les tables et les chaises furent poussées sur le côté pour dégager un espace au pied de l'estrade. À présent, les invités étaient tous debout, formant un large demi-cercle face aux deux trônes. Même les domestiques se massaient dans les coins de la pièce ou grimpaient sur des chaises pour mieux observer le duel imminent.

Elena se tourna vers Er'ril, auquel les gardes venaient de prendre son épée.

La reine Tratal haussa la voix :

— Le prétendant doit affronter le fiancé sans autre arme ni armure que les vêtements qu'il porte sur son dos.

Les jambes d'Elena mollirent. Er'ril n'avait même pas droit à une veste de cuir pour se protéger : juste à ses beaux atours de lin et de soie. Pourtant, l'homme des plaines ne semblait guère ébranlé. Sans un mot, il contourna la table royale et sauta au bas de l'estrade.

La reine el'phe leva son bras gauche.

— Le fiancé a droit aux armes traditionnelles pour défendre la main de sa promise. Épée et dague !

Le prince Typhon portait déjà les deux à la taille. Il descendit de l'estrade du côté opposé à Er'ril. Après s'être débarrassé de sa veste d'un haussement d'épaules, il dégaina son épée et, de la pointe de sa lame fine, dessina un motif meurtrier dans les airs devant lui – pour s'entraîner et chauffer ses muscles. Son mouvement fut si rapide que les contours de son arme devinrent flous. Des applaudissements polis saluèrent cette démonstration.

Er'ril avait observé le prince sans que son visage trahisse la moindre émotion.

La reine Tratal tourna légèrement la tête vers Elena. Dans un murmure destiné aux seules oreilles de la jeune femme, elle dit :

— Mon cœur n'est pas glacé au point de te refuser une dernière chance, Elena. Renonce à ce défi et Er'ril sera épargné.

Elena voulait désespérément accepter l'offre de la reine. Quel espoir de victoire pour de la chair nue confrontée à de l'acier tranchant ?

Comme s'il avait perçu sa défaillance, Er'ril pivota et leva les yeux vers elle. Ses prunelles brillaient de fierté et de détermination. À travers les contrées d'Alaséa et pendant toute la guerre des Îles, il avait été son protecteur et son champion. Depuis, les événements l'avaient relégué à l'arrière-plan, et Elena sentait bien que son nouveau rôle ne le satisfaisait pas. Mais, à présent, il était redevenu l'ancien Er'ril, celui qui l'avait accompagnée durant son long périple. Même si elle craignait pour sa vie, Elena ne pouvait pas le priver de ce combat.

— Je ne renonce pas, chuchota-t-elle à la reine. Et je pleurerai la mort de votre parent.

Le seul indice de la colère de Tratal fut la décharge d'énergie qui parcourut son sceptre métallique.

— Qu'il en soit ainsi ! (Elle leva ses deux bras.) Et maintenant, la force des cœurs va déterminer quelle main prendra celle d'Elena cette nuit. Que les combattants se préparent !

Le prince Typhon se remit à faire des moulinets – mais en se déplaçant, cette fois. Il pivota et tourbillonna, tissant un nuage d'acier mortel autour de lui. De nouveaux applaudissements saluèrent sa performance.

Er'ril l'observa un moment, les yeux plissés comme pour mieux jauger son adversaire. Puis il ôta sa veste de soie grise et, lentement, déboutonna sa chemise de lin blanche. Torse nu, il roula des épaules et remua la tête pour chasser les crampes de son cou. Enfin, il enroula sa veste autour de son avant-bras gauche avant de tordre sa chemise pour en faire une sorte de fouet. Ainsi préparé, il demeura calmement immobile face au prince Typhon.

Celui-ci s'inclina devant son public, puis se tourna vers sa reine.

Un long silence tendu s'étira dans la pièce. Enfin, la reine Tratal baissa son sceptre.

— Que le duel commence !

Er'ril attendit que son adversaire vienne à lui.

Tout autour de la salle des banquets, la foule poussait des vivats, et des pièces changeaient de main au gré des paris. Le guerrier se força à ignorer le brouhaha ambiant pour concentrer toute son attention sur le prince Typhon. L'el'phe s'avança sur le plancher de pin poli avec assurance et détermination, la pointe de son épée braquée sur le cœur d'Er'ril. Sa lame ne tremblait pas.

— Ta mort sera rapide, promit-il en se dirigeant vers l'homme des plaines. Je ne te voue aucune animosité.

Er'ril ne répondit pas. Sa seule réaction fut de plisser les yeux. Il étudia les mouvements de son adversaire : la façon dont la pointe de son épée s'abaissait légèrement quand il conduisait de la jambe gauche, celle dont il se laissait facilement distraire par la foule – chaque fois qu'un convive criait son nom, il ne pouvait s'empêcher de lui jeter un bref coup d'œil. Typhon ne s'était probablement jamais trouvé parmi le chaos et les hurlements d'un véritable champ de bataille. Son peuple menait une existence tellement isolée qu'il n'avait sans doute même jamais tué un homme.

On ne pouvait pas en dire autant d'Er'ril. L'homme des plaines avait pataugé dans la boue et le sang de maints massacres. Il avait vu des amis mourir à ses côtés tandis qu'il se démenait avec son épée ou sa hache. Ses victimes étaient trop nombreuses pour qu'il les compte. Un instant, il éprouva un élan de pitié pour son jeune adversaire. Même s'il ne disposait d'aucune arme tranchante, il savait que le combat n'était pas inégal – et que l'inexpérience de l'el'phe causerait sa perte.

Arrivé à deux pas d'Er'ril, Typhon s'immobilisa, son épée tendue devant lui.

— J'honorerai ta mémoire.

La main de l'homme des plaines se crispa sur sa chemise de lin. Typhon prit une profonde inspiration pour se préparer. Mais sans qu'il s'en rende compte, le duel avait déjà commencé.

D'un geste vif, Er'ril fit claquer son fouet improvisé à la figure du prince. Surpris, celui-ci eut un mouvement de recul.

Er'ril en profita pour bondir. De son avant-bras gauche enveloppé de soie grise, il dévia la lame du jeune homme et plongea dans l'espace qu'il venait de dégager. Au passage, ses doigts habiles délestèrent Typhon de la dague qu'il portait à la ceinture. Il se retrouva dans le dos du prince avant que celui-ci ait pu pivoter, et la pointe de l'épée el'phique ne zébra que le vide.

À un pas de son adversaire, Er'ril fit tournoyer la dague dans sa main pour en tester le poids et l'équilibre. Typhon écarquilla les yeux en comprenant ce qui venait de se passer. Une lueur d'inquiétude se fit jour dans son regard – mais pas de peur. Il était encore trop novice pour identifier une situation réellement dangereuse.

Autour des deux adversaires, la foule impressionnée fit silence. Du coin de l'œil, Er'ril aperçut Elena toujours debout à côté de la reine el'phe. Quand les deux femmes se tenaient de la sorte, la ressemblance était évidente : les pommettes hautes, le long cou gracieux, les yeux brillant comme de la glace au soleil… Un poing pressé sur sa gorge, Elena soutint le regard d'Er'ril avec inquiétude.

Le guerrier n'eut pas le temps de la rassurer. Avec un sifflement, le prince Typhon se jeta sur lui. Ce fut tout juste si Er'ril parvint à parer son épée avec la dague qu'il venait de lui dérober. À présent, l'el'phe se mouvait à une vitesse surnaturelle, mobilisant l'énergie élémentale qui coulait dans ses veines. Sa lame bougeait trop vite pour que l'œil humain puisse la suivre.

Mû par son seul instinct, Er'ril se rejeta en arrière.

L'attaque se poursuivit sans qu'il trouve une occasion de riposter. Malgré son manque d'expérience pratique, le prince Typhon était un bretteur doué. Sa garde ne présentait aucune faille dans laquelle l'homme des plaines aurait pu glisser sa dague. Alors, Er'ril se contenta d'attendre en esquivant. Pour avoir fréquenté Méric, il savait que cette vitesse artificielle sapait les forces de son adversaire, qui ne pourrait pas la maintenir longtemps.

Néanmoins, lui aussi se fatiguait. L'épée de Typhon pénétra sa garde, l'obligeant à bloquer un coup potentiellement fatal avec son avant-bras. La lame el'phique traversa facilement les quelques épaisseurs de soie grise et mordit profondément dans la chair d'Er'ril. Du sang chaud imbiba aussitôt le tissu déchiré et se mit à goutter sur le sol.

Er'ril grimaça, de frustration plutôt que de douleur. Ce garçon ne ralentirait-il jamais ?

Autour d'eux, la foule recommença à s'agiter et à crier. Aiguillonné par ses vivats et par la vue du bras ensanglanté de son adversaire, Typhon redoubla de férocité – prouvant une fois de plus son manque d'expérience. Oubliant son art, il se jeta sur le tigre blessé pour l'achever avec de grands moulinets dépourvus de finesse.

Er'ril se plia en deux pour passer sous sa lame et plongea en avant. Son épaule heurta le genou du prince. Tous deux s'écroulèrent. Er'ril doutait que Typhon ait beaucoup pratiqué la lutte au corps à corps. Mais le prince n'avait pas lâché son épée ; il la brandit avec un rugissement et tenta de l'abattre sur l'homme des plaines.

Celui-ci n'était déjà plus là.

Er'ril avait roulé sur lui-même pour esquiver. Dès qu'il entendit la lame adverse frapper les lattes de pin derrière lui, il roula dans l'autre sens pour l'immobiliser sous son poids. Sa dague plaquée contre sa poitrine cloua l'épée du prince au sol.

Typhon tenta de dégager son arme. L'acier hurla. Er'ril savait qu'il ne disposait que d'un instant. Repliant son bras gauche blessé, il donna un coup de coude dans le nez du prince. Du cartilage craqua. Son adversaire poussa un cri.

Puis Er'ril abattit son coude sur les doigts du prince, les écrasant sur la poignée de son épée. L'arme tomba à terre quand Typhon la lâcha et, portant les mains à sa figure, roula sur lui-même pour tenter de s'échapper.

Er'ril le poursuivit, non sans avoir d'abord expédié l'épée au loin avec le bout de sa botte. Avant que le prince puisse se mettre sur ses genoux, l'homme des plaines lui sauta sur le dos et le plaqua de nouveau sur le plancher, lui coupant le souffle.

Désarmé, cloué à terre par le poids de son adversaire, Typhon se mit à pleurer. Il sentait que sa fin était proche.

Er'ril l'empoigna par les cheveux et lui tira la tête en arrière, afin que la reine Tratal puisse voir sa gorge découverte depuis l'estrade. Il appliqua le tranchant de sa dague sur le cou du prince vaincu. Son propre sang dégoulinait le long de son bras blessé, souillant les cheveux blond argenté de Typhon.

Le silence s'était fait dans la salle des banquets. Chacun retenait son souffle en attendant la suite. Er'ril se tourna vers les occupants de la table royale et regarda durement la reine.

— J'ai vaincu le fiancé d'Elena en combat à la loyale. J'ai fait saigner votre champion. À présent, acceptez-vous de me laisser Elena ou dois-je mettre votre parent à mort ? Faut-il que ce jeune homme périsse pour satisfaire votre orgueil ?

La reine Tratal brandissait toujours son sceptre crépitant d'énergie. Ses yeux étaient de glace, son expression indéchiffrable.

À son tour, Elena prit la parole :

— Selon vos propres lois, Er'ril a remporté ce duel. Je vous en prie, relevez-le de l'obligation de tuer le prince Typhon. Je vois bien que le cœur de votre neveu est déjà pris par la princesse Mela. N'ajoutez pas le chagrin au chagrin.

Les étincelles moururent l'une après l'autre le long du sceptre royal.

— Je ne peux pas perdre la lignée du noble Belarion.

— Vous ne la perdrez pas. Votre roi de jadis vit toujours en mon frère et en moi, et il se perpétuera à travers nos descendants. Si vous consentez à épargner le prince, je vous fais la promesse solennelle qu'un jour, nos deux lignées seront réunies. Un jour, les deux maisons royales el'phiques ne feront plus qu'une. (Elena toucha le bras de la reine.) Mais pas maintenant. Pas ce soir.

Tratal baissa son sceptre, dont le fer rouge était redevenu terne. Elle baissa les yeux vers Er'ril.

— Conformément à la loi el'phique, je déclare le rituel du ry'th lor achevé. Er'ril de Standi en est le vainqueur. La main d'Elena Morin'stal lui appartient désormais et leur union est scellée par le sang du fiancé vaincu.

Satisfait, Er'ril inclina la tête. Puis il libéra le prince Typhon, se redressa et aida le jeune homme à en faire autant.

— Vous vous êtes bien battu, lui chuchota-t-il à l'oreille.

Le prince Typhon se frotta le cou à l'endroit où la dague avait appuyé et où sa vie n'avait tenu qu'à un fil. Jetant sa dague au loin, Er'ril tendit la main à l'el'phe. Celui-ci la regarda fixement sans réagir.

Par le passé, Er'ril avait vu beaucoup de vaincus incapables d'accepter la magnanimité de leur vainqueur – leur colère et leur orgueil blessé les en empêchaient. Mais lentement, Typhon leva sa main valide et prit celle de l'homme des plaines. Il la serra en s'inclinant.

— Il semble que j'ai encore beaucoup à apprendre, dit-il humblement.

— Comme tout un chacun, grimaça Er'ril.

Typhon lâcha sa main et s'écarta. Er'ril se dirigea vers l'estrade. Il restait encore un point crucial à régler.

— Puisqu'Elena n'est plus promise à un membre de votre famille, je vous demande de nous laisser renoncer à ce mariage et de nous donner l'accès au Gul'gotha, que nous survolons actuellement.

La reine Tratal le regarda, perplexe.

— Tu n'as pas dû bien comprendre le rituel du ry'th lor. Tu as lancé un défi. Elena l'a accepté. Tu as remporté le duel. Comme je le disais à l'instant, votre union est scellée par le sang du fiancé vaincu. Elle ne peut plus être brisée.

— Que voulez-vous dire ? s'enquit Elena, tout aussi abasourdie qu'Er'ril.

Le regard de Tratal fit la navette entre eux. Puis la reine s'assit lentement et secoua la tête.

— Aux yeux des el'phes, vous êtes déjà mariés. La cérémonie vient de s'achever.

Choquée, Elena se tourna vers Er'ril.

Typhon donna une tape amicale sur l'épaule de l'homme des plaines.

— Félicitations.

Peu avant l'aube, Elena se tenait debout sur le balcon qui surplombait la cité de Fort-Tempête. Elle portait encore sa chemise de nuit, mais le sommeil la fuyait.

Après le duel entre Er'ril et le prince Typhon, les domestiques avaient rapidement nettoyé le sang qui maculait le plancher de la salle des banquets, et les festivités avaient pu commencer pour de bon. D'innombrables plats avaient défilé sur les tables : soupes épaisses aux lentilles et à l'oignon, ailes de caille rôties accompagnées d'une sauce gélatineuse à l'orange, canards fumés aux épices qui brûlaient la langue, salades de pétales de fleurs, pains à la cannelle ou aux raisins secs, fruits de toutes les variétés sculptés selon des formes enchanteresses, et enfin, chocolats à l'arôme velouté relevé par quelques gouttes de porto.

Aux yeux d'Elena, tout le banquet s'était déroulé dans une brume épaisse. Des domestiques avaient conduit les duellistes blessés aux guérisseurs du château. Depuis, la jeune femme n'avait pas revu Er'ril. Tout le monde lui avait assuré qu'elle n'avait pas lieu de s'inquiéter, que les guérisseurs el'phes étaient les meilleurs du monde.

Mais sa seule consolation, c'était que Mama Freda avait accompagné l'homme des plaines. Elena avait confiance en son talent. Quand les tables avaient été débarrassées et que les invités s'étaient mis à danser au son des ballades langoureuses jouées par les ménestrels installés sur le balcon, la vieille femme était revenue et avait annoncé à Elena qu'Er'ril allait bien.

— Le sang de dragon ne tardera pas à faire disparaître cette petite égratignure sur son bras.

Puis elle était retournée au chevet de l'homme des plaines, promettant à Elena que Tikal et elle veilleraient sur lui jusqu'au matin.

À la fin de la soirée, la reine Tratal avait entraîné Elena dans le couloir. Elle n'avait pas prononcé plus de deux mots pendant les festivités, se contentant de pousser sa nourriture dans son assiette et de répondre d'un signe de tête aux courtisans qui tentaient d'engager la conversation avec elle. Mais, une fois sortie de la salle des banquets, elle avait arrêté Elena.

— Je veillerai à ce que tu tiennes parole, Elena Morin'stal. Un jour, nos deux maisons seront réunies.

— Vous avez déjà attendu d'innombrables générations, avait répliqué la jeune femme. Que sont vingt ou cinquante hivers de plus ?

La reine Tratal l'avait regardée sans répondre.

Elena n'avait pas détourné les yeux.

— Je tiendrai parole. Un jour viendra où nos deux maisons ne feront plus qu'une, j'en suis certaine. Mais ce résultat ne devra pas être obtenu par la force. Seule une union consentie par amour pourra réunir les lignées royales.

Alors, la reine avait soupiré et son masque de glace avait momentanément fondu. Sa voix s'était adoucie :

— L'amour… C'est facile d'en parler à ton âge. Mais connais-tu seulement ton propre cœur, Elena ?

Sur ces paroles énigmatiques, Tratal s'était éloignée, laissant Elena seule avec ses gardes. L'ascension jusqu'à sa suite avait été longue et, arrivée en haut de la tour, la jeune femme n'avait pas réussi à trouver le sommeil.

Elle ne cessait de repenser aux paroles de la reine. Désormais, elle était mariée à Er'ril. Et elle ne savait pas ce que ça lui inspirait. D'un côté, elle se rendait compte que ce n'était qu'une cérémonie qui, une fois loin de la citadelle el'phique, ne signifierait plus rien. Mais une partie d'elle voulait que ça signifie quelque chose.

Elle se souvenait de la fois où Er'ril et elles avaient dansé ensemble, à Val'loa. Jamais elle ne s'était sentie plus en sécurité que dans ses bras. En même temps, elle ne voulait pas que sa main soit gagnée à la pointe d'une épée, fût-ce par Er'ril. Il restait trop de non-dits entre eux. Jusqu'à ce qu'ils aient pu parler de leurs sentiments véritables, Elena ne se sentirait pas mariée à l'homme des plaines. Elle n'avait pas besoin de roses, d'une bague ou d'une grande robe de soie brodée de perles – juste d'un moment de tranquillité avec Er'ril, un moment où ils pourraient enfin briser le lourd silence qui pesait entre eux.

Pourtant, l'idée de ce face-à-face la terrifiait jusqu'au tréfonds de son être.

La reine Tratal avait raison. Elena n'était pas prête à affronter les secrets de son propre cœur. Pas maintenant, pas encore. En elle, la femme et la sor'cière se tenaient en équilibre précaire sur le tranchant d'un couteau. Elle avait besoin de toute sa force d'âme pour se définir face aux pouvoirs qui tempêtaient dans ses veines.

Elena leva les mains vers les étoiles. En ce moment même, la magie chantait dans son sang, un chœur d'énergies sauvages qui menaçaient de la submerger. Comme la cité de Fort-Tempête, elle se tenait au centre d'un ouragan, dans l'œil d'un cyclone. Ici, personne ne pouvait la protéger. Sa seule défense contre ces forces brutales était sa propre détermination.

Alors, comment pourrait-elle partager son cœur avec quelqu'un ? S'ouvrir à lui complètement ? C'était un chemin trop risqué. Elle ne pouvait pas s'y engager – pas même pour Er'ril.

Elena baissa les bras et s'appuya sur la balustrade. Très loin en contrebas, Fort-Tempête était un semis de lumières minuscules : maisons, échoppes, rues étroites. Au-dessus de sa tête, des étoiles piquetaient le ciel calme et paisible, aveugle à la tempête qui faisait rage par-delà les murs de la cité. Mais depuis son perchoir au sommet de la tour royale, la jeune femme voyait les éclairs illuminer les nuages noirs bouillonnants – une source d'énergie inimaginable. Il y avait là assez de pouvoir pour faire flotter une cité dans le ciel… ou pour la détruire. La vie et la mort étaient une simple question d'équilibre ; Elena ne le savait que trop bien.

Sur sa gauche, le tonnerre s'amplifiait, rugissant avec la voix d'un titan. Une brusque rafale agita l'ourlet de sa chemise de nuit. Elena frissonna. Soudain, elle avait froid. Elle s'enveloppa de ses bras et battit en retraite vers la tiédeur de sa chambre.

Sur le seuil du balcon, elle pivota une dernière fois vers la tempête. Ses cheveux se dressèrent sur sa nuque.

Quelque chose clochait.

Sur sa gauche, une énorme boule de feu jaillit du ventre noir des nuages et fusa très haut dans le ciel, tel un météore regagnant le firmament. Arrivée à son zénith, elle commença à redescendre… droit vers Fort-Tempête.

Laissant derrière elle une traînée de flammes, la pierre ardente s'abattit sur la cité. Son impact étouffé parut insignifiant comparé au grondement du tonnerre, mais la dévastation qu'elle provoqua n'eut rien d'insignifiant, elle. La boule de feu traversa Fort-Tempête de part en part, incendiant tout ce qui l'entourait. Elena vit un bâtiment de trois étages basculer dans le trou aux bords déchiquetés.

Au loin, des centaines de gongs donnèrent l'alarme dans l'enceinte de la cité. Une multitude d'autres lampes s'allumèrent dans l'obscurité comme les habitants de Fort-Tempête se réveillaient en sursaut.

Elena entendit un nouveau rugissement funeste. Elle leva les yeux juste à temps pour voir la tempête cracher une seconde boule de feu – puis une troisième, et une quatrième.

Depuis toutes les directions, des projectiles incendiaires filaient à travers le ciel nocturne.

La porte de la suite s'ouvrit à la volée. Wennar et deux gardes el'phes firent irruption dans la pièce.

— Fort-Tempête est attaqué ! s'exclama le n'ain. Venez ! Il faut gagner les navires !

Elena le rejoignit très vite.

— Où sont les autres ?

— Ne vous en faites pas, on est allé les chercher. Dépêchez-vous, maîtresse.

— Que se passe-t-il ?

Wennar secoua la tête.

— Nous n'avons pas de temps à perdre !

Par-dessus son épaule, Elena jeta un coup d'œil vers le balcon dont la porte-fenêtre était restée ouverte. De plus en plus de traînées flamboyantes zébraient l'obscurité. L'appel des gongs se fit strident. Des explosions lointaines résonnèrent, faisant trembler les lanternes accrochées aux murs.

Comme Elena suivait Wennar dans le couloir, le plancher bascula brusquement sous ses pieds. Déséquilibrée, la jeune femme s'affaissa dans les bras du n'ain. Celui-ci la retint tandis que le sol continuait à s'incliner selon un angle de plus en plus aigu.

— Fort-Tempête tombe ! s'exclama-t-il, les yeux écarquillés par la peur.

14

À bord du Traque-Soleil, Tol'chuk fut réveillé par la première explosion. Avant que son écho s'estompe, l'og're était déjà sur ses pieds. Il se dirigea en titubant vers la porte de sa cabine. Le long du couloir, d'autres portes s'ouvrirent à la volée. Des visages perplexes promenèrent un regard à la ronde, tentant de déterminer l'origine du raffut.

En tirant sur la tunique qu'il venait d'enfiler à la hâte, le n'ain Magnam rejoignit Tol'chuk.

— Que se passe-t-il ?

L'og're, que le plafond trop bas empêchait de se tenir debout, secoua la tête en signe d'ignorance. Au loin résonnait un rugissement sourd.

— On a un problème.

Des notes de gong stridentes le confirmèrent aussitôt. Tol'chuk se tourna vers l'écoutille qui menait au pont intermédiaire à l'instant où un marin surgissait par celle-ci.

— Fort-Tempête est attaqué ! hurla l'el'phe, les yeux exorbités, en gesticulant pour faire signe aux passagers de sortir.

Tol'chuk se hâta d'obtempérer, suivi par les occupants des autres cabines. En émergeant à l'air libre, il comprit combien les vents avaient forci. Son odorat aiguisé capta immédiatement une odeur de fumée. Il se tourna vers la source de celle-ci. Un quart de lieue au-delà des quais, des flammes dansaient très haut dans l'obscurité.

Magnam rejoignit Tol'chuk. Bouche bée, le n'ain contemplait, non pas la cité en feu, mais le ciel qui la surplombait.

— Que diable se passe-t-il ?

Tol'chuk leva les yeux. Une vingtaine de traînées flamboyantes s'entrecroisaient dans le ciel nocturne. L'og're regarda un météore filer au-dessus de sa tête, s'abattre sur un clocher, rebondir et s'écraser sur un pont qu'il fit voler en éclats.

— Le capitaine sait peut-être de quoi il retourne, dit Magnam en tendant un doigt vers tribord.

Jerrick, capitaine intérimaire du *Traque-Soleil* en l'absence de la reine Tratal, se tenait contre le bastingage, une longue-vue collée contre son œil droit. Il demeura parfaitement immobile et impassible tandis que d'autres boules de feu frappaient la cité, ouvrant des trous béants et incendiant les structures alentour. Tol'chuk suivit la direction de son regard jusqu'aux tours du palais royal. Grâce à sa vue perçante, il distingua un scintillement au sommet de la plus haute d'entre elles. Quelqu'un envoyait un signal à l'aide d'un miroir.

Jerrick baissa sa longue-vue et pivota vers les gens massés sur le pont.

— Larguez les amarres ! tonna-t-il afin que tous l'entendent. Prévenez le reste de la flotte ! Mettez les canots à l'air ! Il faut évacuer le plus d'habitants possible !

Les marins se hâtèrent de gagner leur poste. Des nœuds furent défaits, des bouts détendus. Les voiles affaissées claquèrent au vent nocturne. Tout le long du port, d'autres navires – gros et petits – suivirent le mouvement. Quelques-uns d'entre eux prirent de l'altitude, leur quille de fer rouge luisant d'énergie contenue.

Près du bastingage, les marins arrachèrent les bâches qui dissimulaient les canots du *Traque-Soleil*, dressèrent le petit mât des embarcations et défirent les cordes qui les maintenaient en place.

Après avoir donné ses dernières instructions à l'équipage, Jerrick se dirigea vers Tol'chuk et les guerriers n'ains. L'inquiétude se lisait dans son regard, mais ce fut d'une voix ferme qu'il annonça :

— J'ai reçu du palais l'ordre de vous faire tous embarquer dans le premier canot du *Traque-Soleil.* Je dois vous emmener rejoindre vos compagnons. La reine soupçonne que l'attaque n'est pas dirigée contre Fort-Tempête même, mais contre la sor'cière.

— Et ensuite ? s'enquit Tol'chuk.

Jerrick secoua la tête.

— Je dois vous conduire au palais, c'est tout ce que je sais.

Il les entraîna vers la poupe du navire. Au-delà du bastingage, le plus gros des canots était prêt à les accueillir. Sa voile gonflée se tendait déjà vers l'avant.

Un craquement sinistre résonna à bâbord. Tol'chuk vit un vaisseau marchand à la coque renflée se casser en deux. Une boule de feu avait frappé le bâtiment avant de poursuivre sa trajectoire au-dessus des mâts du *Traque-Soleil.* Dans son sillage, l'air brûlait comme sur le passage d'un soleil. Les voiles en flammes, le navire endommagé dégringola dans le ciel – et dans la lumière dansante de l'incendie, Tol'chuk distingua les silhouettes minuscules des marins qui chutaient vers leur mort.

Grimaçant, Jerrick fit signe à l'og're et aux autres d'embarquer dans le canot.

— Dépêchez-vous. Nous devons partir.

Tandis que les n'ains se pressaient le long de l'étroite passerelle, les yeux du capitaine se tournèrent vers la cité illuminée par des dizaines de brasiers. Fort-Tempête s'inclina et commença à s'enfoncer dans les nuages alentour. Des cris et des hurlements lointains parvinrent aux oreilles de Tol'chuk.

L'og're fut l'avant-dernier à monter à bord du canot. Jerrick le suivit, les lèvres pincées et exsangues. D'un geste, il congédia le marin qui s'était installé à la barre et prit sa place.

— Je me débrouillerai seul, dit-il. Retourne à ton poste à bord du *Traque-Soleil*. J'ai confié le commandement au premier maître.

Le marin s'inclina et regagna le navire.

Dès que les dernières amarres furent larguées et la passerelle retirée, le petit canot s'écarta du vaisseau amiral. Toute voile dehors, il effectua un virage serré en direction du château et commença à prendre de l'altitude.

À présent, un bon quart de la ville flambait. Le ciel était envahi par une fumée épaisse et suffocante. Tol'chuk vit un météore jaillir du centre de Fort-Tempête et poursuivre sa trajectoire vers le firmament. Les planches qu'il avait crevées sur son passage s'enflammèrent et retombèrent en pluie sur les demeures voisines, allumant de nouveaux foyers d'incendie.

Hébété, Tol'chuk s'accroupit près du mât, tandis que les n'ains se massaient en petits groupes dans l'embarcation exiguë. Magnam se traîna jusqu'à l'og're.

— Au temps pour votre plan de surprendre le Gul'gotha, marmonna-t-il. Quelqu'un sait que nous sommes ici.

Le canot se trouvait désormais à une hauteur suffisante pour survoler la destruction en contrebas. Des colonnes de fumée âcre l'assaillaient ainsi que des vagues traîtresses. Jerrick guidait son embarcation d'une main habile, contournant les brasiers les plus féroces et guettant un éventuel danger venu du ciel. Mais la chaleur devenait insupportable ; la fumée piquait les yeux et brûlait le nez de Tol'chuk.

Devant eux, les tours du palais se rapprochaient. Plusieurs d'entre elles penchaient comme des marins ivres, menaçant de s'écrouler d'une seconde à l'autre. Tol'chuk jeta un coup d'œil derrière lui.

Jerrick tenait la barre, son visage livide maculé de sueur et de suie. Lui aussi avait vu le danger, mais il restait stoïque et déterminé. Il tourna son regard vers le signal qui clignotait au sommet d'une des tours inclinées. La lueur argentée égrenait un code. En guise de réponse, Jerrick appuya sur la barre et infléchit sa trajectoire vers le bâtiment en difficulté.

— Vos compagnons sont là-dedans, annonça-t-il calmement, avec un signe du menton.

Tol'chuk déglutit. La tour continuait à basculer, tombant comme au ralenti. Jamais ils ne l'atteindraient à temps.

Jerrick tentait d'aller le plus droit et le plus vite possible, mais l'incendie perturbait les vents. Le tourbillon d'air chaud et froid créait des tempêtes de poche. Ballotté par des rafales imprévisibles, Jerrick était forcé de zigzaguer.

Tandis qu'il luttait contre le gouvernail, un rugissement pareil à celui d'un millier de dragons en colère résonna sous le canot.

— Accrochez-vous ! hurla-t-il.

Tol'chuk enfonça ses griffes dans le plat-bord comme un autre météore crevait les nuages et passait à moins d'un jet de pierre sur tribord – un soleil monstrueux rasant leur frêle esquif. Les n'ains glapirent et plongèrent sur le côté. Une nuée de débris soulevés par la boule de feu mitrailla la coque du canot.

Tol'chuk reporta son attention vers la poupe, juste à temps pour voir une demie maison enflammée jaillir devant leur embarcation et exploser dans les airs en projetant des débris ardents. Jerrick vira brusquement et évita la collision à moins d'une largeur de main près.

Les passagers ne s'en tirèrent pas indemnes pour autant. Une dizaine de bardeaux flamboyants s'abattit sur eux. Les n'ains les dévièrent ou les envoyèrent par-dessus bord à grands coups de pied. Mais ils ne purent empêcher l'un d'eux de toucher la voile, de passer au travers et d'embraser la toile.

Tol'chuk se leva d'un bond et gifla les flammes, roussissant les poils de ses mains et de ses bras. Néanmoins, le feu se propagea rapidement, dévorant leur unique voile alors que des flammèches faisaient leur apparition par-dessus le bastingage.

— La coque brûle ! s'époumona Jerrick.

Tandis que Tol'chuk et les autres luttaient contre l'incendie, l'esquif plongea vers la cité en flammes.

Flanquée de Wennar, Elena dévalait l'escalier en colimaçon qui conduisait au corps de bâtiment principal du palais el'phique. Les marches gîtaient selon un angle fort peu naturel, comme dans un rêve enfiévré. Hélas ! Toute cauchemardesque qu'elle fût, la scène était bien réelle. L'air empestait la fumée. Une chaleur étouffante régnait dans l'étroite cage d'escalier. Des cris résonnaient dans le lointain.

À travers les étroites fenêtres de la tour, Elena apercevait des visions de destruction. Des feux brûlaient partout dans la cité. Des quartiers entiers n'étaient déjà plus que ruines noircies.

— Nous ne sommes plus très loin, siffla Wennar.

Devant eux, deux gardes el'phes leur ouvraient la voie. Ils devaient se rassembler dans la salle d'audience de la reine, au rez-de-chaussée du château.

En jetant un coup d'œil par une fenêtre, Elena aperçut quelques navires qui survolaient la cité ravagée. Des lampes éclairaient leur mâture, et des cordes pendaient par-dessus leur bastingage pour sauver les personnes les plus menacées.

Priant pour les habitants de Fort-Tempête, Elena accéléra afin de rejoindre Wennar. Tout en courant, elle se représenta le petit garçon el'phe qui lui avait volé un baiser. Elle revit ses yeux pétillant de vie et d'allégresse. Voilà ce qu'elle avait attiré sur le foyer de cet enfant : le feu et la mort. Tel était le sort échu à tous ceux qui croisaient son chemin. Certes, elle n'avait pas allumé l'incendie de sa propre main, mais le résultat était le même. Au final, elle serait responsable de la destruction de la cité el'phique. Les forces ténébreuses du Gul'gotha avaient dû sentir sa présence.

— Merci, Douce Mère, grommela Wennar.

Elena reporta son attention devant elle. Ils arrivaient au bas de l'escalier. Jaillissant de la tour inclinée, ils foncèrent à l'intérieur du bâtiment principal.

— Par ici ! cria un des gardes.

Ici aussi, le sol penchait, mais dans le bon sens. Ils s'engouffrèrent dans un passage qui descendait.

D'autres el'phes, encore en tenue de nuit comme Elena, étaient venus chercher refuge à ce niveau du palais. Leurs yeux brillaient de peur et de panique. Mais pas seulement. Elena surprit les froncements de sourcils et les malédictions chuchotées sur son passage. Un homme cracha même à ses pieds.

— Va-t'en, sor'cière !

Wennar l'écarta d'un coup de coude et poussa Elena en avant.

— Ne faites pas attention à lui, maîtresse.

Elena se mordit la lèvre.

Mais plusieurs personnes reprirent en chœur l'exhortation du mécontent.

— Va-t'en, sor'cière ! Va-t'en !

Le bruit attira d'autres el'phes depuis les couloirs voisins. Les gardes furent forcés de dégainer pour se frayer un chemin à travers la foule grandissante. La progression du groupe ralentit. Derrière eux, les rangs se refermaient et la pression croissait.

— Elle nous a tous assassinés ! glapit une femme.

Sur la gauche, une dague apparut dans la main de quelqu'un. Elena ne vit qu'un éclair argenté. Heureusement, Wennar était là. Il saisit le poignet de l'agresseur et brisa ses os frêles avec un craquement sonore. L'homme tomba à genoux. Après l'avoir délesté de sa dague, Wennar l'écarta d'un coup de pied.

Le n'ain désormais armé poussa Elena devant lui, le plus près possible des gardes el'phes qui leur ouvraient la voie. La porte de la salle d'audience se dressait un peu plus loin, mais une foule dense s'interposait entre elle et eux. Ils ne pouvaient plus avancer.

— Tuez la sor'cière !

Wennar grogna quand un pied de chaise brisé s'abattait sur son oreille. Il trébucha mais parvint à se ressaisir.

— Il faut absolument passer.

Elena baissa les yeux vers ses mains écarlates de pouvoir. Pouvait-elle massacrer ces gens paniqués ? Les tuer pour assurer sa survie ? Elle serra les poings. *Douce Mère, ne m'obligez pas à faire ça.*

Puis les doubles battants de la salle d'audience s'ouvrirent à la volée. Tous les regards se tournèrent vers le bout du couloir.

La reine Tratal se tenait sur le seuil de la pièce. Elle portait une simple tunique longue, et ses cheveux tombaient librement dans son dos ; pourtant, nul n'aurait pu se méprendre sur son allure majestueuse. Sa peau était aussi blanche que de la neige fraîchement tombée, et un feu glacial embrasait ses prunelles. Des cascades d'étincelles bleues scintillaient le long de ses bras nus. Même ses cheveux scintillaient de pouvoir.

Lorsqu'elle parla, tout le monde put entendre le tonnerre gronder dans sa voix :

— Qu'est-ce que cela signifie ?

Enhardi par son anonymat, un homme lança depuis l'autre bout du couloir :

— C'est la sor'cière qui a attiré ce malheur sur nos têtes ! Nous voulons nous venger !

Des murmures d'assentiment parcoururent la foule.

Une dague apparut dans la main de la reine Tratal. Elle la tendit à la foule.

— Alors, tuez-moi, dit-elle sur un ton cinglant. C'est moi qui ai amené Elena ici, contre sa volonté. Si quelqu'un est à blâmer pour la destruction de cette nuit, c'est votre propre souveraine. C'est mon orgueil qui sera la cause de notre ruine.

Elena était assez près pour voir les larmes dans les yeux de Tratal. La dague tremblait entre les doigts de la reine – non de peur, mais d'angoisse et de chagrin.

— Prenez ce couteau et plongez-le dans mon sein !

Un silence de mort s'abattit sur le couloir.

— Non, protestèrent les el'phes les plus proches.

Le chagrin de la reine se propagea rapidement à ses sujets. Ceux-ci tombèrent à genoux ou s'étreignirent les uns les autres en sanglotant. Telle la surface d'une rivière gelée au printemps, la foule compacte se craquela, se fendit et commença à fondre autour d'Elena.

Tratal baissa sa dague avec une expression pleine de regrets, comme si elle déplorait vraiment que personne ne l'ait prise au mot. Son regard croisa celui d'Elena et le feu glacial s'éteignit dans ses prunelles.

— Viens, dit-elle. Nous n'avons pas beaucoup de temps.

Elena bouscula les gardes et contourna les el'phes prostrés sur le sol en pente. Lorsqu'elle eut rejoint Tratal, elle toucha le bras nu de la reine en un geste de compassion silencieuse.

Tratal posa sa main sur celle de la jeune femme.

— Je suis désolée.

— Ne puis-je rien faire pour aider à sauver votre cité ? s'enquit Elena.

Tratal secoua la tête.

— Nous allons sauver autant de gens que possible à l'aide de nos navires.

Elle entraîna la jeune femme à l'intérieur de la salle d'audience : une pièce toute en longueur, avec des tapisseries aux murs et un trône d'acajou poli dans le fond. En temps normal, c'était ici qu'elle résolvait les querelles et veillait à la bonne marche de sa cité. À présent, c'était devenu le point de ralliement de la maison royale. Des el'phes jeunes et vieux s'affairaient et couraient dans tous les sens, se préparant à évacuer le palais.

Elena détailla cette confusion organisée, fronçant les sourcils à la vue de plusieurs anciens penchés sur une rangée d'instruments étranges, contre le mur du fond.

— Et mes amis ? demanda-t-elle.

Du menton, Tratal désigna un coin de la pièce. Elena remarqua enfin Mama Freda, occupée à bander le bras d'Er'ril. L'homme des plaines était assis sur une caisse d'équipement. Malgré la distance qui les séparait, Elena vit qu'il tenait le Journal Sanglant sur ses genoux. Il continuait à protéger le Grimoire comme il l'avait toujours fait.

Tratal entraîna Elena vers ses compagnons.

— J'ai également envoyé un message pour que l'on fasse venir l'og're et les n'ains restés à bord du *Traque-Soleil*. Ils devraient arriver en canot d'un instant à l'autre. Dans le chaos ambiant, vous ne devriez pas avoir de mal à filer discrètement pendant que la poursuite se concentrera sur la cité.

Er'ril aperçut les deux femmes et se leva, une bande de lin déchiré pendouillant au bout de son bras gauche.

— Elena, tu vas bien ? s'inquiéta-t-il.

— Oui, oui, répondit la jeune femme en lui faisant signe de se rasseoir. Laisse Mama Freda finir son travail.

La vieille guérisseuse agita l'autre extrémité du bandage.

— Il tire sur sa bride depuis la première boule de feu. Si je l'avais laissé faire, il t'aurait rejointe au galop.

Er'ril ouvrit la bouche pour protester, mais Elena le fit taire d'une main levée. Ce fut à la reine Tratal que s'adressa sa question suivante :

— Ces boules de feu… Savez-vous d'où elles viennent ? Ou qui les envoie ?

Du menton, Tratal désigna les anciens et leurs instruments.

— Viens. Le temps presse, mais tu devrais voir ça par toi-même.

Elle entraîna Elena et Wennar vers les quatre stations situées derrière son trône.

Les vieillards étaient assis sur de hauts tabourets, face à des colonnes de bois hérissées d'instruments en bronze. Ils pressaient leur visage contre une découpe ovale dans la façade de la colonne, tandis que leurs doigts manipulaient des mollettes de bronze. À l'approche de Tratal, l'un d'eux se redressa et pivota légèrement.

— Ma reine, dit-il en la saluant du chef. Je crains que nous n'ayons découvert aucun chemin sûr pour la cité.

Tratal posa une main sur son épaule.

— Merci, Germayn. Vous et les autres guetteurs devriez rejoindre vos familles. Mais d'abord, pourriez-vous montrer ce que vous avez vu à Elena ?

Le vieillard acquiesça.

— Certainement, ma reine. (Il sauta de son siège et le tapota.) Assieds-toi, mon enfant.

Le front plissé par la curiosité, Elena se hissa sur le tabouret. Wennar se fit offrir une autre station. Lorsqu'ils furent installés, Germayn les invita à se pencher pour regarder par la découpe de la colonne. La forme ovale, aux bords usés par des siècles d'utilisation, s'ajustait parfaitement au contour du visage d'Elena. À l'intérieur, la jeune femme ne vit que ténèbres, mais elle sentit que la colonne était creuse.

— Laissez-moi ouvrir un canal de vision à distance, dit Germayn.

Elena l'entendit tripoter les mollettes de bronze. Pendant qu'il s'affairait, la voix de la reine Tratal expliqua :

— Nous disposons d'yeux de cristal placés sous le ventre de la cité, pour voir à travers la tempête. Les architectes de Fort-Tempête avaient conçu un système de miroirs et de prismes pour nous permettre d'épier le monde en contrebas.

— Nous y voilà, marmonna Germayn.

Il y eut un cliquetis. Puis l'intérieur de la colonne s'éclaira, arrachant un hoquet de surprise à Elena. Un paysage ravagé se reflétait dans un miroir incliné devant son visage. Elle devina instantanément de quoi il s'agissait. Mais ce fut Wennar qui, d'une voix tendue, prononça le nom :

— Le Gul'gotha.

En dessous de Fort-Tempête, un terrain montagneux s'étendait dans toutes les directions. Même dans la lumière grisâtre qui précède l'aube, ses contours étaient faciles à distinguer. Des centaines de cônes volcaniques luisaient parmi les pics noirs. Du magma écarlate bouillonnait dans leur cratère, brillant parfois aussi fort que le soleil au zénith. C'était un enfer de fumée, de feu et de cendres.

Sous les yeux d'Elena, l'un des volcans cracha un geyser de lave. De sa gueule ardente, un énorme rocher enflammé jaillit vers le ciel. Ce n'était pas un événement aléatoire. Le visage pressé contre la colonne, Elena vit d'autres cratères projeter des boules de magma – et toutes visaient la cité dans les nuages.

Choquée et livide, la jeune femme se redressa.

— C'est la Terre elle-même qui nous attaque.

— On le dirait, oui, acquiesça Tratal. Mes guetteurs et mes vaisseaux éclaireurs avaient déclaré ces volcans endormis. Mais lorsque nous sommes arrivés à leur aplomb, ils se sont réveillés. Impossible de déterminer si cet assaut est dirigé par une main hostile ou s'il s'agit d'une défense naturelle déclenchée par notre présence. Tout ce dont nous sommes certains, c'est que nous nous sommes jetés droit dans ce piège et que nous n'avons plus aucun moyen de nous échapper. Notre seul espoir est d'évacuer les habitants de la cité à bord de nos navires, plus petits et plus rapides.

Elena et Wennar descendirent de leur tabouret.

— Avez-vous assez de bateaux pour emmener tout le monde ? s'enquit la jeune femme.

La reine Tratal se détourna sans répondre. Mais son expression était assez éloquente.

À l'autre bout de la pièce, près d'une des étroites fenêtres, un el'phe muni d'une longue-vue interpella la reine. Toutes les têtes se tournèrent vers lui.

— J'ai repéré le canot de Jerrick ! (La sentinelle pivota et Elena vit que c'était le prince Typhon. Il avait un pansement sur le nez.) Mais il a pris feu. Il brûle !

Tratal jeta un coup d'œil inquiet à Elena.

— Que se passe-t-il ? s'inquiéta la jeune femme.

— C'est le bateau de tes amis. (Tratal se tourna vers les gardes en hurlant :) Ouvrez la Porte des Tempêtes !

Les el'phes se hâtèrent d'obéir, exposant de longues chaînes dissimulées derrière d'étroites tapisseries, dans les deux coins du fond de la pièce. Dès qu'ils se mirent à tirer dessus, des rouages antiques grincèrent au plafond. Tout le mur situé derrière le trône se souleva, offrant une large vue sur Fort-Tempête.

Comme la monstrueuse porte s'ouvrait, de la fumée s'engouffra dans la salle d'audience. La moitié de la cité était en flammes. Debout près de la reine, à côté du trône, Elena toussa et cligna des yeux. En contrebas, des embarcations de toutes les tailles survolaient le désastre. Des échelles de corde pendaient depuis leur coque béante, bondée de réfugiés.

Elena jeta un coup d'œil à la reine. Ce n'était pas seulement la fumée qui la faisait pleurer.

— Qu'ai-je fait ? se lamenta Tratal.

Le prince Typhon les rejoignit.

— Là ! dit-il, tendant un doigt pour désigner quelque chose au cœur du maelström.

Sur la gauche, un canot minuscule piquait vers le palais, laissant un sillage de fumée et de flammes derrière lui. Son mât était pareil à une torche dans les ténèbres.

— Ils seront changés en cendres avant de pouvoir se poser.

— Non, dit fermement Tratal. Je ne pourrai peut-être pas sauver ma cité, mais je peux au moins sauver ce bateau.

Elle leva les bras et ferma les yeux.

Le jeune prince s'écarta, entraînant Elena avec lui. Il observa Tratal avec un mélange d'admiration, d'amour et d'inquiétude.

— La reine s'affaiblit rapidement, murmura-t-il. Durant toute cette horrible nuit, elle a lutté pour renforcer les sections menacées de la ville et pour maintenir dans les airs celles qui étaient gravement touchées afin de permettre aux navires de sauver le plus de gens possible. Mais même ici, au cœur de la tempête, son pouvoir n'est pas infini.

— Puis-je faire quelque chose pour l'aider ? interrogea Elena.

Typhon secoua la tête.

— Elle est maîtresse de l'air et du vent. C'est son domaine.

Er'ril les rejoignit, le bras bandé du coude jusqu'au poignet. Mama Freda le suivait, portant Tikal sur son épaule.

— Je sens une odeur de foudre, chuchota la vieille aveugle.

— Ça commence, dit Typhon.

Elena lui jeta un coup d'œil perplexe.

— Quoi donc ?

— La reine cherche le cœur de la tempête.

Près de la baie ouverte, de l'énergie bleue crépitait de nouveau le long des bras dressés de Tratal. L'el'phe poussa un hoquet étranglé, et ses cheveux se soulevèrent, formant un nimbus autour d'elle. Son visage dégoulinant de sueur devenait peu à peu translucide. Mais sous sa peau semblable à du verre, il n'y avait pas d'os : juste des nuages d'orage qui bouillonnaient, illuminés par des éclairs aveuglants. Tratal et la tempête ne faisaient plus qu'un.

Les jambes de la reine se mirent à trembler. Typhon se précipita et la rattrapa au moment où ses genoux cédaient sous elle. Soudain, Tratal rejeta la tête en arrière et un hurlement jaillit de sa gorge.

Le poil roussi, la peau couverte de cloques, Tol'chuk continuait à gifler les flammes qui dévoraient les derniers lambeaux de voile. C'était sans espoir. À présent, le feu courait le long du bastingage. La coque brûlait sous les pieds des passagers. L'og're rugit sa rage.

Puis, comme si les cieux en personne avaient entendu sa protestation et lui répondaient, un cri strident transperça le fracas de la tempête. Tol'chuk scruta la pénombre. Très loin sur bâbord, un torrent de nuages se déversa par-dessus le mur d'enceinte de la cité et fila vers leur canot. Des tentacules vaporeux se tendirent en avant. Tol'chuk écarquilla les yeux. Éclairés par l'incendie qui faisait rage en contrebas, les nuages ressemblaient à un bras géant tendu vers eux, les doigts écartés pour mieux les saisir.

Les guerriers n'ains, qui tentaient vainement d'éteindre le feu à bord, s'interrompirent.

— C'est quoi, cette nouvelle horreur ? interrogea Magnam.

Le vent hurla ; une décharge de foudre dansa entre les doigts brumeux. Le tonnerre gronda, projetant Tol'chuk et les n'ains au fond du canot. Seul Jerrick demeura à son poste près de la barre, les yeux pleins de larmes.

— Ma reine...

Au-dessus d'eux, les nuages s'ouvrirent. Une averse torrentielle s'abattit sur le canot. Près de Tol'chuk, les flammes qui dévoraient le mât s'éteignirent avec un grésillement coléreux.

Trempé de la tête aux pieds, l'og're se redressa. *Merci, Douce Mère !*

— Regardez ! s'exclama Magnam en tendant un doigt

Tol'chuk pivota. Au-delà du mur d'enceinte de la ville, les nuages d'orage tourbillonnaient, embrasés par la foudre. Tol'chuk mit un moment à comprendre ce qui avait attiré l'attention du n'ain. Mais en regardant mieux, il discerna une forme cachée au milieu de la tempête.

Non. Pas cachée au milieu de la tempête : façonnée par elle. Accroupie parmi les nuages, elle avait des éclairs en guise d'yeux. Et c'était son bras qui se tendait vers le canot pour répandre sur lui une pluie salvatrice. Malgré la distance, Tol'chuk déchiffra de la douleur et du chagrin sur ses traits. Même le tonnerre semblait faire écho aux gémissements de son cœur.

— Qui est-ce ? souffla Magnam, bouche bée.

Sanglotant, Jerrick tomba à genoux près de la barre et répondit :

— Ma reine…

Er'ril vit Tratal s'affaisser dans les bras de Typhon. Flanqué d'Elena, il se précipita vers les deux el'phes.

— Laissez-moi vous aider, offrit-il.

Il tendit le Journal Sanglant à Elena, qui le serra contre sa poitrine sans quitter la reine des yeux.

— Emmenons Son Altesse loin de ce portail ouvert.

Typhon acquiesça avec reconnaissance, les yeux agrandis par l'inquiétude. Ensemble, les deux hommes portèrent Tratal jusqu'à son trône. Er'ril aurait pu le faire seul, malgré son bras blessé : l'el'phe ne pesait pas plus lourd que du coton filé.

Une fois la reine installée dans son siège capitonné, Mama Freda s'approcha pour l'examiner.

— Elle est froide comme un cadavre, dit-elle en lui palpant tout le corps.

Le regard de Typhon faisait la navette entre sa tante inerte et le portail béant. De la fumée continuait à envahir la salle d'audience. Dehors, une boule de feu survola le palais, emportant le haut de plusieurs tours et faisant pleuvoir des débris enflammés par l'ouverture. Le prince fit un pas vers celle-ci, hésita et jeta un coup d'œil à la reine. Il serra les poings de frustration.

— Je devrais superviser l'atterrissage du canot de Jerrick, mais…

— Allez-y ! lui enjoignit Mama Freda. Je peux me débrouiller sans vous. Occupez-vous du bateau.

Soulagé que l'on prenne la décision pour lui, Typhon se hâta de rejoindre les autres el'phes près du portail.

— J'aimerais l'aider, dit Wennar. Ce sont mes hommes qui arrivent à bord de ce canot.

D'un signe de tête, Elena lui en donna la permission. Dès qu'il se fut éloigné, la jeune femme se rapprocha de Mama Freda et de Tratal.

— Je peux faire quelque chose ?

La vieille guérisseuse posa deux doigts sur le cou de Tratal.

— Les battements de son cœur faiblissent. Elle est en train de nous quitter.

Elena leva une de ses mains écarlates.

— Et si je lui prêtais un peu de ma magie ?

Er'ril fit mine de protester. Un regard de la jeune femme l'en dissuada. Il était peut-être son époux selon la loi el'phique, mais sur ce point-là, il n'avait pas voix au chapitre – elle le lui signifiait d'une façon très claire. Er'ril se mordit la lèvre. Dans le passé, Elena avait déjà usé de son pouvoir pour sauver des moribonds : une fois quand le cœur de son oncle Boln avait lâché et, une autre fois, quand Er'ril lui-même avait été empoisonné par la dague d'un gobelin. Mais ce type d'intervention n'était pas sans risques pour elle.

Mama Freda tapota la main de la jeune femme.

— Je ne crois pas que ta magie puisse lui être d'un grand secours, mon enfant. Il ne s'agit pas d'une défaillance physique, mais spirituelle. Ce n'est pas une maladie qui l'expulse de son corps – c'est sa propre volonté.

— Tout de même, si je lui donnais plus de force…, suggéra Elena.

Mama Freda haussa les épaules.

— Je ne suis pas sor'cière. J'ignore ce que ça donnerait.

Er'ril soupira.

— Si la reine est perdue de toute façon, ça ne peut pas faire de mal d'essayer.

Elena jeta un coup d'œil surpris à l'homme des plaines. Celui-ci continuait à regarder Mama Freda. Ça ne lui plaisait peut-être pas qu'Elena choisisse de risquer sa vie pour une souveraine qui les avait trahis, mais il était toujours son homme lige, prêt à lui offrir son avis et son soutien.

La vieille guérisseuse haussa de nouveau les épaules.

— Comme je l'ai dit, je ne suis pas sor'cière.

Er'ril porta la main à sa ceinture et en tira une dague sur le manche de laquelle était sculptée une rose.

— Ma dague de sor'cière ! s'exclama Elena.

Er'ril la lui tendit.

— La reine nous a fait restituer tout l'équipement qui nous avait été confisqué à bord du *Traque-Soleil*, expliqua-t-il en désignant les caisses empilées.

Elena lui passa le Journal Sanglant en échange de la dague, mais au lieu de lâcher l'arme, Er'ril plongea son regard dans celui de sa protégée.

— Sois prudente, dit-il tout bas.

Elena acquiesça d'un air déterminé et il lui céda la dague.

La jeune femme alla s'agenouiller près du trône. Elle prit la main de la reine Tratal et lui piqua un doigt avec la pointe de la dague. Une goutte de sang perla sur la peau de l'el'phe. Elena jeta un coup d'œil nerveux à Er'ril. Celui-ci lui toucha l'épaule comme s'il pouvait lui communiquer sa force par ce simple contact.

Prenant une profonde inspiration, Elena piqua l'un de ses doigts écarlates. Difficile de distinguer son sang de la souillure de sa peau, mais Er'ril la vit se raidir légèrement – non de douleur, mais sous l'effet de la libération de sa magie.

La jeune femme ferma les yeux et entrouvrit les lèvres. Un soupir s'échappa de sa gorge.

Elle se pencha vers Tratal, mais avant qu'elle puisse mêler leurs sangs, un craquement sonore se répercuta à travers la salle d'audience. Les lattes du plancher se soulevèrent. Elena agrippa le trône pour ne pas perdre l'équilibre.

En levant les yeux, Er'ril vit aussitôt la cause de l'interruption. Le flanc d'une embarcation venait de percuter le bord de la Porte des Tempêtes. Près de l'ouverture, des el'phes s'affairaient, jetant des cordes et criant des instructions. Le vaisseau échoué vomissait de la fumée et de la vapeur ; malgré cela, Er'ril distingua la silhouette massive de Tol'chuk près de la poupe.

Tirant sur une corde tandis que le vent ballottait l'embarcation, le prince Typhon cria aux étrangers :

— Le canot est à quai ! Il faut charger votre équipement !

Er'ril vit Wennar foncer vers les caisses. Le n'ain ne pourrait pas tout porter seul. Er'ril fit un pas vers lui et hésita.

— Vas-y ! le pressa Elena. Occupe-toi du chargement pendant que je tente de ranimer la reine. Ensuite, nous devrons mettre les voiles.

— Nous n'avons pas beaucoup de temps.

— Raison de plus pour ne pas discuter. Vas-y !

Er'ril dévisagea Elena, qui soutint son regard sans broncher. L'expression de la jeune femme s'adoucit comme elle comprenait la consternation de son homme lige.

— Vas-y, répéta-t-elle gentiment mais fermement. Je me débrouillerai.

Er'ril se détourna. Il avait peut-être remporté sa main en duel, mais Elena serait toujours une femme indépendante – et, en vérité, il n'aurait pas voulu qu'il en soit autrement.

Fourrant le Journal Sanglant à l'intérieur de sa chemise, il se hâta de rejoindre les autres près du canot.

Restée seule avec Tratal et Mama Freda, Elena retourna à sa tâche. Elle souleva la main de l'el'phe et positionna leurs deux doigts blessés l'un face à l'autre. Les piqûres faites par la dague continuaient à saigner.

Mama Freda se tenait derrière la jeune femme, comme si elle l'observait par-dessus son épaule.

— Sois prudente, mon enfant.

Ce fut à peine si Elena entendit les paroles de la vieille guérisseuse. Son ouïe était entièrement tournée vers la chanson de sa magie. À force d'entraînement, elle avait atteint une excellente maîtrise du flux de son pouvoir, mais cette fois, il s'agissait de partager celui-ci avec quelqu'un d'autre. Si elle déversait trop d'énergie en Tratal, elle pourrait la carboniser de l'intérieur.

Prenant une inspiration pour se stabiliser, Elena appuya son doigt sur celui de la reine.

Instantanément, son esprit s'écoula dans le corps prostré de l'el'phe à travers le lien de sang qu'elles partageaient. Ce n'était pas sa première tentative de guérison par la magie – elle avait déjà fait ça avec son oncle Boln, avec Er'ril et avec Flint –, mais rien n'aurait pu la préparer à ce qu'elle découvrit en Tratal.

Des vents orageux assaillirent l'esprit d'Elena, menaçant de l'arracher à son propre corps. La jeune femme lutta pour tenir sa position, invoquant une plus grande quantité d'énergie afin de se définir au cœur du maelström. Autour d'elle, des nuages noirs tourbillonnaient ; la foudre jetait des éclairs de feu argenté.

Alors, Elena se rendit compte qu'elle n'était pas à l'intérieur de Tratal… du moins, pas à l'intérieur de son corps de chair et de sang. Elle avait pénétré dans la tempête qui protégeait la ville. La reine ne faisait plus qu'un avec cette dernière – et Elena venait de se joindre à elles.

La jeune femme s'enveloppa de sa magie comme d'une cape pour se protéger contre les éléments déchaînés. Elle ne pouvait pas rester longtemps. Déjà, elle avait du mal à discerner le lien avec son corps resté dans la salle d'audience, pauvre filament ténu au cœur d'un ouragan.

Tandis qu'elle flottait dans les airs et tentait de s'ancrer dans la tempête, Elena sentit des filaments encore plus fragiles se déployer autour d'elle dans toutes les directions, formant une toile d'araignée infinie. Elle devina ce qu'elle percevait. C'était la vie : le réseau d'énergie qui reliait entre elles toutes les choses vivantes. Elena brûlait de l'explorer. Il l'appelait avec d'innombrables gorges. Mais même une sor'cière comme elle n'avait pas assez de pouvoir pour cela. Elle se perdrait dans ce labyrinthe démesuré, au sein duquel elle n'était qu'un insecte insignifiant.

Au lieu de ça, elle se concentra donc sur un unique filament tout proche d'elle : celui qui reliait la tempête au corps de la reine. Et ce faisant, elle sentit des yeux se tourner vers elle, un regard glacial et familier la détailler. *Tratal.* L'el'phe avait dû sentir sa présence. Des mots se détachèrent contre le hurlement du vent :

— Va-t'en, mon enfant. C'est ma bataille.

Elena identifia une silhouette féminine formée de nuages et de foudre qui tourbillonnaient autour d'elle.

— Vous allez mourir ! s'époumona-t-elle.

— Qu'il en soit ainsi, répondit calmement Tratal. La mort n'est pas une fin et, en utilisant mon esprit pour alimenter la tempête – en me donnant entièrement à elle –, je pourrai sauver davantage de gens de mon peuple.

Des images s'imposèrent à l'esprit d'Elena. Une femme de nuages et de foudre se lovait autour de la cité ravagée, la pressait contre son sein et la propulsait plus vite au-dessus des pics volcaniques pour en faire une cible difficile à toucher. Elena comprit. Tratal voulait se sacrifier pour les siens.

— Je peux vous aider, argua-t-elle. Vous n'êtes pas obligée d'épuiser votre énergie vitale. Utilisez ma magie !

Un sourire las se forma dans les nuages.

— Tu es bien la digne descendante du noble Belarion. (Le mince filament qui reliait Tratal à son corps brilla avec une ardeur renouvelée.) Mais le chemin qui mène ici est trop fragile. En canalisant vers moi assez d'énergie pour faire une différence, tu brûlerais ce conduit et tu te retrouverais prisonnière de la tempête avec moi. Je ne te laisserai pas risquer ta vie de la sorte.

Elena sentit que la reine disait la vérité. Le peu d'énergie qu'elle utilisait pour se définir menaçait déjà la connexion.

— Et vous ? protesta-t-elle néanmoins.

— Va-t'en, mon enfant. C'est ma bataille, répéta Tratal.

Des bourrasques fondirent sur Elena et la repoussèrent le long du filament. Un instant, la jeune femme résista ; elle refusait d'abandonner. Mais l'énergie nécessaire pour maintenir sa position amenuisa le lien, le réduisant à un fil impalpable. Comprenant la futilité de ses actes, Elena s'abandonna à la tempête et se laissa emporter par le vent.

Alors qu'elle traversait le corps de Tratal, elle sentit le filament qui la reliait à l'esprit de la reine se briser. Et au moment où elle retombait dans son propre corps, elle entendit le dernier battement du cœur de l'el'phe.

Saisie de vertige, elle s'affaissa et partit en arrière. Mama Freda la rattrapa.

— Tu es en sécurité, mon enfant. Tout va bien.

— La reine… ? demanda Elena d'une voix faible.

— Disparue.

Elena saisit un des accoudoirs du trône pour se redresser. Dans le siège, elle découvrit la tunique de Tratal abandonnée sur les coussins – mais rien de plus. Le corps de l'el'phe s'était volatilisé.

Soudain, Typhon apparut de l'autre côté du trône et tomba à genoux. Les joues baignées de larmes, il regarda le siège vide.

— Elle s'est donnée tout entière à la tempête, gémit-il.

Elena acquiesça.

— Elle veut utiliser son énergie pour propulser la cité plus vite au-dessus des contrées du Gul'gotha et laisser à votre peuple le temps de s'échapper.

Wennar les rejoignit.

— Dans ce cas, nous devons nous dépêcher. Nous avons déjà dépassé les mines natales de mon peuple.

Mama Freda aida Elena à se relever.

— Tout l'équipement est à bord, ajouta le n'ain. Il faut partir.

Typhon se releva en s'essuyant les yeux.

— Je vais prendre moi-même la barre de votre canot. Je connais la volonté de la reine en la matière : vous conduire sains et saufs à destination.

Ce fut alors qu'un grand el'phe s'approcha par-derrière et posa une main sur l'épaule du prince. Elena le reconnut pour l'avoir souvent croisé à bord du *Traque-Soleil*. C'était le capitaine Jerrick. Son visage était maculé de suie ; ses cheveux et ses vêtements dégoulinaient de pluie.

— Non. Je ne vous laisserai pas faire ça, prince Typhon. Votre place est ici.

— Mais la reine...

— La reine n'est plus. Et, en l'absence de ses deux fils, vous êtes le suivant dans l'ordre de succession. Vous devez assumer la charge de régent jusqu'au retour de l'un d'eux.

L'horreur écarquilla les yeux du prince.

Jerrick lui serra l'épaule un peu plus fort.

— Vous devez diriger l'exode de notre peuple.

— Je... je ne peux pas...

— Vous n'avez pas le choix.

Elena comprenait la douleur et le choc éprouvés par Typhon. Ce n'était pas facile de se retrouver soudain accablé par le fardeau du pouvoir et des responsabilités.

— Allez chercher dame Mela, poursuivit Jerrick, et emmenez avec vous le plus grand nombre de gens possible. Considérez-les comme des graines jetées aux quatre vents. À vous de trouver un endroit convenable où les planter.

— Mais que vont devenir Elena et ses compagnons ?

— Je m'occupe d'eux personnellement. C'est mon devoir en tant que capitaine de navire aérien. Votre devoir à vous est ici.

Elena vit le jeune prince ployer sous la lourde cape qui venait d'être jetée sur ses épaules. Un instant, elle crut qu'il allait s'effondrer. Mais lentement, il se redressa. Malgré la douleur et le chagrin qui obscurcissaient son regard, il hocha la tête.

— Conduisez-les au canot. Je m'occupe des nôtres.

Le capitaine Jerrick acquiesça et leva un bras pour diriger les compagnons vers la Porte des Tempêtes.

— Dépêchons-nous.

Er'ril rejoignit Elena et passa un bras protecteur autour de ses épaules.

— Tu vas bien ?

La jeune femme se laissa aller contre lui.

— Oui.

Jetant un coup d'œil derrière elle, elle vit le prince Typhon debout, très raide, près du trône d'acajou vide. *Il fera un meilleur chef que moi*, songea-t-elle en lui souhaitant du courage et de la force pour affronter les épreuves à venir.

Dehors, le vent était plus violent que jamais. Le canot ballotté dans tous les sens tirait sur ses amarres. Elena vit qu'un énorme trou dans sa voile avait été sommairement bouché à l'aide d'une tapisserie arrachée aux murs de la salle d'audience. Un marin muni d'une longue aiguille reprisait la dernière déchirure.

Lorsque les compagnons atteignirent la passerelle, le capitaine Jerrick hurla à la face de la tempête :

— Dégagez ! Soyez prêts à larguer les amarres à mon commandement !

Les el'phes qui se trouvaient encore à bord obéirent, bondissant depuis le bastingage ou se balançant aux filins d'amarrage pour regagner l'intérieur du palais. Elena et ses compagnons restèrent seuls sur le pont du canot.

La jeune femme se dirigea vers Tol'chuk, saluant au passage les n'ains qui ressemblaient à un troupeau d'oies trempées avec leurs vêtements mouillés et leur barbe dégoulinante. Elle se blottit contre une pile de caisses pour s'abriter du vent. Elle ne portait rien d'autre qu'une mince chemise de nuit, mais heureusement, Er'ril avait pensé à tout. Il la rejoignit, une cape doublée de fourrure sous chaque bras.

— Ça devrait te tenir chaud jusqu'à ce qu'on puisse déballer tes affaires.

Claquant des dents, Elena prit l'une des capes qu'elle drapa autour d'elle avec gratitude. Er'ril poursuivit la distribution. Bientôt, tous les compagnons furent pelotonnés dans des vêtements chauds ou sous des couvertures.

Le capitaine Jerrick reprit sa place à la barre.

— Larguez les amarres ! hurla-t-il aux el'phes postés sur le seuil de la Porte des Tempêtes.

Des nœuds furent défaits et le canot bondit en avant. Elena tituba et se cogna à une caisse toute proche.

— Restez assis ! ordonna Jerrick à ses passagers. (La bôme siffla au-dessus de leurs têtes, et l'embarcation effectua un virage gracieux.) À partir d'ici, ça va secouer !

Elena soupira. *Pour changer un peu...*

Le canot s'éloigna du palais en décrivant une large courbe. Quatre des vingt tours étaient tombées ; trois autres brûlaient en projetant d'immenses flammes dans les airs. En contrebas, la cité souffrait encore davantage. Les trois quarts des bâtiments avaient déjà été détruits par la pluie de boules de feu ou dévorés par l'incendie.

Pour l'heure, Fort-Tempête semblait connaître un bref répit. Aucun projectile volcanique ne traversait plus le ciel nocturne. Apparemment, les efforts de Tratal n'avaient pas été vains. La souveraine avait réussi à accélérer le vol de sa cité – mais pour combien de temps ?

D'autres navires aériens, bondés d'el'phes hagards, dépassèrent le canot. La plupart d'entre eux rebroussaient chemin vers les murs de la cité ravagée. Une poignée d'autres patrouillaient encore dans les bas quartiers, cherchant des survivants pour leur offrir une dernière ligne de vie.

— Et les occupants du palais ? demanda Elena en se tournant vers Jerrick.

— Fort-Tempête prend soin des siens, répondit mystérieusement le capitaine.

Elena pivota pour observer le château qui rapetissait derrière eux alors que le canot s'éloignait en perdant de l'altitude.

— Par où comptez-vous passer ? s'enquit Er'ril.

Jerrick tendit un doigt vers le pont.

— Droit à travers le cœur de la tempête.

— Est-ce bien sûr ? s'inquiéta Er'ril.

Jerrick essuya la suie qui lui piquait les yeux.

— Reste-t-il encore un seul endroit sûr en ce monde ? marmonna-t-il. (Mais, voyant l'homme des plaines s'assombrir, il ajouta :) Je réussirai à passer. Ne vous en faites pas. Je chevauche les vents depuis tout gamin.

Elena regarda la cité el'phique s'estomper derrière eux. Elle hoqueta en voyant les tours restantes s'écrouler telle une poignée de bâtonnets.

— Oh, non ! Le prince Typhon ! Et les autres !

Mais elle n'aurait pas dû s'inquiéter. Sous ses yeux émerveillés, les murs du palais tombèrent ainsi que des dominos, révélant le cœur caché de la citadelle. Un vaisseau gigantesque s'éleva des ruines, porté par une quille de fer qui reflétait la lumière du soleil levant. Lentement, ses voiles se déferlèrent et capturèrent les vents déchaînés. Il s'éloigna gracieusement, prenant la tête de myriades d'autres navires, grands et petits, pour les entraîner à l'écart de la cité en flammes.

Puis le canot atteignit la lisière de la tempête et la flotte aérienne disparut à la vue d'Elena.

—Accrochez-vous ! aboya Jerrick.

La proue de l'embarcation piqua brusquement comme son capitaine plongeait dans les profondeurs de la tempête, sous la cité. Des bourrasques assaillirent le canot, faisant claquer sa voile. De la pluie ruissela sur le pont, trempant les passagers jusqu'aux os. Mais Jerrick ne parut guère perturbé par les embardées de son bateau. De l'énergie crépita le long de ses mains alors qu'il invoquait sa propre magie pour manipuler le gouvernail.

La foudre poursuivit Elena et ses compagnons à travers les nuages. Le tonnerre grondait et malmenait le canot. Mais Jerrick chevauchait la tempête avec adresse, se laissant glisser le long des courants descendants, virant pour éviter les remous ou zigzaguant pour ne pas se laisser emporter par les rapides.

Elena agrippait le bastingage si fort que ses articulations avaient blanchi. Er'ril faisait de son mieux pour l'abriter. Au-dessus d'eux, la voile hâtivement reprisée commença à se déchirer. Jerrick pinça ses lèvres déjà exsangues et continua à barrer en silence.

Elena pivota vers la proue à l'instant où le canot se cabrait ainsi qu'un cheval rétif et manquait culbuter dans les airs. Ses genoux décollèrent du pont et Er'ril s'accrocha à elle de toutes ses forces pour la retenir. Puis le canot atteignit un courant stable ; la jeune femme et son protecteur retombèrent brutalement sur les planches.

— Nous sommes passés, lança simplement Jerrick, comme s'ils venaient de traverser un vulgaire ruisseau.

Elena se redressa et fut aussitôt frappée par la chaleur ambiante. Après le froid de la tempête, l'air chargé d'une odeur de soufre et de magma lui paraissait suffocant. Au-delà du bastingage, elle découvrit les pics noirs qui s'étendaient en contrebas, nimbés par la lumière infernale des cônes volcaniques. Ce spectacle avait de quoi consumer sa détermination. Comment les compagnons pouvaient-ils espérer survivre dans une telle contrée ?

— Un endroit haïssable, pour sûr, marmonna Mama Freda.

— Il n'en a pas toujours été ainsi, dit Wennar. Les volcans n'ont vérolé ces terres qu'après que l'Innommable eut corrompu notre peuple. Jadis, toute la région était verte et riante.

Elena avait du mal à le croire. Elle balaya le paysage du regard et, découragée, se détourna.

Des nuages noirs bouillonnants continuaient à filer au-dessus du canot. Au loin, Elena vit des morceaux de la cité el'phique dégringoler à travers la tempête et aller s'écraser en contrebas. À bâbord, un immeuble de plusieurs étages heurta le sommet d'une montagne et se désintégra dans une explosion de planches brisées. Elena se tordit le cou, cherchant des navires en train de fuir. Elle n'en vit aucun.

— Fort-Tempête ralentit, lança Jerrick, remarquant la direction de son regard.

Il avait raison, comprit Elena. La tempête commençait à s'effilocher sur les bords. Les nuages se délitaient. Les réserves d'énergie de Tratal devaient toucher à leur fin.

— Le Gul'gotha va de nouveau percevoir le mouvement de la cité, dit amèrement Jerrick.

Comme pour ponctuer cette déclaration, un volcan explosa à une lieue de là, crachant une énorme boule de feu. Le projectile de magma décrivit une courbe brillante et disparut à l'intérieur du front orageux avec un sifflement.

— L'attaque reprend, commenta Er'ril.

Les traits creusés par l'inquiétude, Jerrick reporta son attention sur la manœuvre du canot.

— Les navires de mon peuple n'ont pas eu assez de temps pour se mettre en sécurité.

Tandis que l'embarcation descendait en décrivant une large spirale, Elena se leva et se débarrassa de sa cape trempée.

— Ils l'auront.

Elle dégaina sa dague de sor'cière.

— Elena..., intervint Er'ril.

— Si c'est d'énergie que la tempête a besoin, je vais lui en donner.

La jeune femme entailla le gras de ses deux pouces, libérant le feu glacial de sa main gauche et le feu sor'cier de la droite. À l'intérieur des nuages bouillonnants, Tratal l'avait prévenue que transmettre du pouvoir à son corps brûlerait le lien ténu qui reliait son esprit à celui-ci. Mais ce risque s'était éteint en même temps que la reine el'phe.

Elena étudia le tourbillon noir. Elle ne savait pas exactement quelle part de Tratal subsistait là-dedans, mais elle disposait d'un type d'énergie dont la tempête devrait pouvoir se nourrir.

Levant sa main droite, Elena serra le poing et invoqua le pouvoir du soleil – son feu, sa chaleur. Un brasier ardent enfla à l'intérieur de sa paume. Alors, elle leva son poing gauche et invoqua la magie du clair de lune – le froid et la glace. Son autre main se mit à briller elle aussi, mais d'une lueur bleutée plutôt qu'écarlate.

Le pouvoir chantait dans le sang et le cœur d'Elena, implorant la sor'cière de le libérer. Habituée à cet assourdissant chœur de magie sauvage, Elena l'ignora. Elle rapprocha ses deux poings, appuyant les articulations de l'un contre celles de l'autre. L'énergie emprisonnée dans ses mains la fit sursauter comme une décharge d'électricité. Quand elle ne put plus la contenir, elle dressa ses bras vers le ciel en dépliant ses doigts ainsi que les pétales d'une rose.

Un faisceau d'énergie déchaînée jaillit à la verticale, mélange de feu sor'cier et de feu glacial fondus en une déflagration de feu céleste. Elena hoqueta et arqua le dos comme la magie hurlante s'arrachait à elle.

Son torrent de feu céleste creva la tempête et disparut à l'intérieur. De la foudre rayonna en étoile depuis le point d'impact. Mais tandis qu'Elena projetait toujours plus d'énergie vers les nuages noirs, les éclairs se divisèrent encore et encore jusqu'à former un réseau d'énergie flamboyante à travers tout le front orageux.

— Elena ! hurla Er'ril dans son oreille.

Ce fut à peine si la jeune femme l'entendit. La magie chantait dans ses veines.

— Elena, regarde à gauche !

Les paroles du guerrier pénétrèrent le chœur assourdissant de son pouvoir. Lentement, elle tourna son regard dans la direction qu'Er'ril lui indiquait. Une boule de feu fusait droit vers leur canot. Du coin de l'œil, Elena vit Jerrick se battre contre la barre. Probablement fasciné par sa démonstration de pouvoir, le capitaine el'phe n'avait pas remarqué le danger assez vite. Il n'avait plus le temps d'écarter leur embarcation de sa trajectoire.

Elena aurait dû ressentir de la terreur, mais elle était trop habitée par sa magie pour cela. Elle vibrait d'invincibilité. Baissant les bras, elle écarta ses mains l'une de l'autre et projeta un rayon de feu glacial vers la boule de magma. Celle-ci fut instantanément pétrifiée.

Sans réfléchir ou presque, Elena enchaîna en décochant une lance aveuglante de feu sor'cier, qui atteignit le projectile à moins de douze encablures du canot. Le magma gelé explosa. Il n'en resta qu'un nuage de poussière qui s'abattit sur les compagnons sans leur faire le moindre mal.

Les genoux d'Elena flageolèrent. Sa magie épuisée, elle tomba à genoux. Er'ril lui jeta sa cape sur les épaules et la serra très fort dans ses bras.

— Faites-nous descendre entre les montagnes ! glapit-il à l'adresse de Jerrick. Nous ne pouvons pas prendre le risque qu'on nous tire dessus une nouvelle fois !

Jerrick obtempéra, et le canot piqua vers le sol selon un angle abrupt.

Elena s'affaissa dans les bras de son homme lige. Il lui semblait que ses os s'étaient changés en beurre.

Er'ril lui frotta les bras.

— Les défenses du Gul'gotha doivent être conçues pour réagir à la magie – celle de ton pouvoir comme celle de l'énergie élémentale.

— J'ai été stupide, marmonna Elena. J'aurais dû réfléchir avant d'agir.

— Tu as écouté ton cœur, chuchota Er'ril.

Tol'chuk tendit un doigt en direction de la poupe.

— La femme dans les nuages ! s'exclama-t-il. Elle revient !

Toujours blottie dans les bras d'Er'ril, Elena leva les yeux vers le ciel.

Derrière leur canot et à une altitude bien supérieure, la tempête continuait à bouillonner. Mais nul n'aurait pu se méprendre quant à la silhouette gigantesque formée de nuages et découpée par la foudre.

— La reine Tratal…, croassa Jerrick d'une voix brisée.

L'el'phe flottait dans le ventre de la tempête.

Sous les yeux des compagnons, les nuages s'épaissirent et parurent gagner en substance. Propulsés par des vents invisibles, ils prirent de la vitesse et s'éloignèrent.

La tête baissée vers le canot, la silhouette de femme eut un sourire triste. Une bourrasque apporta ses paroles aux compagnons :

— Tu nous as sauvés. (Les mots résonnèrent et s'estompèrent.) Tu nous as tous sauvés.

— Reine Tratal…, murmura Elena.

— Bonne chance, Elena Morin'stal. Que les dieux t'accompagnent !

La silhouette de femme parut se dissiper à l'intérieur du front orageux, mais elle eut le temps de chuchoter un dernier message uniquement destiné aux oreilles d'Elena :

— N'oublie pas ta promesse.

Elena regarda la tempête qui filait vers l'horizon enténébré.

— Je n'oublierai pas, dit-elle fermement.

Ce n'étaient pas des paroles en l'air. Au fond de son cœur, la jeune femme savait qu'un jour, dans une époque et un lieu lointains, les deux maisons el'phiques seraient de nouveau réunies.

Mais pas ici, et pas maintenant. Ce serait l'histoire de quelqu'un d'autre – pas la sienne.

Se penchant par-dessus le bastingage, Elena regarda en contrebas.

Le canot descendait vers le paysage ravagé du Gul'gotha : un labyrinthe de montagnes rouges déchiquetées, de vallées profondes pareilles à des entailles, d'arbres rabougris et de ruisseaux dont l'eau émettait une lueur verte malsaine.

Tel était *son* avenir.

LIVRE CINQ

COURONNES BRISÉES

15

Son souffle formant un petit nuage devant sa bouche, Mycelle gardait un œil vigilant sur la sombre forêt alentour. Non loin d'elle, Kral allumait un feu de branches mortes pour préparer leur repas de midi. Même le montagnard habitué aux climats rudes tremblait en frappant l'acier contre le silex.

Depuis qu'ils avaient quitté Château Mryl et le Mur du Nord, la température n'avait cessé de chuter à chacun de leurs pas. Le ciel – ou du moins ce qu'ils pouvaient en voir – était désormais une ardoise uniformément grise et, la nuit précédente, de la neige était tombée entre les monstrueuses branches tordues. À leur réveil, les compagnons avaient trouvé la forêt toute saupoudrée de blanc.

Mycelle regarda autour d'elle. En principe, une forêt drapée dans un manteau de neige exhale une certaine beauté tranquille. Mais ici, elle n'offrait qu'une vision sinistre, pareille à un cadavre déformé par le gel.

La seule chaleur provenait du camp des compagnons. Assise sur une racine noueuse, Nee'lahn jouait du luth tout bas. Des colibris et des feuilles vertes cascadaient depuis les cordes de l'instrument ; des fleurs aux pétales veloutés et de longues nuits estivales résonnaient dans ses accords. Pas étonnant que les spectres du Sinistre demeurent à distance. C'était la chanson de leur Sylve Primordiale, de la Lok'ai'hera perdue. Comme ce rappel du passé devait être douloureux aux silhouettes torturées des arbres qu'ils étaient ! Même Mycelle éprouvait un pincement au cœur en écoutant jouer la nyphai.

Méric s'approcha de la guerrière. Il se frottait les mains et soufflait sur ses doigts nus pour les réchauffer, mais son regard était fixé sur le ciel.

— Il va encore neiger cette nuit.

Mycelle hocha la tête. Le seigneur el'phe avait une perception affûtée des variations climatiques.

— Nous ne pouvons pas continuer ainsi, déclara-t-il en se rapprochant d'elle et en baissant la voix. À supposer que nous réussissions à sortir de cette forêt maudite, les vents et le froid ne feront qu'empirer. Nous devons trouver de quoi nous couvrir mieux que ça pour la suite de notre voyage.

— Je sais. Tout à l'heure, j'ai vu Mogweed loucher sur Fardale comme s'il voulait l'écorcher pour revêtir sa peau.

Mycelle se rembrunit. Chacun d'eux avait une cape épaisse et des bottes de cuir pour le protéger contre le plus gros du froid, mais pour atteindre Tor Amon et la Citadelle des Montagnards, ils auraient besoin de fourrures et de couvertures plus chaudes.

— Si seulement l'*Aile des Tempêtes* avait pu franchir le Mur…, marmonna Méric.

Mycelle soupira. C'était un regret qu'ils partageaient tous. Mais peu après leur évasion de Château Mryl, ils avaient contacté le navire aérien en utilisant la pièce d'argent du seigneur Tyrus. Xin leur avait répondu que non seulement le Mur du Nord était trop haut pour qu'ils puissent passer par-dessus, mais que la brèche dans l'immense rempart était bloquée par des arbres monstrueux. À chacune de leurs tentatives d'approche, la forêt – aiguillonnée par les spectres perchés dans ses branches – les avait repoussés en les fouettant et en les griffant de ses membres tordus. L'*Aile des Tempêtes* n'avait pu prendre suffisamment d'altitude pour la survoler.

— Nous nous débrouillerons, dit Mycelle.

— Je l'espère.

Méric rebroussa chemin vers le campement, où Kral venait juste de réussir à enflammer un tas de feuilles mortes. De minuscules langues de feu crépitèrent, attirant le regard de tous les compagnons.

Une brindille craqua derrière Mycelle. La guerrière fit volte-face, une épée dans chaque main.

Une silhouette noire se coula hors des buissons épineux. C'était Fardale qui revenait de sa mission de reconnaissance ; comme à son habitude, il avait fait du bruit pour avertir Mycelle de sa présence. Ses yeux ambrés brillèrent en fixant la guerrière. L'image d'un chemin désert s'imposa à l'esprit de celle-ci, indiquant l'absence de spectres dans les environs.

— Je vais le dire à Nee'lahn. Va te réchauffer près du feu.

La langue pendante, Fardale se hâta d'obéir.

Mycelle suivit l'énorme loup du regard, les yeux plissés par l'inquiétude. Depuis qu'ils avaient pénétré dans la Forêt Noire, ses messages mentaux devenaient plus grossiers, ses réponses brèves et parfois incompréhensibles. Sa nature animale ne tarderait pas à le submerger complètement. Selon Mogweed, les jumeaux étaient à un peu moins d'une lune de se figer sous leur forme actuelle. Le temps pressait pour eux deux – comme pour le reste de leurs compagnons.

Longeant la périphérie du camp, Mycelle s'approcha de Nee'lahn. La frêle nyphai leva les yeux vers elle. Ses yeux étaient hantés, soulignés par des cernes noirs. Pour maintenir les spectres à distance, elle était forcée de jouer jour et nuit. Elle ne pouvait dormir brièvement que lorsque les environs semblaient déserts, et le manque de sommeil commençait à se faire sentir.

Mycelle lui toucha l'épaule.

— Repose-toi. Fardale dit que nous sommes en sécurité pour le moment.

Nee'lahn hocha la tête et reposa le luth sur ses genoux. Comme elle remuait ses doigts perclus de crampes, Mycelle remarqua ses ongles cassés et sa chair à vif. La nyphai fouilla ses poches en quête de son baume de sommerbe.

— Comment vas-tu ? s'inquiéta Mycelle. Tes mains tiendront-elles le coup jusqu'à ce que nous soyons sortis de la forêt ?

D'un regard morne, Nee'lahn observa les arbres qui les entouraient.

— Ce n'est pas de jouer qui m'épuise.

Mycelle comprenait. De la même façon que la chanson du luth affectait les Sinistreurs, la Forêt Noire sapait la volonté de la nyphai. Jadis, ces bois avaient été son foyer. Mycelle lui offrit le peu de réconfort qu'elle pouvait.

— Ce ne sera plus très long. D'après mes calculs, nous devrions atteindre la lisière de la Forêt dans deux jours.

Nee'lahn ne réagit pas. Elle se contenta de regarder le nord.

— Viens manger quelque chose.

Mycelle l'aida à se lever et l'entraîna vers le feu qui grandissait. Kral avait réussi à allumer un bon brasier.

Une fois Nee'lahn installée près de Mogweed devant les flammes, Mycelle regagna son poste. Dès que la magie du luth n'était plus là pour les protéger, les compagnons devaient redoubler de vigilance. Pendant les deux premiers jours de leur périple, toute interruption de la musique s'était aussitôt traduite par un assaut hurlant. Mais désormais, les Sinistreurs mettaient plus de temps à réagir. Ou bien ils étaient moins nombreux dans les profondeurs de la Forêt Noire, ou bien la chanson du luth avait fini par les chasser pour de bon. Néanmoins, la prudence restait de mise. Il fallait guetter tout mouvement dans l'ombre, tout bruit suspect dans le sous-bois.

Mycelle adressa un signe de tête à Tyrus, qui se tenait de l'autre côté du camp. Les deux guerriers étaient chargés de surveiller la forêt pendant la pause de midi ; ils patrouilleraient autour du camp jusqu'à ce que les compagnons se remettent en route.

Mogweed s'approcha avec une écuelle pleine de racines bouillies et d'escargots grillés. Mycelle mangea sa maigre pitance debout, avec les doigts. La chasse était souvent infructueuse dans la Forêt Noire. Peu de créatures vivaient encore parmi les racines tordues et dans les terriers hantés : des taupes, quelques lapins décharnés, une poignée d'oiseaux qui n'avaient plus que les plumes sur les os. Au moins l'eau était-elle potable et les ruisseaux nombreux.

Mogweed suivit Mycelle pendant qu'elle mangeait. Le petit homme promenait autour de lui un regard visiblement nerveux.

— Je t'ai entendue dire à Nee'lahn qu'on devrait sortir de cette forêt maudite d'ici deux jours. C'est vrai ?

— Si mes cartes de la région sont exactes.

Les yeux plissés, Mogweed se mordilla la lèvre inférieure.

— Et ensuite ? (Il baissa la voix.) Allons-nous vraiment essayer de nous infiltrer dans l'ancienne citadelle du peuple de Kral ? Je l'ai entendu dire que là-haut, la neige ne fond jamais, pas même en été. Et si le froid ne nous tue pas, les n'ains s'en chargeront sûrement. Ce n'est pas comme si nous pouvions les surprendre. Ceux de Château Mryl leur ont sûrement envoyé un message par oiseau voyageur pour leur signaler notre évasion.

Mycelle haussa les épaules.

— Qui sait ce que nous trouverons là-haut ? Mais je soupçonne que les n'ains et la neige seront les derniers de nos soucis.

Elle vit bien que cela n'était pas pour rassurer Mogweed. Le métamorphe écarquilla les yeux en imaginant les horreurs qui les attendaient dans les montagnes.

Mycelle soupira.

— Ne t'inquiète pas tant pour l'avenir, Mogweed. Il viendra à toi que tu sois prêt ou non. Nous gérerons le froid de notre mieux. Quant aux n'ains, j'imagine qu'ils penseront que les spectres nous ont tous dévorés.

L'air quelque peu soulagé par cette dernière remarque, le métamorphe acquiesça et retourna auprès du feu.

Mycelle secoua la tête. Malgré les paroles rassurantes qu'elle venait de lui adresser, Mogweed avait réussi à planter une graine de doute dans son propre esprit. Qu'allaient-ils faire ?

L'estomac plus ou moins plein, les compagnons finirent par lever le camp. Fardale partit en éclaireur, Nee'lahn se remit à jouer du luth et le reste du groupe leur emboîta le pas. Plusieurs lieues défilèrent lentement sous leurs bottes sans qu'ils échangent plus de deux ou trois mots.

Kral fermait la marche, surveillant leurs arrières. Mais au cours de l'après-midi, il prit conscience de la futilité de cette tâche. Aucun Sinistreur ne se manifestait ; on n'entendait même plus de hurlements dans le lointain. Il finit par allonger le pas pour rattraper Mycelle.

— Ce calme ne me dit rien qui vaille, marmonna-t-il.

Mycelle acquiesça, puis se rembrunit comme le petit serpent enroulé autour de son bras s'agitait et resserrait ses anneaux. Depuis le temps qu'elle voyageait avec le montagnard, elle avait remarqué combien sa présence perturbait le paka'golo. Elle avait toujours pensé que c'était à cause de l'énergie élémentale qu'il irradiait. La magie de la pierre et des souterrains coulait puissamment dans le sang de Kral. Mais dans ce cas, pourquoi le paka'golo ne réagissait-il pas de la même façon à l'approche de Méric ou du seigneur Tyrus ? Faute d'une réponse satisfaisante, Mycelle mit cette énigme de côté et se concentra sur un problème plus immédiat.

— Les Sinistreurs sont de moins en moins agressifs au fil des jours, dit-elle, balayant du regard la forêt étrangement silencieuse. La musique de Nee'lahn a peut-être réussi à les mettre en fuite pour de bon.

— Quelle musique ? marmonna Kral.

Mycelle ouvrit la bouche pour répondre, puis se rendit compte que le montagnard avait raison. Le luth de la nyphai s'était tu. Jetant un coup d'œil vers l'avant de leur petite colonne, Mycelle vit que Nee'lahn s'était immobilisée au sommet d'une butte.

— Quelque chose cloche, dit-elle en pressant le pas.

Kral l'imita.

Au passage, ils récupérèrent Méric et Tyrus, qui n'avaient pas remarqué que la nyphai s'était arrêtée de jouer et de marcher. Durant l'après-midi, sa musique n'avait cessé de ralentir et de diminuer de volume. Quand elle avait fini par s'interrompre, seul Kral s'en était aperçu.

Courant à petites foulées, les compagnons rejoignirent Nee'lahn qui regardait fixement quelque chose droit devant elle, son luth pendant au bout de son bras.

— C'est quoi, son problème ? chuchota Tyrus comme ils atteignaient le sommet de la butte.

Une neige légère commençait à tomber. Le soleil ne tarderait pas à se coucher.

Mycelle jeta un coup d'œil à la nyphai, puis suivit la direction de son regard. Dans la cuvette en contrebas s'étendait un petit lac. Mais ce qui attira l'attention de la guerrière, ce fut l'énorme arbre qui se dressait de l'autre côté. Son tronc aussi large qu'une chaumière se tenait droit comme la lame d'une épée. Bien que nues, ses branches s'étalaient en formant de doux plateaux, comme une main tendue à un voyageur las. Il semblait parfaitement déplacé au milieu des géants difformes de la Forêt Noire.

— Nee'lahn ? appela doucement Mycelle.

La bouche de la nyphai remua, mais aucun son n'en sortit. Nee'lahn s'humecta les lèvres et fit une nouvelle tentative :

— C'est mon arbre. (Enfin, elle se tourna vers Mycelle. Des larmes dégoulinaient librement le long de ses joues.) C'est ma… ma maison, sanglota-t-elle.

Nee'lahn tomba à genoux. La douleur de son cœur était trop forte. Elle détailla son koa'kona, si grand, si majestueux. Bien que privé de son feuillage foisonnant et de ses lourdes fleurs violettes, il demeurait reconnaissable entre tous. Jamais elle n'aurait espéré le trouver en si bon état. Il ne semblait pas mort – seulement endormi.

La nyphai agenouillée ouvrit grands les yeux pour mieux se remplir de cette vision. Anticipant le chagrin que ça lui causerait, elle n'avait pas prévu de s'approcher de cet endroit, mais ses pieds fatigués avaient dû la conduire ici à son insu, la ramener instinctivement au seul foyer qu'elle ait jamais connu.

Mogweed s'arrêta à côté d'elle.

— Il a l'air… tellement normal.

Nee'lahn s'essuya les yeux.

— Je sais. Je ne comprends pas. La Pourriture…

D'un large geste, elle désigna le reste de la forêt.

— Viens, dit gentiment Mycelle. (Elle lui tendit une main pour l'aider à se relever.) Tu veux aller voir ?

Nee'lahn se couvrit le visage d'une main. En vérité, elle avait envie de s'élancer comme une biche, mais elle ne savait pas dans quel sens : pour s'approcher de son arbre ou pour le fuir ? Revoir son koa'kona bien-aimé lui fendait le cœur. Pourtant, si douloureux que cela puisse être, elle devait continuer.

Serrant le luth contre son sein, elle hocha la tête.

— Oui, je veux aller voir.

Mais avant qu'elle puisse faire un seul pas, Fardale apparut au bord du lac et se mit à remonter la pente. Sa langue pendait entre ses babines, et ses yeux d'ambre brillaient. Mycelle capta son regard. Au bout d'un moment, elle pivota vers leurs compagnons.

— Fardale sent quelqu'un qui se cache là-bas.

— Un spectre ? interrogea Tyrus.

— Non. Si je ne m'abuse, il s'agit d'un homme.

Mycelle se tourna vers Mogweed pour voir s'il avait mieux compris son frère. Le métamorphe haussa les épaules.

— Il devient trop proche du loup, marmonna-t-il entre ses dents. C'est à peine si je capte encore ses pensées.

— Que peut bien faire un homme dans les parages ? grommela Kral. (Il saisit sa hache et, lentement, défit la peau de léopard des neiges qui dissimulait sa lame.) Toute créature capable de survivre parmi les Sinistreurs est forcément corrompue par le Seigneur Noir.

— Kral a raison, acquiesça Méric, les yeux plissés. Nous devons agir avec prudence.

— Pourquoi agir tout court ? contra Mogweed en reculant d'un pas. Pourquoi ne pas rebrousser chemin et contourner ce lac ? Pourquoi chercher la confrontation avec le danger ?

— On devrait peut-être écouter le métamorphe, suggéra Tyrus.

— Et laisser un ennemi inconnu dans notre dos ? répliqua Kral. Je préfère lui régler son compte tout de suite.

Nee'lahn déglutit péniblement.

— Dans tous les cas, je dois y aller. Même seule.

Ses compagnons tournèrent la tête vers elle. Avant qu'ils puissent protester, le luth de la nyphai se mit à égrener une douce musique. Des notes légères s'en échappèrent et montèrent vers le ciel.

Stupéfaite, Nee'lahn leva l'instrument. Ses doigts ne touchaient pas les cordes ; pourtant, la mélodie enflait à chaque seconde. Un accord aussi brillant qu'une lune estivale résonna tandis que la neige s'épaississait autour des compagnons. La musique flotta au-dessus du lac, aussi impalpable que les flocons.

— Fais taire ce truc avant qu'il nous trahisse, gronda Kral.

Il voulut saisir le luth, mais Nee'lahn écarta vivement celui-ci.

— Non !

De toute façon, l'avertissement du montagnard arrivait trop tard. Comme la musique atteignait l'autre rive du lac, une tiède lumière jaune découpa de petites ouvertures carrées dans le tronc du koa'kona. Mogweed hoqueta et se cacha derrière Kral.

— Des fenêtres, souffla Méric, émerveillé. Quelqu'un s'est installé à l'intérieur de ton arbre.

— Le rôdeur de Fardale, acquiesça Tyrus, qui avait dégainé l'épée de sa famille.

— Il a dû entendre la musique, devina Mycelle. Il nous invite à avancer.

Kral plissa les yeux.

— À nous jeter dans son piège, tu veux dire.

— Non, ce n'est pas un piège.

Nee'lahn fit un pas en avant.

— Comment peux-tu le savoir ? bougonna Kral.

— La musique. (Nee'lahn brandit son luth.) Le bois se réjouit. Il ne peut pas y avoir de danger.

Elle en était persuadée au plus profond de son cœur. Sa décision prise, elle commença à descendre la pente.

Derrière elle, elle entendit Méric chuchoter :

— J'ai confiance en Nee'lahn. Si corrompue que cette forêt soit devenue, elle était son foyer jadis. Venez. Découvrons quel mystère se cache ici.

Comme Nee'lahn atteignait le bord du lac, un peu de mélancolie imprégna la chanson de son luth. La nyphai comprit pourquoi. Jadis, ce lac regorgeait de poissons et de têtards. Des lucioles éclairaient les arbres qui surplombaient ses eaux immobiles, reflétant leur majesté, tandis que ses rives disparaissaient perpétuellement sous des fleurs épanouies. À présent, le lac était noir et stérile, à demi étranglé par les algues et les mauvaises herbes. Tant de beauté perdue…

Nee'lahn tourna son regard vers les immenses branches de son koa'kona bien-aimé. C'était les seules qui s'étendaient encore au-dessus du lac ; elles jaillissaient droites et robustes d'un tronc si épais que trente hommes n'auraient pu l'entourer de leurs bras. Des larmes fraîches coulèrent sur les joues de la nyphai. *Oh, mon bien-aimé, avec quelle fierté tu te dresses encore alors que tous autour de toi ont succombé au chagrin et à la folie !*

Entraînant ses compagnons dans son sillage, elle étudia les lumières qui brillaient à l'intérieur de son majestueux koa'kona. Cette violation aurait dû lui inspirer de la colère, mais en vérité, la douce radiance soulageait son cœur lourd. Une étincelle de vie à l'intérieur d'un cadavre... Nee'lahn se surprit à accélérer instinctivement, et les autres l'imitèrent.

Lorsqu'ils eurent contourné le lac, une porte s'ouvrit à la base du koa'kona. Elle était encadrée par de grosses racines repliées comme des jambes monstrueuses. Une silhouette se découpa sur le seuil. Elle ne semblait nullement menaçante.

— Nous t'avons attendue si longtemps, lança-t-elle d'une voix grave.

Nee'lahn ralentit tandis que la chanson du luth s'évanouissait.

— Qui êtes-vous ?

La silhouette s'avança hors de la lumière. C'était un homme de haute taille, aux vêtements de coton grossièrement tissé. Il avait des épaules larges, des cheveux gris, et même si, de toute évidence, il avait dû être robuste jadis, il s'appuyait désormais sur une canne en bois.

— M'as-tu déjà oublié, Nee'lahn ?

La nyphai secoua la tête.

— Monsieur, je ne...

L'homme agita sa canne.

— Bah, ça n'a pas d'importance. Mes yeux n'y voient plus très bien, mais mes oreilles entendent toujours. Et je me souviens de la voix de ton luth. Comment pourrait-il en être autrement ? (Il leva une main frêle.) Puisque je l'ai créé de mes propres doigts...

Alors, Nee'lahn comprit.

— Rodricko ?

— Ah ah ! Ainsi, la petite se souvient du pauvre menuisier !

Elle marqua une pause, le temps de reconnaître le regard perçant de l'homme et le nez crochu qui faisait de l'ombre sur son épaisse moustache poivre et sel. La dernière fois qu'elle avait posé les yeux sur lui, cette moustache était d'un noir d'encre. Les quinze derniers hivers avaient usé Rodricko – mais c'était bien son vieil ami. Rassurée, Nee'lahn s'élança vers lui et l'étreignit de toutes ses forces en tenant son luth sur le côté.

Les salutations faites, elle s'écarta.

— Tu es resté ici, dans la Forêt Noire, pendant tout ce temps ? s'étonna-t-elle.

Rodricko tripota sa moustache, et l'éclat de ses yeux se ternit. Il jeta un coup d'œil au luth de Nee'lahn, puis aux arbres corrompus qui se dressaient de l'autre côté de la butte.

— Oui, petite.

— Mais pourquoi ? Comment ?

Nee'lahn tentait vainement de comprendre ce qui était arrivé au menuisier depuis son départ.

Mycelle s'avança. Elle tenait toujours ses épées à la main. Nee'lahn prit conscience que Tyrus et Kral étaient armés, eux aussi.

— Bonne question, acquiesça gravement la guerrière. Comment avez-vous réussi à survivre parmi les Sinistreurs sans être consumé ?

Rodricko détailla les lames des compagnons.

— Tranquillisez-vous, voyageurs. Rengainez vos armes et entrez. Si ce sont des histoires que vous voulez, je vous en raconterai volontiers – mais pas avant que nous soyons à l'abri de cette neige et au chaud devant un bon feu.

Prudemment, Nee'lahn tendit la main pour baisser une des épées de Mycelle.

— Vous pouvez faire confiance à Rodricko. C'est lui qui a sculpté mon luth. Sa famille et lui sont les amis des nyphai depuis d'innombrables générations – aussi proches de nous que des humains peuvent l'être.

Mycelle hésita, puis acquiesça et rangea ses épées jumelles dans les fourreaux qui se croisaient dans son dos. Elle fit signe aux autres de l'imiter. Tyrus rengaina son épée d'acier mrylien, et Kral raccrocha lentement sa hache à sa ceinture. Méric resta les bras croisés sur sa poitrine, tandis que Mogweed se cachait derrière lui.

— Entrez, insista Rodricko en leur tenant la porte. Montez l'escalier jusqu'à la pièce d'en haut.

À la tête du petit groupe, Nee'lahn pénétra respectueusement dans l'arbre qui lui avait jadis servi de demeure. Des sentiments mélangés s'agitèrent dans son cœur comme elle gravissait l'escalier en colimaçon. L'odeur de sève et de camphre provoquait en elle une vibration pareille à celle de la corde d'un luth ; elle réveillait de vieux souvenirs enfouis depuis longtemps et déclenchait un chœur de joie et de tristesse mêlées.

La poussière de quinze hivers passés sur les routes s'évapora brusquement. Une des mains de Nee'lahn se leva pour toucher le bois nu et en faire jaillir la chanson sylvestre du koa'kona. Mais elle ne sentit rien. Le bois était vide. Ses jambes flageolèrent tandis que les doigts de son autre main se crispaient sur la hampe de son luth. C'était là que l'esprit de son arbre résidait désormais.

Tandis qu'elle montait les marches, suivie par ses compagnons, Nee'lahn se rendit soudain compte du chemin qu'ils empruntaient. Les nyphai ne s'installaient jamais dans le tronc de leurs arbres. Au lieu de ça, elles construisaient des cabanes et des ponts parmi leurs branches. Seule la nyphai liée à un koa'kona donné pouvait pénétrer à l'intérieur de ce dernier, et c'était une fusion spirituelle, pas une intrusion physique comme en ce moment.

Nee'lahn jeta un coup d'œil par-dessus son épaule. Elle n'était entrée dans son arbre de la sorte qu'une seule fois auparavant. Son regard croisa celui de Rodricko. Le vieil homme acquiesça et lui fit signe de continuer.

L'escalier débouchait sur une large pièce, au diamètre à peine inférieur à celui du tronc. En son centre se dressait un épais pilier ; autour de celui-ci, l'espace était encombré de chaises, de tables et de buffets, tous taillés dans le riche bois du koa'kona. Nee'lahn reconnaissait sa teinte et les motifs tourbillonnants de son grain. Le menuisier n'avait pas chômé durant les quinze derniers hivers ; à force de travail, il s'était aménagé une demeure très confortable.

Mais Nee'lahn ignora tout cela. Son regard était rivé au pilier central : le véritable cœur de son arbre. Elle le contourna lentement, jusqu'à ce qu'elle trouve une cavité d'une forme étrange. Elle leva son luth pour l'approcher de cette dernière. L'instrument s'y insérait à la perfection.

Rodricko se rapprocha de la nyphai.

— C'est bien son logement d'origine, grimaça-t-il.

Nee'lahn se tourna vers lui et promena un bref regard à la ronde.

— Et je vois que tu as fait le tien ici, à l'intérieur de mon arbre, dit-elle sur un ton accusateur.

— Comme un ver qui creuse son trou dans une pomme morte, soupira tristement Rodricko.

Nee'lahn lui toucha la main.

— Je suis désolée. Je ne voulais pas…

— Non, petite. Ce n'est pas naturel. J'ai passé trop de temps parmi les nyphai pour ne pas le sentir. (Rodricko baissa les yeux.) Mais, après ton départ, le koa'kona m'a appelé.

— Quoi ?

Le vieil homme secoua la tête.

— Même si son esprit avait trouvé refuge dans le luth, il restait de la magie dans ses racines. Le jour où tu t'es lancée dans ta quête, je suis venu ici pour récupérer mes outils et l'arbre m'a parlé. Enfin, pas exactement parlé. C'était plutôt une sensation dans ma tête et dans mon cœur. J'ai su qu'il n'en avait pas terminé avec moi.

— Je ne comprends pas, protesta Nee'lahn.

Rodricko soupira.

— Viens près du feu et je t'expliquerai.

S'appuyant sur sa canne, il entraîna la nyphai vers le foyer bordé de pierres qu'il avait taillé dans l'un des murs de la pièce.

Les compagnons de Nee'lahn s'étaient déjà rassemblés là. Fardale gisait allongé devant l'âtre, presque dans les flammes. Sa queue frappait le sol en rythme, témoignant de son contentement. Les autres étaient restés debout ; par méfiance, ils avaient ignoré les nombreux sièges.

— Je vous en prie, asseyez-vous, leur enjoignit Rodricko. Il faut bien que quelqu'un utilise les chaises que j'ai fabriquées durant tous ces longs hivers. Détendez-vous. J'ai mis du vin de sureau à tiédir près du feu. Après ça, vous trouverez des lits dans les chambres du dessus.

Lentement, les compagnons s'installèrent sur les chaises, et le vin circula de main en main, chassant le froid de leurs os transis.

Rodricko revint de son petit garde-manger avec du fromage et un plat de noisettes à faire griller dans la cheminée.

— J'ai promis de vous raconter mon histoire, dit-il en secouant la poêle dans laquelle les fruits secs grillaient et craquaient.

Mycelle acquiesça.

— Comment se fait-il que vous ayez réussi à survivre là où toutes les autres créatures ont échoué ?

Rodricko se redressa en grognant et, à son tour, prit place sur une chaise.

— La réponse à cette question est longue et compliquée. Laissez-moi donc commencer par là où toutes les histoires devraient commencer : au commencement, avec Cecelia.

— Cecelia ? répéta Nee'lahn, choquée d'entendre le nom de l'ancienne.

Mycelle reposa sa chope de vin tiède.

— Qui est-ce ?

— Cecelia était la gardienne de la Sylve Primordiale, expliqua Rodricko. La plus âgée des sœurs nyphai. En tant que telle, elle était liée au plus vieil arbre du bosquet. Lorsque son koa'kona commença à se tordre et à s'incliner devant la Pourriture, ce fut une véritable torture pour elle aussi. Assaillie par des cauchemars fiévreux, elle sombra dans le délire. Cela dura trois lunes. Puis, lorsque je fus persuadé que sa fin était proche, elle eut une vision de Lok'ai'hera revenant à la vie dans un lac de feu rouge – un feu né de la magie. Elle m'implora de tailler le cœur de l'arbre de Nee'lahn afin que la petite soit libre d'arpenter les contrées d'Alaséa en quête de ce remède pour leur forêt condamnée.

Nee'lahn regardait fixement les flammes.

— C'est effectivement la prophétie de Cecelia qui m'a envoyée sur les routes. (Elle leva la tête vers Rodricko.) Mais, et toi ? Pourquoi n'es-tu pas parti ? Ton devoir ici était achevé.

— C'est aussi ce que je pensais, mais comme je l'ai dit tout à l'heure, ton koa'kona m'a appelé et demandé d'entreprendre une dernière tâche.

— Et les Sinistreurs ? demanda Kral.

— Ils ne se donnent pas la peine de venir jusqu'ici. L'arbre de Nee'lahn leur rappelle trop ce qu'ils ont perdu. Il continue à se dresser fier et droit parmi ses voisins corrompus et distordus. C'est une vision insoutenable pour les spectres. Alors, ils se tiennent à l'écart.

Agenouillé près de l'âtre, Mogweed surveillait la cuisson des noisettes.

— Et tout ça ? (Du menton, il désigna la pièce et son contenu.) Le fromage, le vin… Vous avez bien dû aller le chercher quelque part.

Rodricko acquiesça.

— Deux fois l'an, je me rends dans un hameau de montagne voisin pour y faire des provisions. Ou du moins, je m'y rendais jusqu'à il y a peu.

Assis sur ses talons, Mogweed plissa des yeux méfiants.

— Et même sur les pistes forestières, les spectres ne vous ont pas attaqué ?

— J'étais toujours sous la protection de l'arbre.

— Comment ça ?

Rodricko leva la canne posée entre ses jambes et en frappa le sol.

— De la même façon que jadis, j'ai sculpté le luth de Nee'lahn dans son cœur, j'utilise aujourd'hui une de ses branches comme béquille.

Il écarta sa main de la poignée, révélant une pousse verte.

Nee'lahn se pencha pour mieux voir.

— Des bourgeons !

Un minuscule bouquet de feuilles se détachait sur le bois mort. Même si elles n'étaient pas plus grosses que l'ongle du petit doigt, on voyait bien que c'étaient des feuilles de koa'kona.

— Comment… ? balbutia la nyphai.

— Un peu de magie et un peu d'esprit suffisent à les alimenter, sourit Rodricko.

Nee'lahn leva les yeux vers lui.

— Elles se nourrissent de ton esprit, devina-t-elle.

— La magie seule ne suffisait pas, admit Rodricko en reposant sa canne.

Pas étonnant qu'il ait tant vieilli depuis leur dernière rencontre, songea Nee'lahn.

— Mais pourquoi ? demanda-t-elle. Pourquoi est-ce si important de les préserver ?

Rodricko soutint son regard.

— Pour l'espoir.

— L'espoir de quoi ? insista Nee'lahn.

Rodricko s'adossa à sa chaise et ferma les yeux.

— Ma famille sert la Sylve Primordiale depuis aussi longtemps que remontent nos souvenirs. Lok'ai'hera était aussi notre foyer. Je suis prêt à tout pour la faire revivre, même à donner mon propre sang.

— Mais je ne comprends toujours pas. Que t'a demandé mon arbre ? voulut savoir Nee'lahn.

Rodricko rouvrit les yeux.

— Ce sera plus facile de te montrer. (Il se mit péniblement debout.) Venez, dit-il à l'ensemble des compagnons. La réponse se trouve là-haut.

Nee'lahn se leva en ravalant une légère appréhension.

Le vieil homme se dirigea vers un étroit escalier incurvé. Sans un mot, il se mit à monter les marches, et les autres le suivirent.

Nee'lahn entendit Mogweed marmonner :

— Je n'aime pas ça.

Sur le palier supérieur, plusieurs portes se découpaient à intervalles rapprochés. Rodricko se dirigea vers celle du centre. Il posa une main sur la poignée métallique et jeta un coup d'œil à Nee'lahn. Ses yeux étaient pleins de douleur – et de quelque chose d'autre.

L'inquiétude de la nyphai redoubla.

— Je suis désolé, dit Rodricko en tirant la porte vers lui. Mieux vaut que tu entres la première.

De l'autre côté du seuil s'étendait une pièce circulaire, semblable à la grande salle mais plus petite. Ici aussi, un pilier central se dressait du sol au plafond. Comme celui d'en bas, il présentait une cavité pas plus grosse qu'une citrouille.

Une douce lumière s'échappait par l'ouverture.

Nee'lahn connaissait cette lumière. Elle avait la même teinte violette que celle émise par un koa'kona en fleur. Seule, la nyphai s'approcha du pilier central. Quelque chose reposait à l'intérieur de la cavité.

— Pendant une année entière, les vestiges d'esprit et la magie qui subsistait dans sa racine principale ont maintenu les branches de l'arbre pleines de feuilles… et même de fleurs, dit la voix de Rodricko derrière Nee'lahn.

La nyphai jeta un coup d'œil au menuisier qui s'était arrêté sur le seuil de la pièce, appuyé sur sa canne. Elle se souvenait du jour où elle avait quitté son koa'kona bien-aimé ; elle s'en souvenait aussi clairement que si cela avait eu lieu la lune précédente plutôt que quinze hivers auparavant. Son arbre semblait intact.

Avec un sentiment proche de l'angoisse, elle reporta son attention sur la cavité et sur ce qui reposait à l'intérieur.

— Le koa'kona savait qu'il venait de produire ses dernières fleurs, poursuivit Rodricko. Il a lancé un appel avec son dernier souffle.

Ce fut tout juste si Nee'lahn entendit ses paroles, ou la question que posa Mycelle.

— Que voulez-vous dire ? demanda la guerrière.

— Lorsqu'un koa'kona est prêt à répandre ses graines, il appelle une sœur qui va brièvement quitter son propre arbre pour mélanger son esprit au sien – un peu comme une abeille faisant circuler le pollen d'une fleur à l'autre. Ainsi l'arbre de Nee'lahn invita-t-il quelqu'un à le rejoindre.

— Mais il ne restait déjà plus de nyphai, objecta Mycelle.

Rodricko baissa la voix.

— C'est faux. Bien que corrompus, les Sinistreurs demeurent des nyphai. L'un d'eux surmonta sa propre douleur pour répondre à l'appel du koa'kona.

— Vous voulez dire qu'un des spectres de la Forêt Noire s'est… accouplé avec l'arbre de Nee'lahn ? s'étonna Mycelle.

La voix de Rodricko se brisa.

— C'était Cecelia, la gardienne. Elle n'avait succombé à la Pourriture et à la folie que depuis peu. Elle vint et partagea son esprit avec le koa'kona afin que la dernière fleur de celui-ci produise des graines fertiles.

— Douce Mère, souffla le seigneur Tyrus. Et ensuite, que se passa-t-il ?

Nee'lahn scrutait la cavité. La réponse gisait à l'intérieur. Un nouveau-né reposait dans l'alcôve comme dans un berceau. La lueur provenait de la graine pourpre, grosse comme une prune, qui saillait de son ventre à l'endroit où aurait dû se trouver le nombril d'un bébé humain.

Nee'lahn tendit la main mais ne put toucher ni l'enfant ni la graine. *Elle a germé*, comprit-elle, choquée.

— Une nouvelle nyphai naquit, répondit Rodricko. En temps normal, un koa'kona et sa liée s'occupent de la jeune sœur jusqu'à ce qu'elle soit assez forte pour planter elle-même sa graine et faire pousser un nouvel arbre afin d'agrandir le bosquet. Mais cette fois… quelque chose ne tourna pas comme prévu.

Nee'lahn le voyait très clairement. La germination semblait s'être déroulée de la façon habituelle. À l'instar des arbres auxquels elles étaient liées, toutes les nyphai poussaient lentement à partir de leur graine. Malgré son apparence de nourrisson, celle-ci présentait un développement normal pour ses quatorze hivers. Mais Rodricko avait raison : quelque chose clochait terriblement.

— J'ignore ce qui se produisit, poursuivit le vieil homme. Ou ce que cela signifie. Peut-être est-ce dû à l'union de l'arbre avec un Sinistreur, un esprit torturé et corrompu. Je n'en sais vraiment rien.

— Qu'est-ce qui ne va pas ? s'enquit Mycelle, perplexe.

Nee'lahn se détourna du pilier central, les jambes molles.

— La nouvelle nyphai… C'est un garçon.

Le lendemain matin, Kral descendit l'escalier qui menait au foyer. Une bonne odeur de pain chaud et un grésillement de porc grillé l'avaient arraché à la tiédeur de son édredon et au calme de sa chambre. Après avoir passé presque la moitié d'un hiver sur la route avec le sol pour matelas et son paquetage pour oreiller, le montagnard avait dormi comme un bébé pendant toute la nuit et une bonne partie de la matinée.

Étirant ses bras pour en faire craquer les articulations, il entra dans la pièce. Visiblement, il était le dernier debout. Les autres avaient déjà pris place autour d'une grande table croulant sous le pain, les fruits, les œufs durs et la viande. Kral remarqua un tas de vêtements et de victuailles à l'autre bout de la pièce : des gants en peau de renard, des capes à capuche doublées d'hermine, des quartiers de bœuf séché et de grandes tranches de fromage dur.

Mycelle vit approcher le montagnard. Le serpent à rayures enroulé autour de son bras s'agita et siffla.

— Kral, assieds-toi et mange. Nous devons discuter d'un tas de choses.

Le montagnard acquiesça, se remplissant les poumons des délicieux parfums de nourriture. Son estomac poussa un grognement approbateur. Il s'installa sur une chaise vide pendant que Rodricko lui remplissait une chope de kafé fumant.

— J'ai fait de mon mieux pour vous procurer des vêtements chauds et des provisions, dit le vieil homme. Mais j'ignore à quoi ils vous serviront. La neige commence à tomber ; bientôt, les passes supérieures de la Piste des Glaces seront fermées jusqu'au printemps prochain.

— Nous partirons aujourd'hui et nous progresserons à bonne allure, dit Mycelle. Grâce à votre générosité, nous pourrons marcher plus vite et plus longtemps.

De l'autre côté de la table, Mogweed poussa un grognement mais ne dit rien. Kral comprenait la consternation du métamorphe. Lui-même aurait volontiers passé quelques jours de plus dans cet endroit chaud et accueillant. Mais il comprenait aussi la nécessité de ne pas lambiner. Les orages de montagne étaient imprévisibles, surtout en cette saison. La probabilité d'essuyer un blizzard, une tempête de glace ou un brouillard givrant augmentait chaque jour.

— Mais comment allons-nous traverser le reste de la Forêt Noire ? s'enquit Méric, serrant sa chope de pierre entre ses doigts fins. Si Nee'lahn reste ici avec l'enfant…

— Il le faut, coupa Rodricko. La graine du koa'kona a sustenté le bébé jusqu'à présent, mais elle ne pourra plus le faire longtemps.

Nee'lahn, qui était assise près de Mogweed, leva les yeux vers ses compagnons. Elle avait de gros cernes noirs et les traits tirés. Visiblement, son sommeil n'avait pas été aussi réparateur que celui de Kral.

— L'enfant approche de l'âge où il va se séparer de la graine qui l'a engendré. Après ça, il aura besoin de l'esprit de l'arbre pour le sustenter.

— Donc, tu dois rester ? demanda Tyrus.

— Je n'ai pas le choix. Garçon ou pas, ce bébé est le rejeton de mon koa'kona bien-aimé. Je ne peux pas l'abandonner. La chanson de mon luth l'alimentera pendant que je veillerai sur lui. Je ne comprends pas pourquoi l'arbre a engendré un nyphai mâle, ni ce que cela signifie, mais je dois faire mon devoir. (Nee'lahn promena un regard à la ronde.) Je suis désolée.

— Je peux vous guider à travers la forêt, proposa Rodricko. (Du menton, il désigna sa canne et le minuscule bouquet de pousses vertes qui l'ornait.) La pureté de cette branche maintiendra les spectres à distance aussi bien que le luth de Nee'lahn. Nous ne devrions pas rencontrer de problèmes.

Kral lut du doute dans les yeux du menuisier. La canne avait peut-être protégé Rodricko, mais rien ne disait que sa maigre protection s'étendrait à tout un groupe.

Les autres aussi avaient dû percevoir l'inquiétude du vieil homme. Un silence pesant s'abattit autour de la table.

Puis un hurlement lointain résonna à travers les murs de bois – une plainte solitaire à laquelle se joignit bientôt une seconde voix… et une troisième. Tandis que les compagnons écoutaient, immobiles comme des pierres, l'horrible chœur enfla au dehors.

Kral sentit la peur s'emparer de leur hôte. Rodricko reposa le pichet qu'il tenait à la main et, d'une voix tremblante, dit :

— Jamais encore ils ne s'étaient aventurés aussi près.

Mycelle se leva.

— Ils doivent savoir que nous sommes ici.

Les autres se mirent également debout et rassemblèrent leurs armes.

— Qu'allons-nous faire ? demanda Mogweed. Vous croyez qu'ils vont attaquer ?

Rodricko se dirigea vers une large fenêtre qui faisait face au sud. Les compagnons le suivirent. Dehors, la lumière du soleil matinal baignait la forêt, mais à cause des nuages perpétuels, elle était terne et sans vie. De la neige festonnait les branches tordues des arbres, accentuant l'aspect sinistre du paysage. Même le petit lac était un miroir de ténèbres.

Sous les yeux des compagnons, les ombres du sous-bois s'étirèrent vers eux, engloutissant les arbres et la neige tandis qu'elles dévalaient la butte et déferlaient dans la cuvette. On aurait dit qu'un brouillard noir consumait le monde.

— Qu… que se passe-t-il ? balbutia Mogweed en reculant.

Instinctivement, ses doigts cherchèrent son frère.

Nee'lahn ne bougea pas.

— Les Sinistreurs se rassemblent. Je n'avais encore jamais vu ça.

Kral savait ce qu'elle voulait dire. En règle générale, les spectres étaient des créatures solitaires. On en croisait rarement plus d'un à la fois sur les pistes de la Forêt Noire ;

c'était l'une des raisons pour lesquelles Nee'lahn avait pu les maintenir à l'écart jusqu'ici.

Mais en scrutant l'obscurité qui se massait autour de la cuvette, le montagnard compris comment le Mur du Nord avait chu. Les Sinistreurs étaient désormais une force unifiée, une armée ténébreuse. Kral se souvenait du spectre changé en malegarde qui avait possédé le corps du roi Ry. Cette démone était-elle responsable de la transformation du Sinistre dans son ensemble ? Si oui, quel contrôle exerçait-elle sur ces autres créatures démentes ? Comment les avait-elle ralliées à son inique dessein ?

Dehors, la lamentation des spectres monta dans des aigus hystériques. La bête à l'intérieur de Kral s'agita. Elle brûlait de joindre sa voix à ce chœur de hurlements sauvages. Mais le montagnard la réprima. Ce n'était pas le moment de laisser sortir Légion, pas encore.

Fermant les yeux, Kral sentit ses perceptions animales se déployer. Avoir été touché par le Seigneur Noir lui permit d'éprouver le frisson qui parcourait l'armée ténébreuse. *Elle est là-dehors*, prit-il conscience. La démone en personne avait amené cette force jusqu'au pas de leur porte. Elle se cachait parmi les spectres, mais elle ne pouvait pas se dissimuler aux yeux d'un autre malegarde. Kral savait désormais qui dirigeait cet assaut ; malheureusement, il ne pouvait pas avertir ses compagnons sans trahir son propre secret.

La voix de Nee'lahn ramena son attention vers le foyer. La nyphai brandissait son luth.

— Je vais sortir leur parler.

Mycelle posa une main sur son épaule.

— Je doute que même la chanson de ton luth suffise à endiguer une telle marée.

— Tu ne seras qu'une note face à une tempête, renchérit Méric. La voix d'un arbre seul se noiera parmi le chœur de leurs hurlements.

— Je dois essayer. Nous n'avons aucun autre moyen de les repousser.

— Je vais t'aider, offrit Rodricko en levant sa canne. Combiné à la chanson du luth, le peu d'esprit qui demeure dans cette branche prévaudra peut-être.

— Mais nous devons tous nous tenir prêts, ajouta Nee'lahn. À supposer que ma tentative porte ses fruits, vous n'aurez pas beaucoup de temps pour les cueillir.

— Que proposes-tu ? interrogea le seigneur Tyrus.

— Préparez vos paquetages. (Du menton, la nyphai désigna l'équipement entassé dans un coin de la pièce.) Si Rodricko et moi parvenons à ouvrir une brèche dans leurs rangs, vous devrez vous y engouffrer immédiatement.

— Et toi ? s'enquit Mycelle.

Le regard de Nee'lahn était hanté, mais plein de détermination.

— Je dois rester pour protéger l'enfant.

Mogweed se dandina, ses yeux roulant de droite à gauche en quête d'un moyen de s'enfuir.

— Pourquoi ne pas emmener ce fichu gamin avec toi ? Si cet arbre est mort de toute façon, à quoi bon rester ici ? Seuls, nous n'aurons pas la moindre chance dans les bois.

Nee'lahn ouvrit la bouche pour refuser, mais Mycelle la prit de vitesse.

— Mogweed a raison. L'enfant sera toujours en danger ici. Nous ne sommes qu'à deux jours de marche de la lisière de la forêt. Si tu parvenais à l'emmener loin de cet endroit maudit…

Rodricko acquiesça.

— Tu devrais peut-être écouter tes amis, Nee'lahn.

— Mais je ne peux pas juste…

— Cet endroit n'est plus qu'une tombe vide. Tant que tu détiendras le luth, l'enfant sera en sécurité avec toi. (Le menuisier scruta les ténèbres massées au dehors.) Et puis, il est tout près de mûrir et de se séparer de sa graine. Peut-être vaut-il mieux qu'il ne la laisse pas tomber ici, dans ce sol infecté par la Pourriture. Peut-être est-ce la raison pour laquelle tes compagnons et toi avez été attirés ici – pour emmener l'enfant.

— Je… je ne sais pas, marmonna Nee'lahn.

— Il vaudrait mieux que quelqu'un prenne une décision, et vite, intervint Mogweed en désignant la fenêtre. Sinon, on la prendra pour nous.

Au-delà du lac, plus aucun arbre n'était visible. Un mur de ténèbres solides cernait la cuvette.

Nee'lahn se mordit la lèvre et se tourna vers Mycelle.

— Va chercher l'enfant. Habille-le chaudement : à son âge, il est encore sensible au gel. Les autres, dépêchez-vous de rassembler vos affaires.

Aiguillonnés par les hurlements des spectres, les compagnons se hâtèrent d'obtempérer. Quelques instants plus tard, ils avaient tous revêtu une cape de fourrure et hissé un paquetage sur leur dos. En outre, Mycelle portait le bébé attaché sur sa poitrine. Elle ne pourrait pas se battre encombrée de la sorte, mais Kral savait que cette fois, ce n'était pas à la pointe de l'épée qu'ils conquerraient leur liberté.

Le montagnard étudia le visage de Nee'lahn qui, serrant son luth contre elle, sondait l'obscurité du regard. Tous leurs espoirs reposaient sur les épaules de cette femme si frêle. Kral percevait sa peur, mais aussi sa détermination.

La nyphai dut sentir qu'il l'observait. Elle pivota vers lui.

— Allons-y.

Kral acquiesça. Il jeta un dernier coup d'œil à la horde. De nouveau, il perçut l'influence du Seigneur Noir à l'œuvre dans ses rangs. La démone malegarde se dissimulait dans ce manteau de ténèbres – un spectre parmi tant d'autres. Mais dans quel dessein ?

Nee'lahn fut la première à passer la porte. Succédant à l'agréable tiédeur qui régnait à l'intérieur du koa'kona, le froid du dehors la frappa comme un coup de poing. Elle hoqueta. Ce n'était pas un froid naturel. De la même façon que les spectres aspiraient la vie de leurs victimes, ils aspiraient la chaleur de l'air ambiant.

La nyphai s'écarta du seuil et des énormes racines de l'arbre. Devant elle, le lac s'étendait couvert de givre. Ses bords avaient gelé pendant la nuit. Nee'lahn descendit vers le rivage et fit face au mur de ténèbres qui encerclait la cuvette. Vue de plus près, sa surface s'agitait et bouillonnait sous la pression des spectres.

— Mes sœurs, marmonna Nee'lahn. Entendez-moi et quittez cet endroit sans nous chercher querelle.

Comme elle levait son luth, le reste du groupe se rassembla derrière elle. Rodricko se tenait au milieu des compagnons, brandissant sa canne devant lui telle une épée.

Nee'lahn prit une profonde inspiration et pinça les cordes de son instrument. Des notes sucrées s'envolèrent à travers l'ouragan de cris et de lamentations. Malgré sa douceur, la musique parvint à s'imposer par-dessus la cacophonie.

« Entendez-moi, mes sœurs », répéta Nee'lahn, chantant à l'unisson du luth.

Les notes balayèrent la surface de l'eau glacée et allèrent frapper la horde ainsi qu'un millier de flèches. Des trous apparurent à la surface du mur noir tandis qu'une partie des spectres s'enfuyaient en hurlant. Un instant, les compagnons purent apercevoir de petits bouts de forêt couverte de neige au-delà de la masse de ténèbres grouillante. Mais les trous se bouchèrent très vite comme les Sinistreurs restants resserraient les rangs.

Nee'lahn plissa des yeux soupçonneux. Qu'est-ce qui poussait les spectres en avant ? Qu'est-ce qui les incitait à combattre leur répugnance naturelle à s'approcher de la Sylve Primordiale ?

Un cri aigu déchira l'air. Faisant volte-face, Nee'lahn vit un Sinistreur s'arracher aux autres et se jeter sur ses compagnons. Le spectre était un nuage de brume noire contre la blancheur de la neige.

Rodricko s'avança, protégeant le reste du groupe. Les doigts de Nee'lahn hésitèrent sur les cordes de son luth – elle avait peur pour ses amis.

— Continue à jouer, l'exhorta Mycelle, les dents serrées. Ne t'arrête pas !

Rodricko agita son bout de bois entre lui et le nuage de brume.

— Va-t'en ! glapit-il à la face de son ennemi.

Le spectre audacieux hésita, puis projeta une lance de ténèbres vers la poitrine du vieil homme. Avec une agilité étonnante, celui-ci bondit en arrière. Sa canne s'abattit sur l'ombre meurtrière. À l'endroit où elle frappa, de la lumière flamboya – une lumière pourpre couleur de koa'kona en fleur. Le spectre explosa en une nuée de fragments déchiquetés, qui regagnèrent aussitôt le mur.

Kral poussa un rugissement de triomphe. Mais Mycelle continua à regarder Nee'lahn.

— Joue ! Joue si tu veux vivre !

La nyphai retourna à son luth, dont elle pinça les cordes avec une ardeur renouvelée. Le mur de spectres se tordit de douleur, les hurlements succédant aux hurlements. Nee'lahn pivota sur elle-même pour propager sa musique dans toutes les directions.

« Entendez la chanson de la Sylve Primordiale », chanta-t-elle doucement comme les notes emportaient ses paroles à travers la cuvette. *Souvenez-vous des bourgeons qui jaillissent sous le soleil printanier… Souvenez-vous des collines en fleurs par une nuit estivale… Souvenez-vous du flamboiement et de l'interminable pluie de feuilles en automne… Souvenez-vous du souffle glacial de l'hiver lorsque le flot de la sève ralentit et*

que les étoiles brillent comme de l'argent dans le ciel nocturne… Souvenez-vous de tout cela. Souvenez-vous de la Sylve. Souvenez-vous de la vie !»

Comme si elle venait de réciter une incantation, les spectres irrésistiblement attirés par sa musique s'avancèrent vers elle. Leurs cris se firent moins aigus, plus plaintifs. Des brèches apparurent dans le mur tandis que des lambeaux de ténèbres fusaient vers le ciel et s'éloignaient en pleurant de chagrin.

— Ça marche, constata Méric.

Nee'lahn continua à chanter, mais dans la langue d'autrefois. Elle évoqua le soleil levant et les gouttes de rosée luisant dans l'herbe tandis que son luth appelait les nyphai à la communion. C'en fut trop pour la horde. Malgré l'union censée faire leur force, de plus en plus de spectres s'enfuirent.

Deux d'entre eux tentèrent d'attaquer les compagnons – pour faire taire la chanson du luth plutôt que pour les blesser véritablement. Mais Rodricko eut tôt fait de les chasser.

Sentant la victoire toute proche, Nee'lahn haussa la voix.

Mais au bout d'un moment, elle se rendit compte qu'elle ne chantait pas seule. Une autre voix se superposait à la sienne, se fondant à la musique de manière si fluide que la nyphai ne s'en aperçut pas avant qu'il soit trop tard. Cette voix provenait du mur de ténèbres en train de se déliter. Avec beaucoup de subtilité et de talent, elle distordait la chanson de Nee'lahn pour changer sa lumière en obscurité.

— « Rêvez de la tiède caresse du soleil », roucoulait Nee'lahn.

— « Et de la brûlure d'une sécheresse sans fin », répondait l'écho ténébreux.

— « Célébrez la douceur des pétales qui s'ouvrent pour la première fois », contrait Nee'lahn.

— « Et les vers qui vont ronger le cœur à nu de la fleur », concluait son adversaire.

Les sourcils froncés, Nee'lahn lutta pour décourager l'intruse. Elle s'abandonna à la mélodie de la Sylve Primordiale et chanta de plus en plus fort. Mais la voix parasite refusait d'abandonner. Elle enroulait sa chanson autour de celle de Nee'lahn, l'étranglant avec ses chuchotements de bois mort et de racines pourrissant. Lentement, Nee'lahn prit conscience qu'elle était dépassée. Son adversaire était plus âgée, plus expérimentée. L'écho des siècles résonnait dans sa voix.

Nee'lahn ne put résister plus longtemps. Sa propre voix dérailla, et son luth se mit à trembler. Tout autour de la cuvette, les spectres se regroupèrent, consolidant le mur noir.

— Que se passe-t-il ? interrogea Mycelle en se rapprochant de Nee'lahn, l'enfant serré contre sa poitrine.

— Je l'ignore, répondit la nyphai. (Ses doigts ralentirent sur les cordes du luth tandis qu'elle cherchait désespérément un moyen de contre-attaquer.) Quelque chose… Il y a quelque chose là-dehors… Quelque chose de plus fort que moi.

Kral se plaça de l'autre côté de Nee'lahn.

— Et ça vient vers nous, gronda-t-il.

Mycelle jeta un coup d'œil au montagnard, puis reporta son attention sur les spectres rassemblés.

Un nuage noir sortit du mur – une nappe de brume tourbillonnante et informe. Il dériva à la surface du lac avec une lenteur toute laconique, comme s'il se moquait bien de la chanson du luth ou du petit groupe de gens qui se dressait face à lui.

Nee'lahn et les autres battirent en retraite.

En atteignant la rive d'en face, le nuage se comprima et acquit de la substance. Une silhouette de femme aux contours imprécis se forma sur le bord du lac gelé. Elle était mince, nimbée par une énergie argentée. Nee'lahn sentit que c'était elle qui avait si habilement corrompu sa chanson. Fardale gronda, montrant les crocs, et Rodricko s'avança en brandissant sa canne.

La femme de ténèbres sourit au menuisier.

— Un brave chevalier taillé dans du bois, lança-t-elle sur un ton dédaigneux. Le dernier protecteur de la Sylve Primordiale.

Mais malgré son attitude méprisante, elle n'approcha pas davantage.

— Je te connais, dit Nee'lahn, se souvenant d'où elle avait déjà entendu cette voix criarde. Tu es le spectre qui possédait le roi Ry.

Le sourire de l'apparition s'élargit et se fit glacial en même temps.

— Ah, oui… C'était bon de porter de nouveau un habit de chair. (Elle jeta un coup d'œil au seigneur Tyrus.) Fût-il aussi décrépit et répugnant que le corps de ce vieillard.

Le prince voulut s'élancer, mais Kral l'en empêcha.

— Vous n'avez aucune arme capable de blesser un malegarde, le prévint-il en lui tenant le coude.

Ignorant les deux hommes, le spectre reporta son attention sur Nee'lahn.

— Moi aussi, je te connais, Nee'lahn. (Un rire dépourvu de gaieté s'échappa de ses lèvres d'ombre.) Au château, tu m'as prise par surprise. Je ne m'attendais pas que tu surgisses du granit de la sorte. Mais depuis, j'ai eu le temps de m'habituer à ta présence. La Racine Noire m'a accordé sa protection contre ta chansonnette.

— Tu ne nous auras pas, la prévint Nee'lahn. Je te combattrai jusqu'à ma dernière étincelle de vie.

L'apparition s'esclaffa de plus belle.

— Décidément, tu es devenue bien imbue de toi-même. Mais ce n'est pas toi que je veux. (Son regard se tourna vers l'enfant que tenait Mycelle.) C'est le petit garçon. *Mon* petit garçon.

Choquée, Nee'lahn recula.

— T… ton petit garçon ?

Nouvel éclat de rire.

— Je croyais que tu me connaissais, Nee'lahn.

La brume se contracta davantage, précisant les contours de la silhouette floue et dessinant des traits familiers.

— Cecelia, hoqueta Nee'lahn.

Rodricko fit un pas en avant.

— La gardienne du bosquet.

Nee'lahn gémit. Pas étonnant que sa chanson ait été mise en échec. Avant d'être corrompue, l'ancienne avait atteint un âge qui se comptait en siècles. Elle était la plus sage des nyphai, pleine de connaissance et de ruse.

L'apparition baissa un regard méprisant vers Rodricko.

— Toujours là, menuisier ?

Elle glissa vers lui. Le vieil homme brandit sa canne.

— Non ! s'exclama Nee'lahn.

Le morceau de bois traversa la femme d'ombre. Une lumière violette flamboya de nouveau, mais cette fois, elle ne fit aucun mal au spectre. Cecelia sourit, les yeux fixés sur la canne qui lui transperçait la poitrine.

— L'esprit de ton arbre ne peut pas me faire de mal. Il a fusionné avec le mien. Nous ne faisons plus qu'un.

Un tentacule de ténèbres jaillit de son plexus et s'enroula amoureusement autour de la branche coupée.

— Rodricko, recule ! aboya Nee'lahn.

— Je… je ne peux pas bouger.

Le spectre sourit.

— Je sens ton esprit dans le bois, brave chevalier. S'est-il nourri de toi ? Quelle cruauté de faire ainsi traîner l'inévitable… Laisse-moi te montrer la bienveillance de la Racine Noire.

Le tentacule se crispa sur la canne, et Rodricko tomba à genoux.

En moins d'un battement de cœur, sa vie fut aspirée à travers la branche de koa'kona et se déversa à l'intérieur de la silhouette brumeuse du spectre. Le vieil homme se ratatina, un cri sur les lèvres. Puis il s'affaissa sur le sol enneigé – mort. Son corps n'était plus qu'une coquille vide et difforme. Sa canne tomba en poussière dans sa main racornie.

— Quel dommage ! Il restait si peu de vie en lui, se lamenta la démone. Il n'a fait qu'aiguiser mon appétit.

Nee'lahn sentit ses jambes mollir.

— La famille de Rodricko t'a servie pendant des générations. Quel monstre es-tu devenu ?

Kral rejoignit la nyphai pour la soutenir.

— Ne cherche pas de réponses ici, lui conseilla-t-il. Elle est sous l'emprise du Cœur Noir, corrompue et soumise à sa volonté.

— Corrompue ? (La forêt résonna du rire amer de Cecelia.) Regarde autour de toi, homme des montagnes. C'est la Terre elle-même qui a corrompu mon bosquet. Tu ne peux pas imaginer ce que j'ai ressenti. Un tel chagrin… Et quand l'arbre mourant de Nee'lahn m'a appelée, la douleur s'en est trouvée décuplée. Je n'ai pas supporté de toucher un esprit si pur avec ma souillure.

Un gémissement plaintif monta vers le ciel.

Autour de Nee'lahn, ses compagnons tombèrent à genoux, accablés par tant de désespoir. Seule la nyphai demeura debout.

Le cri de Cecelia mourut lentement. D'une voix plus calme, l'apparition poursuivit :

— Alors que j'étais faible et vulnérable, la Racine Noire m'a trouvée. Je l'ai laissé faire ce qu'elle voulait. Rien n'avait plus d'importance pour moi. Après coup, je me suis félicitée de ne pas avoir résisté. Le contact de la Racine Noire a dénoué ce qui avait été emmêlé par la malédiction de la Terre. Son feu m'a rendu mon esprit et révélé mon véritable ennemi.

— Et de quel ennemi s'agit-il ? interrogea Nee'lahn.

Le spectre la regarda durement.

— Mais de la Terre, ma chère ! La cruelle, la vindicative, l'impitoyable Terre. La Racine Noire m'a promis une vengeance éclatante. Je me suis servie de mes dons pour rallier les Sinistreurs à notre cause commune, pour abattre le Mur du Nord et garder les sentiers qui conduisent dans les montagnes. Rien ne doit interférer avec son dessein.

Nee'lahn était abasourdie.

Toujours à genoux dans la neige, Mycelle prit la parole :

— Que compte faire le Seigneur Noir ?

La folie fit briller les yeux de Cecelia.

— Il va faire hurler la Terre encore plus fort que mes sœurs. La corrompre comme elle a corrompu ma douce forêt.

Après quelques instants de silence choqué, Mycelle se redressa.

— Et cet enfant ? Quel rôle joue-t-il ?

Cette question parut ébranler la démone. Son regard se posa sur l'enfant emmailloté que la guerrière tenait dans ses bras.

— Il… il est à moi.

Mycelle laissa passer quelques secondes avant de chuchoter :

— Le Seigneur Noir ignore son existence, n'est-ce pas ? Tu as caché ce secret à ton maître.

Cecelia se mit à trembler.

— Il… il est à moi, répéta-t-elle.

— Ton dernier vestige de pureté, devina Mycelle.

Les contours du spectre commencèrent à s'effilocher.

Percevant une faiblesse à exploiter, Nee'lahn fit un pas en avant. Elle caressa tendrement les cordes de son luth. Une petite musique s'éleva de l'instrument, si douce qu'aucune oreille humaine n'aurait pu l'entendre. La nyphai tissait une chanson très ancienne, une chanson de naissance et de mort – le cycle de la vie. Distrait, le spectre n'y fit pas attention.

— Laisse-nous emmener ton enfant, réclama Mycelle sur un ton pressant. L'emmener là où la Pourriture ne pourra jamais le toucher.

L'apparition hésita. Elle était redevenue nuage plus que femme.

— Il n'existe pas d'endroit sûr en ce monde. Ou du moins, il n'en existera pas jusqu'à ce que la Racine Noire ait détruit la Terre. Alors seulement, mon petit garçon pourra pousser droit et devenir robuste.

Mycelle acquiesça. Elle comprenait.

— Laisse-nous le protéger jusqu'à ce jour.

— Il sera plus en sécurité avec moi. Personne ne lui fera de mal.

— Comment peux-tu en être certaine ? As-tu échappé à la Pourriture ? Et tes sœurs, y sont-elles parvenues ? Le plus grand danger pour cet enfant, c'est la Forêt Noire. Son seul espoir, c'est de s'échapper d'ici, comme Nee'lahn autrefois.

L'indécision agita le nuage de brume.

Nee'lahn continua à tisser sa chanson autour du spectre, invoquant les instincts maternels de cette créature pervertie, cherchant à atteindre la graine de pureté enfouie au plus profond d'elle.

— Je ne peux… je ne peux pas me séparer de lui, gémit Cecelia.

— Préfères-tu qu'il soit élevé parmi les hurlements des Sinistreurs ou avec la chanson sylvestre du luth de Nee'lahn ? insista Mycelle. Laquelle de ces deux chansons est la plus susceptible de le rendre grand et fort ? Tu as engendré quelque chose de nouveau, quelque chose de merveilleux, quelque chose de pur. Laisse-nous t'aider à le protéger.

Nee'lahn complétait les paroles de la guerrière avec sa musique. Elle tissait des images de feuilles mortes qui tombaient des arbres, pourrissaient et se changeaient en humus afin de nourrir la génération suivante – de préparer le sol de la forêt à accueillir de nouvelles pousses. Le cycle du sacrifice de la vie. Les morts rendant ce qu'ils avaient reçu aux vivants. Le don de soi dans l'amour et la naissance.

Finalement, quelque chose se brisa en Cecelia. Le nuage noir s'éleva dans les airs et fila au-dessus du lac.

— Emmenez l'enfant, gémit Cecelia. Emmenez mon petit garçon loin d'ici.

Son cri se répercuta à travers la cuvette, brisant le mur de spectres. Tandis que la démone malegarde s'enfuyait dans la forêt, ses sœurs la suivirent sans demander leur reste.

Nee'lahn se dirigea vers Rodricko et s'agenouilla près de son corps. Elle lui toucha doucement la joue, lui souhaitant un bon voyage vers l'au-delà et le remerciant en silence pour tout ce qu'il avait fait. Si la forêt morte avait pu produire une nouvelle vie, c'était aussi grâce à son sacrifice.

Mycelle rejoignit la nyphai.

— Cecelia est folle, dit-elle en regardant les ténèbres se déchirer autour des compagnons. Nous ne pouvons pas lui faire confiance. Seule ta musique a pu réveiller ses plus nobles instincts.

Surprise, Nee'lahn se releva en haussant les sourcils.

— J'ai les oreilles d'une métamorphe, expliqua Mycelle. J'ai entendu ta chanson faire ployer la volonté de Cecelia. Mais les effets de ton enchantement risquent de ne pas durer, surtout lorsque Cecelia comprendra où nous allons. Elle pourrait se retourner contre nous en un clin d'œil.

— Dans ce cas, dépêchons-nous de filer avant qu'elle change d'avis.

Nee'lahn remit son luth en bandoulière. Les mains libres, elle prit l'enfant des bras de Mycelle. Elle scruta le visage minuscule du nourrisson, puis leva la tête vers son arbre mort mais toujours aussi majestueux. Ses yeux se remplirent de larmes.

— Tu veux qu'on te laisse seule un moment pour dire au revoir à ton foyer ? proposa Mycelle.

Nee'lahn se détourna et commença à s'éloigner, l'enfant pressé contre son cœur.

— Ce bosquet n'est plus mon foyer. Lok'ai'hera est morte. Désormais, j'emporte tout ce que j'aime avec moi.

16

Les jambes de Mogweed lui faisaient mal ; le froid et la rareté de l'air lui brûlaient les poumons. Il détailla la piste de montagne qui sinuait devant lui, grimpant toujours plus haut.

Depuis leur évasion de la Forêt Noire, six jours auparavant, les compagnons ne cessaient de prendre de l'altitude. Ils n'avaient droit à de brefs répits que lorsque la piste traversait une petite vallée. Le reste du temps, lieue après lieue, ils escaladaient les pics granitiques du nord d'Alaséa.

Du moins avaient-ils laissé les Sinistreurs derrière eux, dans leur contrée natale pervertie. À présent, ils étaient entourés par une forêt de pins et de séquoias au tronc droit comme une flèche et aux branches ployant sous la neige.

Succédant aux géants difformes de la Forêt Noire, la vision de ces arbres sains les avait tout d'abord réjouis. Mais une journée de marche plus tard, ils avaient atteint leur premier hameau de montagne. Celui-ci avait été incendié. Des cheminées noircies se dressaient parmi des poutres brûlées et fendues, et des têtes avaient été plantées sur des piques au milieu de la place centrale – l'œuvre, à n'en pas douter, de maraudeurs n'ains.

Tout espoir de reconstituer leurs réserves de provisions s'était évanoui alors qu'ils exploraient le hameau en ruine. Celui-ci ne leur avait accordé qu'une faveur : un poney squelettique découvert dans un bosquet voisin.

Après ça, Kral avait guidé le groupe à l'écart de la Piste des Glaces, sur laquelle il ne s'estimait plus en sécurité.

— J'imagine que les n'ains ont nettoyé toutes les bourgades le long de la route qui conduit au Mur, histoire de fortifier le chemin d'accès à la Citadelle. Il y aura sûrement des sentinelles et des postes de garde le long de la passe principale. Nous aurons moins de risques de nous faire repérer sur les pistes plus étroites et plus raides.

Ainsi les compagnons avaient-ils quitté la route relativement praticable pour des sentiers sinueux à flanc de montagne.

En tête du groupe, Nee'lahn montait le poney et serrait le bébé contre elle. Elle seule était assez légère pour que l'animal décharné puisse la porter. De temps en temps, Mogweed lui jetait un regard furibond. Il n'était pas beaucoup plus lourd qu'elle. Et puis, le poney leur aurait été plus utile s'ils l'avaient achevé et débité pour faire sécher sa viande au soleil. À cause du pillage des hameaux, ils avaient rapidement épuisé leurs provisions.

Enfin, alors que le soleil s'abîmait derrière les pics couronnés de neige, Mycelle leva un bras, signalant la fin de leur marche quotidienne.

— On va camper près du ruisseau, dit-elle en tendant un doigt vers la droite, où un torrent de montagne dévalait une série de contreforts.

— Merci, Douce Mère, marmonna Mogweed.

Ses cuisses et ses mollets n'étaient plus que des nœuds de muscles. Quittant la piste tracée par des cerfs, il suivit les autres jusqu'à un petit plateau.

Le camp fut vite dressé. Les compagnons avaient passé suffisamment de temps sur la route pour que chacun d'eux connaisse par cœur les tâches qui lui avaient été assignées. Kral creusa une fosse pour le feu et déblaya les aiguilles de pin mortes alentour, afin que les autres puissent dérouler leurs couvertures. Méric et Tyrus ramassèrent du bois pendant que Nee'lahn allait chercher de l'eau.

Mogweed fouilla les paquetages en quête de gamelles et de quelque chose à manger. Il fourra un morceau de fromage dur dans sa bouche, puis sortit un peu de mouton séché pour le dîner du groupe.

Mycelle le rejoignit. Il avala précipitamment la friandise qu'il venait de voler, mais le regard de la guerrière était fixé sur la forêt.

— Tu as vu un signe de ton frère ?

Mogweed se rembrunit.

— Pas depuis hier soir.

— Il doit chasser à l'écart de la piste, murmura Mycelle. Mais je serais plus rassurée si je savais qu'il va bien.

Mogweed se redressa, une poêle à la main.

— Il est plus en sécurité dans les bois qu'avec nous. Là-dedans, il peut se fondre aux autres créatures sauvages.

— Ce ne sont pas les dangers de la forêt qui m'inquiètent. (Mycelle jeta un coup d'œil au petit homme.) C'est son propre esprit. Le loup en lui est tout près de le submerger.

— Il nous reste encore une lune avant de nous figer, argua faiblement Mogweed.

Mycelle leva la tête. La lune pleine se détachait à leur aplomb dans le ciel crépusculaire.

— J'espère que tu as raison.

Et elle s'éloigna.

Un frisson parcourut Mogweed tandis qu'il scrutait la forêt alentour. De fait, où était Fardale ? Jamais encore son frère n'avait disparu une journée entière. Et la veille, avant de s'enfoncer dans l'obscurité, il s'était tourné vers Mogweed pour lui envoyer des images floues, dépourvues de sens. Même ses yeux ne brillaient plus aussi fort. Le loup avait presque entièrement pris possession de lui.

Au moins Mogweed portait-il une forme humaine qui le rendait moins vulnérable à ce genre de pulsions. Tous les métamorphes le savaient : plus sauvage est l'animal, plus rapide est la transformation définitive. Mogweed devait pourtant reconnaître qu'il se sentait de plus en plus à l'aise dans son corps actuel. Au début, la fragilité de celui-ci l'avait irrité. Porter des vêtements le gênait, et ses bottes lui écorchaient les pieds. Il s'en souvenait encore. Mais, après tant de lunes passées sous sa forme humaine, il commençait vraiment à l'apprécier. Son désir ardent de remodeler sa chair s'était peu à peu estompé. Même quand il soupirait après des membres plus robustes ou une chaude fourrure, il savait qu'une fois la nécessité passée, il reprendrait son aspect humain.

Mogweed frissonna. Il voulait ignorer ce changement de perspective, mais au fond de son cœur, il savait ce que ça signifiait. Lui aussi était tout près de se figer. L'humain en lui menaçait son véritable héritage. Désormais, Mycelle comprenait mieux Fardale que lui. Parce que non seulement les messages du loup devenaient plus rudimentaires, mais aussi parce que la capacité de Mogweed à les déchiffrer ne cessait de diminuer. Il leva les yeux vers le disque argenté qui se découpait dans le ciel. *Encore une lune, et tout sera perdu.*

— Cesse de bayer aux corneilles, grommela Kral sur le côté, et apporte-moi le matériel de cuisine.

Pivotant, Mogweed vit que le montagnard avait déjà allumé un petit feu. Il le rejoignit. Kral nourrissait les flammes avec des branches mortes ; sa barbe noire dégoulinait comme la glace fondait sur ses cheveux bouclés.

— Il fiche quoi, l'el'phe ? grogna-t-il. J'ai besoin de quelque chose de plus substantiel que des brindilles pour alimenter ce feu.

Ses prunelles étaient semblables à deux braises.

Mogweed posa la poêle et les gamelles exhumées de leurs paquetages et s'écarta sans tourner le dos à Kral. Il avait passé toute sa vie dans la forêt et, même s'il était près de se figer sous sa forme humaine, ses instincts animaux demeuraient vivaces. Il percevait quelque chose de sauvage et de brutal chez le montagnard. Comme celle de Fardale, la nature bestiale de Kral semblait s'amplifier chaque jour. Mogweed supposait que c'était parce qu'ils approchaient de Tor Amon, l'ancien fief de son peuple. Peut-être cela ravivait-il son animosité. Mais quand il se trouvait tout près du montagnard, comme en ce moment, un doute le saisissait.

— Je… je vais chercher Méric et Tyrus. Les aider à ramasser plus de bois.

— Assure-toi qu'ils en ramènent une brassée chacun, gronda Kral en levant les yeux vers le ciel. Il va neiger ce soir ; on risque de geler.

Mogweed acquiesça et s'éloigna. Il n'avait aucune intention de chercher les autres. Ce n'était pas son boulot. Et puis, il faisait noir dans les bois. Pas question qu'il s'aventure là-dedans tout seul. Au lieu de ça, dès qu'il fut hors de vue de Kral, le métamorphe descendit vers la rivière.

Un peu plus bas, il entendit les voix de Mycelle et de Nee'lahn. Il s'approcha sur la pointe des pieds pour épier la conversation des deux femmes.

— Comment va le petit Rodricko ? interrogea Mycelle en plongeant un seau dans l'eau et en le ressortant plein.

Elle parlait du bébé nyphai, auquel Nee'lahn avait donné le nom du menuisier défunt.

— Il se porte bien. L'esprit de mon arbre lui donne des forces.

Nee'lahn accepta le seau que lui tendait Mycelle. De sa main libre, elle remonta le bébé contre sa poitrine.

— Il n'est pas le seul à profiter, dit-elle en souriant. Mes seins ont commencé à gonfler. Le temps qu'il se sépare de sa graine de naissance, ils seront prêts à le nourrir.

— Et tu penses que ça arrivera quand ? demanda Mycelle en plongeant un deuxième seau dans la rivière.

— C'est difficile à dire. Mais pas plus de deux lunes.

— Si vite ?

Nee'lahn acquiesça. Les deux femmes se mirent à marcher en direction de la cachette de Mogweed. Celui-ci se tapit derrière un rocher pour ne pas être vu, puis les suivit tandis qu'elles rebroussaient chemin.

Dissimulé par les branches d'un séquoia, il put détailler l'ensemble du campement. Méric et Tyrus étaient revenus avec tout le bois souhaité. Kral s'affairait devant le feu. Nee'lahn posa son seau près du montagnard, puis s'assit sur une pierre pour bercer le bébé.

Mycelle se dirigea vers le poney avec le deuxième seau. L'animal ignora l'eau qu'elle lui offrait et continua à brouter les maigres touffes d'herbe. La guerrière s'essuya les mains et leva les yeux vers le ciel. Malgré la distance qui les séparait, Mogweed la vit pousser un gros soupir, jeter un coup d'œil à leurs compagnons et s'éloigner discrètement.

Mogweed pinça les lèvres. Il savait ce que Mycelle était sur le point de faire. Sans la quitter des yeux, il contourna furtivement le camp. Quand il le voulait, il était capable de se déplacer dans les bois sans faire plus de bruit que son frère le loup.

Mycelle redescendit vers le bord de la rivière. Elle jeta sa cape sur un morceau de granit plat, puis entreprit de défaire sa ceinture et les boutons de ses habits en cuir. Bientôt, il ne lui resta plus que ses sous-vêtements. Elle les ôta sans se soucier du froid et, une fois nue, s'assit en tailleur sur sa cape.

Mogweed se dandina comme une brusque chaleur envahissait son bas-ventre. Il s'humecta les lèvres et, du regard, détailla les courbes de la guerrière, tendant le cou pour mieux voir ses longues jambes musclées. Bien que déshabillée, Mycelle n'était pas entièrement nue : autour de son bras, elle portait toujours le serpent aux couleurs de l'arc-en-ciel.

Elle leva de nouveau les yeux vers la lune et la regarda fixement un long moment. C'était bien ce que Mogweed espérait. Une fois de plus, le moment était venu pour la guerrière de régénérer grâce au venin du paka'golo. Le reptile s'agitait comme s'il l'avait senti, lui aussi.

Très excité, Mogweed déglutit sans quitter Mycelle des yeux.

La guerrière saisit le serpent et l'approcha de sa gorge, penchant la tête sur le côté pour lui offrir la chair tendre au creux de son cou. Le paka'golo se tordit entre ses doigts et darda sa langue minuscule. Il se redressa, ouvrant la gueule et exposant toute la longueur de ses crocs.

Mogweed ne le vit même pas frapper. L'instant d'après, les mâchoires du reptile étaient accrochées sur la gorge de Mycelle, et des spasmes parcouraient son corps tandis qu'il projetait son poison dans la chair de la guerrière.

Lentement, Mycelle s'affaissa sur elle-même. Ses bras retombèrent. À l'endroit où le serpent l'avait mordue, sa chair commença à fondre. Ce furent d'abord son cou et son épaule qui se changèrent en une masse de gel ambré. Puis la transformation s'étendit comme le poison se répandait dans ses veines. Sa silhouette fondit ainsi qu'une poupée de cire exposée à une flamme.

Mogweed serra les poings de frustration. Telle était la véritable forme des si'lura. L'homme en Mogweed avait réagi au spectacle de la nudité de Mycelle ; à présent, sa moitié si'lurane vibrait de désir. Il aurait tant voulu fondre lui-même et se mélanger à la guerrière ! C'était tout juste s'il pouvait se contenir. De la sueur perlait sur sa peau. Son cœur battait la chamade et son sang s'engouffrait plus fort, plus vite que jamais dans ses veines.

Mais il n'était pas le seul à partager ce moment. Le paka'golo qui, jusque-là, avait flotté en surface de la masse gélatineuse se laissa couler dans ses profondeurs et se mit à nager à l'intérieur de Mycelle. Mogweed vit ses reptations au travers de la chair translucide de la guerrière. Sur le passage du serpent, celle-ci ondulait et son éclat ambré s'intensifiait.

Lorsque tout le corps si'luran de Mycelle brilla, le paka'golo refit surface tel un plongeur. Les ondulations s'estompèrent dans son sillage et une forme se modela lentement au milieu du chaos. Des membres humains réapparurent, suivis par des courbes appétissantes.

Mycelle était ressuscitée. Les lèvres entrouvertes, elle hoqueta et prit sa première inspiration. Elle resta allongée sur sa cape, haletante, les yeux fermés tandis que la transformation s'achevait et que le paka'golo reprenait sa place autour de son bras.

Mogweed tremblait de tout son corps lorsque quelque chose de froid toucha la peau brûlante de sa joue. Il poussa un glapissement et se rejeta en arrière, levant un bras pour se protéger la figure.

Une grande forme sombre le surplombait. Il lui fallut un battement de cœur affolé pour reconnaître son frère. Fardale s'assit sur son arrière-train, la langue pendante et les yeux brillants d'amusement.

Mogweed se rassit et donna une bourrade à son frère. Mais il était encore très secoué.

— Qui est là ? appela une voix rauque.

C'était Mycelle.

Mogweed frémit et se redressa maladroitement.

— C'est… ce n'est que moi ! J'ai trouvé Fardale. (Il s'avança comme s'il venait juste d'arriver.) J'ai pensé que tu voudrais le savoir.

En écartant une branche, il vit que Mycelle avait déjà renfilé ses sous-vêtements. La guerrière lui adressa un signe de tête et reporta son attention sur le reste de ses habits. Elle semblait épuisée.

— C'est bon de te revoir, Fardale.

Le loup grogna, puis descendit vers la rivière et but longuement.

Mycelle et Mogweed échangèrent un regard. Tous deux avaient remarqué l'absence de salutations mentales. Fardale n'essayait même plus de communiquer à la façon des si'lura.

Le museau dégoulinant, il se dirigea vers un buisson et leva la patte. Un jet d'urine chaude fuma dans l'air glacial de la nuit.

De nouveau, Mycelle jeta un coup d'œil à Mogweed et haussa un sourcil. Le petit homme ne réagit pas : il était trop choqué par la désinvolture avec laquelle son frère venait d'agir.

Lorsqu'il eut terminé, Fardale leva le museau, renifla et s'éloigna en direction du camp, visiblement attiré par l'odeur de la viande en train de cuire sur le feu.

Mycelle boutonna son pantalon.

— Fardale se comporte vraiment comme un loup. Tu es certain que vous avez encore une lune entière avant de vous figer ?

Mogweed se souvint de sa propre réaction face au corps nu de la guerrière. Il avait eu désespérément envie de la prendre comme un homme. Envie qui tardait d'ailleurs à disparaître – heureusement que sa cape la dissimulait en grande partie.

— Je… je ne sais pas. Personne n'avait jamais été maudit de la sorte avant nous.

Mycelle lui toucha l'épaule, et il dut réprimer un frisson.

— S'il existe un moyen de l'empêcher, nous le trouverons, promit la guerrière.

Mogweed acquiesça et s'écarta d'elle. Comme Mycelle se penchait pour ramasser son pourpoint, il jeta un coup d'œil au paka'golo, et une colère mêlée de frustration incinéra les vestiges de son désir. Ce n'était pas juste que le serpent ait rendu ses capacités de métamorphe à la guerrière. Celle-ci avait volontairement choisi de se figer sous sa forme humaine, et pourtant, on lui avait donné une seconde chance.

Comme s'il avait senti que Mogweed l'observait, le paka'golo leva sa tête minuscule. Leurs regards se croisèrent. Une langue minuscule se darda pour goûter l'air entre eux.

Mogweed plissa les yeux, se souvenant des ondulations de la chair de Mycelle. Pour la millième fois, il se demanda si une réponse à ses propres problèmes ne se trouvait pas juste sous son nez. Mama Freda, la vieille guérisseuse, avait affirmé que le serpent était lié à Mycelle depuis la résurrection de celle-ci et que sa magie se canalisait désormais vers le seul esprit de la guerrière. Mais que se passerait-il si ce lien venait à être brisé ? Serait-il possible d'en créer un nouveau ?

Mycelle se redressa en tirant sur son pourpoint.

— On devrait regagner le camp.

Mogweed acquiesça. Il attendit que la guerrière ait fini de se rhabiller, puis la suivit en détaillant son dos.

Comme il marchait derrière elle, un nouveau désir s'empara de son cœur – un désir beaucoup plus sombre qu'une simple pulsion sexuelle. Et si le lien *pouvait* être brisé ?

Perché dans les branches d'un énorme séquoia, Méric comptait les n'ains qui passaient en contrebas. *Dix.*

C'était la deuxième patrouille que les compagnons croisaient aux abords de Tor Amon. Et comme la précédente, elle ne brillait pas par sa vigilance. Des rires gutturaux et des éclats de voix descendant depuis la passe de montagne avaient trahi son approche, laissant aux voyageurs tout le temps de s'organiser. Dans ces hauteurs, les n'ains étaient devenus négligents. Ce qui se comprenait : entre les Sinistreurs de la Forêt Noire et leur propre armée retranchée à Château Mryl, qu'avaient-ils à craindre dans ces montagnes isolées ? Qui pouvait bien venir les menacer ?

Portant à ses lèvres une main à demi repliée, Méric poussa le cri perçant d'un aigle des glaces. Aussitôt, Fardale jaillit de derrière un buisson de houx et se jeta sur le dernier n'ain de la colonne. Il lui sectionna les tendons et disparut dans un éclair de fourrure. Le n'ain blessé hurla et tomba, face contre terre. Les autres firent volte-face.

À la faveur de leur distraction, Méric bondit de son perchoir en invoquant juste assez de magie élémentale pour ralentir sa chute. Deux arbalètes vibrèrent dans ses mains tandis que leurs carreaux filaient dans les airs. Le premier se planta dans l'œil d'un n'ain ; le second transperça la gorge d'un autre. Méric atterrit gracieusement dans un tas d'aiguilles de pin. Lâchant ses arbalètes, il dégaina sa fine épée et, si vite que l'œil humain n'aurait pu le suivre, empala le n'ain le plus proche.

Kral et Tyrus apparurent soudain derrière les soldats : l'un, sombre comme la forêt en pleine nuit ; l'autre, irradiant tel le soleil matinal. Ils chargèrent en brandissant hache et épée. Au moment où ils frappaient l'arrière-garde ennemie, Mycelle surgit sur un côté de la piste pour attaquer le flanc de la patrouille avec ses épées jumelles.

Pris par surprise, la plupart des n'ains s'écroulèrent sans même avoir pu dégainer. Le massacre fut aussi rapide que brutal. Kral fendait les rangs ennemis à grands coups de hache, faisant jaillir du sang, des tripes et de la cervelle sur son passage. Mycelle et Tyrus tourbillonnaient derrière lui, achevant les blessés qu'il laissait dans son sillage.

Méric vit un n'ain tenter une échappée. Il était plus mince et avait des jambes plus longues que les autres. Sans doute un messager – et à peine sorti de l'adolescence, avec ça. Les yeux écarquillés par la terreur, il rebroussa chemin en courant. Il espérait sans doute survivre et donner l'alarme. Méric baissa son épée en secouant la tête.

Tandis que le n'ain fonçait le long de la piste, des racines se tendirent pour s'enrouler autour de ses chevilles. Il tomba à plat ventre, roula sur le flanc et se releva avec une vivacité louable. Mais il était déjà trop tard. En silence, Fardale lui bondit dessus et lui déchiqueta la gorge.

Méric se détourna comme le loup achevait le jeune messager.

Autour de lui, les n'ains massacrés gisaient sur la piste forestière, leur sang répandu fumant dans l'air glacial du matin. L'un d'eux tenta de s'éloigner en rampant et en gémissant. Son bras droit avait été tranché net au niveau du coude. Tyrus se planta derrière lui et le décapita d'un coup d'épée. Le visage du prince mrylien ne trahit pas la moindre émotion tandis que la tête de sa victime roulait sur le sol.

Nee'lahn sortit du couvert d'un buisson d'aubépine, le bébé dans ses bras. Mogweed la suivait de près. La nyphai leva une main et les racines qui avaient fait trébucher le messager se renfoncèrent dans la terre meuble. Elle balaya le carnage d'un regard vitreux, puis se détourna en marmonnant :

— C'est contre-nature.

Kral fouilla les cadavres pour récupérer leurs provisions. Quand il se redressa, sa barbe dégoulinait de sang.

Méric frémit. Nee'lahn disait vrai : c'était contre-nature. Il se souvint des n'ains qui accompagnaient Elena au Gul'gotha, les prisonniers que la vue du Try'sil avait libérés de l'emprise du Seigneur Noir. La patrouille que les compagnons venaient de massacrer était corrompue de la même façon, pliée à la volonté de la Bête Noire du Gul'gotha. Était-ce juste de tuer ces soldats – l'el'phe regarda les yeux brillants de Kral – et d'y prendre autant de plaisir ?

Soupirant, Méric rengaina son épée. Quel autre choix avaient-ils ? Ils devaient détruire le portail du Weir situé à la Citadelle.

Après avoir dissimulé les cadavres, les compagnons reprirent leur chemin. La queue dressée et les narines frémissantes, Fardale marchait en tête pour guetter un nouveau danger éventuel.

La journée parut s'étirer à l'infini tandis qu'ils poursuivaient leur ascension. Mais, comme le soleil déclinait vers les montagnes plongées dans l'ombre, à l'ouest, ils atteignirent enfin le sommet de la passe.

Méric fut le premier à découvrir l'immense vallée qui s'étendait en contrebas – si large que l'on distinguait à peine les pics de l'autre côté. Des lambeaux de brume lourde et blanche se détachaient contre le noir des pins. Mais ce paysage n'était là que pour servir d'écrin à une véritable merveille. Car tout le fond de la vallée, ou presque, était occupé par un lac de montagne gigantesque, à la surface bleu marine et réfléchissante comme un miroir : Tor Amon.

Mogweed rejoignit l'el'phe et hoqueta :

— Douce Mère.

Méric comprenait sa surprise. Une gigantesque arche de granit enjambait le lac de Tor Amon. Ses piliers massifs, à la surface lissée par les intempéries, jaillissaient de l'eau même, et dans ses hauteurs était sculpté un château couronné de tourelles. Des torches brillaient partout à travers la structure, derrière ses fenêtres comme le long de ses immenses remparts.

— Le foyer ancestral des montagnards, dit Kral d'une voix éraillée par l'émotion, sans pouvoir en détacher son regard. La Citadelle du Trône de Glace.

— C'est magnifique, dit Nee'lahn en descendant de son poney décharné.

Non seulement l'arche et le château montaient à l'assaut du ciel, mais ils se reflétaient dans les eaux immobiles du lac en contrebas, créant l'illusion d'un cercle. De fait, c'était une vision magnifique – mais non dépourvue d'une certaine austérité. Sous l'arche, à l'aplomb des remparts de la citadelle, pendaient des stalactites monstrueuses, formées par la brume qui, depuis des siècles, dégoulinait le long de la pierre et se solidifiait dans l'air glacial. Elles s'étiraient vers l'eau bleu marine, scintillant dans les derniers rayons du couchant tels les crocs gelés de quelque redoutable prédateur des montagnes.

Méric frissonna. Il sentait la faim ténébreuse qui émanait de cet endroit. Et il n'était pas le seul. Tyrus observait le château, les sourcils froncés.

— Il est là.

— Qui donc ? demanda Mycelle à côté de lui.

— Le griffon, répondit le prince. Le portail du Weir. Ne le sens-tu pas ? Il est pareil à une fièvre palpitante, une blessure infectée.

Méric acquiesça.

— Je le sens aussi. C'est comme une gueule noire qui aspire toute vie alentour. Un trou dans la trame de l'Univers.

— Je ne sens rien d'autre que le froid, bredouilla Mogweed en claquant des dents.

— Moi non plus, dit Mycelle. Vous êtes sûrs de vous ?

Un gémissement étouffé les fit tous sursauter. Ils pivotèrent. Dans les bras de Nee'lahn, le bébé vagissait, se débattant dans le harnais improvisé par la nyphai.

— L'enfant de la graine le sent aussi. Tout comme moi.

Nee'lahn recula pour tenter de calmer le nourrisson.

Mycelle tourna un regard interrogateur vers Kral. Celui-ci hocha la tête.

— Un fléau plus grand qu'aucun n'ain possède le château.

— Mais seuls les élémentaux le perçoivent, murmura pensivement la guerrière.

— Que veux-tu dire ? interrogea Méric.

— Mogweed et moi ne sentons rien de particulier. Contrairement à vous tous.

Les yeux plissés, Mycelle se remit à étudier la vallée.

Méric réfléchit quelques instants avant de dire :

— Selon Elena, les portails du Weir sont sensibles à la magie et à ses porteurs. Ils peuvent aspirer les énergies magiques, mais aussi les gens qui en sont suffisamment imprégnés.

— Comme ceux qui possèdent des dons élémentaux.

L'el'phe acquiesça.

— Er'ril s'est fait prendre par l'un d'eux. Le seigneur Tyrus aussi – brièvement. Et si nous en croyons ce que nous avons appris à Val'loa, l'esprit de Chi lui-même est prisonnier dans leur cœur ténébreux.

— Alors, vous êtes d'autant plus menacés, conclut Mycelle. Seuls Mogweed, Fardale et moi pouvons approcher le griffon en toute sécurité pour tenter de le détruire.

— Mais comment faire ? objecta Méric, formulant à voix haute la question qui les taraudait tous depuis le début de leur expédition. Si ce portail peut absorber notre magie, quel espoir avons-nous de le détruire ?

Kral s'avança à l'instant où le soleil disparaissait à l'horizon. Silhouette noire se découpant contre la pénombre, il brandit sa hache.

— Tous ces bavardages ne nous rapprochent pas de notre objectif. Quoi qu'il advienne, je trouverai un moyen d'expulser ce mal du cœur de la Citadelle. Le Trône de Glace sera restitué aux montagnards.

Mycelle soupira.

— Kral a raison. Nous ne pourrons rien accomplir d'ici. Nous n'avons pas d'autre choix que continuer.

La question ainsi réglée, les compagnons s'engagèrent sur la piste qui descendait dans la vallée. Craignant que son poney la gêne plus qu'autre chose à partir de là, Nee'lahn le libéra et poursuivit à pied. Méric l'aida en prenant son luth enveloppé de fourrures protectrices.

Au bout d'un moment, Mogweed s'avança jusqu'en tête de leur petite colonne. Serrant les plis de sa cape contre lui, il fit un signe du menton vers l'avant.

— Quelqu'un s'est-il demandé comment nous allions faire pour atteindre le château ? S'il est gardé par des n'ains et perché au sommet d'une arche de pierre...

— Il existe un moyen d'y accéder, coupa Kral.

— Lequel ?

— Celui que mon peuple a emprunté pour fuir voici cinq siècles.

La neige revint avec l'obscurité, soufflant et tourbillonnant autour des compagnons qui, recroquevillés à sous leur cape, longeaient silencieusement la rive rocailleuse abrités par les arbres.

Kral ouvrait la marche, les yeux plissés, ses perceptions animales projetées devant lui. La nuit était tombée à présent, et l'eau du lac paraissait aussi noire que de l'huile. Le montagnard regardait les flocons blancs balayer la façade ténébreuse de la citadelle. Il marqua une pause pour renifler le vent. Une tempête se préparait – un véritable blizzard.

— Il faut accélérer, siffla-t-il à Mycelle, qui venait juste derrière lui.

La guerrière grimaça.

— La prudence est plus cruciale que la rapidité.

Kral sonda la forêt qui recouvrait le fond de la vallée. Sur la route de Tor Amon, ils avaient croisé plusieurs campements n'ains, mais grâce à leurs feux, ils avaient facilement pu les repérer et les contourner. Ils n'avaient pas eu beaucoup plus de mal à éviter les patrouilles peu vigilantes. Pour l'heure, les bois étaient sombres et silencieux autour d'eux.

— Je présume que toutes les poules sont rentrées pour la nuit, répondit Kral. Les n'ains détestent le froid. Ils resteront bien au chaud ce soir.

— Néanmoins, mieux vaut rester sur nos gardes, intervint Méric qui les avait entendus. Nous ne voudrions surtout pas réveiller tout le poulailler.

— Une tempête approche, argua Kral sur un ton coléreux. Une tueuse des montagnes.

Par-delà le lac, Méric jeta un coup d'œil vers le nord.

— Je la sens aussi. Mais le blizzard pourra masquer notre approche.

Kral secoua la tête, faisant tinter les minuscules stalactites qui constellaient sa barbe.

— Tu connais peut-être les cieux, el'phe. Mais tu ignores tout des montagnes. La tempête de cette nuit te gèlera sur place. Nous devons nous éloigner du lac avant qu'elle frappe.

— Combien de temps nous reste-t-il ? interrogea Mycelle.

Kral pencha la tête sur le côté. Le vent commençait déjà à hurler.

— Pas beaucoup.

La guerrière fit un signe du menton vers l'avant.

— Donne l'allure. On se débrouillera pour te suivre.

Puis elle regagna l'arrière de la colonne pour avertir les autres tandis que Méric réglait son pas sur celui de Kral.

Une autre lieue défila sous leurs pieds avant que la neige commence à tomber plus dru et que ses gros flocons s'accumulent sur la rive et dans les branches des arbres. Secouant sa cape comme un oiseau ses plumes, Méric demanda :

— Sommes-nous encore loin de ce chemin secret dont tu parlais tout à l'heure ?

— Plus très, grommela Kral, qui n'avait aucune envie de parler.

Après la tombée de la nuit, sa bête intérieure était toujours plus forte. Elle devenait difficile à ignorer et à maîtriser – et ce soir-là, les énergies ténébreuses qui tourbillonnaient dans la vallée n'arrangeaient rien.

— Où se trouve-t-il exactement ? insista Méric.

Kral tendit un doigt vers le lac, à l'endroit où le pilier le plus proche jaillissait de l'eau pour se dresser vers le ciel. Sa base était aussi large que la plupart des places fortes. De là où il se trouvait, Méric distingua un pont de planches qui reliait ce pilier au rivage. Des torches éclairaient une porte de fer enfoncée dans une niche. Kral savait qu'elle donnait sur un long escalier en colimaçon qui grimpait jusqu'au château.

— Il n'y a pas de sentinelles, s'étonna Méric.

— La Citadelle se garde toute seule. Un homme robuste a besoin d'une demi-journée pour monter jusqu'à elle. Nul ne peut prendre ses occupants par surprise. (Kral désigna les lumières minuscules qui parsemaient le pilier.) Il y a des postes de garde tout le long de l'escalier qui mène en haut. Quel besoin de surveiller une simple porte ?

Méric acquiesça, mais ses yeux demeurèrent plissés d'inquiétude.

Comme ils poursuivaient leur chemin, Kral détailla l'immense arche de granit. Maintenant qu'il était plus près, il percevait les deux pouvoirs à l'œuvre en ce lieu : l'énergie ténébreuse qui coulait dans ses propres veines, mais aussi une pulsation plus profonde et plus sonore. Il connaissait cette voix. C'était celle des racines de la montagne, de l'immensité minérale enfouie dans le sol. Ses vibrations remontaient depuis les profondeurs de la terre, se propageant à travers l'arche.

C'était cette voix qui, jadis, avait convoqué les clans de nomades du nord d'Alaséa et rassemblé une myriade de Flammes sur ce site. Le peuple de Kral avait mis un siècle entier à creuser le tunnel qui conduisait tout en haut de l'arche. Le sommet de celle-ci avait d'abord servi de perchoir depuis lequel surveiller les environs, à une époque où les humains étaient encore des barbares et les guerres fréquentes. Au fil du temps, un château entier s'était développé là et les nombreux clans s'étaient unis sous le règne de la Flamme de Senta – celle de la famille de Kral.

Mais ce temps était révolu. Les doigts du montagnard se crispèrent sur le manche de sa hache.

Cinq siècles auparavant, les n'ains étaient arrivés, armés de magie noire et accompagnés de monstres de la pire engeance. Les clans n'avaient pas pu se défendre contre de telles forces.

Ils s'étaient fragmentés en familles et de nouveau éparpillés à travers les montagnes.

Kral prêta de nouveau l'oreille à l'appel sourd de la Citadelle. La douleur était presque insupportable. Même sa bête intérieure fuyait devant elle pour se réfugier tout au fond de son cœur.

— Comment allons-nous monter jusqu'en haut sans nous faire repérer ? s'enquit Méric.

— En ne montant pas, répondit Kral.

Le montagnard pivota vers les eaux de Tor Amon. Ses compagnons se massèrent derrière lui. Il ôta sa cape de fourrure et la laissa tomber.

— Je vais voir si le chemin d'antan est toujours ouvert. Mais je dois y aller seul.

— Aller où ? demanda Mycelle.

Kral continua à se déshabiller, ne gardant que ses sous-vêtements de lin. La brise glaciale sur sa chair nue ne semblait pas le déranger. Il regarda sa hache un instant puis, à regret, la déposa sur la pile de ses vêtements.

— Que quelqu'un prenne mes affaires. Emportez-les avec vous.

— Mais où ? s'impatienta Mycelle, une pointe de colère dans la voix. Assez de ces mystères ! Parle clairement.

Kral se tourna vers elle.

— Toi et les autres, vous allez continuer. Traversez le pont de bois et dirigez-vous vers le pilier. Dissimulez-vous dans l'ombre de la porte jusqu'à ce que je vienne vous chercher.

— Et où vas-tu exactement ? interrogea Mogweed, frissonnant.

De nouveau, Kral pivota vers le lac et désigna le reflet de l'arche dans les eaux noires, éclairé par la lumière des torches qui brillait dans les hauteurs du château et par le clair de lune qui filtrait au travers des nuages de plus en plus épais.

— Je vais reprendre mon héritage. (Par-dessus son épaule, il jeta un coup d'œil au seigneur Tyrus.) La Terre a donné à votre famille le pouvoir de se fondre à la pierre et d'y nager comme dans de l'eau. À la mienne, elle a donné le pouvoir inverse : celui de solidifier l'eau pour s'y déplacer comme sur de la pierre.

— Je ne comprends pas ce que…, commença Tyrus.

Kral ignora l'expression perplexe de ses compagnons. C'était plus simple de leur montrer – du moins, si la Terre se souvenait encore de son clan et des serments prêtés des siècles plus tôt. Avant que quiconque puisse ajouter quoi que ce soit, le montagnard plongea dans l'eau glacée en priant pour que la Terre ait la mémoire longue.

Le froid de l'eau le frappa comme un coup de marteau en pleine poitrine. Lorsque sa tête émergea à l'air libre, il ravala un hoquet et lutta contre ses muscles déjà saisis de crampes. En ruant et en agitant les bras, il nagea vers le reflet scintillant de l'arche.

Il marqua une pause pour regarder derrière lui. Ses compagnons, choqués, se tenaient immobiles sur la berge. Il gesticula furieusement. Alors, Mycelle ordonna aux autres de ramasser ses affaires et de se diriger vers l'extrémité du pont.

Kral reporta son attention sur sa propre tâche. Avec des mouvements de plus en plus fluides, il se propulsa vers le reflet lointain, illuminé par les torches de la Citadelle qui le surplombait. Tandis que le froid imprégnait ses os et changeait ses membres en plomb, il craignit de s'être lancé dans une entreprise stupide et irréfléchie. C'était sûrement de la folie de croire que…

Mais lorsqu'il atteignit enfin l'image flamboyante du château, l'eau se réchauffa autour de lui. Kral crut d'abord que c'était l'épuisement qui tiédissait ses muscles. Puis la différence de température devint assez flagrante pour dissiper ses doutes.

Des larmes s'étranglèrent dans sa gorge. La Terre se souvenait.

Craignant que le miracle se dissipe, il prit une grande inspiration et plongea. La lumière de la surface pénétrait l'eau cristalline. Très loin au-dessous de lui, Kral vit l'image-miroir de la Citadelle se refléter dans les profondeurs obscures du lac. Il la détailla avec émerveillement. Une arche scintillante semblait tendre ses piliers vers lui comme des bras accueillants. Il se remémora sa vision initiale de la vallée : l'arche qui enjambait le lac et s'y reflétait en même temps, formant un cercle complet. Mi-pierre, mi-illusion.

Battant des jambes avec une vigueur renouvelée, Kral se propulsa vers le pilier fantomatique le plus proche. Comme il arrivait à sa portée, le doute l'assaillit de nouveau. Il devait être fou. Qu'espérait-il accomplir ? Ce n'était sûrement que des légendes, de vieilles histoires familiales dénuées de fondement...

Puis il tendit la main vers le reflet scintillant – et ses doigts touchèrent de la pierre.

Mycelle guida prudemment ses compagnons le long d'un promontoire de granit. Le pont s'étendait devant eux. Il ne semblait pas surveillé, mais la guerrière leva une main pour réclamer le silence et tendit l'oreille. D'un geste, elle envoya Fardale vérifier qu'il n'y avait pas d'espions à la lisière des arbres.

Ils se pelotonnèrent sous la saillie rocheuse pour se protéger de la férocité du vent. Mycelle promena un regard à la ronde. Dans leur cape saupoudrée de neige, les autres frissonnaient irrésistiblement. Kral avait eu raison quant à la tempête qui approchait. Ils devaient se mettre à l'abri le plus vite possible.

La guerrière contourna le promontoire en sens inverse, s'exposant aux bourrasques pour chercher Kral. Du montagnard, il ne restait pas le moindre signe. La surface du lac était redevenue immobile après qu'il eut plongé. Où se trouvait-il ? Que mijotait-il ?

L'appréhension que Mycelle avait ressentie un peu plus tôt revint à la charge. Depuis qu'ils avaient pénétré dans la vallée, le paka'golo enroulé autour de son bras sifflait et contractait ses anneaux chaque fois que Kral s'approchait d'elle. On aurait dit qu'il voulait prévenir sa maîtresse, la mettre en garde contre un danger.

Les compagnons pouvaient-ils vraiment faire confiance au montagnard ? Pour la millième fois, Mycelle regretta la perte de son don de sourcière, cette capacité de percevoir l'énergie élémentale chez autrui. Son pouvoir avait disparu lorsque le paka'golo l'avait ramenée à la vie. Depuis, elle était aussi aveugle en la matière que n'importe qui.

Pouvoir ou pas, quelque chose avait changé chez Kral, elle en était certaine. Mais n'était-ce pas le cas pour chacun des compagnons ? Leur long périple n'avait épargné aucun d'eux…

Le seigneur Tyrus toucha l'épaule de Mycelle.

— Fardale est revenu.

Mettant ses soupçons dc côté, la guerrière hocha la tête et suivit le prince jusqu'au reste du groupe. Nee'lahn était recroquevillée sur son bébé ; Mogweed se penchait vers son frère.

— Je ne te comprends pas, siffla-t-il.

Mycelle posa une main sur l'épaule du petit homme.

— Laisse-moi essayer.

Fardale et Mogweed levèrent les yeux vers elle. La lueur ambrée de leurs prunelles, jadis si vivace, n'était plus qu'un faible scintillement. Tous deux étaient sur le point de se figer.

Mycelle s'agenouilla près de Fardale et lui caressa le dos.

— Qu'as-tu découvert ?

Un kaléidoscope d'images défila dans son esprit.

— Concentre-toi, Fardale.

Un gémissement monta de la gorge du loup, mais les images ralentirent. *Deux gardes n'ains… cachés dans une grotte enfumée, au milieu d'un éboulis… accroupis devant un petit brasier de charbons ardents.*

Mycelle se redressa.

— Des sentinelles surveillent le pont depuis la lisière de la forêt, annonça-t-elle aux autres. Fardale, tu peux nous conduire là-bas ?

Le loup ne se donna pas la peine de répondre. Il se contenta de pivoter, prêt à obtempérer. Mycelle adressa un signe de tête à Tyrus.

— Vous venez avec moi. Méric, tu couvres les autres avec ton arbalète.

L'el'phe acquiesça. Tyrus rejoignit Mycelle, une main posée sur la poignée de son épée. La guerrière fit signe à Fardale qu'ils pouvaient y aller.

Tyrus et elle emboîtèrent le pas au loup. Tous trois étaient doués pour se déplacer furtivement. Bientôt, Mycelle distingua des rochers nimbés d'une faible lueur. C'était un bon poste d'observation : situé assez haut pour surveiller le pont, et suffisamment renfoncé pour dissimuler les gardes.

Avec des gestes silencieux, Mycelle donna ses instructions aux deux autres.

Fardale se planta devant l'entrée de la caverne et s'assura d'avoir été repéré avant de détaler. Un grognement surpris résonna au cœur des rochers. Puis un n'ain titubant se traîna jusqu'au seuil. Une outre à vin pendait au bout de son bras. De toute évidence, les charbons ardents ne suffisaient pas à réchauffer les sentinelles.

Le n'ain ivre fit un pas dehors pour s'assurer que le loup était bien parti. Fardale avait disparu, mais pas Tyrus. Le prince mrylien jaillit devant le garde et lui transperça la gorge de son épée. Du sang éclaboussa la neige immaculée. Le n'ain lâcha son outre, dont le contenu se répandit à ses pieds. Tyrus l'empoigna par sa cape et le fit basculer sur le côté, à l'écart du seuil de la caverne. Malheureusement, l'impact du corps massif ne fut pas silencieux.

— Tu as chopé la bestiole poilue ? appela une voix pâteuse dans la langue des n'ains. Un peu de viande chaude et bien saignante ne nous ferait pas de mal.

Mycelle était postée de l'autre côté de l'entrée de la grotte. Quand le second n'ain sortit pour voir de quoi il retournait, elle lui planta ses deux épées dans la poitrine, transperçant ses cœurs jumeaux. Le garde tomba en arrière et atterrit lourdement dans le petit brasier, dont les charbons ardents s'éparpillèrent sur le sol.

Tyrus rejoignit Mycelle en essuyant son épée sur la cape dont il venait de délester sa victime. Il offrit un coin de tissu à la guerrière pour qu'elle puisse faire de même avec ses propres armes. Lorsqu'elle eut fini, il lui remit la cape.

— Peut-être vaudrait-il mieux que tu te déguises de nouveau en n'aine. On risque d'en rencontrer d'autres.

Mycelle hésita. Elle se sentait plus à l'aise sous sa forme humaine. Mais, dans la mesure où ils s'apprêtaient à infiltrer une forteresse n'aine, c'était une sage précaution.

La guerrière ôta ses vêtements et se changea en la chasseuse dont elle avait déjà pris l'apparence à Château Mryl. Son corps se souvenait de la métamorphose précédente ; il se remodela aisément. Ses cheveux foncèrent et perdirent leur lustre. Son visage s'aplatit et s'élargit tandis que son front saillait au-dessus de ses yeux. Sa transformation achevée, elle déroba les vêtements des deux n'ains morts et s'enveloppa avec la cape noire des soldats du Gul'gotha.

Tyrus la détailla d'un air amusé. Ça faisait longtemps qu'elle ne l'avait pas vu sourire. Elle avait oublié combien il pouvait être séduisant quand ses yeux pétillaient ainsi.

— Quoi ? demanda-t-elle.

Tyrus rengaina son épée et se détourna.

— Tu es mieux en humaine. Mais je me demandais ce que ça ferait de coucher avec toi. Cette chair ondulante et tout le reste… Ce serait sûrement une expérience intéressante.

Mycelle écarquilla les yeux et sentit ses joues s'empourprer. Prince ou pas, il restait toujours un peu du pirate en Tyrus. Ses paroles choquaient la guerrière – et en même temps, elles lui faisaient étrangement plaisir.

Lorsqu'ils rejoignirent leurs compagnons près de la saillie rocheuse au bord du lac, Méric faillit planter un carreau dans le corps de Mycelle. Tyrus le rassura d'un geste.

— C'est Mycelle, dit-il. Nous avons pensé qu'un petit déguisement pourrait être utile.

Méric baissa son arbalète.

— À défaut d'autre chose, il est très convaincant.

Mycelle s'avança en se dandinant. Elle avait beau s'y sentir plus à l'aise que la fois précédente, son corps de n'aine demeurait encombrant et malgracieux. Elle entraîna ses compagnons de l'autre côté du rocher.

— On devrait pouvoir atteindre l'arche indemnes, maintenant.

Elle s'avança sur la rive rocailleuse, le dos courbé pour lutter contre la tempête. Le vent qui balayait la surface du lac avait encore forci ; il hurlait comme un damné et propulsait la neige presque parallèlement au sol.

Les compagnons eurent quelques difficultés à gagner le pont. Ils se hâtèrent de le traverser et se regroupèrent dans la niche au pied de l'arche.

Le vent humide avait éteint l'une des deux torches qui encadraient la porte. L'autre brûlait encore à l'abri du renfoncement, mais sa flamme ne dispensait qu'une maigre chaleur, et des tourbillons de neige pénétraient continuellement dans l'espace exigu.

Mycelle testa la porte métallique. Celle-ci était verrouillée.

— Qu'allons-nous faire ? demanda Mogweed, les yeux écarquillés par la peur.

Méric s'adossa à un mur.

— Kral nous a dit de l'attendre. Donc, on l'attend.

Mycelle n'avait pas la patience stoïque de l'el'phe. Dégainant une de ses épées, elle frappa au battant avec le pommeau. Le fer produisit un son de cloche.

— Reculez, ordonna la guerrière. S'il y a des gardes, mieux vaut qu'ils ne voient qu'une n'aine. Et…

La porte s'ouvrit à la volée. Mycelle tituba en arrière.

Une silhouette sombre apparut sur le seuil et une voix dure aboya :

— Ne restez pas plantés là, la bouche ouverte ! Bougez-vous le cul !

La silhouette s'avança dans la lumière de la torche. C'était Kral, encore trempé après son plongeon dans le lac. Sa barbe dégoulinante pendait jusqu'au milieu de sa poitrine.

— Pourquoi avez-vous mis si longtemps ?

Les compagnons se hâtèrent d'entrer. Kral, qui claquait des dents à cause du froid, se rhabilla en détaillant la nouvelle apparence de Mycelle. Tyrus lui raconta comment ils avaient découvert et éliminé les deux gardes n'ains.

— Sage précaution, approuva le montagnard.

Mycelle regarda autour d'elle. Un large escalier taillé à même la roche montait vers la citadelle. Sur sa première marche, un n'ain mort gisait face contre terre. Du sang coulait encore de la plaie qui l'avait tué.

— Moi aussi, je suis tombé sur une sentinelle dissimulée, expliqua Kral, remarquant que la guerrière fobservait le cadavre.

Mycelle acquiesça et se détourna. Mais ses cheveux se hérissèrent sur sa nuque. Elle tenta de conserver un air calme et désinvolte. Quelque chose clochait. Avant même que Tyrus ouvre la bouche, Kral l'avait reconnue sous sa forme n'aine. Elle l'avait vu dans ses yeux et elle avait remarqué la façon dont il la reniflait, à la manière d'un animal. Et maintenant, ce garde mort… Comment l'avait-il tué ? La gorge du n'ain était déchiquetée d'une oreille à l'autre – et le montagnard n'avait pas d'arme.

Mycelle étudia Kral du coin de l'œil tandis qu'il finissait de se rhabiller et glissait sa hache dans sa ceinture. À quoi jouait-il sans daigner en avertir ses compagnons ?

Sur la droite de la guerrière, Mogweed se tordit le cou pour mieux scruter l'espace caverneux. Il posa l'autre question qui taraudait Mycelle :

— Comment es-tu entré ?

Kral tira sur sa deuxième botte et se redressa.

— Je vais vous montrer. (Il tendit un doigt.) Montez sur la première marche.

Ses compagnons obtempérèrent, évitant le cadavre et prenant garde au sang qui maculait la pierre. Kral les rejoignit. Mycelle le regarda fermer les yeux et remuer les lèvres en silence. Au bout d'un moment, il se pencha pour étudier le sol devant lui. L'air satisfait, il se tourna vers les autres.

— Tenez-vous par la main, peau contre peau. Quoi qu'il arrive, ne vous lâchez pas.

Mycelle prit elle-même la main de Kral et tendit l'autre à Tyrus. Nee'lahn découvrit son sein et cala le bébé contre sa poitrine nue avant d'obéir. Les autres s'exécutèrent rapidement. Au bout de la ligne, Mogweed empoigna la queue de son frère.

— Prêts, couina-t-il.

— Alors, allons-y. Le premier pas donne le vertige ; accrochez-vous bien.

Kral descendit de la marche, mais son pied ne toucha jamais le sol. Il parut tomber en avant, culbuter en entraînant Mycelle à sa suite. Le premier instinct de la guerrière fut de lâcher sa main, mais elle tint bon. Elle avait pris un engagement, et elle irait jusqu'au bout. Tandis qu'elle basculait avec Kral, son cœur se souleva.

Puis, brusquement, elle se retrouva debout sur une surface solide. En pivotant, elle vit les autres rassemblés derrière elle. Ils se tenaient de nouveau dans le hall au pied de l'arche. Rien n'avait changé.

—Vous pouvez vous lâcher maintenant, dit Kral. Nous avons franchi le seuil.

Légèrement verdâtre, Méric porta une main à son front.

—Que vient-il de se passer ?

—Nous sommes toujours au même endroit, geignit Mogweed.

—Non, le détrompa Kral. Nous sommes dans l'arche-miroir. (Il pivota et se mit à grimper l'escalier.) Dépêchons-nous avant qu'une patrouille découvre le garde mort.

Mycelle scruta la première marche. Le corps du n'ain avait disparu, et il n'y avait pas la moindre trace de sang sur la pierre.

—Que se passe-t-il ? Où sommes-nous ?

Kral soupira.

—Je vous expliquerai en chemin.

Lorsque tous les compagnons se furent engagés dans l'escalier à sa suite, le montagnard reprit la parole :

—Nous nous trouvons désormais dans le reflet de la véritable arche, l'image qu'elle projette dans les eaux de Tor Amon. Quand un membre de la famille royale se déplace à l'intérieur, il confère de la substance à l'illusion.

—L'eau se solidifie et il peut s'y mouvoir comme sur de la pierre, marmonna Tyrus, se souvenant des propos sibyllins tenus par Kral avant son plongeon dans le lac.

Le montagnard acquiesça.

—Exactement, seigneur Tyrus. La Terre a accordé aux membres de ma famille un moyen secret de se déplacer à travers notre demeure sans être vus. En ce moment, nous marchons derrière le miroir de la réalité.

Mycelle jeta un coup d'œil par une meurtrière. La tempête de neige avait disparu. Dehors ne s'étendaient que des ténèbres liquides. La guerrière s'arrêta et passa un bras par la fenêtre. Ses doigts rencontrèrent effectivement de l'eau.

— C'est le lac, dit Kral en la regardant. En grimpant cet escalier, nous nous enfonçons dans les profondeurs de Tor Amon. (Il tendit un doigt vers une fenêtre plus large située en hauteur. Le rebord était trempé, tout comme les marches en dessous.) Je suis entré par ici ; puis je suis descendu vous chercher.

— Mais pourquoi descendre – ou monter, je ne sais plus – dans ce château d'eau ? Dans quel but ? demanda Mycelle en essuyant sa main mouillée.

— Parce que personne ne pourra nous y surprendre. Seuls les clans connaissent cette voie, et seul un membre de la Flamme de Senta peut l'ouvrir. Ici, nous sommes en sécurité. Lorsque nous atteindrons le château, nous pourrons traverser le miroir dans l'autre sens et regagner le monde réel sans qu'aucun des occupants de la Citadelle ne s'en soit aperçu.

Mycelle réfléchit. Si le montagnard disait vrai, ça leur conférerait un avantage certain.

— Peux-tu te déplacer facilement entre les deux plans ?

Kral poussa un grognement affirmatif.

Mycelle hocha la tête et lui fit signe de continuer. Des soupçons continuaient à résonner jusque dans sa moelle, mais quel autre choix les compagnons avaient-ils ? Ils devaient trouver et détruire le griffon. Aussi la guerrière emboîta-t-elle de nouveau le pas au montagnard.

L'ascension lui parut interminable. Les marches défilaient sous ses pieds comme si elles ne devaient jamais s'arrêter. À plusieurs reprises, les compagnons tombèrent sur des ossements blanchis, entassés au coin d'un palier ou répandus sur les marches.

— Les restes des défenseurs blessés, expliqua Kral d'une voix rauque. Beaucoup étaient tellement affaiblis qu'ils sont morts dans cet escalier pendant que les derniers survivants, guidés par mon ancêtre, s'enfuyaient par ce chemin secret. Ils demeurent ici à jamais, derniers gardiens de la Citadelle.

Les compagnons continuèrent à monter en silence, comme s'ils traversaient un cimetière. Enfin, épuisés jusqu'à la moelle, ils atteignirent le sommet de l'escalier. Une double porte ouverte se dressait devant eux. Au-delà de ses battants de pierre s'étendait un large couloir éclairé par des lumières scintillantes.

— Le reflet des torches du monde réel, expliqua Kral en franchissant le seuil.

Le couloir était désert ; les pas des visiteurs résonnaient de manière étrange contre les murs immatériels. En même temps, Mycelle percevait la présence d'autres gens tout près d'eux. Et elle n'était pas la seule. Ses compagnons promenaient des regards inquiets à la ronde, comme s'ils avaient repéré un mouvement du coin de l'œil ou entendu quelqu'un chuchoter à leur oreille.

Réprimant un frisson, Mycelle continua à suivre Kral.

— Où allons-nous ? demanda-t-elle à voix basse, comme si elle craignait de se faire repérer par les fantômes du couloir.

— Dans la salle du trône. C'est le meilleur endroit pour commencer nos recherches.

Mycelle acquiesça et le montagnard excité pressa le pas.

Ils grimpèrent d'autres escaliers et enfilèrent un dédale de passages semblables à des tunnels. Mycelle se concentra pour mémoriser le chemin qu'ils suivaient, au cas où ils seraient séparés.

Au bout d'un long moment, ils tournèrent dans un large couloir qui s'achevait par une immense porte de granit sculpté. Le battant, haut comme une demi-douzaine de montagnards, était entrebâillé. Kral s'élança.

— Attends-nous ! appela Mycelle, les nerfs en alerte.

Mais Kral demeura sourd à ses appels. Il se faufila par l'ouverture et disparut dans la pièce au-delà. Mycelle lui courut après.

— Il ne faut pas le perdre ! jeta-t-elle aux autres par-dessus son épaule. Il est notre seul moyen de sortir de ce reflet !

Elle fit irruption dans une pièce caverneuse, au sol de granit poli et au plafond voûté éclairé par d'autres lueurs spectrales. Dans le fond de celle-ci se dressaient des ténèbres huileuses qui dévoraient toute lumière alentour – un tourbillon noir renversé. Son œil affamé parut dévisager les intrus. Des hurlements résonnaient dans ses entrailles.

— Kral ! s'exclama Tyrus.

Le montagnard était à genoux devant le tourbillon – mais pas pour lui prêter allégeance. Ses mains et ses pieds cherchaient désespérément une prise sur le sol. Il était clair que les ténèbres l'attiraient vers elles.

— Je ne peux pas m'arrêter ! rugit-il. Ce truc m'aspire hors du reflet !

Les compagnons se précipitèrent et saisirent les bras de Kral. Mais c'était comme tenter de retenir un bateau en train de couler. Le corps du montagnard continua à glisser irrésistiblement sur le granit, entraînant ses amis, comme des poissons accrochés à un hameçon.

— Nous ne sommes pas assez forts ! se lamenta Tyrus.

— Mais nous ne pouvons pas le perdre, cracha Mycelle. Il est le seul capable de nous faire franchir le seuil sains et saufs pour nous ramener dans le monde réel !

Les pieds de Kral disparurent à l'intérieur du tourbillon huileux.

— C'est trop tard ! cria-t-il.

Mycelle dévisagea rapidement les autres.

— Il n'y a qu'une seule solution. On reste ensemble. Où que Kral aille, on l'accompagne.

Elle tendit sa main libre à Nee'lahn. Le reste du groupe fit rapidement la chaîne. Mogweed hésita et jeta un coup d'œil à la salle du trône fantomatique avant de prendre la main de Tyrus. De sa seconde main, Tyrus empoigna la queue de Fardale.

— Accrochez-vous ! glapit Mycelle.

Entraînés vers l'avant, ils basculèrent dans le vide ténébreux. De nouveau, ils se sentirent culbuter et leur cœur se souleva. Puis ils se retrouvèrent de l'autre côté.

Mycelle regarda autour d'elle. La pièce était identique à celle qu'ils venaient de quitter. Mais à la place du tourbillon noir se dressait une monstrueuse statue de pierre représentant un lion ailé, aux griffes enfoncées dans le sol et à la gueule ouverte en un rugissement silencieux.

C'était le portail du Weir – le griffon.

Près de lui, Mycelle avisa un grand siège de granit blanc parcouru de veines argentées. *Le Trône de Glace*, devina-t-elle. Un n'ain massif était assis là, si ridé par l'âge qu'on avait du mal à distinguer ses traits sous sa chevelure blanche. Son regard vitreux se posa sur Kral.

— Mon frère, croassa-t-il, ses lèvres desséchées s'étirant en un large sourire. Sois le bienvenu chez toi. Tu as beaucoup manqué à notre Ténébreux Maître.

17

Kral se releva, tremblant de rage. Des deux côtés, une masse de n'ains en armure se referma sur ses compagnons choqués, qui gisaient étalés sur le sol de granit. Les galeries situées en hauteur le long des murs étaient bondées d'archers et hérissées de flèches. C'était une embuscade, et le montagnard avait conduit ses amis droit dedans.

Mais la culpabilité n'avait pas de prise sur son cœur. La fureur et la rage consumaient toutes ses autres émotions. Voir un n'ain assis sur le trône de sa famille… C'en était trop pour lui. Alors, il libéra sa bête intérieure sans se préoccuper des témoins de la scène. Il était au-delà des secrets et des allégeances. Il n'avait plus qu'un but : détruire l'usurpateur.

Un rugissement s'arracha à sa gorge tandis que des griffes sanglantes jaillissaient au bout de ses doigts. Une fourrure neigeuse recouvrit sa peau ; son visage s'allongea pour former un museau aux crocs acérés. Légion surgit des vêtements de Kral, déchirant leur cuir avec sa silhouette musclée et meurtrière de léopard des neiges.

Grâce à ses perceptions affûtées, il entendit Mogweed hoqueter et battre en retraite.

— C'est un malegarde, lança Mycelle en tirant les autres en arrière.

Quelque part au fond de lui, Kral nota l'absence de surprise dans la voix de la guerrière, mais il choisit de l'ignorer et tourna ses yeux rouges vers sa véritable proie.

Le vieux roi n'ain ne semblait pas davantage étonné par sa transformation. Un mince sourire craquela ses traits.

—Ainsi, le chaton veut jouer…

Les gardes resserrèrent leur cercle devant le trône et attaquèrent de tous les côtés à la fois, brandissant leurs haches et leurs épées. Mais Kral se mouvait avec la rapidité et la grâce d'un léopard ; il se dérobait toujours avant que la moindre lame puisse le toucher. Sa silhouette formait une tache blanche et floue contre le granit noir.

Du coin de l'œil, il vit que ses compagnons étaient acculés contre un mur. Tyrus et Mycelle dressaient un mur d'acier entre eux et les n'ains, tandis que Fardale couvrait les brèches de leur défense. Derrière eux, des étincelles bleues crépitaient sur tout le corps de Méric alors que l'el'phe invoquait des bourrasques pour dévier les flèches qui les visaient. Kral poussa un grognement approbateur. Mais, malgré leur courage, il savait ses amis condamnés. Les n'ains étaient tout simplement trop nombreux.

Reportant son attention sur sa propre bataille, il arracha la gorge du n'ain qui lui faisait face et, d'un coup de patte postérieure, en éventra un autre. Imprégné de magie noire et armé des instincts naturels d'un félin, il était une force impossible à arrêter.

Lentement, il se fraya un chemin vers l'usurpateur assis sur le Trône de Glace. Il prit bien garde à maintenir une distance prudente entre lui et le griffon ; il savait que c'était la statue d'éb'ène qui l'avait aspiré hors du reflet, et il était assez sage pour craindre son pouvoir. Néanmoins, il ne renoncerait pas – pas tant qu'il resterait un seul n'ain vivant dans la Citadelle.

Avec un hurlement à glacer le sang, il bondit sur la dernière ligne de gardes pour les déchiqueter de ses griffes et de ses crocs. Enfin, il réussit à s'ouvrir un chemin vers le vieux roi. Il ramassa ses muscles félins sous lui, prêt à se jeter sur l'usurpateur pour reprendre le trône de sa famille.

Mais le roi ne bougea pas. Il se contenta de sourire et de soutenir son regard avec un détachement amusé. L'instinct du léopard fit vibrer les nerfs de Kral, lui envoyant un avertissement. Pourquoi sa proie ne s'enfuyait-elle pas ?

— Je connais tes secrets, Légion, susurra le roi. L'Innommable m'a mis en garde contre tes talents spéciaux – les talents dont tu te sers pour le trahir en ce moment même. (Le vieux n'ain frotta ses doigts crochus sur les accoudoirs de granit de son siège.) Des talents grâce auxquels tu espères reconquérir un trône.

Un voile rouge s'abattit devant les yeux de Kral. Il poussa un grondement furieux et bondit de toute la force de ses membres puissants. Pourtant, le roi n'ain ne bougea toujours pas – il se contenta de lever une main et de faire un geste.

Kral comprit immédiatement son erreur. Son corps se contorsionna dans les airs ; ses griffes se rétractèrent, sa fourrure disparut en un clin d'œil, ses dents s'émoussèrent. Déséquilibré par sa brusque transformation, il retomba avant d'atteindre sa cible. Il s'écrasa sur les marches qui conduisaient au Trône de Glace et sentit sa clavicule se briser sous l'impact.

Haletant, il roula sur le côté et se redressa. Le léopard avait disparu ; Kral était redevenu un homme nu. Il tenta d'invoquer la bête en lui, mais son appel résonna dans le vide. Il pivota sur lui-même tandis que des épées l'encerclaient.

Un guerrier n'ain était planté au centre de la pièce. Dans une de ses mains, il tenait la hache de Kral – et dans l'autre, la fourrure de léopard des neiges dont le montagnard se servait habituellement pour envelopper sa lame. Il leva l'arme afin de la montrer à son roi.

— Tu as besoin d'une peau pour te transformer, n'est-ce pas ? lança le roi n'ain derrière Kral. Sans ça, tu n'es qu'un homme ordinaire.

Le guerrier jeta la fourrure blanche sur la torche que brandissait un de ses camarades. La peau s'embrasa. Les poings serrés, Kral regarda tous ses espoirs de victoire partir en fumée. Il tomba à genoux sur le sol de granit, vaincu, désespéré.

Le vieux roi s'esclaffa sur son trône.

— Rassure-toi, mon frère. Tu as conduit tout un troupeau d'élémentaux jusqu'à ma porte – du bois supplémentaire pour alimenter la flamme de notre Ténébreux Maître. Nous ferons d'eux des instruments infaillibles. Contrairement à toi, ils n'échoueront pas.

En pivotant, Kral vit le n'ain se lever dans un craquement d'articulations antiques et se diriger vers la monstrueuse statue ailée. Une main ridée caressa la pierre noire, suivant une de ses veines argentées du bout de l'index.

— Et puis, tu arrives juste à temps pour assister au triomphe ultime du Maître. Tu as perdu tout espoir – et bientôt, il en sera de même pour chacun des habitants de ces contrées.

Tandis que les n'ains les maintenaient en respect, Méric observa la scène qui se jouait du côté du trône. Il se pencha vers le seigneur Tyrus et Mycelle, qui s'étaient immobilisés sans rengainer leurs lames. Tous deux avaient encaissé des blessures sanglantes durant la bataille.

— Il ne faut pas qu'ils nous capturent, leur dit-il. J'ai déjà enduré une fois la flamme corruptrice du Seigneur Noir. Je doute de pouvoir y résister une seconde.

Nee'lahn acquiesça, serrant le bébé plus fort contre son sein.

— Je ne deviendrai pas comme Cecelia. Et je ne laisserai pas l'enfant tomber entre leurs mains.

— Que voulez-vous dire ? s'enquit Mycelle.

Ce fut Tyrus qui répondit :

— L'el'phe a raison. Tous les élémentaux, moi inclus, doivent être tués. Nous ne pouvons pas prendre le risque de devenir des instruments du Gul'gotha.

— Ces dernières années, siffla Mycelle, j'ai empoisonné des dizaines d'élémentaux pour empêcher le Seigneur Noir de mettre la main sur eux. Et je considérais que c'était un service à leur rendre. Je comprends votre réaction, mais…

Méric vit la douleur et la culpabilité dans ses yeux.

— … nous ne pouvons pas perdre espoir, insista-t-elle. Pas encore.

Elle se détourna, marmonnant des paroles chagrines qui n'étaient destinées qu'à elle-même, mais que l'ouïe fine de Méric lui permit d'entendre.

— Douce Mère, ne m'obligez pas à faire ça. J'ai déjà assez de sang sur les mains.

Méric recula vers Nee'lahn.

— Si elle n'en est pas capable, nous devrons nous en charger nous-mêmes.

La nyphai acquiesça.

Méric reporta son attention sur l'autre côté de la pièce pleine de n'ains. Dans l'ombre du monstrueux portail du Weir, Kral se tenait accroupi, couvert de chaînes. Quel espoir restait-il ?

Nee'lahn toucha le bras de l'el'phe.

— Passe-moi mon luth.

Méric portait toujours l'instrument en bandoulière. Il fit rouler son épaule pour l'ôter et défit les fourrures qui l'enveloppaient.

— Que comptes-tu faire ?

— La seule chose possible pour protéger l'enfant.

Nee'lahn écarta un coin de la couverture dans laquelle elle avait emmailloté le bébé, révélant son petit bras. Une dague apparut dans son autre main. Avant que Méric puisse l'arrêter, elle entailla la paume du nourrisson.

Un vagissement se répercuta sur les murs de la pièce, et tous les regards se tournèrent vers eux. Nee'lahn trempa ses doigts dans le sang de l'enfant, puis prit le luth des mains de

Méric encore sous le choc. Tandis que le bébé continuait à pleurer, elle pinça les cordes de l'instrument avec ses doigts poisseux. Musique et sanglots se mêlèrent dans les airs, s'échappant par les hautes fenêtres et les portes ouvertes.

— Que fais-tu ? siffla Mycelle par-dessus son épaule.

— J'appelle quelqu'un qui pourra protéger l'enfant – la seule personne capable de reconnaître ses cris. (Nee'lahn planta son regard dans celui de Méric.) J'appelle sa mère.

L'el'phe écarquilla les yeux. Elle était en train d'invoquer le Sinistre.

Nee'lahn jouait avec toute l'énergie de son corps, tissant les pleurs du bébé et les accords de la chanson sylvestre dans une tentative pour communiquer avec sa sœur de la forêt.

« *Viens à moi* », chantait-elle dans la langue d'antan. « *Protège ton enfant.* »

Liée à sa musique, elle sentait celle-ci se répandre hors de la Citadelle et au-delà. Tandis qu'elle continuait à pincer les cordes du luth, les lignes de force présentes dans la pièce devinrent apparentes. Elles se mirent à scintiller dans les airs.

Près de la statue du griffon, des volutes d'énergie magique tourbillonnaient en formant un vortex concentré ; incapables de s'échapper, elles étaient lentement aspirées par le puits noir. Nee'lahn percevait la faim dévorante du griffon et, l'espace d'un instant, elle entrevit le mal tapi en son cœur.

Horrifiée, la nyphai eut un mouvement de recul. Elle voulut diriger sa musique à l'écart du portail du Weir, mais prit très vite conscience qu'elle n'y parviendrait pas. Elle était ferrée comme un poisson – prise au piège. Elle cessa brusquement de jouer, mais trop tard. Les lignes de force la reliaient désormais au griffon. Elle sentait toute son énergie élémentale s'arracher à elle pour se déverser dans la statue.

— Nee'lahn, appela Méric près d'elle. Que se passe-t-il ?

— Le portail du Weir, haleta la nyphai.

Elle vacilla. Le luth s'échappa de ses doigts tremblants, mais Méric le rattrapa au vol.

— Je l'ai touché avec ma magie. Je… je n'arrive pas à me dégager.

L'el'phe la saisit sous les aisselles pour l'empêcher de s'effondrer.

— Que puis-je faire ?

Nee'lahn secoua la tête. La pièce s'obscurcit autour d'elle.

— Je… je suis perdue. Sauve l'enfant.

Une ombre traversa son champ de vision. Nee'lahn crut qu'elle était en train de perdre conscience – jusqu'à ce qu'une voix sifflante la transperce.

— C'est comme ça que tu protèges mon bébé ?

Méric la tira en arrière.

La brume noire prit la forme de Cecelia, la démone malegarde.

— Je ne les laisserai pas faire de mal à mon petit garçon, pas même pour me venger de la cruauté de la Terre. (Ses paroles oscillaient entre folie et chagrin.) À moi, mes sœurs !

D'autres spectres émergèrent de la pénombre depuis les coins de la pièce, attirés par les filaments de la musique de Nee'lahn. Semblables à des fragments de ténèbres, ils flottaient et volaient sur des courants invisibles. Et partout où ils passaient, des hurlements s'élevaient. Des n'ains tombaient raides morts. Des corps dégringolaient des galeries, écrasant d'autres gardes.

Et les ténèbres continuaient à se répandre dans la salle du trône. Des Sinistreurs de plus en plus nombreux se jetaient sur leurs proies. Bientôt, le sol fut jonché de n'ains qui se tortillaient. Au fond de la pièce, d'autres gardes entouraient le trône, protégeant leur roi.

Mycelle et Tyrus se rapprochèrent de leurs compagnons, reculant devant Cecelia.

Soudain, les genoux de Nee'lahn se dérobèrent sous elle. Elle s'affaissa, entraînant Méric avec elle.

— Que t'arrive-t-il ? demanda Mycelle.

— Elle est mourante, répondit l'el'phe. (Il se redressa et fit face à Cecelia.) Pouvez-vous la sauver ?

La démone le toisa.

— Pourquoi le ferais-je ?

Méric désigna le griffon.

— La statue aspire le pouvoir du corps de Nee'lahn, mais aussi de son luth. Si elle meurt, l'esprit du dernier de vos arbres disparaîtra avec elle. Et le bébé périra certainement. Si vous aimez votre enfant, si vous voulez que votre peuple ait un avenir, vous devez empêcher le griffon de la tuer.

Les ténèbres qui composaient le spectre enflèrent et se déployèrent ainsi qu'une cape. Sa voix se mua en un gémissement torturé :

— Je... je ne sais pas si je peux.

— Essayez !

Nee'lahn tendit une main et toucha la tête du bébé, qui émergeait de sa couverture.

— S'il te plaît...

Cecelia baissa les yeux vers elle. Un bras noir se tendit vers Nee'lahn. Celle-ci était trop faible pour se dérober. Une froideur glaciale effleura sa joue.

— Tu es si belle, chuchota le spectre. Te regarder me fait mal.

Nee'lahn n'avait plus de mots. Elle implora Cecelia avec ses yeux.

La démone se détourna.

— Quoi qu'il puisse m'en coûter, je préfère que mon enfant devienne un être de lumière comme toi, plutôt qu'une créature des ténèbres comme sa mère.

De nouveau, elle se changea en nuage de brume et fusa vers le plafond en poussant le hurlement des Sinistreurs. Tout autour de la pièce, les myriades de spectres se figèrent, ignorant leurs proies qui se contorsionnaient sur le sol. Puis ils s'élevèrent à leur tour pour rejoindre leur chef. Les ténèbres bouillonnantes masquèrent peu à peu les voûtes du plafond.

Les n'ains survivants s'étaient tapis à terre parmi les blessés et les agonisants.

Des mots jaillirent de la brume noire :

— Mes sœurs, il est temps de mettre un terme à nos souffrances. Nous ne sommes pas faites pour ce monde.

Liée aux autres nyphai par des attaches aussi vieilles que son arbre, Nee'lahn comprit aussitôt ce qui allait se passer.

— Non !

Elle voulait hurler, mais sa voix n'était plus qu'un faible chuchotement. Ses lèvres desséchées se craquelèrent, et du sang coula sur son menton. Elle était pareille à une chandelle qui touche à sa fin.

— Jetez-vous avec moi dans les flammes, mes sœurs ! Infligeons-nous cette pénitence pour ce que nous sommes devenues, pour tous les péchés que nous avons commis par le passé.

Un hurlement monta du groupe des Sinistreurs.

Autour de Nee'lahn, ses compagnons tombèrent à genoux, les mains plaquées sur leurs oreilles. Même le roi n'ain s'effondra près de son trône.

Parmi les cris déchirants des spectres, Nee'lahn distingua la voix de Cecelia :

— Pour l'amour de Lok'ai'hera, pour le salut du dernier enfant de la graine, suivez-moi !

Un petit morceau d'ombre se détacha de la masse. Un instant, il flotta dans les airs à l'aplomb de la statue. Nee'lahn sentit un regard la fixer depuis la brume noire. Une voix chuchota à son oreille :

— Protège mon enfant, petite.

Puis le fragment d'obscurité plongea vers le griffon et se jeta dans sa gueule béante en hurlant :

— Suivez-moi !

Les Sinistreurs ne pouvaient ignorer l'ordre ultime de la dernière gardienne de Lok'ai'hera. Tel un torrent, ils se déversèrent en cascade depuis le plafond.

— Non ! glapit le roi n'ain en se relevant. Arrêtez-les !

Mais qui aurait pu arrêter une ombre ? Les Sinistreurs s'engouffrèrent entre les mâchoires ouvertes de la statue. La gorge avide du griffon les avala goulûment, se repaissant de leur énergie élémentale, les consumant tout entiers.

— Arrêtez ! s'époumona le roi.

Nee'lahn sentit le mince cordon de pouvoir qui la reliait à la statue commencer à brûler tandis que les Sinistreurs se déversaient à l'intérieur du portail. Le flot de leur énergie libérait la nyphai. Lorsque le lien se brisa, celle-ci partit en arrière et heurta le mur avec son dos. Haletante, elle se redressa sur ses genoux.

— Mes sœurs se sacrifient ! gémit-elle comme les derniers spectres disparaissaient. Elles se laissent consumer pour que je sois épargnée !

Méric lui toucha l'épaule et chuchota :

— Je crois que c'est ce qu'elles voulaient, dans le fond : cesser de souffrir et assurer un espoir d'avenir à votre peuple.

Nee'lahn se releva, bien décidée à honorer le sacrifice de ses sœurs.

De l'autre côté de la pièce, le roi n'ain fixait les compagnons d'un regard mauvais. Un feu surnaturel brillait dans ses yeux.

— Vous vouliez détruire le griffon, mais tous vos efforts n'ont fait qu'alimenter le Weir. Je vous brûlerai jusqu'au dernier sur l'autel du Maître et j'assisterai à la destruction de la Terre !

Nee'lahn plissa les yeux. Le roi n'ain ne comprenait pas quel genre de bataille venait d'être remportée ici.

— Prenez garde au portail, dit-elle à ses compagnons. Ne laissez pas votre magie le toucher.

Un des gardes souffla dans un cor, et les forces n'aines éparpillées se regroupèrent lentement dans la salle du trône, prenant garde aux cadavres qui jonchaient le sol.

Mycelle s'avança, toujours sous sa forme n'aine.

— Nous n'aurons pas d'autre chance. Il faut attaquer maintenant ; sans quoi, nous serons submergés.

Tyrus la rejoignit.

— Comment veux-tu t'y prendre ?

— Menez l'attaque contre les n'ains. Laissez-moi le portail.

— Que vas-tu faire ? interrogea Mogweed.

Mycelle regardait le montagnard vaincu et enchaîné.

— J'ai un plan. (Elle pivota vers Tyrus et lui dit très vite :) Mais j'ai besoin de la hache de Kral.

Elle tendit un doigt vers l'arme qui gisait entre les mains d'un garde mort.

Tyrus hocha la tête.

— Je vais la chercher.

Il s'élança, le dos courbé et l'épée à la main. Mais, pour le moment, les n'ains occupés à se regrouper ne s'intéressaient pas à lui.

À l'instant où Méric se rapprochait de Mycelle, un mouvement attira l'attention de Nee'lahn.

— Méric ! hurla-t-elle.

L'el'phe pivota, levant un bras crépitant d'énergie. Mais il ne fut pas assez rapide pour bloquer la flèche en plein vol.

L'archer avait bien visé. Le projectile se planta dans la gorge de Mycelle. Du sang jaillit de la plaie comme la guerrière basculait en arrière. Elle heurta le mur et s'affaissa sur le sol en lâchant ses épées.

Nee'lahn plongea vers elle tandis que Fardale rejoignait Méric pour les défendre. Des bourrasques féroces s'interposèrent entre eux et les n'ains. L'épée à la main, Méric se mit à danser au milieu de l'ouragan. Près de lui, Fardale bondissait à la gorge de quiconque osait approcher. Même Mogweed ramassa une des épées de Mycelle et s'agenouilla de l'autre côté de la blessée.

— Comment va-t-elle ? s'enquit-il.

Mycelle lutta pour s'asseoir, mais Nee'lahn la força à rester allongée.

— Ne bouge pas.

Mycelle ouvrit la bouche pour parler. Il n'en sortit que du sang. Elle agrippa le bras de la nyphai et l'attira convulsivement vers elle.

Nee'lahn se pencha. Mycelle toussa pour s'éclaircir la voix, éclaboussant la nyphai. Avec un geste en direction de la statue, elle parvint à articuler quelques mots d'une voix rauque :

— Un sacrifice… comme tes sœurs. (Du sang emplit de nouveau sa gorge. Ce fut tout juste si elle put râler :) La hache !

Pivotant, Nee'lahn vit que Tyrus avait récupéré l'arme du montagnard et qu'il revenait avec.

— Elle arrive, dit la nyphai à Mycelle. Mais je ne comprends pas à quoi elle va nous servir.

De sa main libre, Mycelle dégaina maladroitement une dague. Elle fourra son manche dans la paume de Nee'lahn et referma les doigts de la nyphai dessus, luttant pour lui faire comprendre quelque chose. Nee'lahn scruta ses yeux pleins de douleur et de chagrin. Les lèvres de Mycelle remuèrent, mais cette fois, aucun son n'en sortit. Pourtant, la nyphai reconnut le mot qu'elle essayait de prononcer.

« Métamorphe ».

Un instant, Nee'lahn fronça les sourcils. Elle observa la dague dans sa main. Puis elle comprit, et l'horreur écarquilla ses yeux.

— Douce Mère, non !

Méric entendit le cri de Nee'lahn.

— Comment va Mycelle ? jeta-t-il par-dessus son épaule tout en balayant d'une bourrasque les n'ains qui tentaient d'approcher.

— Sa blessure est fatale, répondit Nee'lahn. Elle se meurt.

Méric tendit son épée devant lui. C'était sa faute. Il avait baissé sa garde, permis à la flèche meurtrière de trouver sa cible.

— Que pouvons-nous faire pour elle ?

Nee'lahn garda le silence. Méric risqua un coup d'œil derrière lui. La nyphai tenait une dague dans sa main – une dague qu'il identifia comme appartenant à Mycelle. Elle se pencha vers la blessée.

Un grognement força Méric à reporter son attention devant lui. Du museau, Fardale désignait le seigneur Tyrus qui revenait, découpant tous ceux qui se dressaient sur son chemin. Un feu sauvage brûlait dans ses yeux, laissant entrevoir le pirate derrière le prince.

Méric fit son possible pour l'aider, détournant les flèches qui le visaient tout en maintenant un mur de vent autour des autres. Tyrus embrocha le dernier n'ain et plongea vers ses compagnons. Méric baissa son bouclier pour lui permettre de passer et le releva aussitôt.

— Ça va ? lança Tyrus.

Méric ouvrit la bouche pour lui répondre. Mais déjà, Tyrus avait aperçu Mycelle et s'était précipité près d'elle en lâchant la hache de Kral.

— Mycelle !

Il lui prit la main.

Reculant d'un pas, Méric resserra son périmètre défensif. Sa magie n'était pas infinie. Lorsqu'elle finirait de se consumer, les bourrasques qui protégeaient les compagnons s'éteindraient avec elle. Les n'ains avaient dû sentir que l'el'phe faiblissait, car ils s'étaient repliés un peu plus loin pour attendre, tels des loups guettant un cerf blessé.

— Mère d'en haut ! rugit Tyrus. Qu'as-tu fait ?

Méric pivota à l'instant où le prince écartait Nee'lahn d'un coup de coude. Alors, il vit ce que la nyphai était en train de faire avec la dague de Mycelle. Sous le choc, ses vents tourbillonnèrent follement devant lui.

La métamorphe gisait sur le dos, torse nu. Sa poitrine se soulevait encore ; de petites bulles de sang maculaient le dessous de son nez et le coin de ses lèvres. Mais de la cage thoracique jusqu'au nombril, sa peau pendait sur les côtés. Horrifié, Méric se rendit compte que Nee'lahn était en train d'écorcher la guerrière pendant qu'il montait la garde.

Repoussée par Tyrus, la nyphai ne lâcha pas sa dague pour autant.

— C'est ce qu'elle voulait, marmonna-t-elle. (Méric prit conscience que ses joues ruisselaient de larmes.) Nous ne pourrons pas gagner seuls.

Mycelle tendit une main vers Nee'lahn. Trop faible pour parler, elle se contenta d'acquiescer. Son visage n'était plus qu'un masque de douleur.

— Je ne comprends pas, protesta Tyrus. Que se passe-t-il ?

Nee'lahn désigna la hache du montagnard.

— Elle veut que nous libérions Kral avec sa peau.

Lentement, la lumière se fit dans l'esprit de Méric. Il avait entendu le roi n'ain révéler que Kral était un malegarde. Apparemment, la magie noire qui corrompait le montagnard lui permettait d'adopter la forme de toute créature avec la peau de laquelle il enveloppait sa hache. Mycelle voulait utiliser sa propre peau pour conférer à Kral ses dons innés de si'lura.

— Mais c'est un malegarde, objecta Tyrus.

— Un malegarde qui s'oppose au dessein des n'ains avec encore plus de virulence que nous, contra Méric, qui entrevoyait enfin l'objectif de Mycelle. Si nous le libérons, il les détruira tous à sa façon.

— Nous y compris, répliqua Tyrus.

Mycelle fit signe au prince d'approcher. Il inclina son oreille vers les lèvres de la mourante, puis blêmit et se redressa.

— Qu'a-t-elle dit ? demanda Mogweed qui, de l'autre côté de la guerrière, continuait à agripper une de ses épées jumelles.

— Elle a cité la prophétie, répondit Tyrus. « Celle qui donnerait son sang pour sauver les Contrées du Couchant. »

— Qu'est-ce que ça signifie ? interrogea Méric.

— C'est ce que je lui ai dit quand nous nous sommes retrouvés à Port Rawl. J'avais été envoyé là-bas par une prophétie de mon père, pour vous ramener tous ici : trois métamorphes et une femme qui « était dro mais pas dro ».

— Mycelle…

Tyrus prit la main de la mourante.

— Mon père disait que son sang serait la clé qui sauverait nos contrées de la corruption. Elle entend bien accomplir la prophétie.

Tout le monde se tut.

Tyrus tendit sa main à Nee'lahn. Comprenant ce qu'il lui demandait, la nyphai plaça le manche de la dague dans sa paume.

Tyrus se pencha vers Mycelle.

— C'était la prophétie de mon père.

Mycelle soupira. Enfin, on l'avait comprise. Tandis que le sang s'accumulait dans sa gorge, elle ferma les yeux et se raidit contre la douleur à venir. Il n'y en avait plus pour longtemps.

En ses derniers instants, la guerrière pria pour qu'on lui pardonne. Elle avait tué tant de gens au nom du salut d'Alaséa ! Les visages des centaines d'élémentaux qu'elle avait empoisonnés – certains avec leur consentement, d'autres sans, à leur insu – défilèrent dans son esprit : enfants, femmes, vieillards. Ils étaient si nombreux… Des larmes inondèrent ses joues. Pas à cause de la douleur physique, mais du vide de son cœur.

— Mycelle…

Quelqu'un lui chuchotait son nom à l'oreille. Bien que trop faible pour ouvrir les yeux, elle reconnut la voix du seigneur Tyrus.

— Tu es prête ?

La guerrière acquiesça. Elle n'était plus en état de se soucier de la morsure de la dague.

— Mycelle…

Dépêchez-vous et qu'on en finisse, songea-t-elle en clignant des paupières.

Le visage de Tyrus emplissait tout son champ de vision. Penché sur elle, le prince la regardait. Mycelle fut surprise de découvrir des larmes dans ses yeux. C'était pourtant un homme dur qui, durant sa carrière de pirate, avait fait des milliers de victimes.

Des gouttes tièdes tombèrent sur les joues de la guerrière.

— Je te relève de ton devoir. Tu as bien servi ma famille pendant toutes ces années.

Quelque peu réconfortée par ces paroles, Mycelle sourit et referma les yeux.

Son ventre s'embrasa tandis que le prince se mettait au travail. Elle ravala un hoquet. Soudain, elle sentit les lèvres de Tyrus se poser sur les siennes et presser très fort comme pour contenir la douleur. Le temps s'arrêta pour elle l'espace d'une seconde infinie, étirée entre l'agonie et le sang. Elle se surprit à sangloter.

— Je t'aime, chuchota Tyrus entre leurs bouches collées l'une contre l'autre.

Et, en cet ultime instant, Mycelle sut qu'il disait vrai. Le vide de son cœur se remplit de chaleur et d'amour. Puis, avec un pincement très doux, le monde la libéra.

Nee'lahn vit Tyrus se redresser. Pendant leur baiser, Mycelle s'était transformée, abandonnant sa forme de n'aine pour reprendre l'aspect familier d'une guerrière dro aux longues jambes. Tyrus se détourna, les joues baignées de larmes silencieuses. Dans ses mains, il tenait un gros morceau de peau écorchée.

Il se traîna à quatre pattes jusqu'à la hache de Kral, qu'il posa sur ses cuisses. Tête baissée, il drapa la peau de Mycelle autour de la lame.

— Je suis désolé, marmonna-t-il entre ses dents.

Nee'lahn s'écarta pour lui laisser un peu d'intimité.

— Je crois que ça marche, dit Méric qui leur tournait le dos.

Nee'lahn regarda au travers du mur de vent en priant pour que le sacrifice de Mycelle n'ait pas été vain.

Kral était accroupi au milieu de la pièce, nu dans ses chaînes, aveugle à tout ce qui se passait autour de lui et sourd aux ordres aboyés par les n'ains. Une partie de lui savait que ces derniers se regroupaient pour un assaut final sur ses anciens compagnons. Mais aucune partie de lui ne s'en souciait. Tout espoir de purger son foyer ancestral de la corruption gul'gothane venait de s'éteindre. Rien ne lui importait plus.

Soudain, à travers le brouillard de son désespoir, Kral perçut un jaillissement d'énergie, comme une étincelle touchant du bois mort. Il connaissait bien cette sensation. Avec un grognement, il se releva et projeta ses perceptions vers sa hache.

Oui!

Il sentait une source de pouvoir – une nouvelle peau grâce à laquelle définir sa bête intérieure. Il effleura sa magie noire et identifia instantanément sa nature. *Si'lura… métamorphe.* Jetant un coup d'œil vers le fond de la pièce, il aperçut ses anciens compagnons regroupés contre un mur. Sa hache se trouvait dans les mains de Tyrus, qui le fixait de ses yeux brillant de larmes.

Kral comprit aussitôt.

— Mycelle, marmonna-t-il.

Il baissa les yeux vers les fers qui entravaient ses chevilles et ses poignets. Une ondulation de chair plus tard, il les enjamba tandis que ses chaînes s'écrasaient sur le sol avec fracas.

Le bruit attira l'attention du roi, toujours planté devant le trône de granit blanc. Le vieux n'ain écarquilla les yeux.

— Maintenant, je vais reprendre mon trône, lança froidement Kral.

Et, bandant sa volonté, il se changea de nouveau en léopard des neiges.

Sa peau le chatouilla comme elle se couvrait de fourrure blanche. Des griffes jaillirent au bout de ses doigts et de ses orteils tandis que ses blessures se refermaient. Son squelette et ses muscles s'allongèrent, adoptant la forme gracieuse et meurtrière d'un félin. Kral avait choisi celle-ci non par habitude, mais en hommage à Mycelle : la guerrière faisait partie des Dro, dont le symbole héraldique était un léopard. Il lui semblait donc approprié que ce soit un léopard qui extirpe le mal tapi en ce lieu.

Avant que les gardes puissent réagir, Kral se jeta sur le vieux roi, arrachant le bras que celui-ci levait pour se défendre. Le n'ain hurla de surprise et de douleur. Il tituba en arrière et retomba sur le Trône de Glace.

— Non ! Nous servons le même maître !

Les babines de Kral se retroussèrent en un rictus féroce, dévoilant ses crocs acérés.

— Non ! cria de nouveau le roi.

Kral bondit avec un rugissement qui se répercuta contre les murs de la pièce. Il atterrit sur le n'ain, dans la chair duquel il planta ses griffes. Il sentit sa proie trembler sous lui ; il huma sa peur et entendit les battements affolés de ses cœurs jumeaux.

— Pitié…

Avec un grondement victorieux, Kral arracha la gorge du roi n'ain. Du sang chaud éclaboussa le granit blanc. Il le goûta sur sa langue. La bouche de sa proie s'ouvrit et se referma comme si elle se noyait ; puis la lumière s'éteignit dans ses yeux.

Enfin satisfait, Kral écarta le cadavre d'un coup de patte et grimpa sur son trône où il s'accroupit, le museau ensanglanté. Promenant un regard à la ronde, il rugit son triomphe.

Les n'ains rescapés se figèrent. Puis, découragés par la perte de leur souverain, la plupart d'entre eux s'enfuirent sans demander leur reste. D'autres – essentiellement les gardes du corps royaux – se ruèrent vers Kral, les yeux flamboyant du désir de venger leur maître.

D'un bond puissant, Kral se porta à leur rencontre. Il fendit leurs rangs en utilisant toute la magie de Mycelle pour passer d'une forme à l'autre tandis qu'il zigzaguait et culbutait au milieu des haches et des épées adverses. Derrière lui, il laissait un sillage de corps brisés, en proie aux convulsions de l'agonie.

Quand il en eut terminé avec les n'ains qui le menaçaient, il s'élança vers l'autre bout de la pièce, à la poursuite des fuyards. Après leur avoir sectionné les tendons pour les immobiliser, il fit demi-tour pour dévorer leurs cœurs.

Bientôt, le sol de granit fut recouvert de sang. Rien ne bougeait plus à l'exception de la bête qui se déplaçait parmi les cadavres en direction du dernier îlot de vivants. Un tourbillon féroce protégeait ceux-ci. Kral leva son museau et renifla. Le vent l'empêchait de sentir leur odeur. Tapi à ras de terre, il rampa vers eux en grognant.

À son approche, les bourrasques moururent. Il se retrouva face à Tyrus, flanqué d'un côté par Méric et de l'autre par Nee'lahn. Fardale et Mogweed se tenaient en retrait, près du corps inerte de Mycelle. Mais Kral ne s'intéressait pas à eux. Il n'avait d'yeux que pour sa hache.

Sans se préoccuper de son grognement de défi, Tyrus arracha la peau qui recouvrait la tête de l'arme. Une fois de plus, Kral sentit la magie le quitter. Sa chair redevint celle d'un homme. Nu, il se redressa face à ses compagnons et tendit une main.

— Ma hache, réclama-t-il.

Tyrus brandit son épée entre eux.

— D'abord, tu dois nous faire une promesse, homme des montagnes.

Kral baissa le bras. Il savait qu'il ne pouvait pas vaincre le prince mrylien à mains nues.

— Laquelle ?

D'un large geste, Tyrus désigna la salle du trône.

— Nous t'avons aidé à reprendre ton trône et ton royaume d'antan.

Kral regarda le corps de Mycelle.

— Je ne nie pas le rôle que vous avez joué. Malegarde ou non, je connais le prix du sang. Vous êtes tous libres de partir. Je ne ferai de mal à aucun d'entre vous.

— Ce ne sont pas nos vies que nous négocions, le détrompa Tyrus.

— Du moins, pas seulement nos vies, rectifia très vite Mogweed derrière lui.

Tyrus l'ignora.

— Je ne te rendrai ta hache que si tu me jures de l'utiliser d'abord sur le griffon.

Kral jeta un coup d'œil par-dessus son épaule. La monstrueuse statue d'éb'ène se tenait toujours près du Trône de Glace, les ailes déployées, la gueule ouverte en un hurlement de rage silencieux. Kral scruta ses yeux rouges. Il sentit presque le Seigneur Noir lui rendre son regard. Sa trahison avait dû le mettre dans une colère folle, mais Kral ne pouvait plus reculer. La Citadelle ne serait jamais vraiment libre, jamais rendue à son peuple tant que le portail du Weir subsisterait.

— C'est d'accord. Je vais le faire, dit Kral.

Nee'lahn s'avança.

— Fais bien attention. Ne touche pas la statue toi-même. Elle peut puiser à ton énergie élémentale, aspirer la magie de ton corps.

— Je comprends.

De nouveau, Kral tendit la main.

Tyrus hésitait encore.

— Jure que tu vas bien le faire.

Le montagnard soupira.

— Je le jure sur le Trône de Glace et sur mon sang, en tant que membre de la Flamme de Senta.

À demi-satisfait seulement, Tyrus lâcha la hache et, du bout de sa botte, la poussa vers Kral sur le granit ensanglanté.

Soulagé, le montagnard se baissa pour ramasser son arme. Ses mains se refermèrent sur le manche de noyer.

— Qu'est-ce qui vous fait penser que je réussirai ?

Tyrus jeta un bref coup d'œil au cadavre de Mycelle.

— La prophétie de mon père.

Kral plissa les yeux. Il se souvenait des prédictions du défunt roi Ry telles que Tyrus les leur avait rapportées. Mycelle devait donner son sang, et lui-même devait reconquérir la couronne de son peuple. Ensemble, ils détenaient la clé de la victoire. Hochant la tête, Kral se tourna vers le griffon.

— Finissons-en.

Mogweed regarda le colosse nu traverser la salle du trône, sa hache à la main. Tous les yeux étaient rivés sur lui avec angoisse. Mais Mogweed avait ses propres préoccupations. Il se moquait bien des portails du Weir, et plus encore de savoir qui siégerait désormais sur le Trône de Glace. S'il s'était lancé dans ce long périple, c'était pour trouver un remède à la malédiction qui les liait, Fardale et lui.

La prophétie… Apparemment, tous les augures du vieux roi Ry portaient sur cette soirée. Mycelle était morte. Kral avait récupéré son trône. Mais que devenaient les deux métamorphes dans tout ça ? « Deux arriveront figés ; un repartira entier »…

Tandis que ses compagnons observaient Kral, Mogweed tourna son attention vers Mycelle. Il saisit la cape qui recouvrait le corps mutilé de la guerrière. De toute évidence, le destin de Mycelle était lié à l'avenir de Kral ; donc, il semblait logique que le sort des jumeaux dépende des deux autres – les trois prédictions s'entrelaçant ainsi que des serpents.

Mogweed retira la cape des épaules de la morte, révélant la vipère rayée toujours enroulée autour de son bras. Cette créature était la source des pouvoirs de métamorphose de Mycelle, qui n'en aurait plus besoin désormais. Alors, pourquoi Mogweed ne se l'approprierait-il pas ?

Prudemment, il tendit la main vers le reptile. Une langue minuscule darda dans sa direction. Il l'autorisa à lui lécher le bout d'un doigt, puis retira lentement sa main. Le paka'golo le suivit, déroulant peu à peu ses anneaux pour s'étirer vers la chaleur et l'odeur de Mogweed. Sans doute savait-il que sa maîtresse était morte.

Tandis que le serpent rampait vers lui, Mogweed baissa la main et se pencha légèrement pour lui offrir sa paume. Il frissonna en sentant le ventre de la vipère glisser sur sa peau, mais se força à ne pas bouger le bras. Le paka'golo remonta vers son poignet en remuant la langue comme pour goûter ce paysage de chair inconnu. Enfin, sa queue quitta le bras de Mycelle qui refroidissait déjà. Il s'avança le long de l'avant-bras de Mogweed, enroulant sa queue autour des doigts du petit homme.

Mogweed s'autorisa un frémissement d'excitation. Le paka'golo l'acceptait.

Levant les yeux, il vit que Fardale l'observait. C'était à peine si une lueur ambrée brillait encore au fond des prunelles du loup.

Désolé, mon frère, songea Mogweed.

Puis une douleur à nulle autre pareille le fit sursauter. On aurait dit qu'il venait de plonger sa main dans des flammes infernales. Il ouvrit la bouche pour crier, mais il n'avait pas assez de souffle pour émettre le moindre son. Un étau lui comprimait la poitrine. Il baissa les yeux vers son bras.

La gueule ouverte du paka'golo était accrochée à son poignet. Des spasmes agitaient le petit corps tandis que le reptile envoyait son poison dans les veines de Mogweed.

Le si'lura tomba en arrière, secouant frénétiquement son bras. Mais le serpent avait les crochets plantés dans sa chair et les anneaux enroulés autour de sa main. L'insoutenable brûlure se propagea le long du bras de Mogweed.

Fardale bondit par-dessus le corps de Mycelle pour venir en aide à son frère. Mogweed lui tendit son bras en l'implorant du regard.

Ce fut alors que son membre commença à fondre. La douleur était toujours là, mais la chair figée du si'lura se remit à onduler comme elle ne l'avait pas fait depuis de trop nombreuses lunes. Mogweed se souvint de la fois où il avait espionné Mycelle près du ruisseau.

Douce Mère, ça marche !

Puis Fardale se jeta sur son frère. Dans un éclair blanc, ses crocs se refermèrent sur la queue du paka'golo.

— Non ! parvint à hoqueter Mogweed au travers de la douleur.

Les crochets se retirèrent de son poignet. Se détendant comme un ressort, le serpent mordit Fardale dans la chair tendre de son museau. Le loup hurla.

Mogweed tenta de saisir le paka'golo, mais son membre ondulant refusa de lui obéir. Sa main heurta la tête de Fardale au moment où le venin faisait fondre celle-ci. Leurs chairs se mélangèrent.

Effrayé, Mogweed tenta de se dégager : en vain. Le poison continuait à se répandre dans leurs deux corps, fusionnant leurs silhouettes.

Soudain, Mogweed entendit la voix de Fardale dans sa tête – non sous forme d'images, mais de mots :

— *Mon frère, qu'as-tu fait ?*

Mogweed n'en avait pas la moindre idée. Il était en train de se dissoudre. Autour de lui, le monde s'assombrissait. Mais tandis qu'il s'abîmait dans des ténèbres brûlantes, il sentit qu'il n'était pas seul. Il n'avait plus de bouche avec laquelle parler, alors, il pensa :

— *Fardale, tu m'entends ?*

Il ne reçut pas de réponse. Les ténèbres l'engloutirent. Il continua à crier mentalement, implorant qu'on le sauve.

Puis il entendit des voix dans le lointain, des voix qui semblaient s'élever depuis le fond d'un puits.

— Que leur est-il arrivé ?

— Aucune idée. On dirait qu'ils ont fondu.

— Ce n'est pas le serpent de Mycelle ?

— Ça l'était, oui. Il est mort.

— Et Mogweed ? et Fardale ?

Pendant cet échange, Mogweed tenta de hurler, de faire savoir à quelqu'un qu'il était vivant. Mais l'était-il encore ? Cette pensée le terrifia. Il se tendit vers les voix qui continuaient à parler, les utilisant comme un grappin pour se hisser hors de l'abîme.

— Nous avons des problèmes plus urgents, dit quelqu'un sur un ton sévère.

Mogweed reconnut Tyrus. À chaque mot, les voix devenaient plus fortes et les ténèbres pâlissaient. Il continua à se concentrer.

— Kral a presque atteint le griffon, ajouta Tyrus.

— Mais nous ne pouvons pas les laisser comme ça, protesta Nee'lahn.

— Attendez, coupa Méric. Il se passe quelque chose.

L'obscurité se dissipa. De la lumière jaillit – la lumière jaunâtre dispensée par des torches.

Mogweed rouvrit les yeux. Il avait des yeux ! Il leva les mains pour tâter son visage. Puis il se redressa afin de s'examiner. Il était de retour dans son corps humain. Il se palpa soigneusement pour vérifier qu'il n'avait rien. Non. Bien que nu et assis sur les vêtements qu'il portait quelques instants plus tôt, il était indemne.

Conscient que les autres le fixaient, il se leva en plaçant pudiquement ses mains devant son entrejambe.

— Où est ton frère ? lui demanda Nee'lahn.

Mogweed regarda autour de lui. Fardale ne se trouvait nulle part.

— Je vous ai vus fusionner, ajouta la nyphai. Vous n'étiez plus qu'une seule masse de chair ondulante.

— Deux sont devenus un, chuchota Mogweed. La prophétie…

Il leva un bras et se concentra. À l'intérieur, il sentit ses os devenir mous comme du beurre abandonné en plein soleil. D'une poussée mentale, il fit jaillir une fourrure brune le long de son membre.

— Je peux de nouveau me transformer ! Je suis libéré de la malédiction !

— Et Fardale ? insista Méric.

Mogweed regarda de nouveau autour de lui. Son frère avait sûrement disparu. Il réprima un sourire triomphant. *Enfin !* Il était débarrassé de Fardale.

Quelques pas plus loin, Tyrus observait l'autre bout de la pièce.

— Kral est prêt.

Méric et Nee'lahn pivotèrent.

Comme ses compagnons se désintéressaient de lui, Mogweed se concentra sur le petit serpent qui gisait sur le sol.

« Deux arriveront figés ; un repartira entier. »

Le métamorphe sourit. Il était celui-là.

Kral se tenait face au griffon. La statue massive le surplombait, ailes déployées, babines retroussées dévoilant ses crocs de lion. En harmonie avec la magie noire, il sentait l'éb'ène palpiter d'énergie ténébreuse – et son propre cœur se régler instinctivement sur le même rythme. Tout au fond de lui, la marque du Seigneur Noir, cette rune maléfique gravée dans la pierre de son esprit élémental, brilla un peu plus fort.

Les bras tremblants, Kral hésita. Il s'arracha à la contemplation des yeux rouges du griffon et jeta un coup d'œil au trône de granit blanc de son peuple. Le sang du roi n'ain souillait sa surface. Les mains de Kral se crispèrent sur le manche de sa hache. Il ne pouvait pas laisser passer cette chance. La Citadelle, foyer ancestral des montagnards, berceau de son propre clan ! Il devait la purifier !

Reculant, Kral brandit sa hache à deux mains au-dessus de sa tête. Il savait que ce faisant, il défiait le maître qui lui avait donné le pouvoir nécessaire pour gagner, mais il ne pouvait pas s'en empêcher. Il avait déjà franchi la frontière ; il ne pouvait plus faire marche arrière. Il se fit une promesse silencieuse : quand il en aurait terminé ici, il se plierait à la volonté du Seigneur Noir. Il traquerait la sor'cière et brûlerait son cœur sur l'autel du Gul'gotha. Il paierait ses dettes avec du sang.

Une fois de plus, il leva la tête vers le griffon. Les anciens de son clan lui avaient appris à regarder ses victimes dans les yeux. « Si tu es assez fort pour prendre leur vie, tu ne dois pas te détourner de ce spectacle. » Kral s'était toujours efforcé d'appliquer cette leçon. Plongeant son regard dans le regard flamboyant du griffon, il abattit sa hache entre les yeux de rubis de la créature avec toute la force et l'énergie contenues dans son corps.

L'impact se répercuta le long de ses bras, brisant une phalange de sa main droite. Le tintement cristallin du fer sur la pierre se répercuta à travers la pièce.

Kral poussa un cri et tituba en arrière, non à cause de la douleur de son doigt blessé, mais parce que quelque chose de vital s'arrachait à la moelle de ses os. Il leva de nouveau sa hache, mais entre ses mains, il ne tenait plus qu'un manche de noyer. La lame métallique avait explosé en frappant le portail du Weir, tandis que la statue d'éb'ène était demeurée intacte.

Derrière lui, Kral entendit la voix de Tyrus :

— Il a échoué. L'homme des montagnes a échoué.

Haletant, Kral recula encore d'un pas. Les morceaux de sa hache gisaient sur le granit noir. Il se sentait tout aussi brisé qu'elle à l'intérieur – et, en même temps, étrangement libre, comme si les chaînes rouillées qui enserraient son cœur venaient de tomber en poussière. Il regarda les débris de son arme. Le poing d'éb'ène dissimulé parmi le métal ne se trouvait nulle part, apparemment.

Que s'était-il passé ?

Kral fouilla en lui. La rune noire gravée dans son esprit avait disparu. Il tomba à genoux.

— Je suis libre... vraiment libre.

Il aurait dû hurler ces mots avec joie, mais ses joues étaient baignées de larmes. La rune noire avait disparu parce que la pierre dans laquelle elle était inscrite avait disparu, elle aussi. Kral était vide. Le Weir venait d'aspirer toute son énergie élémentale.

Pour avoir combattu d'autres malegardes, Kral savait que faute de feu élémental pour la nourrir, la magie noire ne pouvait pas subsister. Il se toucha la poitrine. Son pouvoir et la souillure du Seigneur Noir s'étaient envolés, ne laissant qu'une coquille creuse derrière eux.

Le montagnard se couvrit le visage et se mit à pleurer, sans se soucier de qui pourrait le voir. Il avait gagné sa liberté mais perdu son héritage. Et à quelle fin ? Il leva les yeux vers la statue. Elle n'avait pas la moindre égratignure.

Un cri s'éleva derrière lui.

— Kral ! Prends garde au griffon !

À travers ses larmes de désespoir, il regarda le monstre d'éb'ène se pencher vers lui en écartant ses ailes et en ouvrant la gueule encore plus grand. À présent, il savait ce que ses efforts avaient réussi à produire.

Il avait réveillé la Bête Noire du Gul'gotha.

LIVRE SIX

LES RUINES DE TULAR

18

Joach marcha jusqu'à l'endroit où s'achevait le sable et où commençait le lac. Il balaya l'étrange paysage du regard. Même si de petits bateaux filaient sur sa surface lisse, le lac du désert ne ressemblait à aucun de ceux que le jeune homme connaissait. En guise d'eau bleue, un océan de verre noir s'étendait d'un bout à l'autre de l'horizon. Joach le toucha du bout de sa botte pour s'assurer qu'il était réellement solide. Les tribus locales l'appelaient « Aii'shan », ce qui signifiait « les Larmes du Désert » dans la langue commune. Il s'interposait entre les voyageurs et Tular.

— C'est comme une mer gelée, dit Sy-wen derrière Joach.

Kast se tenait à côté de la mer'ai. Tous deux portaient une robe et une cape pour dissimuler leur apparence d'étrangers.

Devant eux, ils virent glisser un canot chargé de sacs et de caisses, ses voiles gonflées par la brise. L'embarcation se déplaçait sur une paire de lames en acier dont le sifflement accompagnait son passage. Au loin, d'autres bateaux traversaient le lac pour rallier les villages qui l'entouraient.

Kesla rejoignit Joach sur la rive.

— Il faut continuer si on veut atteindre Dallinskree avant la tombée de la nuit. La caravane de la dîme partira au coucher du soleil.

Joach acquiesça, frottant le moignon de son poignet droit contre sa hanche. Il était toujours accablé par des douleurs fantômes. Même si l'immonde créature de Greshym avait dévoré sa main, il sentait encore ses doigts perdus le brûler et le démanger.

Derrière les deux jeunes gens, Hunt se tenait près d'un malluk. Sa protégée, la petite Sheeshon, était juchée sur le dos de l'énorme bête poilue dont elle tirait l'oreille sans ménagement.

— Klup, klup ! lança-t-elle, imitant le bruit que faisaient les conducteurs pour inciter les malluks récalcitrants à bouger.

L'animal se contenta de l'ignorer et de souffler entre ses lèvres caoutchouteuses pour exprimer son exaspération.

Hunt tapota la jambe de la fillette.

— Fiche la paix à cette pauvre bête, Sheeshon. Elle est épuisée.

Elle n'est pas la seule, songea Joach. Ils avaient marché toute la nuit pour atteindre Aii'shan au matin et ils étaient quand même en retard sur leurs prévisions. Les enfants rassemblés pour payer la dîme de cette lune devaient quitter la ville de Dallinskree ce soir-là, et les compagnons avaient encore le lac à traverser pour les rejoindre.

Sheeshon tira une dernière fois l'oreille poilue de sa monture et se rassit convenablement sur sa selle.

De l'autre côté du malluk, Richald marchait en traînant la patte et en s'appuyant sur une béquille de bois. Sa jambe avait vite guéri. Combiné aux baumes médicinaux des guérisseurs du désert, son pouvoir de régénération avait ressoudé son fémur brisé en moins d'une demi-lune. Joach avait néanmoins tenté de le convaincre de rester à l'oasis d'Oo'shal pour s'occuper des autres el'phes blessés durant l'attaque d'Alcazar. Mais Richald avait insisté pour accompagner le jeune homme dans son voyage jusqu'au Mur du Sud.

« *J'ai donné ma parole de suivre cette expédition jusqu'au bout. Je ne me parjurerai pas. J'utiliserai mes forces et ma magie pour vous aider durant la bataille à venir.* » Sur le bord du lac de verre noir, Joach se dirigea vers le prince el'phe. Celui-ci affichait une expression légèrement peinée.

— Innsu revient, dit-il en tendant un doigt vers l'ouest.

Au loin, un petit nuage de poussière de sable marquait l'approche d'un malluk lancé au galop. Il était suivi par un deuxième nuage.

— Il n'est pas seul, ajouta inutilement Richald.

Les compagnons se regroupèrent, impatients de découvrir ce qu'Innsu avait appris dans le petit village lacustre de Cassus. Ils voyageaient à pied depuis une demi-lune et n'avaient guère eu de contacts avec la population locale à l'exception de quelques nomades. Ils avaient soif de nouvelles.

Joach regardait les dunes qui semblaient se succéder à l'infini. Kesla se rapprocha de lui. Il entendit le souffle de la jeune fille, le bruissement de sa cape. Une fois de plus, il eut du mal à croire la révélation du vieux chaman – du mal à admettre que Kesla était un rêve de la Terre incarné, créé pour l'attirer dans le désert.

Il l'étudia du coin de l'œil : ses cheveux qui brillaient comme de l'or martelé dans la lumière du soleil, sa peau couleur de bronze, ses prunelles crépusculaires. Kesla ignorait sa véritable nature. Elle pensait être une humaine comme les autres – et la plupart du temps, Joach commettait la même erreur.

Rêve ou pas, il ne pouvait ignorer la façon dont son cœur se serrait à la vue de la jeune fille. Il se souvenait encore du bref contact de ses lèvres quand ils avaient fui la forteresse d'Alcazar. Comme il brûlait d'explorer cette promesse tacite ! Mais c'était idiot. Joach serra les poings. Kesla n'était pas réelle ; il devait se le mettre dans la tête.

Le bruit de sabots des malluks l'arracha à ses ruminations moroses. Innsu et un autre homme faisaient escalader la dune à leurs montures. Les deux bêtes avaient la gueule écumante et les flancs trempés de sueur. Innsu se laissa glisser du dos de la sienne et atterrit souplement sur ses pieds. Il repoussa sa capuche, révélant un visage crispé par l'inquiétude.

Kesla s'avança vers lui.

— Qu'est-ce qui ne va pas ?

— C'est un désastre, répondit Innsu en passant une main sur son crâne rasé. À Cassus, on raconte que des démons ailés sont arrivés la nuit dernière, des créatures pâles et vicieuses qui ont passé Dallinskree au peigne fin en quête d'enfants. Tous ceux qui se sont opposés à eux ont été massacrés.

— Et les enfants ?

— Ils ont été emmenés en plus de la dîme déjà collectée auprès des tribus voisines – tous jusqu'au dernier.

— Mais pourquoi ? protesta Kesla, les yeux écarquillés par le choc. Le pacte…

Innsu secoua la tête.

— Je ne connais pas toute l'histoire. Je sais juste que les enfants sont partis ce matin avec une caravane que les démons mènent au fouet.

Joach se racla la gorge, les sourcils froncés.

— Pour qu'ils aient besoin d'une telle quantité de jeunes victimes, quelque chose de nouveau doit se tramer à Tular.

— Mais quoi exactement ? demanda Kesla.

— Si seulement le chaman Parthus était là…, marmonna Joach.

Le vieillard était resté à l'oasis d'Oo'shal, affirmant que sa présence était nécessaire pour guérir Alcazar et maître Belgan après leur exposition à la souillure du mage noir. Mais le soir où les compagnons s'étaient remis en route, il avait pris Joach à part.

— Je te surveillerai dans les sables oniriques. Je ferai mon possible pour t'aider, lui avait-il promis.

Et il avait tenu parole. Depuis ce jour, une nuit sur deux, il retrouvait Joach dans le désert onirique et lui enseignait l'art de modeler ses rêves pour en faire des réalités.

En cet instant, Joach aurait bien aimé profiter de la sagesse du chaman. Les compagnons avaient quitté l'oasis avec un seul plan : infiltrer la caravane de la dîme en faisant passer Sheeshon pour l'une des victimes désignées. Ainsi auraient-ils pu se rendre jusqu'aux marches de Tular sans éveiller les soupçons. Mais les enfants étaient déjà en route, et ils n'avaient pas de plan de rechange.

— Qu'allons-nous faire maintenant ? s'enquit Kast.

Sy-wen était pendue à son bras.

Innsu fit signe à l'inconnu toujours juché sur son malluk.

— Je vous présente Fess a'Kalar, pilote d'un des bateaux à patins de Cassus. Il est prêt à nous emmener de l'autre côté d'Aii'shan. Peut-être pourrons-nous intercepter la caravane et en prendre le contrôle pendant qu'elle contournera le lac par la voie des sables.

— Mais ce ne sera pas gratuit, prévint l'intéressé d'une voix sombre.

Innsu acquiesça.

— Quel est son prix ? demanda Joach, soupçonneux.

L'homme secoua la tête pour faire tomber sa capuche sur ses épaules. Ses cheveux noirs étaient coupés très court, à l'exception de deux mèches qui pendaient devant ses oreilles. Ses yeux étaient aussi noirs et durs que le lac qui s'étendait derrière lui.

— Je vous conduirai sur l'autre rive d'Aii'shan, mais vous devez jurer de me ramener ma petite fille.

— Elle doit faire partie de la dîme de cette lune, expliqua Innsu.

— Nous ferons de notre mieux pour libérer tous les enfants, affirma Joach.

— Non, contra Fess a'Kalar, les yeux brillants. Innsu m'a déjà exposé votre plan : vous voulez vous dissimuler sous les capes des enfants pour approcher les goules sans vous faire repérer. Je refuse que ma petite Misha serve de bouclier à votre attaque désespérée.

— Nous ne risquerons pas la vie des enfants. Leur sécurité sera notre première préoccupation. Je vous le jure.

— Et puis, ajouta Innsu, ils sont déjà condamnés. Notre présence n'augmentera pas le danger qu'ils courent : au contraire, elle leur offrira une chance de salut. Lorsque nous atteindrons le Mur du Sud, nous les renverrons chez eux sous la protection de Hunt et des guerriers du désert.

Le pilote de bateau à patins ne parut guère ébranlé.

Kesla s'avança.

— Toute une légion est déjà en route le long de l'autre rive d'Aii'shan. Une fois que nous serons entrés à Tular, elle attaquera les ruines pour faire diversion. Les goules seront trop occupées pour se soucier de la fuite des enfants.

Fess releva sa capuche.

— Misha est tout ce qu'il me reste de ma femme. Elle est morte il y a trois hivers. Je ne peux pas perdre ma fille aussi. (Il fit faire demi-tour à son malluk.) Je ne peux pas.

Innsu s'adressa à Joach et à Kesla.

— C'est le seul pilote qui accepte de se rendre de l'autre côté d'Aii'shan. La rive d'en face s'étend à l'ombre du Mur du Sud. Personne ne veut s'approcher autant de Tular.

Joach soupira et s'avança pour barrer le chemin au malluk de Fess.

— Qu'attendez-vous donc de nous ? demanda-t-il, la tête levée vers le pilote.

Les yeux de celui-ci luisaient presque à l'intérieur de sa capuche.

— Je veux aller à la rencontre de la caravane avec vous. Une fois que vous vous en serez emparés, vous libérerez Misha avant de poursuivre votre chemin. Les démons ont enlevé tous les enfants de Dallinskree ; une fillette de plus ou de moins ne fera aucune différence.

Joach considéra la requête de Fess. Il jeta un coup d'œil à Kesla, qui hocha imperceptiblement la tête. Alors, il reporta son attention sur le pilote. Il détestait qu'on lui force la main, surtout quand les enjeux étaient si importants. En même temps, il ne voyait pas de mal à satisfaire la requête de cet homme. C'étaient sa fille et son bateau.

— Qu'il en soit ainsi, répondit Joach à la prière silencieuse dans les yeux de Fess a'Kalar. Nous libérerons votre fille.

Le pilote inclina la tête. Des mots pleins de gratitude s'échappèrent de sa capuche :

— *Reliqai dou aan.*

Joach se tourna vers le lac de verre noir. Le reflet du soleil à sa surface le rendait aveuglant, impossible à regarder en face plus de quelques secondes. C'était comme si le monde s'achevait là. Mais le jeune homme savait que tel n'était pas le cas. Le basilic attendait les compagnons sur l'autre rive d'Aii'shan. Par-delà la distance qui les séparait encore, Joach pouvait presque sentir le regard de la bête immonde sur lui. Malgré la chaleur étouffante, il frissonna sous sa cape.

— Qu'il en soit ainsi, marmonna-t-il.

Au coucher du soleil, Greshym était accroupi dans l'ombre du Mur du Sud, face à un petit bassin de vif-argent. Il agita sa main au-dessus de la surface réfléchissante pour dissiper l'image de Joach et de ses alliés. Puis il prit appui sur son bâton pour se relever.

— Ainsi, mon garçon, tu as toujours l'intention d'aller fourrer ta tête dans la gueule de la bête, hein ?

Depuis quelques jours, Greshym suivait la progression de Joach en complotant et en planifiant. Il n'avait pas de mal à espionner le jeune homme : les liens entre eux étaient plus profonds que quiconque ne le soupçonnait. Lancer le sort sanglant qui permettait d'ouvrir une fenêtre sur l'âme de Joach ne lui réclamait pas davantage d'effort que de serrer une main.

— Et c'est une bonne chose.

Greshym leva les yeux vers le Mur du Sud qui dressait son impressionnante masse derrière lui. Il ne craignait pas d'attirer l'attention des créatures tapies à Tular. Il avait pris soin de choisir une cachette située à plusieurs lieues des ruines et de n'utiliser que des sorts mineurs.

Les dernières pièces du puzzle se mettaient enfin en place. Greshym autorisa un petit sourire de satisfaction à étirer ses lèvres desséchées. Ses adversaires l'avaient tenu en échec à Alcazar, mais les informations récoltées là-bas valaient bien le prix qu'il les avait payées. *Le gamin est un sculpteur.* Plus que n'importe quel assaut magique, c'était le choc de cette révélation qui l'avait mis en fuite.

Greshym était familier avec la magie onirique. Longtemps auparavant, il avait appartenu à la secte de Hi'fai, une organisation dédiée à l'étude des prophéties dont les membres s'efforçaient d'entrevoir l'avenir à travers leurs rêves. Mais depuis que Ragnar'k, le dragon de pierre, s'était réveillé et incarné pour se battre dans le camp de la sor'cière, Greshym considérait que le don élémental de Joach ne constituait pas une menace pour lui. À présent, tout était différent.

Tournant le dos à l'océan de verre noir, Greshym tituba vers le rempart de grès tout proche. La révélation des véritables capacités de Joach n'aurait pas dû le surprendre. Il y avait là une certaine logique – une certaine symétrie. Et surtout… C'était une chance incomparable pour lui.

En s'approchant du mur, le vieillard entendit des frottements et des grattements s'échapper d'un trou à la surface du grès. Il frappa à l'entrée de la petite caverne avec son bâton. Les bruits s'arrêtèrent et une créature sortit à reculons. Sa queue en tire-bouchon et ses sabots fourchus apparurent les premiers, suivis par un corps trapu et une tête porcine. Ses oreilles pointues frémissaient de peur et d'agitation.

— M… m… maître.

— Écarte-toi, Rukh.

Greshym se pencha pour regarder à l'intérieur du trou que son familier était en train de creuser. Il se rembrunit. Le tunnel n'allait pas bien loin.

Le gnome des souches dut sentir le mécontentement du mage. Un jet d'urine éclaboussa le sable du désert tandis qu'il se prosternait aux pieds de Greshym.

— La pierre… Dure, geignit-il en levant ses mains aux doigts crochus.

Ses griffes usées par le grès n'étaient plus que des moignons, et du sang coulait du bout de ses doigts.

Greshym soupira et se redressa. Pourquoi devait-il toujours se coltiner des serviteurs bons à rien ? D'un geste, il congédia Rukh.

— La nuit tombe. Au lever de la lune, j'aurai faim. Va me chercher quelque chose à manger.

— Oui, m… m… maître.

Le gnome se hâta de décamper. Greshym se pencha de nouveau vers le trou, puis tourna la tête vers la créature qui s'éloignait et lança :

— Et plus de rats du désert ! Pour une fois, trouve-moi quelque chose avec un peu de viande et de sang sur les os.

— Oui, m… m… maître.

Plié en deux, Greshym se faufila à l'intérieur de la caverne de grès.

Dès que sa tête eut franchi l'ouverture, il sentit le pouvoir qui coulait au travers du Mur du Sud. Il avait choisi cet endroit parce qu'il se trouvait en amont de Tular. Ici, la veine d'énergie était encore pure, intacte. Au-delà des ruines, elle se changeait en un mince filet corrompu qui ne lui servirait pas à grand-chose – pas s'il voulait réussir cette première étape.

Greshym atteignit le bout du tunnel et s'assit péniblement en tailleur, son bâton posé sur ses genoux. Si près du cœur du véritable désert, l'air semblait scintiller d'énergie, mais le mage savait que c'était juste le soleil couchant qui peignait les dunes d'une myriade de couleurs.

Une fois installé, Greshym ferma les yeux et attendit patiemment. Il effleura les dons élémentaux tapis dans son propre corps. Ils étaient en sommeil depuis longtemps, presque oubliés – mais encore présents. Pour n'importe quel membre de la secte de Hi'fai, le rêve se trouvait toujours à portée de souffle. Greshym s'abîma dans sa transe, exhalant le monde réel et se projetant dans le désert onirique.

Du temps s'écoula paresseusement. Au loin, il sentit que les étoiles commençaient à briller et que la lune montait dans le ciel. Il continua à attendre.

Enfin, Greshym éprouva une secousse familière et il se laissa arracher à la contemplation du firmament. La nuit était tombée sur les dunes. La voie du plan onirique s'ouvrait devant lui. Gonflé de pouvoir, il s'y coula avidement. Il avait déjà fait des incursions dans le désert onirique les nuits précédentes, afin d'épier Joach pendant que celui-ci s'exerçait à utiliser son nouveau talent.

Mais cette nuit-là était différente. Cette nuit-là, il ne se contenterait pas d'un rôle de spectateur invisible. Il ferait son premier pas sur le chemin qui le conduirait à se débarrasser de son corps décrépit, à insuffler une vigueur nouvelle dans ses os tordus et sa chair flétrie. Et pour cela, il avait besoin de pouvoir.

Greshym ouvrit les yeux. La caverne avait disparu. Désormais, il était assis dans le sable près d'une rivière argentée. Il se leva lentement. Au-dessus de lui, le ciel était une ardoise vide ; autour de lui, le désert irradiait une douce lueur. Il jeta un coup d'œil à la rivière. Le Mur du Sud se reflétait sur sa surface brillante. Greshym voyait même la petite cavité creusée dans la pierre, si proche qu'il aurait pu la toucher.

Souriant, il tendit une main vers les flots argentés. Ici, le pouvoir coulait avec l'impétuosité d'un torrent en crue, mais sa surface était aussi immobile que celle d'une mare. Greshym passa son bras au-dessus du reflet du Mur et s'immobilisa, la main à l'aplomb de la minuscule ouverture.

— Viens à moi, chuchota-t-il dans l'ancienne langue du désert.

En tant que membre de la secte de Hi'fai, il avait jadis étudié l'art du rêve avec les chamans. Il connaissait leur langue, ainsi que les secrets qui s'étaient perdus avec le temps.

— Retourne auprès de ton maître.

Lentement, un objet long et mince s'éleva des flots argentés. Quand il fut à sa portée, Greshym referma les doigts sur son bâton. Lorsque sa chair toucha le bois pétrifié, la rivière vira brièvement au noir. Comme écœurée par le contact de l'immonde artefact, elle cracha celui-ci dans une explosion. Greshym partit en arrière et atterrit rudement dans le sable, mais il parvint à ne pas lâcher son trophée.

Soulagé, il serra le bâton contre sa poitrine pendant quelques instants. Puis il roula sur le ventre et se redressa. Il restait encore une corvée dont il devait s'acquitter cette nuit.

Tournant le dos à la rivière, Greshym s'enfonça dans le désert. Il marchait d'un bon pas, projetant ses perceptions élémentales en quête de sa proie. Jusqu'ici, il n'en décelait aucun signe. Mais après avoir passé tant de temps à espionner le désert onirique, il savait où aller.

Ce soir-là, Joach devait traverser le lac de verre noir. Il serait incapable de pénétrer le désert onirique. Greshym ne pouvait pas laisser passer cette chance.

Des lieues de sable défilèrent sous ses pieds. Au loin, des formes vagues jaillissaient du sol – celles des dormeurs qui basculaient accidentellement dans ce plan pendant leur sommeil. Greshym les ignora : il savait que leur prêter attention ne ferait que saper son énergie. Aussi poursuivit-il son chemin vers le lieu de rendez-vous.

En approchant du site, il perçut une ondulation dans la pression constante exercée par le pouvoir du désert, comme si quelqu'un venait de lancer un caillou dans l'eau immobile d'une mare. Il pressa le pas.

Devant lui, une silhouette prit forme dans le sable. Sa proie était assise en tailleur, la tête baissée. Greshym se jeta sur elle.

À l'instant où il levait son bâton, elle coula un regard dans sa direction – et instinctivement, elle tenta de bloquer le coup. Elle empoigna le bâton de Greshym. Avec une grimace meurtrière, le mage noir la laissa s'y accrocher.

— Bonsoir, chaman Parthus.

La lueur du désert onirique brillait dans les yeux du vieillard.

— Qui êtes-vous ?

Greshym invoqua le pouvoir de son bâton et sentit sa propre image se modifier pour prendre l'apparence du chaman – deux reflets agrippant le même bout de bois pétrifié.

— Je suis vous, évidemment.

Parthus tenta d'écarter le bâton. Mais il n'y parvint pas. Ses yeux s'écarquillèrent. L'artefact le tenait. Ses prunelles brillèrent plus fort.

— Vous avez introduit un objet physique dans le désert onirique, souffla-t-il, horrifié.

— C'est ce qu'il semblerait, oui. Et si je me souviens bien des textes détruits de la goule Ashmara, dans le plan onirique, les objets physiques peuvent tuer.

D'une étincelle de magie noire, Greshym embrasa le bout de son bâton.

Du feu incendiaire jaillit pour consumer le chaman. Parthus tenta de se rejeter en arrière, mais il était rivé à l'artefact, incapable de s'échapper. Ses membres s'enflammèrent, projetant une vive lumière sur le sable qui luisait doucement autour de lui. Son regard implorant se tourna vers Greshym. « *Pourquoi ?* » disait-il.

Greshym se contenta de sourire. Oublier son passé, si abominable soit-il, c'était prendre de gros risques. Mais il n'avait nulle intention d'instruire ce chaman tellement plus jeune que lui. Il poussa une dernière fois sur son pouvoir et Parthus se changea en boule de feu. Autour des deux hommes, le sable noircit et fondit. Mais Greshym continua à flotter au-dessus de sa surface désormais liquide.

Lorsque le chaman ne fut plus qu'un squelette calciné accroché au bout de son bâton, Greshym le délogea d'une secousse dégoûtée et s'écarta de lui. Les os fumants s'abîmèrent dans le sable fondu du désert onirique. Greshym les regarda couler un moment, puis se détourna en poussant un soupir.

Derrière lui, la tache couleur d'huile s'effaça, avalée par les sables infinis du désert. Mais le mage savait qu'au milieu de l'oasis d'Oo'shal, quelqu'un découvrirait bientôt les restes brûlés du chaman Parthus, fondus dans une flaque de verre noir – ce que les tribus appelaient « noctiverre » – une version miniature de l'immense Aii'shan.

Tandis qu'il rebroussait chemin vers la rivière argentée, Greshym se demanda si Joach filait déjà sur la surface sombre et miroitante du lac. Souriant, il baissa les yeux vers la forme qu'il venait de voler au chaman Parthus et éclata de rire. Peu importait où Joach se trouvait cette nuit. Au moment crucial, Greshym saurait le rejoindre.

Kesla se dirigea vers Joach qui, assis sur une caisse, contemplait le lac noir.

Elle s'accouda au bastingage. Le ciel nocturne était clair ; des étoiles brillaient à la fois au firmament et à la surface vitreuse d'Aii'shan. Le vent filait à vive allure au-dessus de ce miroir lisse et dur, emplissant les voiles du bateau à patins et propulsant les compagnons vers la pleine lune qui se levait.

— Encore combien de temps ? demanda Joach sans se retourner.

— Le pilote dit que nous atteindrons l'autre rive avant que la lune soit au zénith.

Kesla jeta un coup d'œil par-dessus son épaule. Fess a'Kalar se tenait près de la barre, son visage nu exposé au vent, son regard rivé sur les voiles et les étoiles. Sur le pont, les quatre hommes qui composaient son équipage manœuvraient bouts et poulies à son commandement.

Joach hocha la tête.

— Où en sont les préparatifs ?

— Kast et Sy-wen sont prêts à s'envoler dès que nous toucherons le sable. Innsu et les guerriers des tribus ont fourbi leurs armes et revêtu leur tenue de camouflage. Hunt et Richald surveillent Sheeshon, qui se repose sur le pont inférieur. (Malgré la tension, Kesla ne put réprimer un sourirc.) Hunt a vraiment une jolie voix quand il chante des berceuses.

Joach leva les yeux vers la jeune fille, l'ombre d'un sourire aux lèvres. Kesla s'assit à côté de lui sur la caisse. Il fit mine de se lever et de s'éloigner, mais elle lui prit le bras.

— Reste… s'il te plaît.

Après une hésitation, il soupira et se rassit.

Kesla garda le silence, se contentant de savourer ce moment de calme. Petit à petit, elle sentit Joach se détendre, et même se laisser légèrement aller contre elle. Elle lui glissa un bras autour de la taille. Aucun d'eux ne dit rien pour ponctuer ce simple geste.

Comme le bateau filait à la surface du lac, le chuchotement de ses patins d'acier sur le verre produisait une mélodie hantée, qui résonnait étrangement dans la nuit.

— Parle-moi d'Aii'shan, réclama enfin Joach.

— Que veux-tu savoir ?

— Un peu plus tôt, tu as mentionné qu'il avait été formé durant la bataille qui chassa jadis les goules de Tular. Tu as dit qu'une sorte de cataclysme magique avait fondu le sable pour en faire du verre noir.

— Du noctiverre, chuchota Kesla. Comme celui de ma dague.

— Raconte-moi toute la légende.

— Ce n'est pas une légende, mais une histoire réelle. Je l'ai lue dans la bibliothèque de maître Belgan, dans des manuscrits issus du passé lointain du Désert de Sable.

Joach jeta un coup d'œil à la jeune fille. Moins d'une largeur de main séparait leurs deux visages.

— Parce que tu sais lire ? la taquina-t-il.

— Tu veux que je te pousse à l'eau ?

Kesla sourit et plongea son regard dans celui du jeune homme. C'était bon de l'entendre plaisanter. Mais elle lisait dans ses yeux une tristesse contre laquelle elle se sentait impuissante – une tristesse qui était là depuis leur évasion d'Alcazar.

Joach se détourna.

— Vas-y, raconte.

Kesla soupira.

— Jadis, cette région n'était qu'un désert inhabité, à l'exception de la ville de Ka'aloo : un port de commerce situé au pied du Mur du Sud, près de la plus grande de nos oasis. Des marchands de soie, d'épices et de babioles étrangères y affluaient de tous les horizons. Leurs tentes s'étendaient sur des lieues dans le sable autour de Ka'aloo. Mais comme la perversité des goules grandissait en même temps que leur pouvoir, leurs allées et venues se raréfièrent. Ils commençaient à craindre pour leur vie. La rumeur parlait de disparitions d'enfants, de cris étranges à travers les dunes, de créatures qui sortaient la nuit pour attaquer et pour piller.

» Ainsi le flot de richesses se tarit-il peu à peu. Les goules en conçurent un vif mécontentement : elles s'étaient habituées à l'abondance de vins fins et autres délices exotiques. Elles envoyèrent un message pour exiger qu'une certaine dîme soit versée à leurs représentants de Ka'aloo. Au fil du temps, elles s'enhardirent et leurs demandes devinrent de plus en plus extravagantes. Bientôt, il leur fallut du sang : des chèvres, du bétail, des malluks, et pour finir…

— … des enfants, acheva Joach.

— Lorsqu'il atteignait la puberté, le premier-né de chaque famille devait se rendre à Tular pour y servir deux hivers. La plupart des jeunes gens n'en revenaient pas. Ceux qui finissaient par rentrer chez eux s'avéraient mentalement infirmes, incapables de parler. Beaucoup étaient devenus sauvages, plus animaux qu'humains.

— Pourquoi les tribus et les villages acceptaient-ils de livrer leurs enfants aux goules ?

— Parce que s'ils refusaient, le basilic venait leur rendre visite pendant la nuit et tuait tout le monde. Personne ne pouvait rien contre lui. Ainsi, au fil des hivers, la dîme devint une coutume du Désert de Sable, une nouvelle épreuve infligée aux habitants de cette contrée impitoyable.

— Quelle horreur…

Kesla regardait fixement l'océan de verre noir.

— Telle était la vie sous le règne des goules.

— Et ensuite ?

— De temps à autre, un soulèvement se produisait. Mais les assaillants étaient toujours repoussés et avalés par le sable. Nul ne pouvait se dresser contre les goules de Tular. Puis, un hiver, naquit un enfant dont les yeux brillaient de la lueur du désert onirique.

Kesla jeta un coup d'œil à Joach pour voir s'il comprenait. Le jeune homme hocha la tête.

— Il s'appelait Shiron, du nom de la première étoile qui apparaît chaque soir. Sa famille vivait seule dans le désert et elle comprit immédiatement qu'il était spécial. On raconte que des centaines d'étoiles tombèrent du ciel la nuit de sa venue au monde. Parce que ses parents étaient des nomades sans foyer, ils décidèrent de défier les goules en dissimulant leur fils. Ils savaient qu'ils ne risquaient que leur propre vie. Mais bientôt, d'autres tribus entendirent parler de l'enfant et se rallièrent à la cause de sa famille. Elles l'aidèrent à se déplacer de village en village, la cachèrent dans leurs propres demeures.

» En grandissant, Shiron apprit à connaître les moindres recoins du désert. Tous ceux qui posaient les yeux sur lui devinaient qu'il était celui qui les libérerait de la tyrannie des goules. Des rumeurs se propagèrent, affirmant qu'il était capable de faire jaillir l'eau du sable ou de dompter une tempête d'un simple geste. Tout le monde le considérait comme l'élu du désert. Certains se demandaient même s'il était bien né d'un homme et d'une femme – si ce n'était pas le désert lui-même qui l'avait engendré.

Joach se raidit soudain à côté de Kesla. La jeune fille lui jeta un coup d'œil, mais avec une expression chagrine, il lui fit signe de poursuivre.

— Quand il atteignit l'âge de treize ans, personne ne voulut qu'il soit envoyé à Tular. Chacun chuchotait son nom. Mais dans le Désert de Sable, il se passait bien peu de chose qui ne parvînt aux oreilles des goules. La nuit où l'on célébra son passage à l'âge adulte, le basilic apparut dans le sable à l'extérieur du village où séjournait Shiron. Il n'attaqua pas, se contentant de monter la garde en silence pour avertir la population que l'enfant devait être conduit à Tular. Cette nuit-là, les villageois firent des plans pour emmener Shiron au loin, mais le jeune garçon refusa. Après les festivités, il se porta à la rencontre du basilic immobile. On raconte qu'il s'adressa aux goules à travers la créature et qu'il leur jura de se rendre de lui-même jusqu'au Mur du Sud.

— Pourquoi ?

— C'est ce que les villageois lui demandèrent. Ils tentèrent de le convaincre de s'enfuir, mais Shiron partit aux premières lueurs du jour, commençant sa longue marche vers le Mur. Chaque soir de son voyage, le basilic venait s'assurer qu'il tenait sa promesse. Ses yeux rouges surveillaient le jeune garçon. Mais Shiron ne dévia pas de sa route. Il atteignit Ka'aloo en moins d'un quart de lune. Là, il trouva une goule nommée Ashmara qui l'attendait.

— Ashmara ?

— Le cauchemar de tous les enfants du désert. On raconte que sa peau était pâle comme du lait et qu'un feu rouge brûlait dans ses yeux. C'était une goule mâle, la plus corrompue de toutes. Certains affirmaient qu'elle était née dépravée. Sa peau ne tolérait pas le contact du soleil et ses yeux n'en supportaient pas l'éclat. Aussi en était-elle venue à haïr le désert et à ne sortir que la nuit pour exercer sa vengeance sur ceux qui pouvaient vivre le jour.

— Emmena-t-elle Shiron à Tular ?

— Non. Sur la grand-place de Ka'aloo, près du lac de l'oasis, Shiron refusa de suivre Ashmara et cracha à ses pieds. Il lui dit que le règne des goules prenait fin ce jour-là, qu'il allait toutes les tuer avec son propre sang.

— Y parvint-il ?

Kesla, qui scrutait le lac, reporta son attention sur Joach.

— C'est ici que les textes divergent. Certains disent qu'Ashmara dégaina une dague et attaqua Shiron ; d'autres racontent que Shiron tira une épée magique du sable et transperça la goule de sa lame, mais sans réussir à la tuer. Cependant, tous s'accordent sur un point : Ashmara et Shiron se livrèrent un duel féroce. Des explosions de magie illuminèrent le ciel nocturne. Les habitants de Ka'aloo s'enfuirent dans le désert avec seulement les vêtements qu'ils avaient sur le dos. La bataille fit rage pendant la nuit entière et, au lever du soleil, ceux qui revenaient ne trouvèrent qu'un lac de verre fumant. Ils le baptisèrent Aii'shan, « les Larmes du Désert ». Il lui fallut toute une lune pour refroidir.

— Et Shiron et Ashmara ?

Kesla secoua la tête.

— Tous deux avaient disparu, consumés par leur propre pouvoir.

Joach regarda la surface lisse du lac.

— Et Tular ?

— Lorsqu'ils apprirent ce qui s'était passé, les gens du désert se soulevèrent une fois de plus. Pas juste quelques tribus, comme par le passé : la population tout entière. Bien que privée de son chef, Tular n'était pas sans défense. Le basilic vivait encore, tout comme des hordes d'autres créatures infâmes. Mais Ashmara était la plus puissante des goules. Après sa disparition, les autres eurent toutes les peines du monde à soutenir le siège de leur bastion – un siège qui se prolongea deux hivers durant. (Kesla fit face à Joach.) Jusqu'à ce qu'un jour, une femme arrive et ordonne aux artisans du désert de sculpter une dague dans le verre du lac.

— Sisa'kofa ? hasarda Joach.

La jeune fille acquiesça.

— La Sor'cière de l'Esprit et de la Pierre. Elle versa son propre sang sur la lame. Par une nuit de pleine lune, elle entra nue à Tular et elle tua le basilic. Ainsi la balance pencha-t-elle en faveur des assiégeants. Moins d'une lune plus tard, Tular tomba. Ses murs furent démolis et le site purgé de toutes les créatures qui y vivaient. Il devint un lieu maudit évité par tous.

Joach soupira.

— Jusqu'à ce que tout recommence.

Derrière eux, Fess a'Kalar appela depuis la barre :

— Nous approchons du Mur du Sud ! Préparez-vous !

Joach et Kesla se levèrent. Plissant les yeux, la jeune fille repéra l'endroit où l'éclat du verre noir s'achevait et où le sable reprenait ses droits sur le paysage. Au-delà, les étoiles et la douce courbe de l'horizon disparaissaient, masquées par une ligne droite et inflexible. Même si elle ne le distinguait pas encore, Kesla identifia le Mur du Sud.

Sur le pont du bateau à patins, l'équipage s'agita de plus belle. Mais la jeune fille n'avait d'yeux que pour le rempart sombre et imposant. Un instant, deux images se superposèrent dans son esprit. Des tentes, un lac bleu marine et des arbres spectraux apparurent autour d'elle.

— Ka'aloo, murmura-t-elle.

— Qu'est-ce que tu dis ? demanda Joach.

Comme l'image jaillie du passé s'estompait, Kesla secoua la tête et toucha la dague de noctiverre dissimulée sous sa cape pour se rassurer. Ce n'était qu'un tour de son imagination, une vision modelée par les vieilles histoires qu'elle venait de raconter. Elle tourna le dos à Aii'shan mais ne put échapper à l'impression que l'espace d'un instant, elle avait regardé à travers les yeux de Shiron et contemplé la Ka'aloo d'antan.

Joach lui toucha le bras.

— Ça ne va pas ?

Kesla posa sa main sur celle du jeune homme et se contenta de lui presser les doigts en luttant contre un malaise grandissant.

— Dépêchons-nous. Nous avons encore beaucoup à faire avant l'aube.

Joach attendait le signal. Richald et lui étaient adossés à un promontoire, vêtus de capes de la même teinte que le sable et le grès qui les entouraient. Tous deux retenaient leur souffle. De l'autre côté de l'étroite vallée, Innsu et ses dix guerriers du désert se tapissaient parmi des éboulis. Entre eux, au milieu du canyon, Hunt et Kesla étaient assis autour d'un feu. Sheeshon dormait près des flammes, pelotonnée sous ses couvertures. Elle était l'appât destiné aux créatures qui approchaient.

Avant même que le bateau à patins touche le sable, Kast avait repéré la caravane à l'aide d'une longue-vue. La colonne de chariots et de malluks vagissants longeait le rivage d'Aii'shan en direction de Tular. Sur les bêtes comme sur les véhicules, des lampes se balançaient au bout de perches, illuminant le serpent qui rampait à travers le paysage désertique. Kast avait baissé sa longue-vue avec une mine inquiète.

— Je compte six skal'tum en train de rôder autour de la caravane.

C'était une mauvaise nouvelle. Les compagnons auraient besoin de plus de temps que prévu pour préparer leur piège.

Fess a'Kalar avait prouvé ses talents de pilote en guidant son bateau très en avant de la colonne et en trouvant un abri où le dissimuler. Une fois à terre, les compagnons s'étaient rapidement éloignés pour chercher, le long de la route du rivage, un endroit où tendre leur embuscade. Ils avaient eu la chance de trouver ce canyon, qui leur offrait toute l'obscurité et toutes les cachettes souhaitées.

— L'éclaireur arrive, annonça Richald en s'accroupissant.

Le pas lourd d'un malluk se rapprochait sur l'autre versant de la dune. Joach se figea le temps que la bête massive le dépasse. Une odeur musquée le submergea. Dès qu'elle se fut dissipée, le jeune homme modifia sa position pour voir le malluk franchir la crête et entamer la descente vers le fond de la vallée.

— Ho ! lança le conducteur, en apercevant le trio installé autour du feu.

Kesla feignit d'être surprise par son apparition. Elle se leva et dit quelque chose dans la langue du désert. Joach ne la comprit pas, mais il vit que l'homme ne semblait pas satisfait par sa réponse. La jeune fille tendit un doigt vers

Sheeshon endormie. Joach savait ce qu'elle était en train d'expliquer : que son oncle et elle se rendaient à Dallinskree avec sa petite-cousine pour payer leur tribut.

L'éclaireur promena un regard soupçonneux à la ronde. La conversation avait réveillé Sheeshon, qui s'assit en se frottant les yeux. Encore somnolente, elle se blottit contre Hunt. Le Sanguinaire lui passa un bras autour des épaules en lui faisant discrètement signe de se taire : si elle parlait, son accent dre'rendi risquait de les trahir.

Depuis son perchoir, l'éclaireur détailla Sheeshon. Joach pria pour qu'il morde à l'hameçon. L'homme parut renifler l'air. Le site du campement avait été délimité par un cercle d'urine de malluk : une protection commune contre les requins des sables et autres prédateurs souterrains. Le musc puissant aidait, en outre, à dissimuler la présence des autres compagnons. Fess a'Kalar les avait prévenus que les gardes de la caravane étaient des hors-la-loi grassement payés par les goules pour exécuter cette infâme mission. Ils étaient aussi rusés que brutaux.

Enfin, l'éclaireur saisit un cor posé sur sa selle et souffla une longue note grave, signalant à la caravane qu'elle pouvait avancer.

Ce fut alors que Hunt rejeta un pan de sa cape en arrière et leva la massue qu'il cachait dessous. L'éclaireur pivota juste à temps pour prendre le coup sur la tempe. Il dégringola de sa monture et s'écrasa lourdement dans le sable. Kesla rejoignit le malluk d'un bond pour le cajoler et éviter qu'il panique. En silence, Innsu se laissa glisser depuis son perchoir, se précipita vers l'animal et se hissa sur sa selle.

Sans un mot, il le ramena jusqu'au sommet de la dune, dans la ligne de vision de la caravane. Puis il leva un bras pour faire signe aux chariots de poursuivre leur chemin le long de la route du rivage. Pendant ce temps, Kesla ligota et bâillonna l'homme inconscient ; puis Hunt et elle le traînèrent jusqu'à la cachette des guerriers du désert.

Leur plan consistait à laisser la caravane s'engager dans le canyon. Puis, pendant que l'attention générale serait focalisée sur le campement, Joach et son groupe attaqueraient les flancs de la colonne.

Au fond de l'étroite vallée, Hunt et Kesla reprirent leur place autour du feu. Joach se mordit nerveusement la lèvre inférieure. La suite dépendrait de leur rapidité et de leur précision.

Bientôt, l'avant de la caravane franchit la crête et entama la descente. Des malluks montés par un seul cavalier ouvraient la voie. Ils précédaient quelques chariots ouverts, tirés chacun par deux gros animaux poilus. À l'arrière des véhicules s'entassaient des bales de foin et des caisses de biens pillés à Dallinskree.

Les chariots suivants contenaient des cages remplies d'enfants pâles et terrifiés, qui scrutaient le désert entre les barreaux. Leurs cris et leurs sanglots résonnaient entre les dunes. Des éclaireurs juchés sur des malluks plus minces et plus rapides encadraient cette partie de la colonne.

Mais le pire était encore à venir. Sous les yeux de Joach, le premier skal'tum apparut sur la crête. Découpé par la lumière des lampes, il culminait aussi haut que n'importe quel malluk, et les ailes repliées dans son dos frémirent tandis que ses yeux noirs balayaient la vallée. Joach pria pour que le musc continue à dissimuler l'odeur des compagnons. Comme la créature descendait dans le canyon, le contraste entre sa chair blanche et le sable plongé dans l'obscurité lui donna l'aspect d'un cadavre flottant sur une mer nocturne.

Joach retint son souffle en voyant surgir un autre monstre – plus près de lui, cette fois. Le deuxième skal'tum rampait dans le sable de son côté de la caravane. Il s'immobilisa à moins d'un jet de pierre de sa position, perché sur un gros rocher tel un charognard. Relevant la tête, il huma les parfums de la nuit. Joach vit ses lèvres pâles se retrousser, exposant ses crocs acérés. Ses yeux, si sombres qu'ils ressemblaient à des trous ménagés dans son crâne, scrutèrent le minuscule campement en contrebas. Une langue fourchue darda de sa gueule pour goûter l'air.

Les muscles raidis, Joach étudia les éboulis situés de l'autre côté de la vallée. Ses compagnons et lui se cachaient en silence depuis si longtemps que les bruits de la caravane lui paraissaient assourdissants. Qu'attendait donc Innsu ?

La caravane s'engagea plus avant dans le canyon. Deux autres skal'tum apparurent ; l'un d'eux était juché sur une cage pleine d'enfants qui déliraient de terreur.

Plus bas, deux éclaireurs foncèrent vers le petit campement et se laissèrent glisser à terre. La lumière des flammes se refléta sur les fers de chevilles qu'ils tenaient dans leurs mains.

Douce Mère, mais qu'est-ce qu'ils fichent ?

Les doigts de Joach se crispèrent sur la poignée de son épée.

Enfin, un éclat argenté jaillit des éboulis. *Le signal !*

Repoussant sa cape, Joach bondit à découvert en même temps que Richald.

Le skal'tum perché sur son rocher pivota vers eux, visiblement surpris. Joach brandit son épée tandis que Richald levait ses bras crépitant de pouvoir élémental.

Un rire aigu monta de la gorge du skal'tum.

— Ainsi, le désert dissimule toutes sortes de rats, siffla la créature en déployant ses ailes squelettiques.

Ses pattes griffues se tendirent comme elle s'apprêtait à bondir. Qu'avait-elle à craindre ? La nuit, les skal'tum étaient protégés par une magie noire qui les immunisait contre les lames ordinaires. Sans hésiter, le monstre se jeta sur Joach et Richald. Le jeune homme recula précipitamment tandis que l'el'phe plongeait sur le côté.

Ce fut alors qu'une énorme masse noire fila au-dessus du skal'tum, le saisissant au vol comme un aigle capture une hirondelle. Puis elle s'éloigna, laissant derrière elle un rugissement qui emplit toute la vallée.

Ce soir-là, Ragnar'k avait versé le premier sang. Le corps brisé du skal'tum dégringola du ciel et s'écrasa sur un chariot. La force de l'impact brisa les roues du véhicule.

Le rugissement d'un dragon pouvait annuler les protections ténébreuses des skal'tum, rendre ces monstres vulnérables. La voie ainsi dégagée, Joach et Richald s'élancèrent vers le fond de la vallée.

Une bataille féroce faisait déjà rage aux abords du campement. Innsu et ses guerriers du désert attaquaient les cavaliers et les conducteurs de la caravane à coups de sabre et de flèches. Bien que pris par surprise, certains hors-la-loi furent prompts à se ressaisir. D'autres s'enfuirent sans demander leur reste. Apparemment, l'or ne suffisait pas à acheter le courage.

Joach atteignit le feu sans rencontrer d'obstacle. Kesla et Hunt avaient déjà réglé leur compte aux éclaireurs qui menaçaient Sheeshon. À présent, ils veillaient sur la fillette.

— Pourquoi avez-vous mis si longtemps ? interrogea le Sanguinaire comme Joach les rejoignait.

Ce fut Richald qui, deux mètres en arrière, répondit :

— Nous avons été retardés par un des monstres du Seigneur Noir.

— Mais Ragnar'k l'a tué, ajouta Joach.

Puis il prit Sheeshon sous son bras libre. Il ne maniait pas très bien l'épée, surtout de la main gauche. Ce soir-là, il n'avait qu'une seule chose à faire : emmener Sheeshon à l'abri avec l'aide de Kesla, pendant que Hunt et Richald resteraient en arrière pour prendre part à l'affrontement.

Kesla prit la direction des éboulis tandis que Hunt et Richald fonçaient vers la mêlée. Joach jeta un coup d'œil par-dessus son épaule. Il vit un hors-la-loi approcher une torche d'une cage remplie d'enfants, dans l'intention évidente de faire diversion. Mais avant que le bois puisse s'enflammer, l'homme s'effondra, le dos hérissé de flèches. Sa torche tomba dans le sable et s'éteignit.

Plus près de Joach, un skal'tum blessé dégringola du ciel et s'écrasa sur les rochers. Le jeune homme leva les yeux. Ragnar'k continuait à éliminer les monstres tout en s'assurant qu'aucun d'entre eux ne s'échappait par la voie des airs pour donner l'alarme à Tular.

Soudain, Kesla tira sur la manche de Joach.

— Cours!

Le jeune homme fit volte-face. Deux malluks roulant des yeux effrayés leur fonçaient dessus au galop, tirant derrière eux un chariot en miettes. Joach s'élança avec Sheeshon dans les bras et parvint de justesse à ne pas se faire piétiner par les grands animaux. Kesla et lui atteignirent les éboulis indemnes; ils les escaladèrent pour se mettre à labri de la tempête sanglante qui faisait rage en contrebas.

Dans une caverne peu profonde, ils retrouvèrent Fess a'Kalar. Le pilote se leva d'un bond.

— Vous avez trouvé Misha? demanda-t-il, plein d'espoir, en apercevant la fillette blottie contre la poitrine de Joach.

— Pas encore, répondit Kesla. Nous devons d'abord nous débarrasser des hors-la-loi et des monstres qui gardent la caravane; ensuite, nous pourrons chercher votre fille.

Le pilote était livide d'inquiétude.

— Ces monstres... Je les ai vus. (Il se cacha le visage dans ses mains.) Ma petite Misha...

Joach posa Sheeshon. L'enfant promena un regard ébahi autour d'elle. Machinalement, elle mit son pouce dans sa bouche pour le sucer.

Joach posa sa main sur l'épaule du pilote.

— Nous vous rendrons votre fille saine et sauve, promit-il.

Fess se détourna pour cacher ses larmes.

— Je ne peux pas rester à attendre les bras croisés, marmonna-t-il en dégainant une dague. Je vais aider vos amis.

Il fit mine de s'éloigner.

— Non, protesta Joach en lui courant après. Vous n'êtes pas obligé de vous battre.

Le pilote fit volte-face, l'air incrédule.

— C'est ma fille qui est là-bas !

Joach ouvrit la bouche pour protester mais ne trouva pas les mots. Il regarda Fess disparaître dans l'ombre, puis se détourna en secouant la tête.

— Ce n'est pas un guerrier.

Kesla acquiesça.

— Mais c'est un père.

Elle prit Sheeshon sur ses genoux et la berça doucement.

Joach se plaça près de l'entrée de la caverne pour monter la garde avec son épée. Les bruits de bataille étaient étouffés par l'éboulis, mais il entendait quand même les cris des enfants terrifiés. Un bruit affreux – et qui devait l'être encore bien davantage pour le père d'un des jeunes prisonniers.

Derrière Joach, Kesla soupira.

— Nous sauverons peut-être les enfants de ce qui les attend à Tular, mais nous ne pourrons jamais les sauver des événements de cette nuit.

Joach comprit et garda le silence. Tant d'horreur les poursuivrait leur vie entière. Même Sheeshon sondait la nuit, les yeux écarquillés, frémissant chaque fois que les bruits de bataille se rapprochaient. Kesla croisa le regard de Joach par-dessus la tête de la petite fille.

Joach chercha un moyen de distraire Sheeshon. Il passa un doigt sur le tranchant de son épée, se faisant une entaille minuscule. Puis il se pencha en avant et fit tomber une grosse goutte de son sang dans le sable qui recouvrait le sol de la caverne.

— Qu'est-ce que tu fais ? demanda Kesla.

— Chut…

Joach s'adossa à un rocher et expira en projetant ses perceptions. Durant le long voyage vers Aii'shan, le chaman Parthus lui avait appris à transpercer le voile entre les déserts réel et onirique en utilisant la magie présente dans son sang.

Le jeune homme regarda la goutte rouge qui s'enfonçait lentement entre les grains de sable – et il autorisa ses pensées, ainsi qu'un peu de son esprit, à la suivre. Du coin de l'œil, il vit l'éboulis disparaître, remplacé par une douce lueur qui s'étendait à l'infini. La goutte de sang devint plus rouge, plus brillante – plus réelle. Le chaman Parthus lui avait dit que son attention pouvait prêter de la substance à une simple émanation. Alors, il déversa un peu de lui-même à l'intérieur de la goutte de sang et se concentra pour la faire changer.

Il entendit vaguement Kesla hoqueter. Le front barré par un pli, il continua à travailler en silence. Lorsqu'il eut terminé, il s'arracha à la douce lumière du désert onirique pour regagner la roche et le vent du monde réel.

À l'entrée de la caverne, une rose de grès sculptée montait la garde. Joach passa une main au-dessus d'elle, touchant les filaments de pouvoir qui le reliaient encore au désert onirique. Lentement, les pétales de la rose s'ouvrirent au clair de lune.

Joach entendit Sheeshon glousser. Pivotant vers elle, il vit qu'elle regardait sa création avec des yeux brillants.

—Joli, chuchota-t-elle en tendant la main.

—Attention, ma chérie, la prévint Kesla.

Joach fit signe à la fillette qu'elle pouvait y aller.

—C'est sans danger.

Sheeshon cueillit la rose. À l'instant où la tige de celle-ci se cassa, la fleur retomba dans le sable et s'estompa. La fillette la regarda disparaître, les yeux écarquillés, puis leva un visage à la mine contrite vers Joach.

—Ne t'en fais pas, Sheeshon, la rassura le jeune homme. Les rêves ne sont pas faits pour durer toujours.

La fillette grimaça et se blottit contre Kesla, qui l'enveloppa de ses bras avec un léger sourire approbateur. *Les rêves ne sont peut-être pas faits pour durer toujours,* songea Joach en fixant les yeux sur elle, *mais on peut les apprécier et les chérir pendant qu'ils sont là.*

Il rejoignit Kesla. Ensemble, les deux jeunes gens veillèrent sur Sheeshon. À un moment durant cette longue nuit, Joach s'aperçut que leurs doigts étaient entrelacés et qu'ils tenaient la fillette entre eux.

Enfin, un raclement de bottes sur de la pierre les arracha à leur somnolence. Joach se redressa en sursaut, l'épée à la main.

Hunt entra dans la caverne. Sa cape était couverte de sang. Il s'adossa à un rocher.

— Sheeshon ?

— Elle dort, répondit Kesla.

— On a gagné ? interrogea Joach.

Hunt hocha la tête.

— La caravane est à nous.

Joach et Kesla sortirent de leur cachette tandis que le Sanguinaire soulevait Sheeshon dans ses bras. La fillette ouvrit des paupières lourdes de sommeil, sourit à Hunt et lui passa ses petits bras autour du cou pour le serrer très fort. Joach vit cet homme dur s'adoucir et la douleur s'estomper dans ses yeux. Ensemble, ils rebroussèrent chemin vers le sable.

Joach examina le carnage en contrebas. Hommes et bêtes gisaient dans le sable, se vidant de leur sang. De l'autre côté de la vallée, Ragnar'k se posa sur la crête. Des gémissements et des sanglots résonnaient à travers le canyon.

— Les enfants sont libres, annonça Hunt.

Joach secoua la tête. Ils ne seraient jamais vraiment libres après cette nuit cauchemardesque, songea-t-il en observant un groupe de garçonnets et de fillettes qui s'étaient pelotonnés près d'un chariot cassé, tremblants, sanglotants et terrifiés.

— Et Misha, la fille du pilote ? demanda Kesla. Vous l'avez trouvée ? Elle est saine et sauve ?

— Oui, répondit Hunt.

Mais Joach entendit le chagrin dans la voix du Dre'rendi. Il pivota vers lui.

Hunt baissa la tête.

— Son père a été tué. Il a attaqué un des skal'tum au moment où le monstre se jetait sur des enfants. Il est mort avant que Ragnar'k puisse venir à son secours, mais son trépas n'aura pas été vain. Il a réussi à retarder le skal'tum assez longtemps pour que Ragnar'k puisse sauver les enfants menacés.

Kesla se détourna, une main plaquée sur sa bouche.

— Un des hommes de son équipage a promis de conduire la petite chez son oncle et sa tante, acheva Hunt.

Joach ferma les yeux et prit une profonde inspiration. Il revit le visage hanté de Fess a'Kalar au moment où celui-ci s'était éloigné dans l'obscurité.

Innsu les rejoignit.

— Les hors-la-loi ont été tués ou mis en fuite. Le temps de reconstituer la caravane, nous devrions nous mettre en route pour Tular d'ici le lever du jour.

Joach rengaina son épée.

— Non.

Tous les regards se tournèrent vers lui. Il fit face à ses compagnons, la mine sombre.

— Ces enfants ont assez souffert. (Il s'adressa à Hunt.) Je veux que vous les emmeniez en sécurité, toi et les guerriers du désert. Tout de suite. Protégez-les.

— Mais nous aurons besoin de la caravane pour nous dissimuler, protesta Innsu.

— Non. Je ne me cacherai pas derrière ces enfants. Fess a'Kalar avait raison. Nous n'avons pas le droit de faire ça.

— Mais nous les avons sauvés, insista Innsu.

Joach éclata d'un rire douloureux.

— Nous n'avons sauvé personne. (Il s'éloigna.) Hunt, rassemble les hommes. Mettez-vous en route aux premières lueurs du jour.

— Entendu.

— Et comment allons-nous faire une fois que nous atteindrons Tular ? lança Innsu, furieux.

Ce fut Kesla qui répondit :

— Nous trouverons un moyen d'infiltrer les ruines sans nous faire voir. Après tout, nous sommes des assassins, n'est-ce pas ?

Honteux, Innsu garda le silence.

Kesla rattrapa Joach. Le jeune homme pivota et plongea son regard dans ses prunelles crépusculaires. Alors, il sut qu'il avait pris la bonne décision – non parce que Kesla incarnait le rêve du désert, mais parce que dans ses yeux brillait la compassion d'une femme.

Joach se pencha et lui donna un baiser profond. Il la sentit sursauter d'étonnement, puis fondre dans ses bras. Ils s'accrochèrent l'un à l'autre en hommage à la vie – et peut-être, à l'amour.

19

Au crépuscule, juchée sur le dos de son dragon, Sy-wen survolait l'ombre profonde du Mur du Sud. La vertigineuse structure de grès culminait plus haut que Ragnar'k ne pouvait s'élever, mais elle n'était pas intacte, loin s'en fallait. Des pans de mur entiers gisaient en miettes à sa base, et sa surface avait été vérolée par d'innombrables tempêtes de sable. De plus, les cicatrices laissées par des guerres très anciennes avaient brûlé et noirci sa roche rouge sur de larges bandes. À l'approche de Tular, ces traces de bataille devenaient de plus en plus nombreuses.

— *Nous arrivons, ma Liée*, annonça mentalement Ragnar'k.

Sa vision était bien plus perçante que celle de Sy-wen. La jeune fille ferma les yeux pour la partager.

Droit devant eux, on aurait dit qu'un géant avait porté un coup de marteau au Mur du Sud. Des rochers et de gros morceaux de grès s'entassaient au pied du rempart, qu'ils escaladaient jusqu'à mi-hauteur.

Comme Sy-wen et Ragnar'k se rapprochaient, la mer'ai prit conscience que ces éboulis étaient en fait les ruines d'une cité jadis majestueuse, encerclées par les vestiges d'un mur d'enceinte semi-circulaire. Une tour de garde se dressait encore sur le devant, mais le vent avait rogné son sommet crénelé, et sa base calcinée était aussi noire que la surface d'Aii'shan. Les restes d'immenses bâtiments pointaient encore parmi les dunes qui s'étaient formées au milieu des ruines – comme si le désert tentait d'effacer l'existence de Tular.

— Reste dans l'ombre, Ragnar'k, chuchota Sy-wen. (Le vent emporta ses paroles, mais elle savait que le dragon l'avait entendue.) Nous ne voulons surtout pas nous faire repérer.

Elle scruta les ruines de Tular et ne vit aucun mouvement, aucun signe indiquant que la cité était encore occupée. Mais elle repéra la piste pour chariots qui franchissait les portes brisées et sinuait à travers la ville avant de disparaître dans la gueule béante d'un tunnel ménagé à l'intérieur du Mur même. Depuis l'altitude à laquelle volait Ragnar'k, elle distingua les silhouettes d'un homme et d'une femme sculptées en relief à l'entrée du tunnel, les bras entrelacés au-dessus de l'ouverture en un geste de bienvenue. Sans doute était-ce la dernière image bienveillante que voyaient les enfants du désert avant d'être engloutis par les ténèbres…

Sy-wen se pencha en avant pour mieux partager la chaleur de Ragnar'k. Pourtant, elle ne put réprimer un frisson.

— *Le désert s'agite*, dit le dragon en dirigeant leur vision partagée vers le bas.

Au début, Sy-wen ne comprit pas de quoi il parlait. Puis elle aperçut un mouvement. Autour de la base du mur d'enceinte semi-circulaire et sur un bon quart de lieue au-delà, le sable bouillonnait, ondulait telle de la chair vivante. En silence, Sy-wen demanda à Ragnar'k de descendre un peu.

Virant sur une aile, le dragon entama une spirale abrupte qui les amena presque au niveau des tours effritées. La source de l'étrange phénomène devint évidente : autour de Tular s'ébattaient des centaines – non, des milliers – de requins des sables.

Sy-wen se souvint du petit banc qui avait attaqué les compagnons près de l'épave de la *Fureur de l'Aigle*, et elle sentit son sang se glacer dans ses veines. Ils étaient si nombreux! Comment franchir cette douve meurtrière?

La mer'ai demanda à Ragnar'k de remonter. Pas étonnant qu'il n'y ait pas de gardes sur les murs. Le désert lui-même dépouillerait de sa chair quiconque oserait approcher de Tular sans y avoir été invité.

— Vite. Nous devons terminer ce que nous sommes venus faire et rejoindre les autres.

Ragnar'k grogna son assentiment et battit des ailes pour reprendre de l'altitude. Au coucher du soleil, Sy-wen et lui avaient été envoyés en éclaireurs pour espionner les ruines et évaluer leurs défenses. Pendant ce temps, leurs amis se reposaient parmi les restes d'un pan de mur écroulé, à environ trois lieues de Tular.

Mais la reconnaissance des lieux n'était pas leur seule mission.

Après que Hunt fut parti avec les enfants, à l'aube, les compagnons avaient longé la rive d'Aii'shan d'un bon pas et atteint le Mur du Sud comme le soleil s'abîmait à l'horizon. Ils avaient l'intention d'entrer à Tular vers minuit – mais une fois dans la place, ils auraient besoin d'une diversion pour leur donner le temps de localiser et de détruire le basilic.

Leur plan originel consistait à coordonner leur intervention avec un assaut sur Tular. Plus d'un millier de guerriers du désert contournaient Aii'shan depuis la direction opposée. Ils attaqueraient lorsque la lune atteindrait son point culminant dans le ciel. Sy-wen devait donc jouer les pigeons voyageurs et remettre le plan détaillé des compagnons au chef des guerriers du désert.

— *Des feux dans les dunes*, rapporta Ragnar'k.

La jeune fille tourna de nouveau son attention vers l'extérieur. Très loin dans l'ombre du Mur du Sud, elle distingua une centaine de taches lumineuses qui s'étendaient jusqu'au rivage d'Aii'shan. Sans doute indiquaient-elles les campements de leurs alliés. Percevant la hâte de sa cavalière, Ragnar'k attrapa un courant descendant pour rejoindre au plus vite les guerriers du désert.

Mais comme ils approchaient, les taches lumineuses qu'ils avaient prises pour des feux de camp s'avérèrent être d'énormes brasiers. Grâce à la vision perçante de Ragnar'k, Sy-wen aperçut des hommes empalés au milieu des flammes, le corps distordu par la chaleur. La lumière dansante éclairait des créatures ailées à la peau pâle – des skal'tum – ainsi que d'autres bêtes répugnantes qui rampaient parmi les morts. Des scorpions du désert grouillaient sur les cadavres ; des serpents aussi épais que la taille de Sy-wen se tordaient par terre, l'estomac distendu par les proies qu'ils venaient d'avaler. Ici aussi, des requins fendaient le sable imbibé de sang. Des rats et des oiseaux charognards se nourrissaient des restes, recouvrant les corps de la tête aux pieds, se chamaillant pour un petit morceau dc viande.

Sans que Sy-wen le lui demande, Ragnar'k vira et fit un large détour au-dessus d'Aii'shan pour rejoindre le reste de leur groupe. Il n'y aurait pas d'attaque de diversion sur Tular. Cette nuit, les compagnons devraient se débrouiller seuls.

Des larmes embuèrent les yeux de Sy-wen tandis que le dragon la ramenait en silence vers leurs amis. Les images du massacre subsisteraient longtemps dans son cœur. Mais elle les autorisa à l'endurcir. L'horreur qui nichait à Tular devait être détruite.

Les dernières lieues défilèrent sous les ailes de Ragnar'k. Enfin, le dragon se posa près de l'endroit où le reste du groupe était dissimulé. Innsu émergea de sa cachette, arc en main. Il siffla. Joach, Kesla et Richald apparurent à leur tour parmi les rochers. Sy-wen les regarda sans réagir. Six. Ils n'étaient que six. Comment pouvaient-ils réussir là où un millier de guerriers avait échoué ?

— *Parfois, les plus petits poissons parviennent à s'échapper en se faufilant entre les dents du requin.*

Sy-wen tapota l'encolure de Ragnar'k en espérant qu'il avait raison.

Kesla avait dû percevoir l'accablement de la mer'ai.

— Qu'est-ce qui ne va pas ? Tu rentres beaucoup plus tôt que prévu.

Sy-wen se laissa glisser à terre en gardant une main sur le flanc du dragon. Elle envoya tout son amour au cœur puissant qui battait dessous, puis s'écarta. Le sort s'inversa dans un tourbillon d'écailles et Kast réapparut devant elle. Il s'avança pour l'entourer de son bras.

— Je suis désolé, chuchota-t-il à son oreille, en la serrant très fort.

Sy-wen se laissa aller contre lui. Elle avait besoin de sa chaleur et de son contact.

Kast fit face au reste du groupe.

— La légion du désert a été massacrée. En ce moment même, des charognards se repaissent de ses restes.

Innsu s'approcha et tendit une cape au Sanguinaire nu.

— Comment est-ce possible ? s'exclama-t-il, incrédule et consterné. Un millier de nos guerriers les plus féroces…

Ce fut Sy-wen qui répondit :

— Nourri par le sang de vos propres enfants, le mal tapi à Tular est devenu encore plus puissant. (Elle décrivit en détail ce qu'elle avait vu, sans oublier les requins qui encerclaient les ruines de la cité.) C'est comme si le désert s'était ligué contre eux.

Kesla pâlit.

— Dans ce cas, quel espoir avons-nous de réussir ? Si le désert est déjà corrompu, nous avons échoué avant même de commencer.

Sy-wen se dégagea de l'étreinte de Kast.

— Non. En perdant courage, nous donnerions au mal du pouvoir sur nous. Nous devons garder espoir.

Joach s'avança et toucha le bras de Kesla.

— Sy-wen a raison. Nous trouverons un moyen.

Kesla était à genoux dans le sable, immobile. Les ruines de Tular se dressaient une demi-lieue devant elle, mais elles semblaient beaucoup plus proches. Les éboulis de grès emplissaient tout le champ de vision de la jeune fille. La pleine lune au zénith éclairait le désert comme en plein jour, ou presque.

Plissant les yeux, Kesla distingua la ligne de démarcation entre le sable infesté de requins et le reste du désert. Ella avait passé la moitié de la nuit à chercher une brèche dans ce demi-cercle meurtrier, mais en vain. Les compagnons avaient envisagé de laisser Ragnar'k les transporter jusqu'à Tular, puis décidé de n'en venir là qu'en dernier recours. Un dragon survolant les murs de la cité risquait fort de ne pas passer inaperçu ; or, la discrétion constituait sans doute leur unique chance de réussite.

Puis, peu de temps auparavant, une solution potentielle leur était apparue. Innsu avait repéré un cavalier solitaire, monté sur un malluk écumant. À en juger par le foulard noir qui ceinturait sa robe rouge, ce devait être un hors-la-loi – probablement un des lâches qui avaient fui la caravane. Innsu avait encoché une flèche dans son arc pour l'abattre avant qu'il puisse prévenir les goules, mais Joach avait retenu son bras.

— S'il regagne Tular, peut-être pourra-t-il nous montrer un moyen de franchir le barrage des requins, avait argumenté le jeune homme.

Les compagnons avaient tous estimé que ça valait le coup d'essayer. Désignée pour espionner l'homme, Kesla s'était élancée à sa suite, se faufilant d'ombre en ombre avec toute sa furtivité d'assassin.

À présent, elle était agenouillée derrière un rocher, moins de cinq longueurs de malluk derrière le cavalier. Arrivé à la lisière des sables bouillonnants, celui-ci avait arrêté sa monture. Le chemin qui menait aux portes ouvertes, droit devant lui, était barré.

Sous les yeux de Kesla, l'homme repoussa sa capuche. Ses cheveux noirs étaient en bataille et une cicatrice pâle en forme d'araignée se détachait sur sa joue gauche. De sa cape, il sortit un petit objet qu'il portait autour du cou. Il le fit passer par-dessus sa tête et le tint à bout de bras devant lui. Kesla eut beau plisser les yeux, elle ne put distinguer ce qui se balançait au bout du cordon. Elle vit juste que l'objet irradiait une lueur verdâtre et malsaine.

Le cavalier brandit son pendentif un peu plus haut. Était-ce un signal destiné à des guetteurs invisibles ? Non, décida Kesla, car l'attention de l'homme n'était pas fixée sur les tours de garde effritées qui encadraient les portes de Tular, mais sur le sable grouillant de requins. La jeune fille entendit le hors-la-loi marmonner une prière de protection entre ses dents. Ce n'était pas un sort : juste une supplication très simple que l'on enseignait à tous les enfants du désert.

L'homme voulut faire avancer sa monture, mais celle-ci regimba face au sable bouillonnant. Ses narines frémirent : elle avait senti le danger. Le hors-la-loi lui donna un coup de fouet et elle fit un tout petit pas en avant.

De nouveau, l'homme brandit son talisman. Comme la lueur malsaine émise par celui-ci se répandait sur le sable, les requins replongèrent dans les entrailles du désert en donnant un coup de queue frénétique. Un chemin s'ouvrit devant le cavalier. Avec un soulagement visible, celui-ci fouetta sa monture une seconde fois et réussit à la faire avancer.

Le malluk s'engagea dans la brèche, lentement d'abord ; puis il accéléra en sentant les prédateurs se masser des deux côtés et refermer les rangs derrière lui une fois la lumière verte passée. Secouant sa lourde masse poilue, il trottina vers les portes de Tular, dont aucun requin ne lui barrait plus l'accès.

Kesla observait le phénomène, les yeux plissés. Le pendentif du hors-la-loi devait agir comme un glyphe de protection. Sans doute était-il imprégné de magie noire, décida la jeune fille.

En sécurité dans son îlot de lumière verte, le hors-la-loi continuait à progresser vers les portes de Tular. Kesla surgit de sa cachette et s'élança. Elle savait qu'elle n'aurait pas d'autre chance.

D'un geste du poignet, elle libéra sa cordelette d'escalade et fit tournoyer le grappin à trois dents fixé au bout de la tresse de soie. Elle visa soigneusement et, avec une prière silencieuse, projeta sa ligne.

Le grappin fila aussi droit qu'une flèche, survolant l'arrière-train du malluk. Lorsqu'il fut à l'aplomb de sa cible, Kesla tira d'un coup sec. Les crochets s'emparèrent du cordon auquel était suspendu le talisman brillant et l'arrachèrent aux doigts du hors-la-loi surpris.

Sa prise ainsi assurée, Kesla ramena son bras en arrière et fit la roue. Grappin et pendentif décrivirent une large courbe dans les airs au-dessus d'elle. La jeune fille se redressa souplement et, levant sa main libre, rattrapa le talisman au vol. D'une secousse, elle fit tomber les crochets et le serra entre ses doigts.

Devant elle, elle vit le cavalier pivoter sur sa selle, un juron aux lèvres. Hors-la-loi et assassin se défièrent un instant. Puis l'homme se rendit compte du danger alors que sa monture se cabrait soudain, le cou étiré par un hurlement d'agonie muet.

Sa protection lumineuse ayant disparu, les requins envahirent rapidement son îlot de sécurité. Les pattes postérieures du malluk commencèrent à s'enfoncer dans le sable – dévorées par en dessous. Au milieu du sable sanglant, le hors-la-loi releva les pieds et rampa jusqu'à l'épaule de sa monture sur laquelle il s'accroupit, le visage livide et les yeux écarquillés de terreur.

Au dernier moment, il se propulsa dans les airs, tentant de regagner la route. Mais un spasme du malluk lui fit perdre l'équilibre, et il s'écrasa sur le sol. Il se releva aussitôt et voulut bondir hors de la zone dangereuse. Un mâle monstrueux jaillit du sable pour le cueillir au vol. Ses mâchoires puissantes se refermèrent sur la taille de l'homme, qu'elles coupèrent en deux.

Le torse du hors-la-loi retomba en vomissant un flot de sang. D'autres requins crevèrent la surface en faisant claquer leurs dents redoutables. Le temps que la carcasse du malheureux atterrisse, personne n'aurait plus pu l'identifier comme un être humain. Et derrière lui, sa monture ne s'en était pas mieux tirée.

Kesla se détourna, se souvenant de la caravane et des enfants terrifiés. Elle était triste que le pauvre malluk ait été dévoré. Mais pour le hors-la-loi défunt, elle ne ressentait rien.

Baissant les yeux, elle examina son trophée.

C'était une grosse dent de requin des sables.

Joach franchit les portes de la cité sur les talons de Kesla. Tous deux s'accroupirent dans l'ombre d'une tour de guet. Le jeune homme étudia les meurtrières et les chemins de ronde en quête d'un mouvement. Rien – comme si la ville était aussi déserte qu'elle en avait l'air. Plissant les yeux, il scruta les ruines qui se dressaient au-delà des portes, mélange d'ombre et d'argent au clair de lune.

Ses compagnons le rejoignirent en haletant. Richald fut le dernier à passer le seuil de Tular. Appuyé sur sa béquille, les sourcils froncés, il regarda les requins refermer la brèche derrière eux. Joach suivit la direction de son regard. Une mer de sable bouillonnant leur barrait désormais toute retraite.

— Et maintenant ? demanda le prince el'phe.

— On continue, répondit Kesla.

Elle baissa la main dans laquelle elle tenait le pendentif volé et dissimula celui-ci à l'intérieur de sa cape.

Malgré la fraîcheur nocturne, les compagnons avaient tous le visage trempé de sueur. Franchir le banc de requins avait mis leurs nerfs à rude épreuve, d'autant que les os du malluk dépassaient encore du sable.

Innsu prit la tête du petit groupe. Courant avec légèreté, il guida les autres vers des ombres plus épaisses.

Des armes apparurent dans les mains de chacun des compagnons. La nuit précédente, ils avaient trempé leurs lames et leurs pointes de flèche dans le sang des skal'tum tués par Ragnar'k. Ainsi avaient-ils conféré à leur tranchant la capacité de franchir les protections ténébreuses des créatures.

Ils se faufilèrent parmi les ruines, Kesla et Joach côte à côte derrière Innsu tandis que derrière eux, Sy-wen et Kast encadraient Richald. Tous se mouvaient en silence, guettant les signaux d'Innsu pour se déplacer d'une cachette à l'autre.

Joach balaya du regard les tours écroulées et les murs noircis. Il ne pouvait qu'imaginer la bataille qui, jadis, avait arraché Tular à l'emprise des goules. Dans sa tête résonnaient le fracas des catapultes et le mugissement des cors. Il se représenta l'arc flamboyant décrit par des sorts redoutables, entendit les hurlements des mourants. Un instant, il put presque humer l'odeur du feu incendiaire.

Ses doigts se crispèrent sur la poignée de son arme au souvenir de la magie qu'il avait projetée hors de lui – liée à son esprit et focalisée au travers d'un bâton de pol'bois. Le moignon de son poignet le démangea soudain. Il le frotta sur sa hanche avec une expression peinée, tentant de contenir sa flambée de désir.

Kesla surprit son mouvement. Du regard, elle lui demanda si tout allait bien. Il agita la pointe de son épée pour lui faire signe d'avancer.

La jeune fille acquiesça et, malgré une inquiétude visible, contourna le buste brisé d'une énorme statue qui gisait sur le flanc, à moitié enfouie dans le sable. Joach l'imita sans pouvoir se défaire du sentiment d'être observé, scruté au travers d'une loupe tel un insecte. Pourtant, il n'apercevait aucune menace autour de lui.

Tandis que la lune poursuivait sa trajectoire dans le ciel, les compagnons négocièrent la traversée des ruines sans incident. Ils se dirigeaient en zigzag vers l'ouverture dans le Mur du Sud qui conduisait aux tunnels et aux chambres intérieures de Tular.

Enfin, Innsu s'accroupit, dos à un muret. Il attendit que les autres le rejoignent, puis leur fit signe de contourner l'obstacle.

— Par là, chuchota-t-il. Il n'y a pas de gardes. Mais il faut traverser une cour découverte. Nous devrons faire vite. J'ai repéré plusieurs fenêtres dans le Mur.

— Des guetteurs ? demanda Kesla.

Innsu haussa les épaules.

Richald les rejoignit, rampant à demi.

— Je peux nous couvrir. Le sable ne manque pas dans le coin. Une petite brise devrait suffire à soulever de quoi nous dissimuler.

— Votre magie ne risque pas d'alerter les goules ?

— Pas si je procède prudemment. Les vents nocturnes sont déjà assez vifs. Il ne m'en faudra pas beaucoup pour les rediriger vers nous l'espace de quelques instants.

— Ça vaut le coup d'essayer, approuva Innsu.

Joach hocha la tête.

Richald s'adossa au muret, les paupières mi-closes. Comme il invoquait son pouvoir, de faibles étincelles dansèrent au bout de ses doigts.

— Tenez-vous prêts, ordonna-t-il. À mon signal.

Kesla s'appuya brièvement contre Joach en un geste de soutien silencieux. Elle tira sur son nez et sa bouche le foulard qu'elle portait autour du cou. Tendus, les autres l'imitèrent.

— Maintenant ! chuchota Richald.

Les compagnons s'élancèrent comme un seul homme au moment où une rafale s'engouffrait entre les ruines, soulevant un petit nuage de sable devant elle. Joach et les autres disparurent à l'intérieur. Ils foncèrent vers la gueule noire du tunnel, le sable leur brûlant les yeux et le vent faisant claquer leur cape. Kast devait pratiquement porter Richald.

Joach leva les yeux vers le Mur du Sud. C'était tout juste s'il parvenait à en distinguer le haut au travers du tourbillon de sable. Devant lui, une tache d'obscurité plus dense que le reste marquait l'objectif des compagnons. Innsu fut le premier à s'engouffrer dans l'ouverture, suivi de près par Kesla.

Sur le seuil, la jeune fille pivota et agita un bras pour exhorter le reste du groupe à se presser. Joach intima à ses jambes l'ordre de remuer plus vite. Des larmes brouillaient sa vision, mais il n'était pas aveuglé au point de manquer l'ombre pâle qui jaillit des profondeurs du tunnel.

Innsu bascula brusquement en arrière. Son sabre lui échappa et vola. Comme il tombait rudement sur le dos, Joach vit les traces de griffes sanglantes qui lui balafraient la poitrine.

Avec toute la vitesse d'un assassin, Kesla jaillit du tunnel à la suite de son ami. Sur ses talons, des skal'tum se déversèrent dans la cour ensablée. Le monstre de tête essaya de la saisir, mais ne parvint à attraper que sa cape. Kesla lutta pour la dégrafer.

Innsu se releva d'un bond pour affronter le danger. Des dagues apparurent dans ses deux mains, mais il était déjà perdu. Un spasme parcourut son corps comme le poison dispensé par les griffes des skal'tum atteignait son cœur.

Avant de s'écrouler, raide mort, il eut le temps de détendre ses bras. Ses deux dagues volèrent et allèrent se planter dans les yeux du skal'tum qui tenait Kesla. La créature hurla et recula précipitamment.

Kesla se dégagea et courut rejoindre Joach et les autres dans la cour.

— Innsu, sanglota-t-elle.

Mais le moment était mal choisi pour pleurer son vieil ami.

D'autres skal'tum jaillirent du tunnel tandis que sous les pieds des compagnons, d'énormes scorpions surgissaient de leur nid souterrain et s'avançaient en levant un dard menaçant.

— Derrière vous ! hurla Kast.

Jetant un coup d'œil par-dessus son épaule, Joach vit un bouillonnement de sable fondre sur eux. Les requins revenaient à l'attaque, leur coupant toute retraite.

Ils étaient tombés dans un piège.

Sy-wen se rapprocha de Kast.

— On peut s'enfuir sur le dos de Ragnar'k. Il est assez fort pour nous porter tous.

Joach recula. Quelle autre solution leur restait-il ? Il allait acquiescer lorsque Richald jeta sa béquille.

— Non, dit-il froidement, en remontant les manches de sa robe. Si nous fuyons maintenant, tout sera perdu. Je ne le permettrai pas.

Il tendit vivement les bras vers les monstres qui chargeaient. Arquant le dos, il invoqua tout le pouvoir que contenait son corps.

De l'énergie étincelante cascada le long de ses avant-bras dénudés. Une bourrasque féroce s'engouffra dans la cour en hurlant. Un nuage de sable se souleva et frappa les skal'tum avec la force d'un marteau. Les créatures se retrouvèrent plaquées au mur. Emportés par le tourbillon, les scorpions s'écrasèrent contre la roche et leur carapace se fendit sous l'impact.

— Courez ! aboya Richald en écartant les bras pour ouvrir une brèche jusqu'à l'entrée du tunnel. Je ne tiendrai pas longtemps.

— Richald…

Joach voulut protester, mais, au fond de lui, il savait que l'el'phe avait raison. Si les compagnons voulaient avoir une chance de détruire le portail du Weir, c'était maintenant ou jamais. Le mal enraciné à Tular était déjà tout près de consumer le désert. Joach se souvint de la rivière argentée dans le désert onirique et du tourbillon noir qui avait corrompu son flot.

Il croisa le regard de Richald. L'expression du prince el'phe était dure et fière, mais derrière ses traits aigus, Joach décela le tremblement de l'effort qu'il faisait pour maîtriser les vents – et aussi un soupçon de peur. C'était le visage d'un homme courageux qui savait l'heure de sa mort venue.

— Vas-y, articula Richald, les lèvres pincées. « Tant qu'il y a de la vie, il y a de l'espoir. »

Joach reconnut ses propres paroles, celles qu'il avait lancées à Richald pendant que celui-ci luttait pour maintenir en vol son navire aérien dévoré par les flammes. Il comprit la promesse tacite qui y était contenue. Cette fois, le prince el'phe ne perdrait pas courage.

— Merci, Richald, dit simplement Joach.

L'el'phe hocha la tête et reporta toute son attention devant lui. Ses épaules se contractèrent comme il jetait tout son pouvoir dans un dernier tourbillon sablonneux.

— Dépêchez-vous !

Joach prit la tête du petit groupe, plié en deux pour se protéger des rafales qui tiraient sur sa cape ainsi qu'un chien enragé. Il s'élança sur l'étroit chemin tandis que les scorpions et les monstres ailés combattaient l'assaut frontal du vent. Face à lui, le tunnel semblait vide.

Il plongea à l'intérieur. Les autres l'imitèrent rapidement. Sur le seuil, il s'immobilisa et pivota vers Richald. Les bras de l'el'phe tremblaient. Joach le vit tituber en arrière.

Kesla saisit la manche du jeune homme et sortit le pendentif en dent de requin des sables pour éclairer le tunnel obscur.

— Il ne faut pas traîner. Nous devons nous perdre dans les tunnels avant qu'ils se libèrent.

Joach fronça les sourcils. Le plan de Kesla avait un gros défaut. Dès que Richald serait submergé, les skal'tum se lanceraient à la poursuite des compagnons ; ils arpenteraient les souterrains en quête de leur sang – et finiraient sûrement par les découvrir. Il fallait trouver un moyen de les en empêcher.

Joach se dégagea et releva sa manche. Puis il passa la pointe de son épée le long de son avant-bras.

— Qu'est-ce que tu fais ? demanda Kast, qui se tenait devant Sy-wen pour la protéger.

Frémissant de douleur, Joach tendit son bras et laissa couler une traînée de sang ininterrompue en travers de l'entrée du tunnel. Puis il entonna les mots nécessaires pour se projeter dans le désert onirique – une tâche facilitée par la quantité de sang versé.

Tandis qu'il se concentrait sur la ligne rouge qu'il venait de tracer dans le sable, un scorpion se faufila à l'intérieur du tunnel. À cheval entre rêve et réalité, ce fut à peine si Joach vit la créature venimeuse. Celle-ci se précipita vers sa jambe, mais avant qu'elle puisse frapper, une dague se planta entre ses yeux, la clouant au sol.

Kesla retira son arme de la carapace agitée de spasmes et, d'un coup de pied, expédia le scorpion agonisant sur le côté.

— Fais vite, Joach. Richald s'affaiblit.

Face à lui, le jeune homme vit un skal'tum accroupi s'extirper de la tempête de sable. Mais ce n'était pas lui que le monstre visait.

— Il va attaquer Richald ! s'exclama Kast.

Joach lutta pour maintenir sa concentration. Encore quelques secondes…

Puis un mouvement attira son attention – pas dans la cour de Tular, mais dans le désert onirique. Sur sa gauche, quelqu'un se redressa. Le visiteur était assis près de l'endroit où la rivière argentée serpentait entre les dunes. Malgré la distance, Joach reconnut sa silhouette familière. C'était le chaman Parthus.

— Laisse-moi t'aider, dit le vieillard.

Il s'avança avec la rapidité surnaturelle de cette dimension. Joach sut pourtant qu'il l'atteindrait trop tard.

À l'instant où Parthus le rejoignait, Joach entendit Kesla hurler :

— Richald !

Au-delà de l'entrée du tunnel, les vents hurlants moururent.

Joach agrippa les lignes de pouvoir qui reliaient les deux mondes et projeta son esprit dans les sables du rêve.

— Exécutez ma volonté ! ordonna-t-il en levant le bras très haut.

À son commandement, une vague de sable jaillit à l'entrée du tunnel, scellant celui-ci.

Choqué par la spectaculaire réussite de sa manœuvre, Joach tituba en arrière et revint brusquement dans le monde réel. Kast le rattrapa, mais le jeune homme lutta pour se remettre debout.

— Il faut nous dépêcher, dit-il en détaillant sa sculpture. J'ignore combien de temps cette pile de sable pourra les retenir.

Kast toucha le mur tandis que Kesla brandissait son talisman plus haut pour mieux l'éclairer.

— Ce n'est pas du sable, rapporta le Sanguinaire. C'est de la pierre.

Sy-wen caressa la surface rugueuse.

— Du grès, précisa-t-elle.

Joach tâta le mur à son tour. Effectivement, il était solide.

— Ça doit être à cause du flux du pouvoir dans cet endroit, marmonna-t-il, se souvenant de la façon dont l'énergie du bâton de Greshym avait transformé sa première sculpture onirique en pierre. (Mais il n'était pas totalement convaincu. Il se remémora l'apparition dans son rêve et fronça les sourcils.) À moins que ce soit le chaman Parthus. Il a dit qu'il voulait m'aider.

Kesla lui jeta un coup d'œil interloqué.

— Le chaman Parthus ?

Joach secoua la tête.

— Ce n'est pas important. Tâchons de découvrir où se cache ce maudit basilic et de mettre un terme à toute cette horreur.

Kesla acquiesça et pivota vers le tunnel en tenant à bout de bras le talisman qui éclairait son visage d'une lueur verdâtre, malsaine.

— D'accord, mais par où commençons-nous nos recherches ?

D'un coup de pied, Greshym écarta Rukh de son chemin et ressortit de sa petite caverne.

— Maudite soit l'impulsivité de ce gamin, fulmina-t-il en émergeant au clair de lune. (Il frappa le sol avec son bâton.) Il va se faire bouffer par ces foutues bestioles avant que j'aie fini de me servir de lui !

Le mage noir soupira et secoua la tête. Pourtant, au fond de lui, il était impressionné par les capacités de Joach. Le jeune homme apprenait rapidement à maîtriser son don. Il n'avait fallu qu'une très petite quantité de magie noire pour fortifier son mur de grès. Un jour, il deviendrait un grand sculpteur – du moins, s'il vivait assez longtemps pour ça.

— M… m… maître, grommela Rukh, le nez à ras de terre. J'ai tué viande.

Greshym pivota et toisa les trois taupes du désert éventrées que le gnome avait déposées sur le sol.

— De la vermine. Je dépense toute mon énergie à attendre ce gamin pour le voir filer entre mes doigts, et, lui, il me rapporte de la vermine.

Levant les yeux au ciel, Greshym tendit une main. Rukh s'empressa d'y déposer servilement une des petites carcasses. Le vieillard renifla la viande crue et sanguinolente, puis il reporta son attention sur la caverne creusée dans le Mur.

— Il paraît qu'on est ce qu'on mange…

Avec les quelques dents encore enracinées dans ses gencives, il arracha la chair des os minuscules et mâcha pensivement.

— Au moins, le gamin est là. Tout près, dit-il en s'essuyant la bouche avec sa manche. Et nous savons où il va.

Il continua à manger jusqu'à ce qu'il se sente suffisamment rassasié pour livrer son combat final. Le temps de l'attente et de la planification touchait à sa fin.

Laissant tomber la petite carcasse, il revint vers la caverne.

— Cette fois, je serai prêt.

Kesla se faufilait dans le tunnel, les oreilles dressées, à l'affût du moindre bruit. Grâce à sa formation d'assassin, elle pouvait identifier le bruit de pas d'une souris et dire si c'était un mâle ou une femelle. Mais les chuchotements et le raclement des semelles de ses compagnons, derrière elle, l'empêchaient de se concentrer. Kesla frémit, craignant que tout ce raffut finisse par attirer d'autres monstres tapis dans l'obscurité.

Elle leva son talisman un peu plus haut, mais la dent de requin des sables n'émettait qu'une faible lumière, à peine suffisante pour les guider. Devant elle, le tunnel qui, depuis le début, filait en droite ligne vers les entrailles du Mur du Sud se divisait en trois. Il fallait prendre une décision.

Kesla pivota, le pendentif à la main.

— Je ne sais pas lequel prendre, chuchota-t-elle. Je pourrais partir en éclaireur – les explorer tous les trois et revenir vous chercher ensuite.

— Et comment saurais-tu lequel est le bon ? objecta Kast. Je doute que tu trouves une pancarte marquée : « Basilic, par ici ».

Kesla ouvrit la bouche pour répliquer, mais Joach lui prit le poignet et la força à se retourner vers lui.

— On reste ensemble, dit-il avec force.

Ses yeux luisaient dans la pénombre.

— Attendez !

Sy-wen tendit un doigt vers la dent de requin. Kesla regarda le talisman sans comprendre. La mer'ai le lui prit des mains et alla se planter successivement à l'entrée de chacun des trois passages. Quand elle arriva devant celui de droite, le pendentif brilla plus fort.

— Je l'ai remarqué au moment où Kesla s'est retournée, expliqua Sy-wen. Pour une raison mystérieuse, son éclat augmente quand on le pointe dans cette direction. Ce doit être le bon chemin.

Kast se rembrunit.

— Mais le bon chemin vers quoi ? D'autres requins ?

— Si le talisman réagit à la présence des monstres, Kast a peut-être raison, approuva Kesla.

— Non, contra Joach. Son pouvoir croît à l'approche de la source à laquelle il puise son énergie : le portail du Weir.

— Comment peux-tu en être certain ? demanda Kast.

— Je ne peux pas. Mais de quel autre indice disposons-nous ? Nous avons une chance sur trois de choisir le bon tunnel. Je suggère qu'on suive la magie.

Kast haussa les épaules.

— Alors, suivons la magie.

Kesla récupéra le talisman et s'engagea dans le passage de droite. À partir de là, le chemin devenait aussi tortueux, aussi labyrinthique qu'un nid de fourmis de feu : les tunnels viraient et tournaient, se coupaient et traversaient une multitude de salles souterraines grandes ou petites.

À un moment, les compagnons furent forcés de ramper. Ils étaient totalement perdus. Kesla affirmait être capable de retrouver la sortie, mais chaque fois que Kast posait la question, elle répondait avec de moins en moins d'assurance.

— « Suivons la magie », grommela le Sanguinaire. Et pourquoi pas un rat aveugle ?

— Il y a une lumière droit devant, chuchota Sy-wen.

Ils s'arrêtèrent tous. Kesla referma son poing sur le talisman. Celui-ci brillait si près de ses yeux qu'elle n'avait rien vu. Elle le glissa dans une poche de sa cape.

Loin devant les compagnons, au-delà d'un virage, une vive lumière dansante projetait un éclat sanglant sur les murs de grès. En se rapprochant, Kesla prit conscience qu'elle n'oscillait pas vraiment : elle pulsait plutôt, comme au rythme des battements d'un énorme cœur.

Les quatre compagnons s'entre-regardèrent. Puis Joach s'avança et prit la tête du groupe. Ils continuèrent à progresser très lentement, marquant de fréquents arrêts pour écouter. Mais ils n'entendirent pas le moindre bruit. C'était comme s'ils avaient tout le Mur du Sud pour eux seuls.

Joach rasa le mur, son épée pointée devant lui, jusqu'à ce qu'il atteigne le virage. Là, il s'arrêta et fit signe aux autres de ne pas bouger pendant qu'il partait en éclaireur. Lorsque ses compagnons se furent rassemblés derrière lui, il prit une profonde inspiration, agrippa son épée et se faufila de l'autre côté de la courbe formée par le tunnel.

Kesla s'adossa à la paroi de grès, se mordant la lèvre et imaginant les horreurs qui les attendaient un peu plus loin.

Joach réapparut presque aussitôt.

— Le tunnel débouche sur une caverne. C'est un cul-de-sac. Et il n'y a personne, dit-il avec un soulagement palpable.

— Et le portail du Weir ? interrogea Kast.

— Il est là, en plein milieu. (Joach fit volte-face.) Allons-y.

Tous ensemble, ils franchirent le virage et découvrirent une chambre circulaire, éclairée par quatre torchés fixées aux murs. Les flammes semblaient avancer et se retirer comme la mer venant mourir sur le rivage.

Joach remarqua que Kesla observait leur curieux mouvement.

— Ça doit avoir un rapport avec le portail du Weir, avança-t-il.

La jeune fille acquiesça, mais ses poils demeurèrent dressés sur ses avant-bras. Elle avait l'étrange impression d'avoir déjà parcouru ce chemin. C'était comme si, à chacun de ses pas, un souvenir très ancien remontait un peu plus vers la surface. Elle fut saisie par une brusque envie de s'enfuir. Quelque chose les attendait là-dedans – et ce n'était pas juste le portail du Weir.

Arrivée sur le seuil de la caverne, Kesla s'immobilisa. Elle ne pouvait pas entrer. Elle ne pouvait pas. Du regard, elle balaya la chambre souterraine.

Au centre de celle-ci, une monstrueuse sculpture noire trônait sur le sable. Au lieu de refléter la lumière des flammes, sa surface semblait la dévorer. Même l'atmosphère était glaciale, comme si l'éb'ène avait aspiré toute la chaleur du désert alentour.

Kesla détailla le monstre qui tourmentait son peuple depuis si longtemps. Sa moitié supérieure était celle d'un immonde oiseau charognard : un bec noir crochu, des plumes couleur de poix, des serres enfoncées dans le sol. Mais le reste de son corps était celui d'un serpent aux anneaux écailleux enroulés derrière lui. Il semblait ramassé sur lui-même, comme prêt à frapper. Une lumière sinistre brillait dans ses yeux de rubis qui fixaient Kesla, et elle seule. Du moins était-ce l'impression qu'avait la jeune fille.

Joach se tourna vers elle.

— Ta dague de noctiverre, siffla-t-il. Finissons-en.

Kesla déglutit. Elle avait peur d'entrer, mais savait qu'elle n'avait pas le choix. Elle était née pour suivre ce chemin. Et tandis qu'elle pénétrait dans la chambre souterraine, un vieux souvenir jaillit des profondeurs de sa mémoire. Elle vacilla comme des images se superposaient à sa vision : des arbres se balançant dans la brise du soir, le reflet de la lune sur une eau immobile, des petites maisons de grès empilées tels des cubes pour enfants – et quelque chose d'autre, une silhouette enveloppée d'une cape noire qui se dirigeait vers elle.

La jeune fille hoqueta et, saisie par un brusque vertige, ferma les yeux. Elle sentit ses genoux heurter le sol.

Joach fut aussitôt à ses côtés.

— Kesla !

Elle regarda autour d'elle. À quelques dizaines de centimètres de ses genoux, sous le bec crochu du basilic, elle avisa quelque chose qui lui avait échappé jusque-là : une flaque de verre noir, comme si le monstre avait bavé du sang dans le sable. C'était du noctiverre, la même substance que celle qui composait sa dague et le lac d'Aii'shan.

À cette vue, les forces de la jeune fille l'abandonnèrent. La flaque lui paraissait bien plus redoutable que la créature hideuse qui la surplombait.

— Ta dague, insista Joach.

Trop faible pour se lever, Kesla acquiesça et sortit l'arme de son fourreau. Elle la tendit à Joach.

— Fais-le. Je ne peux pas… Quelque chose me… me…

Elle secoua la tête, incapable de soutenir le regard de Joach.

— Ce n'est pas grave, la rassura le jeune homme en prenant la dague.

— Dépêche-toi, le pressa Kast. Nous ne savons pas combien de temps nous resterons seuls ici.

Mais le Sanguinaire se trompait. Ils n'avaient jamais été seuls dans cette caverne. Kesla le savait. Elle sentait que des yeux les observaient, des yeux moqueurs – les yeux de la silhouette enveloppée d'une cape qu'elle avait vue dans son rêve.

Visiblement épargné par l'angoisse qui étreignait la jeune fille, Joach se rua vers la statue en brandissant sa dague. La veine de sang de sor'cière brillait à travers le verre noir.

« Dépêche-toi de mettre un terme à cette horreur », implora Kesla en silence.

Joach arma son bras et, visant le cœur du basilic, plongea la dague dans la poitrine du monstre avec un cri de triomphe.

Kesla entendit un tintement de verre brisé, suivi par un hoquet de stupeur.

Joach recula, jetant un coup d'œil à la jeune fille prostrée avant de reporter son attention sur le portail du Weir. La statue était intacte. À ses pieds, la lame de noctiverre gisait en mille morceaux dans le sable. Joach fixa, d'un air abasourdi, le manche brisé qu'il tenait encore dans sa main.

Mue par le choc, Kesla se releva.

— Ça n'a pas marché !

Joach tituba en arrière.

— Je ne comprends pas.

Alors qu'ils regardaient la statue en silence, un rire ténébreux s'éleva de la gorge du basilic. Les flammes des torches diminuèrent, puis grandirent et s'élevèrent vers le plafond en palpitant de plus belle.

— Fuyez ! glapit Kesla, qui sentait approcher la chose qui les observait depuis le début.

Les compagnons s'élancèrent vers la sortie, mais le sable refusa de les laisser filer. Des griffes de grès jaillirent du sol et saisirent leurs chevilles pour les immobiliser.

Kast abattit son épée sur celles qui le tenaient, mais les entailles qu'il leur infligea se refermèrent aussitôt. Une autre patte se forma devant lui et, d'une gifle puissante, fit sauter l'arme de ses mains. Mais le Sanguinaire ne s'avoua pas vaincu pour autant. Il pivota vers sa Liée.

— Sy-wen, le dragon !

La mer'ai tendit un bras vers lui, les doigts écartés pour toucher son tatouage.

— J'ai besoin…, commença-t-elle.

Avant qu'elle puisse établir le contact, les griffes de sable durci lui balayèrent les jambes. Elle atterrit rudement sur le sol et fut traînée par les chevilles vers l'autre bout de la caverne. Une fois hors de portée du Dre'rendi, elle fut autorisée à se relever.

— Sy-wen ! hurla Kast.

— Je vais bien, le rassura la mer'ai.

Pendant ce temps, le rire d'abord ténu avait enflé comme si les efforts des compagnons amusaient grandement leur adversaire. Ils reportèrent leur attention sur le basilic.

Kesla, qui se trouvait plus près que les autres, prit conscience que le rire funeste ne provenait pas de la statue, mais de la petite flaque de noctiverre à ses pieds. De nouveau, des images l'assaillirent et lui firent tourner la tête.

Puis des mots s'élevèrent de la flaque noire :

— L'enfant lutte pour se souvenir.

La vision de Kesla se brouilla. Il lui sembla qu'un nuage sombre s'élevait de la surface lisse et brillante du noctiverre, comme une nappe de brume au-dessus d'un lac. Des hoquets derrière elle l'aidèrent à se concentrer. Ce n'était pas une illusion ou un produit de son imagination. Une silhouette se formait bel et bien à l'aplomb de la flaque. Kesla se remémora l'image entraperçue quelques instants plus tôt : le reflet de la lune sur l'eau, le doux balancement des arbres, la silhouette enveloppée d'une cape qui se dirigeait vers elle…

Sous ses yeux, l'apparition se solidifia comme elle prenait pied dans ce monde. Kesla sut que c'était celle de son rêve.

La silhouette se pencha vers l'adolescente. Sous la capuche qui dissimulait son visage, un homme lança d'une voix basse, pleine de malveillance :

— Une fille, cette fois. Comme c'est drôle. Pas étonnant que tu m'aies échappé si longtemps.

— Je… j'ignore de quoi vous parlez, bredouilla Kesla.

L'homme en cape se redressa.

— Évidemment. Le désert aime préserver ses secrets.

— Qui êtes-vous ? demanda Kesla.

L'inconnu secoua la tête et sa capuche tomba sur ses épaules, révélant un visage d'une beauté surprenante. On aurait dit un bloc de glace blanche sculpté par les plus doué des artisans et encadré par des cheveux couleur de neige fraîchement tombée. Seuls ses yeux brûlaient d'une flamme rouge, dont Kesla devinait qu'elle dispensait la morsure du gel plutôt que la chaleur d'un feu véritable.

— As-tu déjà oublié ton vieil ami ? demanda l'homme d'une voix douce. Ne me reconnais-tu pas ?

De fait, Kesla reconnaissait son visage. Elle en avait maintes fois lu et entendu la description. Mais c'était impossible. Il était mort depuis des lustres !

— Assez de ces jeux. Viens à moi. Nomme-moi comme je te nomme.

— Ashmara, chuchota la jeune fille, à demi assommée par le choc. La goule de Tular.

Un sourire étira les lèvres exsangues de l'homme.

— Tu vois bien que ce n'était pas si difficile, Shiron.

20

Joach reconnut les noms des deux protagonistes de l'histoire que Kesla lui avait racontée au sujet de la formation d'Aii'shan. Shiron et Ashmara : les deux adversaires dont le duel magique avait fait fondre le sable sous le Mur du Sud et l'avait changé en noctiverre.

Horrifiée, Kesla regardait fixement la silhouette pâle enveloppée de sa cape de brume noire.

— Comment... ?

Ashmara agita une main.

— Après notre bataille de jadis, mes os ont été enfouis sous le lac que le peuple du désert appelle « Aii'shan », figés dans une gangue de verre noir. Mais lorsque le Maître Brûlant s'est emparé de Tular, mon spectre a été attiré ici pour veiller sur le nouveau basilic. (De ses doigts blancs, il caressa les plumes noires de la hideuse statue, puis se tourna vers Kesla.) Malheureusement, le désert a dû sentir que je m'étais échappé de ma prison de verre. Il a engendré un autre rêve, insufflé la vie à une autre de ses créations – un autre rejeton capable de porter sa querelle à Tular.

— J'ignore de quoi vous parlez, protesta Kesla.

Ashmara lui fit signe d'approcher. Sous les pieds de la jeune fille, le sable se mit à couler, l'emportant vers la goule. Joach tendit instinctivement le bras droit pour la retenir, mais seul un moignon effleura la cape de son amie. Incapable de résister, cette dernière fut traînée jusqu'à la petite flaque de verre noir au-dessus de laquelle se tenait Ashmara.

L'apparition se pencha et scruta le visage de Kesla.

— Tu n'as vraiment pas la moindre idée de ce que tu es, n'est-ce pas ?

Elle se redressa et éclata d'un long rire tonitruant.

Kesla défia courageusement Ashmara des yeux, mais Joach vit bien que ses épaules tremblaient. De quoi avait-elle le plus peur : de la goule ou de ce que celle-ci s'apprêtait à lui révéler ? Il aurait voulu la protéger, mais comment ? Elle avait le droit de savoir. Son seul regret était de ne pas le lui avoir dit plus tôt. Peut-être aurait-il pu lui épargner cette douleur, une douleur dont Ashmara se délectait visiblement.

Le spectre sourit.

— Tu es l'enfant du désert, ma petite. Le Shiron de cette époque, né du sable une seconde fois. Rien de plus qu'un rêve incarné. Un mirage solide. (Il désigna les mains de sable qui tenaient les chevilles de Kesla.) En fait, tu n'es pas plus vivante que mes créations.

Kesla secoua la tête.

— C'est impossible.

— Allons… Au fond de toi, tu sais que je dis vrai. Je l'entends dans ta voix.

La jeune fille se détourna.

— Non…

Elle jeta un regard implorant à Joach. Honteux, celui-ci baissa le nez.

— Il a raison, Kes. Le chaman Parthus connaissait la vérité. Il l'avait lue dans ses osselets.

Relevant la tête, il vit dans les yeux de Kesla combien celle-ci était blessée et effrayée.

— P… pourquoi ?

Joach devinait que ce mot étranglé contenait bien des questions. Pourquoi ne lui avait-il rien dit ? Pourquoi avait-il gardé ce secret ? Pourquoi s'était-il conduit comme s'il l'aimait, alors qu'elle n'était pas réelle ? Il n'avait pas de réponses à lui donner.

Kesla se couvrit le visage de ses mains et se détourna.

Un rire cruel s'éleva de l'ombre d'Ashmara.

— Ainsi, le désert ne change pas. Il continue à envoyer des enfants livrer ses batailles. (Une main de sable s'éleva à ses pieds. Entre ses doigts, elle tenait un fragment de la dague de noctiverre.) Et apparemment, il n'a rien appris de neuf depuis la dernière fois. Ce basilic de pierre est beaucoup plus solide que mon original modelé dans du sable. Le noctiverre n'a aucun pouvoir sur lui.

Kesla baissa les mains.

— Si… si vous êtes vraiment Ashmara, sanglota-t-elle, pourquoi faites-vous ça ? Comment pouvez-vous aider à empoisonner le désert ? Si corrompu que vous soyez, cette contrée est toujours la vôtre.

L'apparition pencha la tête sur le côté.

— Il doit y avoir de l'écho dans cette salle. Tu as prononcé les mêmes mots lors de notre dernière rencontre, quand tu as tenté de jouer sur ma corde sensible. (De nouveau, elle éclata d'un rire dur et cruel.) Mes os sont à jamais pris dans le verre. C'est le désert lui-même qui les y a mis. Que m'importe qu'il soit détruit ?

— C'est toujours votre foyer !

Kesla plongea sur la goule en brandissant une dague qu'elle avait dissimulée jusque-là. Malgré les mains de sable qui immobilisaient ses pieds, son corps se détendit tels les anneaux d'un serpent. Mais sa lame passa au travers d'Ashmara sans lui faire le moindre mal.

La goule sourit.

— Décidément, tu n'as pas beaucoup de chance avec tes dagues ce soir.

Une lance de sable jaillit pour faire tomber l'arme des mains de la jeune fille. La dague vola et retomba hors de la portée de Kesla.

— Maintenant, finissons-en une bonne fois pour toutes. Puisque tu aimes tellement ton désert, laisse-moi te renvoyer à lui.

Ashmara agita une main. Les poings de sable qui tenaient Kesla s'enfoncèrent dans le sol, entraînant la jeune fille avec eux.

— Tu m'as enterré autrefois, railla la goule. Aujourd'hui, je te retourne cette faveur.

Kesla lutta pour se dégager, mais en vain. Ses jambes disparurent dans le sable.

— Il faut l'aider, siffla Kast, qui avait ramassé son épée et tentait de se libérer.

Mais Joach ne bougea pas. Il savait qu'il fallait employer un autre moyen. Il se souvint des paroles du chaman Parthus : le séjour de Kesla à Val'loa n'avait pas seulement pour but de tremper la dague de noctiverre dans le sang de sa sœur, mais aussi de l'attirer – lui, un sculpteur de rêves – dans le désert.

À présent, il comprenait pourquoi. On l'avait amené ici afin qu'il combatte Ashmara. Un sculpteur contre un autre. Cependant, Joach ne voyait pas bien comment il pourrait vaincre. Il n'était qu'un novice face à un maître puissant et corrompu. C'était sans espoir.

Il ne pouvait pourtant pas rester sans rien faire. Les yeux fixés sur Kesla qui s'enfonçait lentement dans le sable, il approcha du moignon de son poignet droit le manche brisé de la dague de noctiverre. Il enfonça profondément la pointe dans sa chair et du sang coula sur le sol à ses pieds. Il frémit de douleur. Puis, fermant les yeux, il bascula dans le désert onirique.

Autour de lui, la caverne devint brumeuse, traversée par la douce lueur qu'irradiait le paysage onirique. Les deux mondes se superposèrent. Le sang de Joach coulait dans l'un comme dans l'autre, filet rouge sombre pareil à du vin renversé.

Le jeune homme regarda autour de lui. Les dunes oniriques brillaient dans le lointain, mais à ses pieds, le sable était terne. Il pivota et, grâce à sa vision partagée entre le rêve et la réalité, distingua la statue du basilic perchée au-dessus de la rivière argentée, ses serres plongées dans le flot de celle-ci. Il vit l'énergie de la Terre bouillonner lentement, aspirée par le tourbillon du Weir. Les ténèbres se nourrissaient de ce pouvoir ainsi qu'une monstrueuse sangsue. Mais ce n'était pas tout. La tache noire s'élargissait, grignotant le désert alentour.

Joach comprit soudain l'objectif du Seigneur Noir. Le monstre du Gul'gotha avait dû se lasser de corrompre la Terre petit bout par petit bout, en s'attaquant à elle par le biais d'élémentaux qui portaient un peu de son énergie dans leur sang. Par le passé, il avait utilisé des fragments d'éb'ène pour pervertir ces minuscules sources d'énergie pure et changer leurs porteurs en malegardes. À présent, il appliquait le même principe sur une échelle beaucoup plus grande. À l'aide de ses statues, il essayait de corrompre la Terre directement, de faire d'elle le pire des malegardes ! Et il était tout près de réussir.

Un cri ramena l'attention de Joach dans le monde réel. Enfoncée dans le sable jusqu'à la taille, Kesla essayait de se maintenir à la surface en prenant appui sur ses bras tendus. Mais de nouvelles pattes griffues avaient jailli autour d'elle et saisi ses poignets. La jeune fille se tordait dans leur étreinte.

Parce que les deux mondes se superposaient pour lui, Joach put voir les filaments de pouvoir ténébreux qui reliaient les créations d'Ashmara au désert onirique – une véritable toile d'araignée. Ce n'était pas un lien de sang, comprit-il. Le pouvoir provenait du Weir même ; il s'écoulait depuis la souillure noire.

Les compagnons n'avaient qu'une seule chance de le combattre, et cette chance se tapissait dans le sang élémental de Joach. Le jeune homme en avait conscience. Alors, malgré sa répugnance, il se concentra sur le sang répandu à ses pieds, la source de sa magie onirique. Et utilisant sa propre énergie, il frappa les filaments de pouvoir ténébreux, qu'il sectionna instantanément.

Dans le monde réel, il eut la satisfaction de voir se dissoudre les poings de sable créés par Ashmara. Kesla se dégagea et fit mine de se redresser. La goule voulut la saisir, mais ses doigts n'avaient pas de substance. La jeune fille roula hors de sa portée.

Enfin libre, Kast se précipita vers Sy-wen, qui posa une main sur sa joue.

— J'ai besoin de toi !

D'abord surpris par l'attaque de Joach, Ashmara ne mit pas longtemps à localiser la source de cette nouvelle magie. Ses yeux rouges flamboyèrent de colère tandis qu'il pivotait vers le jeune homme.

— Un sculpteur !

Il tendit vivement le bras et d'autres créations jaillirent du sable : des mains griffues, mais aussi des bêtes monstrueuses qui s'extirpèrent du sol comme des morts-vivants sortant de leur tombe.

Le jaillissement de pouvoir dans le désert onirique fit hoqueter Joach. Des filaments noirs se formèrent et s'entrelacèrent à toute allure pour alimenter les nouvelles sculptures d'Ashmara. Le jeune homme les trancha aussi, mais il avait perdu l'avantage de la surprise. À présent, les filaments se reconstituaient aussi vite qu'il les coupait. Pourtant, il continua à s'acharner sur eux. Il n'avait pas le choix.

Dans la caverne, Kesla esquivait l'attaque des créatures de sable avec toute l'agilité d'un assassin. Ragnar'k était apparu derrière le basilic. Il déchiquetait les sculptures d'Ashmara en bondissant de droite et de gauche pour faire une cible plus difficile à atteindre. Sy-wen était juchée sur son dos, en sécurité.

Accroupi au-dessus de sa flaque noire, les yeux luisant comme deux charbons ardents, Ashmara tendit un doigt vers Joach.

— Tuez-le ! ordonna-t-il à ses créations.

Un énorme hybride de lion et d'ours se traîna vers le jeune homme. Celui-ci recula, mais il n'avait aucun moyen de se défendre – pas alors qu'il se battait déjà dans le plan onirique. Il tenta d'invoquer une créature de sable pour qu'elle le protège, mais le monstre d'Ashmara la pulvérisa sans plus d'efforts que Sheeshon lorsqu'elle avait cueilli sa rose. Joach manquait d'entraînement ; il était incapable de diviser son attention et ses efforts.

Kesla apparut à côté de lui.

— Donne-moi la dague, haleta-t-elle.

— Quoi ? réussit à articuler Joach.

La jeune fille lui prit le manche brisé des mains et fit volte-face à l'instant où le monstre mi-lion mi-ours bondissait avec un rugissement silencieux. Elle lui trancha la gorge au passage, et seule une pluie de sable inoffensive s'abattit sur Joach.

Accroupie sur le sol, Kesla brandit son arme.

— Le noctiverre est peut-être impuissant contre le basilic, mais, comme par le passé, il peut tuer les créatures oniriques.

Joach commençait à comprendre. Le basilic d'autrefois était une sculpture de sable, et il avait été tué par cette même dague. Donc, celle-ci devait être efficace contre n'importe quelle créature onirique, quelle que soit sa forme.

Kesla poignarda une main géante qui tentait de la saisir. Les doigts de sable tombèrent en poussière autour d'elle tandis qu'elle se redressait.

Dans le désert onirique, Joach regarda le filament ténébreux relié à la sculpture exploser dans un éclair aveuglant. Il se souvint d'avoir contemplé un phénomène similaire bien des lunes auparavant, lorsqu'Elena avait tenté de s'emparer du bâton de pol'bois à bord du bateau de Flint. Sa sœur avait été projetée en arrière par une décharge du même genre. Les deux magies – ténèbres et lumière – étaient meurtrières l'une pour l'autre.

Kesla pivota et planta la dague dans l'œil d'un serpent de sable, qui s'évanouit aussitôt.

— Le sang de ta sœur est aussi puissant que celui de Sisa'kofa. (Elle jeta un coup d'œil par-dessus son épaule.) Je te protégerai. Fais ce que tu peux pour combattre Ashmara.

Joach acquiesça.

Avant que la jeune fille se détourne, leurs regards se croisèrent.

— Tu aurais dû me le dire.

Joach déglutit. Il savait très bien de quoi elle parlait.

— Je… je ne pouvais pas.

— Pourquoi ?

Kesla le regarda durement, lui interdisant de se dérober à sa question une seconde fois.

Joach prit une profonde inspiration. Très vite, de peur de perdre courage, il débita :

— Au final, nous ne sommes tous que cendres et poussière. Qu'est-ce que ça peut faire que tu sois née du sable ? Pour moi, tu seras toujours une femme. (Il se détourna.) Une femme que j'aime.

Quand il reporta son attention sur Kesla, le cœur dans la gorge, il vit que les yeux de la jeune fille étaient pleins de larmes. Sans un mot, elle pivota pour décapiter quelque immonde créature de sable.

Joach retourna à sa propre bataille, laissant à Kesla le soin de le défendre. Jamais il ne pourrait prouver ce qu'il venait d'admettre à moins de triompher d'abord d'Ashmara. Dans le plan onirique, il se remit à trancher les filaments de pouvoir ténébreux. Mais même avec l'aide de Kesla, il ne put faire de progrès significatifs.

Ragnar'k tenta d'attaquer la goule et ne lui fit pas plus de mal que la dague de noctiverre. Comment tuer un fantôme ?

Joach continua à se démener, mais il savait que cette bataille ne pourrait s'achever que par la défaite des compagnons. Déjà, il s'affaiblissait. Le pouvoir de son esprit n'était pas inépuisable. Et la dague de noctiverre finirait, elle aussi, par venir à bout de sa petite réserve de sang de sor'cière. Tant qu'Ashamara s'alimenterait à la source sans fond du Weir, ils n'auraient aucun espoir de triompher.

À moins qu'un facteur nouveau vienne faire pencher la balance de leur côté.

Une voix s'éleva près de l'épaule de Joach – non dans la réalité, mais dans le désert onirique :

— Je peux peut-être t'aider.

Surpris, Joach jeta un coup d'œil derrière lui. À cause de la superposition des deux mondes, la silhouette de son interlocuteur semblait flotter à l'intérieur du Mur du Sud. Ses traits étaient vagues, mais Joach les aurait reconnus n'importe où.

— Chaman Parthus !

Appuyé sur sa béquille, le vieillard sourit à son jeune élève.

— Il semble que tu aies besoin d'un coup de main.

Greshym s'autorisa un véritable sourire. Joach n'avait pas l'air de soupçonner que derrière le visage buriné de son mentor se dissimulait son pire ennemi. Lorsqu'il avait senti le gamin déchirer le voile entre les deux plans, le mage noir s'était dépêché de le rejoindre dans le désert onirique. Il était crucial que son intervention survienne au bon moment. Il ne pouvait pas prendre le risque que la goule tue Joach – du moins, pas avant qu'il en ait terminé avec le gamin.

Durant son passage d'un monde à l'autre, Greshym avait utilisé sa magie noire pour observer la première escarmouche entre les deux sculpteurs. Joach avait un don inné, mais il n'était pas de taille face à un démon aussi rusé qu'Ashmara. À présent, le vieillard regrettait que Shorkan se soit aussi bien débrouillé pour attirer le spectre à Tular. Ashmara était un gardien meurtrier, capable de détruire l'unique chance qu'avait Greshym de retrouver sa jeunesse.

— Comment pouvez-vous m'aider ? interrogea Joach. Je croyais que vous n'aviez aucun don de sculpteur.

La silhouette du jeune homme était brumeuse et dénuée de substance, comme les ondulations de chaleur que l'on voyait, au loin, flotter au-dessus des sables du désert.

— C'est exact, acquiesça Greshym avec la voix du chaman. Tu flottes entre la réalité et le désert onirique. Seul un véritable sculpteur peut emprunter ce chemin.

— Dans ce cas, comment pouvez-vous m'aider ?

— En te prêtant ma force.

Joach hésita.

— Je ne suis pas sûr que la force soit le véritable problème quand on combat l'ombre d'un mort.

Greshym secoua la tête.

— Ashmara peut être vaincu, dit-il sur un ton enjôleur. Il existe des secrets que je peux t'enseigner, des moyens de détruire la goule.

La silhouette de Joach gagna en substance comme son intérêt croissait. Le jeune homme se rapprocha du mage noir.

— Quels moyens ?

Greshym fit un pas en arrière. Pour que son sort fonctionne, l'esprit du gamin devait basculer totalement dans le plan des rêves. N'étant pas sculpteur lui-même, Greshym ne pouvait – malgré toute sa magie – atteindre Joach là où il se trouvait actuellement. Il fit signe au jeune homme d'avancer.

— Ce ne sont pas des choses que l'on explique avec des mots. Il faut que je te les enseigne, que je te les montre.

Les contours de Joach se précisèrent.

— Alors, montrez-moi.

— Pour ça, j'ai besoin que tu me rejoignes complètement dans le plan onirique, là où je peux interagir avec toi.

Greshym recula encore d'un pas, invitant le jeune homme à le suivre.

Joach fit mine d'avancer et se ravisa, presque comme s'il voulait jouer avec les nerfs du vieillard.

— Qu'est-ce que tu attends ? Viens à moi, mon garçon.

— Vous aimeriez ça, pas vrai, Greshym ?

Le masque de naïveté que portait Joach tomba brusquement. En dessous, la méfiance durcissait les traits du jeune homme.

Surpris, Greshym fronça les sourcils. Il ouvrit la bouche pour protester, mais les yeux de Joach brillaient de vigilance. Le gamin ne se laisserait pas duper aussi facilement.

— Montrez-vous, exigea Joach. Assez de ces déguisements. Vous m'avez déjà piégé une fois en adoptant l'apparence d'Elena, et vous croyez que ça peut encore marcher ?

Avec un soupir exaspéré, Greshym dissipa l'illusion du chaman Parthus, révélant son propre corps ravagé par la vieillesse. Sa petite canne brune se transforma en bâton de bois pétrifié.

— C'est mieux ?

Joach se rembrunit.

— Qu'avez-vous fait au chaman Parthus ?

— J'avais besoin d'une nouvelle cape.

— Alors, vous l'avez tué ?

Greshym haussa les épaules.

— Mais comment as-tu su que c'était moi ?

— Vous avez mentionné Ashmara. Le chaman Parthus ne savait pas que l'ombre de la goule était revenue à Tular. Il ne pouvait même pas voir dans le plan où l'on sculpte les rêves. Ce sont vos connaissances qui vous ont trahi. (Joach commença à perdre de sa substance.) À présent que vous voilà démasqué, disparaissez et emmenez vos manigances avec vous.

— Attends ! s'exclama Greshym.

Joach se détourna.

— Nous n'avons rien d'autre à nous dire.

Greshym savait qu'il était sur le point de perdre le gamin pour de bon. Si Joach retournait à son duel contre Ashmara, il se ferait sûrement tuer. La goule finirait par l'épuiser et par lui porter un coup fatal. Ça ne devait pas arriver.

— Je peux te donner un moyen de remporter cette bataille.

Joach le regarda par-dessus son épaule, les yeux plissés.

— Vous voudriez que je vous fasse confiance ?

— L'important en la matière, c'est que, *moi*, je te fasse confiance.

Interloqué, Joach pivota de nouveau vers le mage noir.

— Comment ça ?

— Je te propose un marché. Je te révèle le secret qui te permettra de vaincre Ashmara, mais en échange, tu dois promettre de revenir ici, dans le désert onirique.

— Pour quoi faire ?

Greshym eut un sourire en coin.

— Pour l'instant, je ne négocie qu'un seul secret. Mais je peux te promettre une chose : si tu tiens parole, je ne te tuerai pas, ne t'emprisonnerai pas, ni ne corromprai ton esprit d'une quelconque manière. J'en fais le serment.

— Comme si vos serments valaient quelque chose, marmonna Joach.

Mais il ne se détourna pas.

— C'est à prendre ou à laisser. (Les doigts de Greshym se crispèrent sur son bâton.) Sauve tes amis ou meurs ici. Peu m'importe.

Joach hésita. Il serra le poing.

— Dites-moi, réclama-t-il d'une voix étranglée.

— D'abord, jure sur la vie de ta sœur que tu reviendras ici.

Le jeune homme se mordit la lèvre, puis acquiesça à contrecœur.

— Je le jure. Mais seulement si votre secret nous aide réellement à vaincre Ashmara.

Greshym grimaça et se détendit.

— Oh, ne t'en fais pas ! Si je me trompe, Ashmara vous tuera tous.

— Dites-moi ! aboya Joach. Quel est le secret de la goule ?

À l'aide de son bâton, Greshym traça un cercle autour de ses pieds dans le sable.

— Tu as remarqué qu'Ashmara ne sort jamais de son petit îlot de verre noir ?

Les yeux de Joach brillèrent.

— Et alors ?

— C'est son lien physique avec ce plan. (Greshym retourna son bâton et, utilisant son extrémité arrondie, effaça la ligne qu'il venait de tracer.) Brise-le et son ombre sera de nouveau emprisonnée dans ses ossements sous le lac d'Aii'shan.

La surprise de Joach écarta le voile entre eux. Le jeune homme faillit pénétrer complètement dans le désert onirique, mais, au dernier moment, il demeura en retrait.

— C'est aussi simple que ça ? s'étonna-t-il.

— Comme souvent, avec la magie, acquiesça Greshym avec une grimace déçue.

— Il vaudrait mieux pour vous que vous ne mentiez pas.

Joach se détourna et redevint brumeux.

Appuyé sur son bâton, Greshym lança dans son dos :

— Sois prudent, mon garçon ! Ne va pas te faire tuer !

Pivotant, Kesla enfonça l'extrémité brisée de la dague de noctiverre dans le dos d'un scorpion, puis fit volte-face pour trancher la gorge d'une salamandre. Les créatures se volatilisèrent dans un nuage de sable autour d'elle.

La jeune fille bondit et culbuta dans les airs pour éviter la lance qui venait de jaillir du sol à ses pieds. Elle retomba accroupie, haletante. Elle avait été formée à courir pendant des lieues dans le désert sous un soleil de plomb, mais cet assaut constant sapait peu à peu ses forces. D'autant qu'en plus d'assurer sa propre survie, elle devait protéger Joach.

Ses seuls alliés étaient Sy-wen et son dragon rugissant. Ragnar'k se démenait pour occuper Ashmara. Ses ailes brisaient des sculptures de tous les côtés, tandis que ses griffes argentées en lacéraient d'autres.

Mais la goule demeurait plantée au milieu de sa petite flaque de verre noir, enveloppée dans sa cape de brume. Elle ne semblait nullement fatiguée. Au contraire, son amusement croissait à vue d'œil et elle éclatait souvent de rire en observant la chorégraphie frénétique de Kesla.

Ashmara joue avec nous comme un chat avec une souris, songea la jeune fille. Elle était certaine que la goule aurait pu appeler toutes sortes de créatures bien réelles pour les éliminer : skal'tum, requins des sables, scorpions fouisseurs… Au lieu de ça, Ashmara continuait à les harceler avec ses créations. Le défi l'excitait ; immunisé contre tous les assauts, il pouvait se gausser des efforts des compagnons sans avoir rien à craindre lui-même.

— Kesla, dit Joach derrière elle.

La jeune fille pivota tout en éventrant un énorme serpent.

— Quoi ?

Joach lui fit signe d'approcher et dit très vite :

— Je connais un moyen de détruire Ashmara.

— Lequel ?

— La flaque de verre sous ses pieds. Il suffit de la briser, et son ombre regagnera les profondeurs d'Aii'shan.

— Tu en es certain ?

Joach hésita.

— Non, mais ça vaut le coup d'essayer.

— Comment faire pour la briser ? demanda Kesla.

— Je ne sais pas, avoua Joach, les sourcils froncés. Essaie avec ta dague.

Kesla acquiesça. Ça semblait assez logique. Depuis le début de la confrontation, la goule était restée au-dessus de la flaque de noctiverre, comme si elle ne pouvait pas s'en éloigner.

— D'accord. Mais à partir de maintenant, tu devras te défendre tout seul.

— Ne t'en fais pas pour moi. J'ai envoyé un message à Ragnar'k. Sy-wen et lui veilleront sur moi. Contente-toi de briser la flaque.

Kesla dévisagea Joach. Leurs regards se croisèrent brièvement. Il restait encore tant de non-dits entre eux...

La jeune fille se détourna avant qu'ils puissent ajouter quoi que ce soit. Courant, plongeant, culbutant et tourbillonnant sans cesser d'agiter son arme, elle se fraya un chemin à travers les créatures de sable.

Elle vit Ashmara tourner son attention vers elle. Les yeux rouges de la goule brillèrent dans son visage pâle, et ses attaques sur la jeune fille redoublèrent de férocité. Kesla fut forcée de ralentir, puis de s'arrêter complètement. Ashmara avait-il senti qu'elle détenait la clé de sa destruction ?

— Tu bouges bien, commenta-t-il à quelques pas d'elle. Beaucoup mieux que cette créature cireuse qui m'a agressé à Ka'aloo.

Kesla se propulsa dans les airs, rebondit sur le flanc d'une sculpture et en empala une autre. Les monstres de sable l'attaquaient de tous les côtés, si vite qu'elle avait du mal à distinguer à qui appartenaient les griffes ou les crocs.

— C'est Shiron qui t'a tué la dernière fois ! jeta-t-elle en direction d'Ashmara.

— Non, répondit la goule sur un ton amer. C'est ma propre stupidité qui a entraîné ma perte. Shiron clamait que son sang pouvait purifier Tular – et je l'ai cru. Je ne pouvais pas lui permettre de s'échapper. Alors, j'ai fait feu de tout bois, puisant à l'énergie que je partageais avec les autres sculpteurs de la cité. Mais le désert protégeait le gamin. Au lieu de blesser

Shiron, ma magie lui glissait dessus ou passait au travers de son corps ; elle brûlait le désert autour de nous et le changeait en verre. Le temps que je me rende compte de mon erreur, il était trop tard. J'avais projeté mon pouvoir si loin dans toutes les directions que je n'ai pas pu échapper au désert fondu. Ma forme physique s'est abîmée dans le verre pendant que Shiron retenait mon esprit dans le désert onirique. Je n'ai pas pu m'enfuir.

Kesla continuait à poignarder et à trancher avec sa dague brisée.

Au fur et à mesure que le spectre racontait son histoire, toute trace d'amusement s'était évaporée de son visage.

— Mais j'aurai ma revanche, jura-t-il. (Par-dessus son épaule, il jeta un coup d'œil au basilic qui le surplombait.) Je verrai la destruction de tout le Désert de Sable.

Profitant de ce que son adversaire était momentanément distrait, Kesla sauta sur le dos d'un scorpion, esquiva son dard et bondit vers Ashmara. Celui-ci pivota en levant instinctivement un bras, mais la jeune fille lui passa au travers et s'écrasa sur la flaque de verre noir. Ashmara éclata de rire. Il baissa son bras et secoua la tête.

— Tu essaies toujours de tuer les morts ?

Sans répondre, Kesla brandit sa dague brisée et l'abattit de toutes ses forces au centre de la flaque. Le noctiverre éclata avec un tintement sonore. La main de Kesla s'embrasa de douleur. La jeune fille baissa les yeux. Sa dague avait fini de se briser, mais en dessous, la surface de la flaque demeurait intacte, sans même une éraflure.

Le désespoir gonfla la poitrine de Kesla.

— Non, gémit-elle.

Non seulement elle avait échoué, mais elle avait détruit leur seul moyen de tuer les créatures de sable.

Un rire cruel résonna au-dessus d'elle.

Kesla leva sa main droite. Un fragment de noctiverre s'était planté dans sa paume. Elle l'arracha et du sang coula de la plaie. Bien qu'elle n'ait plus aucun espoir de vaincre, la jeune fille se redressa sur ses genoux, prête à se battre jusqu'à son dernier souffle.

La voix provocante de la goule parut lui susurrer à l'oreille :

— J'en ai assez de ces petits jeux. Il est temps d'en finir.

Ashmara s'esclaffa de plus belle.

Kesla voulut se relever pour bondir sur le côté, mais sa main droite s'enfonça dans le sable.

Le rire de la goule se changea brusquement en cri étranglé.

Baissant les yeux, Kesla vit que sa main droite était passée au travers du noctiverre et avait touché le sable en dessous. Elle étudia sa paume blessée. Du sang maculait son poignet. Elle se souvint de l'histoire d'Ashmara. « Shiron clamait que son sang pouvait purifier Tular. »

Alors, la lumière se fit dans son esprit. Des images d'eau bleue et de palmiers agités par le vent se superposèrent de nouveau à la caverne autour d'elle. En levant les yeux vers Ashmara, elle lut de l'horreur dans les yeux de la goule.

— Pitié… Ne fais pas ça…

Se penchant au-dessus de la flaque, Kesla balaya la surface lisse et dure de sa paume blessée. Partout où son sang le touchait, le noctiverre se dissolvait, redevenant du sable ordinaire.

Un hurlement d'agonie monta de la gorge d'Ashmara.

— Non, ne me renvoie pas là-bas !

Kesla ignora ses cris comme la goule avait ignoré ceux de tous les enfants sacrifiés en son nom. Elle barbouilla l'intégralité de la flaque avec son sang. Lorsqu'elle eut terminé, elle roula sur le côté et se releva.

Comme le noctiverre, le visage blême d'Ashmara se décomposait. La goule n'avait déjà plus de bouche avec laquelle hurler, mais un désespoir insondable brillait dans ses yeux. Puis ceux-ci furent également consumés par la magie du sang de Kesla.

Bientôt, il ne resta plus que du sable inerte aux pieds de la jeune fille.

Elle serra son poing ensanglanté. *La magie du désert...* Elle ne pouvait plus se dissimuler la vérité que les lèvres de la goule venaient de formuler. Elle n'était pas une femme : juste une création du désert, un instrument utilisé pour poignarder le mal qui nichait à Tular.

Malgré sa victoire, ses yeux s'emplirent de larmes.

Joach rejoignit hâtivement Kesla. Même si elle n'avait pas pleuré, il aurait lu le chagrin dans ses yeux.

— Qu'est-ce qui ne va pas ? demanda-t-il.

La jeune fille secoua la tête et s'écarta de lui.

Avant que Joach puisse la questionner davantage, Sy-wen les appela. Elle glissa à terre, et Ragnar'k céda la place à la silhouette nue de Kast.

— Que s'est-il passé ? interrogea la mer'ai. Comment avez-vous réussi à mettre en fuite l'ombre de la goule ?

Kast ramassa sa cape en lambeaux et les rejoignit.

Joach expliqua sa rencontre avec Greshym dans le désert onirique, et la révélation faite par le mage noir.

— Pourquoi ce démon s'est-il montré aussi serviable ? s'enquit Kast, soupçonneux.

— J'ai conclu un pacte avec lui, répondit Joach. J'ai promis de retourner dans le désert onirique.

— C'est sûrement un piège, commenta Sy-wen.

— Je n'en doute pas, acquiesça le jeune homme.

— Et ta promesse ? s'étonna Kast.

— Oh ! Je tiendrai parole, affirma Joach. Je retournerai dans le désert onirique, mais je n'ai jamais dit quand. Certainement pas aujourd'hui, ni demain, et peut-être pas avant de très, très nombreux hivers.

Kast grimaça.

— Le mage noir risque d'attendre longtemps.

Joach haussa les épaules.

— Il a déjà vécu cinq siècles. Que sont quelques décennies de plus ou de moins ?

Sy-wen jeta un coup d'œil à Kesla, qui se tenait toujours près de l'endroit où s'était trouvée la flaque de verre noir.

— Mais la façon dont elle s'y est prise... Était-ce aussi un conseil de Greshym ?

— Non. (Joach fit un pas vers Kesla et lui toucha doucement l'épaule.) Que s'est-il passé ?

La jeune fille se tourna enfin vers lui. Elle s'essuya les yeux.

— Le chaman Parthus et la goule avaient raison, dit-elle d'une voix aussi brisée que la dague de noctiverre. Je ne suis pas réelle. (D'un haussement d'épaules, elle se débarrassa de la main de Joach.) Comme celui de Shiron, mon sang contient la magie du désert, une magie assez puissante pour purifier ce qui a été corrompu.

— Mais tu es réelle, protesta Joach en lui prenant le bras. Un être de chair et de sang. Que m'importe que tu ne sois pas née d'un homme et d'une femme ?

Kesla leva vers lui des yeux remplis de larmes toutes fraîches.

— Ça compte pour moi. (Elle saisit la main de Joach et la détacha de son bras.) Et un jour, ça comptera aussi pour toi.

— Jamais, dit vivement Joach.

Il ne voulait qu'une chose : apaiser le désespoir brûlant dans la voix de Kesla.

Mais la jeune fille s'éloignait déjà en direction du basilic.

— À présent, je sais comment détruire le portail du Weir. Mon sang purgera le sable de ce fléau. (Elle se planta sous la statue d'éb'ène et leva la tête vers ses yeux rouges menaçants.) Je connais mon rôle.

Joach s'élança vers elle.

— Kesla, ne fais pas ça. Les portails du Weir...

La jeune fille leva sa main ensanglantée et la posa sur le poitrail minéral du basilic. Sa main s'enfonça à l'intérieur de la statue comme si celle-ci était faite d'ombre plutôt que de pierre.

— Kesla !

Elle jeta un coup d'œil par-dessus son épaule avec une expression mi-choquée, mi-horrifiée.

— Joach !

Le jeune homme bondit, un bras tendu devant lui pour saisir la cape de sa bien-aimée. Ses doigts se refermèrent sur l'épais tissu rouge. Mais Kesla bascula quand même en avant, comme si quelqu'un avait tiré sur son bras. Elle tomba à l'intérieur du portail du Weir et disparut. Dans son sillage, elle laissa un hurlement qui s'éloigna très vite, comme si elle dégringolait dans un puits sans fond.

Ses vêtements s'affaissèrent en tas au pied de la statue, tandis que sa cape demeurait dans la main de Joach. Ce dernier la lâcha et voulut plonger à la suite de la jeune fille, mais ses doigts tendus ne rencontrèrent que de la pierre froide. Il palpa la statue en quête d'un moyen d'y pénétrer. En vain. Le basilic le toisait, imperturbable et menaçant.

Kesla était perdue.

Joach tomba à genoux dans le sable en gémissant son nom.

Un glissement dans le sable lui fit relever la tête. Sy-wen hoqueta. Joach vit les anneaux du serpent d'éb'ène se dérouler lentement sur le sol de la caverne. Des yeux de rubis, alimentés par du feu obscur, se tournèrent vers le jeune homme.

Le basilic de Tular était revenu à la vie.

LIVRE SEPT

AU GUL'GOTHA

21

Au coucher du soleil, Er'ril se tenait sur un promontoire rocheux qui surplombait une large gorge. Très loin en contrebas, de la roche en fusion coulait comme une rivière.

Malgré la hauteur de son perchoir, l'homme des plaines sentait la chaleur lui rougir le visage. Il regarda à droite et à gauche. La gorge s'étendait sur plusieurs lieues dans les deux directions. Le royaume n'ain ne se trouvait plus qu'à une courte distance, mais à partir de là, le passage était bloqué. Des éclaireurs étaient partis chercher un moyen de franchir la gorge. En attendant leur retour, les compagnons avaient dressé leur camp pour la nuit.

Les sourcils froncés, Er'ril se détourna et, fuyant la chaleur infernale qui montait de la gorge, redescendit la petite pente qui l'avait conduit en haut du promontoire.

Depuis que les compagnons avaient posé le canot el'phique dans ces contrées, six jours auparavant, leur progression était ardue, leur chemin semé d'embûches : rivières empoisonnées, vents porteurs de fumées toxiques, vastes étendues désertiques où ne poussait pas le moindre brin d'herbe. Et maintenant, cette vallée infranchissable… Er'ril regarda autour de lui. Dans toutes les directions, des montagnes dressaient leurs pics déchiquetés et leurs cols qu'on aurait dits ouverts à la hache. C'était comme s'ils campaient entre les crocs d'une bête monstrueuse.

En approchant du camp, le guerrier vit Elena agenouillée en compagnie de Tol'chuk et de Mama Freda. La vieille guérisseuse changeait les bandages de la jambe du capitaine el'phe, maintenu en place par les mains puissantes de l'og're. Elena observait la scène d'un air inquiet. Deux jours auparavant, Jerrick avait trébuché trop près d'un buisson de croc-du-tigre. La plante l'avait attaqué, le saisissant de ses tiges et lui déchirant le mollet avec ses épines longues comme le doigt. Wennar l'avait dégagé à coups de hache, mais depuis, les plaies de l'el'phe s'étaient infectées.

— Comment va Jerrick ? demanda Er'ril en rejoignant ses compagnons.

Mama Freda s'essuya le front.

— La tisane d'écorce de saule n'est pas assez puissante pour briser l'emprise du poison. (Elle posa deux doigts sur le poignet de l'el'phe et secoua la tête.) Ça m'étonnerait qu'il tienne jusqu'au matin.

Sa voix trembla en prononçant cette phrase et sa main s'attarda sur celle du capitaine. Durant la longue marche à travers le Gul'gotha, les deux anciens aux cheveux gris étaient devenus très proches.

Er'ril se rembrunit. *Tant de morts...* Si Jerrick décédait cette nuit, il serait le troisième membre de leur groupe à succomber depuis leur atterrissage. Ils avaient déjà perdu deux éclaireurs n'ains. L'un avait été tué par un ver de feu ; l'autre avait marché sur un crapaud cornu enfoui dans la terre rouge. Le premier était mort immédiatement, mais le second avait hurlé pendant une demi-journée avant de succomber au venin. Et maintenant, Jerrick...

— Ma magie peut peut-être l'aider ? suggéra Elena pour la centième fois, en se tordant les mains.

— Non, dit sévèrement Er'ril. Nous savons que cette contrée réagit aux émanations de pouvoir. Notre situation est déjà assez dangereuse comme ça sans que nous cherchions les ennuis.

— Mais…

— Er'ril a raison, intervint Mama Freda. De toute façon, ta magie ne pourra pas le sauver. Elle ne ferait que prolonger ses souffrances.

Ayant terminé de changer les bandages de Jerrick, la vieille femme se rassit sur ses talons, inquiète et frustrée.

L'el'phe cessa de s'agiter. Tol'chuk lui tamponna le front avec un linge humide.

Mama Freda soupira. Perché sur son épaule, Tikal pressa sa joue contre celle de sa maîtresse. Il ne quittait celle-ci que pour se soulager. Le reste du temps, il refusait de poser ses pattes sur le sol empoisonné.

— Si seulement je connaissais mieux cette région, dit la vieille femme tout bas. Je pourrais peut-être trouver un remède local. Mais je n'avais jamais vu une telle variété de plantes et d'animaux toxiques.

Émergeant de la pénombre crépusculaire, Wennar se rapprocha.

— Aucune de ces créatures n'existait jusqu'à ce que l'Innommable surgisse de nos mines. (Il regarda autour de lui.) Jadis, ces montagnes étaient couvertes de pins et de séquoias ; leurs entrailles abritaient des cerfs, des lapins, des renards et des blaireaux.

Er'ril balaya du regard le paysage sur lequel descendait la nuit. Il avait du mal à croire Wennar. Un tel degré de corruption était difficile à imaginer.

Elena s'assit sur une pierre lisse près du feu de camp.

— Si nous ne détruisons pas les portails du Weir, le monde entier pourrait devenir comme le Gul'gotha.

— Mais comment poursuivre notre chemin ?

Er'ril jeta un coup d'œil par-dessus son épaule. À l'est, le ciel reflétait l'éclat des feux de la gorge voisine.

— Espérons que mes éclaireurs ont trouvé une réponse à cette question, dit Wennar.

Il avait dépêché deux binômes équipés de longues-vues – un dans chaque direction – avec l'ordre d'escalader les pics voisins pour localiser le bout de la gorge ou un moyen de la traverser.

Er'ril promena un regard à la ronde. En l'absence des éclaireurs, il ne restait que Wennar et six de ses guerriers – trop peu pour déjouer un danger réel. L'homme des plaines n'aimait pas du tout ces probabilités. Outre leur nombre déclinant, les compagnons étaient las jusqu'à la moelle – et pour la plupart d'entre eux, malades à cause de l'air toxique et de l'eau empoisonnée. Ils toussaient ; ils avaient de la fièvre ou des maux d'estomac. Mais c'était les n'ains qui semblaient les plus affectés. Outre leur condition physique, ils devaient endurer le désespoir de leur cœur. Ils ne parlaient que très peu, observant en silence leur patrie ravagée.

Elena se racla la gorge et tendit un doigt.

— Ce soir, c'est la pleine lune.

Er'ril reporta son attention sur la jeune femme. Il vit la lumière dans ses yeux et comprit la signification de sa remarque.

— Tu veux prendre le risque d'ouvrir le Journal Sanglant ?

— Pour réussir, nous devrons employer toutes les ressources disponibles, répondit doucement Elena.

— Mais ta magie… ?

— Je n'ai pas besoin de l'utiliser pour attirer l'esprit de Cho hors du Grimoire. Le pouvoir est inhérent au livre, contenu par le sort que ton frère lança autrefois. Il ne devrait pas déclencher les protections du Gul'gotha.

— Nous ne pouvons pas en être certains. Il vaudrait mieux attendre le retour des éclaireurs.

À cet instant, une pierre roula sous le pied de quelqu'un. Les compagnons se levèrent d'un même mouvement. Une des sentinelles lança un appel dans l'obscurité. Une voix bourrue lui répondit dans la langue n'aine.

Puis les deux éclaireurs hagards pénétrèrent dans le campement. Ils n'étaient pas seuls : ils ramenaient une étrange créature à la peau violette et aux yeux jaune vif, saucissonnée et suspendue entre eux. Elle ressemblait vaguement à une grenouille avec ses doigts et ses orteils palmés, dont chacun se terminait par une petite ventouse.

— Qu'est-ce que c'est ? demanda Elena en se penchant pour mieux voir.

Méfiant, Er'ril la força à reculer.

Un des éclaireurs secoua la tête.

— Nous sommes montés sur une crête pour explorer la gorge en direction du nord. Elle décrit une courbe jusqu'à l'horizon. Il n'y a pas moyen de la traverser de ce côté-là.

Er'ril réprima un grognement.

— Mais cette chose, c'est quoi ? demanda Tol'chuk en s'avançant dans la lumière du feu. On peut la manger ?

La créature violette aperçut l'og're et se mit à trembler de tout son corps, la terreur écarquillant ses yeux jaunes. Paniquée, elle se débattit et tira sur ses liens. Un couinement s'échappa de ses lèvres flasques et caoutchouteuses.

— Non ! Pitié, pas manger pauvre Greegrell !

— Elle parle ! s'exclama Elena.

Un des éclaireurs la secoua brutalement.

— La ferme, espèce de bouse puante !

La créature nommée Greegrell se recroquevilla sur elle-même en gémissant et en tremblant de plus belle.

Elena fronça les sourcils. Repoussant la main d'Er'ril, elle s'avança, s'agenouilla devant la créature ligotée et posa une main sur son bras.

— Tout va bien, lui dit-elle sur un ton rassurant. Nous n'allons pas te faire de mal.

— Nous l'avons surprise alors qu'elle essayait de voler notre longue-vue, expliqua l'éclaireur. Je l'avais posée près de moi sur une pierre, et quand je me suis retourné, cette vermine s'enfuyait à petits bonds en la tenant dans ses pattes dégoûtantes.

— Jolie chose… brillante, geignit Greegrell.

— J'ai ramassé une pierre et je la lui ai jetée dessus. Si j'avais moins bien visé, on aurait pu dire adieu à notre longue-vue, conclut l'éclaireur.

Er'ril leva les yeux au ciel.

— Qu'est-ce que c'est ?

— Un vorg, répondit Wennar. J'ai entendu parler de leur sale engeance. Ils possèdent une intelligence rudimentaire, un demi-cran au-dessus de celle des gobelins. Jadis, c'était la plaie des mineurs : ils volaient leurs outils, chiaient dans leurs tunnels et provoquaient même des effondrements pour les emprisonner.

Derrière eux, Jerrick grogna et recommença à s'agiter.

Mama Freda revint vers lui.

— Je vais préparer encore un peu de tisane d'écorce de saule.

Le vorg étira son cou pour voir par-dessus la tête d'Elena. Il regarda l'el'phe fiévreux en clignant de ses gros yeux jaunes. Les fentes qui lui tenaient lieu de narines frémirent.

— Méchantes épines, dit-il.

Et il ponctua cette déclaration d'un bruit de gorge rappelant celui qu'émettait un croc-du-tigre avant de frapper.

Er'ril sursauta. Son regard croisa celui d'Elena. Il s'accroupit près de la créature.

— Comment sais-tu ce qui lui est arrivé ? demanda-t-il en désignant Jerrick du pouce.

Son ton sévère fit frémir le vorg.

— S'il connaît le croc-du-tigre, il connaît peut-être aussi un remède, lança Mama Freda.

Elena fit reculer Er'ril.

— Greegrell, dit-elle doucement en tapotant la main du vorg, connais-tu un moyen d'aider notre ami ?

La créature se détendit et se pencha légèrement vers elle.

— Oui, Greegrell connaître.

— Tu veux bien me montrer ?

La créature hocha la tête. Elena fit signe aux deux éclaireurs n'ains de la détacher. Mais Wennar s'interposa.

— Madame, ne faites jamais confiance à un vorg. Ce sont des sacripants, tous jusqu'au dernier.

Soupirant, Elena se redressa.

— Si nous n'essayons pas, Jerrick est condamné. Mets Greegrell en laisse si tu veux, mais voyons s'il sait quelque chose d'utile.

Wennar acquiesça et passa une boucle de corde autour du cou maigrichon de la créature. Puis il autorisa ses éclaireurs à lui détacher les bras et les jambes.

— Montre-nous, ordonna-t-il sur un ton menaçant, comme s'il s'apprêtait à lui donner un coup de pied.

Elena fronça les sourcils.

— Je vais m'occuper de lui.

Elle tendit la main, mais Er'ril la prit de vitesse et s'empara de la corde.

— Occupe-toi du vorg si tu veux. Moi, je tiens la laisse.

Elena acquiesça et toucha l'épaule de Greegrell.

— Viens. Montre-nous comment soigner notre ami.

Le vorg gémit et s'éloigna à petits bonds sur ses pattes postérieures musclées. Ses minuscules pattes antérieures ne touchaient jamais le sol.

— Venir, venir, venir, marmonnait-il à chaque bond.

Il sortit du camp et s'enfonça dans l'obscurité. De temps en temps, il reniflait l'air avant de poursuivre son chemin. Elena restait à ses côtés ; Er'ril le suivait en tenant sa laisse. Wennar flanquait l'homme des plaines, tandis que Tol'chuk et Mama Freda fermaient la marche.

Sautant de pierre en pierre, le vorg descendit une courte pente envahie par les broussailles et s'immobilisa devant un bassin d'eau saumâtre, plein d'algues phosphorescentes. Il prit appui sur une de ses mains palmées pour se pencher en avant.

— Tu crois que ça peut guérir notre ami ? demanda Elena.

Mama Freda se rapprocha pour scruter le bassin.

— Certaines algues possèdent de remarquables vertus curatives.

Elena jeta un coup d'œil au vorg toujours penché au-dessus de l'eau.

— Alors, Greegrell, tu…

Soudain, le vorg fit volte-face. La pierre qu'il venait de ramasser jaillit de sa main et s'abattit sur les jointures d'Er'ril. Surpris, le guerrier lâcha la corde et la créature en profita pour s'enfuir. Bousculant Elena, elle bondit de rocher en rocher jusqu'à atteindre une falaise, qu'elle escalada promptement. Les ventouses de ses doigts lui conféraient une agilité incroyable.

Les compagnons mirent trop longtemps à se ressaisir pour tenter de la rattraper. Arrivée au sommet de la falaise, la créature se retourna vers eux. La pleine lune qui montait dans le ciel découpait sa silhouette sombre.

— Désolé. Greegrell désolé, lança-t-elle. Plante verte bonne pour méchantes épines.

Elle agita un bras. Les compagnons eurent juste le temps de voir quelque chose briller dans sa main. Puis elle disparut.

Elena se palpa la taille et lâcha un juron.

— Quoi ? demanda Er'ril.

— Greegrell a pris ma dague. (La jeune femme se tourna vers le guerrier, les joues rouges de colère et d'embarras.) Ma dague de sor'cière.

— Sale petit voleur, grommela Wennar.

— Non. (Près du bassin, Mama Freda se redressa, une poignée d'algues à la main.) C'était un échange : son secret contre la dague d'Elena.

La jeune femme secoua la tête.

— Si ces algues peuvent réellement guérir Jerrick, ce ne sera pas cher payé.

Mama Freda eut un sourire plein de gratitude.

Les compagnons restèrent plantés là quelques instants. Tous se sentaient stupides de s'être laissés berner par le vorg. Enfin, ils rebroussèrent chemin vers le camp.

Les deux autres éclaireurs n'ains étaient rentrés ; ils parlaient avec leurs camarades devant le feu.

— Vous avez trouvé quelque chose ? interrogea Wennar.

Mais leur rapport était aussi décourageant que celui du premier binôme. La gorge s'étendait à perte de vue vers le sud, sans le moindre pont pour la traverser.

Er'ril se tourna vers Elena.

— Il vaudrait peut-être mieux que tu consultes le Journal Sanglant.

Elena était assise sur un rocher, le Journal Sanglant ouvert sur ses genoux. La pleine lune flottait très haut dans le ciel nocturne brumeux, tandis qu'autour de la jeune femme se dressaient les montagnes rouges du centre du Gul'gotha. Non loin derrière elle, les autres s'étaient rassemblés autour du feu de camp. Elena sentait le regard d'Er'ril posé sur elle – toujours vigilant, mais respectueux de son besoin d'intimité.

La jeune femme resserra autour d'elle sa veste chaudement doublée de poil de lapin et foudroya du regard le spectre de sa tante qui flottait devant elle. Toutes deux discutaient depuis un certain temps déjà : Elena racontait le voyage des compagnons jusqu'au Gul'gotha, et Fila l'interrompait pour lui poser des questions. La conversation ne prenait pas du tout le tour que la jeune femme avait espéré.

— Tu es mariée ? s'esclaffa sa tante. Avec Er'ril ?

Rougissant, Elena baissa les yeux vers le Grimoire changé en fenêtre ouverte sur le Vide.

— Seulement aux yeux des el'phes, répéta-t-elle. Ce n'est pas comme si nous avions échangé des vœux.

— Étant donné que le sang de leur famille royale coule dans tes veines, tu es à moitié el'phe. Donc, à moitié mariée, au minimum, la taquina gentiment Fila.

C'était un sujet sensible. Pendant tout le voyage, Er'ril s'était comportée d'une manière inhabituellement guindée envers Elena. Chaque fois que la jeune femme faisait allusion à leur pseudo-mariage ou tentait d'en plaisanter, il trouvait quelque chose d'autre à faire : allumer un feu, chasser, conférer avec les éclaireurs n'ains.

— Assez parlé de mon état civil, dit Elena, exaspérée. J'ai besoin de tes conseils sur des questions autrement plus importantes.

Tante Fila sourit.

— Très bien, ma chérie. De quoi s'agit-il ?

Elena soupira.

— Nous avons presque atteint la vallée des n'ains, mais une gorge nous barre le chemin et nous ne trouvons pas le moyen de la franchir. Une rivière de lave coule dans le fond et il n'y a pas de pont.

Le visage scintillant de sa tante redevint sérieux.

— Et le canot el'phique ?

— Nous avons envisagé de retourner le chercher. Mais pour arriver à six jours de marche d'ici, nous avons déjà failli nous écraser. Je doute que nous puissions approcher davantage par la voie des airs. De toute façon, le capitaine est gravement malade. Il a été empoisonné par une des plantes corrompues qui poussent ici. Nous devons trouver une autre solution.

— Tu veux savoir si Cho pourrait magiquement vous transporter de l'autre côté, c'est ça ?

Elena acquiesça.

— Je vais te la passer, mais ça m'étonnerait qu'elle vous soit d'un grand secours.

— Toute aide, même minime, sera la bienvenue.

Fila sourit et ferma les yeux. Quand elle les rouvrit, Elena sut que sa tante n'était plus là. Son visage n'avait pas changé, mais toute chaleur s'était évaporée de ses traits, et dans ses prunelles brillait désormais le Vide du Grimoire – froid, lointain, impassible.

— Cho, nous sollicitons tes conseils, dit Elena d'une voix douce.

L'apparition ne parut pas l'entendre. Elle jeta un coup d'œil par-dessus son épaule.

— Je sens que Chi est tout proche.

Sa voix était aussi glaciale que son regard, désormais tourné vers le royaume n'ain qui s'étendait au-delà de la gorge.

— Nous pensons qu'un des portails du Weir – un des fers ténébreux qui emprisonnent ton frère – se trouve dans cette direction, expliqua Elena. Nous devons le détruire pour…

— La douleur, l'interrompit Cho. Je sens sa douleur.

Elle reporta son attention sur Elena, qui décela un peu de chaleur humaine dans son expression chagrinée.

— Nous trouverons un moyen de l'aider, de le libérer, affirma la jeune femme. Je te le jure. Mais avant ça, nous devons franchir cette gorge brûlante.

— Le feu peut être combattu avec de la glace, déclara Cho. Il en a toujours été ainsi. Les étoiles brûlent, et le Vide gèle.

Elena se rembrunit. Elle avait besoin de réponses plus claires que ça.

— Tu dois bien connaître un sort qui nous permettra de traverser cette gorge. Enseigne-le-moi.

— Approche, dit Cho en lui faisant signe d'une main qui semblait sculptée dans de la pierre de lune.

Elena hésita, puis se leva en tenant le Grimoire.

— Tu me connais. Tu m'as touchée ; tu as partagé mon esprit. Je suis la glace du Vide, la flamme de l'Étoile, et la tempête qui fait rage entre les deux. (Cho regarda durement Elena.) Mais je suis aussi l'Esprit qui marche, invisible.

Elena savait qu'elle faisait allusion aux différents aspects de sa magie : feu glacial, feu sor'cier, feu céleste et feu spectral.

— Je comprends.

Cho tendit les bras.

— Tu vas comprendre davantage.

Sans qu'Elena le veuille, ses mains écarlates se levèrent vers l'apparition. C'était comme si une force invisible lui avait saisi les poignets. Le Journal Sanglant lui échappa. Haletante, la jeune femme tenta de se dégager mais n'y parvint pas.

Ses mains traversèrent la silhouette spectrale de Cho, dans laquelle ses bras s'enfoncèrent presque jusqu'aux épaules. Elena hoqueta en sentant le jaillissement d'énergie familier d'une régénération. Mais elle était déjà saturée de pouvoir. Effrayée par cet étrange phénomène, elle enfonça ses talons dans la pierre et tira pour résister à l'attraction exercée par Cho. Que se passait-il donc ?

Puis le contrôle de ses membres lui revint brusquement et Elena bascula en arrière.

Elle s'écrasa sur son séant. Des volutes de fumée s'élevèrent autour d'elle. Toussant, elle examina ses bras. Les manches de sa veste avaient été consumées ; le bord calciné luisait et fumait encore dans la fraîcheur nocturne. Mais ce ne fut pas l'état de son vêtement qui arracha un cri à Elena. Des épaules jusqu'au bout de ses doigts, ses bras étaient couverts de motifs rouges tourbillonnants.

La jeune femme se redressa tant bien que mal.

— Qu'as-tu fait ?

Elle entendit un bruit de pas derrière elle.

— Il y a un problème ?

C'était Er'ril.

Instinctivement, Elena tenta de cacher sa transformation. Elle ramena ses bras derrière son dos, mais les manches brûlées de sa veste n'échappèrent pas à l'attention d'Er'ril. Le guerrier la contourna et écarquilla les yeux.

— Elena ?

— Je ne sais pas ce qui s'est passé, dit la jeune femme en braquant un regard accusateur vers Cho.

— Le pont est ouvert, lâcha simplement l'apparition, comme si c'était une explication suffisante.

Er'ril vint se planter à côté d'Elena.

— Pourquoi avez-vous fait ça ? demanda-t-il.

— Le feu peut être combattu avec de la glace.

De nouveau, Cho jeta un coup d'œil vers le ciel embrasé, à l'est.

Le choc s'était suffisamment estompé pour qu'Elena perçoive la nature de la magie qui l'imprégnait.

— C'est du feu glacial, marmonna-t-elle. Rien que du feu glacial, dans mes deux bras.

Er'ril, qui s'était accroupi pour ramasser le Journal Sanglant, leva les yeux vers la jeune femme.

— Que veux-tu dire ?

— Ma main droite avait été régénérée par le soleil. Elle était pleine de feu sor'cier. Non seulement la quantité de magie qu'elle contenait a plus que triplé, mais Cho l'a transformée en pouvoir lunaire. (Elena regarda Cho.) Je ne comprends pas.

— On devrait en discuter avec ta tante, suggéra Er'ril. Peut-être pourra-t-elle nous expliquer le dessein de l'esprit.

Elena acquiesça.

— Cho, je voudrais reparler à Fila.

L'apparition hocha la tête.

— La dénommée Fila attend.

La transformation fut immédiate, comme si une flamme venait de s'allumer au cœur d'une sculpture de pierre de lune.

— Elena, je suis désolée. Je ne me doutais pas que Cho ferait ça.

La jeune femme leva ses bras écarlates.

— Qu'elle ferait quoi ?

— Le pont est ouvert, dit Fila, répétant les paroles de Cho. Autrefois, Sisa'kofa ne pouvait projeter qu'une petite partie de son corps – ses mains – à travers la maigre connexion de la lumière réfractée. Mais aujourd'hui, le Journal Sanglant existe. C'est un portail vers Cho, un accès direct à la source de son pouvoir quasi-infini. Quand Cho t'a choisie parce que tu étais une descendante de Sisa'kofa, elle s'est harmonisée avec ton esprit de la même façon qu'elle est désormais harmonisée avec le mien. Autrement dit, elle peut partager avec toi comme elle partage avec moi.

Elena se frotta les poignets en se remémorant le manque de contrôle dont elle venait de faire l'expérience. C'était bel et bien comme si quelqu'un ou quelque chose l'avait possédée. Cette pensée l'effrayait encore davantage que le pouvoir monstrueux qui courait dans ses veines.

Tante Fila dut percevoir sa détresse.

— Je sais que c'est déconcertant. J'ai ressenti la même chose la première fois que j'ai fusionné avec Cho dans le plan spirituel pour ouvrir le pont vers le Grimoire. Mais ça n'a pas que des inconvénients. Quand la lune est pleine et le Journal Sanglant ouvert, tu disposes de la totalité de la magie de Cho – sous toutes ses formes et dans toute son étendue. Pendant cette période, ton pouvoir ne connaît plus de restrictions. Tu deviens l'incarnation de Cho.

Elena écarquilla les yeux. Elle savait que sa tante essayait de la réconforter, mais ses révélations la terrifiaient. Elle se mit à frissonner irrésistiblement, comme gelée de l'intérieur par son propre feu glacial.

Er'ril lui passa un bras autour des épaules et la serra contre lui. Elena se laissa aller dans son étreinte. Elle avait besoin de ce contact.

— Une telle quantité de pouvoir… Ça risque de consumer son esprit, protesta Er'ril.

— En effet, convint Fila. Mais j'ai confiance en le cœur d'Elena – et aussi en ta force, homme des plaines. (Elle les observa, une lueur amusée dans les yeux.) Je ne pense pas que ce soit un hasard si le peuple el'phe vous a unis par les liens du mariage. À mon avis, ce geste avait une signification que vous n'êtes en mesure de comprendre ni l'un ni l'autre – ou que vous refusez d'admettre.

Elena sentit Er'ril se raidir. Le guerrier la serra une dernière fois, puis s'écarta maladroitement d'elle et se racla la gorge.

— À propos… à propos de ce feu glacial, dit-il, changeant de sujet, en quoi peut-il nous aider à franchir cette rivière de lave ?

Fila se rembrunit.

— Je n'en suis pas vraiment certaine. Cho considère les choses selon une échelle bien supérieure à la nôtre. Elle se déplace entre les mondes. Je pense qu'elle a du mal à appréhender les détails. Vous êtes bloqués par du feu, donc, elle donne de la glace à Elena.

Elena se frotta les bras comme pour palper le pouvoir qui se déplaçait sous sa peau écarlate.

— Des tas de glace, murmura-t-elle.

Tante Fila haussa les épaules.

— S'il existe un moyen de traverser cette gorge, je suggère que vous fassiez une tentative ce soir même. Il ne vous reste que deux autres nuits où la lune sera suffisamment pleine pour vous permettre d'ouvrir le Journal Sanglant. Ne les gaspillez pas à rester plantés là.

— Nous allons essayer, acquiesça Elena.

— Dans ce cas, Cho et moi devrions regagner le Grimoire. Il faut rationner la magie de cette lune si nous voulons qu'elle dure trois nuits.

Elena se mordit la lèvre. Elle ne voulait pas que sa tante s'en aille.

Fila se rapprocha d'elle pour chuchoter des mots destinés à ses seules oreilles :

— Ça va aller, ma chérie. Mais n'oublie pas mon conseil. Partage ton fardeau. Une statue de fer standi se dresse derrière toi. N'hésite pas à t'appuyer dessus.

Sur ces derniers mots, l'apparition s'éloigna en tourbillonnant pour regagner le livre qu'Er'ril tenait ouvert. Après que sa forme scintillante eut disparu et que l'homme des plaines eut refermé le Grimoire, la nuit parut soudain plus sombre et plus vide.

— Que t'a dit ta tante avant de s'en aller ? s'enquit Er'ril en tendant le Journal Sanglant à Elena.

La jeune femme le prit, et ses doigts effleurèrent ceux du guerrier.

— Juste de ne pas prendre froid.

Tol'chuk montait la garde. Accroupi au bord de la gorge, il scrutait la rivière de lave en contrebas. La chaleur montait jusqu'à lui ainsi que le souffle d'une créature infernale ; pourtant, l'og're dédaignait la fraîcheur relative des ombres toutes proches. Au-delà de la gorge s'étendait le royaume des n'ains et, même si le Cœur de son peuple ne le guidait plus, il savait que son objectif se trouvait là-bas.

Après avoir entendu l'histoire de Mimblewad Treedle et des mines de Gy'hallmanti, Tol'chuk savait qu'il devait se rendre dans ces tunnels antiques. Il devait tenir l'ultime promesse faite à son père : rapporter la sanguine à l'endroit où celle-ci avait été extraite. Mais pourquoi ? Pourquoi était-ce si important ? En quoi cela aiderait-il son peuple à lever la malédiction du Fléau ? Et quel rapport avec son ancêtre le Parjure, l'og're qui avait trahi la Terre ?

Un bruit de cailloux avertit Tol'chuk que quelqu'un approchait. L'og're jeta un coup d'œil à la lune. Il était trop tôt pour la relève. Elena avait peut-être fini de parler aux esprits contenus dans le Grimoire. Tol'chuk pria pour qu'elle ait découvert un moyen de traverser la gorge : tous ses espoirs reposaient là-dessus.

Une petite silhouette émergea de l'obscurité et se dirigea vers lui, le souffle court. Une voix lança :

— Messire Duroc, je vois que tu as trouvé un coin douillet où tuer le temps en attendant l'aube. Qui a besoin d'un feu de camp alors que ce brasier infranchissable est à notre disposition pour réchauffer nos os transis ?

Tol'chuk soupira. C'était Magnam, le plus petit des guerriers de Wennar.

— Quel est le problème ?

Le n'ain le rejoignit en traînant les pieds et scruta la gorge d'un air sombre.

— Pour une fois dans cette contrée maudite, il n'y en a aucun. En fin de compte, la créature à face de grenouille connaissait son affaire. Le capitaine a cessé de s'agiter depuis que la guérisseuse a appliqué ce baume nauséabond sur sa jambe, et elle dit que sa fièvre est tombée. Elle est en train de faire sécher le reste des algues près du feu.

— C'est bon d'apprendre que Jerrick va mieux.

— Oui, je sens bien que derrière ces grommellements, tu sautes de joie à l'intérieur.

Tol'chuk tourna le dos au n'ain.

— Qu'est-ce que tu veux ?

Magnam lui tendit une sacoche.

— Je t'apporte un peu de viande tiède et de navets rachitiques.

Tol'chuk grogna.

— De rien, dit le n'ain en s'asseyant près de lui sans y avoir été invité.

Ignorant la nourriture et son visiteur, Tol'chuk continua à étudier la gorge.

— Tu veux qu'on en parle ? lança Magnam.

— Qu'on parle de quoi ?

— Depuis qu'on a dressé le camp, tu es aussi nerveux qu'un cochon dans un champ d'orties. Je suis venu m'assurer que tu n'essayais pas de traverser cette rivière de lave à la nage.

Tol'chuk foudroya l'importun du regard. Ce que ce n'ain pouvait être agaçant quand il s'y mettait !

Magnam haussa les épaules et se pencha en arrière, en appui sur ses bras tendus.

— J'ai étudié les cartes. Si tu veux tout savoir, nous ne sommes plus très loin.

— Plus très loin de quoi ?

— De Gy'hallmanti. La montagne du vieux Mimblewad.

Tol'chuk redressa le dos.

— Où est-elle ?

— Tu me promets de ne pas plonger si je te le dis ?

— Où est-elle ? répéta l'og're.

Magnam soupira et tendit un doigt.

— Juste derrière ce pic – celui qui ressemble à un croc tordu. Tu la vois ?

Tol'chuk focalisa son regard au-delà de l'aura rougeâtre de la gorge. Il aurait difficilement pu la manquer. C'était l'une des montagnes les plus hautes, qui se dressait vers le ciel comme pour le crever. La lune semblait posée en équilibre à son sommet.

Ainsi, Tol'chuk contemplait enfin Gy'hallmanti, le Pic du Cœur Chagrin, berceau de la sanguine et de l'éb'ène, site de l'apparition du Seigneur Noir. Il fit un pas vers le bord de la falaise.

Magnam se rembrunit.

— N'oublie pas ta promesse ! Interdiction d'aller te faire cramer en bas !

Avant que Tol'chuk puisse répondre, des voix s'élevèrent derrière eux – plusieurs voix excitées qui parlaient rapidement. Pivotant, l'og're aperçut une bonne partie de leurs compagnons qui gravissaient la pente pour les rejoindre. Elena et Er'ril marchaient en tête.

— Tu devrais y réfléchir davantage, conseillait l'homme des plaines à la jeune femme.

— La lune ne va pas tarder à se coucher, répliqua Elena. Nous avons déjà assez discuté. Je veux essayer maintenant.

— Mais tu n'as jamais testé cette magie, jamais manipulé une telle quantité de pouvoir. Tu devrais peut-être commencer par quelque chose de plus modeste.

Wennar et quatre autres n'ains suivaient le couple de près. Tol'chuk pensa que Mama Freda veillait toujours sur Jerrick.

Comme Elena rejoignait l'og're, celui-ci vit immédiatement la transformation survenue chez la jeune femme. Près de lui, Magnam hoqueta.

— Douce Mère, la demoiselle est rouge jusqu'à son joli petit menton !

— Que s'est-il passé ? demanda Tol'chuk.

— Elena a reçu du feu glacial de Cho, répondit froidement Er'ril. Assez, pense-t-elle, pour nous geler un chemin sur le magma.

— Pour quelle autre raison Cho m'aurait-elle accordé une telle quantité de pouvoir ? argumenta Elena. Tu l'as entendue toi-même : elle a dit que le feu pouvait être combattu par la glace.

Tol'chuk devina que la discussion durait depuis un certain temps.

Magnam grommela quelque chose d'inintelligible et secoua la tête.

— C'est pour ça que je ne me suis jamais marié.

Elena s'approcha du bord de la falaise.

— Le pouvoir, c'est toujours du pouvoir. Je vais en libérer juste assez pour faire un test. Si ça semble fonctionner, je gèlerai le plus de lave possible jusqu'à ce que ma magie soit épuisée ; puis je régénérerai avant le coucher de la lune.

Er'ril secoua la tête. Il n'était pas d'accord avec elle, mais n'avait pas d'autre option qu'accepter sa décision.

Satisfaite, Elena reporta son attention sur la gorge. Elle voulut dégainer sa dague et trouva son fourreau vide. Soupirant, elle se tourna vers Er'ril.

— Entaille-moi les paumes, réclama-t-elle.

L'homme des plaines écarquilla les yeux et recula d'un pas.

Magnam s'approcha, offrant sa propre dague à Elena, manche le premier.

— Madame.

Elena prit l'arme.

— Merci.

Sous le regard attentif et quelque peu inquiet de ses compagnons, la jeune femme ferma les yeux et inspira profondément pour mieux se concentrer. Ses mains se mirent à briller d'une lueur qui devint très vite aveuglante.

— Fais attention, recommanda Er'ril.

Elena inspira de nouveau.

Debout près d'elle au bord de la falaise, Tol'chuk la vit pincer les lèvres tout en ramenant son pouvoir à un éclat supportable. Une fois prête, elle approcha la lame de ses paumes, s'entaillant d'abord la gauche, puis la droite. Frémissant, elle tendit ses deux mains au-dessus de la gorge béante. Lentement, la lueur rouge de ses mains vira à l'azur. Du sang coula de ses plaies et tomba au fond de la gorge.

Le regard perçant de Tol'chuk suivit la pluie de gouttelettes jusqu'à ce que l'abysse brûlant les avale. La réaction fut quasi immédiate. La rivière de lave explosa en produisant une couronne de feu, comme si un rocher était tombé dedans depuis le haut de la falaise. Tol'chuk se remémora soudain l'attaque sur Fort-Tempête, la façon dont cette contrée corrompue réagissait au contact de la magie.

— Arrête ! rugit-il en s'avançant vers Elena.

Mais il était déjà trop tard.

Du flot de lave jaillit un énorme oiseau de roche en fusion. Comme il s'élevait vers le ciel il déploya ses ailes enflammées, dont l'envergure couvrait toute la largeur de la gorge. De petits globes de magma tombèrent en pluie de ses rémiges.

Touché en plein visage, un des n'ains hurla. Il bascula en arrière, les cheveux en feu, et mourut avant de toucher le sol. Ce fut le signal de la débandade. Les compagnons s'égayèrent pour se mettre à couvert. Er'ril et Tol'chuk plongèrent tous deux vers Elena, toujours plantée au bord de la falaise.

Mais aucun d'eux ne l'atteignit. Les bras de la jeune femme se dressèrent brusquement vers le ciel et deux bourrasques glaciales repoussèrent ses protecteurs. La peau à demi gelée, Tol'chuk roula sur le sol et se releva.

Un peu plus loin, Er'ril hurla :

— Elena !

L'oiseau de feu était arrivé au niveau de la falaise. Tol'chuk vit une griffe ardente se refermer sur Elena et l'emporter dans les airs.

Tout le corps d'Elena vibrait de pouvoir. La chaleur des serres de l'oiseau ne parvenait pas à pénétrer son cocon de feu glacial. Le sort l'avait enveloppée sans qu'elle ait besoin de le lui demander : spontanément, la magie protégeait son hôte. Les vêtements de la jeune femme n'étaient même pas roussis par le contact de la roche en fusion.

Un soupçon de peur s'insinua dans le cœur d'Elena, mais sa magie sauvage pulsait dans ses veines, l'imprégnant d'une immense énergie. Elle leva les yeux vers l'oiseau qui filait dans le ciel nocturne. C'était une vision terrifiante : une statue de pierre fondue et embrasée par le feu des entrailles de la Terre.

La créature se tordit le cou pour étudier sa proie captive. Ses yeux de flammes détaillèrent Elena, se demandant visiblement pourquoi la jeune femme n'était pas déjà tombée en cendres. Son bec s'ouvrit, crachant une bourrasque de feu. Par pur réflexe, Elena leva les bras et conjura un bouclier de magie glaciale devant elle.

Elle n'avait pas besoin de réfléchir : la sor'cière en elle réagissait instinctivement aux attaques. La quantité de pouvoir qui circulait dans son corps ne lui laissait que peu de contrôle. Au mieux, elle était le gouvernail d'un bateau perdu sur une mer déchaînée. Et cela l'effrayait plus que tout le reste. Jamais elle ne s'était sentie aussi impuissante. Elle lutta contre le chœur de magie sauvage, tentant de résister à l'appel de la sor'cière. Mais celui-ci était trop fort. Peu à peu, Elena s'abîmait à l'intérieur de son pouvoir.

Elle commença à dégringoler.

— Er'ril, gémit-elle, songeant à tout ce qu'elle perdrait si elle succombait.

Des souvenirs l'assaillirent : leur unique danse au sommet de la tour, un soir à minuit ; les bras puissants du guerrier autour d'elle ; l'odeur de son cou quand elle s'était laissée aller contre lui. Ces pensées ragaillardirent la femme en elle, l'aidèrent à se définir comme une créature de chair, de sang et de désirs humains. Elle n'était pas seulement un calice de magie sauvage et de perceptions surnaturelles, mais aussi une femme pourvue d'un cœur et d'une volonté. Aussi se battit-elle pour préserver son esprit et repousser la sor'cière au fond d'elle.

Et, ce faisant, elle prit conscience de quelque chose. Elle sut soudain comment s'appelait cette sor'cière. Réceptacle d'une quantité ahurissante de pouvoir, Elena était forcée de regarder la vérité en face, d'admettre avec qui elle partageait son corps. Tante Fila le lui avait dit elle-même : « Tu deviens l'incarnation de Cho. »

À présent, Elena comprenait. Ce qui avait tenté de la submerger ne se résumait pas à une combinaison de magie sauvage et de ses instincts les plus bas. S'y mêlait également une petite partie de l'esprit de Cho, une créature du Vide qui n'avait jamais arpenté un monde, jamais revêtu un habit de chair, jamais partagé son cœur avec quiconque.

Le savoir facilita la tâche d'Elena. La jeune femme se concentra sur son propre corps, sa propre chair, son propre sang : les battements de son cœur, la douleur de ses jambes, la faim de son estomac. Et elle alla puiser encore plus profond. Elle se remémora la façon dont ce même corps magiquement vieilli pour atteindre l'âge adulte réagissait à la présence d'Er'ril. Elle utilisa ce pouvoir, cette magie en elle, se souvenant de quelle façon sa peau rougissait quand l'homme des plaines la regardait, de la chaleur qui emplissait son bas-ventre quand il se tenait près d'elle, du désir presque douloureux qui la saisissait chaque fois qu'il l'effleurait.

Elle s'enveloppa de ces sensations. Et de la même manière que la gangue de glace la protégeait contre les serres de l'oiseau de feu, ces sensations l'immunisèrent contre l'emprise de la sor'cière. Elles lui permirent de s'arracher au Vide et de reprendre le contrôle de son corps.

Puis le monde se brisa dans un hurlement.

Elena leva les yeux. L'oiseau de feu avait renoncé à faire fondre son bouclier et il rugissait sa frustration. Plaquant ses ailes contre ses flancs, il replongea vers la rivière. Elena sentit son étreinte se desserrer. Sans doute avait-il l'intention de la jeter dans le flot de magma.

La jeune femme se tendit. Elle en avait fini de réagir avec l'instinct d'une sor'cière. De ses deux mains embrasées par le feu glacial, elle saisit la patte qui la tenait et s'y accrocha de toutes ses forces. Elle projeta son pouvoir à l'intérieur et la lave se figea, redevenant pierre solide.

L'oiseau de feu glapit et tenta de déloger Elena, mais la jeune femme était désormais prisonnière d'une étreinte minérale. Bien que secouée dans tous les sens, elle demeura en sécurité dans la patte de la créature.

Avec un nouveau hurlement, l'oiseau de feu vira sur l'aile et survola la gorge dans l'autre sens. Elena vit la rivière grossir sous eux comme il perdait de l'altitude. Puisqu'il ne pouvait pas se débarrasser de sa prisonnière, il allait replonger avec elle dans la rivière de lave dont il était issu.

Elena étudia le paysage en contrebas. Une idée se forma dans son esprit. Mais pour que ça fonctionne, elle devrait bien calculer son coup.

Levant les bras, elle propulsa toute l'énergie accumulée dans son corps vers ses poings serrés. Ainsi empêcha-t-elle le pouvoir de s'échapper et le força-t-elle à s'accumuler jusqu'à la limite de l'implosion. Ses mains se mirent à briller aussi vivement que des soleils glaciaux. Ses bras tremblaient d'énergie contenue, et la sor'cière en elle hurlait pour qu'elle la libère, mais Elena se retint, attendant le moment opportun.

L'oiseau de feu continua à descendre. Il avait presque atteint le haut des falaises. Elena se raidit. Elle sentit plus qu'elle vit la créature rabattre ses ailes contre ses flancs pour le plongeon final.

Maintenant!

Avec un hoquet, elle ouvrit ses mains et libéra les deux sources jumelles de feu glacial. Elle arqua le dos dans l'étreinte minérale de la créature alors que la magie s'arrachait à son esprit. Le contrecoup l'aveugla mais ne brisa pas son élan. Elle projeta jusqu'à la dernière goutte d'énergie hors de son corps et vers l'oiseau de feu. Bien des lunes auparavant, dans les montagnes des Dents, elle avait gelé une forêt entière avec un simple poing de feu glacial. Aujourd'hui, elle avait besoin d'un résultat plus spectaculaire encore.

Elena éprouva le pincement du doute comme la magie finissait de s'échapper d'elle. Puis elle se sentit projetée en avant. Sa tête heurta la patte de pierre de l'oiseau. Ses bras s'affaissèrent, et les ténèbres la submergèrent.

Er'ril courait le long de la gorge. Un instant plus tôt, l'oiseau de feu avait disparu dans un nuage de glace. Son cri perçant avait déchiré la nuit. Puis il était tombé hors du nuage. Ses flammes avaient disparu ; il n'était plus une créature de magma, mais une sculpture de pierre figée qui dégringolait dans le vide.

Les ailes écartées, il avait piqué vers la rivière de lave. Mais au lieu de s'abîmer dans les flots incendiaires, il avait été stoppé par sa monstrueuse envergure. Il s'était immobilisé quelques mètres au-dessous du bord des falaises, encastré dans la roche et formant un pont en travers de la gorge.

Er'ril s'arrêta dans une embardée, le regard rivé sur l'oiseau coincé en contrebas. *Elena !* Il tomba à genoux, cherchant la jeune femme des yeux. Ce fut alors qu'il repéra un mouvement sous l'oiseau : un bras pâle qui remuait faiblement. Elena était affalée dans une patte de pierre, épuisée mais vivante.

Tol'chuk apparut derrière Er'ril, suivi par Wennar. L'homme des plaines se tourna vers eux.

— Allez me chercher les cordes d'escalade.

Peu de temps après, les n'ains descendirent la paroi en rappel jusqu'à l'aile de pierre de l'oiseau. Er'ril fut suspendu dans un harnais de corde et amené au niveau d'Elena. La chaleur qui montait depuis la rivière de lave lui brûlait les poumons. Ignorant ses difficultés à respirer, il se balança pour atteindre la jeune femme inerte. Il cala ses jambes contre la patte de pierre de l'oiseau et agita sous le nez d'Elena une pincée d'herbes fournies par Mama Freda.

La tête de la jeune femme partit brusquement en arrière. Elle cligna des yeux. Apercevant Er'ril, elle sursauta et tenta de s'écarter de lui. Le guerrier lui prit le bras en un geste apaisant et elle ne tarda pas à recouvrer ses esprits.

— Er'ril ? bredouilla-t-elle.

L'homme des plaines lui sourit.

— La prochaine fois, il faudra répéter la manœuvre d'abord.

Elena leva les yeux vers l'oiseau de pierre, puis reporta son attention sur Er'ril. Soudain, elle se pencha en avant et lui jeta ses bras autour du cou. Pensant qu'elle avait peur, l'homme des plaines tenta de la réconforter.

— N'aie crainte. Je vais te sortir de là saine et sauve.

Elena le serra encore plus fort et lui chuchota à l'oreille :

— Tu m'as déjà sauvée.

22

Le marteau n'ain sur l'épaule et flanqué par Magnam, Tol'chuk gravissait pesamment la pente qui conduisait vers la crête. Les montagnes étaient encore plus désolées de ce côté de la gorge : couvertes de broussailles et d'arbres tordus, de pierres rouges et de lichen jaune. Autour des compagnons, des centaines d'évents projetaient des gaz toxiques vers le ciel. Au-dessus de leur tête, le soleil au zénith n'était qu'une ombre pâle dans la brume verdâtre.

Au moins avaient-ils franchi la rivière de lave.

Aux premières lueurs de l'aube, des éclaireurs avaient prudemment traversé l'oiseau de pierre et atteint l'autre côté sains et saufs. Le reste du groupe avait suivi rapidement – qui pouvait savoir combien de temps tiendrait leur pont improvisé ? Tandis que les compagnons se hâtaient le long des ailes de l'oiseau, des cailloux s'étaient détachés des falaises et avaient bombardé la surface minérale, les faisant frémir et transpirer. Mais ils avaient rejoint les éclaireurs sans autre problème et s'étaient accordé un bref repos avant de se remettre en route.

Même Jerrick allait mieux. Sa fièvre était tombée pendant la nuit et, au matin, il avait refusé qu'on le transporte dans le harnais utilisé la veille par Er'ril. À présent, il se traînait devant Tol'chuk en s'aidant d'une canne confectionnée à partir d'une branche d'arbre. Les compagnons s'étiraient sur une longue file dans la pente abrupte, qu'ils gravissaient péniblement en suivant une piste en zigzag. Tol'chuk et Magnam fermaient la marche.

— L'Échine du Dragon, marmonna le n'ain.

Tol'chuk lui jeta un coup d'œil interrogateur.

— Cette crête, expliqua Magnam avec un large geste du bras pour la désigner. On l'appelle « l'Échine du Dragon ». Le royaume n'ain s'étend de l'autre côté. On raconte qu'elle encercle nos terres telle une couronne de roche déchiquetée.

Tol'chuk leva les yeux. Le sommet de la crête était effectivement hérissé de pointes, mais celles-ci lui évoquaient les crocs d'une bête monstrueuse plutôt qu'une couronne ou le dos d'un dragon.

Tandis qu'il se tordait le cou pour mieux détailler les hauteurs, Tol'chuk capta une odeur familière. Tous les og'res avaient un odorat très développé, indispensable pour se repérer dans les souterrains obscurs où ils vivaient. Tol'chuk renifla et fit volte-face. Il eut juste le temps d'apercevoir quelque chose qui filait derrière un rocher.

— Montre-toi ! rugit-il en brandissant son marteau.

Magnam s'arrêta, tout comme Jerrick. Plus haut dans la pente, des visages se tournèrent dans la direction de l'og're.

— Qu'y a-t-il ? s'enquit Magnam.

Tol'chuk leva une main griffue pour réclamer le silence.

Lentement, un petit visage émergea de derrière le rocher : des yeux jaunes exorbités, un nez aplati, une large bouche aux lèvres flasques... La créature violette sortit de sa cachette les mains en l'air. Dans l'une d'elle, elle tenait la dague en argent volée à Elena.

— Brillant. Greegrell rendre brillant.

Magnam se rembrunit.

— Encore ce vorg ! Génial. Comme si nos terres ancestrales n'étaient pas déjà assez souillées...

Greegrell escalada la pente, le dos courbé et la tête à ras du sol, dans la position de quelqu'un qui s'attend à recevoir une raclée.

— Rendre brillant, marmonna-t-il, se prosternant de plus en plus bas comme il se rapprochait des compagnons.

— Ne fais pas confiance à ce petit démon, grogna Magnam.

Jerrick les rejoignit en s'appuyant lourdement sur sa canne.

— Est-ce la créature qui m'a sauvé la vie ?

— Oui, répondit Tol'chuk sans quitter des yeux le vorg tremblant.

Jerrick s'inclina profondément devant ce dernier.

— Merci pour ton aide. J'ai une dette envers toi.

Greegrell ne parut pas comprendre. Son tremblement empira. Il posa la dague par terre et recula précipitamment.

— N'aie crainte, dit Jerrick en s'avançant pour ramasser l'arme. (Il la glissa à sa ceinture, puis tendit sa main au vorg paume vers le haut.) Que veux-tu en échange ? Je verrai si nous pouvons te l'accorder.

Le regard jaune de Greegrell passa de Jerrick à Tol'chuk avant de se braquer vers le haut de la pente. À en juger par le raclement de semelles sur la pierre, le reste des compagnons redescendait en hâte. Le vorg recula encore.

— Greegrell pas vouloir mal. Rendre brillant. (Il désigna quelque chose derrière lui.) Vous avoir mis pierre au-dessus… au-dessus… (Il émit un bruit qui ressemblait au bouillonnement de la lave.) Maintenant, Greegrell pouvoir rentrer chez lui.

Tol'chuk sentit les autres se rassembler dans son dos.

— Il nous rend le couteau parce qu'il a utilisé le pont construit par Elena.

La jeune femme s'avança.

— Mais pourquoi dit-il qu'il rentre chez lui ?

Le vorg dut l'entendre, car il tapota le sol avec sa main.

— Chez Greegrell.

— Comment est-ce possible ? s'étonna Er'ril.

Elena s'avança lentement vers la créature prosternée.

— Greegrell, comment peux-tu être ici chez toi ? Tu te trouvais de l'autre côté de la rivière.

Recroquevillé dans l'ombre de la jeune femme, le vorg leva les yeux vers elle.

— Greegrell partir chasser. Quitter cavernes. Aller loin pour trouver feuilles de snipsnip. (Il se dandina, révélant la sacoche qu'il portait sur le ventre. Celle-ci était pleine de feuilles bordées de rouge.) Bonnes pour mal à l'estomac. Beaucoup, beaucoup malades.

— Il cherchait des plantes médicinales, reformula Mama Freda, choquée. Il doit être le guérisseur de sa tribu.

Elena fronça les sourcils et s'agenouilla devant Greegrell.

— Que s'est-il passé ?

Le vorg secoua la tête, se remettant à trembler de plus belle.

— Gros gros « boum ». (Il imita des explosions sifflantes.) Ciel en colère. Arbres tomber et brûler.

— L'attaque sur Fort-Tempête, marmonna Jerrick.

— Greegrell se cacher. (Le vorg se couvrit la tête de ses mains.) Puis gros « boum » s'arrêter et Greegrell aller voir. (Il jeta un coup d'œil sous ses bras.) Greegrell courir vers chez lui, vite, vite. Et trouver… (Il regarda Elena.) Rivière de feu. Brûlante, méchante. Pas pouvoir rentrer chez lui.

Elena se redressa.

— Donc, cette gorge s'est formée lorsque la Terre a attaqué Fort-Tempête et elle l'a empêché de rentrer chez lui.

— Un second niveau de défense, comprit Er'ril. Elle veut protéger ce qui se tapit ici.

— Le portail du Weir, marmonna Elena en se détournant. Le vorg sait peut-être quelque chose au sujet de la manticore.

— Demande-lui, suggéra Er'ril en se penchant, avide.

Elena acquiesça.

— Greegrell, tu as entendu parler d'une grosse pierre noire ? Une statue avec un corps comme… (Elle désigna Tol'chuk.) Comme un og're, mais avec une queue de scorpion.

L'incompréhension chiffonna le visage du vorg.

Elena se rassit sur ses talons et soupira.

— Les vorg n'ont qu'une intelligence limitée, lança Wennar derrière elle. Juste de quoi se rendre nuisibles avec leurs bêtises.

Tol'chuk se tourna vers le chef des n'ains.

— Y a-t-il des scorpions dans cette contrée ?

Wennar plissa les yeux.

— Non. Maintenant que tu poses la question… Je ne crois pas.

— Dans ce cas, comment cette créature peut-elle savoir de quoi parle Elena ?

Tol'chuk s'avança en portant la main à sa sacoche. Il en sortit sa sanguine, qui brillait faiblement dans la maigre lueur du jour.

À la vue du joyau, le vorg écarquilla les yeux.

En appui sur le marteau n'ain, Tol'chuk se pencha vers la créature. Il tint le cristal dans la lumière du soleil et le désigna du menton.

— Greegrell, tu as vu quelque chose qui ressemble à la créature noire dans cette pierre ?

Le vorg ne parut pas l'entendre. Il tendit ses mains palmées vers la sanguine.

— Jolie, brillante, jolie !

Tol'chuk leva le cristal un peu plus haut pour le mettre hors de portée des ventouses du vorg.

— Non. Regarde à l'intérieur, ordonna-t-il.

À contrecœur, le vorg laissa retomber ses bras. Étirant son long cou, il pencha sa tête de crapaud sur le côté pour mieux étudier la sanguine.

— Jolie, brillante, continua-t-il à gémir.

Puis il se figea et poussa un hoquet étranglé.

Son regard fit la navette entre Tol'chuk et le cristal. Brusquement, il sursauta et battit en retraite, les yeux écarquillés de terreur. Des deux mains, il esquissa un geste comme pour se protéger contre une malédiction.

— Méchant, méchant, vilain méchant.

Elena se tourna vers Tol'chuk.

— Il le connaît.

L'og're acquiesça et regarda durement le vorg tremblant.

— Où, Greegrell ? Où est le vilain monstre ?

Le vorg se couvrit la tête de ses deux bras et pressa son visage contre le sol rocheux.

— Non, non, non. Pas aller là-bas. Tout noir et cruel.

Elena se rapprocha de lui et lui toucha gentiment la nuque.

— Je t'en prie, Greegrell, dis-nous.

Le vorg tendit un doigt violet. Tol'chuk pivota pour voir ce qu'il désignait. C'était le pic que Magnam avait mentionné dans son récit.

— Gy'hallmanti, marmonna l'og're.

Le vorg frémit et se prosterna encore plus bas.

À côté de Tol'chuk, Magnam fronça les sourcils.

— Il connaît l'ancien nom de notre mine.

Les doigts de l'og're se crispèrent sur sa sanguine.

— Le mal pur a le don de subsister à travers les âges.

Er'ril pivota pour détailler le sinistre pic.

— Au moins, ça confirme que le portail de la manticore se trouve quelque part là-dedans.

— Tu peux nous emmener là-bas ? demanda Elena au vorg.

— Pas aller, non, couina la créature. Vilain méchant.

— S'il te plaît, chuchota Elena.

Pour toute réponse, Greegrell trembla et se recroquevilla sur lui-même.

Mama Freda s'approcha de Tol'chuk.

— Un échange, peut-être, suggéra-t-elle. Il a l'air d'aimer le troc.

Elena se tourna vers Jerrick.

— Ma dague, s'il vous plaît.

L'el'phe acquiesça et la lui rendit. Elena la présenta au vorg, la tournant et la retournant de manière que sa lame reflète la lumière du soleil.

— Greegrell…

Le vorg leva les yeux et se redressa.

— Oh, jolie brillante…

Il tendit un doigt vers la dague.

— Oui, et elle sera à toi si tu nous conduis jusqu'à cette montagne. Montre-nous où se trouve le vilain méchant monstre.

Greegrell retira sa main comme s'il s'était brûlé.

— Pas aller.

— La dague ne le tente pas suffisamment, dit Er'ril. (Il posa la main sur la poignée de son épée au fourreau.) Mais j'ai là une longueur d'acier qui pourrait bien l'inciter à coopérer.

— Nous ne le forcerons pas, contra Elena. Nous n'avons pas le droit.

Soupirant, elle fronça les sourcils.

Tol'chuk eut une idée. Il rejoignit la jeune femme et tendit le Cœur de son peuple. La sanguine brillait d'une lueur écarlate, réfractant la brillance du soleil.

— Greegrell. Montre-nous comment aller là-bas. Tu n'es pas obligé de nous accompagner. Montre-nous, et je te donnerai cette pierre.

Le vorg leva la tète. Ses yeux jaunes fixèrent la sanguine. Sa langue darda hors de sa bouche pour lécher ses lèvres caoutchouteuses.

— Jolie brillante… Attirer beaucoup femelles.

— Ah ! grimaça Magnam. Maintenant, je comprends mieux son côté pie voleuse.

Greegrell regarda le cristal puis reporta son attention sur Tol'chuk, les yeux plissés par la méfiance.

— Montrer, pas aller ?

— Tu dois juste nous conduire à l'endroit où se trouve le vilain méchant monstre.

Le vorg se pencha vers la sanguine et la renifla. Il hésita, comme incapable de se décider.

Tol'chuk fit mine de ranger la pierre dans sa sacoche, mais le bras du vorg se détendit comme un ressort. Les ventouses de ses doigts adhérèrent à la surface du cristal.

— Il semble que les négociations ne soient pas terminées, gloussa Magnam.

Le vorg leva les yeux vers Tol'chuk.

— Greegrell emmener vous. Vite, vite, vite.

Tol'chuk dégagea sa sanguine.

— Tu l'auras une fois que nous serons arrivés.

Les épaules du vorg s'affaissèrent, mais il hocha la tête.

La question ainsi réglée, les compagnons se remirent à suivre la piste en zigzag qui conduisait vers les hauteurs de l'Échine du Dragon. Greegrell ouvrait la voie, bondissant et sautillant comme si leur lenteur le mettait au supplice. Il s'avéra très doué pour repérer les dangers dissimulés par le terrain alentour. Même Wennar cessa de se plaindre de lui après qu'il l'eut empêché de poser le pied sur le nid souterrain d'une guêpe-araignée.

Mais, malgré l'aide du vorg, le soleil était déjà très bas dans le ciel lorsque les compagnons prirent pied sur la crête. Ils balayèrent du regard la désolation qui s'offrait à leur vue.

Magnam s'essuya les yeux.

Des pics austères et des vallées arides s'étendaient jusqu'à l'horizon. Quelques petites cuvettes présentaient des traces de végétation, mais le reste du paysage n'était que roche rouge et pierre rongée par les vents. Depuis leur perchoir, les compagnons distinguaient l'entrée des anciens tunnels, d'innombrables trous noirs qui vérolaient les parois nues. Des lits de rivière à sec s'entrecroisaient comme des cicatrices de bataille. Les montagnes elles-mêmes avaient été érodées par les tempêtes jusqu'à ressembler à d'immenses silhouettes torturées. C'était comme si tout le royaume avait été réduit à l'état de squelette et abandonné aux éléments. Tol'chuk n'avait jamais contemplé d'endroit aussi désolé.

— Je sens une maladie dans l'air, dit Mama Freda tandis que son tamrink se recroquevillait sur son épaule. On dirait que toute l'énergie vive de cet endroit a été drainée.

— Bienvenue chez nous, dit amèrement Wennar.

Il se détourna. Elena le rejoignit et lui posa une main sur l'épaule.

— C'est l'œuvre du Seigneur Noir. Son contact a empoisonné vos terres, mais elles peuvent encore être ramenées à la vie. Tant qu'il reste du sang dans vos veines, vous pouvez guérir votre royaume.

Wennar acquiesça, mais le désespoir se lisait dans ses yeux.

Après une brève halte, les compagnons se remirent en route, guidés par le vorg. Celui-ci les entraîna à vive allure dans une pente abrupte, dont la pierre se détachait sous leurs pieds. Jerrick trébucha sur l'ardoise fuyante et manqua de tomber. Er'ril rattrapa l'el'phe et l'aida pendant le reste de la descente. La longue journée de marche avait affaibli Jerrick, mais celui-ci refusait de regagner son harnais et de ralentir le reste du groupe. Mama Freda ne le quittait pas d'une semelle.

Par chance, une fois dans la vallée, le terrain redevint presque lisse, beaucoup plus facile à négocier. Les compagnons suivirent un ruisseau asséché qui longeait le pied de falaises. Autour d'eux, rien ne bougeait. Tout était silencieux. Le bruit de leurs pas résonnait un peu trop fort dans les oreilles de Tol'chuk. Ici, même l'air était mort, comprit l'og're.

Le soir avait commencé à descendre.

— On devrait peut-être s'arrêter pour la nuit, suggéra Elena. La lune ne tardera pas à se lever.

Greegrell entendit la jeune femme.

— Non, plus très loin, dit-il avec un geste frénétique vers la montagne.

— Ça fait deux lieues qu'il répète la même chose, se plaignit Jerrick.

Tol'chuk poussa un grondement sourd.

— Il vaudrait mieux écouter le vorg. Nous ne sommes pas seuls ici. (Du menton, il désigna la lueur des feux qui brillaient à l'intérieur de quelques tunnels.) Plus tôt nous en aurons terminé, mieux ça vaudra.

Personne ne discuta. Au contraire, les compagnons pressèrent l'allure.

La nuit descendit lentement, et la lune émergea à l'horizon. C'était la seconde nuit de sa phase pleine, celle où elle était la plus brillante. Elena sortit le Journal Sanglant, et la rose embossée sur sa couverture émit une vive lumière.

— Jolie brillante, souffla Greegrell, fasciné.

— C'est par où ? demanda Er'ril pour distraire l'attention du vorg.

Greegrell tendit un doigt vers l'endroit où le ruisseau contournait un petit pic.

Devant eux, à une lieue tout au plus, Gy'hallmanti se dressait vers le ciel. Elle culminait plus haut que les montagnes voisines, détachant sa silhouette noire contre les étoiles. La seule vue de ses contours remplissait Tol'chuk d'angoisse. C'était ici que le Cœur de son peuple avait été extrait, ici que le Seigneur Noir avait pénétré en ce monde.

— Gy'hallmanti, marmonna Magnam.

— Vite, vite, vite, les pressa Greegrell.

Er'ril marchait à côté d'Elena, tandis que Wennar gardait son autre flanc.

Les compagnons poursuivirent leur chemin, suivant le lit de la rivière le long d'un défilé qui rétrécissait. Bientôt, des parois verticales les encadrèrent. Tol'chuk commença à se sentir mal à l'aise. Il scruta le haut des falaises en quête d'un mouvement. Sa peau se mit à le démanger comme pour l'avertir d'un danger. Mais rien ne bougeait alentour.

Les compagnons resserrèrent les rangs et redoublèrent de prudence.

Face à eux, la silhouette noire de Gy'hallmanti obturait le ciel tel un monstrueux trou noir. La lune grimpait vers le zénith sans réussir à éclairer ses pentes obscures. Tol'chuk comprenait d'où la montagne tirait sa réputation. Elle n'était qu'ombres, apparemment dénuée de substance. L'og're se força à en détourner les yeux. Il avait l'impression qu'elle sapait sa volonté.

Enfin, après un autre quart de lieue parcouru dans un silence crispé, les falaises s'effacèrent. Les racines de l'immense montagne se révélèrent aux compagnons, étalées de part et d'autre de sa base ainsi que la cape d'un géant accroupi. Tol'chuk sentit presque le ténébreux étranger le toiser. Il n'osa pas lever les yeux.

Le ruisseau asséché serpentait jusqu'à un trou qui béait dans le flanc de Gy'hallmanti. Très longtemps auparavant, un torrent souterrain avait dû l'alimenter, mais à présent, il n'était plus que roche et poussière, aussi mort que le pic lui-même.

— Le portail de la manticore est là-dedans ? demanda Elena avec une appréhension évidente.

Le vorg tendit un doigt non pas vers l'ouverture dont jaillissait l'ancien ruisseau, mais vers les hauteurs de la montagne.

— Il nous montre peut-être un des anciens tunnels de la mine, suggéra Magnam. Tout le pic est un dédale de passages creusés par nos ancêtres.

— Si tel est le cas, nous pourrions passer un hiver entier à chercher la cachette de la manticore, fit remarquer Er'ril.

Mais le vorg agitait son doigt avec insistance.

— Vilain méchant noir !

— Où ça ? interrogea Tol'chuk. Montre-nous.

Greegrell soupira et écarta ses deux bras.

Er'ril fronça les sourcils.

— Il ne doit pas savoir exactement, à moins qu'il ne comprenne pas la... (Soudain, l'homme des plaines s'interrompit.) Douce Mère d'en haut !

Dans le ciel, la lune s'éleva d'une fraction de degré. À présent, elle se trouvait à l'aplomb de la montagne. Sa lueur argentée ruissela sur cette dernière comme une cascade, emportant les ombres pour révéler enfin la face de Gy'hallmanti... ou ce que le pic était devenu.

Tout ce côté de la montagne avait été sculpté et ouvragé pour former une silhouette de granit massive. D'innombrables maîtres artisans avaient dû s'échiner pendant des décennies pour produire une œuvre aussi superbement précise – la tension qui se lisait sur le visage, les muscles contractés par le triomphe et la douleur, les plis de colère autour des yeux. Le sujet semblait s'arracher à la masse de la montagne, un bras tendu vers le ciel et une jambe encore enfoncée dans la pierre. Derrière ses épaules massives, sa queue de scorpion était dressée au-dessus de son dos, prête à frapper.

— La manticore, hoqueta Elena.

Pendant plusieurs secondes, aucun des compagnons ne dit rien. Tous étaient trop choqués pour parler.

— Mais elle est taillée dans du granit, pas dans de l'éb'ène, objecta enfin Er'ril.

— Pas entièrement, contra Elena.

Du doigt, elle désigna le bras tendu de la silhouette. Entre ses doigts, celle-ci tenait un rocher de la taille d'une chaumière. Sa surface huileuse ne reflétait même pas le clair de lune. On aurait dit un morceau d'ombre vivante, attendant d'être modelée pour donner naissance à quelque chose de sinistre. Sa seule vue glaça le sang des compagnons.

— C'est le véritable cœur de la statue. De l'éb'ène. Nous sommes face au premier des quatre portails du Weir.

Tandis que les autres observaient la silhouette, bouche bée, Tol'chuk lâcha le marteau n'ain dans la poussière. Il porta une main à sa sacoche et en sortit le Cœur de son peuple. Ses doigts coururent sur les facettes de la sanguine. Il redoutait ce qu'il allait découvrir, mais au fond, il savait déjà. Il avait transporté la sanguine à travers toutes les contrées d'Alaséa. Ses surfaces et ses aspérités lui étaient aussi familières que son propre visage.

Incapable de se détourner, Tol'chuk leva les yeux. Il connaissait désormais la source de l'angoisse qui lui serrait le cœur comme un étau depuis qu'il avait franchi l'Échine du Dragon. Une partie de lui devait s'en douter depuis le début.

Magnam tendit un doigt vers l'immense sculpture.

— La manticore émergeant de Gy'hallmanti doit représenter l'Innommable surgissant des entrailles de la montagne. Nous sommes peut-être les premiers à contempler le visage du Seigneur Noir depuis des siècles.

Les jambes de Tol'chuk flageolèrent et il tomba à genoux. Il leva le Cœur de son peuple vers le rocher d'éb'ène en priant pour s'être trompé.

Un simple coup d'œil réduisit ses espoirs à néant. Les deux pierres étaient bel et bien identiques. Mais ce n'était pas le pire – loin s'en fallait.

Près de Tol'chuk, Greegrell fut le premier à prendre conscience de l'horrible vérité. Il dévisagea l'og're quelques instants avant de reporter son attention sur la statue de la manticore. Son regard fit la navette entre les deux et ses yeux s'écarquillèrent. Avec un couinement apeuré, il s'écarta de

Tol'chuk, tremblant de terreur. Puis il rebroussa chemin en courant dans le défilé.

Les compagnons pivotèrent juste à temps pour le voir disparaître entre les falaises.

Baissant le bras, Tol'chuk s'affaissa sous le poids de son désespoir. Il n'avait pourtant pas manqué de signes susceptibles de le mettre sur la voie. Le fait que la Triade l'ait choisi pour cette mission. La forme du Fléau dans la sanguine. Et dans les caves de la forteresse de Ruissombre, le seigneur n'ain qui avait torturé Méric et Kral s'était enfui devant lui, terrorisé – comme le vorg à l'instant. Dans les yeux des deux créatures, Tol'chuk avait vu davantage que de la peur. On aurait dit qu'elles le reconnaissaient.

L'og're rouvrit les yeux.

Lentement, un par un, ses compagnons blêmirent en comprenant à leur tour. Leurs têtes se tournèrent vers la manticore, puis de nouveau vers Tol'chuk.

Elena fut la première à le dire tout haut :

— La statue... Son corps et son visage... C'est Tol'chuk.

Magnam recula d'un pas.

— L'Innommable.

Lâchant la sanguine, Tol'chuk se couvrit le visage de ses mains.

— Mon peuple lui donne un autre nom. Pour les og'res, il n'est ni le Seigneur Noir, ni le Cœur Noir, ni la Bête Noire...

— Comment l'appelez-vous, alors ? demanda Magnam.

Tol'chuk laissa retomber ses mains. Des larmes brûlantes inondaient son visage.

— Le Parjure. (Il s'affaissa sur le sol, accablé par la révélation de son véritable héritage.) Il a trahi la confiance de la Terre et maudit mon peuple. Son sang coule dans mes veines.

Elena se rapprocha de l'og're.

— Mais il n'est pas toi.

— Peu importe. (Tol'chuk leva les yeux vers la statue.) La pierre ne ment pas. Je suis le dernier descendant du Seigneur Noir.

Elena mit sa stupéfaction de côté. Elle reconnaissait le chagrin, la culpabilité et le désespoir sur le visage de Tol'chuk : les mêmes émotions qu'elle avait éprouvées en découvrant son propre héritage. Se dirigeant vers l'og're, elle posa gentiment une main sur sa tête.

— Le cœur est plus fort que le sang qui l'alimente, et tu as prouvé la valeur du tien lors d'innombrables batailles. Tu n'es pas un monstre.

Tol'chuk refusa de lever les yeux vers elle. Tendant la main, il saisit la sanguine abandonnée et la serra très fort.

— J'ai failli à mes devoirs envers mon peuple, marmonna-t-il. Le Cœur est mort sous ma surveillance. Je ne vaux pas mieux que le Parjure.

Magnam se rapprocha et haussa les épaules.

— Meilleur ou pire, quelle importance ? (Il posa les poings sur ses hanches et regarda autour de lui.) Donc, nous y sommes. Et maintenant, qu'est-ce qu'on fait ?

Elena s'agenouilla près de Tol'chuk.

— On continue. On détruit le portail du Weir comme prévu.

Er'ril se planta derrière elle.

— On continue tous ensemble, précisa-t-il. Tol'chuk, tu as été envoyé par ta Triade, guidé par le Cœur de ton peuple. Comme les anciens de ta tribu, les esprits de vos défunts t'ont jugé capable de redresser les torts commis par ton ancêtre. Que tu le nommes Parjure ou Seigneur Noir, rien ne t'oblige à adopter son nom et à faire tien ses desseins. Tu peux forger ton propre avenir.

Tol'chuk releva enfin la tête.

Elena le regarda droit dans les yeux et lui fit signe de se mettre debout.

— Nous serons tous à tes côtés.

— Ou du moins, derrière toi, gloussa Magnam.

Tol'chuk se redressa en s'essuyant le nez sur son avant-bras.

Wennar s'avança pour ramasser le Try'sil. Il tendit à l'og're son manche gravé de runes.

Tol'chuk secoua la tête.

— Je n'en suis pas digne.

Wennar insista.

— Il y a très longtemps, le marteau servit à modeler l'éb'ène, et, entre les mains de l'Innommable, il provoqua la dévastation de nos terres. Aujourd'hui, tu peux l'utiliser pour nous libérer. Pour remédier à ce qui a été commis en son nom maudit.

Tol'chuk saisit le manche de l'arme.

— J'essaierai.

Wennar acquiesça et s'écarta.

Jerrick boitilla jusqu'à eux. Une nouvelle poussée de fièvre faisait briller sa figure. Les efforts de la journée l'avaient épuisé.

— Si nous voulons continuer ce soir, nous ne devrions pas traîner.

Leur décision prise, Er'ril ouvrit la voie, flanqué de Wennar. Elena demeura près de Tol'chuk : elle sentait que l'og're avait besoin de soutien moral. Apparemment, tous deux étaient liés par bien davantage qu'une rencontre fortuite dans la forêt près de Nidiver. Leurs histoires jumelles remontaient en parallèle sur plusieurs générations – celle d'Elena, jusqu'à Sisa'kofa, et celle de Tol'chuk, jusqu'au Seigneur Noir en personne.

— Nous ne sommes pas notre passé, dit doucement la jeune femme dans l'obscurité.

Tol'chuk acquiesça.

— Ma tête le sait, mais mon cœur est plus difficile à convaincre.

— Dans ce cas, fais confiance à ceux qui t'entourent. Fais-moi confiance.

L'og're darda son regard sur Elena, qui le soutint sans broncher.

— *Mon* cœur me dit que ton esprit est bon et honorable. Jamais je n'en ai douté, et jamais je n'en douterai.

Tol'chuk déglutit et se détourna.

— Merci, chuchota-t-il.

Les compagnons poursuivirent leur route en silence. Quatre éclaireurs n'ains se déployèrent pour fouiller l'étendue de roche nue qui les séparait de la montagne. Lorsqu'ils pénétrèrent dans l'ombre de la manticore, ils se sentirent brusquement minuscules, presque insignifiants.

Elena se tordit le cou pour mieux voir la statue qui les surplombait.

— Il faudra trouver un moyen de nous hisser jusqu'à ce bras, dit Jerrick derrière elle. Je regrette presque que ce vorg aux doigts collants se soit enfui.

— Nous n'avons pas besoin de lui, déclara Mama Freda. Tikal est tout aussi agile et il a une vision plus perçante. Il réussira à grimper jusque-là.

Mais en approchant de la base de la montagne, les compagnons découvrirent que les talents des deux créatures seraient superflus. Taillées dans le granit, des marches plutôt raides montaient en direction de la statue.

— Une ancienne piste de travail, devina Wennar. Grossière et étroite, conçue pour permettre aux sculpteurs d'atteindre leur œuvre.

Un éclaireur n'ain se tenait quelques pas plus loin, une longue-vue collée contre son œil.

— Il fait trop noir pour en être sûr, mais l'escalier semble bien conduire jusqu'en haut.

— Dans ce cas, allons-y, dit Elena.

Wennar passa le premier. Les marches étaient juste assez larges pour un seul n'ain, mais deux humains pouvaient les gravir côte à côte. Elena se plaça sur la gauche d'Er'ril, et Tol'chuk immédiatement derrière eux. Jerrick tenta de suivre l'allure, mais très vite, il apparut que le capitaine el'phe était encore trop faible et pas suffisamment rétabli pour continuer. Son visage blême luisait de sueur, et il haletait. Les autres ne tardèrent pas à l'abandonner sur les marches, sous la surveillance de Mama Freda.

— Tikal et moi nous occuperons de lui, promit la guérisseuse. Ne vous en faites pas pour nous.

Mais Elena répugnait à laisser les deux vieillards. Elle ordonna à trois des n'ains de rester avec eux.

— Ils en profiteront pour couvrir nos arrières, ajouta-t-elle avant que Mama Freda puisse protester.

Désormais en nombre réduit, les compagnons pressèrent le pas. La dernière vision qu'Elena eut de Mama Freda et de Jerrick fut celle de la vieille femme prenant la main du capitaine. Cela la réconforta. Même dans cette contrée ravagée, l'amour pouvait encore croître et se développer, songea-t-elle.

Gardant cette pensée bien au chaud dans son cœur, la jeune femme poursuivit l'ascension de l'immense escalier au côté d'Er'ril. L'éclaireur n'ain avait vu juste : les marches conduisaient jusqu'à un tunnel près de la base de la statue, à l'endroit où la jambe de l'og're émergeait de la montagne.

Elena retira le gant de sa main droite et se piqua le bout d'un doigt avec la pointe de sa dague de sor'cière. Les compagnons n'avaient pas de torches ; ils étaient bien forcés de prendre quelques risques pour s'éclairer. Elena libéra un minuscule filament de feu sor'cier et l'enroula sur lui-même à la façon d'une pelote de laine, formant une boule brillante au-dessus de sa paume. Elle la leva plus haut et pénétra dans le tunnel. La lumière flamboyante révéla un escalier en colimaçon qui montait.

— Encore des marches, jeta Elena par-dessus son épaule.

Wennar reprit la tête du groupe. Son ombre s'allongea vers le haut tandis qu'il gravissait le nouvel escalier. Les autres lui emboîtèrent le pas.

Elena tissa un sort pour maintenir la boule de feu sor'cier en suspens au-dessus de sa tête, rattachée à sa main droite par l'extrémité du filament de magie qui la constituait.

Les compagnons furent forcés de ralentir en croisant des tunnels latéraux qui débouchaient sur l'escalier. Ils approchaient chacun d'eux avec prudence, craignant d'être attaqués par des monstres inconnus. Mais chaque passage s'avérait immanquablement vide – une gorge sombre à travers laquelle ne gémissait que le vent.

— Où sont les défenseurs ? demanda enfin Elena.

— Il n'y en a pas besoin, répondit Er'ril, qui marchait près de la jeune femme. Cette contrée se protège elle-même avec ses boules de feu, ses poisons et ses créatures venimeuses. Et puis, à en juger par la réaction du vorg, je doute que quiconque s'approche sciemment de cet endroit.

Mais même cette explication ne semblait pas satisfaire l'homme des plaines. Il garda la main sur la poignée de son épée et continua à scruter les ombres devant eux.

Les autres devinrent, eux aussi, un peu plus méfiants à chaque pas. L'ascension leur parut interminable. Enfin, ils atteignirent un tunnel caverneux, si large qu'ils auraient pu y marcher tous de front.

Elena le fouilla du regard.

— Sommes-nous assez haut pour avoir atteint le bras de la statue ?

— Je pense que oui, madame, répondit Wennar. Je vais aller voir.

De sa boule lumineuse, Elena détacha une sphère grosse comme le pouce qu'elle envoya flotter dans le tunnel.

— Pour éclairer ton chemin.

Wennar acquiesça et s'éloigna avec un des éclaireurs n'ains. Tous deux disparurent dans les ténèbres. Les autres restèrent en haut de l'escalier, le globe de feu sor'cier en suspens au-dessus d'eux. Elena se laissa aller contre Er'ril, qui passa un bras autour de ses épaules.

— Comment te sens-tu ? s'inquiéta l'homme des plaines en désignant du menton la boule lumineuse. Ça consomme beaucoup de ton énergie ?

Elena secoua la tête.

— Pas plus d'une goutte.

Après les événements de la gorge, la jeune femme avait régénéré ses deux poings : un dans la lumière du soleil, l'autre au clair de lune. Elle posa sa tête sur l'épaule d'Er'ril et ferma les yeux, partageant le souffle et la chaleur de l'homme des plaines.

Tandis qu'ils attendaient, épuisés et courbatus, Elena s'assoupit dans les bras d'Er'ril. Mais le répit fut bref. Soudain, un cri atroce brisa le silence. Il provenait du tunnel dans lequel s'étaient enfoncés les deux n'ains. Les compagnons se levèrent d'un bond.

Le cri s'interrompit comme s'il avait été tranché net. Au loin résonna un bruit de métal heurtant de la pierre.

— Il semble que nous ne soyons pas seuls ici, en fin de compte, commenta Magnam.

Elena fit mine de se diriger vers le tunnel. La main d'Er'ril s'abattit sur son épaule. Elle pivota vers lui.

— Nous n'avons pas d'autre choix que de continuer. L'avenir d'Alaséa dépend de la destruction du portail du Weir.

N'ayant plus à se soucier de rester discrète, elle projeta davantage d'énergie à l'intérieur de sa petite boule de feu sor'cier. Celle-ci enfla, éclairant les profondeurs du tunnel. Elena l'envoya en avant et la suivit.

— Nous ne pouvons pas rebrousser chemin maintenant.

Un hurlement de rage se répercuta plus loin dans le passage.

— C'est Wennar, dit Tol'chuk. Il est toujours vivant.

— Mais pour combien de temps ? lança Elena, l'air sombre.

Les compagnons s'élancèrent, la boule de feu filant au ras du plafond quelques mètres devant eux.

— Là ! s'exclama Er'ril.

Elena avait vu. Le clair de lune découpait les contours d'un virage, signalant la fin du tunnel.

Les compagnons ralentirent prudemment. Er'ril prit la tête du groupe, flanqué par deux n'ains de chaque côté. Tol'chuk demeura près d'Elena, le Try'sil à la main.

En franchissant la courbe du tunnel, ils découvrirent une vision cauchemardesque. Quelque chose bloquait la sortie. Elena crut d'abord que c'était une énorme araignée tapie au milieu de sa toile en travers du passage. Mais en s'approchant d'elle, la boule de feu révéla la créature dans toute sa véritable horreur.

Un corps gris aux rayures noires et rouges, dont la consistance molle et l'aspect luisant évoquaient une monstrueuse limace, était suspendu dans l'ouverture par une dizaine de pattes articulées. Mais le plus impressionnant, c'était sa bouche : une gueule noire garnie de tentacules venimeux et de crocs plus tranchants que des rasoirs. Au-dessus de celle-ci, une multitude d'yeux noirs comme de l'obsidienne polie s'agitaient au bout de leur pédoncule.

Elena connaissait cette créature. Dans la forêt des Contrées du Couchant, elle avait combattu une de ses semblables qui venait de tuer son oncle Boln. C'était une mul'gothra, une reine pondeuse des skal'tum. Sous les yeux d'Elena, un spasme agita son corps épais. Quelque chose de vert et de fumant se faufila hors de son abdomen et tomba par terre avec un bruit mouillé.

La reine était en train de mettre bas.

Le petit roula sur la pierre dans un nuage de fumée toxique verte. Puis ses ailes humides se déplièrent et ses griffes jaillirent tandis qu'il luttait pour se mettre debout. Un nouveau skal'tum venait de naître.

Au-dessus de son petit, la mul'gothra siffla et projeta un faisceau de tentacules terminés par des ventouses vers le combattant solitaire qui se tenait face à elle.

Wennar.

Mais le n'ain ignora la reine pondeuse. Il se trouvait hors de portée de ses tentacules ; une épée dans une main et une hache dans l'autre, il affrontait des soucis beaucoup plus pressants – en l'occurrence, une horde de skal'tum nouveau-nés.

Dégoulinant de mucus fétide, les créatures osseuses sifflaient comme des serpents et le menaçaient avec leurs petites griffes. Les lames de Wennar rebondissaient sur elles sans leur faire de mal, car une magie ténébreuse immunisait leur chair contre les coups. C'était tout juste si le n'ain parvenait à les maintenir à distance. Jusqu'à ce qu'ils aient tué pour la première fois, les skal'tum nouveau-nés étaient pratiquement invulnérables.

Derrière Wennar, la mul'gothra continuait à expulser d'autres rejetons abominables à chaque spasme de son abdomen.

— Sortez-le de là, ordonna Elena avec un geste en direction d'Er'ril et des autres n'ains. Mettez-le en sécurité.

Puis elle tira sa dague de sor'cière.

Er'ril hésita un moment, croisa le regard de la jeune femme et acquiesça. Lui et les n'ains restants se précipitèrent au secours de Wennar. Tol'chuk demeura auprès d'Elena pour protéger ses arrières.

De la pointe de sa lame d'argent, Elena traça une ligne de feu en travers de chacune de ses paumes et rallia sa magie dans ses deux poings.

La subite apparition de nouveaux adversaires avait surpris les skal'tum immatures. La plupart d'entre eux reculèrent précipitamment vers leur mère ; du coup, ceux qui restèrent pour affronter Er'ril et les n'ains furent rapidement mis en déroute.

Libéré, Wennar s'affaissa. Deux de ses guerriers le rattrapèrent et l'entraînèrent vers Elena pendant qu'Er'ril et le reste du groupe couvraient leur retraite.

— Je ne l'ai pas vue avant qu'il soit trop tard, hoqueta Wennar.

Absorbée par sa magie, Elena l'entendit à peine. Une énergie irrésistible jaillit en elle. La jeune femme fit un pas en avant et leva les bras. Entrelaçant ses doigts, elle fusionna le feu et la glace pour créer une tempête entre ses paumes.

Face à elle, les skal'tum se regroupèrent. Leur nombre leur redonna courage. Ils sifflèrent et s'agitèrent. Leurs ailes minuscules se déplièrent et battirent faiblement, mais ils étaient encore trop jeunes pour voler.

Elena se dirigea vers eux.

— N'approchez pas, ordonna-t-elle à ses compagnons.

Tandis que la tempête enflait entre ses mains et commençait à les faire trembler, la jeune femme se rapprocha très lentement des créatures. Derrière la mul'gothra découpée par le clair de lune, elle apercevait le bras tendu de la manticore et la masse sombre logée dans sa main.

Elena allait détourner les yeux lorsqu'un mouvement attira son attention. Perchés sur le bras de granit, trois skal'tum nouveau-nés rampaient vers le rocher d'éb'ène. Curieuse, la jeune femme les observa.

Le premier petit atteignit la pierre. Il tremblait de tout son corps, visiblement terrorisé, mais semblait incapable de s'arrêter. Avec un glapissement, il bascula à l'intérieur de l'éb'ène comme s'il plongeait dans un puits noir. Son cri étranglé s'estompa très vite. Les deux autres disparurent à sa suite.

Elena reporta son attention sur la mul'gothra. Soudain, elle comprenait ce que la créature faisait là, ce que les compagnons avaient interrompu. Arrivées au moment de la mise bas, les reines pondeuses des skal'tum devaient être attirées par cet endroit comme des papillons par de la lumière. Elles expulsaient leurs abominables rejetons sur ce perchoir, afin que le Weir les engloutisse et les plie à la volonté du Seigneur Noir.

Telle était la source des monstrueuses armées du Gul'gotha : le portail de la manticore. Plus que jamais, Elena avait la conviction qu'il devait être détruit.

— Qu'est-ce que tu attends ? lança Er'ril dans son dos.

Il fit un pas vers elle.

— Recule.

Elena tendit les bras vers les skal'tum rassemblés. Ses doigts s'ouvrirent tels les pétales d'une fleur, projetant un torrent de flammes et de glace. Des éclairs crépitèrent ; des vents hurlèrent leur fureur. Le feu céleste balaya le sol du tunnel, concentré à l'extrême pour mieux franchir les protections supplémentaires des skal'tum nouveau-nés.

Tout au fond d'elle, Elena sentit sa magie frapper les créatures. Elle sentit son pouvoir déchaîné souffler, l'une après l'autre, les flammes naissantes de leur vie. La sor'cière en elle se délectait de chaque mort. Elle chantait plus fort que d'habitude, et il était plus difficile de résister à son emprise, comme si le voile qui la séparait de la femme avait rétréci.

Elena luttait pour rester concentrée et garder le contrôle. Mais à la suite de son échange intime avec Cho, la veille, quelque chose avait changé en elle. La sor'cière était devenue plus forte. Elle hurlait ses appétits sauvages et martelait les boucliers intérieurs de la jeune femme.

Debout dans l'œil de son cyclone de magie, Elena perçut de nouveau le réseau fragile de la vie, et tout spécialement les liens entre les occupants du tunnel. Elle sentit l'étincelle d'énergie de ses compagnons, goûta le feu brûlant de la mul'gothra. La sor'cière continuait à dévorer les flammes minuscules des nouveau-nés, mais Elena savait que si elle la laissait faire, jamais elle ne se satisferait d'un si piètre festin. La sor'cière voulait tout brûler : pas seulement la mul'gothra, mais aussi les compagnons. Elle ne faisait aucune différence entre les deux. Elle voulait tout – y compris Elena elle-même.

Frémissant de dégoût, Elena ravala sa magie. Lentement, le feu céleste mourut entre ses mains. L'extase démente de la sor'cière se tut, remplacée par le gémissement de la mul'gothra.

Elena se força à focaliser son attention sur la réalité visible. Devant elle, les corps calcinés et fumants des skal'tum jonchaient le sol. Un seul nouveau-né avait échappé au massacre et s'était réfugié, tremblant, sous le ventre de sa mère. Son sifflement agressif s'était mué en un chuintement plaintif. Sans cesser de gémir sa douleur et son chagrin, la mul'gothra descendit vers son dernier petit. Elle l'enveloppa tendrement de ses tentacules et le serra contre elle pour le protéger.

Er'ril rejoignit Elena.

— Pourquoi t'es-tu arrêtée ? Achève-les.

Elena se mordit la lèvre.

— Je... je ne peux pas.

Elle avait vu s'éteindre les flammes minuscules des nouveau-nés. Une vie était une vie, et la mul'gothra cherchait juste à protéger sa progéniture. Elle ne voulait pas donner ses petits au portail du Weir, mais elle n'avait pas le choix. Elle était aussi esclave que n'importe quelle autre créature du Seigneur Noir. Une magie ténébreuse avait remodelé ses instincts pour la pousser à commettre cet acte contre-nature.

Elena fit un pas vers le monstre en agitant la main.

— Va-t'en ! Emmène ton petit et disparais !

La mul'gothra siffla et se recroquevilla au-dessus de son enfant, mais voyant qu'Elena n'attaquait pas, elle poussa un nouveau gémissement plein de frayeur et de confusion.

Elena agita les deux bras.

— Va-t'en !

Des milliers d'yeux ronds la détaillèrent. Brusquement, les pattes de la mul'gothra se détendirent. La créature se propulsa hors du tunnel et dans les airs, emportant son petit dans ses tentacules. Ses ailes immenses se déployèrent pour capter les vents nocturnes. Elle décrivit un cercle serré, puis fila au-dessus des montagnes déchiquetées et disparut.

— Pourquoi l'as-tu laissé partir ? interrogea Er'ril.

Elena secoua la tête.

— J'en avais besoin. (Elle s'avança.) Finissons-en.

Les compagnons enjambèrent les restes calcinés des bébés skal'tum et émergèrent à l'air libre. Elena prit une profonde inspiration pour nettoyer ses poumons de la puanteur de chair brûlée. Le bras de granit se tendait face à elle, large pont conduisant au gros morceau d'éb'ène qui reposait dans sa main.

Cette fois, ce fut Tol'chuk qui passa le premier avec le Try'sil. Elena le suivit, flanquée par Er'ril.

Elle baissa les yeux. La face supérieure du bras de la statue était plate ; on pouvait facilement se déplacer dessus. La jeune femme ne pouvait qu'imaginer la longue série d'horreurs qui s'étaient déroulées ici.

Tol'chuk atteignit le poignet et s'immobilisa. Face à lui, des doigts griffus enserraient le rocher d'éb'ène comme des piliers monstrueux.

Elena rejoignit l'og're.

— Tu peux le faire, l'encouragea-t-elle.

Tol'chuk hocha la tête.

— Oui, je peux.

Il escalada la paume de pierre et brandit son marteau.

— Ça, c'est pour l'esprit de mon père, rugit-il en abattant le Try'sil de toute la force de ses épaules d'og're.

Mais le coup ne porta jamais. La tête métallique de l'arme s'enfonça dans la pierre comme dans un nuage. Déséquilibré,

Tol'chuk bascula en avant et heurta le côté du rocher. À genoux, il pivota et leva le bras. Dans sa main, il ne tenait plus qu'un manche gravé de runes. Le marteau lui-même avait disparu.

Derrière Elena, Wennar s'écroula en gémissant :

— Le Try'sil !

La jeune femme regarda le rocher intact. Que venait-il de se passer ? L'artefact avait servi à façonner cette pierre maudite. Rapporté à Gy'hallmanti, il était censé libérer les n'ains du joug du Seigneur Noir. Pourquoi avait-il échoué ?

Un instant, Elena fut assaillie par un léger doute à l'égard de Tol'chuk. Mais elle le repoussa très vite. C'était impossible. L'og're lui avait sauvé la vie maintes fois ; depuis leur rencontre, il servait la Terre de tout son cœur.

Mais Wennar ne le connaissait pas aussi bien. Il se releva d'un bond et tendit un doigt accusateur.

— Toi ! C'est toi qui as fait ça ! Tu as condamné notre peuple – exactement comme ton ancêtre maudit !

Tol'chuk se couvrit le visage de ses mains.

Lorsque Wennar fit mine de plonger vers l'og're, Elena s'interposa.

— Non ! Ce n'est pas sa faute !

— C'est la faute de qui, alors ? gronda Wennar, presque violet de rage.

Er'ril vint se placer de l'autre côté de Tol'chuk.

— C'est notre faute à tous, répondit-il à la place d'Elena.

Wennar manqua s'étrangler. Magnam lui posa une main sur le bras.

— Écoute-le.

Er'ril fit face aux n'ains.

— Nous avons échoué parce que nous sommes tous victimes de la prophétie. Nous pensions la comprendre, mais de toute évidence, nous étions influencés par nos propres espoirs. (Par-dessus son épaule, il jeta un coup d'œil au rocher d'éb'ène.) J'ai déjà pénétré dans le Weir. C'est un aimant à magie élémentale. Tout objet ou toute personne contenant assez de pouvoir est aspiré par son cœur ténébreux.

— Le Try'sil, gémit Wennar.

— Il était imprégné de la magie aérienne des el'phes. Jamais nous n'aurions dû l'approcher du portail, mais nous étions aveuglés par notre foi en la prophétie. Or, s'il y a une chose que j'ai apprise de mon frère, c'est que placer une foi aveugle dans une prophétie, quelle qu'elle soit, est le plus court chemin vers la damnation.

Tol'chuk se redressa.

— Alors, que pouvons-nous faire ? Comment détruire le portail ?

Elena leva les yeux vers la lune. Celle-ci était bas dans le ciel – sur le point de se coucher.

— Je dois consulter le Journal Sanglant, dit la jeune femme sur un ton plein d'appréhension. C'est Chi qui, en tombant jadis dans le Weir, a fusionné les quatre portails pour en faire un puits de magie noire. Cho, son esprit sœur, aura peut-être des réponses à nous fournir.

Er'ril acquiesça.

— D'accord, mais recule. Je ne veux pas que tu t'approches de cette pierre, et le Grimoire non plus.

Sans discuter, Elena fit quelques pas en arrière le long du bras de la statue.

Er'ril positionna un mur de n'ains entre elle et le rocher d'éb'ène. Puis il la rejoignit alors qu'elle sortait le Grimoire. Levant les yeux, Elena croisa le regard de l'homme des plaines. Celui-ci posa ses mains sur les siennes, qui tenaient le Journal Sanglant entre eux.

— Tu trembles, chuchota-t-il.

— C'est le froid.

Elena se détourna et voulut se dégager. Mais quand il avait une idée en tête, Er'ril pouvait être plus têtu et inamovible qu'une statue de fer standi.

— J'ignore ce qui te trouble, ce qui a bien pu t'effrayer dans ce tunnel. Mais sache ceci, Elena. Je suis ton homme lige. Je serai toujours à tes côtés. Ma force t'appartient. Commande et j'obéirai.

Elena sentait la force du guerrier. La chaleur des paumes de celui-ci apaisa son tremblement. Elle se pencha vers lui et il la prit dans ses bras.

— Je n'ai peut-être pas foi en la prophétie, murmura-t-il dans ses cheveux, mais j'ai foi en toi.

Ravalant ses larmes, Elena se serra contre lui. Au bout d'un moment, elle inspira profondément pour se concentrer et se dégagea. Er'ril la lâcha, mais elle continua à sentir sa chaleur l'envelopper ainsi qu'une couverture douillette. Cela lui suffisait.

Elle se détourna et ouvrit le Journal Sanglant.

Er'ril regarda Elena se détourner. Inquiet pour elle, il serra le poing. Il ne vit pas la jeune femme le faire, mais il sut quand elle ouvrit le Grimoire. Une explosion de lumière jaillit des pages du livre. Projetée en arrière, Elena tomba dans les bras d'Er'ril.

Le guerrier la retint. Par-dessus l'épaule de la jeune femme, il regarda le faisceau lumineux fuser vers le ciel. Il entrevit le Vide : des étoiles, des rubans de gaz phosphorescents, le contour d'un soleil. Puis un cri s'éleva, et le faisceau lumineux prit la forme d'une femme qui flottait dans les airs.

— Chi !

Le nom résonna comme un glas, transperçant la nuit et se répercutant sur les pics voisins.

Elena s'avança en serrant le Grimoire contre elle.

— Calme-toi, Cho !

— Je l'entends ! gémit l'apparition. Il pleure et il m'appelle !

Elle fila le long du bras, franchissant la ligne de n'ains sans s'arrêter. Elle se dirigeait vers le rocher d'éb'ène. Tol'chuk se redressa de toute sa hauteur et écarta les bras pour lui barrer le chemin. Cho passa au travers de son corps et plongea à l'intérieur de la pierre.

— Non ! hoqueta Elena, horrifiée.

Mais l'apparition scintillante ressortir de l'autre côté du rocher. Elle fit demi-tour et replongea dedans, encore et encore, sans plus de résultat.

— Il hurle et hurle, se lamenta-t-elle. Je dois le rejoindre !

Elle continua à traverser la pierre dans les deux sens, virevoltant telle une luciole désorientée.

— Je l'entends ! Il est tout près !

Elena leva les yeux vers le ciel. Er'ril savait ce qu'elle regardait. La lune était tout près de se coucher. Ils allaient perdre cette nuit.

— Cho ! appela Elena d'une voix forte. Tu ne peux pas atteindre Chi. Ici, tu n'as pas de substance. Écoute-moi !

L'apparition ralentit et s'immobilisa en suspens au-dessus du rocher d'éb'ène.

— Il a besoin de moi, sanglota-t-elle.

Elena remit le Journal Sanglant à Er'ril.

— Je dois la calmer, chuchota-t-elle au guerrier. Garde le Grimoire.

Puis elle leva les bras.

— Je sais, Cho. Moi aussi, une fois, j'ai perdu mon frère. Je comprends ta douleur. Mais j'ai besoin de tes conseils. Je suis ton calice en ce monde, ton lien physique avec ce plan.

Lentement, Cho s'écarta de la pierre noire et descendit vers la paume de la statue. Elle tendit une main derrière elle pour toucher le rocher, mais comme auparavant, ses doigts passèrent au travers. Visiblement, elle répugnait à s'éloigner de son frère.

— Nous ne pourrons libérer Chi qu'ensemble.

Elena se détendit.

— Exactement.

Cho se tourna vers elle. Ses yeux glaciaux, pleins de Vide, fixèrent la jeune femme avec une intelligence qui n'était pas de ce monde. Puis, l'espace d'un instant, Er'ril vit quelque chose d'humain miroiter dans ses prunelles. C'était Fila. Les lèvres de l'apparition remuèrent.

— Non, Elena, non ! Tu ne dois pas…

Fila disparut, réaspirée par le Vide. Face à Elena, il ne resta que Cho.

La jeune femme se tendit et recula vers Er'ril. Elle lui jeta un coup d'œil perplexe, comme pour lui demander ce que sa tante avait voulu dire.

— Ensemble, répéta Cho.

Alors, Er'ril vit une lueur de compréhension et de terreur passer dans les yeux d'Elena. La jeune femme fit volte-face au moment où Cho plongeait vers elle, traversant Tol'chuk et les n'ains trop vite pour que quiconque puisse réagir. Elle était aussi vive, aussi insaisissable que le reflet de la lune à la surface d'un lac.

— Brise le pont ! hurla Elena. Referme le Grimoire !

Er'ril voulut obéir, mais il fut trop lent. L'apparition atteignit Elena et l'enveloppa. Une explosion de magie brûlante souffla Er'ril. Le guerrier vola en arrière et atterrit sur le dos. Les doigts crispés sur le Journal Sanglant, il glissa le long du bras de la statue.

Il se redressa dès que possible, les sourcils roussis et encore fumants. Consterné, il détailla ce qui restait d'Elena. La jeune femme n'avait pas bougé, mais tous ses vêtements étaient tombés en cendres. Même ses cheveux avaient brûlé. Elle se tenait nue dans la nuit. Des orteils jusqu'à son cuir chevelu exposé, des motifs écarlates tourbillonnaient sur sa peau. Elle n'était plus qu'une statue de magie en forme de femme.

Lentement, elle s'avança vers le rocher d'éb'ène.

Dans son sillage, une brume scintillante tenta d'adopter l'apparence familière de l'esprit du Grimoire, mais sa silhouette était floue, moins distincte que d'habitude.

—Elena...

À la douleur dans sa voix, Er'ril devina que c'était Fila et non Cho.

Il s'élança.

L'apparition tendit un bras comme pour le repousser.

—Non, Er'ril, ne t'en mêle pas. (Elle haussa la voix :) Écartez-vous tous. N'essayez surtout pas de l'arrêter. Un simple contact suffirait à vous tuer.

Er'ril aurait facilement pu traverser le spectre de Fila, mais il s'abstint.

—Que lui est-il arrivé ?

—Cho a entendu les cris torturés de son frère. Elle veut le rejoindre et elle ne laissera personne l'en empêcher.

—Et Elena ?

—Elle avait raison. La seule façon pour Cho d'interagir avec la réalité physique de ce monde, c'est de passer par Elena. C'est pourquoi elle vient de placer la quasi-totalité de son esprit en elle.

—Donc, elle possède le corps d'Elena ?

—Non, Cho se trouve toujours dans le Vide. Et Elena existe toujours quelque part là-dedans, mais le brusque jaillissement d'énergies considérables a rompu ses amarres. Elle est perdue dans la tempête des désirs de Cho, ballottée dans tous les sens, incapable de se libérer. La seule question est de savoir si elle sera assez forte pour revenir à elle-même.

Er'ril fit mine d'avancer. Il devait aider Elena.

—Non, contra Fila. Toute interférence pourrait lui être fatale.

Plus loin le long du bras, Er'ril vit Elena dépasser Tol'chuk et s'arrêter devant le rocher d'éb'ène – silhouette de rubis contre la masse noire de la pierre. Elle tordit le cou pour étudier cette dernière comme si elle la contemplait pour la première fois.

Elena, recule, implora silencieusement Er'ril.

La jeune femme fit un pas en avant.

— Non ! hurla Er'ril. Elena, arrête !

Sans un regard en arrière, elle franchit le portail du Weir et disparut.

23

Encore étourdie par l'assaut de Cho, Elena se retrouva privée de points de repère. Une partie d'elle, aussi distante qu'un écho, sentit son corps être entraîné vers l'avant et aspiré par le portail du Weir. Mais c'était une sensation fuyante, comme un rêve au réveil : difficile à saisir, facile à oublier. Une énergie d'une profondeur incommensurable jaillit en elle. La sor'cière vibrait dans chaque fibre de son corps ; elle chantait, elle gémissait, elle pleurait. C'était un chœur de passion violente et de pouvoir déchaîné. Dans cette tempête, son propre esprit n'était qu'un fragile papillon.

Elena tenta de résister au courant impétueux qui l'emportait. *Je ne dois pas me perdre.* Elle força son esprit à interrompre ses tentatives paniquées pour combattre les forces telluriques en elle. Au lieu de ça, elle se replia sur elle-même, utilisant le tourbillon de cette énergie externe pour se réduire à une flamme unique mais intense, un signal lumineux au milieu de la tempête obscure. Depuis cet îlot de sécurité, elle se fortifia.

Une fois stabilisée, elle projeta lentement ses perceptions vers l'extérieur, chevauchant les courants de pouvoir au lieu de lutter contre eux. Bientôt, elle reprit conscience des battements de son cœur – lents, réguliers. Cela la rassura. Elle était toujours vivante.

Poussant plus loin, Elena suivit le flot de son sang à travers son corps. Et ce faisant, elle retrouva la sensation de ses membres : leurs os, leurs muscles, leurs tendons. C'était comme si elle se reconstruisait de l'intérieur, incorporant le pouvoir de Cho à chacune de ses fibres, se redéfinissant dans ce nouveau contexte. Prudemment, elle poursuivit son exploration et rétablit le contact avec ses cinq sens.

La chanson démente de la sor'cière s'estompa tandis qu'Elena se remettait à écouter avec ses propres oreilles. Un grand silence l'enveloppa. Ce n'était pas tant une absence de son qu'une pression gênante, comme quand on plonge dans un lac de montagne. Elena savait pourtant que ce n'était pas dans un lac qu'elle flottait. C'était dans le Weir, une dimension inconnue et potentiellement hostile. Craignant ce qu'elle risquait de voir, elle garda les yeux fermés. *Cho, qu'as-tu fait ?*

Avec une grande prudence, Elena déploya ses autres perceptions. Elle ne huma aucune odeur. La seule sensation notable qu'elle éprouvait était un picotement brûlant qui semblait affecter tout son corps de la tête aux pieds. Elle tenta de bouger ses bras et fut surprise de découvrir qu'elle avait repris le contrôle de ses membres. Comme elle tâtonnait en quête de quelque chose de solide, la brûlure de ses bras empira et devint presque douloureuse.

Ravalant sa peur, Elena prit le risque d'ouvrir les yeux. Et pour la première fois, elle contempla le paysage étrange du Weir.

Autour d'elle tourbillonnaient des ténèbres aussi denses que les flots d'un océan la nuit – et qui donnaient l'impression d'être vivantes. Elles caressaient Elena, et partout où elles la touchaient, la peau écarlate de la jeune femme se mettait à briller plus fort. En vérité, toute sa silhouette était embrasée, pareille à une minuscule flamme rouge dans l'obscurité.

Elena s'examina et remua ses bras à travers la substance du Weir. De nouveau, sa peau flamboya. Elle comprit. *La magie de Cho me protège ; elle me fait une armure de rubis pour me soustraire au contact du Weir.*

Elena regarda autour d'elle. Pivotant, elle aperçut un mouvement. Elle donna un coup de reins pour s'approcher de son origine. Les ténèbres s'éclaircirent, et elle découvrit un tableau surprenant : plantés à une courte distance d'elle, ses compagnons l'observaient. C'était comme si elle les voyait au travers d'une paroi de verre noir. Elle nagea vers eux et tendit les bras. Mais ses doigts heurtèrent une barrière solide. Elle se pressa contre l'obstacle. Er'ril et les autres ne semblaient pas la voir.

Des paroles étouffées lui parvinrent :

— Qu'est-ce qui vous permet de dire qu'elle est encore vivante ?

La silhouette spectrale de tante Fila se tenait derrière l'homme des plaines.

— Le fait que je suis toujours là. Si Elena meurt, la magie du Grimoire disparaîtra avec elle.

Er'ril leva les yeux vers le ciel.

— Mais la lune se couche. Que va-t-il se passer ensuite ?

Pour toute réponse, Fila secoua la tête.

Elena martela la barrière de ses poings, sans résultat. Elle était prisonnière du portail du Weir.

— Er'ril !

Personne ne réagit.

Elle haussa la voix.

— Er'ril !

Tol'chuk sursauta et pivota vers elle. Il était le plus proche du rocher d'éb'ène.

— Tol'chuk, tu m'entends ?

L'og're se pencha et posa une main sur la pierre.

— Elena ?

— Oui !

Elle faillit en pleurer de soulagement.

Tol'chuk tourna la tête et rugit :

— Elle est là ! Elena est là !

Er'ril se précipita et palpa l'éb'ène, cherchant un moyen de rejoindre la jeune femme. Il était prêt à braver le Weir pour venir à son secours. Mais il ne portait plus la moindre magie dans son sang. Le portail ne s'ouvrirait pas pour lui.

— Er'ril, je suis saine et sauve ! Le pouvoir de Cho me protège !

— Alors, sors de là pendant que tu le peux !

Elena frappa du poing contre la barrière.

— Justement, je ne peux pas !

Er'ril contracta les muscles de ses épaules et poussa plus fort, mais sans résultat.

Elena leva une main et plaça sa paume contre celle du guerrier, de l'autre côté de la barrière qui les séparait.

— Il doit y avoir une autre sortie, lança-t-elle. Ou un indice sur la façon de détruire les portails. Je vais chercher.

— Elena, non ! On trouvera un moyen de te ramener !

Baissant le bras, la jeune femme recula.

— Je suis désolée. Je dois essayer. Trop de choses en dépendent.

Elle savait que c'était vrai. Quelque chose la poussait en avant – son intuition ou, peut-être, une perception héritée de Cho.

Elena s'écarta du mur de verre. L'océan ténébreux se referma devant elle, engloutissant ses compagnons. Elle se détourna et s'enfonça à la nage dans le cœur du Weir.

L'obscurité vivante l'enveloppa de nouveau, informe et infinie. Elena fut saisie par la crainte de ne pas retrouver son chemin. Et si elle ne découvrait pas une autre sortie ? Combien de temps sa magie écarlate la protégerait-elle ? Les battements de son cœur résonnèrent plus fort à ses oreilles. Un soupçon de panique la gagna.

Puis elle comprit que les pulsations qu'elle entendait provenaient non de sa poitrine mais de l'extérieur. Elle s'arrêta, en suspension dans les flots noirs, et se concentra pour localiser leur source. Elle ne savait pas ce qui l'attendait plus loin, mais c'était mieux que ce rien absolu. C'était *quelque chose.*

Elena se remit à nager lentement, dans la direction approximative des pulsations graves et sonores. Au bout d'un moment qui lui parut interminable, elle remarqua que les ténèbres s'éclaircissaient, un peu comme si elle approchait d'une autre fenêtre sur le monde réel. Elle rua plus vigoureusement, et la friction brûla sa peau tandis que sa magie écarlate flamboyait de plus belle. Ignorant la douleur, Elena accéléra.

L'obscurité continua à s'estomper jusqu'à ce qu'une flamme blanche apparaisse droit devant la jeune femme. Flottant dans l'éther noir, elle enflait et diminuait au rythme des battements sourds. Elena s'arrêta. Instinctivement, elle sut ce qu'elle contemplait.

— Chi…

Prononcer ce nom à voix haute ne suscita aucune réaction. La lumière continua à se dilater et à se contracter tel un cœur de flammes vives. À chaque pulsation, le visage, la poitrine et les jambes d'Elena brillaient un peu plus fort. Les deux magies opposées s'embrasaient l'une l'autre, ainsi qu'une flaque d'huile au contact d'une allumette.

Elena comprit enfin. Elle fit volte-face. L'océan à travers lequel elle avait nagé, dans lequel elle continuait à flotter… Ce n'était qu'une seule et même entité. *Chi.*

Tournant sur elle-même, la jeune femme se sentit submergée par tant d'immensité. Si seulement elle pouvait parler à Chi comme elle parlait à sa sœur… Mais elle ne disposait d'aucun pont la reliant à lui. Elle finit par s'arrêter face à la flamme blanche : le centre du Weir, le cœur de Chi. Elle s'en approcha avec hésitation. Comment faire pour libérer Chi ? Comment détruire les portails qui le retenaient prisonnier dans cette dimension, surtout quand les statues d'éb'ène étaient liées à ce puits d'énergie sans fond ? C'était une énigme qu'Elena ne pouvait pas résoudre.

Cho, implora-t-elle en silence, *si tu connais un moyen de communiquer avec ton frère, aide-moi.*

Elena n'attendait pas de réponse. Cho ne se trouvait pas réellement à l'intérieur d'elle : elle y avait seulement projeté son énergie spirituelle. D'une certaine façon, Elena était comme le Weir : un calice débordant de pouvoir. Mais contrairement au Weir, elle n'abritait pas en elle le véritable cœur de Cho. Celui-ci demeurait quelque part dans le Vide.

Elena regarda autour d'elle, regrettant de ne pas mieux comprendre Cho et Chi ou le flux de pouvoir qui l'entourait. Puis une idée germa dans sa tête. Elle ignorait si ça pourrait lui être utile, mais elle connaissait un sort… En fait, c'était l'un des tout premiers qu'elle avait appris, un sort né de son propre sang.

Levant une main, Elena porta son index à ses canines et mordit la peau du bout. Elle sentit un goût cuivré sur sa langue et, comme elle ôtait son doigt de sa bouche, une langue de feu écarlate jaillit de la plaie minuscule. Renversant la tête en arrière, la jeune femme pressa sa main blessée pour faire couler une goutte de sang enflammé dans chacun de ses yeux.

La douleur faillit la submerger. Elle hoqueta et plaqua sa main indemne sur ses yeux. La dernière fois, ça n'avait pas brûlé si fort…

Lentement, la douleur régressa et se changea en une démangeaison sourde. Elena se risqua à entrouvrir les paupières. Elle retint son souffle, craignant de s'être aveuglée. Mais non, tout allait bien. La piqûre ressentie n'était que la réaction du Weir à sa magie.

De nouveau, Elena regarda autour d'elle. Un nouveau paysage s'offrait à sa vision magique, celle que le contact de son sang venait de déclencher. L'océan du Weir était toujours noir, mais à présent, la jeune femme distinguait les veines d'argent brillantes qui le traversaient. Elle fut frappée par sa ressemblance avec l'éb'ène.

Mais ces veines-là n'étaient pas de nature minérale. Elena reconnaissait leur éclat particulier pour l'avoir déjà vu chez Mycelle, chez Kral et chez des tas d'autres gens. C'était de l'énergie élémentale. Bouche bée, elle promena un regard à la ronde. Il y en avait une telle quantité... Les lignes phosphorescentes coulaient sous elle, autour d'elle, au-dessus d'elle.

Tandis que la jeune femme les détaillait, elles gagnèrent en substance. Bientôt, Elena distingua un motif qui s'enfonçait dans les ténèbres du Weir. Au loin, les veines semblaient se rejoindre et fusionner, formant des artères toujours plus épaisses. C'était comme si la jeune femme se trouvait sous terre, prisonnière des racines d'un arbre d'argent qui grossissaient au-dessus d'elle pour former un tronc.

En regardant autour d'elle, Elena vit qu'il y avait quatre arbres en tout, un à chaque point cardinal. Elle devina que ce devait être significatif. *Quatre portails du Weir, quatre statues d'éb'ène, quatre sources de pouvoir élémental.*

Elle se dirigea vers le plus proche, celui qui se dressait dans la direction dont elle venait. Tendant la main, elle toucha une de ses veines d'argent. Mais rien ne se produisit. Ses doigts passèrent au travers sans dommages apparents.

Alors, Elena eut une autre idée. Son sang avait déclenché sa vision magique. Pouvait-il faire davantage ? Elle approcha son index toujours flamboyant de la même veine.

Le contact lui arracha son esprit. Une fois de plus, elle se retrouva en train d'observer Er'ril et les autres, comme si elle se tenait de nouveau derrière la paroi de verre noir.

— Il doit bien y avoir un moyen de la libérer, disait Er'ril.

De surprise, Elena retira son doigt... et revint instantanément près du cœur de flamme blanche. C'était un conduit direct vers le portail de la manticore.

Très excitée, la jeune femme contourna le cœur de Chi pour se diriger vers les racines de l'arbre suivant.

À l'instant où elle toucha l'une d'elles, son esprit lui fut de nouveau arraché. Une pièce sombre apparut devant elle. Un brasero rempli de charbons ardents gisait sur le sol, recouvert par une grille ornée de créatures fantastiques et corrompues. Son métal était chauffé au rouge. Au-delà de la lueur écarlate, Elena devinait des gradins qui s'étageaient contre les murs – une sorte d'amphithéâtre. Et elle sentait les regards attentifs des spectateurs dissimulés par la pénombre.

Un mouvement ramena son attention vers le centre de la pièce. Une silhouette enveloppée d'une cape s'approcha, tenant par la main un enfant nu d'environ quatre ans. Elle repoussa sa capuche, révélant un visage ravagé. C'était comme si quelqu'un avait fait fondre ses traits comme de la cire avant de les figer de nouveau.

Elena hoqueta. Elle connaissait cet homme défiguré. C'était Shorkan, le chef des mages noirs et le frère d'Er'ril. Alors, la jeune femme comprit qu'elle devait être en train de regarder au travers du portail de la wyverne, la statue sur le dos de laquelle Shorkan avait fui Val'loa.

Shorkan s'arrêta près du brasero.

— En cette sombre nuit, le plan du Maître pour briser la Terre sur sa forge va enfin porter ses fruits. Lorsque la lune se couchera, tout l'espoir du monde disparaître avec elle. Gloire au Seigneur Noir !

— Gloire au Seigneur Noir ! s'exclamèrent des voix depuis les gradins.

Shorkan leva brusquement un bras, révélant une dague à la lame courbe et dentelée.

— Un sacrifice en son honneur ! Un cœur innocent jeté dans ses flammes !

Elena reporta son attention sur le petit garçon tremblant.

— Non ! s'écria-t-elle.

Shorkan se figea, la tête penchée sur le côté et l'air méfiant. Il parut se pencher vers elle en plissant les yeux. Elena se raidit. Pouvait-il la voir ? La sentir ?

Au bout d'un moment, Shorkan secoua la tête et se redressa. Il se racla la gorge et brandit de nouveau sa dague.

— Gloire au Seigneur Noir !

L'arme s'abattit.

Elena retira vivement sa main. Elle ne voulait pas voir ça.

Elle s'écarta de cet arbre immonde, craignant d'avoir révélé son intrusion. Tandis qu'elle contournait la flamme blanche pour s'approcher du troisième arbre élémental, elle rumina les paroles de Shorkan : *« briser la Terre sur sa forge »*. Elle observa, autour d'elle, les veines d'énergie qui conduisaient depuis les portails jusqu'au cœur du Weir, et elle commença à comprendre. Ce n'étaient pas tant des arbres que des torrents qui se déversaient par les portails et se fragmentaient en un millier de ruisseaux. Les portails aspiraient d'énormes quantités d'énergie à l'intérieur du Weir.

Elena écarquilla les yeux. À présent, elle comprenait pourquoi les statues d'éb'ène avaient été si soigneusement disposées. Il existait dans le monde des sites où l'énergie élémentale de la Terre coulait plus vivace. Cassa Dar l'avait expliqué à Elena dans les marais des Terres Inondées. Très longtemps auparavant, le Seigneur Noir avait tenté de détruire une de ces artères, une rivière argentée qui passait sous Château Drakk. Mais il en existait encore bien d'autres.

Visiblement, le Cœur Noir n'avait pas renoncé à son désir de blesser la Terre. Il avait dû positionner les quatre portails du Weir en quatre points stratégiques. Mais pour quoi faire ? Pour s'approprier l'énergie qui circulait à ces endroits ? Ou nourrissait-il un dessein encore plus sinistre ?

Les mots de Shorkan résonnèrent dans la tête d'Elena. « Pour briser la Terre sur sa forge… »

Soudain, Elena comprit. Elle poussa un hoquet horrifié. Le Seigneur Noir brisait les élémentaux en utilisant des fragments d'éb'ène pour ponctionner leur énergie, la corrompre et, par ricochet, contaminer ses porteurs. Ici, son plan était identique. Mais, au lieu d'une seule personne ou d'une seule contrée, il visait à corrompre *le monde entier* ! En plaçant ses portails à des points clés autour du globe et en puisant à l'énergie de la planète, il allait faire de celle-ci un monstrueux malegarde.

Et si Shorkan avait dit vrai, la transformation se produirait cette nuit même.

Elena nagea vers le nexus d'énergie voisin. Que les portails puissent être brisés ou non, un danger beaucoup plus immédiat menaçait Alaséa et le reste du monde. Si le Seigneur Noir réussissait, toutes les créatures vivantes étaient condamnées.

De son doigt enflammé, Elena toucha une nouvelle racine argentée. Elle se retrouva en train de contempler une pièce de granit gris, au sol jonché de cadavres. *Des n'ains*, comprit-elle. *Des dizaines de n'ains.*

Sa vision se modifia légèrement, comme si la fenêtre à travers laquelle elle regardait venait de bouger. Ça n'avait pas de sens. Puis la fenêtre pivota, et Elena se trouva nez à nez avec un visage familier, aux traits rocailleux et à la barbe noire broussailleuse.

— Kral ! hurla-t-elle.

Stupéfait, le montagnard fit un bond en arrière.

Derrière lui, Elena repéra d'autres gens : Mogweed, Méric, un homme aux cheveux de sable qu'elle ne connaissait pas… Et parmi eux, une vision insensée : Nee'lahn.

Méric rejoignit Kral avec une certaine méfiance.

— Elena ? Tu es à l'intérieur du griffon ?

— Je suis dans le Weir ! s'exclama la jeune femme. Nous n'avons pas beaucoup de temps ! Vous devez trouver un moyen de briser le lien du portail avec sa source élémentale ! Vous pouvez faire ça ?

Méric secoua la tête.

— Nous avons déjà tout essayé. Et le seul résultat que nous avons obtenu, c'est que le griffon s'est animé. Désormais, il attaque tous ceux qui l'approchent.

Elena réfléchit à toute allure. *Le moment de la transformation ne doit plus être loin.*

— Ne vous souciez pas de le détruire ! Trouvez juste un moyen de briser la connexion élémentale qui l'alimente ! Maintenant, avant que tout soit perdu !

Méric fronça les sourcils.

— Nous ne savons pas comment faire.

Kral écarta l'el'phe d'un coup de coude.

— Moi, je sais.

Méric voulut l'interrompre, mais le montagnard fit face à Elena.

— Je vais le faire. Aie confiance en moi.

Elena poussa un soupir de soulagement.

— Je vais voir comment ça se passe du côté des autres portails.

Kral acquiesça et leva un bras.

— Je suis désolé, Elena.

La jeune femme retira son doigt de la veine argentée au moment où Kral prononçait ces derniers mots. Elle ne comprit pas ce que le montagnard avait voulu dire, mais elle n'avait pas le temps de retourner le lui demander. Elle ignorait combien de portails ses compagnons et elle devaient briser pour déjouer le plan du Seigneur Noir, mais dans le doute, le plus sûr était d'en éliminer autant que possible.

D'une ruade, la jeune femme se propulsa vers le dernier des nexus argentés, calculant dans sa tête. Le dernier portail était celui du basilic, qui se trouvait quelque part dans le

Désert de Sable. Elle s'arrêta près de la racine scintillante la plus proche et tendit son doigt.

Une nouvelle image s'offrit à elle : celle d'une caverne au sol couvert de sable. Elena faillit pleurer de soulagement en apercevant Sy-wen juchée sur le dos de Ragnar'k. Ainsi, une partie au moins de l'équipe de son frère avait atteint le portail du basilic.

Puis la vision de la jeune femme pivota. De toute évidence, le basilic s'était animé lui aussi. Un troisième combattant apparut.

— Joach ! s'écria Elena.

Son frère sursauta.

— Kesla ? marmonna-t-il, reculant avec tant de précipitation qu'il trébucha et tomba sur son séant.

— Non, c'est ta sœur !

Sy-wen déplaça son dragon pour se mettre face à la statue.

— Elena ?

— Je n'ai pas beaucoup de temps.

Très vite, la jeune femme répéta ce qu'elle avait dit à Kral.

— Vous pouvez trouver un moyen de briser la connexion du portail avec la Terre ?

— Je ne vois pas comment, répondit Sy-wen. Même Ragnar'k ne parvient pas à approcher ce monstre.

Alors, Elena vit la longue entaille dégoulinante de sang qui barrait la poitrine du dragon. Elle reporta son attention sur son frère.

— Joach, tu as une idée ? Au point où nous en sommes, même un sort de magie noire appris du temps où tu détenais le bâton de Greshym pourrait convenir.

Le jeune homme avait gardé la tête baissée pendant l'explication de sa sœur. Quand il la releva, un désespoir insondable se lisait dans ses yeux.

— Je crois que j'en connais un, oui.

— Il faut le lancer, le pressa Elena. Ou le monde est perdu.

Joach acquiesça et se détourna.

— Vas-y, dit-il d'une voix pleine de douleur. Je connais mon devoir.

Elena aurait voulu le prendre dans ses bras pour le réconforter. Au lieu de ça, elle laissa retomber sa main, et la vision disparut. *Les câlins, ce sera pour plus tard.*

En suspension dans le Weir, Elena marqua une pause. Elle avait fait tout ce qu'elle pouvait. La suite dépendait de ses compagnons.

Elle rebroussa chemin vers la rivière d'argent originelle et remonta son cours à la nage. Elle ne voyait absolument pas comment accomplir ce qu'elle venait de demander aux autres. Le portail de la manticore semblait invincible. Elle réfléchit à toutes les options, mais quand elle atteignit la barrière de verre noir, elle n'avait pas trouvé de réponse.

Secrètement, la jeune femme avait espéré que la voie s'ouvrirait devant elle à présent qu'elle en avait terminé dans le Weir. Mais lorsqu'elle pressa ses mains sur l'obstacle, celui-ci demeura aussi impénétrable qu'auparavant.

Grâce à sa vision enchantée, Elena voyait désormais le flot d'énergie élémentale qui jaillissait de la montagne et s'écoulait au travers du bras dressé de la statue. La situation paraissait désespérée. Il n'existait aucun moyen de déplacer le rocher d'éb'ène ou de briser le membre de granit. Ses compagnons étaient si peu nombreux qu'il leur aurait fallu des lunes pour scier ce dernier. Si seulement elle était libre, Elena pourrait l'attaquer avec sa magie…

Elle appela Er'ril et les autres, toujours rassemblés sur le poignet de la manticore, et leur raconta ce qu'elle avait découvert.

Tante Fila se rapprocha d'elle.

— Donc, nous devons soit briser le portail, soit sectionner sa connexion à l'énergie élémentale de la Terre ?

Elena acquiesça, puis prit conscience que personne ne pouvait la voir.

— Oui. Et vous devez le faire cette nuit – sans quoi, le monde entier sera corrompu.

Er'ril secoua la tête et regarda autour de lui.

— Je ne vois vraiment pas comment faire.

— Et ton pouvoir, ma chérie ? suggéra tante Fila.

Elena avait déjà tenté de rouvrir la plaie de son doigt et d'utiliser sa magie pour tout casser, mais sans succès. Le Weir était trop grand, et elle trop petite.

— Il n'entame pas la pierre, répondit-elle sur un ton las.

— Ce n'est pas ce que je te demandais, ma chérie, la détrompa Fila. Je parlais du pouvoir de Cho, celui qui te protège. Je ne pense pas qu'il soit inépuisable.

Elena baissa les yeux pour s'examiner et remarqua que sa peau brillait moins fort qu'auparavant. Elle leva ses bras. Son armure magique mincissait à vue d'œil. Par-dessus son épaule, elle jeta un coup d'œil aux ténèbres du Weir.

Elle savait que lorsque la magie s'évanouirait, la flamme de sa vie s'éteindrait avec elle.

Vêtu en tout et pour tout d'une cape, Kral détailla les visages qui l'encerclaient. Ils étaient moins nombreux que lorsque les compagnons avaient pénétré dans la salle du trône. Fardale avait disparu et Mycelle gisait morte sur la pierre. Le prince Tyrus lui avait fait un linceul de sa cape, sur laquelle se détachait l'emblème de sa famille : un léopard des neiges. Dans les yeux des survivants, Kral lisait une méfiance ouverte, et il n'avait pas de réponse à faire à leurs accusations muettes.

— Comment pouvons-nous êtes certains que tu n'es plus un pion du Seigneur Noir ? demanda enfin Méric.

Il désigna le griffon qui se tenait près du Trône de Glace, ses serres enfoncées dans le granit de la Citadelle. Désormais réveillé, le monstre ne se laissait approcher par personne. Il menaçait de ses griffes et de ses crocs quiconque osait faire un pas dans sa direction.

— Tu attaques la statue ; non seulement tu ne la brises pas, mais elle s'anime. Comment savoir si tu ne l'as pas fait exprès ?

Les doigts dans sa barbe, Kral baissa la tête.

— Vous ne pouvez pas.

Nee'lahn fit un pas vers le montagnard et le dévisagea durement. Dans ses bras, elle tenait le bébé qu'elle berçait contre son sein.

— Je ne sais pas quoi faire.

Mogweed demeura en retrait.

— Moi, je dis qu'on devrait ficher le camp d'ici pendant qu'on peut encore.

— Tu es libre, répliqua Tyrus en désignant, du menton, la porte ouverte. Tu as recouvré tes capacités de métamorphe. Vas-y. Tente ta chance avec les n'ains qui attendent dehors pour venger leur roi.

Mogweed se rembrunit et ne bougea pas.

Tyrus tenait l'épée de sa famille pointée vers le cœur de Kral.

— En ce qui me concerne, je n'ai pas l'intention de partir avant d'avoir fait ce que votre sor'cière nous a demandé. Il faut briser l'emprise que ce griffon exerce sur le Nord. (Il jeta un coup d'œil à Méric.) Et peu m'importe que le montagnard soit corrompu ou non. Durant ma carrière de pirate à Port Rawl, j'ai combattu aux côtés des pires brigands. Si j'ai appris une chose, c'est que du moment qu'on poursuit le même objectif, tout homme peut devenir un allié – qu'il soit noble ou impur.

Méric parut sur le point de protester, mais Tyrus leva sa main libre et poursuivit :

— Je sais que Kral veut purger le ord de ce fléau tout autant que moi. Nous sommes tous deux des hommes de pierre – les deux côtés d'une même pièce. Je suis le mur de granit, il est la racine de la montagne. S'il pense pouvoir nous débarrasser de cette bête maudite, je suggère que nous lui apportions tout notre soutien.

Un silence suivit ce discours. Enfin, Nee'lahn hocha la tête.

— Le seigneur Tyrus a sagement parlé.

Méric soupira et haussa les épaules.

— Je suppose que nous n'avons guère le choix. Le soleil ne tardera plus à se lever, et c'est le seul qui ait un plan.

L'el'phe s'avança, écartant la lame de Tyrus, et tendit sa main au montagnard. Celui-ci hésita avant de la prendre.

— Je ne trahirai personne. Plus jamais.

— En quoi consiste ton plan ? interrogea Tyrus, son épée toujours au clair mais plus pointée vers Kral.

Le montagnard se redressa et fit face à ses compagnons.

— C'est la prophétie du roi Ry.

— Mon père ? s'étonna Tyrus.

Kral pivota vers le Trône de Glace.

— Il avait prédit que nous réussirions à reprendre le trône de ma famille.

— Oui, et alors ?

— Avez-vous oublié la suite, telle que vous me l'avez rapportée sur les quais de Port Rawl ? Vous avez dit que je reprendrais mon trône, mais que je porterais une couronne brisée.

Tyrus secoua la tête.

— Je ne comprends toujours pas.

Kral réprima la douleur de son cœur. Il était libéré de la malédiction des malegardes, mais non de sa honte et de sa culpabilité. La perte de ses pouvoirs élémentaux était un bien faible prix à payer pour compenser les morts survenues par sa faute, les trahisons qu'il avait commises et les innombrables mensonges qui avaient souillé sa langue. Même si l'influence du Seigneur Noir ne pesait plus sur lui, Kral restait damné à ses propres yeux. Il se souvenait encore de l'excitation de la chasse, du goût du sang chaud, de la sensation enivrante d'arracher une vie à un corps. Libre ou pas, une petite partie de lui avait toujours soif de cela.

Fermant les yeux, Kral déglutit.

— Il existe une autre prophétie au sein de mon peuple. J'en ai parlé à Er'ril lors de notre première rencontre à Gelbourg.

— Je m'en souviens, acquiesça Nee'lahn. Tu nous as dit que l'apparition d'Er'ril, le Chevalier Errant des légendes, condamnait ton peuple.

Kral se tourna vers la nyphai, les yeux pleins de larmes.

— À l'époque, j'étais déjà un lâche. J'ai légèrement déformé la vérité. Selon la prophétie, ce n'était pas le Chevalier Errant qui provoquerait la chute des clans, mais la personne qui le rencontrerait. Ma détresse ne portait donc pas seulement sur l'avenir de mon peuple, mais sur le rôle que je serais amené à y jouer.

Tyrus se rembrunit.

— Je ne vois toujours pas où tu veux en venir. Une couronne brisée, un peuple condamné... Qu'est-ce que ça signifie ?

Kral jeta un dernier coup d'œil au trône de sa famille.

— Je dois briser de mes propres mains la couronne de mon peuple.

— Quelle couronne ? interrogea Mogweed. Où est-elle cachée ?

Kral pivota vers le métamorphe.

— Nos rois ne portaient pas de couronne. Le Trône de Glace était le seul emblème de leur autorité. La véritable couronne des montagnards, tu te tiens dedans. C'est l'arche qui jaillit des eaux de Tor Amon et s'y reflète – un cercle de granit et d'illusion.

— Et tu peux la briser ? s'enquit Tyrus. Faire écrouler cette arche ?

Kral acquiesça.

— Il existe un moyen et un seul.

— Si tu réussis, le portail du griffon sera coupé de la source d'énergie élémentale à laquelle il s'alimente, supposa Nee'lahn.

Kral inclina la tête.

— Je prie pour qu'il en soit ainsi. Et pour que cela rachète, fût-ce partiellement, l'honneur de ma famille.

— Alors, allons-y, dit Tyrus. Par quoi faut-il commencer ?

Kral scruta le visage de ses compagnons.

— Il faut d'abord regagner le reflet de la Citadelle. (Tournant le dos au Trône de Glace, il se dirigea vers le mur du fond.) C'est par là que nous sommes entrés et c'est par là que nous devons ressortir.

— Peux-tu tu ouvrir la voie ? s'inquiéta Nee'lahn. Si ton pouvoir élémental a disparu...

— C'est l'énergie de l'arche qui permet la transition, et mon sang royal qui sert de clé. Élémental ou pas, je reste Kral a'Darvun de la Flamme de Senta.

Le montagnard tendit la main. Il fut quelque peu réconforté de voir Nee'lahn la prendre sans la moindre hésitation. Le reste des compagnons fit la chaîne.

— Vous êtes prêts ?

— Finissons-en, aboya Mogweed.

Kral acquiesça. Il se tourna vers le mur, ferma les yeux et laissa sa foi le porter en avant. Un instant, il craignit que l'arche le rejette ; mais le granit éternellement loyal à sa famille l'accueillit en son sein. Kral éprouva le vertige désormais familier, la sensation de culbuter dans le vide. Puis les compagnons se retrouvèrent de l'autre côté.

Une salle du trône identique s'étendait devant eux, mais les cadavres des n'ains avaient disparu. Un scintillement marquait la position des torches dans le monde réel, fournissant un éclairage diffus. À l'autre bout de la pièce se dressait le Trône de Glace et, près de lui, le vortex noir qui représentait l'ombre du griffon. Mais il était beaucoup plus gros à présent.

— Et maintenant ? s'enquit Tyrus. Que veux-tu qu'on fasse ?

Kral se dirigea vers le Trône de Glace, conservant une distance prudente vis-à-vis du vortex même s'il n'était plus un élémental.

— Je veux que vous vous échappiez.

Il gagna le trône et s'assit dessus.

Tyrus fit un pas vers lui.

— Je ne comprends pas.

Kral désigna l'escalier.

— Redescendez par là où nous sommes montés. Vous devriez vous retrouver au pied de l'arche.

— Mais nous ne pouvons pas quitter le reflet seuls, protesta Nee'lahn. Pas sans toi.

— Si, vous pouvez. Quand la couronne se brisera, la magie en fera autant. Vous vous mouillerez peut-être les pieds, mais vous serez libres.

— Et toi ?

Ce fut Tyrus qui répondit :

— Il récupérera son trône mais portera une couronne brisée.

Kral acquiesça.

— Partez pendant que vous le pouvez encore. (Comme ses compagnons s'apprêtaient à obtempérer, il se souvint d'une dernière chose.) Je vais avoir besoin d'une lame – quelque chose qui coupe bien.

Nee'lahn fit mine de sortir une dague de sa ceinture, mais Tyrus retint la main de la nyphai et dégaina l'épée de sa famille. Prudemment, il s'approcha de Kral et lui tendit la poignée de l'arme.

— Je ne peux pas prendre votre épée. N'importe quelle lame fera l'affaire.

Tyrus demeura l'épée tendue à bout de bras.

— C'est pour l'honneur de mon peuple – mon peuple désormais éteint. Mycelle était la dernière guerrière dro, et je suis le dernier de ma lignée. Prends mon épée et accepte cette promesse. Ton sacrifice empêchera les montagnards de jamais regagner leur foyer ancestral. Aussi, je jure de retrouver les clans éparpillés et de leur offrir Château Mryl comme nouvelle demeure. Un bastion de granit contre une autre. (Son geste se fit plus insistant.) Un pacte scellé dans le sang.

Kral n'essuya pas les larmes qui coulaient le long de ses joues et allaient se perdre dans sa barbe. Il se contenta de prendre la lame de bel acier mrylien entre ses paumes.

—Merci, roi Tyrus. Permettez-moi d'être le premier montagnard à vous prêter allégeance.

—J'accepte l'honneur que tu me fais.

Tyrus s'inclina devant Kral et entraîna les autres vers l'escalier.

Kral ne les regarda pas partir. C'était trop douloureux. Au lieu de ça, il regarda l'élégante lame et referma ses doigts dessus. L'étau qui lui comprimait le cœur se desserra soudain. Il avait une longue attente en perspective.

Immobile, il écouta les bruits de pas de ses amis se muer en échos, puis s'estomper tout à fait. Il devait leur laisser le plus de temps possible pour s'arracher aux profondeurs de Tor Amon.

Néanmoins, il n'avait pas l'éternité devant lui. Le vortex noir continuait à enfler, se rapprochant du trône. Kral savait qu'il devrait agir avant que les ténèbres atteignent le granit blanc. Il ne pouvait pas laisser passer cette chance.

Tandis qu'il observait la progression des ombres, une vision effrayante prit forme au centre du vortex. Le griffon commença à émerger de l'œil du tourbillon, comme s'il basculait d'un plan à l'autre. Kral devina que c'était mauvais signe : la corruption était en train de grignoter le voile qui séparait la réalité du reflet. Fasciné, il regarda le monstre se solidifier – ses ailes, ses griffes, son corps de lion, ses mâchoires qui semblaient prêtes à dévorer le monde.

Il comprit qu'il ne pouvait plus attendre.

—Bonne chance, mes amis.

Il empoigna l'épée de Tyrus et fit glisser ses deux mains fermées le long de la lame, entaillant ses paumes et ses doigts jusqu'à l'os.

Lorsqu'il eut fini, il tourna ses mains blessées vers le plafond et laissa son sang s'accumuler dans leur creux tandis qu'à côté de lui, le griffon déployait ses ailes. Des siècles auparavant, son ancêtre vaincu par les forces du Seigneur Noir n'avait pas eu le courage de détruire la Citadelle. Mais Kral, lui, n'échouerait pas. Une fois prêt, il abattit ses mains sanglantes sur les accoudoirs du Trône de Glace.

Aussitôt, le sol se mit à trembler. Une énorme secousse qu'on aurait dite générée par le trône même souleva toute la pièce. Kral s'accrocha aux accoudoirs. Jusqu'au bout, il serait témoin de la fin de la Citadelle.

L'étrange transformation du griffon ne lui échappa pas. Mais il était au-delà de ces mystères, sur le point d'en pénétrer un bien plus grand.

Kral tourna son regard vers le haut – vers la réalité.

— *To'bak nori sull corum !* lança-t-il à ses amis de toute la force de ses poumons.

Puis il ferma les yeux une dernière fois.

Jusqu'à ce que les routes nous ramènent les uns vers les autres, vous serez dans mon cœur.

Prisonnier du Mur du Sud, Joach savait qu'il n'avait pas le choix. Il devait retourner dans le désert onirique.

— Mais Greshym t'attend là-bas, protesta Sy-wen.

Elle se tenait près de Ragnar'k, une main posée sur son flanc écailleux pour l'empêcher de redevenir Kast. Les compagnons auraient besoin de la force du dragon si des monstres tentaient de les attaquer depuis les tunnels au-delà de la grotte du basilic.

Joach regarda fixement la statue d'éb'ène. Comme nul ne le menaçait plus, le basilic s'était de nouveau figé, ses anneaux enroulés dans le sable. Il se satisfaisait de la seule proie qu'il avait pu avaler. Joach sentit ses yeux le picoter. Il se détourna. *Kesla…*

— Qu'espères-tu accomplir ? interrogea Sy-wen. Tu as déjà essayé d'attaquer le portail du Weir avec tes sculptures, mais elles sont redevenues sable au contact du basilic. Que peux-tu faire d'autre ?

De fait, Joach avait déployé tout son talent et son pouvoir à l'état brut pour assaillir la statue d'éb'ène. Mais ses créatures s'étaient révélées trop faibles. Il avait besoin de transformer le sable en pierre – et il ne connaissait qu'une seule personne possédant assez de magie noire pour le faire.

— Je dois aller voir Greshym. Il détient peut-être la clé qui nous permettra de détruire le portail du Weir.

— Mais c'est un serviteur du Seigneur Noir ! s'exclama Sy-wen, consternée. Comment peux-tu lui faire confiance ?

— J'ai quelque chose qu'il désire.

— Quoi donc ?

Joach secoua la tête. C'était justement ce qu'il se demandait. Pour quelle raison le mage noir avait-il besoin de sa présence dans le désert onirique ?

— Aucune idée, marmonna-t-il. Mais c'est notre seul espoir.

— Un espoir bien ténébreux, soupira Sy-wen.

Dans les yeux de la mer'ai, Joach vit qu'elle se résignait à adopter son plan. Ils n'avaient le choix. L'aube ne tarderait plus à se lever. S'ils voulaient sauver le désert, ils devaient courir ce risque.

Joach s'avança sur le sable.

— Garde un œil sur le basilic.

— Sois prudent, lui recommanda Sy-wen. Et méfie-toi de Greshym !

Joach acquiesça et tira une dague de sa ceinture. Il s'entailla le pouce, puis tendit sa main blessée devant lui, paume vers le bas. De grosses gouttes rouge vif s'écrasèrent sur le sable. Joach ferma les yeux pour entrer en harmonie avec la magie dans son sang et bascula vers le désert onirique.

— *Sois prudent… et méfie-toi de Greshym !* Le jeune homme avait bien l'intention de suivre les conseils de Sy-wen. Aussi se garda-t-il de pénétrer entièrement dans le plan onirique. Il demeura en suspens dans l'ombre qui séparait le rêve et la réalité, là où seuls les sculpteurs pouvaient marcher. Greshym l'attendait dans le sable, appuyé sur son bâton.

— Je te vois, mon garçon. Es-tu venu tenir ta promesse ?

— Non, nous n'avons pas fini de marchander.

Le vieillard sursauta.

— Comment ça ? Tu as juré !

— J'ai juré de revenir ici. Je n'ai pas précisé quand, fit valoir Joach.

Greshym plissa son œil valide.

— Il semble que je t'aie trop bien enseigné la duplicité. (Il se pencha en avant.) Que veux-tu donc négocier cette fois ? J'ai observé ta petite bataille contre le basilic. Ne me dis pas que tu cherches d'autres réponses ! Faut-il donc que je fasse tout le travail pour toi ?

Joach serra son poing.

— Tout ce que je vous demande, c'est de me prêter votre bâton. Laissez-moi accès à sa magie noire afin que je puisse sculpter une flèche assez solide pour briser le basilic.

— C'est ça que tu veux ?

Greshym tendit son bâton de bois pétrifié devant lui.

Joach le regarda. D'où il se trouvait, il percevait déjà le flux des énergies ténébreuses. Harmonisé à leur chanson tentatrice, il savait que le bâton n'était pas juste une émanation mais un instrument réel. D'une façon qu'il ne s'expliquait pas, Greshym avait réussi à l'amener dans le désert onirique avec lui.

— Si tu le veux vraiment, dit le mage noir en reculant d'un pas, il va falloir venir le chercher.

Joach n'en attendait pas moins de sa part.

— Et si je viens le chercher, vous me laisserez partir avec.

— Absolument. Il sera tien.

Joach soupira et ferma les yeux. Il savait que c'était un piège, mais il devait courir le risque. Dans sa tête, le bâton de bois pétrifié brillait aussi fort qu'un signal lumineux. Il devait se l'approprier. Depuis la première fois qu'il avait posé les yeux dessus, il luttait contre le désir que lui inspirait l'artefact. À présent, il devait s'abandonner à ce désir pour trouver le courage de franchir le voile et de pénétrer tout à fait dans le désert onirique.

Joach fit un pas en avant et sentit du sable sous ses pieds. Il rouvrit les yeux et soutint le regard de Greshym.

— Je suis là. J'ai rempli ma part du marché.

— J'entends une telle colère dans ta voix ! Ne me fais-tu pas confiance, mon garçon ?

— Vous avez promis de me donner le bâton.

— Il est à toi.

Greshym lui tendit l'artefact. Dans sa prunelle recouverte par un voile laiteux brillait de l'amusement et quelque chose de plus sombre, de plus dangereux : une faim dévorante.

Joach savait que le piège était là. Mais il ne put s'empêcher de saisir le bâton. Dans sa tête, il rationalisait son geste en se disant que c'était une nécessité, mais, dans son cœur, le désir et la colère brûlaient ardemment. Il avait vu Kesla mourir en basculant dans le puits sans fond du Weir. Quoi qu'il puisse lui en coûter, il détruirait le basilic.

Ses doigts se refermèrent sur le bois pétrifié, et des images défilèrent dans son esprit. *Le chaman Parthus empoignant lui aussi le bâton ; Greshym adoptant l'apparence du vieillard.*

Une secousse parcourut le corps de Joach. Sa vision s'assombrit. Il sentit le sable tourbillonner autour de lui comme pendant une tempête. Ses perceptions tanguèrent. Luttant contre une étrange attraction, il traîna sa conscience à l'avant-plan. Reliés par le bâton de bois pétrifié, Greshym et lui tournoyaient au milieu d'un cyclone. Des flammes de feu obscur couraient sur toute la longueur de l'artefact.

Comme le vortex accélérait, le rire du mage noir se fit assourdissant. Paralysé par la force centrifuge, Joach sentit quelque chose de vital s'arracher à son corps. Il hoqueta. Face à lui, la silhouette de Greshym se brouilla. Désormais, ils tournaient si vite que leurs deux images semblaient se superposer et se fondre l'une à l'autre. Tandis que Joach écarquillait des yeux horrifiés, un spasme sauvage parcourut tout son corps.

Il hurla – et soudain, ce fut terminé.

Joach se tenait dans le sable, le bâton à la main. La tête lui tournait, et il se sentait faible comme un nouveau-né.

Greshym se tenait toujours face à lui, mais le mage noir avait changé. Sa peau était devenue lisse ; ses yeux marron, limpides et brillants. Une épaisse chevelure couleur de cuivre tombait sur ses épaules. Il redressa son dos courbé. Un rire vigoureux s'échappa de sa gorge.

— Merci, Joach. (Il lâcha son extrémité du morceau de bois pétrifié.) Comme promis, le bâton – et toute la magie qu'il contient – est à toi !

— Que… ?

Joach leva son trophée. Il ne reconnut pas la main qui tenait l'artefact : une pauvre chose flétrie et osseuse, sur laquelle se détachaient des veines violettes. Il baissa les yeux pour s'examiner. Ses jambes aussi maigres que des brindilles tremblaient. Il dut planter le bâton dans le sable pour ne pas tomber.

— Qu'avez-vous fait ? demanda-t-il d'une voix éraillée.

— C'est un bien faible prix à payer pour sauver ton monde, répliqua Greshym. Je ne t'ai ni tué ni corrompu – je me suis contenté de voler ta jeunesse !

Il agita une main, et un miroir apparut devant Joach. Celui-ci découvrit un vieillard au dos courbé, lourdement appuyé sur son bâton. Ses cheveux blancs descendaient jusqu'à sa taille ; sa peau était ridée et couverte de taches brunes. Pourtant, il savait que ce n'était pas un étranger qui lui rendait son regard. Il connaissait trop bien ces yeux verts.

— Une illusion, lâcha-t-il, incrédule. Comme le chaman Parthus.

— Non, le chaman n'était qu'un rêveur ordinaire, je le crains. Toi, tu es un sculpteur. Les transformations provoquées par ta magie sont réelles. La jeunesse que je t'ai volée sera permanente.

Joach sentit la vérité dans les paroles de Greshym. Il pointa le bâton vers le mage noir.

— Défaites ça !

Greshym recula. Il leva une main, non pour se protéger de Joach, mais pour admirer ses doigts redevenus souples et déliés.

— C'est tout simplement merveilleux. Bien plus que l'or ou le pouvoir, la jeunesse est le véritable trésor de la vie.

Joach conjura les énergies ténébreuses du bâton. Il avait peut-être vieilli, mais il était toujours capable de manipuler la magie. Il brandit l'artefact – et fut horrifié de s'apercevoir que le bois était vide.

Greshym lui sourit tristement.

— Je t'avais dit que je te donnerais le bâton et la magie qu'il contiendrait, mais je crains que mon sort ait été assez gourmand en énergie. Il l'a intégralement consommée pour produire la transformation.

— Vous m'avez dupé, enragea Joach.

Greshym eut un geste insouciant.

— Je me suis contenté de jouer sur tes désirs les plus primaires. Tu n'es pas venu ici pour sauver ton monde. Ce n'était qu'une excuse. Tu es venu parce que tu désirais le bâton et sa magie noire.

Les jambes de Joach tremblaient. Il voulait nier, mais il n'avait pas la force de mentir. Au fond de son cœur, il savait que Greshym avait raison. Il baissa la tête.

— Je me suis bien servi de toi, hein ? soupira Greshym. Alors, laisse-moi t'accorder une faveur supplémentaire. Gratuitement, par simple bonté de mon cœur juvénile.

Joach releva la tête.

Greshym agita un bras.

— La réponse à ton problème se trouve ici. Elle ne nécessite pas de magie noire – seulement la tienne, Joach. Tu as toujours été la solution… Toi, et ce rêve en forme de fille.

Joach ferma les yeux.

— Kesla a disparu. Elle a été consumée par le Weir.

— Allons, depuis quand un rêve peut-il être détruit ? Le Shiron originel est-il mort après son duel contre Ashmara ? Tant que le désert perdure, il en va de même pour ses rêves.

L'espoir embrasa le cœur de Joach. Il redressa le dos.

— Tu es un sculpteur, poursuivit Greshym. Et nous sommes dans le désert onirique. Rien ne t'empêche de faire revenir cette fille si tu le désires.

Joach cligna des paupières.

— Vraiment, je peux faire ça ?

Greshym leva les yeux au ciel.

— Comme j'aimerais te former… Tu es si ignorant ! (Puis il soupira et reprit, plus sobrement :) Bien sûr que tu peux la ressusciter… à condition de te concentrer assez fort.

Joach se souvint de la mise en garde du chaman Parthus au sujet des émanations du désert : « En focalisant ton attention sur elles, tu leur donnes de la substance et du pouvoir ». Il fit face à Greshym.

— Mais en quoi le retour de Kesla m'aidera-t-il ? Elle a échoué la dernière fois.

Greshym le regarda longuement.

— J'estime t'en avoir assez dit. Si tu veux savourer une victoire, débrouille-toi tout seul pour trouver le reste.

Le mage noir s'écarta et leva un bras, prêt à disparaître.

— Attendez !

— Regarde autour de toi, Joach. Regarde autour de toi.

Et il s'en alla.

Joach sentit la flamme de son espoir s'éteindre. À quoi cela servirait-il de ressusciter Kesla ? La jeune fille était une émanation. Si le désert mourait, elle mourrait avec lui, et Joach ne supporterait pas de la perdre une seconde fois.

S'appuyant sur son bâton, il scruta les alentours. Sous ses pieds, la souillure du basilic avait rendu le sable noir – et elle continuait à s'étendre dans le désert phosphorescent. Bientôt, elle l'aurait entièrement consumé. Joach se détourna et se concentra sur ses orteils, vaincu.

Puis il comprit. Une horreur glaciale l'envahit, balayant toutes ses émotions, le laissant vide et gelé jusqu'à la moelle. Il tomba à genoux. Quelque part dans le lointain, il entendit un rire moqueur.

Soyez maudit, Greshym.

À présent, Joach comprenait quel rôle Kesla et lui étaient censés jouer. Il lâcha le bâton en travers de ses cuisses et se couvrit le visage de sa main. Ce qu'on lui demandait était trop dur. Il ne pouvait pas payer ce prix-là.

Joach se balança dans le sable. Il savait qu'il n'avait pas le choix, mais il ne pouvait se résoudre à commencer. Fermant ses perceptions au monde extérieur, il se représenta les yeux violets de Kesla – la même teinte que la mare d'une oasis à minuit – et imagina sa peau couleur de cuivre poli, aussi douce que le sable le plus fin. Il se souvint de la tiédeur de ses lèvres, de la délicatesse de ses gestes, de ses courbes pareilles à une invitation. Il réveilla l'amour tapi en son cœur, un amour encore vif et douloureux après sa récente perte. Un amour partagé ; il en avait la certitude à présent.

— Monsieur ? lança une voix près de lui.

Avec un brusque mouvement de recul, Joach découvrit une vision qui l'ébranla jusqu'au tréfonds de son être. Kesla se tenait face à lui, une main tendue en un geste indécis.

— Pouvez-vous me dire où je suis ? (La jeune fille balaya du regard le paysage noirci.) J'ai perdu mes amis. (Elle se toucha le front.) Nous étions dans le Mur du Sud.

Joach s'appuya sur son bâton pour se relever.

— Kesla.

Entendre son nom dans la bouche d'un étranger fit sursauter la jeune fille.

— Je vous connais, monsieur ?

La lueur inquiète qui brillait dans ses prunelles arracha un sourire triste à Joach. Quelles que soient les circonstances, c'était merveilleux de la revoir. Il la regarda en se concentrant pour lui transmettre tout son amour.

Prends-le, implora-t-il en silence. *Sinon, je n'aurai pas la force de faire ce que je dois.*

Il sentit une part de son esprit s'écouler hors de lui, donnant substance à ce que son imagination chagrinée avait conjuré. Il projeta tout ce qu'il avait en lui vers l'émanation de son amour. Kesla parut devenir plus solide, plus détaillée. Il vit la sueur qui perlait sur son front, décela une tension apeurée dans sa posture. Puis une lueur de compréhension passa dans les yeux de la jeune fille. Elle fit un pas vers lui et plongea son regard dans le sien.

— Joach ?

Le sculpteur ferma les yeux pour retenir ses larmes.

— Non, chuchota-t-il d'une voix rauque, étranglée.

Il ne voulait pas qu'elle le reconnaisse.

— C'est toi !

Kesla le rejoignit. Joach perçut la tiédeur de sa présence. Il rouvrit les yeux, et des larmes brûlantes coulèrent sur ses joues.

— Kesla…

La jeune fille se pencha, lui passa ses bras autour du cou et pressa une joue veloutée contre sa joue décrépite.

— Oh, Joach, je croyais t'avoir perdu !

Par-dessus son épaule, le sculpteur balaya du regard la souillure noire de la corruption. Kesla aimait le désert plus que tout… Pourtant, il hésita. Il se dégagea pour regarder la jeune fille dans les yeux une dernière fois.

— Je t'aime, Kesla. Je t'aimerai toujours.

Elle sourit et le serra de nouveau contre elle, avec une vigueur pareille à une promesse d'éternité.

— Moi aussi, je t'aime.

Joach ferma les yeux et se concentra pour faire apparaître la lame dans sa main : une longue dague au tranchant si aigu qu'elle couperait sans causer de douleur. Dans le plan onirique, tout était possible. Il rendit son étreinte à Kesla, essayant de lui communiquer toute une vie d'amour… puis il lui plongea sa lame dans le cœur.

Il sentit la jeune fille hoqueter et ses bras se crisper autour de lui. Il la serra encore plus fort. Du sang se déversa sur le manche de la dague, sur sa propre main, et tomba dans le sable noir à ses pieds.

— Joach ?

— Chut, mon amour. Ce n'est qu'un rêve.

Joach garda les yeux fermés et continua à tenir Kesla tandis que la jeune fille s'affaissait lentement contre lui. Ses larmes coulèrent jusqu'à ce qu'il sente le dernier souffle de sa bien-aimée effleurer sa joue. Et même alors, il ne put se résoudre à la lâcher. Il resta immobile pendant un laps de temps indéfini avant de rouvrir les yeux.

À ses pieds, la flaque rouge sombre avait nettoyé la souillure. Comme le noctiverre sur lequel Ashmara s'était tenu, la corruption du désert avait été vaincue par la pureté du sang de Kesla. Le sable luisait de nouveau et, sous le regard de Joach, le miracle se propagea dans toutes les directions, faisant reculer l'emprise du basilic sur le désert élémental.

Le cœur trop lourd pour rester plus longtemps debout, Joach s'affaissa en serrant contre lui le corps inerte de Kesla. Il repoussa une mèche de cheveux qui tombait devant le visage de la jeune fille et se remit à pleurer.

— Tu as réussi, Kesla. Tu as sauvé ton désert.

24

Accroupi sur le bras de pierre de la manticore, Tol'chuk scrutait le ciel. La lune était presque couchée ; seul son bord brillait encore au-dessus de l'horizon déchiqueté. Plus près, l'apparition spectrale sortie du Grimoire devenait de plus en plus floue et brumeuse.

— Il faut nous dépêcher ! dit Fila sur un ton pressant.

Er'ril se tenait face au rocher d'éb'ène. Son visage était rouge de fatigue, son front luisant de sueur. Levant sa hache une fois de plus, il l'abattit sur la pierre. Le métal heurta le rocher d'ébène avec fracas, mais sans lui causer de dommages. Er'ril ramena par-dessus son épaule l'arme au tranchant émoussé par ses assauts précédents.

— Ça ne sert à rien, constata Wennar. Seul le Try'sil aurait pu le briser.

Il jeta un coup d'œil accusateur à Tol'chuk. L'og're baissa les yeux.

— Elena ! appela Er'ril.

— Je suis toujours là, répondit la jeune femme, sa voix flottant hors de la pierre. Mais j'ignore pour combien de temps. Ma protection magique s'amenuise. Je commence déjà à sentir l'attraction du Weir. Quand la magie de Cho s'éteindra, je ne pourrai pas l'empêcher de m'aspirer.

Tol'chuk ferma les yeux. Il devait y avoir un moyen. Er'ril avait épuisé sa force brute, Fila avait vainement cherché une solution dans le plan spirituel, et Wennar avait tout simplement accepté la défaite. Et lui, quel rôle lui restait-il à jouer ? Le Cœur de son peuple l'avait guidé vers la sor'cière. Le spectre de son père lui avait indiqué la direction du Gul'gotha, et le Fléau l'avait conduit jusqu'au portail de la manticore.

À présent, Tol'chuk se tenait accroupi, les bras ballants – inutile. Qu'était-il censé faire ? Il avait des tas de petites pièces et il savait qu'une réponse se cachait parmi elles, à condition qu'il parvienne à les assembler correctement.

L'og're serra un poing de frustration. Il portait le visage du Seigneur Noir, la preuve de son héritage maudit. Cette pensée l'empêchait de réfléchir clairement. Elle faisait peser sur lui le sentiment d'être déjà damné. Consciemment, il la repoussa. Il ne se laisserait pas dicter son destin.

Portant la main à sa sacoche, Tol'chuk l'ouvrit brusquement et en sortit le morceau de sanguine. Il leva la pierre dans la lueur de la lune, observant le Fléau tapi au cœur du cristal écarlate. *Qu'est-ce que ça signifie ? Pourquoi la Terre a-t-elle maudit mon peuple ? Pourquoi m'a-t-elle conduit ici ?*

Depuis le rocher d'éb'ène, Elena lança :

— Er'ril, je ne tiens plus…

Sa voix s'estompait déjà.

— Elena ! appela Er'ril.

Tol'chuk pivota. Dans très peu de temps, tout serait perdu. L'og're agrippa sa sanguine et détailla le rocher. Une idée germa dans son esprit. Le Cœur de son peuple était une pierre rouge abritant une créature noire et, à présent qu'Elena se trouvait à l'intérieur, le portail de la manticore était une pierre noire abritant une créature rouge. Cette symétrie devait avoir une signification. Mais laquelle ? Quel dessein avait poursuivi la Terre en plaçant le Fléau dans la sanguine ? Pourquoi avait-elle laissé l'immonde scorpion se nourrir des esprits de sa tribu et aspirer toute la magie du cristal ?

Tol'chuk cligna des yeux et se leva d'un bond.

— Il ne contient plus aucune magie ! s'exclama-t-il.

Er'ril lui jeta un coup d'œil par-dessus son épaule.

Tol'chuk brandit le Cœur de son peuple.

— Il ne contient plus aucune magie ! Le Fléau l'a consumée !

Er'ril fronça les sourcils et essuya son front en sueur.

Tol'chuk se rua en avant.

— La Terre n'a pas maudit notre peuple ! Elle lui a donné le moyen de venger la trahison de mon ancêtre !

Il se souvint de l'histoire de Mimbly le fou, le mineur qui avait jadis découvert la sanguine. Dans son délire, le n'ain avait affirmé que seule cette pierre détenait le pouvoir de vaincre les ténèbres à venir.

Er'ril fit mine de barrer le passage à l'og're, mais Tol'chuk se laissa guider par sa brusque certitude et bouscula l'homme des plaines pour passer.

— Aidez-moi ! implora Elena d'une voix de plus en plus ténue.

Tol'chuk leva la sanguine au-dessus de sa tête.

— Sans magie, le Weir n'a aucune emprise sur le Cœur !

Et de toute la force de ses épaules d'og're, il abattit le cristal sur le rocher noir.

L'explosion qui suivit fit voler la roche en arrière. Il percuta Er'ril, et tous deux s'écroulèrent. Un hurlement transperça la nuit, se répercutant entre les montagnes.

Tol'chuk s'assit. À quelques mètres de lui, le rocher noir gisait en miettes. Mais ce n'était plus de l'éb'ène. Les fragments qui s'entassaient au creux de la paume de la manticore avaient la couleur et la transparence de la sanguine pure.

Er'ril se releva d'un bond et se précipita vers les éclats de cristal écarlate, qu'il déblaya à coups de pied.

— Elena !

Tol'chuk baissa les yeux vers sa main. Il tenait toujours le Cœur entre ses griffes – et la pierre était intacte. Comme il l'examinait, elle se mit à briller de mille feux. Il fut si surpris qu'il faillit la lâcher. Puis ses doigts se crispèrent dessus. Le Cœur de son peuple avait été restauré ! Il le leva dans le clair de lune faiblissant. Même le Fléau avait disparu !

— Elena !

Le cri torturé d'Er'ril arracha Tol'chuk à la contemplation du cristal.

L'homme des plaines s'accroupit au milieu des éclats de sanguine. Il se pencha en avant et souleva une silhouette pâle dans ses bras. C'était Elena. Er'ril pivota vers ses compagnons. La jeune femme gisait inerte contre sa poitrine.

— Elle est morte !

Méric se tenait au bord de Tor Amon. Il avait veillé toute la nuit, scrutant le lac noir en quête d'un signe de Kral. Plus tôt, la tempête de neige avait cessé ; il n'en subsistait que des bourrasques intermittentes charriant quelques flocons. Mais l'el'phe avait refusé de s'éloigner avant l'aube. Il devait être certain.

La surface du lac avait repris sa brillance placide. De la neige s'entassait très haut sur sa rive. De l'arche majestueuse, il ne restait que quelques morceaux de granit brisé saillant depuis les profondeurs.

La chute de la Citadelle avait été brutale et rapide.

Après avoir laissé Kral dans la salle du trône, Méric et les autres avaient dévalé les escaliers. Ils venaient juste d'atteindre la base du pilier quand une violente secousse avait ébranlé toute la structure. Les dernières paroles du montagnard s'étaient révélées vraies. L'effondrement de l'arche avait renvoyé les compagnons dans la réalité. Libres, ils avaient couru le long du pont étroit pour gagner la forêt qui s'étendait au-delà. Des vagues énormes les avaient poursuivis et s'étaient écrasées sur le rivage tandis que de gros morceaux de granit s'abîmaient dans le lac.

À présent, Mogweed, Nee'lahn et Tyrus se dissimulaient dans une caverne voisine, où ils avaient allumé un feu pour se réchauffer. En regardant par-dessus son épaule, Méric aperçut la lueur orangée des flammes. Il remarqua également que le ciel pâlissait à l'ouest et que les étoiles disparaissaient à l'approche de l'aube.

Leur plan était de se remettre en route au lever du soleil et de franchir la passe avant que la prochaine tempête scelle l'accès aux montagnes. Plus tôt, Tyrus avait utilisé sa pièce d'argent pour contacter Xin à bord de l'*Aile des Tempêtes*. Le navire les récupérerait au-delà du Mur du Nord, mais il semblait avoir un problème que le Zo'ol avait été incapable d'expliquer. Raison de plus pour ne pas traîner dans les parages.

Les compagnons manquaient de temps pour pleurer leurs amis perdus.

Soupirant, Méric balaya le lac du regard une dernière fois. Puis il rebroussa chemin vers le campement, se frayant un passage dans la neige. Au moins n'y avait-il aucun signe des n'ains. La panique avait dû les faire fuir quand la Citadelle s'était écroulée.

Méric gravit la pente verglacée qui conduisait jusqu'à la caverne tiède et accueillante.

Tyrus montait la garde près de l'entrée. Il ne se donna même pas la peine de demander si Méric avait vu quelque chose.

— C'est idiot de rester là, avait-il affirmé plus tôt. Le montagnard ne reviendra pas.

Méric pouvait difficilement le contredire. Mais Tyrus n'avait pas partagé une cellule sous la forteresse de Ruissombre avec le montagnard. Kral et Méric avaient tous les deux été torturés par le seigneur n'ain Torwren. Kral était venu sauver Méric et il avait payé le prix ultime tandis que l'el'phe s'en tirait sans rien de plus grave que quelques brûlures et des cauchemars. Méric avait une dette envers le montagnard. La culpabilité l'avait poussé à s'accrocher tant qu'il resterait le plus infime espoir que Kral ait pu s'en sortir.

Mais au final, Tyrus avait eu raison. C'était idiot de rester là.

Nee'lahn jeta à Méric un coup d'œil plein de compassion.

— J'écrirai une chanson sur lui, dit-elle doucement. Sur son sacrifice. Il continuera à vivre à travers ma musique.

Méric eut un faible sourire.

— Un jour, il faudra que tu la joues à Château Mryl – pour le peuple de Kral, lorsque son errance séculaire sera enfin terminée.

Nee'lahn acquiesça. Dans ses bras, le bébé dormait profondément après cette longue nuit agitée.

Méric s'assit près de Mogweed.

— J'imagine que tu vas retourner dans la forêt des Contrées du Couchant.

Le métamorphe haussa les épaules, en observant les flammes d'un air maussade.

Méric se servit une tasse de thé léger et attendit que le feu réchauffe ses os transis. Le ciel continua à s'éclaircir lentement et, au bout d'un moment, Tyrus appela ses compagnons à se préparer pour la marche du jour.

Méric étira ses jambes et enfila les bretelles de son paquetage. Il regarda les premiers rayons du soleil darder à l'horizon. À ses côtés, Mogweed s'écroula brusquement, un poing serré sur sa poitrine. L'el'phe se précipita à son secours. Le métamorphe était à quatre pattes. Méric tendit une main vers lui.

— Mogweed ?

Un grognement sauvage s'échappa de la gorge du petit homme. Celui-ci se redressa vivement.

— Je ne suis pas Mogweed.

— Alors, qui… ?

Il se tourna vers le soleil levant.

— Fardale.

Son visage restait le même, mais il ne faisait aucun doute qu'un changement s'était produit en lui. Il se tenait différemment, avec plus d'assurance ; une vive intelligence brillait dans ses yeux.

Nee'lahn et Tyrus le rejoignirent.

— Fardale ? Comment est-ce possible ?

L'homme se rembrunit.

— C'est la faute de mon frère. Le serpent de Mycelle nous a fait fusionner d'une étrange manière.

— Et Mogweed, où est-il ?

Fardale s'essuya les mains sur sa chemise d'un air dégoûté.

— Je ne le sens pas, mais il est toujours là-dedans, là où je me trouvais il y a une minute : dans une prison sans barreaux, observant tout ce qui se passe autour de lui sans pouvoir intervenir.

— Mais qu'est-ce qui a provoqué la permutation ? interrogea Nee'lahn.

— Je n'ai eu aucun contrôle dessus, et Mogweed non plus.

— Le paka'golo de Mycelle était en harmonie avec la lune, murmura Méric. Et tu es apparu aux premiers rayons du soleil. Mmmh… Je me demande…

Fardale le regarda sans comprendre.

Méric jeta un coup d'œil au soleil levant.

— Je soupçonne que durant la journée, c'est toi qui contrôleras ce corps, mais la nuit, ce sera au tour de Mogweed.

L'expression de Fardale se fit nauséeuse.

— Si c'est vrai, je dois trouver un moyen de briser ce sort.

— Je suis certain que ton frère sera du même avis, ricana Méric. Je suppose donc que vous resterez avec nous un peu plus longtemps ?

Tyrus secoua la tête et s'éloigna à grands pas décidés.

— Dans ce cas, allons-y. Nous avons une longue route devant nous.

Joach continua à bercer Kesla jusqu'à ce que le soleil se lève dans le monde réel et que le désert onirique se dissolve autour de lui, faisant disparaître la jeune fille.

Il se retrouva dans la caverne du basilic. Sy-wen et Kast étaient accroupis près de lui, l'une à gauche, l'autre à droite. Sa transformation avait dû les effrayer suffisamment pour qu'ils renvoient le dragon.

— Tu vas bien, Joach ? interrogea la mer'ai.

— Tu as vieilli d'une centaine d'hivers sous nos yeux.

Kast s'écarta, et pour la première fois depuis son retour, Joach aperçut le basilic.

Il fronça les sourcils. La statue avait toujours la même forme : celle d'un serpent à plumes avec la tête d'un ignoble oiseau charognard. Mais elle n'était plus taillée dans de l'éb'ène. Désormais, elle brillait d'une douce lueur rouge et reflétait la lumière des torches.

— De la sanguine, marmonna Joach.

Kast se redressa et jeta un coup d'œil à la statue.

— C'est arrivé peu de temps après que tu as vieilli. (Il reporta son attention sur Joach.) Que s'est-il passé ?

Joach secoua la tête. Il tendit une main au Sanguinaire afin que celui-ci l'aide à se dresser sur ses vieilles jambes. Ses articulations craquèrent et s'embrasèrent de douleur. Il se mordit la lèvre. Comme il faisait un pas en avant, son pied heurta quelque chose dans le sable.

Il baissa les yeux.

— Qu'est-ce que c'est ? demanda Sy-wen en s'apprêtant à le ramasser.

— N'y touche pas ! aboya Joach si sèchement que la mer'ai effrayée recula. (Avec l'aide de Kast, il se pencha et saisit le morceau de bois pétrifié.) C'est à moi.

Ce bâton lui avait coûté très cher ; pas question qu'il y renonce ! Il se releva et s'appuya dessus sans même se rendre compte qu'il poussait un soupir de soulagement. À petits pas prudents, il se traîna vers la statue.

— Fais attention, lui recommanda Sy-wen.

Tournant le dos à ses compagnons, Joach eut un rictus silencieux. Ses doigts percevaient la minuscule quantité d'énergie ténébreuse qui courait à travers le bois. Le bâton, vide quand Greshym le lui avait cédé, avait dû absorber le pouvoir du sable noir lorsque Joach l'avait laissé tomber. Il le pointa vers la statue.

— Joach ! s'exclama Sy-wen, inquiète.

Le sculpteur l'ignora. Conjurant la magie de l'artefact, il incanta le sort de feu incendiaire, un sort qui lui était aussi familier que son propre nom. Ses lèvres se glacèrent, et une lumière noire enveloppa l'extrémité du bâton. Comme il prononçait le dernier mot, une lance de ténèbres jaillit et frappa la sanguine, qu'elle fit voler en éclats. Des milliers de fragments de cristal rouge s'écrasèrent sur le mur du fond.

Joach baissa son bâton et pivota en s'appuyant dessus.

— Que t'est-il arrivé ? demanda Kast, stupéfait.

Du menton, Joach désigna le tunnel qui conduisait hors de la caverne.

— J'en ai fini avec les déserts, répondit-il simplement.

Dans la paume de la manticore, Er'ril se dégagea du monticule de fragments de sanguine et emporta Elena plus loin sur le bras de la statue. Les jambes coupées par le choc, il tomba à genoux devant l'apparition de Fila.

— Elle ne respire plus, souffla-t-il d'une voix étranglée. Son cœur a cessé de battre.

Fila s'agenouilla devant lui. Elle tendit ses mains et les passa au travers du corps d'Elena.

— Non, Er'ril, elle est toujours vivante, mais très faible. Le Weir l'a touchée et repoussée très profondément en elle-même.

Er'ril s'affaissa de soulagement.

— Elle vivra. Elle s'en remettra. Les propriétés curatives du Journal Sanglant…

Fila se rembrunit et jeta un coup d'œil au Grimoire qui gisait ouvert sur le bras de granit.

— Je n'en suis pas si sûre. Il ne s'agit pas d'une plaie ouverte ou d'un vulgaire trouble intestinal. Ses blessures sont bien plus profondes que ça. Traumatisée par sa récente fusion avec Cho, Elena était particulièrement fragile, tout comme les liens qui la reliaient à elle-même et l'ancraient dans son corps. Il se peut que le Weir ait endommagé ses amarres de façon permanente.

— Elena est forte, contra Er'ril. Elle va lutter.

— Je ne sais pas si elle peut le faire seule. (Fila dévisagea l'homme des plaines.) Il existe entre vous un lien tacite…

Embarrassé, Er'ril ferma les yeux.

— Ses propres amarres ayant été rompues, elle va avoir besoin de ce lien pour revenir parmi nous.

— Je ne comprends pas.

Fila secoua la tête.

— Ah, les hommes ! soupira-t-elle. Vous devez…

Puis elle disparut dans un tourbillon de lumière.

Er'ril se tourna vers le Journal Sanglant. Celui-ci était toujours ouvert, mais la fenêtre sur le Vide avait disparu, remplacée par des pages vierges. Le guerrier leva les yeux vers le ciel. La lune s'était couchée, mettant un terme à la magie du Grimoire pour cette nuit-là.

Er'ril était seul avec Elena. Il pivota vers Magnam.

— Va me chercher Mama Freda.

Le n'ain acquiesça et partit en courant.

Tol'chuk apparut derrière Er'ril.

— La guérisseuse n'arrivera pas à temps. Et le mal qui l'afflige n'est pas du genre que l'on soigne avec des herbes.

Er'ril ne répondit pas. Il savait que l'og're disait la vérité. Aussi se contenta-t-il d'acquiescer et de lui faire signe de s'éloigner.

Puis il se pencha au-dessus d'Elena. « Il existe entre vous un lien tacite… » Sans se soucier qu'on puisse le voir, il toucha le visage de la jeune femme inerte, et quelque chose se brisa en lui. Le fer standi de son cœur fondit et s'écoula, brûlant, dans ses veines. Il ne pouvait cacher ses sentiments plus longtemps. S'abandonnant à son chagrin, il laissa ses larmes couler et tomber de ses joues sur celles de la mourante.

— Elena, dit-il en se penchant encore plus bas. Si tu m'entends, viens à moi.

Il pressa sa bouche sur celle de la jeune femme.

— Entends-moi, reviens-moi.

Alors, il sentit un souffle ténu s'exhaler entre les lèvres d'Elena.

« Elle va avoir besoin de ce lien pour revenir parmi nous. »

Soulevant la jeune femme dans ses bras, Er'ril la serra très fort contre lui. Il hésita, puis l'embrassa de nouveau. Et bien qu'elle fût glacée, cette fois, il ne s'écarta pas d'elle. Il la réchauffa de son souffle, de ses mains, de ses larmes.

— Reviens-moi, chuchota-t-il contre ses lèvres.

Elle était suspendue dans les ténèbres, inerte, sans nom et sans substance. Elle n'avait pas conscience d'un passé ou d'un avenir, juste d'un présent interminable dans l'abysse glacial du néant.

Puis un mot lui parvint.

— Elena.

Il n'avait pas de signification pour elle. Elle l'ignora.

Mais bientôt, une vague de chaleur ondula au travers de l'obscurité. Et d'autres mots dénués de sens résonnèrent autour d'elle.

— Reviens-moi.

Parce qu'elle ne les comprenait pas, elle les mit de côté et suivit le flot tiède. Un instinct primaire lui commandait de se réchauffer. Tandis qu'elle se laissait entraîner par le courant, le froid s'évapora de son être. C'était une sensation agréable.

Petit à petit, d'autres sensations vinrent s'ajouter à la première. Elle les autorisa à l'envelopper, à devenir elle, à lui prêter de la substance. Elle apprit qu'elle avait une forme, une masse bien définie – et elle en fut aussitôt récompensée. La tiédeur se mua en une chaleur vive et brillante.

À cet instant, un mot se cristallisa dans son esprit – un mot qui n'était pas un nom et qu'elle lutta pour comprendre.

Fer.

Elle en voulait encore. Elle le drapa étroitement autour d'elle et l'autorisa à la traverser. À chaque contact, elle découvrait autre chose d'elle-même : des lèvres, de la peau, de l'humidité, un souffle, une odeur musquée et familière…

—Elena…

De nouveau, ce mot coula jusqu'à elle.

Elle sentit bouger ses lèvres retrouvées.

—Er'ril…

La chaleur qui l'enveloppait s'intensifia. Encouragée, elle répéta le nom – car c'en était un :

—Er'ril…

Elle voulait en dire davantage, mais ne connaissait pas d'autres mots. Des mots, elle avait besoin de mots ! Sa panique permit au froid de la gagner de nouveau. Heureusement, *il* était là. Il l'appelait, il la touchait, il la réchauffait.

—Elena, viens à moi.

—Oui.

Elle aperçut de la lumière au cœur de l'abysse. C'était de là que provenait la voix. *Er'ril.* Elle fonça vers sa source et se jeta dedans.

Des mots et des souvenirs l'envahirent – trop nombreux, trop vifs, trop vite. L'obscurité la menaçait dans les coins.

—Elena, reviens-moi.

Et dans un dernier spasme de lumière, de son et de mémoire, elle le fit.

Elena ouvrit les yeux. Elle savait qui elle était. Des bras puissants la serraient ; des lèvres avides l'embrassaient. Surprise, elle eut un mouvement de recul.

Er'ril était penché au-dessus d'elle, les yeux pleins de larmes et de quelque chose de beaucoup plus profond.

— Je t'aime, Elena, dit-il d'une voix rauque, douloureuse.

Elena soutint son regard et porta une main tremblante à ses propres lèvres.

L'éclat des yeux d'Er'ril se ternit.

— Je… je suis désolé.

Il voulut la lâcher, mais Elena posa une main sur son épaule et se redressa pour se mettre à son niveau. Elle embrassa les lèvres qui l'avaient sauvée, goûtant le sel des larmes d'Er'ril.

— Il n'y a pas de quoi, chuchota-t-elle en fondant contre lui.

L'homme des plaines referma ses bras sur elle.

Là était sa place.

25

Elena longeait le couloir d'un pas vif, l'ourlet de sa robe verte balayant les roseaux qui recouvraient le sol de pierre de l'Édifice. Elle était en retard. Les autres devaient déjà s'être rassemblés dans la Grande Cour.

En passant devant un miroir, la jeune femme porta une main à ses boucles rousses. Après avoir été brûlés par l'assaut de Cho, ses cheveux avaient repoussé, mais ils ne faisaient que quatre doigts de long – guère plus que ceux d'un garçon. Elena soupira. Mama Freda avait fait de son mieux. Ses deux peignes en argent ornés de perles et le décolleté de sa robe suffiraient sans doute à détourner l'attention. Du moins était-elle présentable pour la cérémonie.

Enfin, elle atteignit les portes de verre et d'or récemment restaurées qui donnaient sur la Grande Cour. Deux n'ains armés de piques montaient la garde, mais en voyant Elena, ils s'empressèrent de lui ouvrir. La jeune femme regarda la lumière du soleil matinal se déverser à travers les panneaux qui montraient deux roses entrelacées, aux pétales de sanguine et aux feuilles d'émeraude.

De l'autre côté des portes, la Grande Cour s'étendait devant elle dans toute sa beauté printanière. Les travaux de rénovation s'étaient poursuivis en son absence et, dans cette partie du château, il ne restait plus beaucoup de traces de la guerre récente.

Des massifs de roses et de pavots blancs emplissaient tout le jardin ; des rangées de buissons de houx bordaient des allées de gravier blanc. Le long du mur d'enceinte fraîchement réparé et déjà pris d'assaut par le lierre, une douce brise marine agitait les pétales des fleurs des jeunes cornouillers. En vérité, il ne subsistait qu'une seule trace de la guerre des Îles : la tour est, baptisée « la Flèche Brisée ». Des échafaudages et des piles de briques entouraient toujours ses ruines, parmi lesquelles des ouvriers continuaient à s'affairer.

Elena descendit les marches qui conduisaient à la cour. Un petit groupe était déjà rassemblé dans le cercle central. Er'ril aperçut la jeune femme et leva une main pour la saluer, mais Elena reconnut le pli exaspéré de ses lèvres : il lui en voulait d'être en retard pour la cérémonie.

Dissimulant un sourire, la jeune femme souleva l'ourlet de sa robe et s'engagea dans une allée de gravier. C'était la première fois que les compagnons se trouvaient tous réunis depuis le retour du groupe de Méric. L'expédition partie à la recherche du griffon, dans le Nord, avait été la dernière à regagner Val'loa – presque deux lunes après le groupe d'Elena et une lune après celui de Joach.

Mais tout le monde était là… enfin.

Elena avait quitté Val'loa au début de l'hiver, et elle y était revenue avec les premiers bourgeons du printemps. Tout en se dirigeant vers ses amis, elle se remémora son voyage de retour. Celui-ci avait été plutôt ardu. Après la destruction du portail de la manticore, les compagnons avaient rebroussé chemin à pied jusqu'au canot de Jerrick. Leur progression avait été ralentie par leurs blessures et par leur cargaison de sanguine. Tol'chuk avait beaucoup insisté pour qu'ils emportent les éclats de cristal.

— D'après Mimbly le fou, la sanguine a le pouvoir de repousser les ténèbres.

Elena n'avait pas discuté. Après tout, Tol'chuk et sa pierre l'avaient sauvée.

Chargés ou non, les compagnons avaient surtout été retardés par un phénomène plus inquiétant. En atteignant le canot de Jerrick, ils avaient découvert que l'el'phe avait beaucoup de mal à diriger sa petite embarcation aérienne. Ils avaient été forcés d'avancer par sauts de puce, en marquant des pauses fréquentes. Jamais ils n'auraient pu traverser l'océan de cette manière ; aussi s'étaient-ils rendus jusqu'à la ville côtière de Banal, où ils avaient loué un bateau ordinaire en échange de quelques morceaux de sanguine.

Au début, Elena avait attribué la faiblesse de Jerrick à son empoisonnement. Mais, en arrivant à Val'loa, elle avait découvert qu'il s'agissait d'un phénomène généralisé. Une bonne partie de la flotte el'phique subsistante voguait désormais sur les flots. Tous les élémentaux, quelle que soit leur race, avaient du mal à utiliser leur magie, et celle-ci se tarissait beaucoup plus rapidement qu'autrefois. Même si la destruction de trois portails avait déjoué les plans du Seigneur Noir, certains dégâts étaient irrémédiables. La Terre restait affaiblie par cet assaut presque fatal.

Malgré tout, elle avait gagné quelque chose de significatif.

En atteignant le cercle central de la cour, Elena aperçut Wennar, qui avait revêtu son armure polie et était flanqué par Magnam. La destruction du portail de la manticore avait brisé l'emprise que le Seigneur Noir exerçait sur leur peuple. Méric était revenu avec plusieurs n'ains, désormais libres, qu'il avait rencontrés pendant son voyage de retour. Selon lui, d'autres légions étaient déjà en route pour venir renforcer les défenses de Val'loa.

Mais la victoire avait été coûteuse, et douce-amère dans le meilleur des cas. Chi demeurait prisonnier, enchaîné par le dernier portail du Weir. Beaucoup de fidèles compagnons avaient donné leur vie pour protéger la Terre : Mycelle, Kral,

Richald, la reine Tratal… La liste s'allongeait encore avec les pertes survenues chez les n'ains, les el'phes et les gens du désert. Et parmi les survivants, personne ne s'en était tiré indemne.

Elena promena un regard à la ronde. Méric se tenait sur la gauche, le regard hanté par la disparition de sa mère et de son frère. Chaque jour, il envoyait des oiseaux tenter de découvrir ce qu'il était advenu du reste de son peuple. Mais aucun d'eux ne revenait jamais. Le sort des réfugiés de Fort-Tempête demeurait inconnu.

Près de l'el'phe se tenait le seigneur Tyrus, tout de noir vêtu – à la fois prince et pirate. Il avait prêté allégeance à Elena et était déjà parvenu à rallier une petite armée de gens peu recommandables. Il avait refusé de rentrer chez lui, dans le Nord, tant que le Seigneur Noir ne serait pas vaincu pour de bon.

— Les Sinistreurs ont quitté la Forêt Noire, mais Mryl ne deviendra un endroit sûr que lorsque la Bête du Gul'gotha aura été chassée de nos rivages, avait-il dit à la jeune femme.

De l'autre côté de Tyrus, Fardale arborait le visage de Mogweed. Elena s'était fait expliquer leur étrange transformation. Elle savait que les jumeaux partageaient un même corps, et cela la mettait mal à l'aise. Elle avait toujours l'impression de sentir une deuxième paire d'yeux l'observer à travers la lueur ambrée de leurs prunelles. Néanmoins, Mogweed et Fardale avaient prouvé leur loyauté. Ils étaient juste blessés, comme beaucoup d'autres, et Elena ferait de son mieux pour trouver un remède au mal qui les affligeait. En retour, les si'lura avaient juré de mettre leur don de métamorphes à son service.

Elena rejoignit Er'ril. Le dos de sa main effleura celle de l'homme des plaines. Instinctivement, leurs doigts s'entrelacèrent. Er'ril pressa la main d'Elena. Durant le long voyage de retour, ils avaient décidé d'explorer leur relation lentement, pas à pas. Ils n'avaient pas encore partagé un lit, mais apprenaient timidement à se connaître pendant les heures où ils étaient seuls et tranquilles. Pour l'instant, ça leur suffisait.

— Tu es en retard, madame ma femme, chuchota Er'ril sur un ton taquin.

— On voit bien que ce n'est pas toi qui dois enfiler plusieurs jupons sous ta robe à froufrous, monsieur mon époux, répliqua Elena en écartant de son visage une mèche de cheveux imaginaire.

Du menton, Er'ril désigna un coin de la cour plongé dans l'ombre.

— C'est bon de voir Joach abandonner ses livres et ses parchemins, pour une fois.

Le sourire d'Elena se flétrit. De tous les compagnons revenus à Val'loa après leur expédition dans des contrées lointaines, c'était Joach qui avait le plus souffert et changé. Outre son vieillissement physique, il avait subi des dommages émotionnels profonds. Sy-wen avait raconté à Elena comment Kesla était morte. La jeune femme savait que le cœur de son frère était blessé au-delà de toute guérison.

À son retour, Joach avait été visiblement heureux de la revoir saine et sauve. Mais depuis, il restait toujours seul, enfermé dans la bibliothèque de l'Édifice à éplucher des anciens textes en quête d'un remède éventuel. Certains soirs, Elena l'apercevait sur le terrain d'entraînement, en train de pratiquer quelque inquiétante magie.

Er'ril fronça les sourcils.

— Mais j'aurais préféré qu'il laisse son bâton dans sa chambre. Cet instrument maudit n'a rien à faire ici.

Elena était d'accord. La simple vue du bois pétrifié lui soulevait le cœur : il avait la couleur grise d'un cadavre, et les minuscules cristaux verts incrustés sur toute sa longueur évoquaient le pus d'une plaie infectée. C'était un artefact corrompu. Elena aurait voulu que son frère le détruise.

D'un autre côté, elle comprenait l'obsession de Joach. Le bâton lui avait volé sa jeunesse ; peut-être pourrait-il la lui rendre...

Avec un soupir, Er'ril reporta son attention sur le cercle central.

— Le bâton, son corps ravagé par les ans, même son moignon – c'est comme s'il devenait le mage noir qu'il hait tant.

Malgré la tiédeur printanière, Elena frissonna.

Er'ril lui jeta un coup d'œil.

— Je suis désolé. C'est une occasion heureuse ; je ne devrais pas la gâcher avec des pensées lugubres. (Il attira la jeune femme plus près de lui.) Le problème de Joach pourra attendre un autre jour.

Elena se laissa aller contre l'homme des plaines.

— Au fait, où est Nee'lahn ? Je croyais que j'étais en retard...

Er'ril se redressa.

— Nous t'attendions.

Levant son bras libre, il fit signe à Kast, qui se tenait quelques pas en retrait avec sa compagne Sy-wen.

Le Sanguinaire porta un cor à ses lèvres et souffla une longue note – un son vif et triomphant qui se répercuta très loin à la surface de la mer, emportant avec lui la mélancolie du cœur d'Elena.

Se dressant sur la pointe des pieds, la jeune femme se tordit le cou pour mieux voir s'ouvrir le portail ouest de la cour. Tol'chuk entra, précédant la frêle silhouette de Nee'lahn.

L'og're arborait un large sourire. C'était l'un des derniers moments qu'il partagerait avec les compagnons avant de regagner ses montagnes natales. Il voulait rendre le Cœur à son peuple et demander conseil à la Triade. Un mystère subsistait encore : celui de l'étrange connexion entre sanguine et éb'ène. Les deux cristaux – l'un, rouge et brillant ; l'autre, noir et terne – provenaient de la même montagne. Il existait forcément un lien entre eux, et même les esprits du Journal Sanglant pensaient qu'il serait bon de découvrir lequel.

Tol'chuk espérait que les anciens de sa tribu détiendraient la clé de cette énigme très ancienne, ou du moins, un indice qui lui permettrait de la résoudre.

Mais cela pouvait attendre encore un peu. En ce jour, Tol'chuk avait l'honneur d'escorter Nee'lahn – et il ressemblait à un géant tenant une fillette par la main.

La nyphai s'avança sur le gravier blanc, vêtue d'une robe de soie que la brise faisait onduler à chaque pas tels les pétales d'une fleur. De la même façon que Tol'chuk la guidait, elle tenait par la main une troisième silhouette minuscule.

L'enfant semblait âgé de trois ans, mais Elena savait que les nyphai ne vieillissaient pas comme les humains. Tant que sa graine était restée sertie dans son ventre, à l'état dormant, le petit garçon avait conservé l'apparence d'un bébé. Mais une lune auparavant, lorsque Nee'lahn avait posé le pied sur le rivage de Val'loa, il s'était séparé de sa graine – et à partir de ce moment-là, il avait grandi très vite.

Nee'lahn avait considéré l'événement comme un heureux présage. Et, en ce jour de printemps, elle s'apprêtait à prendre un risque pour l'entériner.

Elle guida l'enfant jusqu'au cercle de spectateurs. Arrivée là, elle prit sa place parmi les compagnons et poussa le petit garçon devant elle.

— Vas-y, Rodricko. Tu sais ce que tu dois faire.

L'enfant leva la tête vers Nee'lahn. Il avait les mêmes yeux violets qu'elle et les mêmes cheveux couleur de miel.

— Oui, maman.

Lâchant la main de Nee'lahn, il jeta un coup d'œil autour de lui et se mordit la lèvre, visiblement intimidé par tous ces gens qui le regardaient. Pourtant, il n'hésita pas. Il se dirigea vers le centre du cercle, là où la pierre cédait la place à de la terre fraîchement retournée. Durant les travaux, les ouvriers avaient extrait la racine noircie du vieux koa'kona et rebouché l'énorme cavité avec de la terre non corrompue. Les jardiniers n'avaient rien planté à cet endroit – comme si, intuitivement, ils avaient deviné qu'une seule chose était digne d'y pousser.

Un autre koa'kona.

Le petit Rodricko, ainsi baptisé en hommage au gardien de l'arbre de Nee'lahn, s'avança en tenant une grosse graine dans sa menotte. C'était celle qui lui avait donné le jour et, à présent, il la rendait à la terre.

Il s'agenouilla, posa la graine près de lui et se mit à creuser avec ses petites mains. Quand le trou fut assez profond pour que ses bras s'y enfoncent jusqu'au coude, il se redressa et saisit la graine. Par-dessus son épaule, il jeta un coup d'œil à Nee'lahn, qui lui sourit fièrement et hocha la tête.

Rodricko laissa tomber la graine dans le trou et, lentement, tassa de la terre par-dessus. Elena l'entendit renifler et le vit s'essuyer les yeux. Après avoir été lié à cette graine si longtemps, il avait sûrement du mal à s'en séparer. C'était un véritable rite de passage pour lui.

Quand il eut terminé, l'enfant se releva et examina son œuvre d'un air critique.

— Vas-y, Rodricko, le pressa gentiment Nee'lahn. Essaie.

Le petit garçon se tourna vers sa mère. Des larmes brillaient dans ses yeux.

— Vas-y, mon cœur.

Acquiesçant, il reporta son attention sur le trou et tendit une main à l'aplomb de celui-ci.

Elena retint son souffle, et tous les compagnons en firent autant. Nee'lahn porta ses deux mains à son cou – visiblement, elle priait. Le koa'kona original était mort ici, ses racines noyées dans l'eau de mer quand l'île s'était enfoncée dans les flots. Er'ril avait prévenu la nyphai que ce n'était pas un terrain adéquat pour planter le premier koa'kona de la nouvelle génération. Mais Nee'lahn était persuadée que si Rodricko avait laissé tomber sa graine en arrivant à Val'loa, c'était un signe.

— C'est la première fois qu'il naît un mâle au sein de mon peuple, avait-elle expliqué. Cet enfant est spécial, donc, son arbre doit l'être aussi. Peut-être prospérera-t-il là où un autre dépérirait.

L'enfant était toujours debout, la main au-dessus de l'endroit où il avait planté sa graine. Une légère lueur verdâtre parut l'envelopper, comme si le soleil tombait sur lui à travers des frondaisons invisibles.

Nee'lahn émit un son étranglé, à mi-chemin entre sanglot et soupir de bonheur.

Une minuscule pousse jaillit du sol en se tortillant et se tendit vers la lumière du jour. Elle était verte, pure et vigoureuse.

— Elle prend racine, dit Er'ril en se tournant vers Elena, les yeux écarquillés d'émerveillement.

La jeune femme passa un bras autour de sa taille et se serra contre lui.

Leurs compagnons crièrent et applaudirent. L'enfant tourna lentement sur lui-même, un large sourire illuminant son petit visage. Nee'lahn se précipita vers lui et le souleva de terre en le couvrant de baisers.

Blottie contre Er'ril, Elena regarda la nyphai cajoler l'enfant. Puis elle reporta son attention sur la minuscule tige verte qui pointait hors de la terre sombre. Cette pousse symbolisait tant de choses : la vie naissant de la mort, le début d'un nouveau cycle… Ses yeux s'emplirent de larmes.

— Qu'y a-t-il ? demanda Er'ril.

Elena ne put répondre. Son cœur était trop gonflé d'émotion. Elle balaya du regard ses compagnons blessés, mais qui avaient survécu et trouvé la force de se réjouir. Pour elle, pour eux tous, la pousse de koa'kona représentait quelque chose d'encore plus précieux que tout le reste.

L'espoir.

C'est ici que je vais achever cette partie de l'histoire d'Elena : sur une note d'espoir, en équilibre précaire sur le symbole du renouveau et de la croissance. Il ne reste plus qu'un dernier chapitre à écrire – une dernière bataille à conter, une dernière chance à saisir. À partir de cet instant, tout ce qui était dissimulé sera révélé. La vérité brûlera, le mensonge guérira, et des cœurs se briseront sur le fil d'une épée.

Aussi, profitez bien de ce moment scintillant. Savourez-le ainsi qu'une goutte cristalline du vin le plus fin. Mais sachez ceci : rien ne dure éternellement.

Ni le vin, ni l'espoir, ni l'amour… Pas même les sor'cières.

Découvrez un extrait de la suite des aventures
de la jeune Elena

L'ÉTOILE DE LA SORCIÈRE

Traduit de l'anglais (États-Unis) par Isabelle Troin

Disponible chez Milady

I

Assise sur le Trône d'Épines, Elena étudiait l'énigme plantée devant elle.

Avec sa petite taille et son visage parfaitement lisse, l'étranger vêtu d'un patchwork de soie et de lin ressemblait à un jeune garçon. Mais, de toute évidence, il n'en était plus un depuis longtemps. Il soutenait avec trop de calme le regard de toutes les personnes présentes dans le Grand Hall. Ses propres yeux brillaient d'amusement sarcastique, amertume et expérience mêlées. Et le pli de ses lèvres, sur lesquelles planait l'ombre d'un sourire, demeurait froid et dur.

Malgré l'innocence illusoire qui émanait de cet étrange personnage, Elena se sentait mal à l'aise en sa présence.

L'inconnu mit un genou en terre devant elle, ôtant son chapeau extravagant pour la saluer. Des dizaines de grelots d'étain, d'argent, d'or ou de cuivre cousus dans ses vêtements tintèrent avec vigueur.

Une haute silhouette s'avança pour rejoindre le petit homme : le prince Tylamon Royston, seigneur de Château Mryl, une forteresse située dans le Nord. Le prince devenu pirate avait renoncé à ses beaux atours habituels pour enfiler des bottes éculées et une cape noire délavée par le sel. Ses joues étaient rouges, ses cheveux couleur de sable en bataille. Il avait débarqué sur l'île au soleil levant, et réclamé une audience immédiate avec Elena et le conseil de guerre.

Lui aussi mit un genou en terre avant de désigner l'inconnu.

— Puis-je vous présenter Harlequin Quail ? Il vient de loin, et il apporte des nouvelles dont vous devriez prendre connaissance.

Elena leur fit signe à tous deux.

— Relevez-vous, seigneur Tyrus, maître Quail. Soyez les bienvenus.

Elle étudia le compagnon du prince tandis qu'il se redressait dans un nouveau tintement de grelots. De fait, il devait venir de très loin : il avait le teint livide, d'une pâleur presque bleutée, comme s'il suffoquait perpétuellement. Mais, le plus étonnant, c'étaient ses yeux dorés, brillants et pleins de ruse.

— Je suis navré de vous déranger si tôt en ce matin d'été, entonna Tyrus sur un ton protocolaire, tout en tirant sur sa cape comme s'il remarquait pour la première fois l'inconvenance de sa mise.

Er'ril, l'homme-lige et époux d'Elena qui se tenait près du trône, prit alors la parole.

— De quelle urgence êtes-vous venu nous entretenir, seigneur Tyrus ? Nous n'avons pas de temps à perdre avec les fous et les bouffons.

Elena n'eut pas besoin de lui jeter un coup d'œil pour savoir que l'homme des plaines arborait son expression habituellement sévère et désapprobatrice. Elle l'avait vue assez souvent ces deux dernières lunes, tandis que les mauvaises nouvelles affluaient à Val'loa : les lignes de ravitaillement de l'île avaient été coupées par des monstres et par d'étranges phénomènes météorologiques ; des épidémies et des incendies ravageaient maintes cités d'Alaséa ; des créatures difformes arpentaient les campagnes.

Mais ce n'étaient pas là les plus sinistres des augures.

Les élémentaux, ces personnes ô combien rares harmonisées avec l'énergie de la Terre, succombaient à quelque mal mystérieux. Les mer'ai perdaient leurs perceptions aquatiques et le lien avec leurs dragons ; les vaisseaux el'phiques ne pouvaient plus voler aussi haut et aussi loin ; et Nee'lahn venait de rapporter que la voix de son luth faiblissait avec l'esprit de l'arbre qui habitait son bois. Visiblement, les dommages infligés par les portails du Weir continuaient à s'étendre. La magie élémentale s'estompait, s'enfuyait comme du sang par une plaie béante.

En conséquence, la nécessité d'agir vite pesait sur les compagnons. S'ils voulaient attaquer le Gul'gotha, ils devaient le faire de toute urgence, avant que leurs propres pouvoirs s'amoindrissent davantage, avant que les dons de la Terre s'évanouissent tout à fait. Mais leurs forces étaient dispersées. En l'état actuel des choses, la campagne contre la forteresse du Seigneur Noir, le volcanique Noircastel, ne pourrait être lancée avant le printemps suivant. Selon Er'ril, il leur faudrait jusqu'au milieu de l'hiver pour repositionner leurs troupes, et assaillir l'île en cette saison où de violentes tempêtes ravageaient les mers septentrionales donnerait l'avantage aux défenseurs.

Donc, ce serait au printemps suivant dans le meilleur des cas.

Mais, même alors, Elena commençait à douter qu'ils soient prêts. Tant de facteurs demeuraient inconnus ! Tol'chuk n'était pas encore rentré. Parti depuis deux lunes avec Fardale et une poignée d'autres, il voulait interroger les anciens de sa tribu og're au sujet du lien existant entre la sanguine et l'éb'ène. La plupart des vaisseaux éclaireurs el'phiques n'étaient pas revenus de leur mission de reconnaissance à l'aplomb de Noircastel. Wennar, le commandant de l'armée n'aine, avait envoyé des corbeaux messagers pour prévenir que ses forces n'avaient pas fini de se rassembler du côté de Penryn. Il réclamait plus de temps pour rallier son peuple. Mais le temps était compté.

Et maintenant, d'autres nouvelles urgentes arrivaient depuis de lointaines contrées.

Le seigneur Tyrus se tourna vers son compagnon.

— Harlequin, raconte-leur ce que tu as découvert.

Le petit homme acquiesça.

— J'apporte de bonnes et de mauvaises nouvelles.

Une pièce apparut dans ses mains, comme jaillie de nulle part. D'un geste du poignet, il la projeta très haut dans les airs. La lumière des torches jeta des éclats en se reflétant sur l'or.

Elena suivit du regard la pièce qui s'élevait jusqu'aux poutres, puis retombait. Elle sursauta sur son trône en découvrant l'étrange personnage planté devant elle, son nez à quelques pouces du sien. En un battement de cœur, il avait franchi la distance qui les séparait sans faire le moindre bruit malgré les centaines de grelots cousus sur ses vêtements.

Même Er'ril fut pris par surprise. Avec un rugissement, il dégaina son épée qu'il brandit entre la reine et le bouffon.

— Quel tour est-ce là ?

En guise de réponse, le dénommé Harlequin rattrapa la pièce dans sa paume tendue, adressa un clin d'œil égrillard à Elena et redescendit les deux marches qui conduisaient au trône dans un joyeux tintement.

Le seigneur Tyrus eut un sourire froid.

— Ne vous laissez pas abuser par l'apparence fantasque d'Harlequin. Voilà déjà dix hivers qu'il est le meilleur espion au service de la Guilde des Pirates de Port Rawl. Nul n'est plus doué que lui pour observer, écouter et surprendre autrui.

Elena se redressa dans son siège.

— C'est ce qu'il semblerait.

Er'ril baissa son épée mais ne la rengaina pas.

— Assez d'esbroufe. S'il apporte des informations, qu'il nous les révèle.

— Il en sera ainsi que le réclame l'homme de fer. (Harlequin brandit sa pièce d'or dans la lumière des torches.) D'abord, les bonnes nouvelles. En détruisant ses statues, vous avez porté au Seigneur Noir un coup plus cruel que vous le soupçonniez. Il a perdu sa précieuse armée n'aine, si bien qu'il ne lui reste que des hommes et des monstres pour défendre son antre volcanique.

— Harlequin a passé la moitié du dernier hiver à reconnaître les environs de Noircastel, intervint Tyrus. Il nous rapporte des plans et des listes des forces du Seigneur Noir.

— Où se les est-il procurés ? grommela Er'ril.

— Au nez et à la barbe du lieutenant du Seigneur Noir, répliqua Harlequin en soutenant insolemment son regard. Votre frère, je crois ?

Elena jeta un coup d'œil à Er'ril et vit la colère flamboyer dans ses prunelles.

— Ce n'est *pas* mon frère, cracha l'homme des plaines, glacial.

Elena brisa le silence tendu qui suivit.

— Vous avez pénétré à Noircastel même ?

Le masque amusé d'Harlequin se craquela. Dessous, Elena entrevit quelque chose de sombre et douloureux.

— Oui, chuchota-t-il. J'ai arpenté ses lugubres couloirs et ses chambres ténébreuses – et je prie pour ne jamais avoir à y retourner.

Elena se pencha en avant.

— Vous avez également mentionné de mauvaises nouvelles, maître Quail.

— Très mauvaises, même.

Harlequin leva le bras et ouvrit les doigts qu'il avait refermés sur la pièce d'or. Sur sa paume ne reposait plus qu'un petit morceau de charbon.

— Si vous souhaitez vaincre le Cœur Noir, vous devez le faire avant le solstice d'été.

Elena fronça les sourcils.

— Dans une lune ?

— Impossible, ricana Er'ril.

Harlequin fixa Elena de ses étranges yeux dorés.

— Si vous n'arrêtez pas la Bête Noire d'ici à la prochaine pleine lune, vous périrez tous.

Méric courait le long de l'*Aile des Tempêtes*. Ses pieds volaient sur les planches familières, bondissaient par-dessus les balustrades et avalaient les ponts tandis que son regard demeurait rivé au ciel. À travers la brume matinale, il distinguait, très haut au-dessus de sa tête, une tache noire qui dégringolait sans grâce aucune. C'était l'un des vaisseaux éclaireurs el'phiques, revenant de sa mission dans l'île volcanique de Noircastel.

Quelque chose clochait.

En atteignant la proue de son navire, Méric leva les deux bras et projeta son pouvoir. Un faisceau d'énergie jaillit de ses mains tendues et fusa dans le ciel pour se déverser dans le puits vide qu'était la quille métallique de l'autre bâtiment. Mais Méric eut beau l'alimenter de son pouvoir, celui-ci poursuivit son plongeon vers les eaux qui entouraient Val'loa.

Tandis qu'il s'efforçait d'empêcher l'inévitable, Méric sentit le poids de l'autre vaisseau peser sur ses épaules. Il dut mettre un genou à terre alors que l'*Aile des Tempêtes*, vidée de sa propre énergie magique, commençait à perdre de l'altitude et à descendre vers les quais.

L'effort le faisait haleter ; pourtant, Méric refusait d'abandonner. *Mère d'en haut, aide-moi !*

À présent, il voyait avec deux paires d'yeux : une qui regardait vers le haut et la seconde vers le bas. Partagé entre les deux bâtiments, il sentait le pouls faiblissant du capitaine de l'autre navire aérien, Frelisha, une cousine au deuxième degré de sa mère. Elle était encore en vie, mais tout juste.

Amener son vaisseau jusque-là avait dû consumer l'intégralité de ses forces.

— Bats-toi, cousine, chuchota Méric dans le vent.

Et il fut entendu. À travers son lien magique, les derniers mots de Frelisha lui parvinrent.

— Nous avons été trahis !

Puis le pouls ténu que Méric tenait entre ses mains palpita encore une fois avant de s'éteindre à jamais.

— Non ! gémit l'el'phe en tombant sur son autre genou.

L'instant d'après, une ombre monstrueuse fila à la verticale sur bâbord. Ce fut tout juste si Méric entendit l'explosion de bois et perçut la gerbe d'eau qui suivirent tels des échos lointains. La tête ballante, il s'affaissa sur le pont. Tandis que des alarmes retentissaient à travers le port et que des cris de panique montaient vers lui, un souffle s'échappa de ses lèvres.

— Trahis…

Assise dans la Grande Cour du château, Nee'lahn vit les enfants interrompre leurs jeux tandis que des cloches sonnaient le long des quais, de l'autre côté des murs de pierre. Ses propres doigts se figèrent entre deux notes sur les cordes de son luth.

Il venait de se passer quelque chose.

Cinq pas plus loin, le petit Rodricko baissa le bâton qui lui servait d'épée et jeta un coup d'œil à sa mère. Son adversaire dans ce duel pour de rire, la petite Dre'rendi Sheeshon, pencha la tête sur le côté, oubliant sa propre arme factice.

Nee'lahn se dressa sur ses genoux et fit passer le luth par-dessus son épaule, heurtant le tronc mince du koa'kona auquel elle était adossée. Les feuilles tremblèrent au-dessus d'elle. Les branches fragiles du jeune arbre fléchissaient sous le poids de leur parure d'été – à l'image du petit garçon qui leur était lié.

— Rodricko, viens ici, appela Nee'lahn en tendant une main vers lui.

Rodricko était tout en jambes et en maladresse. *Que la Mère en soit remerciée, sa poussée de croissance initiale est presque finie.* Désormais, l'enfant comme l'arbre grandiraient à un rythme plus modéré.

— Toi aussi, Sheeshon, ajouta Nee'lahn. Allons voir aux cuisines si votre petit déjeuner est prêt.

Tout en se levant, la nyphai enfonça ses orteils nus dans la terre riche au pied du koa'kona et puisa à l'énergie qui émanait du sol. Elle se préparait à entrer dans les couloirs de pierre du château. Répugnant à quitter la Grande Cour, elle aspira la force des racines afin de s'en remplir.

Autour d'elle, les jardins resplendissaient de leur gloire estivale. De minuscules fleurs blanches festonnaient les murs incrustés de lierre. Les cornouillers se dressaient au milieu de tapis de pétales épars. Des baies rouges piquetaient les buissons soigneusement taillés qui bordaient les allées de gravier blanc. Mais la vision la plus réjouissante était celle des centaines de rosiers plantés à l'automne précédent, qui rivalisaient de vigueur et de couleur : roses poudrés, violets crépusculaires, jaunes mielleux… Leur doux parfum teintait même la brise marine.

Mais ce n'était pas seulement leur beauté qui retenait Nee'lahn dans la Grande Cour. Car celle-ci était le seul endroit où convergeaient le passé, le présent et le futur de la nyphai : le luth qui contenait le cœur de son bien-aimé, le jeune arbre né d'une des graines de ce dernier, et l'enfant qui représentait tout l'espoir de son peuple.

Soupirant, Nee'lahn ébouriffa les boucles blondes de Rodricko et lui prit la main. Tant d'espoir dans un si petit garçon…

Sheeshon saisit l'autre main de Rodricko. Les membranes qui reliaient ses doigts la désignaient comme un chaînon entre le peuple marin des Sanguinaires et celui des mer'ai qui vivait au fond de l'eau. Rodricko se laissa faire de bon cœur. Durant les dernières lunes, les deux enfants, uniques chacun à sa façon, étaient devenus inséparables.

— Allons voir aux cuisines, répéta Nee'lahn en se détournant.

Mais Rodricko semblait avoir pris racine.

— Et la chanson des bourgeons, maman ? Tu avais promis que je pourrais essayer.

Nee'lahn ouvrit la bouche pour protester. Elle avait hâte de découvrir ce qui s'était passé sur les quais, mais, déjà, les alarmes s'estompaient.

— Tu avais promis, insista Rodricko.

Nee'lahn fronça les sourcils et jeta un coup d'œil au koa'kona. Elle avait effectivement promis. Il était temps que Rodricko apprenne sa propre chanson, mais elle répugnait à le laisser se détacher d'elle ainsi.

— Je suis assez grand. Et cette nuit, la lune sera pleine !

Nee'lahn ne trouva pas d'objection à lui opposer. Selon la tradition des nyphai, c'était le soir de la première pleine lune d'été que les jeunes se liaient à leur bien-aimé, que bébés et graines devenaient femmes et arbres.

— Tu es sûr d'être prêt, Rodricko ?

— Il l'est, affirma Sheeshon, une certitude étonnante brillant dans ses petits yeux.

Nee'lahn avait entendu dire que la magie de la mer était puissante en elle, que la fillette possédait la capacité de percevoir les choses à venir par-delà les horizons. Les Dre'rendi appelaient ça le *rajor maga*.

— S'il te plaît, maman, supplia Rodricko.

Dans le port, les cloches s'étaient tues.

— Tu peux essayer la chanson des bourgeons, mais, ensuite, il faudra descendre avant que le cuisinier se fâche.

Le visage du petit garçon s'éclaira comme si le soleil venait de sortir de derrière les nuages. Il se tourna vers Sheeshon.

— Viens, je dois me préparer.

Sheeshon, qui avait toujours été la plus raisonnable des deux, fronça les sourcils.

— Il faut te dépêcher, si tu veux avoir fini avant la fermeture des cuisines.

Nee'lahn acquiesça.

— Vas-y, mais ne sois pas déçu si tu échoues. L'été prochain, peut-être…

Bien que visiblement sourd à ses avertissements, Rodricko hocha la tête. Il se dirigea vers le koa'kona et s'agenouilla. Ses jambes étaient presque aussi frêles que les branches de son jumeau.

À présent, les fils du destin allaient se réunir et se nouer ensemble ou s'éparpiller en désordre, car Rodricko était le premier nyphai mâle. Son arbre et lui étaient uniques, résultat de l'union du koa'kona de Nee'lahn avec Cecelia, le spectre du Sinistre. Qui pouvait savoir si les chansons et les rituels traditionnels fonctionneraient, si les phases de croissance habituelles se trouveraient respectées dans leur cas ?

Nee'lahn retint son souffle.

Rodricko toucha l'écorce de l'arbre, entaillant celle-ci avec un ongle. Une goutte de sève coula. La chanson sylvestre s'éleva d'une vibration profonde et tâtonna en quête de Rodricko. Nee'lahn l'écouta à la fois avec son cœur et ses oreilles. Ou bien l'enfant était en harmonie avec la chanson sylvestre, ou bien celle-ci le rejetterait. La nyphai ne savait pas ce qu'elle espérait. Une partie d'elle voulait que l'enfant échoue. Elle avait passé si peu de temps avec lui, pas même un hiver entier…

À l'aide d'une épine de rose, Rodricko se piqua un doigt. Une goutte de sang perla. Il tendit son doigt blessé vers l'entaille de l'écorce.

— Chante, chuchota Nee'lahn. Laisse l'arbre entendre ton cœur.

Le petit garçon la regarda par-dessus son épaule. Ses yeux brillaient de peur. Il percevait l'importance du moment.

Chante, lui intima silencieusement Nee'lahn.

Et Rodricko obéit. Ses lèvres s'entrouvrirent, et tandis qu'il exhalait, des notes d'une douceur suprême s'échappèrent de sa bouche. Sa voix était si éclatante que le soleil parut pâlir en comparaison. Le monde s'assombrit sur les bords, comme si la nuit était tombée en avance, mais, autour du koa'kona, une flaque de lumière s'intensifia.

En réaction, la chanson sylvestre enfla et se tendit ainsi qu'une fleur vers le soleil. De façon d'abord hésitante, puis plus assurée, enfant et arbre se laissèrent envelopper par leur mélodie.

À cet instant, Nee'lahn sut que Rodricko allait réussir. Des larmes de soulagement et de chagrin ruisselèrent sur ses joues. Il n'y aurait plus de retour en arrière. Elle sentait la magie élémentale jaillir de l'enfant et de l'arbre, les deux flots se nourrissant mutuellement et s'entremêlant jusqu'à ce qu'il soit impossible de dire où commençait l'un et où s'achevait l'autre.

Les deux chansons ne faisaient plus qu'une.

Nee'lahn se retrouva à genoux sans s'être aperçue qu'elle avait bougé. La chanson sylvestre emplissait le monde. Jamais la nyphai n'en avait entendu de semblable auparavant.

Elle se tordit le cou pour observer les minces branches du koa'kona, anticipant la suite. Les feuilles frémirent, comme agitées par une forte brise. Chaque membre végétal palpitait de chanson sylvestre et de magie élémentale. Et pendant ce temps, l'enfant et l'arbre continuaient à chanter en harmonie, d'une voix de plus en plus forte, de plus en plus tendue, de plus en plus belle, de plus en plus impatiente.

Le pouvoir prisonnier des branches n'avait nulle part ailleurs où se déverser. De chaque brindille jaillirent des bourgeons nés de la magie et du sang : une expression fleurie de la chanson sylvestre amenée à la vie par l'union de l'enfant et de l'arbre.

Rodricko avait réussi.

Il poussa un hoquet de joie et de douleur.

Lentement, la chanson sylvestre s'estompa comme si son flot était allé se jeter dans un puits. Le soleil estival revint dans la cour.

Rodricko pivota, son petit visage rayonnant de fierté.

— J'ai réussi, Maman !

Sa voix était plus grave à présent – presque une voix d'homme. Mais il n'était pas un homme. Nee'lahn entendait l'inflexion chantante de la magie dans sa voix. Il était un nyphai.

— Désormais, nous ne faisons plus qu'un, dit-il en se tournant vers son arbre.

Nee'lahn garda le silence, son regard rivé sur le koa'kona. *Qu'avons-nous fait ?* songea-t-elle. *Douce Mère, qu'avons-nous fait ?*

Les bourgeons de l'union nouvelle étaient bien suspendus au bout de chaque branche. Ils s'ouvriraient le soir même, lorsque se lèverait la première pleine lune de l'été. Mais leurs pétales n'étaient pas du même violet que les fleurs des nyphai, une couleur qui les faisait ressembler à des améthystes nichées dans un écrin de verdure. Ils avaient la teinte des caillots de sang et des ecchymoses, la teinte des spectres du Sinistre.

Nee'lahn se couvrit le visage et se mit à sangloter.

— Maman, s'étonna Rodricko près d'elle, qu'est-ce que tu as ?

Dans les profondeurs du château, loin en dessous de la Grande Cour, Joach se traînait le long d'un étroit tunnel.

Il lui avait fallu une lune entière pour découvrir ce passage. Une grande partie du réseau souterrain de l'Édifice gisait en ruine ; elle s'était effondrée lorsque Ragnar'k s'était réveillé de son sommeil minéral.

Joach se souvenait bien de ce jour : la difficulté qu'il avait eue à s'arracher à la transe dans laquelle Greshym le maintenait, sa fuite avec frère Moris, la bataille au cœur de l'île… Moins de deux hivers s'étaient écoulés depuis lors, mais il lui semblait que ça faisait une éternité. À présent, il était un vieillard auquel on avait dérobé sa jeunesse.

Il fit une pause en s'appuyant lourdement sur son bâton de pierre, un morceau de bois pétrifié incrusté de cristaux verts. Son extrémité répandait une lumière malsaine qui éclairait le chemin de son porteur. Il ne restait pas d'autre magie en lui.

Les doigts de Joach se crispèrent sur le bâton comme pour mieux sentir le maigre filet de pouvoir qui y coulait. Afin d'obtenir cet instrument, il avait conclu avec Greshym un marché qui lui avait coûté sa jeunesse. Ainsi était-il devenu une version ridée et décrépite de lui-même. Dans ces profondeurs souterraines, il avait l'impression que la pierre qui le surplombait pesait sur ses frêles épaules. Les battements de son cœur résonnaient à ses oreilles. Il lui avait fallu toute la matinée pour descendre l'escalier dissimulé qui conduisait jusque-là.

— J'y suis presque, se promit-il.

Aiguillonné par sa détermination, Joach poursuivit son chemin, priant pour que la salle qu'il cherchait soit toujours intacte. Lorsqu'il atteignit le bout du tunnel, il utilisa le moignon de son poignet droit pour écarter une masse de racines desséchées qui barrait le seuil. À son contact, les racines tombèrent en poussière.

Joach leva son bâton. Une grotte caverneuse s'ouvrait devant lui.

Avec un sifflement soulagé, il entra. Au-dessus de sa tête, des plantes fibreuses pendaient comme de la mousse de marécage, jaune et friable. L'arbre de Rodricko n'avait pas encore enfoncé ses racines jusque dans cette tombe. Ici, la mort régnait toujours en maîtresse.

D'une certaine façon, cette pensée réconfortait Joach. Hors des murs du château, les jours d'été étaient trop lumineux, trop verts, trop pleins de vie. Il préférait les ombres.

Épuisé, les genoux flageolants, il continua à avancer. Le sol de la caverne était jonché de rochers et de cadavres pourrissants. De petites créatures à poils ou à écailles détalaient devant la lumière malsaine du bâton.

Joach ignora ces charognards et leva l'artefact. De vieilles cicatrices marquaient les murs : les traînées de feu incendiaire projetées par Shorkan et Greshym durant la bataille. Elles ressemblaient à des runes antiques tracées avec du charbon.

Si seulement il avait pu les comprendre…

Joach soupira. Tant de choses lui demeuraient obscures ! Il avait passé les deux dernières lunes terré à la bibliothèque de l'Édifice, déchiffrant des centaines de parchemins et des manuscrits. Pour avoir la moindre chance de retrouver sa jeunesse, il devait comprendre la magie qui l'en avait privé. Mais il n'était encore qu'un apprenti des Arts Ténébreux, très loin de la véritable compréhension. Jusqu'ici, il n'avait découvert qu'un seul indice : *Ragnar'k*.

Avant de se lier à Kast, le dragon avait dormi dans la pierre au cœur de l'île pendant des siècles innombrables, s'imprégnant de la magie élémentale du rêve et imprégnant du même coup la roche alentour avec son énergie. Tous ses espoirs résidaient en le mystère de la magie onirique, Joach en avait la conviction. Après tout, c'était dans le désert onirique qu'il avait perdu sa jeunesse… et une autre chose très importante pour lui.

Il ferma les yeux, sentant de nouveau le sang couler sur sa main, entendant de nouveau un léger hoquet près de son oreille.

— Kesla, chuchota-t-il dans la caverne des morts.

Comme Ragnar'k, sa bien-aimée était une créature issue des rêves.

Puisque toute sa douleur provenait du paysage onirique, c'était sûrement là-bas qu'il y trouverait un remède. Tel était le raisonnement qui avait poussé Joach à descendre dans les boyaux de l'île.

Il avait un plan.

Utilisant son bâton comme une béquille, il enjamba des ossements et contourna des rochers. Même si Ragnar'k était parti depuis belle lurette, il avait dormi dans cette salle si longtemps que chaque fragment de cristal était imprégné de sa magie. Joach avait l'intention de puiser à cette source de pouvoir élémental.

Comme Greshym, le frère d'Elena était un Tisse-Rêves. Mais contrairement au mage noir, il était aussi un sculpteur de rêves : autrement dit, il avait la capacité de donner de la substance à ces derniers. Pour affronter Greshym et avoir une chance de récupérer sa jeunesse, il devait développer ce talent. Et pour cela, il avait besoin d'énergie. Il avait besoin du pouvoir des rêves.

Joach se dirigea vers le centre de la grotte à demi effondrée et tourna lentement sur lui-même. Il percevait l'abondance d'énergie autour de lui. Satisfait, il fit passer son bâton dans le creux de son coude droit et sortit une dague. Tenant le manche entre ses dents, il s'entailla la paume gauche. Lorsque le sang jaillit, il cracha l'arme et leva sa main blessée. Serrant le poing, il fit couler son sang par terre. Quelques gouttes s'écrasèrent à ses pieds.

Ainsi prêt, Joach laissa ses paupières se fermer à demi et se plongea en état onirique. La caverne sombre se remplit d'une lumière éclatante tandis que ses murs et ses débris exhalaient leur énergie résiduelle – écho du rêve de Ragnar'k.

Un sourire se forma sur les lèvres flétries de Joach.

Projetant la magie qui coulait dans son propre sang, il lia l'énergie onirique à lui, tissant ses fils ainsi qu'il en avait reçu le don à la naissance. Lorsque les nœuds furent assez solides, il reprit son bâton dans sa main gauche ensanglantée. Il leva l'instrument et pivota de nouveau pour lui permettre d'absorber toute la magie de la chambre souterraine. Il continua à tourner sur lui-même jusqu'à en avoir le vertige, mais ne s'arrêta pas avant que le bois pétrifié ait siphonné la dernière goutte de magie.

Tandis que Joach se concentrait sur sa tâche, le bâton devint glacial et se mit à trembler d'énergie contenue. Au fur et à mesure que la caverne s'assombrissait, les cristaux sertis dans sa surface brillaient d'un éclat de plus en plus vif.

Bientôt, il ne resta que des ténèbres autour de Joach.

Satisfait, celui-ci baissa son bâton et s'appuya dessus, les jambes tremblantes. Il détailla sa béquille. Les cristaux verts irradiaient. Joach frissonna de soulagement. Il avait réussi ! Il avait lié l'énergie au bâton.

Il ne lui restait plus qu'à lier le bâton à lui, pour être capable de l'utiliser au maximum de ses capacités. Le tissage seul ne le lui permettrait pas. Une connexion plus profonde était nécessaire, et Joach connaissait un moyen de l'obtenir : un sort antique au prix très élevé, comme toute magie puissante en ce monde. Mais que lui importaient quelques hivers perdus quand on lui en avait déjà dérobé tellement plus ? Et puis, il avait été impliqué dans un sort identique lancé par Elena sur l'ancien bâton de Greshym. Pourquoi ne pas le lancer lui-même cette fois ? Pourquoi ne pas l'utiliser pour forger son nouveau bâton gorgé d'énergie onirique ?

Afin de défier Greshym, Joach avait besoin d'une arme puissante et des compétences nécessaires pour la manier. Il n'existait qu'un moyen de les acquérir rapidement.

Il devait faire de son bâton une arme de sang.

Joach se prépara, se concentrant sur le liquide rouge qui coulait à la surface du bâton. Ce n'était pas un sort particulièrement difficile – en vérité, il était beaucoup plus simple que de conjurer du feu incendiaire, par exemple. Seul son prix faisait hésiter Joach comme celui-ci se remémorait le brusque vieillissement d'Elena.

Mais il était trop tard pour reculer. Avant de pouvoir changer d'avis, Joach libéra son sort dans un flot de paroles et de volonté.

L'effet fut immédiat. Il sentit quelque chose de vital s'arracher à lui et passer dans le bâton par l'intermédiaire de son sang.

Haletant, il tomba à genoux. Sa vision se brouilla, mais il refusa de s'abandonner aux ténèbres. Il inspira profondément, se remplissant les poumons d'air ainsi qu'un homme en train de se noyer. Enfin, sa vision s'éclaircit. La pièce cessa de tourner autour de lui.

Joach posa le bâton en travers de ses genoux et observa la main qui tenait le bois pétrifié. Comme sa sœur avant lui, le sort l'avait vieilli instantanément. Ses ongles avaient poussé et s'étaient recourbés ; sa peau s'était effritée. Le résultat valait-il ce sacrifice d'hivers ?

Avec une pointe d'anxiété, Joach leva son bâton. Le bois gris était désormais blanc comme neige. Les cristaux verts brillant d'énergie onirique se détachaient crûment à sa surface, tout comme les traînées écarlates coulant de la main décrépite qui agrippait l'artefact. À chaque battement du cœur de Joach, celles-ci se répandaient un peu plus le long du bâton, faisant fusionner l'instrument et son porteur.

Joach se redressa péniblement. Après qu'Elena avait forgé l'ancien bâton de Greshym, il était devenu expert dans le maniement de ce dernier. Le même phénomène se reproduirait-il ici ? La fusion lui avait-elle accordé, comme il l'espérait, la capacité d'utiliser la magie onirique désormais liée au bâton ?

Secouant son bras droit pour remonter sa manche, Joach exposa le moignon qui le terminait. Le familier de Greshym, une immonde créature assoiffée de sang, lui avait dévoré la main. S'il parvenait à guérir cette blessure, peut-être y aurait-il de l'espoir – non seulement pour lui, mais pour eux tous. Une guerre terrible se préparait, et Joach ne voulait pas rester en arrière avec les enfants et les infirmes.

Il tendit le bras vers son bâton. À l'instant où son poignet tranché toucha le bois pétrifié, il se concentra afin de modeler sa magie : non pour tisser, cette fois, mais pour sculpter.

Depuis son moignon, une main spectrale s'épanouit sous forme de volutes et de tentacules impalpables. Des doigts fantomatiques se déplièrent et agrippèrent le bâton.

Les jambes de Joach tremblaient, mais son lien de sang avec le bâton lui permettait de puiser de l'énergie onirique pour compenser ses forces défaillantes. Lentement, sa main se solidifia, tirant substance de son attention et de sa concentration. L'image transparente de ses doigts devint réalité tangible. Joach sentit le grain du bois pétrifié, les bords coupants des cristaux verts contre sa paume.

De la main qu'il venait de conjurer et de sculpter, il brandit son bâton. Le sang de son autre main continuait à nourrir l'artefact.

Il avait bel et bien donné substance au rêve.

Le pouvoir chantait en lui. Désormais, Joach commandait à la magie noire et à la magie onirique fusionnées. Il se représenta une fille aux yeux crépusculaires, et ses lèvres prononcèrent en silence un vœu de vengeance. Il trouverait

Greshym et lui ferait payer ce que le mage noir lui avait volé, lui ferait payer tout ce qu'il avait perdu dans le Désert de Sable.

Joach cala le bâton dans le creux de son bras droit, puis enfila un gant à sa main gauche et reprit l'artefact de celle-ci, rompant la connexion entre chair et bois pétrifié. Comme le bois blanc se vidait de son sang, il redevint gris sur toute sa longueur. Pour l'instant, Joach allait garder le secret sur sa création.

Levant son bras droit, il observa sa main sculptée, formée d'énergie élémentale. Il ne fallait pas qu'on la voie non plus. Les gens poseraient trop de questions, et puis, elle consumait sa précieuse énergie. Agitant la main devant lui, Joach dénoua sa trame onirique, et elle disparut telle la flamme d'une bougie qu'on vient de souffler.

Puis, s'appuyant sur son bâton comme sur une béquille, il sortit de la caverne.

Le moment viendrait de révéler son secret. Mais, pour l'instant, il garderait celui-ci tout contre son cœur douloureux, près du souvenir d'une fille aux cheveux fauves et aux lèvres douces.

Elena s'assit dans un fauteuil devant les braises du feu qui, ce matin-là, avait réchauffé ses appartements. Les autres s'installèrent dans les sièges restants ou restèrent debout près de la cheminée. Trois servantes distribuèrent des chopes de kafé et déposèrent des assiettes de biscuits encore tièdes, de pommes en tranches, de fromage et de cubes de porc épicé.

Er'ril se posta près de l'épaule d'Elena. La jeune femme n'aurait eu qu'à tourner la tête pour que sa joue touche la main qui agrippait le dossier de son fauteuil. Mais ce n'était pas le moment de s'appuyer sur son époux. Aussi demeura-t-elle assise le dos très droit, ses mains gantées croisées dans son giron, en s'efforçant de ne pas laisser transparaître son anxiété. *Une seule lune…*

Harlequin Quail se tenait près du feu, fixant les braises comme s'il pouvait lire quelque message dans leur ultime rougeoiement. Il tripotait un grelot argenté sur son pourpoint en attendant que les servantes se retirent.

La clameur générale après l'annonce faite par l'étranger avait empêché la poursuite du conseil. Entre cris de colère et exclamations incrédules, l'assemblée serait restée sourde à toute raison jusqu'à ce que le choc s'estompe.

Puis une alarme avait momentanément distrait les participants. Très vite, la nouvelle leur était parvenue qu'un vaisseau éclaireur el'phique venait de s'écraser dans le port. Elena avait levé la séance.

— Où est Méric ? marmonna Er'ril près d'elle.

— Il va arriver.

Comme pour lui donner raison, quelqu'un frappa à la porte de ses appartements. Une servante qui s'en allait ouvrit et s'effaça pour laisser entrer le prince el'phe. Méric s'inclina tout en promenant un rapide regard à la ronde.

Le haut maître de quille de la flotte dre'rendi était assis face à Elena, sa longue tresse noire saupoudrée de gris pendant sur une de ses épaules. Son fils Hunt se tenait à ses côtés, le dos très raide, le faucon tatoué dans son cou rougeoyant dans la lueur des braises.

Le troisième fauteuil, le plus proche de la cheminée, était occupé par maître Edyll des mer'ai. Une chope fumait entre les mains palmées de l'ancien à la silhouette mince et aux cheveux blancs.

Du menton, Méric salua chacun des dignitaires. Puis son regard se posa brièvement sur l'étranger à la tenue chamarrée qui se tenait près du seigneur Tyrus. Levant un sourcil, il se tourna vers Elena.

— Désolé pour ce retard, dit-il avec une raideur toute protocolaire. Il m'a fallu un moment pour tout régler au port.

Elena acquiesça.

— Que s'est-il passé ? Nous avons entendu dire qu'un de vos navires s'était écrasé.

— Un vaisseau éclaireur qui revenait depuis le Nord, et dont le capitaine était une de mes cousines, confirma Méric.

Même si l'el'phe arborait son habituelle contenance stoïque, Elena remarqua la lassitude dans ses yeux et le pli chagriné de sa bouche. Encore un membre de sa famille disparu. D'abord, son frère était mort dans le désert ; puis sa mère s'était sacrifiée pour sauver les derniers réfugiés de leur cité dans les nuages.

À présent, son peuple était éparpillé aux quatre vents, et en tant que dernier représentant de la lignée royale, Méric devait assumer la responsabilité des el'phes qui l'entouraient. Dans son dos, on chuchotait le mot « roi », mais il refusait d'assumer ce titre. « Pas avant que notre peuple soit réuni », répondait-il à tous ceux qui le pressaient. Et maintenant, un nouveau décès…

Elena soupira.

— Je suis désolée, Méric. Cette guerre saigne tout Alaséa.

Le haut maître de quille grommela dans son siège.

— Dans ce cas, peut-être devrions-nous porter le combat à Noircastel avant de nous être vidés de notre sang.

Elena savait que les Dre'rendi étaient impatients de tourner la proue de leurs puissants navires de guerre vers le Gul'gotha. Mais pour l'heure, elle ignora le défi contenu dans les paroles de leur chef et poursuivit sa conversation avec Méric.

— Qu'est-il arrivé au vaisseau de ta cousine ?

L'el'phe fronça les sourcils et fixa le bout de ses chaussures.

— Sy-wen est partie inspecter l'épave avec Ragnar'k.

Elena sentit que quelque chose le perturbait, quelque chose qu'il n'avait pas encore mentionné.

— Quel est le problème ?

Sous sa chevelure argentée, les yeux bleus de Méric étincelèrent.

— J'ai parlé à Frelisha pendant que son vaisseau dégringolait. Ma cousine est morte en nous rapportant un avertissement. Nous avons été trahis.

— Trahis ? répéta Er'ril. (Elena sentit les doigts de l'homme des plaines se crisper sur le dossier de son fauteuil.) Qu'est-ce que ça signifie ?

Méric secoua la tête.

— Je l'ignore. Frelisha est morte sans avoir pu m'en dire davantage.

Elena jeta un coup d'œil à Er'ril. Une tempête couvait dans ses yeux gris, mais sa raideur métallique s'adoucit suffisamment pour lui permettre d'adresser un signe de tête rassurant à la jeune femme.

Maître Edyll prit la parole.

— Le message de votre cousine suggère qu'il se trouve parmi nous une personne indigne de notre confiance.

Instinctivement, Elena tourna son attention vers l'inconnu aux grelots. Elle ne fut pas la seule. Occupé à fixer les braises, Harlequin tournait le dos au reste de l'assemblée, mais le seigneur Tyrus perçut la suspicion générale.

— Je me porte garant d'Harlequin Quail sur mon propre sang, déclara-t-il en levant le menton.

Maître Edyll ne parut pas entendre les paroles du pirate. Il fixa les profondeurs de sa chope.

— Deux messages venus du Nord en une seule journée : l'un nous poussant à agir de toute urgence, l'autre nous enjoignant la méfiance et la circonspection. Lequel des deux faut-il croire ? Peut-être…

Un tintement de grelots interrompit l'ancien. Harlequin avait fait volte-face. Son visage blême avait rougi ; ses yeux dorés étincelaient.

— Vous n'avez pas le choix ! Ou vous lancez vos forces contre la Bête Noire d'ici au solstice d'été, ou tout sera perdu !

Choqué par cet éclat, maître Edyll écarquilla les yeux. Mais le haut maître de quille éclata d'un rire pareil à un grondement de tonnerre.

— Il y a du feu dans le cœur de cet étranger. Ça me plaît.

Le seigneur Tyrus se rapprocha d'Harlequin, qu'il dominait de deux têtes.

— Ne jugez pas les gens à leur apparence. En doutant de la parole d'Harlequin, vous blessez un grand homme. Du temps où je venais d'arriver à Port Rawl et gravissais lentement la hiérarchie de la guilde, je n'avais foi qu'en la parole et en le cœur d'une seule personne. (Il posa une main sur l'épaule d'Harlequin.) Il a pris d'énormes risques pour découvrir les défenses que le Seigneur Noir compte vous opposer. Vous pouvez douter de lui parce qu'il est étranger et vêtu comme un bouffon, mais doutez-vous de moi ?

— Je ne voulais offenser personne, déclara maître Edyll. Mais en ces temps ténébreux, nous ne pouvons plus nous fier à nos propres frères.

— Dans ce cas, nous sommes battus avant d'avoir attaqué, s'enflamma Tyrus. Si nous ne pouvons pas nous reposer entièrement sur ceux qui nous entourent, quel espoir de vaincre nous reste-t-il ? Même les pirates font confiance à leurs camarades.

— Et l'avertissement de la cousine de Méric ? intervint Elena.

Tyrus jeta un coup d'œil à l'el'phe.

— Sans vouloir vous offenser, prince Méric, cet avertissement ne signifie rien pour moi. (Il reporta son attention sur Elena.) Tant que nous ne disposerons d'aucun autre élément, je me refuse à soupçonner mon entourage.

Curieusement, Méric approuva.

— Lorsque j'ai débarqué sur ces rivages, je me méfiais de tout et de tous. (L'ombre d'un sourire triste passa sur son visage.) Mais j'ai beaucoup appris depuis. J'ai vu un ami se changer malgré lui en ennemi et se réapproprier son nom grâce à sa force d'âme.

Elena opina.

— Kral.

Méric inclina la tête.

— Je suis d'accord avec le seigneur Tyrus. Jusqu'à ce que nous en découvrions davantage, gardons le cœur et l'esprit ouverts. Si nous perdons la confiance qui nous lie, nous aurons tout perdu.

Elena se surprit à plonger son regard dans celui de l'étranger.

— Très bien. Maître Quail, racontez-nous donc ce que vous avez découvert.

Toutes les têtes se tournèrent vers le petit homme.

— Pendant que vous restiez ici à lécher vos blessures, commença-t-il lentement, la Bête Noire n'a pas perdu de temps dans son antre volcanique. Bien que vous ayez contré ses ambitions en brisant ses portails, ne pensez pas l'avoir détournée de son objectif.

— Et quel est donc cet objectif? s'enquit Er'ril.

— Ah ! Enfin, vous réfléchissez avec votre tête, chevalier, grimaça Harlequin. Depuis que le Seigneur Noir a débarqué sur vos rivages, jaillissant de l'écorce terrestre dans le brasier de son volcan, vous avez tenté de le chasser tel un envahisseur.

— Et alors ? ricana Er'ril. Qu'aurions-nous dû faire d'autre, selon vous ? L'accueillir à bras ouverts ? L'inviter à prendre le thé ?

Harlequin éclata d'un rire pareil à un aboiement.

— J'aurais bien voulu voir ça ! (Il saisit une chope de kafé, qu'il tint le petit doigt en l'air. Puis il s'inclina et dit sur un ton obséquieux :) Encore un biscuit, maître Cœur Noir ? Ou peut-être un peu de crème ? (Il se redressa, les yeux pétillants de gaieté.) Quelques gâteaux secs auraient peut-être suffi à mettre un terme à des siècles de carnage.

Elena sentit Er'ril se raidir près d'elle. Elle prit la parole avant qu'il éclate.

— Maître Quail, je vous en prie. Où voulez-vous en venir ?

— À ceci : jamais vous ne parviendrez à chasser la Bête Noire du Gul'gotha de ces contrées. (Harlequin posa la chope sur le linteau de la cheminée.) Jamais.

— Nos forces l'ont déjà chassé de Val'loa, grommela le haut maître de quille.

Harlequin fit face au colosse qui devait peser le double de son poids.

— Vous avez chassé ses lieutenants, des mauviettes animées par des illusions de grandeur – pas la Bête Noire. Et vous y avez quand même laissé la moitié de vos gens.

Elena eut l'impression qu'une pierre glacée tombait dans le fond de son estomac. L'étranger avait raison.

— Et à côté de Noircastel, cette île n'est qu'un bouchon de liège dans une baignoire, poursuivit Harlequin. (Il regarda autour de lui.) Certains d'entre vous se sont-ils déjà rendus à la forteresse du Gul'gotha ?

— Je l'ai observée avec un scope depuis la lisière de la Forêt Pétrifiée, répondit Er'ril.

— Et nous disposons de plans, de cartes terrestres et maritimes, ajouta Hunt.

— Des cartes maritimes ?

Harlequin secoua la tête et jeta un coup d'œil au seigneur Tyrus comme s'il n'arrivait pas à en croire ses oreilles : tant de stupidité...

— Moi, j'ai arpenté les couloirs de Noircastel, dit-il en reportant son attention sur les autres. J'y ai été invité en tant que bouffon, qu'amuseur pour les occupants des niveaux supérieurs de cette montagne creuse. Elle abrite plus de cinq mille pièces et des dizaines de lieues de couloirs où des visions monstrueuses vous assaillent à chaque croisement. Alors, écoutez-moi bien. Ce que vous, Er'ril de Standi, avez vu à travers votre scope... Ce que vous, capitaine Hunt, avez cartographié... Ce n'est rien.

Harlequin agita son chapeau ridicule dans les airs.

— Ce n'est que le sommet du véritable Noircastel. Car autant que vous puissiez voir au-dessus des vagues... il y en a trois – non, quatre fois autant sous la mer. (Il balaya l'assemblée du regard.) Ce n'est pas une île que vous comptez assiéger. C'est un pays entier, une nation d'hommes corrompus, de créatures effrayantes et de magie noire. Voilà ce qui vous attend.

Le silence plana quelques instants dans la pièce. Puis, parmi les centaines de grelots qui ornaient la tenue d'Harlequin, l'un d'eux émit une note argentée.

— Je vous ai rapporté tout ce que je pouvais pour vous aider. Des cartes plus détaillées, des schémas de leur système défensif. Car dans un lieu aussi monstrueux que Noircastel, un minus dans mon genre n'a guère de mal à passer inaperçu, surtout s'il joue les bouffons. Mais, malgré toutes mes compétences, je n'ai pu explorer que les niveaux supérieurs de la forteresse, ainsi qu'une hirondelle qui se contenterait de gratter les tuiles d'un toit. (De nouveau, il regarda autour de lui.) Si vous ne devez croire qu'une chose, que ce soit celle-là : jamais vous ne prendrez Noircastel.

Elena sentit le monde s'assombrir autour d'elle.

— Dans ce cas, pourquoi vouloir nous envoyer à notre perte d'ici à la prochaine lune ? interrogea maître Edyll.

Harlequin soupira tristement.

— Parce que, parfois, perdre une bataille n'est pas ce qui peut arriver de pire.

— Et qu'y a-t-il donc de pire ? s'enquit le haut maître de quille.

Harlequin le fixa comme si le Dre'rendi était un enfant un peu simple d'esprit.

— Perdre le monde.

Des exclamations choquées s'élevèrent, mais le seigneur Tyrus y coupa court.

— Écoutez ce qu'il a à dire.

Harlequin ne semblait guère affecté par la réaction de ses auditeurs.

— Depuis cinq siècles, poursuivit-il, Alaséa lutte pour chasser la Bête Noire de ces contrées. Vos mages chyriques ont consumé les dernières gouttes de leur magie sanglante en essayant. Des armées sont venues mourir sur ces rivages jusqu'à ce que le sol vire au rouge. Et depuis cinq siècles, le poing ténébreux du Gul'gotha écrase toutes les rébellions. Dans quelle intention ?

— Reprendre le contrôle de nos terres, grogna Er'ril. Nous libérer du joug de l'oppression.

Harlequin secoua la tête.

— Vous parlez de *votre* but. Mais l'un de vous s'est-il jamais demandé quel était celui de la Bête Noire ?

Un pli de perplexité barra le front d'Er'ril.

— Que voulez-vous dire ?

Harlequin s'adossa au manteau de la cheminée.

— À votre avis, pourquoi le Cœur Noir est-il venu ici ?

Er'ril se rembrunit encore.

— Il vous a fallu cinq cents hivers pour découvrir qu'il n'était pas originaire du Gul'gotha – que c'était un og're, et l'ancêtre de votre ami Tol'chuk.

— Où voulez-vous en venir ?

— Vous ne connaissez pas votre ennemi. Vous croyez que Noircastel est une île, et vous ne soupçonnez pas ses profondeurs cachées. Il en va de même avec son maître.

Vous ne savez rien de lui. Pourquoi cet og're a-t-il quitté ces contrées jadis ? Pourquoi est-il apparu parmi les n'ains ? Pourquoi est-il revenu avec de la magie à la tête d'armées conquérantes ? Pourquoi tient-il Alaséa depuis si longtemps ? Pourquoi a-t-il positionné les portails du Weir sur des nexus de pouvoir élémental ? (De ses yeux dorés, Harlequin fixa durement chacune des personnes présentes.) Que fait-il ici ?

Après un instant de silence abasourdi, Er'ril répéta :

— Que fait-il ici ?

Avec un tintement de grelots, Harlequin fit la roue et se redressa face à l'homme des plaines, un index pointé sur le nez de celui-ci.

— Enfin ! Au bout de cinq siècles, quelqu'un se décide à poser la question !

Er'ril eut un mouvement de recul.

— Alors, que fait-il ici ? s'impatienta Elena.

Harlequin baissa le bras et haussa les épaules.

— Que la Mère d'en haut me patafiole si je le sais. (Il retourna vers la cheminée pour fixer les braises mourantes.) Je pensais juste qu'il était important de se le demander.

Elena fronça les sourcils.

— Je ne comprends pas.

— Aucun de vous ne comprend. Et tant que ça ne changera pas, le Cœur Noir aura le dessus.

Maître Edyll se redressa dans son fauteuil.

— À présent que vous nous avez gourmandés pour notre aveuglement, peut-être pourriez-vous nous expliquer pourquoi nous devons agir de toute urgence ?

Harlequin lui jeta un coup d'œil par-dessus son épaule.

— Sous la pleine lune du solstice d'été, le Cœur Noir accomplira ce qu'il cherche à faire depuis un demi-millénaire. La neutralisation des portails l'a ralenti, mais il lui en reste un, et il compte bien s'en servir pour finir ce qu'il a commencé.

Elena repensa au temps qu'elle avait passé prisonnière du Weir, à regarder les quatre portails aspirer l'énergie du monde même.

— Il veut drainer le pouvoir élémental du cœur de la Terre. Mais pourquoi ?

— Pourquoi, pourquoi, pourquoi… (Harlequin pivota vers la jeune femme et tira son chapeau plus bas sur son front.) C'est une bonne question. Vous apprenez vite, bel oiseau. De fait, pourquoi ? (Il haussa les épaules et fit un clin d'œil à Elena.) Je n'en ai pas la moindre idée. Mais je connais la réponse à une autre question que vous ne m'avez pas posée.

— Laquelle ?

Harlequin agita un index.

— Non, pas laquelle, mais où.

Confuse, Elena cligna des yeux.

— Je vous demande pardon ?

— Je sais où le Cœur Noir a l'intention d'agir. Voilà pourquoi je me suis tiré de cette forteresse maudite aussi vite que j'ai pu. Je sais quand il a l'intention de frapper – à la prochaine pleine lune –, et je sais à quel endroit.

Er'ril se redressa.

— Où ?

Le regard d'Harlequin fit la navette entre Elena et l'homme des plaines.

— Vous ne devinez pas ?

Er'ril porta la main à son épée.

— Assez de questions.

— Ça, c'est parlé en véritable guerrier, soupira Harlequin. C'est le genre de raisonnement qui nous a menés où nous en sommes. Ne m'avez-vous donc pas écouté ? On ne pose jamais assez de questions.

Elena était figée dans son fauteuil. Il ne restait qu'un seul portail, la statue d'éb'ène qui représentait une wyverne.

La dernière fois qu'elle l'avait vue, cette statue se trouvait dans la cale d'un navire faisant voile vers…

— Douce Mère ! hoqueta la jeune femme en comprenant soudain. Le portail de la wyverne est en route pour ma ville natale – pour Gelbourg !

Harlequin secoua tristement la tête.

— Je crains que les nouvelles soient pires encore. Le Cœur Noir n'est pas resté inactif pendant que vous complotiez contre lui et dressiez vos cartes.

— Que voulez-vous dire ? interrogea Er'ril, posant une main protectrice sur l'épaule d'Elena.

— J'ai pu jeter un coup d'œil à une missive envoyée depuis le terrain par le lieutenant du Seigneur Noir, Shorkan. (Un tintement lugubre accompagna les paroles suivantes d'Harlequin.) Le portail ne se dirige pas vers Gelbourg. Il s'y trouve déjà.

AUBIN IMPRIMEUR

Achevé d'imprimer en décembre 2010
N° d'impression L 74157
Dépôt légal, janvier 2011
Imprimé en France
81120452-1